国家特色专业包头师范学院汉语言文学专业建设丛书

中国古代文学作品补选

◎赵彩娟　郁慧娟　温　斌／编著

南開大学出版社

图书在版编目（CIP）数据

中国古代文学作品补选 ／ 赵彩娟，郁慧娟，温斌编著.
－－ 天津 ：南开大学出版社，2014.5
（国家特色专业包头师范学院汉语言文学专业建设丛书）
ISBN 978-7-310-04442-9

Ⅰ．①中… Ⅱ．①赵… ②郁… ③温… Ⅲ．①中国文
学－古典文学－文学欣赏－师范学校－教材 Ⅳ.①I206.2

中国版本图书馆CIP数据核字(2014)第059637号

南开大学出版社出版发行
出版人：孙克强

地址：天津市南开区卫津路94号　邮政编码：300071
营销部电话：（022）23508339　（022）23500755
营销部传真：（022）23508542　邮购部电话：（022）23502200

*

北京天正元印务有限公司印刷
全国各地新华书店经销

*

2014年5月第1版　2014年5月第1次印刷
710×1000毫米　1/16　29.875印张　518千字　2000册
定价：58.00元

如有质量问题请与本社营销部联系调换，电话：（022）23507125

丛书总序

　　包头师范学院汉语言文学专业始建于 1958 年，是国家于上世纪在西北地区建立的高等师范专科学校的院系之一；专业建立之初就汇集了来自全国各地的众多名家，如古代文学研究方面的卢兴基先生、现当代文学研究方面的丁尔纲先生、中学语文教学法研究方面的韩雪屏先生等诸多学者，他们从各个方面为汉语言文学专业的建设与发展奠定了坚实的基础。前贤导引，后人进取，历经半个多世纪的上下求索、不懈努力，汉语言文学专业于 2007 年获批内蒙古自治区高等教育品牌专业，成为包头师范学院第一批品牌专业，又在 2010 年获批国家高等教育特色专业建设点。凡此，充分表明了汉语言文学专业建设得到了国家和社会的高度认可。然而，获得荣誉的同时，我们又感到极大的压力：究竟怎样在国家特色专业建设中"充分体现学校办学定位，在教育目标、师资队伍、课程体系、教学条件和培养质量等方面，具有较高的办学水平和鲜明的办学特色，获得社会认同并具有较高社会声誉"（教高司函〔2008〕208号《教育部关于加强质量工程本科特色专业建设的指导性意见》）才能办出人才培养质量上乘、特色鲜明的专业呢？为此，我们一方面加大专业课程建设优化与改革的力度，从学生专业课程体系的改革入手，使专业必修课程教学内容向"专而精"、"深而博"发展；同时倾力打造师范特色，设置了"教师教育方向""语文教学方向"和与之直接关联的"语言学及应用语言学方向"三大系列课程，力求打破学科、专业之间的界限，实现人文社科专业的共融、相通，强化学生自主学习、自我发展和个性化、创新能力的培养。另一方面，我们把提升教师业务素质与特色专业建设有机结合，把人才培养与研究基础教育、服务基础教育有机结合，探索、总结特色专业建设的一点一滴，将特色专业建设真正落实于彰显办学实力、服务社会、锻造人才、提高教育教学质量、深化内涵式发展上。

　　在国家级特色专业的建设过程中，我们严格要求广大教师潜心研究专业教学规律、基础教育规律、教师教育特性，不断提高自身专业素养，多方进行课

1

堂教学、教育实习等方面的改革，强化了师范生语文教学能力培养的改革与研究。在多年不断积淀的基础上，广大教师根据学科特长与社会所需，凝炼了多种研究成果。我们将这些研究成果加以梳理，形成了"提高汉语言文学专业学生专业素养""服务基础教育""教师教育"三个方向的系列成果（总计 15 种）。其中"提高中文专业学生专业素养"系列成果（8 种）：

《中国古代草原文学研究》（王素敏、温斌编著）

《北朝诗校注》（赵建军、孙红梅、赵彩娟等校注）

《中国古代文学作品补选》（赵彩娟、郁慧娟、温斌编著）

《中国文学经典文本细读理论与个案批评》（诗歌、散文部分）（张学凯主编）

《中国文学经典文本细读理论与个案批评》（小说、戏剧部分）（田中元主编）

《现代汉语实用修辞学》（倪素平、丁素红编著）

《申论写作研究》（运丽君编著）

《写作技法研究》（吴素娥、金鹏善编著）

"服务基础教育"系列成果（4 种）：

《中小学汉字教学研究》（刘彩霞编著）

《汉语语言要素的语境研究》（张金梅编著）

《古诗如月》（郁慧娟、李春丽、孙红梅编著）

《初中语文外国文学经典细读与欣赏》（李国德编著）

"教师教育"系列成果（3 种）：

《语文阅读教学文本研究的理论与实践》（张学凯编著）

《义务教育阶段基于新课标的语文学科评价研究》（刘旭、李文星编著）

《新课程·新理念·新视域》（刘丽丽编著）

文章百年事，得失寸心知。我们深知知识、视野有限；真诚希望能得到大家的批评、指正。

付版在即，感谢包头师范学院领导的大力支持。

我们将继续努力，不断续写"中文不老"的历史传奇，为包头师范学院的发展贡献力量。

是为序。

2013. 8. 10

前　言

在中国古代文学的教学中，有两对关系是同仁们多年关注并试图处理好的。一是文学史的讲解与作品选讲之间的关系，一是教师课堂讲授与学生课下阅读的关系。由于学时有限，这两对关系经常处于矛盾而难以两全的状态中。解决好这两对关系就成为我们编写这部《古代文学作品补选》的初衷。

在这两对关系中，一方面是文学史的讲解需要大量的文本作为依托，另一方面在课堂有限的文本细读之外必须补充和加大学生的课外阅读量，培养他们品赏文学作品的能力。所以在有限的时间空间中，让学生尽可能地接触到比较多的文学作品，是解决矛盾的重要环节。

因此我们在朱东润《历代文学作品选》基础上，根据教学需要和学生课外阅读的要求，补充了一些篇目，其目的是：一是为文学史教学提供必要而够用的文例；二是教师讲授时，便于举一反三；三是为学生的课外补充阅读提供方便。

本书选文的标准是：或是文学史讲授所需，或是作家主体风格的代表性作品，或是作家风格的另一侧面。多数作品文不甚深，方便于学生自主学习。

目 录

1

元代部分

一、杂剧

二、散曲

三、诗歌

明代部分

一、诗歌

二、散文

近代部分

一、诗歌

二、小说

先秦部分

一、诗　歌

诗　经

汉　广

【解题】　这是男求女不能如愿以偿的诗。韩诗、鲁诗解"汉有游女"为汉水上之女神。

南有乔木[1]，不可休思[2]。汉有游女，不可求思。汉之广矣，不可泳思[3]。江之永矣，不可方思[4]。

翘翘错薪[5]，言刈其楚。之子于归[6]，言秣其马[7]。汉之广矣，不可泳思，江之永矣，不可方思。

翘翘错薪，言刈其蒌[8]。之子于归，言秣其驹。汉之广矣，不可泳思。江之永矣，不可方思。

【注释】

[1] 竦直无枝曰乔。

[2] 思：语辞。

[3] 涉水曰泳。

[4] 并舟曰方，这里指渡水。

[5] 翘翘：高也。错：杂也。

[6] 之子：犹言"那个女子"。于归：出嫁。

[7] 言秣其马：用草料喂马。

[8] 蒌：蒌蒿。

燕　燕

【解题】　这是送自己心爱的人出嫁的诗。

燕燕于飞[1]，差池其羽[2]。之子于归[3]，远送于野[4]。瞻望弗及，泣涕如雨。

燕燕于飞，颉之颃之[5]。之子于归，远于将之[6]。瞻望弗及，伫立以泣。

燕燕于飞，下上其音。之子于归，远送于南。瞻望弗及，实劳我心。

仲氏任只[7]，其心塞渊[8]。终温且惠[9]，淑慎其身。先君之思，以勖寡人[10]。

【注释】

[1] 燕燕：𪃿也。春则来，秋则去。

[2] 差池：不齐的样子。

[3] 之子：犹言“那个女子”。于归：出嫁。

[4] 野：郊外曰野。

[5] 颉：飞而上曰颉。颃：飞而下曰颃。

[6] 将：指送行。

[7] 任：大。

[8] 塞：实。渊：深。

[9] 惠：顺。

[10] 勖：助。

硕　人

【解题】　这是赞美庄姜的诗。首章言庄姜出身之高贵，次章言其容貌之好，末章言其车服之美、随从之盛。

硕人其颀[1]，衣锦褧衣[2]。齐侯之子[3]，卫侯之妻[4]；东宫之妹[5]，邢侯之姨[6]，谭公维私[7]。

手如柔荑[8]，肤如凝脂[9]，领如蝤蛴[10]，齿如瓠犀[11]，螓首蛾眉[12]，巧笑倩兮[13]，美目盼兮[14]。

硕人敖敖[15]，说于农郊[16]。四牡有骄[17]，朱幩镳镳[18]，翟茀以朝[19]。大夫夙退[20]，无使君劳。

河水洋洋[21]，北流活活[22]，施罛濊濊[23]。鱣鲔发发[24]，葭菼揭揭[25]。庶姜孽孽[26]，庶士有朅[27]。

【注释】

[1] 硕：高大。颀：长貌也。“硕人”指庄姜。

[2] 褧衣：女子在出嫁途中套于锦衣之外以蔽尘土的衣服。

[3] “齐侯”指齐庄公，“子”指女儿。

[4] “卫侯”指卫庄公。

[5] “东宫”指齐世子得臣，此言庄姜乃齐世子得臣之妹。

[6] 邢：周公之后，受封为邢侯。妻之姊妹曰姨。

[7] 谭：诸侯国名，其地近齐，后为齐桓公所灭。妻之姊妹曰姨，姊妹之夫曰私。

[8] 荑：初生的茅草。

[9] 凝脂：凝结的脂肪。

[10] 领：脖颈。蝤蛴：天牛的幼虫，其特点是色白身长。

[11] 瓠犀：指瓠瓜的瓜子，其特点是又长又白，排列整齐。

[12] 螓：似蝉而小，其额宽广而方正。蛾：蚕蛾，其眉细长而弯曲。

[13] 倩：口颊间美好的样子。

[14] 盼：黑白分明的样子。

[15] 敖敖：长貌也。

[16] 说：息止。

[17] 骄：健壮的样子。

[18] 朱幩：以红绸包裹马口所衔之铁的裸露部分。镳镳：盛貌也。

[19] 翟：雉羽。茀：车之后障也。朝：朝见

[20] 夙退：早点退朝。

[21] 河：黄河。洋洋：水盛大的样子。

[22] 活活：流水声。

[23] 施罛：张鱼网。濊濊：张鱼网入水之声。

[24] 鳣：黄鱼。鲔：鳝鱼。发发：鱼尾摆动的声音和样子。

[25] 葭：芦苇。菼：荻苇。揭揭：长的样子。

[26] 庶姜：指随嫁的众女。孽孽：众多的样子。

[27] 庶士：指随嫁的众人。朅：强壮的样子。

竹　　竿

【解题】　　这是卫女思归之诗。巧笑二句，顾影自怜，从对面写照。唐人"遥知兄弟登高处"，亦用此法。

籊籊竹竿[1]，以钓于淇。岂不尔思，远莫致之。

泉源在左，淇水在右。女子有行，远兄弟父母。

淇水在右，泉源在左。巧笑之瑳[2]，佩玉之傩[3]。

淇水滺滺[4]，桧楫松舟。驾言出游，以写我忧[5]。

【注释】

[1] 籊籊：长而细。籊籊之竿而不可以钓于淇，犹言"谁谓河广，一苇杭之"，言其近，非不欲归，乃不可得归，此诗盖亦为父母终不得归宁而作。

[2] 瑳：巧笑的样子。

[3] 傩：行有节度。

[4] 滺滺：水流的样子。

[5] 写：通"泻"。

权 舆

【解题】　这是一首没落贵族留恋过去生活的诗，今昔对比很强烈。

于我乎，夏屋渠渠[1]。今也每食无余[2]。于嗟乎，不承权舆[3]！

于我乎，每食四簋[4]。今也每食不饱。于嗟乎，不承权舆！

【注释】

[1] 于我乎：犹言"对我来说"。夏屋：大房子。夏：通"厦"。渠渠：高大的样子。

[2] 每食无余：每顿饭都不富余。

[3] 于嗟乎：感叹词。于：通"吁"。承：继续。权舆：开始，此处犹言"当初"，指当初居"夏屋"的好时光。

[4] 簋：盛肴馔的器皿。

株 林

【解题】　这是讽刺陈灵公与其大夫孔宁、仪行父私通夏姬的诗。

胡为乎株林[1]？从夏南兮[2]。匪适株林[3]，从夏南兮。

驾我乘马，说于株野[4]。乘我乘驹[5]，朝食于株[6]。

【注释】

[1] 株林：夏氏之邑。

[2] 南：夏征舒之字。

[3] 匪：语词。适：去，往。

[4] 说：息止。

[5] 驹：马六尺以下曰驹。说于株野者，暮来而不返也。

[6] 朝食于株：到株邑去吃早餐。

隰有苌楚

【解题】　这是一首反映忧伤的诗，由于忧伤之深，竟羡慕起草木的无知无觉、无家无室了。

隰有苌楚[1]，猗傩其枝[2]。夭之沃沃[3]，乐子之无知[4]。

隰有苌楚，猗傩其华。夭之沃沃，乐子之无家[5]。

隰有苌楚，猗傩其实。夭之沃沃，乐子之无室[6]。

【注释】

[1] 隰：低湿之地。苌楚：一种蔓生植物，又名羊桃。

[2] 猗傩：柔美的样子。

[3] 夭：植物之未长成者。沃沃：光泽的样子。

[4] 乐：欣羡。子：指苌楚。无知：没有知觉。

[5] 无家：没有室家之累。

[6] 无室：没有室家之累。

苕之华

【解题】 这是一首反映饥荒的诗。

苕之华[1]，芸其黄矣[2]。心之忧矣，维其伤矣[3]。

苕之华，其叶青青。知我如此，不如无生。

牂羊坟首[4]，三星在罶[5]。人可以食[6]，鲜可以饱[7]。

【注释】

[1] 苕：一种木本蔓生植物，又名陵苕。华：花。

[2] 芸：黄盛的样子。

[3] 维其：犹言"何其"。

[4] 牂羊：母绵羊。坟：大。绵羊本来是头小角短，经饥荒而身瘦，遂显得头大。

[5] 罶：鱼筍。罶中无鱼而水静，但见三星之光，此亦为饥荒景象。

[6] 人可以食：人就算能够吃上饭。

[7] 鲜可以饱：也很少可以吃饱。

二、散　文

（一）历史散文

《左　传》

连称、管至父之乱

【解题】 本文鲜明体现了《左传》的语言特点，可谓文无剩句，句无剩字。叙述也极其生动传神。

齐侯使连称、管至父戍葵丘[1]。瓜时而往[2]，曰："及瓜而代[3]。"期戍[4]，公问不至[5]。请代[6]，弗许；故谋作乱。僖公之母弟曰夷仲年，生公孙无知，有宠于僖公，衣服礼秩如适[7]。襄公绌之[8]，二人因之以作乱。连称有从妹，在公宫，无宠；使间公[9]，曰："捷[10]，吾以女为夫人[11]。"

冬，十二月，齐侯游于姑棼[12]，遂田于贝丘[13]。见大豕，从者曰："公子彭生也[14]。"公怒曰："彭生敢见！"射之，豕人立而啼[15]。公惧，队于车[16]，伤足，屦[17]。

反[18]，诛屦于徒人费[19]；弗得，鞭之见血。走出，遇贼于门，劫而束之[20]。费曰："我奚御哉[21]！"袒而示之背，信之，费请先入，伏公而出斗[22]，死于门中。石之纷如死于阶下。遂入，杀孟阳于床。曰："非君也，不类[23]！"见公之足于户下，遂弑之；而立无知。

初，襄公立，无常[24]。鲍叔牙曰[25]："君使民慢[26]，乱将作矣！"奉公子小白出奔莒[27]。乱作，管夷吾、召忽奉公子纠来奔[28]。

【注释】

[1] 齐侯：即齐襄公。连称、管至父：齐国的两名大夫。葵丘：在山东临淄东三十里。

[2] 瓜时：指七月，瓜熟之时。往：往戍。

[3] 及瓜而代：到下一年瓜熟时来替换。

[4] 期戍：一年戍期已满。

[5] 问：命令。

[6] 请代：请求派人替换。

[7] 适：通"嫡"。

[8] 绌：通"黜"，贬低。

[9] 间：窥伺。

[10] 捷：成功。

[11] 女：通"汝"，指连称的从妹。

[12] 姑棼：在山东博兴东北十五里。

[13] 田：通"畋"。贝丘：在山东博兴南五里。

[14] 公子彭生：齐公族子弟。齐襄公命公子彭生杀死鲁桓公，后齐襄公又杀公子彭生以推卸责任。

[15] 豕人立而啼：豕象人一样乙站立而啼哭。

[16] 队：通"坠"。

[17] 丧屦：丢失了鞋。

[18] 反：通"返"。

[19] 诛：盘问，追查。徒人：供国君役使的小臣。费：人名。

[20] 束：捆。之：指徒人费。

[21] 我奚御哉：我那哪里是抵御你们的呢。

[22] 伏公而出斗：徒人费藏好齐襄公，出来与叛乱者格斗。

[23] 不类：不像。

[24] 无常：指政令无常。

[25] 鲍叔牙：齐大夫。

[26] 慢：傲慢。

[27] 公子小白：齐僖公庶子，后来成为齐桓公。奔莒：逃到莒。

[28] 管夷吾：即管仲。召忽：齐大夫。公子纠：齐僖公的儿子。来奔：逃到鲁国来。

宋楚泓之战

【解题】 本文叙述宋襄公面对强敌而拘守礼制，以致于贻误战机，招致失败。子鱼对此加以评论。

楚人伐宋以救郑[1]。宋公将战[2]，大司马固谏曰[3]："天之弃商久矣[4]，君将兴之，弗可赦也已。"弗听。冬，十一月，己巳，朔，宋公及楚人战于泓[5]。宋人既成列，楚人未既济[6]。司马曰："彼众我寡，及其未既济也，请击之。"公曰："不可。"既济而未成列，又以告。公曰："未可。"既陈而后击之[7]，宋师败绩。公伤股，门官歼焉[8]。

国人皆咎公。公曰："君子不重伤[9]，不禽二毛[10]。古之为军也，不以阻隘也[11]。寡人虽亡国之余，不鼓不成列[12]。"子鱼曰[13]："君未知战。勍敌之人[14]，隘而不列，天赞我也。阻而鼓之，不亦可乎？犹有惧焉。且今之勍者，皆吾敌也。虽及胡耇[15]，获则取之，何有于二毛？明耻教战，求杀敌也。伤未及死，如何勿重[16]？若爱重伤[17]，则如勿伤；爱其二毛，则如服焉[18]。三军以利用也[19]，金鼓以声气也[20]。利而用之，阻隘可也；声盛致志，鼓儳可也[21]。"

【注释】

[1] 楚人伐宋以救郑：楚宋争霸，郑依附于楚，宋伐郑，楚人伐宋以救郑。

[2] 宋公：宋襄公。

[3] 大司马固：宋庄公之孙公孙固。大司马：六卿之一，掌军事。

[4] 商：宋为殷商后裔，故自称商。商为周所灭，故后文自称"亡国之余"。

[5] 泓：宋国水名，在河南柘城北。

[6] 济：渡河。

[7] 陈：排列成阵。

[8] 门官：侍卫官。

[9] 重伤：对已受伤者再一次进行伤害。

[10] 禽：通"擒"。二毛：头发黑白相杂者。

[11] 不以阻隘：不以险隘拒敌。

[12] 鼓：攻击。

[13] 子鱼：宋大夫，名目夷，字子鱼，宋襄公庶兄。

[14] 勍敌：强敌。

[15] 胡耇：老人。

[16] 如：应该。

[17] 爱：不忍心，舍不得。

[18] 服：投降。

[19] 三军以利用：以是否有利作为使用三军的依据。

[20] 金鼓以声气：金鼓以声音鼓舞士气。金鼓：钟和鼓。古人作战，击金则退，击鼓则进。

[21] 儳：列队不整齐的军队。

晋侯梦大厉

【解题】 本文以奇著称，叙述生动传神。值得注意的是巫以明术见杀而小臣又以言梦自祸。

晋侯梦大厉[1]，被发及地[2]，搏膺而踊[3]，曰："杀余孙，不义；余得请于帝矣[4]！"坏大门及寝门而入[5]。公惧，入于室；又坏户。公觉，召桑田巫[6]。巫言如梦。公曰："何如？"曰："不食新矣[7]！"

公疾病，求医于秦。秦伯使医缓为之[8]。未至，公梦疾为二竖子[9]，曰："彼良医也，惧伤我；焉逃之？"其一曰："居肓之上[10]，膏之下[11]，若我何！"医至，曰："疾不可为也！在肓之上，膏之下，攻之不可[12]，达之不及[13]，药不至焉[14]；不可为也！"公曰："良医也！"厚为之礼而归之。

六月，丙午，晋侯欲麦，使甸人献麦[15]，馈人为之[16]。召桑田巫，示而杀之[17]。

将食，张[18]，如厕[19]，陷而卒[20]。小臣有晨梦负公以登天；及日中，负晋侯出诸厕。遂以为殉[21]。

【注释】

[1] 晋侯：指晋景公。厉：厉鬼。晋景公冤杀赵同、赵括，故下文有"杀余孙"之言。盖厉鬼即赵之先祖。

[2] 被：通"披"。

[3] 搏：击打。膺：胸。踊：跳跃。

[4] 得请于帝：鬼言已诉于上帝。

[5] 大门：宫门。

[6] 桑田巫：桑田的巫士。桑田：晋地名。

[7] 新：指新收获的粮食。

[8] 秦伯：指秦桓公。医缓：当时的名医。为：治病。

[9] 梦疾为二竖子：梦见疾病化为两个小孩子。

[10] 肓：胸腹之间的横膈膜。一说：鬲上为肓

[11] 膏：心下为膏。

[12] 攻：指用灸法治疗。

[13] 达：指用针法治疗。

[14] 药：指内服之药的药力。

[15] 甸人：给诸侯管理田地的人。

[16] 馈人：给诸侯做饭的人。

[17] 示而杀之：把烹调好的新麦饭拿给桑田巫看，以证明桑田巫的话不足信，因此处死桑田巫。

[18] 张：通"胀"，胀肚。

[19] 如厕：上厕所。

[20] 陷而卒：陷于厕中而死。晋侯自以为必食新麦，巫言不验，故杀之，竟卒厕中，最终未能获食新麦。

[21] 遂以为殉：于是就以背晋侯出厕的臣殉葬。殉：殉葬。

《战国策》

苏秦止孟尝君入秦

【解题】 本文夹叙夹议，生动传神，很有说服力。孟尝君自负而又摇摆不定的性格也维妙维肖地表现出来了。

孟尝君将入秦[1]，止者千数而弗听。苏秦欲止之[2]，孟尝君曰："人事者吾已尽知之矣，吾所未闻者独鬼事耳。"苏秦曰："臣之来也，固不敢言人事也，固且以鬼事见君。"孟尝君见之。谓孟尝君曰："今者臣来，过于淄上，有土偶人与桃梗相与语，桃梗谓土偶人曰：'子，西岸之土也；挺子以为人[3]，至岁八月，降雨下，淄水至，则汝残矣。'土偶曰：'不然！吾西岸之土也，土则复西岸耳[4]；今子东国之桃梗也，刻削子以为人，降雨下，淄水至，流子而去，则子漂漂者将何如耳。'今秦四塞之国，譬若虎口，而君入之，则臣不知君所出矣！"孟尝君乃止[5]。

【注释】

[1] 孟尝君将入秦：周赧王15年（公元前300年），秦昭王闻孟尝君贤，质泾阳君于齐以换取孟尝君入秦。

[2] 苏秦：苏秦死于公元前317年，《史记·孟尝君列传》作"苏代"。

[3] 挺：一本作"延"即"挺"，指揉土以为偶人。子：指土。

[4] 土：据王念孙考证，"土"当作"吾残"。残：毁坏。

[5] 孟尝君乃止：此次孟尝君未入秦，但至次年（公元前299年）入秦，几乎为秦所杀。

江乙对楚宣王

【解题】 江乙以狐假虎威对楚宣王之问，生动传神，很有说服力。

荆宣王问群臣曰[1]："吾闻北方之畏昭奚恤也[2]，果诚何如？"群臣莫对。江乙对曰[3]："虎求百兽而食之，得狐。狐曰：'子无敢食我也！天帝使我长百兽[4]，今子食我，是逆天帝命也。子以我为不信，吾为子先行，子随我后，观百兽之见我而敢不走乎？'虎以为然，故遂与之行，兽见之皆走。虎不知兽畏已而走也，以为畏狐也。今王之地方五千里，带甲百万，而专属之昭奚恤。故北方之畏昭奚恤也，其实畏王之甲兵也——犹百兽之畏虎也。

【注释】

[1] 荆宣王：即楚宣王，名良夫，楚肃王之弟。
[2] 北方：中原各诸侯国。昭奚恤：楚之同姓，为当时的名将。
[3] 江乙：魏人，仕于楚，有智谋。"江乙"一本作"江一"。
[4] 长百兽：做百兽的领袖。

郑袖谗魏美人

【解题】 本文反映了后宫的残酷斗争。叙述细致入微，对话口吻毕肖。郑袖的形象极生动，具有典型性。

魏王遗楚王美人[1]，楚王说之[2]。夫人郑袖知王之说新人也[3]，甚爱新人：衣服玩好，择其所喜而为之；宫室卧具，择其所善而为之；爱之甚于王。王曰："妇人所以事夫者，色也；而妒者，其情也。今郑袖知寡人之说新人也，其爱之甚于寡人；此孝子之所以事亲，忠臣之所以事君也。郑袖知王以己为不妒也，因谓新人曰："王爱子美矣！虽然，恶子之鼻。子为见王，则必掩子鼻！"新人见王，因掩其鼻。王谓郑袖曰："夫新人见寡人，则掩其鼻，何也？"郑袖曰："妾知也。"王曰："虽恶[4]，必言之[5]。"郑袖曰："其似恶闻君王之臭也。"王曰："悍哉[6]！"令劓之[7]，无使逆命[8]。

【注释】

[1] 魏王：魏襄王或魏哀王。楚王：楚怀王。遗：赠送。
[2] 说：通"悦"。
[3] 郑袖：楚怀王妃。袖：通"袖"
[4] 虽恶：即使是丑恶的。
[5] 必言之：也一定要把它说出来。
[6] 悍哉：蛮横泼辣啊。
[7] 令劓之：下令割掉魏美人的鼻子。
[8] 逆命：违拗楚王的意旨。

（二）诸子散文

《老　子》

第五十八章

【解题】　本文反映出《老子》精警凝练、富于哲理、排偶押韵的语言特点。

其政闷闷[1]，其民淳淳；其政察察[2]，其民缺缺[3]。

祸兮，福之所倚；福兮，祸之所伏。孰知其极？其无正也[4]。正复为奇[5]，善复为妖[6]。人之迷[7]，其日固久[8]。

是以圣人方而不割[9]，廉而不刿[10]，直而不肆[11]，光而不耀[12]。

【注释】

[1] 闷闷：昏昧，含有宽松无为的意思。

[2] 察察：苛察。

[3] 缺缺：狡诈。

[4] 其无正：它们没有常规。

[5] 奇：不合常规。

[6] 妖：邪恶。

[7] 人之迷：人们迷惑于阴阳两个方面而不知阴阳两个方面循环相生的道理。

[8] 其日固久：时间的确已经很久了。

[9] 方而不割：方正而不割伤人。

[10] 廉：棱角。刿：刺伤。

[11] 直而不肆：直率而不放肆。

[12] 光而不耀：光亮而不耀眼。

第八十章

【解题】　本文所描述的小国寡民的社会理想在阶级社会中是不现实的，但是它本身作为文学的内容是有意义的，也为其后的文学的内容开辟了一定的空间。

小国寡民，使有什佰之器而不用[1]；使民重死而不远徙[2]。虽有舟舆，无所乘之；虽有甲兵，无所陈之。使人复结绳而用之[3]。甘其食，美其服，安其居，乐其俗。邻国相望，鸡犬之声相闻，民至老死，不相往来。

【注释】

[1] 什佰之器：各种各样的器具。

[2] 重死：不轻易冒生命危险。

[3] 结绳：文字产生前的一种记事方法。

《论　语》

季氏将伐颛臾章

【解题】　本文通过对话层层论说，不仅驳斥了冉有的托辞，也阐明了孔子自己的主张，已经初具驳论文的一些特点。

季氏将伐颛臾[1]。

冉有、季路见于孔子曰[2]："季氏将有事于颛臾[3]。"

孔子曰："求！无乃尔是过与[4]？夫颛臾，昔者先王以为东蒙主[5]，且在邦域之中矣！是社稷之臣也，何以伐为？"

冉有曰："夫子欲之[6]；吾二臣者，皆不欲也。"

孔子曰："求！周任有言曰[7]：'陈力就列[8]，不能者止。'危而不持，颠而不扶，则将焉用彼相矣？且尔言过矣！虎兕出于柙[9]，龟玉毁于椟中[10]，是谁之过与？"

冉有曰："今夫颛臾，固而近于费[11]；今不取，后世必为子孙忧。"

孔子曰："求！君子疾夫舍曰'欲之'而必为之辞[12]。丘也闻有国有家者[13]，不患寡而患不均，不患贫而患不安[14]。盖均无贫，和无寡，安无倾。夫如是，故远人不服，则修文德以来之；既来之，则安之。今由与求也，相夫子，远人不服而不能来也，邦分崩离析而不能守也，而谋动干戈于邦内[15]。吾恐季孙之忧，不在颛臾，而在萧墙之内也[16]。"

【注释】

[1] 季氏：季孙氏，此指季康子，名肥。颛臾，国名，风姓，伏羲氏之后，为鲁之附庸。

[2] 冉有、季路：冉有名求，季路即子路，名由。二人均为孔子学生、季氏家臣。见：谒见。

[3] 事：军事行动。

[4] 无乃：岂不。这句意为：这岂不是你的过错吗？

[5] 先王：已故的国君。东蒙：蒙山，在山东蒙阴南。主：主持祭祀者。

[6] 夫子：此指季康子。

[7] 周任：古代的一个史官。

[8] 陈力：陈列。就列：就职。

[9] 兕：独角犀牛。出于柙：从关猛兽的笼子中出来，此指季氏将为恶。

[10] 龟：用于占卜的龟甲。玉：用于祭祀的玉器。毁于椟中：此指颛臾将受侵害。

[11] 固：指城郭坚固。费：季氏的私邑，在山东费县。

[12] 疾：憎恶。舍曰：不说。辞：托辞。

〔13〕国：指诸侯统治的区域。家：指大夫统治的区域。
〔14〕两句中的"寡"和"贫"的位置应对调。寡：少。
〔15〕干：盾。戈：戟。动干戈：比喻发动战争。
〔16〕萧墙：屏风。

《孟 子》

齐人有一妻一妾章

【解题】 本文入木三分地刻画了齐人墦间乞食的丑态，讽刺了不择手段追求名利之人。

齐人有一妻一妾而处室者。其良人出[1]，则必餍酒肉而后反[2]。其妻问所与饮食者，则尽富贵也。其妻告其妾曰："良人出，则必餍酒肉而后反，问其与饮食者，尽富贵也，而未尝有显者来，吾将瞷良人之所之也[3]。"

蚤起[4]，施从良人之所之[5]，徧国中无与立谈者[6]，卒之东郭墦间[7]，之祭者，乞其余，不足，又顾而之他。此其为餍足之道也。

其妻归，告其妾曰："良人者，所仰望而终身也，今若此！"与其妾讪其良人而相泣于中庭[8]。而良人未之知也，施施从外来[9]，骄其妻妾。

【注释】

〔1〕良人：妻对夫的称呼。
〔2〕餍：饱。反：通"返"。
〔3〕瞷：窥视。
〔4〕蚤：通"早"。
〔5〕施：通"迤"。弯弯曲曲地走。
〔6〕国中：城中。
〔7〕墦：坟墓。
〔8〕讪：怨骂。
〔9〕施施：洋洋得意的样子。

《庄 子》

秋 水（节录）

【解题】 为阐明天外有天、所知有限的道理，作者把形象性、哲理性、抒情性有机地结合在一起。河伯见闻的狭隘和自满被写得维妙维肖，作者的笔端富于变化，仪态万方，比喻连环而下，归结为"伯夷辞之以为名，仲尼语之以为博，此其自多也。不似尔向之自多于水乎？"

秋水时至，百川灌河。泾流之大[1]，两涘渚崖之间[2]，不辨牛马。于是焉河伯欣然自喜[3]，以天下之美为尽在已。顺流而东行，至于北海，东面而视，不见水端。于是焉河伯始旋其面目[4]，望洋向若而叹[5]，曰："野语有之曰[6]：'闻道百[7]，以为莫已若'者，我之谓也。且夫我尝闻少仲尼之闻[8]，而轻伯夷之义者[9]，始吾弗信；今我睹子之难穷也，吾非至于子之门，则殆矣。吾长见笑于大方之家[10]。"

北海若曰："井鼃不可以语于海者[11]，拘于虚也[12]；夏虫不可以语于冰者，笃于时也[13]；曲士不可以语于道者[14]，束于教也。今尔出于崖涘，观于大海，乃知尔丑[15]，尔将可与语大理矣[16]。天下之水，莫大于海；万川归之，不知何时止而不盈；尾闾泄之[17]，不知何时已而不虚[18]；春秋不变[19]，水旱不知[20]；此其过江河之流[21]，不可为量数[22]。而吾未尝以此自多者，自以比形于天地而受气于阴阳[23]，吾在于天地之间，犹小石小木之在大山也。方存乎见少[24]，又奚以自多？计四海之在天地之间也，不似礨空之在大泽乎[25]？计中国之在海内，不似稊米之在太仓乎[26]？号物之数谓之万，人处一焉；人卒九州[27]，谷食之所生，舟车之所通，人处一焉。此其比万物也，不似豪末之在于马体乎[28]？五帝之所连[29]，三王之所争，仁人之所忧，任士之所劳[30]，尽此矣[31]！伯夷辞之以为名[32]，仲尼语之以为博，此其自多也。不似尔向之自多于水乎[33]？"

【注释】

[1] 泾：通"泾"，直流的水波。

[2] 涘：水边。渚：水中可居之地。崖：高的河岸。

[3] 于是焉：犹言"于是乎"。河伯：河神，传说姓冯名夷。

[4] 旋：掉转。

[5] 望洋：即"茫洋"，仰视的样子。若：海神名。即下文的北海若。

[6] 野语：俗语。

[7] 百：泛指数目之多。

[8] 少：以之为少。仲尼之闻：仲尼的学问。

[9] 轻：轻视。伯夷：孤竹君之子。父欲立伯夷，伯夷让于叔齐，叔齐不肯受，兄弟弃国，俱去首阳山下，周武王伐纣，伯夷、叔齐谏之，左右欲杀之，太公曰不可，引而去之，遂不食周粟而饿死，古人以为品德高尚。

[10] 大方之家：犹言"极有修养的人"，方：道。

[11] 鼃：同"蛙"。

[12] 拘：拘束，局限。虚：通"墟"，指所居之处。

[13] 笃：固，引申为"局限"。

[14] 曲士：乡曲之士，指孤陋寡闻者。

[15] 丑：鄙陋，低劣
[16] 大理：大道理。
[17] 尾闾：传说的海底泄水之处。
[18] 不虚：不显得空虚。
[19] 春秋不变：不以春秋的变化而变化。
[20] 水旱不知：不以水旱的变化而变化。
[21] 过江河之流：超过江河之流量。
[22] 为量数：用一般的数字计算。
[23] 自以：自以为。比形：相当于"受形"，比：等同。受气于阴阳：禀受阴阳之气。
[24] 方：正。存：看到。
[25] 礨空：小穴。大泽：旷野。
[26] 稊米：细小的米粒。太仓：大粮仓。
[27] 卒：尽。人卒九州：九州中的所有人。
[28] 豪末：豪毛之末梢。
[29] 连：连续。
[30] 任士：以天下为己任的贤能之士。
[31] 此：指上文所谓"豪末"。天下大事就宇宙而言不过豪末而已。
[32] 以为名：为求得名声。
[33] 尔：指河伯。

痀偻者承蜩

【解题】 本文生动地描述了痀偻者承蜩的过程，指出"用志不分，乃凝于神"的寓意。

仲尼适楚，出于林中，见痀偻[1]者承蜩[2]，犹掇[3]之也。

仲尼曰："子巧乎！有道邪？"曰："我有道也。五六月累丸二而不坠[4]，则失者锱铢[5]；累三而不坠，则失者十一；累五而不坠，犹掇之也。吾处身也，若厥株拘[6]；吾执臂也，若槁木之枝。虽天地之大，万物之多，而唯蜩翼之知。吾不反不侧[7]，不以万物易蜩之翼，何为而不得？"

孔子顾谓弟子曰："用志不分[8]，乃凝于神[9]，其痀偻丈人之谓乎！"

【注释】

[1] 痀偻：驼背。
[2] 承蜩：指用竹竿粘蝉。蜩：蝉。
[3] 掇：拾取。
[4] 五六月：夏季五六月。累丸二而不坠：在竹竿顶端累两个小丸而不坠落。
[5] 锱铢：六铢等于一锱，四锱等于一两。此处指机会很小。
[6] 厥：通"橛"。株拘：断树之近根盘错部。
[7] 不反不侧：绝对不动。

[8] 用志不分：用心不二。

[9] 乃凝于神：精神专一集中。

三、楚辞、神话、原始诗歌

（一）楚 辞

橘 颂

【解题】 《橘颂》是《九章》中的第八篇。诗人以拟人化的手法塑造了橘树的艺术形象，从多个侧面加以描绘和歌颂，这也正是诗人的自我写照。

后皇嘉树，橘徕服兮[1]。受命不迁，生南国兮[2]。深固难徙，更壹志兮[3]。绿叶素荣，纷其可喜兮[4]。曾枝剡棘，圆果抟兮[5]。青黄杂糅，文章烂兮[6]。精色内白，类可任兮[7]。纷缊宜修，姱而不丑兮[8]。嗟尔幼志，有以异兮[9]。独立不迁，岂不可喜兮[10]。深固难徙，廓其无求兮[11]。苏世独立，横而不流兮[12]。闭心自慎，终不失过兮[13]。秉德无私，参天地兮[14]。愿岁并谢，与长友兮[15]。淑离不淫，梗其有理兮[16]。年岁虽少，可师长兮[17]。行比伯夷，置以为像兮[18]。

【注释】

[1] 后：后土。皇：皇天。嘉：美。徕：同"来"。服：习惯。言皇天后土生美橘树，异于众木，来习南土，习惯于其性。屈原自喻才德如橘树亦异于众人。

[2] 受命：秉承天命。迁：徙，移植。南国：江南。言橘受命于江南，不可移徙，种于别地则化而为枳。屈原自比志节如橘，亦不可移徙。

[3] 更：更加。壹志：志向专一。屈原见橘根深坚固终不可徙，则专一己志，以守忠信。

[4] 素荣：白花。纷其：纷然，盛茂的样子。言橘绿花白，纷然盛茂，诚为可喜。以言己志清白，可资信任。

[5] 层枝：枝条层层叠叠。曾：通"层"。剡：利。棘：橘枝刺若棘。抟：圜。楚人名圜为抟。言橘枝重累而果圆。

[6] 青黄：橘结实初青，既熟，其实则黄。糅：杂而相间。文章：花纹色彩。烂：灿烂。

[7] 精：明。类：犹貌也。言橘实赤黄，其色精明，内怀洁白。以言贤者亦然外有精明之貌，内有洁白之志，故可任以道而事用之。

[8] 纷缊：茂盛的样子。丑：丑恶，一说丑当解为类。言橘类纷缊而盛，如人宜有修饰，形容尽好，无有丑恶。

16

[9] 尔：汝。幼：小。有以：有所。异：特别，奇异。

[10] 屈原言已之行度独立坚固，不可迁徙，诚为可喜。

[11] 廓其：廓然，指胸怀宽阔广大。无求：没有世俗追求。

[12] 苏：寤，苏醒。横：不顺。不流：不随波逐流。言屈原自知为谗佞所害，心中觉寤，然不可变节，犹行忠直，横立自持，不随俗人。

[13] 言已闭心捐欲，勒慎自守，终不敢有过失。

[14] 言已执履忠正，行无私阿，故参配天地，通之神明。

[15] 谢：去。言已愿与橘同心并志，岁月虽去，年且衰老，长为朋友，不相远离。

[16] 淑：善。梗：强。言已虽设与橘离别，犹善持己行，梗然坚强，终不淫惑而失义。

[17] 年少：木之寿者或数百年，橘非古木，故曰年少。

[18] 伯夷：孤竹君之子。父欲立伯夷，伯夷让于叔齐，叔齐不肯受，兄弟弃国，俱去首阳山下，周武王伐纣，伯夷、叔齐谏之，左右欲杀之，太公曰不可，引而去之，遂不食周粟而饿死，古人以为品德高尚。一说伯夷当解为尧臣伯夷。置：立。像：榜样。

招　魂（节录）

【解题】　《招魂》是屈原为怀王招魂而作。屈原以夸饰的手法对恐怖和奢华的景象进行富于强烈刺激性的描写，形成鲜明的对照，造成特殊的美感效果。《招魂》所显示出的想象力和创造力是令人惊叹的。

魂兮归来！东方不可以托些[1]：长人千仞，惟魂是索些[2]。十日代出，流金铄石些[3]。彼皆习之，魂往必释些[4]。归来归来！不可以托些！

魂兮归来！南方不可以止些[5]：雕题黑齿，得人肉以祀，以其骨为醢些[6]。蝮蛇蓁蓁，封狐千里些[7]。雄虺九首，往来儵忽，吞人以益其心些[8]。归来归来！不可以久淫些[9]！

魂兮归来！西方之害，流沙千里些。旋入雷渊，麋散而不可止些[10]。幸而得脱，其外旷宇些。赤蚁若象，玄蜂若壶些[11]。五谷不生，藂菅是食些。其土烂人，求水无所得些。彷徉无所倚，广大无所极些。归来归来！恐自遗贼些[12]！

魂兮归来！北方不可以止些。增冰峨峨，飞雪千里些[13]。归来归来！不可以久些！

魂兮归来！君无上天些[14]：虎豹九关，啄害下人些[15]。一夫九首，拔木九千些。豺狼从目，往来侁侁些[16]。悬人以娭，投之深渊些[17]。致命于帝，然后得瞑些[18]。归来归来！往恐危身些！

魂兮归来！君无下此幽都些：土伯九约，其角鰲鰲些[19]。敦脄血拇，逐人驱驱些[20]。参目虎首，其身若牛些。此皆甘人，归来归来！恐自遗灾些[21]！

【注释】

[1] 托：寄托，寄居。

[2] 仞：八尺。索：寻求。

[3] 代：更替。流金：镕化为液态的金属。铄：销毁。

[4] 彼：指当地人。习：习惯。释：熔解。

[5] 止：停留。

[6] 雕题：南方野蛮人在额上雕刻花纹并涂以颜色。题：额。黑齿：用漆把齿染黑。醢：肉酱。

[7] 蝮蛇：南方所产的一种大毒蛇。蓁蓁：聚在一起的样子。封：大。千里：指封狐往来出没范围之大。

[8] 虺：毒蛇。儵忽：迅速的样子。益其心：增益其毒汁。

[9] 淫：淹留。

[10] 旋：旋转。雷渊：神话中的水名。麋：破碎。

[11] 赤蚁若象，玄蠭若壶：极言赤蚁、玄蠭之大。

[12] 贼：害。

[13] 增：通"层"。峨峨：高耸的样子。

[14] 无：通"毋"，不要。

[15] 虎豹九关：虎豹把守着九重天门。

[16] 从目：竖着眼睛。侁侁：众多的样子。

[17] 娭：同"嬉"，游戏。

[18] 致命于帝：把命委托给上帝。瞑：闭目，指死去。

[19] 土伯：地下的魔怪之王。九约：其身九曲。觺觺：锐利的样子。

[20] 敦：厚。脄：背肉。血拇：沾染血迹的拇指。駓駓：跑得很快的样子。

[21] 甘：美味，这里用作动词。

（二）神　话

风俗通

【解题】　　这是一则关于原始人类产生的神话，但记录时间较晚。

俗说天地开辟，未有人民，女娲抟黄土作人[1]，剧务[2]，力不暇供[3]，乃引绳絚于泥中[4]，举以为人[5]。故富贵贤知者，黄土人也；贫贱凡庸者，引絚人也。

【注释】

[1] 抟：把东西捏聚成团。

[2] 剧：繁多，繁重。务：事务，操作。

[3] 暇：空闲。不暇：没有空闲，此处引申为"顾不上、跟不上"之意。

[4] 引：这里是"牵引、拉扯"的意思。絚：大绳。

[5]举：向上提起。

（三）原始诗歌

伊耆氏蜡辞

【解题】　这是原始人类把诗歌当作命令式的"咒语"，企图用它来控制危害人类的自然现象。

土反其宅，水归其壑，昆虫毋作，草木归其泽。

汉魏晋南北朝部分

一、诗 歌

项 羽

项羽（前232——前202），名籍，字羽，下相（今江苏宿迁西）人。秦末随叔父项梁起兵反秦，秦亡，自立为西楚霸王，并分封诸侯王。后在楚汉战争中被刘邦击败，自杀于乌江。事迹见《史记·项羽本纪》。《史记》存其诗一首。

垓下歌[1]

【解题】 此为项羽的绝命诗，体现了人生有限爱情永恒的主题。

力拔山兮气盖世。时不利兮骓不逝[2]。骓不逝兮可奈何。虞兮虞兮奈若何[3]。

【注释】
[1] 垓下：古地名。
[2] 骓：青白毛色相间的马。
[3] 虞：项羽的宠姬。

虞 姬

虞姬（？——前202），秦末人。项羽姬妾。常随项羽出征。

和项王歌[1]

【解题】 此诗和项羽的《垓下歌》，体现了虞姬视死如归的悲壮美。

汉兵已略地，四方楚歌声[2]。大王意气尽，贱妾何聊生[3]。

【注释】
[1] 和项王歌：《史记·项羽本纪》载：项羽吟唱《垓下歌》"歌数阕，美人和之。"
[2] 略地：占领敌方的土地。

20

[3] 意气：意态和气概。

刘 邦

刘邦（前265——前195），即汉高祖，字季，沛（今江苏沛县）人。秦末率众起义，称沛公，攻占咸阳，推翻秦朝。此后经过五年楚汉相争，终于击败项羽称帝，建立汉朝，在位凡12年，事迹见《史记》和《汉书》。

大风歌[1]

【解题】 此诗表现了刘邦对汉初时局已定，但政局未稳的忧虑。

大风起兮云飞扬。威加海内兮归故乡[2]。安得猛士兮守四方[3]。

【注释】

[1] 大风歌：古歌名。公元前195年十月，刘邦讨伐英布后回师长安，途经故乡沛，乃置酒沛宫，与父老子弟欢聚，酒酣，刘邦击筑而歌之，儿童120人伴唱，刘邦起舞。后入"乐府"，汉朝人称此歌辞为《三侯之章》，《艺文类聚》始称《大风歌》。

[2] 海内：国境以内。

[3] 四方：指汉朝的边境。

李延年

李延年（？——约前87），汉代音乐家，中山（今河北定县）人。乐工出身，善歌，又善创造新声。汉武帝时，在乐府中任协律都尉。

歌一首[1]

【解题】 此诗描写女子姿色，用语朴素，给人以想象的余地。

北方有佳人，绝世而独立[2]。一顾倾人城，再顾倾人国。宁不知倾城与倾国，佳人难再得！

【注释】

[1] 歌一首：据《汉书·外戚传》载："延年性知音，善歌舞，武帝爱之。每为新声变曲，闻者莫不感动。延年侍上起舞，歌曰：'北方有佳人，……'上叹息曰：'善！世岂有此人乎？'平阳主因言延年有女弟，上乃召见之，实妙丽善舞。"由此李延年的妹妹便为汉武帝宠幸。

[2] 绝世：冠绝当代。

王昭君

王昭君：名嫱，汉宫人。元帝时，匈奴入朝，以嫱配之，号宁胡阏氏。

怨　诗

【解题】　此诗写昭君入胡时的哀伤，但全诗哀而不怒。

秋木凄凄，其叶萎黄。有鸟处山，集于苞桑。
养育毛羽，形容生光。既得开云，上游曲房。
离宫绝旷，身体摧残。志念抑沉，不得颉颃。
虽得委食，心有回徨[1]。我独伊何，来往变常。
翩翩之燕，远集西羌。高山峨峨，河水泱泱。
父兮母兮，道且悠长。呜呼哀哉，忧心恻伤。

【注释】

[1] 委食：委而与之食也。

班婕妤

班婕妤：少有才学，成帝时选入宫中，以为婕妤。赵飞燕谗其祝诅，遂求养太后长信宫，帝崩后，充奉园陵。

怨歌行

【解题】　此诗全诗用比，自我伤悼。

新制齐纨素，皎洁如霜雪，裁成合欢扇，团团似明月。出入君怀袖，动摇微风发。常恐秋节至，凉飚夺炎热，弃捐箧笥中，恩情中道绝。

蔡　邕

蔡邕（132—192）东汉文学家，书法家，字伯喈，陈留园（今河南杞县）人。汉灵帝时议郎，因上书论朝政获罪，流放朔方。遇赦后，畏陷害，亡命江湖十余年。董卓专权，被任为侍御史，官左中郎将。董卓被诛，王允将其逮捕入狱，遂死狱中。蔡邕通经史、音律、天文、善辞赋。工篆、隶。有《蔡中郎集》。

翠　鸟[1]

【解题】　《翠鸟》一诗，乃是作者借写鸟反映了他在争权夺利，互相攻击时忧心忡忡的心态。此诗的形式为东汉新兴起的五言体。此诗词采华丽，这在文人五言诗的初创阶段是很值得注意的。

庭陬有若榴，绿叶含丹荣[2]。翠鸟时来集，振翼修容形。回顾生碧色，动摇扬缥青[3]。幸脱虞人机，得亲君子庭[4]。驯心托君素，雌雄保百龄[5]。

【注释】

[1] 翠鸟：生长在水边的小鸟，长喙，头部、背部青绿色，胸部、腹部棕红色。

[2] 庭陬：庭院内的角落。若榴：即石榴。

[3] 缥青：淡青色。

[4] 虞人：古时掌管山泽苑囿和田猎的官员。虞人机：虞人捕猎用的机关。

[5] 驯心：和顺、善良的心。素：通"愫"，真情。

孔　融

孔融（153—208），汉末文学家，字文举，鲁国（今山东曲阜）人。曾任北海相，时称孔北海。为人恃才负气，后因触怒曹操被杀。曹丕曾把他与王粲等六位文学家相提并论，故被列为"建安七子"之一。明朝人辑有《孔少府集》。

杂　诗[1]

【解题】　此诗以昂扬的创作激情肯定自我价值，有震撼人心的力量。

岩岩钟山首，赫赫炎天路[2]。高明曜云门，远景灼寒素[3]。昂昂累世士，结根在所固[4]。吕望老匹夫，苟为因世故[5]。管仲小囚臣，独能建功祚[6]。人生有何常？但患年岁暮。幸托不肖躯，且当猛虎步[7]。安能苦一身，与世同举厝[8]？由不慎小节，庸夫笑我度[9]。吕望尚不希，夷齐何足慕[10]？

【注释】

[1] 杂诗：此诗原先可能另有题目，后来题目失了，选诗的人就称之为《杂诗》了。最早称此诗《杂诗》的是《文选》所选的汉、魏人诗。《杂诗》第一首，乃慷慨言志，大意是说：人虽有穷达贵贱之不同，贤士所珍重的是不改变自己的操守。人生无常，穷困的人不一定终生穷困，有志的人一定有所作为。此诗的最后表白说自己志向远大，是平庸之人所不能理解的。

[2] 岩岩：高峻。钟山：山名。传说中极北海中之山，是没有阳光的极寒冷之地。赫赫：显盛。炎天：南方炎热的地方。

[3] 高明：地位尊贵的人。云门：云间，或比喻仕途。寒素：家世清贫，也指家世清贫的人。

[4] 昂昂：志节高尚。累世士：不是任何时代都能有的贤能之人。

[5] 吕望：即吕尚，号称太公望。相传吕望50多岁时卖食，70多岁时做屠户，90多岁遇周文王，才为天子之师。后又佐周武王灭商建立周，乃西周开国功臣。世故：世间的一切事故。

[6] 管仲（？—前645）：即管敬仲，春秋初期政治家，名夷吾，字仲，颍上（颍水之滨）人。祚：权位；国统。

[7] 猛虎步：高视阔步。

[8] 举厝：即"举措"。

[9] 度：胸襟。

[10] 夷齐：疑为"夷吾"。夷吾即管。

秦 嘉

秦嘉（生卒年不详），东汉诗人，字士会，陇西（今甘肃东南）人。汉桓帝时，任郡上计吏、黄门郎等官职。著有《与妻徐淑书》、《重报妻书》及《赠妇诗》三首、《述昏》诗一首。

赠妇诗[1]

【解题】 此诗前八句，言人生在世有如朝露，诗后八句写与妻子未能相会而要离别的愁怀。

人生譬朝露，居世多屯蹇[2]。忧艰常早至，欢会常苦晚。念当奉时役，去尔日遥远[3]。遣车迎子还，空往复空返。省书情凄怆，临食不能饭[4]。独坐空房中，谁与相劝勉？长夜不能眠，伏枕独辗转。忧来如寻环，匪席不可卷[5]。

【注释】

[1] 赠妇诗：秦嘉担任郡上计职务时，奉命赴京城办事，偏巧妻子徐淑有病还母家。秦嘉不能与妻子面别，心中惆怅，便为妻子写了三首诗，这里仅选一首。

[2] 屯蹇：艰难困苦，不顺利。

[3] 时役：汉朝制度每年年终各郡须派遣郡上计将簿记送到京城。

[4] 省书：看信。

[5] 寻环：犹"循环"，比喻愁思无穷尽。匪：同非。这里借用诗经·邶风·柏舟》"我心匪席，不可卷也"的成句，以席可以卷起来反喻愁思不能收卷起来。

汉乐府

陇头歌（二首）

其 一

【解题】 行役过陇有感，就水形触感，点清行役登高事。

陇头流水，流离四下。念我行役，飘然旷野。登高望远，涕零双堕。

其 二

【解题】 此歌就水声触感，点清所望之处。"肝肠寸断"，更从呜咽翻深一层，所谓无声之同也。

陇头流水，鸣声幽咽。遥望秦川，肝肠断绝。

相逢行

【解题】 一曰《相逢狭路间行》，亦曰《长安有狭斜行》。此见少年富贵者而赋之，健羡之中，寓有讽意。

相逢狭路间，道隘不容车。不知何年少，夹毂问君家。君家诚易知，易知复难忘。黄金为君门，白玉为君堂。堂上置樽酒，作使邯郸倡。中庭生桂树，华灯何煌煌。兄弟两三人，中子为侍郎。五日一来归，道上自生光。黄金络马头，观者盈道傍。入门时左顾，但见双鸳鸯。鸳鸯七十二，罗列自成行。音声何噰噰，鹤鸣东西厢。大妇织绮罗，中妇织流黄。小妇无所为，挟瑟上高堂："丈人且安坐，调丝方未央。"

枯鱼过河泣[1]

【解题】 这是一首寓言体的短诗，以枯鱼拟人，并且赋予它人的形象，是浪漫主义创作方法。

枯鱼过河泣，何时悔复及[2]！作书与鲂鱮，相教慎出入[3]。

【注释】

[1] 枯鱼过河泣：《乐府诗集》列入《杂曲歌辞》。
[2] 枯鱼：干鱼。
[3] 鲂：鳊鱼。鱮：鲢鱼。

艳歌行[1]

【解题】 此诗写漂泊的游子受人猜忌而引起的委屈与乡愁。

翩翩堂前燕，冬藏夏来见。兄弟两三人，流宕在他县[2]。故衣谁当补？新衣谁当绽[3]？赖得贤主人，览取为吾绽[4]。夫婿从门来，斜柯西北眄[5]。"语卿且勿眄，水清石自见。"石见何累累，远行不如归。

【注释】

[1] 艳歌行：为《相和歌·瑟调曲》
[2] 宕：同荡。
[3] 绽：本为裂缝。这里为缝制的意思。
[4] 贤主人：贤惠的女房东。
[5] 眄：斜视。

悲　　歌[1]

【解题】 此诗写游子思乡而不能归的悲哀，全诗用一个"悲"字为主眼，"悲"字贯穿了全诗，多层次和多角度地抒发了征人和游子的悲之广、悲之深。

悲歌可以当泣，远望可以当归[2]。思念故乡，郁郁累累[3]。欲归家无人，欲渡河无船。

心思不能言，肠中车轮转。

【注释】

[1] 悲歌：乐府古辞。《乐府诗集》列为《杂曲歌辞》。

[2] 可以：聊以。当：代替。

[3] 郁郁：愁闷。累累：瘦瘠疲惫貌。

伤歌行[1]

【解题】 此诗乃写女子怨恨丈夫远走不归。描写细腻，结构层次分明，写出殷切盼望亲人回归，望月动情，直到向苍天抒愤的整个过程。维妙维肖地写出了诗人的忧思傍徨。

昭昭素明月，辉光烛我床[2]。忧人不能寐，耿耿夜何长[3]！微风吹闺闼，罗帷自飘扬[4]。

揽衣曳长带，屣履下高堂[5]。东西安所之，徘徊以傍徨。春鸟翻南飞，翩翩独翱翔。悲声命俦匹，哀鸣伤我肠[6]。感物怀所思，泣涕忽沾裳。伫立吐高吟，舒愤诉穹苍[7]。

【注释】

[1] 伤歌行：郭茂倩《乐府诗集》收入《杂曲歌辞》，为乐府古辞。《文选》、《古乐府》亦同，唯《玉台新咏》署名为魏明帝。

[2] 烛：照。

[3] 耿耿：心中不能宁静。

[4] 闺闼：闺，女人住室；闼，内门。

[5] 屣履：拖着鞋或趿着鞋。

[6] 俦匹：伴侣。

[7] 伫立：久立。穹苍：苍天。

桓帝初天下童谣[1]

【解题】 此诗观桓帝初年的政治得失。

小麦青青大麦枯，谁当获者妇与姑[2]。丈人何在西击胡。吏买马，君具车，请为诸君鼓咙胡[3]。

【注释】

[1] 此乃东汉桓帝时童谣。见于《后汉书·五行志》，谈及产生时代背景时说："元嘉（桓帝年号）中，凉州诸羌（少数民族名）一时俱反，南入蜀汉，东抄三辅（今陕西关中地区），延及并、冀，大为民害。命将出师，每战常负。中国益发甲卒，麦多委弃，但有妇女

获刈之也。"

[2] 妇：媳妇。姑：古代称丈夫的母亲为姑。

[3] 丈人：犹言长老。此处以媳妇的口气而言，指她的公公。鼓：凸出，鼓起。鼓咙胡：是形容话梗在喉咙的样子。

古　歌

【解题】　此乃一首游子怀乡的短诗。

高田种小麦，终久不成穗[1]。男儿在他乡，焉得不憔悴[2]。

【注释】

[1] 终久：犹言终究。

[2] 憔悴：病瘦貌。

桓灵时谣

【解题】　这首民谣批判东汉桓灵时期的选举制度和用人制度。

举秀才，不知书[1]。察孝廉，父别居[2]。寒素清白浊如泥。高策良将怯如黾[3]。

【注释】

[1] 秀才：才学优异的人。汉武帝选举科目之一。

[2] 孝廉：指事亲孝，处事廉洁的人。汉武帝选举科目之一。

[3] 黾：蛙。

《古诗十九首》

去者日以疏

【解题】　游子思妇的相思离别。

去者日以疏，来者日以亲。出郭门直视，但见丘与坟。古墓犁为田，松柏摧为薪。白杨多悲风，萧萧愁杀人。思还故里闾，欲归道无因[1]。

【注释】

[1] 里闾：乡里。故里闾，即故乡。

生年不满百

【解题】　这首诗宣传及时行乐，乃是对汉末社会动荡不安、人命危浅的无力抗议。为此，与其说此诗表现了"人性觉醒"，不如说以旷达狂放之思表现了人生毫无出路的痛苦。

生年不满百，常怀千岁忧[1]。昼短苦夜长，何不秉烛游？为乐当及时，何能待来兹？

愚者爱惜费，但为后世嗤。仙人王子乔，难可与等期[2]。

【注释】

[1] 千岁忧：指身后的种种打算。

[2] 王子乔：古仙人名。传说他是周灵王的太子，名晋，好吹笙作凤鸣，后来道人浮丘公把他接引到嵩山去成了仙。等期：同样希冀。

徐　幹

徐幹（171—218）字伟长，山东潍坊人，东汉末哲学家，文学家，"建安七子"之一。性恬淡，不慕荣利，以著述自娱。后人所集《徐伟长集》。

答刘公幹诗[1]

【解题】　此诗抒发思念挚友之情。

与子别无几，所经未一旬[2]。我思一何笃，其愁如三春[3]。虽路在咫尺，难涉如九关[4]。

陶陶朱夏德，草木昌且繁[5]。

【注释】

[1] 此诗为答刘桢赠诗之作。

[2] 子：指刘桢。

[3] 三春：多年。

[4] 九关：天门九重。

[5] 陶陶：和乐得样子。朱夏：夏天。

阮　瑀

咏　史[1]

【解题】　此诗乃是赞扬侠义之士的高尚行为的。

燕丹养勇士，荆轲为上宾[2]。图尽擢匕首，长驱西入秦[3]。素车驾白马，相送易水津[4]。渐离击筑歌，悲声感路人[5]。举坐同咨嗟，叹气若青云[6]。

【注释】

[1] 咏史：诗体名。《昭明文选》所选诗中，列有"咏史"一门。自王粲以《咏史》为题起，后来为许多诗人沿用此题。后世凡以史事为题的诗，都泛称咏史诗。

[2] 燕丹：即燕太子丹。战国时期燕王喜的太子，曾质于秦，后逃归。公元前227年，燕丹派荆轲入秦谋秦王嬴政。事败，秦发兵攻燕国，燕王喜斩丹首以献。荆轲：战国时卫人。游燕，感于燕丹之恩遇，西人秦，希借献图之际，刺杀秦王。结果失败，当场身死。

[3] 图尽擢匕首：燕丹、荆轲等谋刺秦王的计划。即借献燕国督亢地图给秦王之机，

刺杀秦王。擢：拔。

[4] 素车、白车：古代多用于凶丧之事。易水：在今河北
省易县西，东流至定兴县西南与涞水（巨马水）合。津：渡

[5] 渐离：人名。即高渐离，荆轲之至交。荆轲死，渐离变姓名，为人庸保。后有识
之者，告于秦王，秦王因其善击筑而赦之。高渐离借给秦王击筑之机，以筑击杀秦王失败
被杀。筑：乐器名。路人：彼此无关的人。

[6] 举坐：全部在场的人。咨嗟：叹息。

应 场

应场（？—217），汉末文学家，"建安七子"之一，字德琏，汝南（今河南）人，曹操
征召为丞相撰属，后为五官中郎将文学。明朝人辑有《应德琏集》

别诗[1]

【解题】 此诗抒写怀土深情，反映乱世流离者的悲哀。

朝云浮四海，日暮归旧山[2]。行役怀旧土，悲思不能言[3]。悠悠涉千里，
未知何时旋[4]。

【注释】

[1] 别诗：应场有"别诗"二首，今选一首。建安十六年（211）曹植封为平原侯，应
场由丞相掾属转为平原侯庶子，曹植堕烹操西征马超，应砀亦随曹植前行；不久，应场再
转任五官中郎将文学，离别曹植。此诗乃离别曹植时所写。

[2] 故山：故乡。

[3] 行役：因服役或公务而跋涉在外，这里指应场转任五官中郎将文学离开曹植。旧
土：故乡

[4] 悠悠：遥远。旋：归回。

曹 植

曹植（192—232）三国杰出诗人，字子建，沛国谯（今安徽亳县）人，曹操第三子，
曾封陈王，死后谥"思"，世称"陈思王"。其诗代表建安诗歌的成就，骨气奇高，辞采华
茂。宋人辑有《曹子建集》。

杂诗（其一）

【解题】 此为怀人之诗。

高台多悲风，朝日照北林。之子在万里，江湖迥且深。方舟安可极，离思
故难任。孤雁飞南游，过庭长哀吟。翘思慕远人，愿欲托遗音[1]。形影忽不
见，翩翩伤我心。

【注释】

[1] 翘思：仰首而思。

杂诗（其二）

【解题】 通过对游子的描写，反映动乱社会的面貌。

转蓬离本根，飘飘随长风。何意回飙举，吹我入云中。高高上无极，天路安可穷？

类此游客子，捐躯远从戎。毛褐不掩形，薇藿常不充。去去莫复道，沉忧令人老。

杂诗（其三）

【解题】 此篇写女子思念从军不归的丈夫。前人多以为有所寄托。

西北有织妇，绮缟何缤纷[1]！明晨秉机杼，日昃不成文[2]。太息终长夜，悲啸入青云。

妾身守空闺，良人行从军[3]。自期三年归，今已历九春[4]。飞鸟绕树翔，嗷嗷鸣索群。愿为南流景，驰光见我君。

【注释】

[1] 织妇：指织女星。织女星所在的地方是北方，"绮缟"，有花纹的绢。此二句是用织女星起兴，写思妇在织绢，却织得很乱。

[2] 明晨：清晨。日昃（殆）：午后。此二句言，织妇从清晨开始织布，到太阳偏西了，还未织成纹里。

[3] 良人：织妇对丈夫的称谓。

[4] 九春：九年。

赠丁仪[1]

【解题】 曹植此诗约作在曹丕称帝不久，内容为对曹丕不重用丁仪不满，以及对丁仪表示同情和爱莫能助的歉疚之意。作品中也反映了农民生活的苦痛，从而表现了作者对劳动人民的同情。

初秋凉气发，庭树微销落。凝霜依玉除，清风飘飞阁[2]。朝云不归山，霖雨成川泽[3]。黍稷委畴陇，农夫安所获[4]？在贵多忘贱，为恩谁能博！狐白足御冬，焉念无衣客[5]？思慕延陵子，宝剑非所惜[6]。子其宁尔心，亲交义不薄[7]。

【注释】

[1] 丁仪：沛郡人，曾任曹操椽属，他与丁廙、杨修等皆为曹植好友，而且曾经劝说

曹操立曹植为太子，故遭到曹丕的忌恨。曹丕称帝之后，丁仪被杀。

［2］玉除：玉石的殿阶。飞阁：带有飞檐的楼阁。

［3］霖：连下三日的雨称霖。此二句言，早晨的云聚集在天空，不回到山里去。即阴天之意。

［4］委：抛弃。畴陇：田亩。此二句言，久雨不晴，庄稼被淹没。

［5］狐白：指狐白裘，贵者所服。

［6］延陵子：指吴公子季札，春秋晚期人。

［7］宁尔心：指你安心地等待吧。

阮　籍

昔年十四五[1]

【解题】　写诗人自己由少年崇尚儒学，到后来转向隐逸求仙的过程。

昔年十四五，志尚好书诗[2]。被褐怀珠玉，颜闵相与期[3]。开轩临四野，登高望所思[4]。丘墓蔽山岗，万代同一时[5]。千秋万岁后，荣名安所之？乃悟羡门子，噭噭今自嗤[6]。

【注释】

［1］昔年十四五：这是阮籍《咏怀诗》的第十五首。

［2］书诗：这里泛指儒家经典《诗经》《尚书》等。

［3］褐：粗布衣，贫穷人的衣着。珠玉：喻道德才能。《老子》："圣人被褐怀玉"。这里即借用此句之意。颜闵：孔子的两位著名弟子，即颜渊与闵子骞，以德行高闻名于世。

［4］所思：指颜闵一类的有才德的人。

［5］蔽：布满，遮掩。同一：合一也。时：通"是"。

［6］羡门子：古代传说中的神仙。噭噭：哭号声。指为了某事积极奔走呼号。

炎光延万里

【解题】　本诗歌颂了英雄豪杰为国建功立业的伟大精神，同时否定了庄子的虚无思想，表达了阮籍内心深处的奋发进取的意愿和情感。

炎光延万里，洪川荡穿湍濑[1]。弯弓挂扶桑，长剑倚天外[2]。泰山成砥砺，黄河为裳带。

视彼庄周子，荣枯何足赖[3]？捐身弃中野，乌鸢作祸害[4]。岂若雄杰士，功名从此大[5]。

【注释】

［1］炎光：日光。

［2］扶桑：神树名。

［3］庄周子：战国时期的哲学家，道家学派的代表人物，注有《庄子》一书。荣枯：

本指开花和枯萎，引伸为兴衰、生死。

　　［4］捐身弃中野：这两句连同"视彼庄周子"两句，说的是庄子临终时"弟子欲厚葬子。庄子曰：'吾以天地为棺椁，日月为连璧，星辰为珠玑，万物为资送，吾葬具岂不备耶？何以加此？'弟子曰：'吾恐乌鸢之食夫子也。'庄子曰：'在上为乌鸢食，在下为蝼蚁食，夺彼与此，何其偏也。'"（见《庄子·列御寇》）。

　　［5］雄杰士：指弯弓挂扶桑，长剑依天外的人物，即诗人所幻想超于天地之外、尘世之外的人物。其文《大人先生传》即写这种雄杰士的形象。功名：道德名声。从此大：一直响亮地流传于后世。

嵇　康

赠秀才入军[1]

　　【解题】　这首诗是抒发对其兄之怀念与个人孤单寂寞之情。

　　浩浩洪流，带我邦畿[2]。萋萋绿林，奋荣扬晖[3]。鱼龙瀺灂，山鸟群飞[4]。驾言出游，日夕忘归[5]。思我良朋，如渴如饥[6]。愿言不获，怆矣其悲[7]。

　　【注释】

　　［1］赠秀才入军：在《嵇康集》里共有十九首，第一首为五言，其余十八首为四言。这里只选一首"浩浩洪流"。秀才，在汉代也叫茂才。这里具体指嵇康的哥哥嵇喜。嵇喜，字公穆，曹魏时曾举秀才，任卫军司马。入晋后，任太仆，宗正，徐州刺史等职。嵇喜是个庸俗的人，曾遭到阮籍的白眼；但嵇康是由他抚养成人的，他们兄弟间又有着一种良好的感情。在曹魏系统与司马氏集团激烈的斗争中，嵇喜去参军以助司马氏集团，这是嵇康所反对的，为此，《赠秀才入军》这组诗的思想感情是复杂的。

　　［2］洪流：也称洪河，即黄河。带：围绕。邦畿：指国都的近郊，这里指洛阳近郊。

　　［3］萋萋：草木茂盛貌。奋荣：竞发着花朵。扬晖：播扬其光辉。

　　［4］瀺灂：水声，这儿指鱼龙在水中出没貌。

　　［5］驾：驾车。言：语气词。

　　［6］良朋：谓秀才。

　　［7］愿言不获：言，语气词。愿望不能达到。怆：悲伤。

陆　机

拟明月何皎皎[1]

　　【解题】　此诗乃是久客思归之作。

　　安寝北堂上，明月入我牖。照之有余晖，揽之不盈手。凉风绕曲房，寒蝉明高柳[2]。踟蹰感节物，我行永已久。游宦会无成，离思难常守。

【注释】

[1] 拟明月何皎皎：这是拟古诗十九首《拟明月何皎皎》写的诗。陆机《拟古》十二首，全是模拟《古诗十九首》而作，此诗是其中的第六首。

[2] 曲房：有曲廊的房子。

左　芬[1]

左芬（生卒年不详），西晋临淄（今山东淄博市）人，左思之妹少好学，善缀文，名亚于左思。晋武帝闻而纳之，始泰八年（公元前 272）拜修仪。姿陋无宠，以才德见礼。事迹见《晋书·后妃传》。

感离思

【解题】　此为宫怨诗，写宫女思念家人之愁苦。

自我去膝下，倏忽逾再期[1]。邈邈浸弥远，拜奉将何时。披省所赐告，寻玩悼离词。仿佛想容仪，唏嘘不自持[2]。何时当奉面，娱目于书诗。何以诉辛苦，告情于文辞。

【注释】

[1] 膝下：父母。

[2] 唏嘘：叹气；抽噎声。

王羲之

兰亭诗[1]

【解题】　此诗是玄言诗，但感物寄怀，有积极向上的精神。

三春启群品，寄畅在所因[2]。仰望碧天际，俯磬绿水滨。廖朗无厓观，寓目理自陈[3]。大矣造化功，万殊莫不均。群籁虽参差，适我无非新。

【注释】

[1] 兰亭诗：王羲之《兰亭诗》共六首。此为第三首。东晋穆帝永和九年（公元 353）三月三日，王羲之等四十一人，在会稽境内的兰亭举行了一次聚会。与会的人们在曲水旁将盛着酒的杯子放在水中，酒杯漂流到谁面前，谁就得畅饮赋诗。时人将这些诗汇集起来，称《兰亭诗集》。王羲之为诗集写了一篇序文，即闻名天下的《兰亭序》，被称为"天下第一行书。"

[2] 群品：万物。

[3] 廖朗：心虚目明。

谢道韫

谢道韫（生卒年不详），琅邪临沂（今属山东）人，东晋安西将军谢奕之女，谢安从女，王凝之之妻。聪识有才辩，值天雪，安曰：何所似也？安兄子朗曰：散盐空中差可拟。道韫曰：未若柳絮因风起。安大悦。有集三卷。《先秦汉魏晋南北朝诗》辑得其诗三首。

泰山吟

【解题】 此诗写对泰山的赞美和敬仰。

峨峨东岳高，秀极冲青天。岩中间虚宇，寂寞幽以玄[1]。非工复非匠，云构发自然[2]。器象尔何物，遂令我屡迁[3]。逝将宅斯宇，可以尽天年。

【注释】

[1] 虚：孔窍。

[2] 云构：喻大厦。

[3] 器：形物。象：兆象。

颜延之

阮步兵[1]

【解题】 咏阮籍喻己怀抱。

阮公虽沦迹。识密鉴亦洞[1]。沈醉似埋照。寓辞类托讽。长啸若怀人。越礼自惊众。物故不可论。途穷能无恸[2]。

【注释】

[1] 阮步兵：即阮籍。因其曾任步兵校尉，故称阮步兵。这首诗选自颜延之的《五君咏》。颜延之任步兵校尉时，每犯权要，因而被出为永嘉太守。颜延之甚怒怨，乃作《五君咏》，咏阮籍、嵇康、刘伶、阮咸、向秀五人，以古事喻自己的怀抱。

[2] 物故：世故。

嵇中散[1]

【解题】 此诗借嵇康不与世俗同流合污，以表达自己受排挤而不肯屈服的心情。

中散不偶世。本自餐霞人[2]。形解验默仙。吐论知凝神。立俗迕流议。寻山洽隐沦。鸾翮有时铩。龙性谁能驯[3]。

【注释】

[1] 嵇中散：嵇康。

[2] 餐霞人：即仙人。

[3] 铩：羽毛摧残。

顾恺之

顾恺之（约345—406），东晋画家。字长康，小字虎头，晋陵无锡（今江苏）人。多才多艺，工诗赋，书法，犹精绘画，尝有"才绝、画绝、痴绝"之称。

神情诗

【解题】 此诗写四季风光。采用形象鲜明的文字，勒出一组典型的四时风光图来，表现了画家的本色。

春水满四泽，夏云多奇峰。秋月扬明辉，冬岭秀寒松[1]。

【注释】

[1] 寒松：寒冬之松。《三国志吴志陆绩传注》："姚信集曰：王蠋建寒松之节，而齐王表其里；义姑立殊俗之操，而鲁侯高其门。"

陶渊明诗

饮酒诗（其一）

【解题】 诗以鸟的失群离所至托身孤松来暗喻自己从误落尘网到归隐田居的过程，由此表明了自己对现实的不满与对远离尘嚣的田园生活的歌颂。

栖栖失群鸟，日暮犹独飞[1]。徘徊无定止，夜夜声转悲。厉响思清远，来去何依依[2]。因值孤生松，敛翮遥归来。劲风无荣木，此荫独不衰。托身已得所，千载不相违。

【注释】

[1] 栖栖：不安貌。
[2] 厉响：厉，烈，急。响，声。依依：思恋不舍。

拟古九首（其八）

【解题】 《拟古九首》的内容，大致都是悼国伤时，追慕节义的。

少时壮且厉，抚剑独行游[1]。谁言行游近，张掖至幽州[2]。饥食首阳薇，渴饮易水流[3]。不见相知人，惟见古时丘。路边两高坟，伯牙与庄周[4]。此士难再得，吾行欲何求[5]。

【注释】

[1] 壮且厉：壮，强壮。厉，猛烈。抚剑：持剑。
[2] "张掖"句：张掖在今甘肃，为西陲。幽州在今河北省东北部，为北地。都很遥远。
[3] 首阳薇：伯夷叔齐，商时孤竹君的二子。商亡，不食周粟，隐于首阳山，采薇而食。易水流：荆轲为燕太子丹刺秦王，太子及宾客皆素服送至易水之上，荆轲作歌。以上二句表示钦慕夷齐、荆轲的节义。
[4] "伯牙"句：《淮南子修务训》记载，伯牙，楚人，善鼓琴，与钟子期友善。钟子

期死，伯牙即绝弦破琴，知世人都不能欣赏。庄周即庄子，与惠施友善。惠施死，庄子即不再谈说，知世人都不能理解。

[5] 此士：知音之士。如钟子期与伯牙、惠施与庄周之相得。

咏贫士

【解题】 《咏贫士七首》是陶渊明晚年咏怀之作。这是第一首，叙述贫士的高洁与孤独。

万族各有托，孤云独无依[1]。暧暧空中灭，何时见余辉[2]。朝霞开宿雾，众鸟相与飞[3]。迟迟出林翮，未夕复来归[4]。量力守故辙，岂不寒与饥？知音苟不存，已矣何所悲。

【注释】

[1] 孤云：孤云高洁，以喻贫士。
[2] 暧暧：昏暗不明。
[3] "朝霞"句：喻朝廷更迭。"众鸟"句：喻众人趋附。
[4] "迟迟"句：翮指鸟，喻贫士，亦以自喻。迟迟出林，未夕即归，与众自有不同。

时　　运

时运，游暮春也。春服既成，景物斯和，偶景独游，欣慨交心[1]。

【解题】 《时运》四章，是咏暮春独游的。诗中欣赏景色，感慨身世，正如序中所说的"欣慨交心"。

迈迈时运，穆穆良朝[2]。袭我春服，薄言东郊[3]。山涤余霭，宇暧微霄[4]。有风自南，翼彼新苗[5]。

洋洋平泽，乃漱乃濯[6]。邈邈遐景，载欣载瞩[7]。称心而言，人亦易足。挥兹一觞，陶然自乐[8]。

延目中流，悠想清沂[9]。童冠齐业，闲咏以归。我爱其静，寤寐交挥[10]。但恨殊世，邈不可追[11]。

斯晨斯夕，言息其庐。花药分列，林竹翳如[12]。清琴横床，浊酒半壶。黄唐莫逮，慨独在余[13]。

【注释】

[1] "偶景"句：景，古影字。只与影为偶，因此称独游。
[2] 迈迈：行走貌。时运：四时之运行。穆穆：和谐貌。
[3] 薄言：薄，发声字。言，语助词。
[4] 霭：云翳。宇暧句：上下四方为宇。暧，隐蔽。霄，云气。

　［5］翼：犹披拂。

　［6］洋洋：水大貌。

　［7］"载欣"句：且欣且望。

　［8］"挥兹"句：饮毕后振去余酒为挥。觞，酒器。全句指饮酒。

　［9］"悠想"句：沂，水名。《论语》记曾点对孔子言志说："暮春者，春服既成，冠者五六人，童子七人，浴乎沂，风乎舞雩，咏而归。"这里表示追慕其遗风。

　［10］"寤寐"句：寤，醒时。寐，眠时。寤寐，借指日夜。交挥：交奋，指思念。

　［11］殊世：异世。

　［12］翳如：茂密貌。

　［13］黄唐：黄，黄帝。唐，尧。

谢灵运诗

石门新营所住四面高山回溪石濑茂林修竹[1]

【解题】　此诗大概作于元嘉七年春，写石门新居的风光以及诗人在那里的生活感受。

　跻险筑幽居，披云卧石门[2]。苔滑谁能步，葛弱岂可扪[3]。袅袅秋风过，萋萋春草繁；美人游不还，佳期何由敦[4]。芳尘凝瑶席，清醥满金尊[5]；洞庭空波澜，桂枝徒攀翻；结念属霄汉，孤景莫与谖[6]！俯濯石下潭，仰看条上猿[7]；早闻夕飙急，晚见朝日暾[8]；崖倾光难留，林深响易奔[9]。感往虑有复，理来情无存[10]；庶持乘日车，得以慰营魂[11]。匪为众人说，冀与智者论[12]。

【注释】

　［1］石门：地名，在今浙江嵊县西北。回溪：曲折回转的溪水。石濑：石间湍急的流水。茂林修竹：竹林茂密高深。

　［2］跻：攀登。

　［3］步：行走。弱在：细嫩。扪：援持。

　［4］美人：指朋友。敦：通团，团聚。

　［5］清醥：纯净的美酒。

　［6］属：连接。景：同影。谖：忘记。

　［7］濯：洗涤。条：指树枝藤蔓之类。

　［8］早：先。夕飙：晚间强劲的山风。晚：后。暾：太阳初出时圆而厚实的样子。

　［9］响易奔：各种声音容易传递也容易消失。

　［10］感往：孤苦的感受好不容易成为过去。虑有复：担心会反复重来。理来：妙理到来。即想起道学玄理的时候。情无存：道家主张物我合一，我既为物，感情自然也就不存在了。

　［11］庶：希望。持：牵持，拉着不放。乘日车：运载太阳的车。意为挽留时光别跑得太快，以便自己能尽情游赏。营魂：心灵，精神。

[12] 匪：通非，不。冀：希望。

石门岩上宿

【解题】 此诗作于元嘉七年秋，写夜宿石门岩上赏月的感受。

朝搴苑中兰，畏彼霜下歇[1]。暝还云际宿，弄此石上月[2]。鸟鸣识夜栖，木落知风发。异音同至听，殊响俱清越[3]。妙物莫为赏，芳醑谁与伐[4]？美人竟不来，阳阿徒晞发[5]。

【注释】

[1] 搴：拔取。彼：指木兰等花草。霜下歇：经霜冻而凋谢。

[2] 暝：夜。云际：云间，指高耸入云的石门山顶。

[3] 异音、殊响：指上两句所说鸟声、树叶声、风声等。致听：传到耳朵里使能听见。清越：清脆悠扬。

[4] 妙物：指上文兰、云、月、鸟、木、风等景物。谁与伐：谁与我共同品赏其美味。伐，有炫耀、赞美意。

[5] 阳阿：神话传说中太阳出来所升的第一个山丘。晞发：沐浴后用太阳晒干头发。

东阳溪中赠答二首

【解题】 此诗大概作于景平元年（公元 423 年）秋，即谢灵运辞官由永嘉郡返故乡途中。诗用民间对歌的形式表现青年男女的爱慕之情，想象新巧，情调明快，较民歌蕴藉典雅，风情旖旎。牛刀小试，诗人天才。

可怜谁家妇，缘流洗素足[1]。明月在云间，迢迢不可得[2]。

可怜谁家郎，缘流乘素舸[3]。但问情若为，月就云中堕[4]。

【注释】

[1] 可怜：可爱。缘流：因流，凭借溪水。素足：雪白粉嫩的脚。

[2] 迢迢：高远。

[3] 素舸：不加雕饰的大船。

[4] 但：只。若为：若何，怎样。

鲍照诗

拟行路难

【解题】 写夫妇久别，思妇独居的惆怅。

中庭五株桃，一株先作花。阳春夭冶二三月，从风簸荡落西家[1]。西家思妇见悲惋，零泪沾衣抚心叹：初我送君出户时，何言淹留节回换[2]？床席生尘明镜垢，纤腰瘦削发蓬乱。人生不得长称意，惆怅徒倚至夜半[3]。

【注释】

〔1〕落西家：花落西家可见风从东来。东风是春季常起的风。

〔2〕"何言"句：何尝说到在外淹留如此之久，至于时节转换呢。

〔3〕徙倚：徘徊。

刘昶诗

断　　句

【解题】　这首诗题为断句，断句同于绝句，就是联句未成的意思。南史本传载此诗，说是刘昶在奔魏途中所作。

白云满鄣来，黄尘暗天起[1]。关山四面绝，故乡几千里。

【注释】

〔1〕鄣：边地险要处的城堡。

何逊诗

与胡兴安夜别

【解题】　这是秋夜在舟中留别的诗。

居人行转轼，客子暂维舟[1]。念此一筵笑，分为两地愁。露湿寒塘草，月映清淮流。方抱新离恨，独守故园秋[2]。

【注释】

〔1〕居人：留居的人，指胡兴安。行，将。转轼，回车。

〔2〕末二句言自己将抱恨独居。

陶宏景诗

诏问山中何所有赋诗以答

【解题】　本篇为答齐高帝萧道成诏而作。

山中何所有？岭上多白云。只可自怡悦，不堪持赠君。

陆凯诗

赠范晔诗

【解题】　诗写范、陆的深厚友情。

折花逢驿使，寄与陇头人[1]。江南无所有，聊赠一枝春。

【注释】

[1] 陇头人：犹言陇山人。陇山在今陕西省陇县西北。

王籍诗

入若耶溪[1]

【解题】 写泛溪而伤久客。

舻艎何泛泛，空水共悠悠[2]。阴霞生远岫，阳景逐回流[3]。蝉噪林逾静，鸟鸣山更幽。此地动归念，长年悲倦游。

【注释】

[1] 若耶溪：在今浙江省绍兴南若耶山下。
[2] 舻艎：或作余皇，舟名。泛泛：船行无阻之貌。
[3] 阳景：日影。

鲍令晖诗

古意赠今人

【解题】 本篇是女子寄夫望归之辞。

寒乡无异服，毡褐代文练[1]。日月望君归，年年不解緁[2]。荆扬春早和，幽冀犹霜霰[3]。北寒妾已知，南心君不见[4]。谁为道辛苦？寄情双飞燕。形迫杼煎丝，颜落风催电[5]。容华一朝尽，惟馀心不变。

【注释】

[1] 文练：熟丝织品之有花纹者。
[2] 緁（音衍）：缓。这句是说望夫的心无解缓之期。
[3] 荆扬：荆州和扬州。幽冀：幽州和冀州。
[4] 南心：指自己在南方望夫的心。
[5] 杼煎丝：比喻忙迫不得休息，指夫而言。风催电：比喻容颜老丑十分迅速，自指。

谢朓诗

新亭渚别范零陵云[1]

【解题】 这是送别范云的诗，时范为零陵郡内史。

洞庭张乐地，潇湘帝子游[2]。云去苍梧野，水还江汉流[3]。停骖我怅望，辍棹子夷犹[4]。广平听方藉,茂陵将见求[5]。心事俱已矣,江上徒离忧[6]。

【注释】

[1] 新亭:在今南京市南。零陵:南齐郡名,治所在今湖南省零陵县北。

[2] 张乐:作乐。传说黄帝在此奏咸池之乐。帝子:尧女。相传帝尧的二女娥黄、女英随舜不返,死于湘水。洞庭、潇湘都是范赴零陵经过的地方。

[3] 苍梧:山名,即九嶷山,传说舜死于苍梧之野。零陵的水由江汉金陵东流入海,所以说"水还"。

[4] 停骖:停车。古代驾车用四马,两旁的马为骖。夷犹:犹豫不前。二句言一去一留,临别依恋。

[5] 晋郑袤为广平太守,郡人爱戴。临去,百姓恋慕涕泣。此句言范将如郑袤在广平,声名藉甚。汉司马相如谢病居茂陵。武帝遣人往求其书,及至,矣卒。此句言自己将如司马相如谢病家居,以遗文见求于世。

[6] 离:同"罹",遭。

范云诗

之零陵郡次新亭

【解题】 本篇是作者赴零陵(今湖南零陵县)内史任,在新亭止宿时所作。谢朓有《新亭渚别范云》诗,见前。

江干远树浮,天末孤烟起[1]。江天自如合,烟树还相似。沧流未可源,高帆去何已[2]。

【注释】

[1] 干:大水之旁。

[2] 沧:苍。水色青仓,所以流水称"沧流"。未可源:言不能穷其源。已:止。末二句写水程行役之劳。

别　诗

【解题】 本篇是与何逊联句之作。联句的方法是每人作四句,分开来自成一首。

洛阳城东西,长作经时别[1]。昔去雪如花,今来花似雪[2]。

【注释】

[1] 经时:言经历多时。

[2] 末二句言冬去春来。

柳恽诗

江南曲

【解题】 本篇是闺怨诗,属乐府《相和曲歌辞》。

41

汀洲采白苹，日暖江南春。洞庭有归客，潇湘逢故人[1]。故人何不返？春花复应晚[2]。不道新知乐，只言行路远[3]。

【注释】

[1] 这两句是说有客从洞庭回到诗中主人公所在之地，这个归客对她提起曾在潇湘遇见她的故人。

[2] 以上二句是问归客之辞。春花应晚言春花又该到凋谢的时节。

[3] 末二句是述归客的答辞。

吴均诗

赠杜容成

【解题】 这是旧友重逢的诗。

一燕海上来，一燕高堂息[1]。一朝相逢遇，依然旧相识。问我来何迟，山川几纡直[2]？答言海路长，风驶飞无力。昔别缝罗衣，春风初入帷；今来夏欲晚，桑扈薄树飞[3]。

【注释】

[1] 首二句作者以海上燕自比，以高堂燕比杜。

[2] 几纡直：几经曲直。

[3] 桑扈：鸟名，亦作桑雇。

山中杂诗

【解题】 本篇是《山中杂诗三首》的第一首。

山际见来烟，竹中窥落日。鸟向檐上飞，云从窗里出。

阴铿诗

五洲夜发[1]

【解题】 本篇写作者晚泊五洲时见到的夜景。

夜江雾里阔，新月迥中明。溜船惟识火，惊凫但听声[2]。劳者时歌榜，愁人数问更[3]。

【注释】

[1] 五洲：在今湖北省浠水县西兰溪西大江中。

[2] 溜船：顺流而下的船。这句是说见灯火而知有行船。声：指凫飞之声。这句是说因闻声而知有惊凫。惊凫，也可能指船而言，古人有画鸟像于船头的习俗。

[3] 劳者：指榜人，即船夫。

徐陵诗

关山月

【解题】 这是乐府《横吹曲》题。本篇写关山客子的室家之思。

关山三五月，客子忆秦川[1]。思妇高楼上，当窗应未眠。星旗映疏勒，云陈上祁连[2]。战气今如此，从军复几年[3]？

【注释】

[1] 秦川：指关中，就是从陇山东到函谷关一带地方。

[2] 旗：星名。疏勒：汉西域诸国之一。祁连：山名，即天山。

[3] 末二句言目前战争的气氛仍然很浓厚，不知还要从军多久。

庾信诗

秋　日

【解题】 诗写羁旅异乡的诗人面对晚秋的衰败与残花所生的哀愁。

苍茫望落景，羁旅对穷秋[1]。赖有南园菊，残花足解愁。

【注释】

[1] 苍茫：杳无边际。；落景：衰败的景色。穷秋：秋风一扫，草木凋零，犹人之一贫如洗，故言穷。

伤　往

【解题】 月与花的良辰美景引发了诗人思乡的悲愁。

见月长垂泪，花开定敛眉。从今一别后，知作几年悲？

秋夜望单飞雁

【解题】 诗中失群的孤雁，恰好是独自羁留北地的诗人处境的一个绝妙比喻。

失群寒雁声可怜，夜半单飞在月边。无奈人心复有忆，今暝将渠俱不眠[1]。

【注释】

[1] 有忆：有所思念。将：与。渠：它，指雁。

怨歌行

【解题】 庾信初仕梁，后仕魏周，有乡关之思，此诗以远嫁他乡异国之女自比。

家住金陵县前，嫁得长安少年[1]。回头望乡落泪，不知何处天边？胡尘几日应尽？汉月何时更圆[2]？为君能歌此曲，不觉心随断弦。

【注释】

[1] 金陵：梁武帝时梁国都。长安：魏周所都。

[2] 胡尘：指魏或周的统治，因魏周统治者其先皆外族。汉月：指梁朝。

南北朝民歌

子夜四时歌

【解题】 这两首诗是属于《子夜四时歌》中的春歌，诗中描绘了各色春景与春情。

其 一

春风动春心，流目瞩山林[1]。山林多奇采，阳鸟吐清音[2]。

【注释】

[1] 流目瞩（zhu）：放眼扫视。瞩，看，视。

[2] 阳鸟：春天的鸟雀。阳，阳春，春天。

其 二

春林花多媚，春鸟意多哀[1]。春风复多情，吹我罗裳开。

【注释】

[1] 多哀：婉转动人。

大子夜歌[1]

【解题】 《大子夜歌》是《子夜歌》的变曲，南朝民歌中的《子夜歌》最可爱，"慷慨"、"天然"最能概括它的神韵。

歌谣数百种，子夜最可怜[2]。慷慨吐清音，明转出天然[3]。

【注释】

[1]《大子夜歌》也是《子夜歌》的变曲。据说可能是当时文人写来颂赞《子夜》诸歌的。《乐府诗集》只收集了两首。

[2] 可怜：可爱。

[3] 明转：音调明亮婉转。

捉搦歌二首[1]

【解题】 搦亦捉意，捉搦引申义为捉弄、戏弄、打闹，当谓男女间谐谑相戏，皆叙儿女情事。此首写男方慕女，后一首写女方想男，都抒发了诚挚、热烈的爱情愿望。

其 一

谁家女子能行步，反著夹禅后裙露[2]。天生男女共一处，愿得两个成翁姬。

【注释】

[1] 捉搦：捉拿，这里指男女青年间的相互嬉戏打闹。

[2] 夹：夹衣。禅（dan）：单衣。

其 二

黄桑柘屐浦子履，中央有系两头紧[1]。小时怜母大怜婿，何不早嫁论家计[2]。

【注释】

[1] 黄桑：就是"柘"。柘木为常绿灌木，叶可喂蚕，树皮浸出可作黄色染料。屐：鞋。系：鞋带。系紧两头，兴起女子想早早出嫁。

[2] 怜：爱。

二、辞 赋

贾 谊

吊屈原赋[1]

【解题】 这是一篇骚体赋，也是骚体赋中的代表作。汉文帝原本对贾谊很信任，拟升为公卿，遭到朝臣反对，改为长沙王太傅。贾谊怀着被贬官的心情来到长沙，渡湘江时写了这篇《吊屈原赋》，认为屈原与自己有相似的遭遇。所以对屈原的不幸遭遇寄寓了很大同情和哀悼。

谊为长沙王太傅，既以谪去，意不自得；及度湘水，为赋以吊屈原。屈原，楚贤臣也。被谗放逐，作《离骚》赋，其终篇曰："已矣哉！国无人兮，莫我知也。"遂自投汨罗而死。谊追伤之，因自喻，其辞曰：

恭承嘉惠兮[2]，俟罪长沙[3]。侧闻屈原兮[4]，自沉汨罗[5]。造托湘流兮，敬吊先生，遭世罔极兮，乃殒厥身。呜呼哀哉！逢时不祥。鸾凤伏窜兮，鸱枭翱翔。阘茸尊显兮[6]，谗谀得志；贤圣逆曳兮，方正倒植。世谓伯夷贪兮，谓盗跖廉，莫邪为顿兮，铅刀为铦[7]。吁嗟默默兮[8]，生之无故！斡弃周鼎兮宝康瓠[9]；腾驾罢牛兮骖蹇驴[10]。骥垂两耳兮服盐车[11]；章甫荐屦兮渐不可久[12]。嗟苦先生，独离此咎兮[13]！

讯曰[14]：已矣！国其莫我知，独堙郁其谁语[15]？凤漂漂其高逝兮，夫固自缩而远去。袭九渊之神龙兮，沕深潜以自珍[16]；偭蟂獭以隐处兮[17]，夫岂从蟓与蛭螾[18]？所贵圣人之神德兮，远浊世而自藏；使骐骥可得系而羁兮，岂云异夫犬羊？般纷纷其离此尤兮，亦夫子之辜也[19]。瞝九州而相其君兮[20]，何必怀此都也？凤凰翔于千仞兮，览德辉而下之；见细德之险征兮，遥增翮逝而去之。彼寻常之汙渎兮[21]，岂能容夫吞舟之巨鱼？横江湖之鳣鱏兮[22]，固将制于蝼蚁[23]。

【注释】

[1] 本篇选自中华书局 1959 年版《史记·屈原贾生列传》，个别标点符号据他本有改动。

[2] 恭，敬。嘉惠：恩惠，指汉文帝的任命。

[3] 俟罪：待罪。指作者被贬职离京任长沙王太傅。

[4] 侧闻：从旁听说。

[5] 汨罗：水名。发源于今湖南省平江县境内的龙璋山，流经汨罗、湘阴两县入洞庭湖。

[6] 阘茸：章炳麟《新方言·释言》："阘为小户，茸为小草，故并举以状微贱也。"此指品格低劣者。

[7] 世：世人。伯夷：商末孤竹人，传说与其弟叔齐因互让君位而出走。武王起兵伐纣，他耻食周粟，隐居首阳山，采薇而食，后饿死。盗跖：古代传说的大盗。莫邪：古剑名。传说干将夫妇铸成二剑，阳曰"干将"阴曰"莫邪"。顿同"钝"。铦：锋利。

[8] 于嗟：叹息声。于，同"吁"。

[9] 斡弃：抛弃。周鼎：周代传国之宝，喻人才。相传夏禹铸九鼎，象征九州。康：大而空。瓠：瓠瓜，即葫芦。

[10] 腾驾：驾驭。罢：同"疲"。骖：古代一车四马，中间两匹为服马，两侧二马为骖马。蹇：跛腿。

[11] 骥：良马。服：作为服马拉车，即驾。

[12] 章甫：古代一种礼帽。荐：铺垫。屦：鞋。

[13] 离：同"罹"，遭受。咎：灾祝。

[14] 讯曰：类似于楚辞中的"乱曰"，作用不是"结语"，而是变换句法、自由行文的一种方式。

[15] 国：国中。莫我知：没有人理解我。堙郁：此处作连绵词用，意思是"忧郁"。谁语：对谁说。

[16] 漂漂：同"飘飘"，高飞的样子。自缩：自退。袭：效法。九渊：九重深渊。④沕：深潜，深藏于水中。

[17] 弥：远。融：明亮。爚：光。此句意思是，远远离开明亮的地方隐居起来。

[18] 蟓：同"蚁"。蛭（zhi）：水蛭，又称蚂蟥。螾：同"蚓"。

[19] 贵：可贵。神德：神圣崇高。远：远离。浊世：黑暗混乱的社会。使：假使，如

果。系：拴。羁：马络头，此处用作动词，意思也是"拴住"。岂云：难道说。异：不同。
般：通"斑"。

纷纷：混乱的样子。离：同"罹"。尤：罪名。夫子：先生，指屈原。辜：通"故"，
原因。

[20] 瞩：视，历观。相：观察。君：指诸侯国君。

[21] 此都：楚国都郢。千仞：高空。汉制一仞七尺。德辉：道德的光辉。下：降落。
细德：道德不深厚。险：邪恶。摇：摇
动。增：重。翮：鸟的翅膀。《汉书》作"遥增击"。⑩汗渎（wodu）：
积水的小沟。汗，积水。渎，水沟。

[22] 容：容纳。吞舟之鱼：形容鱼大。横江湖：横行江湖。鳣：似鲟的大鱼。鲔：白
鲟。这两种鱼生活在大江和海中。

[23] 固：本来。制：受制于。

江 淹

恨 赋

【解题】 人生的哲学大约就是这样：不仅充满了"黯然销魂"的别离，而且总要带给
人们抱恨终生的余痛。文章弥漫着人生不尽的"恨"意。

试望平原，蔓草萦骨，拱木敛魂。人生到此，天道宁论！于是仆本恨人，
心惊不已，直念古者，伏恨而死。

至如秦帝按剑，诸侯西驰，削平天下，同文共规[1]。华山为城，紫渊为
池[2]。雄图既溢，武力未毕，，方驾鼋鼍以为梁，巡海右以送日[3]。一旦魂断，
宫车晚出[4]。

若乃赵王既虏，迁于房陵[5]。薄暮心动，昧旦神兴。别艳姬与美女，丧金
舆及玉乘。置酒欲饮，悲来填膺，千秋万岁，为怨难胜。

至如李陵降北，名辱身冤，拔剑击柱，吊影惭魂。情往上郡，心留雁
门[6]。裂帛系书，誓还汉恩[7]。朝露溘至，握手何言[8]！

若夫明妃去时，仰天叹息。紫台稍远，关山无极[9]。摇风忽起，白日西
匿。陇雁少飞，代云寡色。望君王兮何期，终芜绝兮异域。

至乃敬通见抵，罢归田里[10]。闭关却扫，塞门不仕。左对孺人，顾弄稚
子。脱略公卿，跌宕文史。赍志没地，长怀无已。

及夫中散下狱，神气激扬。浊醪夕引，素琴晨张。秋日萧索，浮云无光。
郁青霞之奇意，入修夜之不旸[11]。

或有孤臣危涕，孽子坠心[12]。迁客海上，流戍陇阴。此人但闻悲风汨起，

47

血下沾衿；亦复含酸茹叹，销落湮沉。

若乃骑叠迹，车屯轨；黄尘匝地，歌吹四起。无不烟断火绝，闭骨泉里。

已矣哉！春草暮兮秋风惊，秋风罢兮春草生。绮罗毕兮池馆尽，琴瑟灭兮丘垄平。自古皆有死，莫不饮恨而吞声。

【注释】

[1] 同文共规：统一文字和制度。

[2] 紫渊：水名。

[3] 方驾二句：言秦始皇雄图未已，继续扩展。鼋：大鳖。鼍：扬子鳄。梁：桥。海右：右，西；古人设想有西海。

[4] 宫车晚出：古代臣子不便直言皇帝死亡，因以宫车晚出代指。

[5] 房陵：今湖北房县。

[6] 上郡、雁门：皆汉北方郡名。上郡治所在肤施（今陕西榆林东南）。雁门郡治所在善元（今山西右玉南）。

[7] 裂帛系书：原为苏武故事，作者移用李陵。苏武出使匈奴被扣，牧羊北海上十九年。昭帝即位，匈奴与汉和亲。汉使至匈奴，原苏武属吏夜见汉使，"教使者谓单于，言天子射上林中得雁，足有系帛书，言武等在某泽中"。使者据以责问单于，苏武因得以回国。见《汉书苏建传》附《苏武传》。

[8] 朝露溘至：《汉书苏武传》：李陵谓苏武曰："人生如朝露，何久自苦如此？"颜师古注："朝露见日则希（干燥），人命短促亦如之。"溘：忽然。

[9] 紫台：紫宫，皇帝所居。

[10] 敬通：即冯衍，京兆杜陵（今陕西西安市东南）人。初从更始帝刘玄起兵，后归光武帝，为曲阳令，迁司隶从事。有谋略，善辞赋，常遭权臣谗毁。后以交通外戚免官。"西归故郡，闭门自保，不敢复与亲故通"（《后汉书》本传）。见抵：被排挤。

[11] 青霞之奇意：犹青云之奇志，谓其志高。修夜：长夜。旸：明。后句意指死亡。

[12] 孤臣：失势疏远的臣子。孽子：贱妾所生的庶子。

谢　庄

月　赋

【解题】　通过虚构曹植与王粲等赏月吟诗的故事情节，借以展开对月光的清丽以及沐浴在月光中的人的情思的描写，在叙事中透出怨遥伤远之意。

陈王初丧应、刘，端忧多暇[1]。绿苔生阁，芳尘凝榭。悄焉疚怀，不怡中夜[2]。乃清兰路，肃桂苑；腾吹寒山，弭盖秋阪[3]。临浚壑而怨遥，登崇岫而伤远。于时斜汉左界，北陆南躔[4]；白露暧空，素月流天[5]。沉吟齐章，殷勤陈篇[6]。抽毫进牍，以命仲宣[7]。

仲宣跪而称曰："臣东鄙幽介，长自丘樊，昧道懵学，孤奉明恩[8]。

"臣闻沉潜既义，高明既经，日以阳德，月以阴灵[9]。擅扶光于东沼，嗣若英于西冥[10]。引玄兔于帝台，集素娥于后庭[11]。朒朓警阙，朏魄示冲[12]。顺辰通烛，从星泽风[13]。增华台室，扬采轩宫[14]。委照而吴业昌，沦精而汉道融[15]。

"若夫气霁地表，云敛天末；洞庭始波，木叶微脱。菊散芳于山椒，雁流哀于江濑[16]。升清质之悠悠，降澄辉于蔼蔼[17]。列宿掩缛，长河韬映[18]；柔祇雪凝，圆灵水镜[19]；连观霜缟，周除冰净[20]。君王乃厌晨欢，乐宵宴；收妙舞，弛清县[21]；去烛房，即月殿；芳酒登，鸣琴荐[22]。

"若乃凉夜自凄，风篁成韵[23]。亲懿莫从，羁孤递进[24]。聆皋禽之夕闻，听朔管之秋引[25]。于是丝桐练响，音容选和[26]；徘徊《房露》，惆怅《阳阿》[27]。声林虚籁，沦池灭波[28]。情纡轸其何托？愬皓月而长歌[29]。

"歌曰：'美人迈兮音尘阙，隔千里兮共明月[30]。临风叹兮将焉歇？川路长兮不可越。'歌响未终，馀景就毕，满堂变容，回遑如失[31]。又称歌曰：'月既没兮露欲晞，岁方晏兮无与归[32]；佳期可以还，微霜沾人衣。'"

陈王曰："善"。乃命执事，献寿羞璧[33]。"敬佩玉音，复之无斁[34]。"

【注释】

[1] 陈王：指曹植。应、刘：指应玚、刘桢，曹植的朋友。作者假设这时应、刘二人刚去世不久，曹植闲居抑郁。

[2] 悄焉：忧愁貌。疚怀：伤心。

[3] 腾吹：奏乐。吹，管乐。弭：停止。盖：指车。阪：山坡。

[4] 汉：银汉，银河。左界：东方。北陆：星名，二十八宿之一，位在北方。躔（chan）：太阳的运行。夏至太阳偏北，冬至太阳偏南。北陆南躔是说太阳已从北边向南运行。这是秋冬之际的天象。

[5] 暧：浓云遮蔽貌。

[6] 齐章：指《诗经齐风》中吟咏明月的"东方之月兮"。殷勤：反复吟诵。陈篇：指《诗经陈风》中描写月光的《月出》。

[7] 仲宣：王粲字。

[8] 鄙：偏远的地方。王粲是山东高平（今山东邹县）人，故称东鄙之人。幽：幽暗。介孤独。丘樊：山林。

[9] "沉潜"二句：沉潜，指地。高明，指天。义、经，意为按照自然规律形成。此处把天经地义拆成两句，是说天地按其规律形成以后。"日已"二句：古人认为，太阳属阳性，月亮属阴性，各自以其属性，显示品格。

[10] 擅：拥有。扶：扶桑，神话中日出之处。东沼：指东海。若英：若木的花。若木在神话中为日落之处。冥：幽谷。

[11] 玄兔：玉兔，神话认为月中有兔。帝：天帝。素娥：嫦娥。后庭：帝王的宫廷。

[12] 朒（nv）：古人称夏历月初月亮在东方出现为朒。朓：古人称夏历月底月亮在西方出现为朓。朏（fei）魄：新月的光亮。冲：谦冲。

[13] "顺辰"二句：辰，十二时辰。通烛，照耀天下。泽，雨水。古人认为月与某些星相遇，即兆示风雨的来临。

[14] 增华：指月光照耀。台室：三星台座。扬采：指月光照耀。轩宫：轩辕星座。

[15] "委照"二句：委，这里意为投射。照，光照，指月光。吴业，三国时东吴的帝业。传说东吴时，吴氏梦月入怀，而生开创帝业的孙策。沦，指月光照射。精，光彩，指月亮。西汉时，有李氏女因梦月入怀，而生西汉元帝皇后。融，昌明。这两句是说月神显灵，能生女成为皇后，生子创建大业。

[16] 山椒：山顶。濑：流过沙石上的急水。

[17] 清质：月亮清美的姿容。

[18] 列宿：众多的星座。长河在：指银河。

[19] 祇 qi：地神。柔祇，指地。圆灵：圆的神灵，指天。

[20] 连观：一排排楼台。除：台阶。冰净：冰一样明净。

[21] 弛：停止。县：通悬。清县：指清妙的音乐。

[22] 登：进，送上。荐：奉献，指弹琴。

[23] 风篁：风吹竹林。

[24] 亲懿：懿亲，至亲。羁孤：羁旅孤客。

[25] 皋禽：鹤。闻：传扬。朔管：羌笛。秋引：秋天凄怆的曲调。

[26] 丝桐：指琴。练：选定。响：指曲调。音容：指琴曲的风格。和：指风格和谐。

[27] 《房露》、《阳阿》：均为古曲名。

[28] 声林：风声作响的树林。籁：自然的声音。沦池：泛起涟漪的池水。

[29] 纡轸：深愁隐痛。愬：同"诉"。

[30] 迈：远。

[31] 回遑：彷徨。

[32] 称：吟唱。晞：干。晏：晚。

[33] 执事：办事人员，指仆从之类。羞：进献。

[34] 玉音：优美珍贵的言辞，指王粲描写赞美月光的话。复：反复吟诵。斁（yi）：厌倦。

三、散　文

曹　操

让县自明本志令[1]

【解题】　这篇令文写于北方统一、政权稳定之时，是曹操针对当时关于他将篡汉自正的舆论而颁布的文告，因叙平生而被后人视为作者五十五岁以前的自传。文中他反复申说自己无意代汉自立，既表明自己不交权的立场，又愿以让县的实际行动来减少谤议。

孤始举孝廉[2]，年少，自以本非岩穴知名之士[3]，恐为海内人之所见凡愚[4]，欲为一郡守，好作政教以建立名誉[5]，使世士明知之。故在济南，始除残去秽[7]，平心选举[8]．违迕诸常侍[9]。以为强豪所忿．恐致家祸，故以病还。

去官之后，年纪尚少，顾视同岁中[10]，年有五十，未名为老，内自图之：从此却去二十年[11]，待天下清，乃与同岁中始举者等耳[12]。故以四时归乡里，于谯东五十里筑精舍[13]，欲秋夏读书，冬春射猎，求底下之地[14]，欲以泥水自蔽[15]，绝宾客往来之望[16]，然不能得如意。

后征为都尉[17]，迁典军校尉[18]，意遂更欲为国家讨贼立功，欲望封侯作征西将军，然后题墓道言"汉故征西将军曹侯之墓"[19]，此其志也。而遭值董卓之难[20]，兴举义兵[21]。是时合兵能多得耳[22]，然常自损，不欲多之。所以然者，多兵意盛[23]，与强敌争，倘更为祸始[24]。故汴水之战数千[25]，后还到扬州更募，亦复不过三千人。此其本志有限也。

后领兖州，破降黄巾三十万众[26]。又袁术僭号于九江[27]，下皆称臣，名门曰建号门，衣被皆为天子之制[28]，两妇预争为皇后。志计已定，人有劝术，使遂即帝位，露布天下[29]。答言"曹公尚在，未可也"。后孤讨禽其四将[30]，获其人众，遂使术穷亡解沮[31]，发病而死。及至袁绍据河北[32]，兵势强盛。孤自度势，实不敌之，但计投死为国，以义灭身，足垂于后。幸而破绍[33]，枭其二子。又刘表自以为宗室[34]，包藏奸心，乍前乍却，以观世事，据有当州[35]。孤复定之，遂平天下。身为宰相，人臣之贵已极，意望已过矣。

今孤言此，若为自大[36]，欲人言尽[37]，故无讳耳[38]。设使国家无有孤，不知当几人称帝，几人称王。

或者人见孤强盛，又性不信天命之事，恐私心相评[39]，言有不逊之志[40]，妄相忖度[41]，每用耿耿[42]。齐桓、晋文所以垂称至今日者[43]，以其兵势广大，犹能奉事周室也。《论语》云："三分天下有其二，以服事殷，周之德可谓至德矣"[44]！夫能以大事小也。昔乐毅走赵[45]，赵王欲与之图燕。乐毅伏而垂泣，对曰："臣事昭王，犹事大王。臣若获戾[46]，放在他国[47]，没世然后已[48]，不忍谋赵之徒隶[49]，况燕后嗣乎！"胡亥之杀蒙恬也[50]，恬曰："自吾先人及至子孙，积信于秦三世矣[51]。今臣将兵三十余万，其势足以背叛，然自知必死而守义者，不敢辱先人之教以忘先王也。"孤每读此二人书，未尝不怆然流涕也。孤祖、父以至孤身[52]，皆当亲重之任[53]，可谓见信者矣。以及

51

子桓兄弟[54]，过于三世矣。孤非徒对诸君说此也，常以语妻妾，皆令深知此意。孤谓之言："顾我万年之后，汝曹皆当出嫁[55]。欲令传道我心，使他人皆知之。"孤此言皆肝鬲之要也[56]。所以勤勤恳恳叙心腹者，见周公有《金縢》之书以自明[57]，恐人不信之故。然欲孤便尔委捐所典兵众以还执事[58]，归就武平侯国，实不可也。何者？诚恐已离兵为人所祸也[59]。既为子孙计，又己败则国家倾危，是以不得慕虚名而处实祸，此所不得为也。前朝恩封三子为侯[60]，固辞不受；今更欲受之，非欲复以为荣，欲以为外援为万安计。

孤闻介推之避晋封[61]，申胥之逃楚赏[62]，未尝不舍书而叹，有以自省也。奉国威灵[63]，仗钺征伐[64]，推弱以克强，处小而禽大[65]。意之所图，动无违事[66]，心之所虑，何向不济[67]。遂荡平天下，不辱主命，可谓天助汉室，非人力也。然封兼四县[68]，食户三万[69]，何德堪之[70]！江湖未静，不可让位；至于邑土[71]，可得而辞。今上还阳夏、柘、苦三县户二万[72]，但食武平万户，且以分损谤议[73]，少减孤之责也[74]。

【注释】

[1] 本文写于建安十五年（210），选自《三国志魏志武帝纪》裴松之注引《魏武故事》。题目为后人所加，又题作《述志令》。

[2] 孤：古代王侯的谦称。建安元年（196）曹操授任大将军，封武平（今河南鹿邑西北）侯。孝廉：汉代选拔官吏两种科目的合称。孝：指孝子。立案：指廉洁之士。

[3] 岩穴：山洞，指名士隐居之处。

[4] 凡愚：平庸愚昧。

[5] 好作政教：建立好的政治教化。

[6] 济南：汉郡名，治在今山东济南市。曹操曾为济南相。

[7] 除残去秽：去除残暴官吏、污秽之行。

[8] 平心选举：公正选拔人才。

[9] 违迕：得罪。常侍：官名，皇帝侍从之臣。这里指宦官。

[10] 同岁：与自己同年举孝廉的人。

[11] 却去：再过。

[12] 等：年岁相等。

[13] 谯：今安徽省亳县。精舍：读书、讲学的房舍。

[14] 底下之地：僻远的地方。底下，同"低下"。

[15] 泥水：指躬耕乡野。

[16] 望：念头。

[17] 都尉：武官名，掌郡国军事。

[18] 典军校尉：中平五年，灵帝建立西园军护卫京城，由八校尉统领，曹操任其中典军校尉。

[19] 墓道：墓前神道。这里指墓碑。

〔20〕董卓之难：中平六年（189）汉灵帝死，刘辩（少帝）即位，大将军何进召并州牧董卓入京除宦官。宦官先杀何进，袁绍又杀宦官两千余人，而董卓入京后，废少帝，立献帝，尽揽朝政，逼走袁绍、曹操等人。

〔21〕兴举义兵：初平元年（190），曹操募五千人，与关东州郡袁绍等人共讨董卓。

〔22〕合兵：聚集兵卒。

〔23〕意盛：骄傲。

〔24〕倘：可能。

〔25〕汴水之战：初平元年（190），曹操军与董卓军战于荥阳、汴水，大败。

〔26〕后领兖州二句：初平三年（192），青州黄巾军攻入兖州，曹操被推为兖州牧，后诱降黄巾军三十万，选其精锐改编为"青州兵"。兖州，东汉治所，在今河南范县东。

〔27〕袁术：字公路，汉末军阀。僭号九江：指建安二年（197）袁术私用帝号称王。非分地称帝。九江，汉郡名。治所在寿春（今安徽寿县）。

〔28〕衣被：衣冠服饰。制：式样。

〔29〕露布：宣布。

〔30〕讨禽其四将：建安二年（197），曹操讨伐袁术，杀其四名大将桥蕤、索丰、梁纲、乐就。禽，同"擒"，这里指擒杀，即先围困，后斩杀。

〔31〕穷亡解沮：走投无路，瓦解溃败。

〔32〕袁绍：字本初，袁术异母兄。河北：黄河以北。

〔33〕幸而破绍：建安五年（200），曹操手官渡一战以少胜多，大破袁军。

〔34〕刘表：字景升，西汉鲁恭王刘余之后。

〔35〕当州：指荆州，刘表时为荆州牧。

〔36〕自大：自夸自大。

〔37〕欲人言尽：想要别人无话可说。

〔38〕无讳：无所隐讳。

〔39〕私心相评：私下凭主观臆测来评议。

〔40〕不逊之志：指篡位的野心。不逊，不职。

〔41〕忖度：猜测。

〔42〕每用耿耿：常常因此而内心不安。

〔43〕齐桓、晋文：齐桓公、晋文公，春秋五霸之二。他们提出过"尊王攘夷"的口号。

〔44〕《论语》云四句：语出自《论语·泰伯》，是讲周文王身为殷臣，虽据有天下三分之二，仍服事殷王朝可见德行崇高至极。

〔45〕乐毅走赵：乐毅是战国时燕将，燕昭王拜他为上将军，曾率领五国军伐齐，攻占七十余城。昭王死，惠王立，因齐国离间，乐毅被迫逃到赵园。走，逃亡。

〔46〕获戾：获罪。

〔47〕放：放逐。

〔48〕没世然后已：到死而止。没，同"殁"，死。已，停止。

〔49〕徒隶：犯人奴隶，指低贱之人。

〔50〕蒙恬：秦始皇大将。战功赫赫，后被秦二世胡亥赐死。

[51] 积信：积累功德而受到信任。蒙恬和父蒙武、祖父蒙骜三代事秦。

[52] 孤祖句：指曹操祖父曹腾曾为中常侍，父曹嵩为太尉，自己官至丞相。

[53] 当：担任。

[54] 子桓：曹丕的字。

[55] 汝曹：你们。

[56] 肝鬲之要：发自肺腑的最重要的话。与下句中"心腹"同义。鬲，同"膈"。

[57] 《金縢》：《尚书》篇名。相
传周武王病危，周公祈祷于天，愿代死换得武王康复，事后他将祷文藏于金縢（用金属封闭）柜中。在辅佐成王之时，周公因流言而避居洛阳，后成王开柜看到祷文，才明白了周公的忠勤。《金縢》即指这篇祷文。

[58] 便尔：就这样。委捐：放弃。典：统领。执事：主事的人，这里指朝廷。

[59] 离兵：放弃兵权。

[60] 前朝：先前。恩封三予为侯：汉献帝曾封曹操的三个儿子为侯，他坚辞不受。此令公布后，献帝封曹植为平原侯，曹据为范阳侯，曹豹为饶阳侯。

[61] 介推：春秋时的介之推。他曾随晋公子重耳出亡十九年。重耳回国即位后，他为了逃避封赏，隐于绵山（今山西境内），重耳焚山逼他出来，他抱木而死。

[62] 申胥：春秋时楚国大夫申包胥。吴国伍予胥率兵攻人楚都，幸得申包胥在秦求得救兵，才得以复国。楚昭王要封赏功臣，他逃避不受。

[63] 奉国威灵：仰仗国家的威望与祖宗神灵。

[64] 仗钺征伐：代天子出征讨伐。仗，执着。钺，大斧。古时天子出征，执黄钺。

[65] 推弱二句：以弱胜强、以少胜多的意思。推，凭。禽，同"擒"。

[66] 动无违事：行动起来都很如意。

[67] 济：成功。

[68] 四县：指武平、阳夏（今河南太康县）、柘（今河南柘城县）、苦（今河南鹿邑县东）四县。这都是曹操作为武平侯的食邑。

[69] 食户三万：享受三万户的赋税供养。

[70] 堪：相当，配得上。

[71] 邑土：封地，

[72] 上还：退还朝廷

[73] 分损：减少。

[74] 责：责备。

曹　植

与杨德祖书[1]

【解题】　在这封私人书信中，作者从创作和批评这两个角度直率地谈了对文学的一些见解，他认为创作者应不惮修改而批评者应具有很高的文学修养，观点鲜明，论断有力。作者还在信中向好友倾吐衷肠，谈了自己的政治抱负和对未来的想法，抒情气息浓厚。

植白：数日不见，思子为劳[2]，想同之也。

仆少小好为文章[3]，迄至于今，二十有五年矣！然今世作者，可略而言也[4]。昔仲宣独步于汉南[5]，孔璋鹰扬于河朔[6]，伟长擅名于青土[7]，公干振藻于海隅[8]，德琏发迹于大魏[9]，足下高视于上京[10]。当此之时，人人自谓握灵蛇之珠[11]，家家自谓抱荆山之玉[12]。吾王于是设天网以该之[13]，顿八纮以掩之[14]，今悉集兹国矣。然此数子犹复不能飞轩绝迹[15]，一举千里。以孔璋之才，不闲于辞赋[16]，而多自谓能与司马长卿同风[17]，譬画虎不成反为狗也[18]。前书嘲之，反作论盛道仆赞其文[19]。夫钟其不失听[20]，于今称之[21]。吾亦不能妄叹者，畏后世之嗤余也。

世人之著述不能无病。仆常好人讥弹其文[22]，有不善者，应时改定[23]。昔丁敬礼尝作小文[24]，使仆润饰之。仆自以才不过若人[25]，辞不为也。敬礼谓仆："卿何所疑难[26]？文之佳恶，吾自得之[27]，后世谁相知定吾文者邪[28]？"吾常叹此达言[29]，以为美谈。昔尼父之文辞[30]，与人通流[31]，至于制《春秋》，游、夏之徒乃不能措一辞[32]。过此而言不病者[33]，吾未之见也。

盖有南威之容[34]，乃可以论于淑媛[35]；有龙渊之利[36]，乃可以议于断割。刘季绪才不能逮于作者[37]，而好诋诃文章[38]，掎摭利病[39]。昔田巴毁五帝、罪三王、呰五霸于稷下[40]，一旦而服千人。鲁连一说[41]，使终身杜口[42]。刘生之辩，未若田氏；今之仲连，求之不难，可无叹息乎！人各有好尚：兰茞荪蕙之芳[43]，众人之所好，而海畔有逐臭之夫[44]；《咸池》、《六茎》之发[45]，众人所共乐，而墨翟有非之之论[46]，岂可同哉！

今往仆少小所著辞赋一通相与[47]。夫街谈巷说[48]，必有可采；击辕之歌[49]，有应风雅[50]，匹夫之思未易轻弃也[51]。辞赋小道，固未足以揄扬大义[52]，彰示来世也。昔扬子云先朝执戟之臣耳[53]，犹"壮夫不为也[54]"。吾虽薄德，位为蕃侯，犹庶几戮力上国[55]，流惠下民[56]，建永世之业，流金石之功[57]，岂徒以翰墨为勋绩[58]，辞赋为君子哉！若吾志未果，吾道不行，则将采庶官之实录[59]，辩时俗之得失[60]，定仁义之衷[61]，成一家之言[62]。虽未能藏之于名山，将以传之于同好。非要之皓首[63]，岂今日之论乎！其言之不惭，恃惠子之知我也[64]。

明早相迎，书不尽怀。曹植白。

【注释】

[1] 这是一封谈论文学创作和文学批评问题的书信。写于作者二十五岁时，即建安二十二年（217）。杨德祖：杨修，字德祖，华阴（今陕西省华阴县）人。建安中，举为孝廉，

为曹操主簿。其人博学多才．且与曹植交往密切，后因恃才傲物，得罪曹操，被借故诛杀。

[2]劳：苦。

[3]少小：自幼。

[4]然：因此。作者：创作文章的人。

[5]仲宣：王粲字。独步：形容文章超群，无人匹敌。汉南：汉水之南，这里指荆州。王粲汉末在荆州依附刘表。

[6]孔璋：陈琳字。鹰扬：鹰飞长空，这里形容才能突出，超越同辈。河朔：黄河之北．这里指冀州。陈琳汉末曾在冀州为袁绍记室。

[7]伟长：徐干字。擅名：独享盛誉。青土：青州。徐干是地属青州的北海郡（今山东省寿光县）人．

[8]公干：刘桢字。振藻：显耀文采。海隅：海边。刘桢是东平宁阳（今山东宁阳县南，地近东海）人。

[9]德琏：应场字。大魏：指魏都许吕。应场是汝南南顿（今河南巩县北）人，南顿地近许昌。

[10]足下：指扬修。高视：傲视。这里指文才高于一般文人。上京：指洛阳。

[11]灵蛇之珠：即随候之珠。传说古代随候救了一条受伤的大蛇，后来大蛇为报恩，由江中衔出明珠相赠。

[12]荆山之玉：即和氏壁。楚人卞和自荆山中采取。荆山之玉和灵蛇之珠都被世人视为无价之宝，这里被用来比喻非凡的文才，

[13]吾王：指曹操。该：同赅，尽，这里指网罗无遗．

[14]顿：设下。八紘：传说中设在八方，，用来维系天地的八根绳索。这里也指罗网，掩：捕获。

[15]飞轩：飞举。绝迹：不见踪迹，形容飞得很高。

[16]闲：同"娴"，熟练。

[17]长卿：西汉赋家司马相如的字。同风：同一种风格。

[18]画虎句：语出自东汉马援《戒兄子严、敦以》。比喻好高骛远之人求高不成，反落笑柄。

[19]盛道：极力称道。

[20]钟期：即钟子期，春秋时楚人。伯牙善鼓琴，而钟子期善听音，可解伯牙琴中之意．后钟子期死，伯牙破琴绝弦，终身不复鼓琴。不失听：不会错误领会琴意。

[21]称：称道。

[22]讥弹：指责批评。

[23]应时：及时。

[24]丁敬礼：即丁廙。建安中为黄门侍郎，与曹植友善．后为曹丕所杀。

[25]若人：这个人。

[26]疑难：迟疑为难。

[27]得：相当．

[28]定：改定。

[30]尼父：对孔子的敬称

[31] 通流：合流。

[32] 游、夏：孔子学生言偃（字子游）、卜商（字子夏）的并称。措：置，这里是改动的意思。

[33] 过此：超此，即除此之外。此，指《春秋》。

[34] 南威：即南之威，春秋时一个有名的美女。，

[35] 淑媛：美女。

[36] 龙渊：古代宝剑名，唐代因避高祖李渊名讳改名"龙泉"。

[37] 刘季绪：刘表之字，著有诗、赋、颂六篇。逮：达到。

[38] 诋诃：诋毁指责。

[39] 掎摭：指摘，挑剔。利病：优劣。

[40] 田巴：战旧时齐国的辩士。毁：毁谤。罪：责罪。呰：同"訾"：诋毁。五霸：指齐桓公、晋文公、宋襄公、秦穆公和楚庄王。稷下：战国时齐都临淄（今山东淄博市）的一个讲学场所。

[41] 鲁连：鲁仲连，战国时齐国著名纵横家。

[42] 杜口：闭口。鲁仲连曾以言辞令田巴终身不辩。

[43] 兰、菌、荪、蕙：均为香草名。

[44] 逐臭之夫：据《文选》李善注引《古代春秋》，相传古时有人身有恶臭，亲戚家人等都不愿和他一起生活，后来他独自来到海边，却有人偏喜欢他的臭味。并日夜追随，不肯离开。

[45] 《成池》、《六茎》：上古乐曲名。发：演奏。

[46] 墨翟：墨子，《墨子·非乐》主张禁绝音。

[47] 往：送去。一通：一份。相与：相赠。

[48] 街谈巷说：指民间的言谈传闻。

[49] 击辕之歌：百姓们敲击车辕而唱歌。这里指民间歌谣。

[50] 应：符合。

[51] 匹夫：指普通百姓。

[52] 揄扬：阐发、宣扬。大义：大道理。

[53] 扬子云：扬雄，字子云，汉代赋家。执戟之臣：扬雄曾为郎官，执戟而侍皇帝。

[54] 壮夫不为：大丈夫不屑为之。语见扬雄《法言·吾子》："或问：'吾子少而好赋？曰：'然，童子雕虫篆刻。'俄而曰：'壮夫不为也。'"

[55] 庶几：希望。戮力：尽力。上国：朝廷。

[56] 流惠：遍施恩惠。

[57] 流：留。金石之功：指不朽之功。

[8] 翰墨：笔墨，指文章。勋绩：功业。

[59] 庶官：众官。实录：指史官据实记载的朝廷大事、典章制度等。

[60] 辩同"辨"，辨析。

[61] 衷：中，正。

[62] 成一家之言：语出自司马迁《报任安书》。

[63] 要：约定。皓首：白首，指老年。

[64] 恃：依仗。惠子：即战国时的惠施．庄子的好友，二人常在一起辩论诘难，惠子死后，庄子认为再没有了谈话对手。以此比喻自己与杨修之间的关系。

王羲之

兰亭集序

【解题】　本文以兰亭盛会为发端，由盛言欢乐，想到情随事迁，修短随化．从而发出"'一死生'为虚诞，'齐彭殇'为妄作"的人生喟叹。

永和九年，岁在癸丑[1]，暮春之初，会于会稽山阴之兰亭[2]，修禊事也[3]。群贤毕至，少长咸集[4]。此地崇山峻岭，茂林修竹；又有清流激湍，映带左右[5]，引以为流觞曲水[6]，列坐其次[7]。虽无丝竹管弦之盛，一觞一咏，亦足以畅叙幽情[8]。是日也，天朗气清，惠风和畅[9]。仰观宇宙之大，俯察品类之盛[10]，所以游目骋怀[11]，足以极视听之娱，信可乐也。

夫人之相与[12]，俯仰一世[13]。或取诸怀抱，晤言一室之内[14]；或因寄所托，放浪形骸之外[15]。虽趣舍万殊[16]，静躁不同，当其欣于所遇，暂得于己，快然自足，曾不知老之将至；及其所之既倦[17]，情随事迁．感慨系之矣。向之所欣，俯仰之间，已为陈迹，犹不能不以之兴怀[18]；况修短随化[19]，终期于尽。古人云："死生亦大矣[20]。"岂不痛哉！每览昔人兴感之由[21]，若合一契[22]，未尝不临文嗟悼[23]，不能喻之于怀[24]。固知"一死生"为虚诞，"齐彭殇"为妄作[25]。后之视今，亦犹今之视昔，悲夫！故列叙时人，录其所述。虽世殊事异，所以兴怀，其致一也[26]。后之览者，亦将有感于斯文。

【注释】

[1] 岁在癸丑：古人以干支记年。永和九年正当癸丑。

[2] 会稽：郡名，东汉时郡治由吴县（今江苏苏州）移至山阴。山阴：县名，在今浙江绍兴市。

[3] 修禊：古代在阴历三月三日临水祭祀，以除不祥，称为"修禊"。

[4] 少长：晚辈和长辈，指王羲之这辈和他的弟子辈。

[5] 映带：互相衬映，彼此关联。

[6] 流觞曲水：将盛酒的杯子放在曲水上游，任其漂流而下，停在谁前，谁就取而饮之。觞，酒杯。

[7] 次：旁边，这里指水边。

[8] 幽情：宁静高远的情怀。

[9] 惠风：和煦的春风。

[10] 品类：各种物品。

[11] 游目骋怀：举目眺望，敞开胸怀。

［12］相与：相处，交往。

［13］俯仰一世：在抬头和低头的一刹那间就度过一生。

［14］晤言一室之内：在室内相对畅谈。

［15］放浪形骸之外：不拘形迹，自由放纵地生活。

［16］趣：同"趋"，往，赴。万殊：各有不同。

［17］之：往。

［18］以之兴怀：由它产生感触。

［19］修短随化：寿命的长短当由造化决定。修短，寿命长短。

［20］死生亦大矣：引自《庄子·德充符》："仲尼曰：'死生亦大矣，而不得为之变。'"

［21］兴感之由：对生死之事发生感慨的缘由。

［22］契：古人用木或竹刻的契券，分成两半，以合一为凭验。

［23］临文嗟悼：面对古人的文章感叹哀伤。

［24］喻：理解，明白。

［25］固知二句：固然知道那死生同一的理论是荒谬的，而将彭祖和殇子寿命看作一样的说法也是毫无根据的。"一死生"，引自《庄子·大宗师》。"齐彭殇"，引自《庄子'齐物论》。

［26］致：情致。

陶渊明

五柳先生传[1]

【解题】　此文被视为陶渊明自传。作者仿史传体例写不知姓氏的五柳先生，却真实地呈现了自己的自然人生、志趣胸襟，安排巧妙而寄寓深远。

先生，不知何许人也[2]，亦不详其姓氏。宅边有五柳树，因以为号焉[3]。闲静少言，不慕荣利。好读书，不求甚解[4]；每有会意，便欣然忘食。性嗜酒，家贫不能常得，亲旧知其如此，或置酒而招之。造饮辄尽，期在必醉。既醉而退，曾不吝情去留[5]。环堵萧然[6]，不蔽风日；短褐穿结[7]，箪瓢屡空[8]，晏如也[9]。常著文章自娱，颇示己志。忘怀得失，以此自终。

赞曰[10]：黔娄之妻有言，不戚戚于贫贱，不汲汲于富贵[11]。味其言兹若人之俦乎[12]？衔觞赋诗[13]，以乐其志。无怀氏之民欤[14]？葛天氏之民欤？

【注释】

［1］这是作者的一篇自况文。据《宋书·陶渊明传》等记载，此文当作于作者为江州祭酒前。

［2］何许人：什么样的人，或什么地方的人。

［3］因以：因此而以为。

［4］不求甚解：指在读书过程中不过分执著于字句，而重在领会文意。

　　[5] 吝情：在意。

　　[6] 环堵：房屋四壁。萧然：空寂的样子。

　　[7] 短褐：粗布短衣。穿结：形容衣服破烂。穿，破洞。结，缝补连结。

　　[8] 箪（ｄ加）：竹制食器。瓢：舀水器具。

　　[9] 晏如：安然自在。

　　[10] 赞：领起史传文的结语，是作者对传主的赞语和评论。

　　[11] 黔娄之妻三句：黔娄是春秋时鲁国高士，卓然独立，不求仕进。死后，曾子前去吊丧，得知其谥为"康"，认为不可，其妻说："彼先生者，甘天下之淡味，安天下之卑位，不戚戚于贫贱，不忻忻于富贵，求仁而得仁，求义而得义，其谥为'康'，不亦宜乎？"（参见刘向《列女传》）戚戚，忧愁的样子。汲汲，竭力求取。

　　[12] 味：品味。一作"极"，推究。俦：类。

　　[13] 觞：酒杯。

　　[14] 无怀氏、葛天氏：传说中的上古帝王。

自祭文

　　【解题】　这是陶渊明的临终绝笔，是他的自悼。作者回顾一生，旷达中含几多悲凉，飘逸中带几多沉重。其浓浓的人生意趣与感慨，融入悠悠的哲理思索，令人回味不尽。

　　岁惟丁卯，律中无射[1]。天寒夜长，风气萧索，鸿雁于征，草木黄落。陶子将辞逆旅之馆，永归于本宅。故人凄其相悲，同祖行于今夕[2]。羞以嘉蔬，荐以清酌。候颜已冥，聆音愈漠[3]。呜呼哀哉！

　　茫茫大块，悠悠高旻，是生万物，余得为人。自余为人，逢运之贫，箪瓢屡罄，絺绤谷陈[4]。含欢谷汲，行歌负薪，翳翳柴门，事我宵晨。春秋代谢，有务中园，载耘载耔，乃育乃繁。欣以素牍，和以七弦[5]。冬曝其日，夏濯其泉。勤靡余劳，心有常闲。乐天委分，以至百年。

　　惟此百年，夫人爱之[6]。惧彼无成，愒日惜时[7]。存为世珍，殁亦见思。嗟我独迈，曾是异兹。宠非已荣，涅岂吾缁[8]？捽兀穷庐，酣饮赋诗[9]。识运知命，畴能罔眷。余今斯化，可以无恨。寿涉没百龄，身慕肥遁[10]。从老得终，奚所复恋！寒暑逾迈，亡既异存。外姻晨来，良友宵奔。葬之中野，以安其魂。

　　窅窅我行，萧萧墓门[11]。奢耻宋臣，俭笑王孙[12]。廓兮已灭，慨焉已遐。不封不树，日月遂过[13]。匪贵前誉，孰重后歌？人生实难，死如之何？呜呼哀哉！

　　【注释】

　　[1] 丁卯：指宋文帝元嘉四年（427）。律中无射：指夏历九月。古代将乐律与历法附会，以十二律应十二月。陶渊明卒于此年十一月。

[2] 祖行：古人出行时的祭神仪式，这里指出殡前一夕的祭奠。

[3] "候颜"二句：指睹面和闻声都已不可能。

[4] 絺绤：葛布精者称絺，粗者称绤。

[5] 素牍：指书籍。

[6] 夫（fu）人：众人。

[7] 偈（kai）日：贪爱时日。

[8] 涅：黑色染料。缁：黑色。

[9] 捽兀：意气傲然。

[10] 肥遁：隐居。

[11] 窅窅：隐晦、深远。

[12] 奢耻宋臣二句：宋臣桓作石椁，三年尚未完成，孔子叹以为奢。汉代杨王孙临终，遗嘱命其子裸葬，未免又过俭啬。

[13] 封：封墓，积土成高坟。树：墓地植树。

吴均文

与顾章书

【解题】　这是一封描述隐居生活的书札。以写景出色成为六朝散文的名篇。

仆去月谢病，还觅薜萝。梅溪之西，有石门山者，森壁争霞，孤峰限日，幽岫含云，深溪蓄翠[1]；蝉吟鹤唳，水响猿啼，英英相杂，绵绵成韵[2]。既素重幽居，遂葺宇其上。幸富菊花，偏绕竹实。山谷所资，于斯已办[3]。仁者所乐，岂徒语哉？

【注释】

[1] 梅溪：山名。吴均《续齐谐记》："吴兴故鄣县东三十里有梅溪山，山根直竖一石，可高百余丈，至青而圆，如两间屋大，四面斗绝，仰之于云外，无登涉之理。"

[2] 英英：声音和盛。《吕氏春秋·古乐》："其音英英。"

[3] 办：具备。

郦道元

孟门山[1]

【解题】　此文借助于神话传说和不断变换的观察视角，从河过孟门山的壮浪恣肆景象中，将黄河苍莽而狂暴，不羁而沉郁的性格鲜明地再现了。

河水南径北屈县故城西。西四十里有风山，上有穴如轮，风气萧瑟，习常不止。当其冲飘也，略无生草，盖常不定，众风之门故也。风山西四十里，河南孟门山。《山海经》曰："孟门之山，其上多金玉，其下多黄垩、涅石。"《淮

61

南子》曰："龙门未辟，吕梁未凿，河出孟门之上，大溢逆流，无有丘陵，高阜灭之，名曰洪水[2]。大禹疏通，谓之孟门"故《穆天子传》曰："北登孟门，九河之磴。"孟门，即九龙门之上口也。实为河之巨厄，兼孟门津之名矣[3]。

此石经始禹凿，河中漱广，夹岸崇深，倾崖返捍，巨石临危，若坠复倚。古之人有言："水非石凿，而能入石。"信哉！其中水流交冲，素气云浮，往来遥观者，常若雾露沾人，窥深悸魄。其水尚崩浪万寻，悬流千丈，浑洪赑怒，鼓若山腾，浚波颓叠，迄于下口[4]。方知慎子下龙门，流浮竹，非驷马之追也[5]。

【注释】

[1]"孟门"数句：见《山海经北山经》。黄垩：黄沙土。涅石：矾石。

[2]"龙门"二句：见《淮南子本经训》。又"龙门未辟"至"名曰洪水"：见于《尸子》卷下。

[3]厄（ai）：阻塞。

[4]浑：深大。赑（bi）：猛烈激急。

[5]慎子：慎到，战国时人，著有《慎子》，书中言及"河下龙门，其流驶如竹箭，驷马追之不及"。

四、小 说

《世说新语》二则

床头捉刀人

【解题】 此则比较冷静客观地记录一件事实，使曹操的"酷虐变诈"更为形象化。

魏武将见匈奴使，自以形陋，不足以雄远国，使崔季珪代，亲自捉刀立床头[1]。既毕，令间谍问曰："魏王何如？"匈奴使答曰："魏王雅望非常。然床头捉刀人，此乃英雄也。"魏武闻之，追杀此使。

【注释】

[1]魏武：即曹操（155—220），汉末任丞相，封魏王。其子丕称帝，追尊他为武帝，世称魏武帝。崔季珪：即崔琰，字季珪，三国清河东武城（今山东武城西）人。建安初为袁绍所辟，后归曹操，历任丞相东、西曹掾、魏国尚书等职，为人质朴梗直。后被诬指诽谤朝廷，自杀。

谢太傅泛海

【解题】 一次充满险情的"泛海"，让人见识了东晋名相谢安那非同寻常的襟怀和气度。

谢太傅盘桓东山时，与孙兴公诸人泛海戏[1]。风起浪涌，孙、王诸人色并遽，便唱使还[2]。太傅神情方王，吟啸不言。舟人以公貌闲意说，犹去不止。既风转急，浪猛，诸人皆喧动不坐。公徐云："如此，将无归?"众人即承响而回。于是审其量足以镇安朝野。

【注释】

[1] 谢太傅：即谢安（320－385），字安石，东晋陈郡阳夏（今河南太康）人。曾任司徒府佐著作郎，称疾辞，隐居会稽东山（在今浙江上虞县西南）。后复出仕，官至宰相。卒赠太傅。孙兴公：即孙绰（314－371），东晋太原中都（今山西平遥西北）人。兴公为其字。博学善文，为当时文人之冠，是当时玄言诗代表作家。

[2] 王：指王羲之（321－379），字逸少，东晋琅邪临沂（今属山东）人，居会稽山阴（今浙江绍兴），是中国历史上最有名的书法家。

隋、唐、五代部分

诗

杨　广

云中受突厥主朝宴席赋诗[1]

【解题】　大业三年（607）八月，隋炀帝幸突厥启民可汗帐。"启民奉觞上寿，跪伏恭甚，王侯以下袒割于帐前，莫敢仰视。帝大悦，赋诗曰：'呼韩顿颡至，屠耆接踵来。如何汉天子，空上单于台？'"（《资治通鉴》卷180）诗以宴享场面写出作者当时踌躇满志的心态，颇具气格。沈德潜《说诗晬语》谓："隋炀帝艳情篇什，同符后主，而边塞诸作，铿然独异，剥极将复之候也。"

鹿塞鸿旗驻[2]，龙庭翠辇回[3]。毡帷望风举，穹庐向日开。呼韩顿颡至[4]，屠耆接踵来[5]。索辫擎膻肉，韦鞲献酒杯[6]。如何汉天子，空上单于台[7]？

【注释】

[1] 云中，秦汉故郡。隋无云中郡，此处指定襄郡大利城（今内蒙古和林格尔县北）。隋文帝开皇十八年（599），突厥内讧，突利可汗奔隋，被封为启民可汗，于定襄郡筑大利城以居之。突厥主，即启民可汗。

[2] 鹿塞，即鸡鹿塞，要塞名。在今内蒙古境内磴口西北哈萨格峡谷口。鸿旗，大旗。

[3] 龙庭，匈奴单于祭天地鬼神之所，后泛指边塞。

[4] 呼韩，指匈奴呼韩邪（yé）单于，曾两度入塞，与汉朝修好。事见《汉书·匈奴传下》。顿颡，屈膝下拜，以额触地。

[5] 屠耆，匈奴语，意为贤。屠耆王为匈奴最高官职，分左右，汉称为左右贤王。

[6] 韦鞲（gōu），古代一种革制的袖套。

[7] 单于台，古地名。汉武帝曾于元封元年（前110）"出长城，北登单于台。"（《汉书·武帝纪》）地在今山西省大同市西北。

薛道衡

昔昔盐

【解题】　昔昔，犹言夜夜。盐，犹"艳"，乐府曲名。本题为薛道衡首创，写闺中少妇对远征丈夫的思念。诗歌讲究藻采和对偶，是梁、陈以来诗歌创作的旧习气。但作者能选取典型意象，成功地写出一种美好春日里空闺怀人的寂寞情境。其中"暗牖悬蛛网，空梁落燕泥"一联，尤为时人所称道。

垂柳覆金堤，蘼芜叶复齐。水溢芙蓉沼，花飞桃李蹊。采桑秦氏女[1]，织锦窦家妻[2]。关山别荡子，风月守空闺。恒敛千金笑，长垂双玉啼。盘龙随镜隐[3]，彩凤逐帷低[4]。飞魂同夜鹊，倦寝忆晨鸡。暗牖悬蛛网，空梁落燕泥。前年过代北，今岁往辽西。一去无消息，那能惜马蹄！

【注释】

[1] 秦氏女，《乐府诗集》第二十八卷《陌上桑》："日出东南隅，照我秦氏楼。秦氏有好女，自名为罗敷。罗敷喜蚕桑，采桑城南隅。"

[2] 窦家妻，《晋书·窦滔妻苏氏传》："窦滔妻苏氏，始平人也。名蕙，字若兰。善属文。滔，符坚时为秦州刺使，被徙流沙。苏氏思之，织锦为回文旋图诗以赠滔，宛转循环以读之，词甚凄婉，凡八百四十字。"

[3] 盘龙，指铜镜后的盘龙雕饰。

[4] 彩凤，指床帏上的彩凤图案。

王　绩

秋夜喜遇王处士[1]

【解题】　诗的前两句分别写王处士与作者躬耕田园的生活，后两句写月下相逢的场景，恬静优美的景色中透漏出宾主相得相欢的快意。

北场芸藿罢，东皋刈黍归[2]。相逢秋月满，更值夜萤飞。

【注释】

[1] 处士，有才德而隐居不仕的人。

[2] 东皋，既指作者居所东面的田地，又暗用陶渊明《归去来兮辞》："登东皋以舒啸"，表明自己归隐的身份。皋（gāo），水边地。刈（yì），收割。

在京思故园见乡人遂为问

【解题】　诗歌化"思"为"问"，构思新奇，活泼有味。

旅泊多年岁，忘去不知回。忽逢门前客，道发故乡来。敛眉俱握手，破涕共衔杯[1]。殷勤访朋旧，屈曲问童孩[2]。衰宗多弟侄，若个赏池台[3]？旧园今在否？新树也应栽。柳行疏密布？茅斋宽窄裁？经移何处竹？别种几株梅？渠当无绝水？石计总生苔？院果谁先熟？林花那后开？羁心只欲问，为报不须猜。行当驱下泽[4]。去剪故园莱[5]。

【注释】

[1] 衔杯，饮酒。

[2] 屈曲，详细周到。

[3] 若个，哪个。

[4] 下泽，车名。下泽车是一种短毂的车，适于在沼泽地上行驶。

[5] 莱，即藜，嫩苗和新叶可以吃，坚老的茎可以做杖。

王梵志

吾有十亩田

【解题】　简单而自由，正是隐士生活的真趣。

吾有十亩田，种在南山坡。青松四五树，绿豆两三窠。热遍池中浴，凉便岸上歌。遨游自取足，谁能奈我何？

魏　徵

述　怀

【解题】　题目一作《出关》。《新唐书·魏徵传》载：魏徵初为李密部下，李密失败后归唐。"久之，未知名。自请安辑山东，乃擢秘书丞，驰驿至黎阳"。说降了李密旧部李勣。此诗为奉命东出潼关时所作。诗中围绕"感意气"，或回首往昔，或慷慨述怀，或描写景物，笔力遒劲而辞气豪迈。

中原初逐鹿[1]，投笔事戎轩[2]。纵横计不就，慷慨志犹存。杖策谒天子[3]，驱马出关门。请缨系南越[4]，凭轼下东藩[5]。郁纡陟高岫[6]，出没望平原。古木鸣寒鸟，空山啼夜猿。既伤千里目，还惊九逝魂[7]。岂不惮艰险？深怀国士恩[8]。季布无二诺[9]，侯嬴重一言[10]。人生感意气，功名谁复论。

【注释】

[1] 逐鹿，比喻争夺政权。《史记·淮阴侯列传》："秦失天下，天下共逐之。"

[2] 戎轩，兵车。

[3] 杖策，手持马棰。

[4] 请缨句，《汉书·终军传》："南越与汉和亲，乃遣（终）军使南越，说其王，欲令

入朝，比内诸侯。军自请：'愿受长缨，必羁南越王而致之阙下。'"

[5] 凭轼句，汉郦食其为刘邦游说齐王田广而服之，《史记·淮阴侯列传》中蒯通提及此事，谓："且郦生一士，伏轼掉三寸直舌，下齐七十余城。"凭轼，即"伏轼"，意谓乘车出使。东藩，东方的属国，这里指齐国。

[6] 郁迂，形容山高谷深，道路盘曲。陟，登。岫（xiù），高峰。

[7] 九逝魂，《楚辞·九章·抽思》："惟郢路之辽远兮，魂一夕而九逝。"逝，一作"折"。

[8] 国士恩，指受到统治者器重的知遇之恩。国士，一国范围内的杰出之士。

[9] 季布，秦汉之际人，为人重然诺，当时有"得黄金百斤，不入得季布一诺"的俗语（见《史记·季布栾布列传》）。

[10] 侯嬴，战国时魏公子信陵君的门客，信陵君救赵，侯嬴以年老不能随行，但表示要杀身以报，后来果然实践了诺言（见《史记·魏公子列传》）。

虞世南

蝉

【解题】　这是一首咏物诗。诗将蝉的"声自远"归因于"居高"，暗喻了品德内修，声华外著的道理。沈德潜说："咏蝉者每咏其声，此独尊其品格。"（《唐诗别裁集》卷十九）

垂緌饮清露[1]，流响出疏桐。居高声自远，何必藉秋风。

【注释】

[1] 緌（ruí），古代冠带结在下巴下面散而下垂的部分。蝉的头部有触须，形似下垂的冠带，故说"垂緌"。

上官仪

入朝洛堤步月

【解题】　诗的前两句写得何等雍容，可谓踌躇满志。后两句则通过躁动不安的景色流露出对失意士人的揶揄之意。《隋唐嘉话》卷中："高宗承贞观之后，天下无事。上官侍郎仪独持国政，尝凌晨入朝，巡洛水堤。步月徐辔，咏诗云：'脉脉广川流，驱马历长洲。鹊飞山月曙，蝉噪野风秋。'音韵清亮，群公望之，犹神仙焉。"

脉脉广川流[1]，驱马历长洲[2]。鹊飞山月曙[3]，蝉噪野风秋[4]。

【注释】

[1] 广川，指洛水。

[2] 长洲，指洛堤。

[3] 鹊飞句，曹操《短歌行》："月明星稀，乌鹊南飞，绕树三匝，何枝可依。"寓意士人无明主可投，彷徨不安。

[4] 蝉噪句，陈张正见《赋得寒树晚蝉疏》："寒蝉噪杨柳，朔吹犯梧桐。……还因摇落处，寂寞尽秋风。"有寒士失意不平之意。

王 勃

别薛华

【解题】 题一作《秋日别薛升华》。诗歌不著景语，全用抒情，于离愁别绪之中，融入了身世悲慨。

送送多穷路，遑遑独问津。悲凉千里道，凄断百年身。心事同漂泊，生涯共苦辛。无论去与住，俱是梦中人。

滕王阁

【解题】 此诗为《秋日登洪府滕王阁饯别序》的附诗。诗歌以永恒的自然反衬变化的人事，抒发了物是人非的沧桑之感。诗歌虽为王勃的名篇，但颇伤于重复累赘。

滕王高阁临江渚[1]，佩玉鸣鸾罢歌舞[2]。画栋朝飞南浦云，珠帘夕卷西山雨。闲云潭影日悠悠，物换星移几度秋。阁中帝子今何在[3]？槛外长江空自流。

【注释】
[1] 渚，水中小洲。
[2] 鸾，车铃，象鸾鸟形，取其鸣声之和。
[3] 帝子，指滕王，为唐高祖李渊之子，名元婴，曾任洪州都督。

山 中

【解题】 诗歌于短小的篇幅里表现出高远的境界和充沛的感情。
长江悲已滞，万里念将归。况属高风晚，山山黄叶飞。

卢照邻

曲池荷

【解题】 这是一首以荷为题的咏物诗。命意所在，即《离骚》所谓"惟草木之零落兮，恐美人之迟暮"。《唐诗别裁集》卷十九："言外有抱才不遇、早年零落之感。"
浮香绕曲岸，圆影覆华池。常恐秋风早，飘零君不知。

春晚山庄率题

【解题】 诗歌以恬静的田园春景和闲适的精神状态，组成一幅人与自然的和谐图景。

沈德潜《唐诗别裁集》卷九："清稳诗，自开后人风气。"

田家无四邻，独坐一园春。莺啼非选树，鱼戏不惊纶[1]。山水弹琴尽，风花酌酒频。年华已可乐，高兴复留人。

【注释】

[1] 纶，较粗的丝线，常指钓丝。

骆宾王

于易水送人

【解题】　《史记·刺客列传》：荆轲将西入秦，"太子及宾客知其事者，皆白衣冠以送之。至易水之上，既祖，取道，高渐离击筑，荆轲和而歌，为变徵之声，士皆垂泪涕泣。又前而为歌曰：'风萧萧兮易水寒，壮士一去兮不复还！'复为羽声忼慨，士皆瞋目，发尽上指冠。"此诗虽为赠别诗，却能因地名而抒发怀古之情，寄托了作者一种不甘平庸、慷慨豪迈的情怀。

此地别燕丹，壮士发冲冠。昔时人已没，今日水犹寒。

在军登城楼

【解题】　则天光宅元年（684），徐敬业于扬州起兵反叛，骆宾王参与其中，为记室。此诗即作于军中。诗的前两句以寒冷的景物暗示了军队的力量，后两句则表达了胜利的信心和乐观的情绪。

城上风威冷，江中水气寒。戎衣何日定[1]，歌舞入长安。

【注释】

[1] 戎衣，军服。《礼记·中庸》："壹戎衣而有天下。"

杜审言

夏日过郑七山斋

【解题】　诗歌按照时间顺序组织内容，结构自然。以精练的语言状难写之景，刻画入微，尤其是此诗的长处。

共有樽中好[1]，言寻谷口来[2]。薜萝山径入，荷芰水亭开。日气含残雨，云阴送晚雷。洛阳钟鼓至，车马系迟回。

【注释】

[1] 樽中好，饮酒的嗜好。

[2] 言，语气词。谷口，借指郑七山斋。汉扬雄《法言·问神》："谷口郑子真，不屈其志，而耕乎岩石之下，名震于京师。"

李 峤

汾阴行

【解题】 诗歌先以赋法铺陈汉武帝于汾阴祭祀后土的盛况，然后发为人事代谢、盛衰无常的感慨。初唐歌行，多有此种写法和主题的篇章。《本事诗·事感》："天宝末，玄宗尝乘月登勤政楼，命梨园弟子歌数阕。有唱李峤诗者云：'富贵荣华能几时，山川满目泪沾衣。不见只今汾水上，惟有年年秋雁飞。'时上春秋已高，问是谁诗，或对曰李峤，因凄然泣下，不终曲而起，曰：'李峤真才子也。'又明年，幸蜀，登白卫岭，览眺久之，又歌是词，复言李峤真才子，不胜感叹。时高力士在侧，亦挥涕久之。"

君不见昔日西京全盛时[1]，汾阴后土亲祭祠[2]。斋宫宿寝设储供[3]，撞钟鸣鼓树羽旄[4]。汉家五叶才且雄[5]，宾延万灵朝九戎[6]。柏梁赋诗高宴罢[7]，诏书法驾幸河东[8]。河东太守亲扫除，奉迎至尊导銮舆[9]。五营夹道列容卫[10]，三河纵观空里闾[11]。回旌驻跸降灵场[12]，焚香奠醑邀百祥[13]。金鼎发色正焜煌[14]，灵祈炜烨摅景光[15]。埋玉陈牲礼神毕[16]，举麾上马乘舆出[17]。彼汾之曲嘉可游，木兰为楫桂为舟[18]。棹歌微吟彩鹢浮，箫鼓哀鸣白云秋[19]。欢娱宴洽赐群后，[20]家家复除户牛酒[21]。声明动天乐有无[22]，千秋万岁南山寿。自从天子向秦关，玉辇金车不复还。珠帘羽帐长寂寞，鼎湖龙髯安可攀[23]。千龄人事一朝空，四海为家此路穷。豪雄意气今何在，坛场宫馆尽蒿蓬。路逢故老长叹息，世事回环不可测。昔时青楼对歌舞，今日黄埃聚荆棘。山川满目泪沾衣，富贵荣华能几时。不见只今汾水上，唯有年年秋雁飞。

【注释】

[1] 西京，西汉都城长安。这里指西汉。

[2] 汾阴，汉时县名。在今山西万荣县西南。后土，土地神。祭祠，祭祀。《汉书·武帝纪》：元鼎四年（前113），"行自夏阳，东幸汾阴。十一月甲子，立后土祠于汾阴脽上。"

[3] 斋宫，皇帝斋祀之所。

[4] 羽旄，以羽为饰的旌旗。

[5] 五叶，五世，指高祖、惠帝、文帝、景帝、武帝。

[6] 宾延，邀请。万灵，众神。朝九戎，使九戎来朝。九戎，泛指西北的少数民族。

[7] 柏梁，指柏梁台，建于武帝元鼎三年（前112）春。《东方朔别传》曰："孝武元封三年。作柏梁台。诏群臣二千石有能为七言者。乃得上坐。"今传有《柏梁诗》。

[8] 法驾，天子的车驾。

[9] 銮舆，銮驾，天子的车驾。

[10] 容卫，防卫。

[11] 里闾，乡里。

［12］驻跸，古代帝王出行，途中停留暂住。灵场，犹神坛。

［13］醑（xǔ），美酒。

［14］焜煌（kūnhuáng），光明辉煌。

［15］灵祈，神灵。炜烨，光明。摅（shū），发散。景光，霞光。

［16］牲，供祭祀用的家畜。

［17］麾，旗帜。

［18］楫，划船的短桨。

［19］"棹歌"两句，指汉武帝即兴赋诗《秋风辞》。据《汉武帝故事》："上行幸河东，祠后土。顾视帝京，欣然中流。与群臣饮燕，上欢甚，乃自作《秋风辞》曰：'秋风起兮白云飞。草木黄落兮雁南归。兰有秀兮菊有芳。怀佳人兮不能忘。泛楼船兮济汾河。横中流兮扬素波。箫鼓鸣兮发棹歌。欢乐极兮哀情多。少状几时兮奈老何。'"彩鹢，指船。古人于船头彩画鹢的图案，故称船为"彩鹢"。鹢（yì），一种水鸟。

［20］后，指诸侯。

［21］复除，免除徭役及赋税。

［22］声明，声音和光彩。

［23］鼎湖，古代传说黄帝乘龙升天之处。

苏味道

正月十五夜

【解题】　题一作《上元》。初唐诗中，多有歌咏上元的篇章，此诗格律精切，骤起缓收，写热闹的场面而声色俱全，最为人所传颂。

火树银花合，星桥铁锁开[1]。暗尘随马去，明月逐人来。游妓皆秾李[2]，行歌尽《落梅》[3]。金吾不禁夜[4]，玉漏莫相催[5]。

【注释】

［1］星桥，秦代李冰开蜀江，于江上建七座桥，上应七星，并于桥上装有铁锁。这里指长安护城河上的吊桥。另外，灯火照耀下的护城河犹如天上的星河，故可称河上的桥为星桥。铁锁，城门的关锁。

［2］秾李，形容容貌服饰的艳丽。

［3］《落梅》，乐曲名，即《梅花落》，唐大角曲有《大梅花》、《小梅花》。

［4］金吾，执金吾的简称，汉代禁卫军军官名。唐置左、右金吾卫，有金吾大将军。这里指京城禁卫军。

［5］漏，古代以滴水来计时的器具。

陈子昂

感 遇
其 三

【解题】 诗歌以苍劲的语言、悲怆的情调写出了边塞战争的残酷。

苍苍丁零塞[1]，今古缅荒途[2]。亭堠何摧兀[3]，暴骨无全躯。黄沙幕南起[4]，白日隐西隅。汉甲三十万[5]，曾以事匈奴。但见沙场死，谁怜塞上孤。

【注释】

[1] 苍苍，青色。丁零，古代北方种族名，曾属匈奴。

[2] 缅，遥远。

[3] 亭堠，边境上守望的亭堡。摧兀，险峻貌。

[4] 幕南，即漠南。幕，通"漠"。

[5] 汉甲，汉军。按，武则天万岁登封元年（696），曹师仁等二十八将攻契丹，全军覆没，大将都成了俘虏。

其十八

【解题】 左思《咏史诗》之类。以质朴矫健的语言、慷慨超脱的语气，表达对高尚人格的推崇，"汉魏风骨"存焉。

逶迤世已久，骨鲠道斯穷。岂无感激者，时俗颓此风。灌园何其鄙，皎皎於陵中[1]。世道不相容，嗟嗟张长公[2]。

【注释】

[1] 於［yú］陵，战国时齐地名。《史记·鲁仲连邹阳列传》："是以孙叔敖三去相而不悔，於陵子仲辞三公为人灌园。"於陵子仲，即陈仲子，战国时齐人，居于於陵。灌园，浇灌田园。

[2] 嗟嗟，叹词，表示赞美。张长公，汉张挚，"字长公，官至大夫，免。以不能取容当世，故终身不仕。"（《史记·张释之冯唐列传》）

其三十四

【解题】 游侠和边塞相结合，是建安以来诗歌中常见的题材处理方式。这首诗借一个幽燕游侠从军边塞的身世遭遇，反映了朝廷对边功封赏不明的问题，也寄托作者怀才不遇的感慨。

朔风吹海树[1]，萧条边已秋。亭上谁家子[2]，哀哀明月楼[3]。自言幽燕客，结发事远游[4]。赤丸杀公吏[5]，白刃报私雠。避雠至海上，被役此边州。故乡三千里，辽水复悠悠。每愤胡兵入，常为汉国羞。何知七十战[6]，白首未封侯。

【注释】

[1] 朔风，北风。海，渤海。

[2] 亭，亭候，边塞得哨所。

[3] 楼，亭上戍楼。

[4] 结发，古代男子二十岁束发戴冠，表示成人。

[5] 赤丸，汉代长安有侠客少年，专门刺杀官吏，为人报仇。事前他们设赤、黑、白三种弹丸，让参与者探取，探得赤丸者杀武官，探得黑丸者杀文官，探得白丸者为死去的同伴料理丧事。

[6] 七十战，汉李广自"结发与匈奴大小七十余战"，而"无尺寸之功以得封邑"（《汉书·李将军列传》）。

燕昭王[1]

【解题】 则天万岁通天二年（697），武后派建安郡王武攸宜北伐契丹，陈子昂随军参谋。他屡献奇计，不为所用，反被贬为军曹。作者怀着一腔屈抑之情，有感于战国时燕昭王与乐毅等君臣遇合的盛事，创作了《蓟丘览古赠卢居士藏用七首》，这首诗即七首中的第二首。诗人登高览古，吊古伤今，抒发了对燕昭王登用贤士的明主风度的仰慕追念之情，也曲折地表达了对现实的不满，对自己政治命运的失望。

南登碣石馆[2]，遥望黄金台[3]。丘陵尽乔木，昭王安在哉？霸图怅已矣，驱马复归来。

【注释】

[1] 燕昭王，名平（前？—前279），燕王哙之子。时齐破燕，哙亡，燕人立以为王。他礼贤下士，招来乐毅、邹衍等人才，复兴了燕国。

[2] 碣石馆，即碣石宫，燕昭王时，齐人邹衍来到燕国，昭王为之筑碣石宫，并且以师礼事之。

[3] 黄金台，燕昭王所筑，置黄金于台上，以延请天下俊杰之士。

度荆门望楚[1]

【解题】 诗歌先叙述行程，后描写开阔的楚地景色，最后以"狂歌客"自喻，展现了诗人仗剑去国时乐观自信的豪迈情怀。

遥遥去巫峡，望望下章台[2]。巴国山川尽[3]，荆门烟雾开。城分苍野外，树断白云隈[4]。今日狂歌客[5]，谁知入楚来。

【注释】

[1] 荆门，荆门山，在今湖北省宜都县西北的长江南岸。

[2] 望望，瞻望貌。章台，章华台的简称，春秋时楚国所建，在今湖北省监利县西北。

[3] 巴国，古国名，位于今四川省东部、重庆市一带，为秦惠文王所灭。

[4] 隈，角落，这里指边缘。

[5] 狂歌客，春秋时，楚国有"楚狂接舆歌而过于孔子曰：'凤兮，凤兮！何德之衰？往者不可谏，来者犹可追。已而，已而！今之从政者殆而！'"（《论语·微子》）此处为作者自谓。

刘希夷

代悲白头翁

【解题】 这是一首拟乐府诗歌，题一作《白头吟》、《代白头吟》。诗歌从少女写到老翁，从富贵写到衰败，感慨青春易逝、富贵无常，表达了一种基于热爱人生的生命失落感。诗歌构思独特，情调感伤，语言优美，音韵谐畅，有很高的艺术成就。

洛阳城东桃李花，飞来飞去落谁家。洛阳女儿惜颜色，坐见落花长叹息。今年花落颜色改，明年花开复谁在。已见松柏摧为薪，更闻桑田变成海。古人无复洛城东，今人还对落花风。年年岁岁花相似，岁岁年年人不同。寄言全盛红颜子，应怜半死白头翁。此翁白头真可怜，伊昔红颜美少年。公子王孙芳树下，清歌妙舞落花前。光禄池台开锦绣[1]，将军楼阁画神仙[2]。一朝卧病无相识，三春行乐在谁边[3]？宛转蛾眉能几时，须臾鹤发乱如丝。但看古来歌舞地，惟有黄昏鸟雀悲。

【注释】

[1] 光禄，光禄勋。用东汉马援之子马防的典故。《后汉书·马援传》（附马防传）载：马防在汉章帝时拜光禄勋，"资产巨亿，皆买京师膏腴美田，又大起第观，连阁临道，弥亘街路，多聚声乐，曲度比诸郊庙。"

[2] 将军，指东汉贵戚梁冀，他曾为大将军。《后汉书·梁统传》（附梁冀传）载：梁冀与妻子孙寿大兴土木，建造豪宅。其房屋的"窗牖皆有绮疏青琐，图以云气仙灵"。

[3] 谁边，哪里。

沈佺期

杂 诗

【解题】 这是一首闺怨诗。诗歌反复从"少妇"和"良人"两方面着笔，以时空的隔绝反衬相思的真挚，最后发出对美好未来的祈愿。此诗于对偶整炼中颇能一气转折，有跌宕飞动之致。

闻道黄龙戍[1]，频年不解兵。可怜闺里月，长在汉家营。少妇今春意，良人昨夜情。谁能将旗鼓，一为取龙城[2]？

【注释】

[1] 黄龙戍，唐时东北要塞，在今辽宁开原西北。

[2] 龙城，秦汉时匈奴聚会祭祀的地方。这里指敌方要塞。

夜宿七盘岭

【解题】 诗歌通过写"独游"、"高卧"时所见景物抒发羁旅愁怀。胡应麟评此诗："气象冠裳，句格鸿丽。"（《诗薮·内编》卷四）

独游千里外，高卧七盘西[1]。山月临窗近，天河入户低。芳春平仲绿[2]，清夜子规啼。浮客空留听[3]，褒城闻曙鸡[4]。

【注释】

[1] 七盘，七盘岭，在今四川广元东北，有石磴七盘而上，故名。

[2] 平仲，银杏的别称。

[3] 浮客，游子。

[4] 褒城，在今陕西汉中北。

宋之问

题大庾岭北驿

【解题】 此诗为宋之问流放钦州［今广西钦州东北］途径大庾岭时所作。诗歌围绕"我行殊未已，何日复归来"写出因迁谪的哀怨和对北方的思念。人、雁对比和借景传情的手法的成功应用，使这首诗韵味醇厚。

阳月南飞雁[1]，传闻至此回。我行殊未已，何日复归来。江静潮初落，林昏瘴不开。明朝望乡处，应见陇头梅[2]。

【注释】

[1] 阳月，农历十月。

[2] 陇头梅，据《荆州记》，南朝梁陆凯曾赠范晔诗："折梅逢驿使，寄与陇头人。江南何所有，聊赠一枝春。"此处所谓"陇头梅"，是指可赠与北方友人的梅花。

贺知章

回乡偶书二首（其二）

【解题】 刘永济《唐人绝句精华》："写久别家乡，人事多变之感，用春风不改水波之无干情事点染，亦包含无穷，此诗家所谓含蓄也。"

离别家乡岁月多，近来人事半销磨。唯有门前镜湖水[1]，春风不改旧时波。

【注释】

[1] 镜湖，《会稽记》："汉顺帝永和五年，会稽太守马臻创立镜湖，在会稽、山阴两县界。"宋熙宁后，湖渐淤废为田。天宝初，贺知章请为道士还乡，诏赐镜湖、剡川一曲。

张　旭

山行留客

【解题】　诗歌以亲切的劝慰口吻写出作者春游的兴致。

山光物态弄春辉，莫为轻阴便拟归。纵使晴明无雨色，入云深处亦沾衣。

金昌绪

春　怨

【解题】　题一作《伊州歌》。别后千里隔绝，欲梦中相见；梦中不得相见，竟嗔怪黄莺，语浅情深，曲折见意，兼有乐府的自然和趣味。

打起黄莺儿，莫教枝上啼。啼时惊妾梦，不得到辽西。

张　说

邺都引[1]

【解题】　本诗既礼赞英雄功业，又感慨盛衰无常。初唐歌行，诗赋合一；此诗边幅收敛，意象集中，笔调苍劲，已是盛唐气象。

君不见魏武草创争天禄[2]，群雄睚眦相驰逐[3]。昼携壮士破坚阵，夜接词人赴华屋。都邑缭绕西山阳[4]，桑榆汗漫漳河曲[5]。城郭为墟人代改，但有西园明月在[6]。邺傍高冢多贵臣，娥眉曼睩共灰尘[7]。试上铜台歌舞处[8]，唯有秋风愁杀人。

【注释】

[1] 邺都，本为汉魏郡邺县。袁绍为益州牧，镇邺县。绍败亡，又以封曹操。后魏置邺都，与长安、谯、许昌、洛阳合成五都。

[2] 睚眦（yázhì），怒目而视。

[3] 天禄，天赐的福禄。

[4] 西山，即首阳山。在山西永济县南。殷末，伯夷、叔齐不食周粟，曾隐居于此。

［5］汗漫，漫无无边际的样子。

［6］西园，铜雀园，曹操所建。曹氏父子常在这里和文士夜游、宴会赋诗。

［7］曼睩（lù），眼珠转动发亮。这里指漂亮的眼眸。

［8］铜台，铜雀台。汉建安十五年（210）曹操造台，高二丈五尺，楼顶置铜雀。曹操去世前，曾"遗令"歌伎定时登台歌舞，娱乐其魂灵。

送梁六自洞庭山[1]

【解题】 此诗为作者谪居岳州送好友梁知微入朝时所作的赠别诗。刘永济《唐人绝句精华》》："首二句实写洞庭山，中夹第三句遂使实境化成缥缈之景，引起第四句别情便觉悠然无尽。"

巴陵一望洞庭秋[2]，日见孤峰水上浮。闻道神仙不可接[3]，心随湖水共悠悠。

【注释】

［1］梁六，梁知微，时任潭州（今湖南长沙）刺史。

［2］巴陵，《旧唐书·地理志》："岳州，隋巴陵郡。"即今湖南省岳阳市。

［3］神仙，《拾遗记》："洞庭山浮于水上，其下有金堂数百间，玉女居之，四时闻金石丝竹之声，彻于山顶。"

张九龄

感　　遇（其二）

【解题】 刘熙载《艺概·诗概》："曲江之《感遇》出于《骚》"，如此诗，正是继承了《离骚》的香草美人的比兴传统，托物言志，抒发了诗人志行高洁，孤芳自赏，不强求人知的自信和超脱。

兰叶春葳蕤[1]，桂华秋皎洁[2]。欣欣此生意，自尔为佳节[3]。谁知林栖者[4]，闻风坐相悦[5]。草木有本心，何求美人折[6]。

【注释】

［1］葳蕤（wēiruí），茂盛披拂貌。

［2］桂华，即桂花。华，古"花"字。

［3］自尔，犹言自然。

［4］林栖者，山林栖隐之士。

［5］坐，因。

［6］"草木"二句，意谓兰桂不会因为无人采折而不散发芬芳。《孔子家语》："芝兰生于深林，不以无人而不芳；君子修道立德，不为穷困而改节。"

望月怀远

【解题】 诗歌首联写月，颔联写人，颈联、尾联兼写人月，结构自然浑成，格调清新淡远，情思深挚缠绵。首句"海上生明月，天涯共此时"，与谢庄"隔千里兮共明月"（《月赋》）、苏轼"但愿人长久，千里共婵娟"（《水调歌头》）都是千古传诵的咏月名句。

海上生明月，天涯共此时。情人怨遥夜，竟夕起相思[1]。灭烛怜光满，披衣觉露滋。不堪盈手赠，还寝梦佳期。

【注释】

[1] 竟夕，整夜。

咏　燕

【解题】　据阮阅《诗话总龟》卷十七引《明皇杂录》，此诗系张九龄受到李林甫排挤时赠给李林甫的诗。这是一首咏物诗，以燕为题而处处关合作者的身世，最后表明了自己不贪恋禄位的达观态度。刘禹锡《吊张曲江序》谓张九龄被贬之后，"有拘囚之思，托讽禽鸟，寄词草树，郁郁然与骚人同风。"这首诗正是"托讽禽鸟"的比兴之作。

海燕何微眇，乘春亦暂来。岂知泥滓贱，只见玉堂开。绣户时双入，华轩日几回[1]。无心与物竞，鹰隼莫相猜。

【注释】

：[1] 华轩，华丽的窗户。

王　湾

次北固山下[1]

【解题】　题一作《江南意》。新春已至，扬帆大江，开阔、生动的景象给人以昂扬奋进的艺术感染力。《河岳英灵集》：王湾"游吴中，作《江南意》诗云：'海日生残夜，江春入旧年。'诗人以来，少有此句。张燕公手题政事堂，每示能文，令为楷式。"

南国多新意，东行伺早天[2]。潮平两岸阔，风正一帆悬。海日生残夜，江春入旧年。从来观气象，惟向此中偏[3]。

【注释】

[1] 次，住宿。这里指停船。北固山，今江苏省镇江以北，三面临江。
[2] "南国"二句，一作"客路青山外，行舟绿水前。"伺，观察天色。
[3] "从来"二句，一作"乡书何处达，归雁洛阳边。"

孟浩然

秋登万山寄张五[1]

【解题】　诗写清秋日暮登高望远时怀念友人的心情和即目所见的景色。写情洒脱而真挚，写景清雅而优美，是典型的孟浩然特色。

北山白云里，隐者自怡悦[2]。相望试登高，心随雁飞灭。愁因薄暮起，兴是清秋发。时见归村人，平沙渡头歇。天边树若荠，江畔舟如月。何当载酒来[3]，共醉重阳节。

【注释】

[1] 万山，在襄阳西北。张五，张子容，隐居于襄阳岘山南约五里的白鹤山。

[2] "北山"二句，化用陶弘景《应诏诗》："山中何所有？岭上多白云。只可自愉悦，不堪持赠君。"

[3] 何当，何时。

夜归鹿门歌

【解题】 孟浩然擅长五言，集中七言很少。诗人以清疏简淡的笔墨，在夜归鹿门的行程中，通过写景和怀古表现出清高的隐逸情怀。《岘佣说诗》："孟公边幅太窄，然如《夜归鹿门》一首，清幽绝妙。"

山寺钟鸣昼已昏，渔梁渡头争渡喧[1]。人随沙岸向江村，余亦乘舟归鹿门。鹿门月照开烟树，忽到庞公栖隐处[2]。岩扉松径长寂寥[3]，惟有幽人夜来去[4]。

【注释】

[1] 渔梁，指鱼梁洲。《水经注·沔水》："沔水中有鱼梁洲，庞德公所居。"

[2] 庞公，庞德公。《后汉书·逸民传》："庞公者，南郡襄阳人也。……荆州刺史刘表数延请，不能屈……后遂携其妻子登鹿门山，因采药不返。"

[3] 岩扉，山崖上屋舍的门。

[4] 幽人，幽居之人，指隐士。

与诸子登岘山[1]

【解题】 据《晋书·羊祜传》，羊祜镇襄阳时常去岘山饮酒赋诗，曾对同游者感慨说："自有宇宙，便有此山，由来贤者胜士登此远望如我与卿者多矣，皆湮灭无闻，使人伤悲。"本诗登临览古，根据故实，重新演绎了人生有限、宇宙无穷的虚无主题。诗歌起调慷慨而终归寂寥，哲理与诗情通过形象得到很好的结合。

人事有代谢，往来成古今。江山留胜迹，我辈复登临。水落鱼梁浅[2]，天寒梦泽深[3]。羊公碑尚在[4]，读罢泪沾襟。

【注释】

[1] 岘山，又称岘首山，在湖北省襄阳市南。

[2] 鱼梁，见上诗注[1]。

[3] 梦泽，云梦泽。云、梦二泽在古代楚地长江两岸，江南为梦泽，江北位云泽，后世大部分淤成陆地，就并称为云梦泽。

[4] 羊公碑，《晋书·羊祜传》："祜乐山水，每风景，必造岘山，置酒言咏，终日不

倦。卒，襄阳百姓于岘山祜平生游憩之所建碑立庙，岁时飨祭焉。望其碑者莫不流涕，杜预因名为堕泪碑。"

闲园怀苏子

【解题】　诗人以疏淡的笔墨写出清寂的景色，衬托出幽独的心情，从而使怀人的思绪显得自然而真挚。

林园虽少事，幽独自多违。向夕开帘坐，庭阴落影微。鸟过烟树宿，萤傍水轩飞。感念同怀子[1]，京华去不归。

【注释】

[1] 同怀子，怀有相同意趣者，指苏子。

舟中晓望

【解题】　本诗写以"望"、"争"、"任"、"疑"等字写出诗人对天台山的殷切向往之情。虽是律体，而通体散行；质素其表，而真彩内映。

挂席东南望[1]，青山水国遥。舳舻争利涉[2]，来往任风潮。问我今何适，天台访石桥[3]。坐看霞色晓，疑是赤城标[4]。

【注释】

[1] 挂席，挂帆。

[2] 舳舻（zhúlú），指船。舳，船后舵。舻，船头。利涉，顺利地在水中航行。

[3] 天台，天台山。在今浙江省天台县西北。浩然有《宿天台桐柏观》："纷吾远游意，学此长生道。日夕望三山，云海空浩浩。"道出了他远游天台的初衷。石桥，天台山有石桥。

[4] 赤城，山名，在今浙江省天台县。孔灵符《会稽记》："赤城，山名。色皆赤，状似云霞。"标，标志。

游精思观回望白云在后[1]

【解题】　诗写下山归途中的所见，借以表达出作者萧散的心境和对友人的期待。流畅的结构、省净的语言、简单的景物，使诗歌淡而有味。

出谷未停午[2]，至家已夕曛[3]。回瞻下山路，但见牛羊群。樵子暗相失，草虫寒不闻。衡门犹未掩[4]，伫立待夫君[5]。

【注释】

[1] 王白云，王迥，曾隐居鹿门山。

[2] 停午，中午。

[3] 夕曛，犹言傍晚。曛（xūn），太阳下山后的余光。

[4] 衡门，横木为门。

[5] 夫君，犹言此君，指王迥。

王 维

陇西行

【解题】 《陇西行》，乐府旧题。诗歌撷取飞马传书的军旅生活片段，渲染了边塞战争的紧急。因为角度独特、篇幅收敛、形象生动，故而含蕴丰富，耐人寻味。

十里一走马，五里一扬鞭。都护军书至[1]，匈奴围酒泉[2]。关山正飞雪，烽戍断无烟。

【注释】

[1] 都护，边疆最高统帅。唐置安东、安南、安西、安北、单于北庭溜达都护府。

[2] 酒泉，汉代有酒泉郡。唐承隋制，于汉酒泉郡故地设肃州，治所在酒泉县。天宝初，又一度改称酒泉郡。

送 别

【解题】 诗歌写送友人归隐。"不得意"三字乃一篇之警策，友人归隐，是因为不得意；作者的劝慰，是因为友人不得意。以对话属缀成篇，而情貌毕现。

下马饮[1]君酒，问君何所之？君言不得意，归卧南山陲。但去莫复问，白云无尽时。

【注释】

[1] 饮（yìn），使……饮。

陇头吟

【解题】 《陇头吟》，乐府旧题。诗歌虽篇幅不长，但巧妙地把"长安少年"、"陇上行人"与"关西老将"共置于同一时空背景下，使诗歌涵容丰富，寓意深刻。清方东树《昭昧詹言》卷十二："《陇头吟》，起势翩然，'关西'句转，收浑脱沉转，有远势，有厚气。此短篇之极则。"

长安少年游侠客，夜上戍楼看太白[1]。陇头明月迥临关，陇上行人夜吹笛。关西老将不胜愁，驻马听之双泪流。身经大小余百战，麾下偏裨万户侯[2]。苏武才为典属国[3]，节旄落尽海西头[4]。

【注释】

[1] 太白，即金星。古人认为它主兵象，可据以预测战事。

[2] 偏裨（pí），偏将和裨将，从属于大将。

[3] 苏武，汉武帝时，苏武出使匈奴，被扣留十九年，始终不肯屈节。她曾在北海仗汉节牧羊，卧起操持，节旄落尽。回国后仅被封为典属国。典属国，汉代掌管藩属国家事务的官职，品位不高。

[4] 节旄，使臣所持信物，一称旄节。张守节《史记正义》："旄节者，编毛为之，以象竹节。"

辋川闲居赠裴秀才迪[1]

【解题】 诗歌于画意之中见诗情，以静美的秋日晚景，表现作者隐居时的闲逸心态。马茂元《唐诗选》："以'柴门'为定点，摄取眼中所见农村景物，随意点染，涉笔成趣，构成一幅清淡的水墨画。篇终以'接舆狂歌'作结，给寂静的画面带来了动感和生气。"

寒山转苍翠，秋水日潺湲。倚仗柴门外，临风听暮蝉。渡头余落日，墟里上孤烟[2]。复值接舆醉[3]，狂歌五柳前[4]。

【注释】

[1] 辋（wǎng）川，水名。在陕西省蓝田县终南山下。宋之问在此建有蓝田别墅，王维晚年得到了这处别墅，隐居于此。

[2] 墟，村落。

[3] 接舆，见陈子昂《度荆门望楚》注[5]。

[4] 五柳，指陶渊明。陶渊明《五柳先生传》："宅边有五柳树，因以为号焉。"

过香积寺[1]

【解题】 诗人登山游寺的过程就是远离世俗进入佛境的过程，幽静深邃的景物正是象征着佛教的清凉境界，所以诗歌最后结出"安禅制毒龙"，就是水到渠成。

不知香积寺，数里入云峰。古木无人径，深山何处钟。泉声咽危石，日色冷青松。薄暮空潭曲，安禅制毒龙[2]。

【注释】

[1] 香积寺，故址在今陕西省西安市南子午谷正北。

[2] 安禅，僧人进入禅定的状态。毒龙，《涅磐经》："但我住处有有一毒龙，其性暴急，恐相危害。"这里以毒龙象征妄念。

终南别业

【解题】 俞陛云《诗境浅说》："此诗见摩诘天怀淡逸，无住无沾，超然物外。"虽用律体，而能破除束缚，一气而下，直凑单微，不用禅语，时得禅理，非独人生已入禅境，诗艺亦入化境。

中岁颇好道，晚家南山陲。兴来每独往，胜事空自知。行到水穷处，坐看云起时。偶然值林叟，谈笑无还期。

汉江临泛

【解题】 题一作《汉江临眺》。王维的山水诗或写清幽的境界，或写壮阔的气势，本诗即属后者。诗人以简练的笔墨，描绘一幅高远壮阔的江山胜景，表达了作者乐观豁达的心境。

楚塞三湘接[1]，荆门九派通[2]。江流天地外，山色有无中。郡邑浮前浦[3]，波澜动远空。襄阳好风日，留醉与山翁[4]。

【注释】

[1] 楚塞，泛指楚地四境。三湘，湘水的总称〔湘水合沅水称沅湘，合潇水称潇湘，合水称蒸湘〕。

[2] 荆门，见陈子昂《度荆门望楚》注〔1〕。九派，自浔阳起，长江分为九道，故称九派。此处泛指长江。

[3] 浦，水滨。

[4] 山翁，指晋朝的山简。他性好饮酒，曾任征南将军，镇守襄阳，常到习氏园池游赏宴饮，期在必醉，名其地为高阳池。

和贾舍人早朝大明宫之作[1]

【解题】 贾至作《早朝大明宫呈两省僚友》，王维、岑参、杜甫继起酬和。本诗紧扣题目，写了早朝前、早朝中、早朝后三个阶段，利用细节描写和场景渲染，写出了大明宫早朝时雍容华贵的气氛。沈德潜《唐诗别裁集》卷十三："早朝唱和诗，右丞正大，嘉州明秀，有鲁、卫之目。贾作平平，杜作无朝之正位，不存可也。"

绛帻鸡人报晓筹[2]，尚衣方进翠云裘[3]。九天阊阖开宫殿[4]，万国衣冠拜冕旒[5]。日色才临仙掌动[6]，香烟欲傍衮龙浮[7]。朝罢须裁五色诏[8]，佩声归向凤池头[9]。

【注释】

[1] 贾舍人，贾至，字幼麟，一作幼几，洛阳人。天宝元年（742）擢明经第。唐肃宗至德元载（756）至乾元元年（758）春任中书舍人。大明宫，即东内。原名永安宫，贞观八年（634）置，九年改名大明宫，高宗时改名蓬莱宫，后又改为大明宫。有含元、宣政、紫宸三殿，为朝会行仪之处。

[2] 绛帻，鸡人所戴的红色巾帻。鸡人，古官名，司报晓。晓筹，更愁，夜间计时的竹签。

[3] 尚衣，官名，掌管帝王衣服。隋唐时代设有尚衣局。翠云裘，绣有彩绣的皮衣。

[4] 阊阖（chānghé），传说中的天门，这里指皇宫的正门。

[5] 冕旒，皇帝戴的帽子，这里指皇帝。

[6] 仙掌，形状如扇的仪仗。

[7] 衮龙，亦称"龙衮"，皇帝的龙袍。

[8] 五色诏，五色纸起草的诏书。

[9] 凤池，凤凰池的简称，本指禁苑中的池沼，魏晋南北朝时设中书省于禁苑，掌管机要，接近皇帝。唐制，宰相称同中书门下平章事，故诗文中多以凤凰池指宰相。

书　事

【解题】　诗歌通过写作者对生机盎然、清新可爱的雨后苍苔的欣赏，曲折地反映了作者内心的平静和愉悦。好静的个性与清幽的小景浑然交融，神韵天成，意趣横生。

轻阴阁小雨[1]，深院昼慵开。坐看苍苔色，欲上人衣来。

【注释】

[1] 阁，同"搁"，停止。

息夫人[1]

【解题】　题一作《息妫怨》。诗歌以"看花满眼泪"的无言形象，写出息夫人内心深沉的痛苦和不为富贵所屈的高贵灵魂。或谓此诗别有寄托，是为宁王李宪强占饼师妻子而作，见孟棨《本事诗》。

莫以今时宠，能忘旧时恩。看花满眼泪，不共楚王言。

【注释】

[1] 息夫人，春秋时息国国君的夫人。姓妫（gūi）一称息妫。息是与楚国相邻的小国，在今河南生息县境内。息夫人以美貌异常，前 680 年，楚文王为了得到她出兵灭息，将其掳回。息夫人虽在楚宫生有两个儿女，但一直不和楚王说话。楚王问她原因，她说："吾一妇人，而事二夫，纵不能死，其又奚言？"（《左传》庄公十四年）

田园乐（其六）

【解题】　这是一首较为少见的六言绝句。诗中有画，绘声绘色；对仗工整，音韵琅琅，恬静的春景中见出闲适的心境。

桃红复含宿雨，柳绿更带春烟。花落家童未扫，莺啼山客犹眠。

少年行（其一）

【解题】　诗写少年游侠纵饮高楼的豪情。轻快流利的旋律和典型的生活场景，使诗歌洋溢着饱满的情绪和浪漫的色彩。

新丰美酒斗十千[1]，咸阳游侠多少年。相逢意气为君饮，系马高楼垂柳边。

【注释】

[1] 新丰，地名，今陕西新丰，盛产美酒，名新丰酒。斗十千，一斗价值十千文钱。

储光羲

田家即事

【解题】　诗歌以细致朴实的农村生活情景展示了勤劳、善良的人性之美。《岘佣说诗》："储光羲《田家》诸作，真朴处胜于摩诘。"

蒲叶日已长，杏花日已滋。老农要看此，贵不违天时。迎晨起饭牛[1]，双驾耕东菑[2]。蚯蚓土中出，田乌随我飞。群合乱啄噪，嗷嗷如道饥。我心多恻隐，顾此两伤悲。拨食与田乌，日暮空筐归。亲戚更相诮[3]，我心终不移。

【注释】

[1] 饭牛，喂牛。

[2] 菑（zī），初耕的田地。

[3] 诮，讥嘲。

江南曲四首（其三）

【解题】　俞陛云《诗境浅说》："此诗与崔国辅之《采莲曲》、崔颢之《长干曲》，皆有盈盈一水，伊人宛在之思。但二崔的诗，皆着迹象，此则托诸花逐船流，同赋闲情语尤含蓄。古乐府言情之作，每借喻寓怀，不着色相，此诗颇似之。题曰'江南曲'，亦乐府之遗也。"

日暮长江里，相邀归渡头。落花如有意，来去逐轻舟。

常　建

宿王昌龄隐居

【解题】　诗歌通过对隐居之地的清幽景致的描写，既反映了友人隐居生活的安逸，也表达作者的欣羡之情。万物皆自得，又为隐者所乐，故而沈德潜在《唐诗别裁集》："清澈之笔中有灵悟。"

清溪深不测，隐处惟孤云。松际露微月，清光犹为君。茅亭宿花影，药院滋苔纹。余亦谢时去[1]，西山鸾鹤群。

【注释】

[1] 谢时，辞世隐居之意。

塞上曲

【解题】　《塞上曲》，乐府旧题。诗歌根据陈琳《饮马长城窟行》，加以改造，更显精练，反映了边塞战争给人民带来的苦难。

翩翩云中使[1]，来问太原卒。百战苦不归，刀头怨秋月[2]。塞云随阵落，寒日傍城没。城下有寡妻，哀哀哭枯骨。

【注释】

[1] 翩翩，往来不息貌。云中，秦、汉故郡，在今内蒙古托克托县。这里指北方边境。

[2] 刀头，刀头有环，"环"与"还"谐音，因以刀头为"还"的隐语。

泊舟盱眙[1]

【解题】　诗歌以夜中诸般景物渲染出一种时而躁动、时而清寂的情境氛围，寄寓了作者难以平静而又孤独凄凉"羁旅情"。

　　泊舟淮水次[2]，霜降夕流清。夜久潮侵岸，天寒月近城。平沙依雁宿，候馆听鸡鸣[3]。乡国云霄外，谁堪羁旅情。

【注释】

[1] 盱眙（xūyí），地名，属江苏省。
[2] 次，停留之处。
[3] 候馆，旅馆。

刘眘虚

阙　题

【解题】　原诗题目已佚，故标为《阙题》。诗写暮春山居。马茂元《唐诗选》："这诗境界特幽深清远，颇得力于全诗的布局。诗中描写的中心是作者身在的读书堂。……然而刘氏将这一中心置于第三联。前两联先写入云山径，送春清溪，加以"尽"字"长"字，遂开出一种延伸特远、情韵特长的'景深'，然后再以'闲门向山路'一句带转，勾出读书堂这中心点，末联'幽映'接上句'深柳'；又以清辉照衣一笔荡开，则馀意更复无穷。"

　　道由白云近，春与青溪长。时有落花至，远随流水香。开门向山路，深柳读书堂。幽映每白日，清辉照衣裳。

崔国辅

魏宫怨

【解题】　唐殷璠《河岳英灵集》："国辅诗婉娈清楚，深宜讽咏。乐府数章，古人不及也。"沈德潜《唐诗别裁集》："魏帝指曹丕，见父死而彰秽德也。卞后显言之，此诗婉言之。"

　　朝日照红妆，拟上铜雀台[1]。画眉犹未了，魏帝使人催。

【注释】

[1] 铜雀台，见张说《邺都引》注 [8]。

小长干曲[1]

【解题】　诗歌语言晓畅而命意曲折，耐人寻味。

月暗送潮风，相寻路不通。菱歌唱不彻，只在此塘中。

【注释】

[1] 小长干，属长干里，在今南京市南，靠近长江边。

王 翰

春日思归

【解题】 因眼前"杨柳青青杏发花"的春色，想到故乡春舟争渡、菱歌竞唱的景致，正写出思归不得归的满腹惆怅。按两《唐书》，王翰为"并州晋阳人"，而此诗以江南会稽为思归之地，可能作者另有其人。

杨柳青青杏发花，年光误客转思家。不知湖上菱歌女[1]，几个春舟在若耶[2]？

【注释】

[1] 菱歌，采菱时唱的歌。

[2] 若耶，古溪水名，出自会稽山。《寰宇记》："在会稽（今浙江省绍兴市）东二十八里。"

王昌龄

塞上曲四首
其 一

【解题】 汉乐府有《出塞》、《入塞》，属《横吹曲词》。郭茂倩《乐府诗集》卷二十一："唐又有《塞上》、《塞下》曲，盖出于此。"马茂元《唐诗选》："这诗歌颂在边地艰苦环境中保卫祖国的战士，抒发少年立功边陲的壮志。结语转写都市少年的游乐生活，以两种游侠少年尚武的不同趋向相对比，揭出主题，寓意深刻。"

蝉鸣空桑林，八月萧关道[1]。出塞入塞寒，处处黄芦草。从来幽并客，皆共尘沙老。莫学游侠儿，矜夸紫骝好[2]。

【注释】

[1] 萧关，在宁夏回族自治区固原县东南，

[2] 紫骝，紫红色的骏马。

其 二

【解题】 此曲一本题作《望临洮》。本诗以荒寒的景色和今昔的对比，写出了战争的非人道本质，反映了作者对边塞战争的理性思考。

饮马渡秋水，水寒风似刀。平沙日未没，黯黯见临洮。昔日长城战，咸言

意气高。黄尘足今古，白骨乱蓬蒿。

听流人水调子[1]

【解题】 诗歌写客中听筝所引起的伤感。起句即景传情，次句点醒题面，三句想象渲染，结句将"鸣筝"、"客心"和"千重万重雨"绾结为"泪痕深"，用思深刻，遂使全诗浑融含蓄。

孤舟微月对枫林，分付鸣筝与客心[2]。岭色千重万重雨，断弦收与泪痕深。

【注释】

[1] 流人，流落江湖的乐人。水调子，即水调歌，属乐府商调曲，词情哀怨。

[2] 分付，同"吩咐"。

殿前曲

【解题】 题一作《春宫曲》。以别人的受宠反衬自己的失宠，比之直抒失宠的哀怨更见婉曲。

昨夜风开露井桃，未央前殿月轮高[1]。平阳歌舞新承宠[2]，帘外春寒赐锦袍。

【注释】

[1] 未央，汉宫名。故址在今陕西西安市西北长安故城内西南隅。

[2] 平阳歌舞，指汉武帝皇后卫子夫。卫子夫初为汉武帝的姐姐平阳公主的歌女，后来得到汉武帝的宠幸。事见《汉书·外戚传》。

西宫春怨

【解题】 王尧衢《唐诗解》："君王不来故夜静。唯静，故闻帘外百花之香而撩动人思也。为花香月色所动，故欲卷帘。然欲卷者，为心动而未卷也。以春恨方长，故无力卷帘；帘不成卷，乃抱云和之瑟。抱而不弹，故斜抱，而深见帘外之月，无非是愁境也。以月在帘外，故曰'深见'。昭阳宫，赵昭仪得宠者所居也。今从帘内望月，似有朦胧树色隐著昭阳，故所见无非昭阳也。"

西宫夜静百花香，欲卷珠帘春恨长。斜抱云和深见月[1]，朦胧树色隐昭阳[2]。

【注释】

[1] 云和，古代山名，以出产琴瑟著称，《周礼·春官·大司乐》："云和之琴瑟"。这里指瑟。

[2] 昭阳，指皇帝住宿的宫殿。

长信秋词五首（其四）

【解题】 这首宫怨诗刻画了失宠妃嫔复杂微妙的哀怨心理。诗歌用晓畅的语言写深情幽怨，因襞绩层深而意旨微茫，令人玩味不尽。

真成薄命久寻思，梦见君王觉后疑。火照西宫知夜饮，分明复道奉恩时[1]。

【注释】

[1] 复道，高楼间架空的通道。

陶　翰

出萧关怀古[1]

【解题】　诗歌写了边塞戍卒的生活和感受，对统治者的无能提出了批评。沈德潜《唐诗别裁集》："虽属对偶，尚有气骨。"

驱马击长剑，行役至萧关。悠悠五原上[2]，永眺关河前[3]。北虏三十万，此中常控弦[4]。秦城亘宇宙，汉帝理旌旃[5]。刁斗鸣不息，羽书日夜传。五军计莫就[6]，三策议空全[7]。大漠横万里，萧条绝人烟。孤城当瀚海，落日照祁连。怆矣苦寒奏[8]，怀哉式微篇[9]。更悲秦楼月，夜夜出胡天。

【注释】

[1] 萧关，见王昌龄《塞上曲》注[1]。

[2] 五原，《后汉书·郡国志》："并州五原郡，秦置为九原，武帝更名。"在今内蒙古五原县。

[3] 永眺，远眺。

[4] 控弦，拉弓。

[5] 旌旃（zhān），泛指旗帜。

[6] 五军句，《唐诗别裁集》引《汉书·武帝纪》："元光二年，韩安国为护军将军，李广为骁骑将军，公孙贺为轻车将军，王恢为将屯将军，李息为材官将军，屯马邑谷中。单于觉之，走出。"故曰"计莫就"。

[7] 三策，三道计谋。《史记·苏秦列传》："此三策者，不可不孰计也。"《唐诗别裁集》引严尤说："匈奴为害周、秦、汉，未有得上策者也。周得中策，汉得下策，秦无策焉。"

[8] 苦寒奏，指《苦寒行》，乐府清调曲名。《乐府解题》："晋乐。奏魏武帝《北上篇》，备言冰雪溪谷之苦。"按，《北上篇》，指曹操《苦寒行》，诗写些行军之艰苦。

[9] 式微篇，指《诗经·邶风·式微》。诗云："式微式微，胡不归？"有怀归之意。

李 颀

听董大弹胡笳弄兼寄语房给事[1]

【解题】 诗歌以描写董庭兰高超动人的弹琴技艺为主，而兼及蔡琰、房琯，想象丰富，笔法纵恣，呈现出雄奇旷逸的艺术风格。

蔡女昔造胡笳声[2]，一弹一十有八拍。胡人落泪沾边草，汉使断肠对归客[3]。古戍苍苍烽火寒，大荒沉沉飞雪白。先拂商弦后角羽[4]，四郊秋叶惊摵摵[5]。董夫子，通神明，深山窃听来妖精。言迟更速皆应手，将往复旋如有情。空山百鸟散还合，万里浮云阴且晴。嘶酸雏雁失群夜[6]，断绝胡儿恋母声。川为净其波，鸟亦罢其鸣。乌孙部落家乡远[7]，逻娑沙尘哀怨生[8]。幽音变调忽飘洒，长风吹林雨堕瓦。迸泉飒飒飞木末，野鹿呦呦走堂下。长安城连东掖垣[9]，凤凰池对青琐门[10]。高才脱略名与利[11]，日夕望君抱琴至。

【注释】

[1] 董大，即董庭兰。当时著名的琴师，曾为唐肃宗时宰相房琯的门客。胡笳弄，按照胡笳声调所翻制的琴曲。房给事，房琯（697—763），字次律，唐河南人。他曾官给事中。新、旧《唐书》有传。

[2] 蔡女，指蔡琰。汉末动乱，蔡琰先为董卓不下所掠，后辗转入匈奴。建安十二年曹操把她赎回，嫁董祀。《蔡琰别传》：说她"春月登胡殿，感笳之音，作《胡笳十八拍》为琴曲以言志"。

[3] 归客，指蔡琰。

[4] 商弦、角羽，古琴有七弦。配宫、商、角、徵、羽及变宫、变徵为七音。

[5] 摵摵（sè），落叶声。

[6] 嘶酸，同"嘶酸"，哀叹，悲鸣。

[7] 乌孙，汉时西域国名。汉江都王刘建女刘细君曾远嫁乌孙国王昆莫。

[8] 逻娑，唐时吐蕃首都，即今西藏自治区首府拉萨。唐有文成、金城公主嫁到吐蕃。

[9] 东掖垣，唐代中书、门下两省在禁中左右掖，东掖垣指中书省。

[10] 凤凰池，见王维《和贾舍人早朝大明宫之作》注[9]。这里指中书省所在。青琐门，宫门名。

[11] 高才，指房琯。脱略，不受拘束。

送魏万之京[1]

【解题】 诗歌造句精炼，意象典型，豪宕之气贯穿始终。方东树《昭昧詹言》卷十六："言昨夜微霜，游子今朝渡河耳，却炼句入妙。中四情景交写，而语有次第，三、四送别之情，五、六渐次入京。收句勉其立身立名。"

朝闻游子唱离歌，昨夜微霜初渡河。鸿雁不堪愁里听，云山况是客中过。

关城树色催寒近，御苑砧声向晚多[2]。莫见长安行乐处，空令岁月易蹉跎。

【注释】

[1] 魏万，魏万后改名魏颢，上元（674—676）初进士。他曾求仙学道，隐居王屋山，自号王屋山人。

[2] 御苑，宫中庭苑，这里泛指长安城。

送刘昱[1]

【解题】 马茂元《唐诗选》："这诗写离情别绪，纯从季节景物、环境气氛着笔，结尾处，微微点出题意，愈含蓄，愈见情韵之美。"

八月寒苇花，秋江浪头白。北风吹五两[2]，谁是浔阳客。鸬鹚山头微雨晴[3]，扬州郭里暮潮生。行人夜宿金陵渚[4]，试听沙边有雁声。

【注释】

：[1] 刘昱，人名，生平不详。

[2] 五两，占风向的旗上的羽毛。

[3] 鸬鹚山，在扬州附近。

[4] 金陵，今江苏省南京市。

崔　颢

古游侠呈军中诸将

【解题】 题一作《游侠篇》。此诗写智勇双全的少年游侠乘时而起，建功边塞，功成归来，行猎草野。英勇矫健的形象配合慷慨激昂的语气，使诗歌"风骨凛然"。

少年负胆气，好勇复知机[1]。仗剑出门去，孤城逢合围。杀人辽水上，走马渔阳归[2]。错落金锁甲，蒙茸貂鼠衣[3]。还家且行猎，弓矢速如飞。地迥鹰犬疾，草深狐兔肥。腰间带两绶[4]，转盼生光辉。顾谓今日战，何如随建威[5]？

【注释】

[1] 知机，指认识形势，趋向得宜。

[2] 渔阳，秦郡。辖境相当于今北京市及移动各县。

[3] 蒙茸，蓬松貌。

[4] 绶，系印的丝带。

[5] 建威，指东汉耿弇（yǎn）。《后汉书·耿弇列传》："光武即位，拜耿弇为建威大将军……弇凡所平郡四十六，屠城三百，未尝挫折。"

长干曲四首

【解题】 《长干曲》为乐府旧题。这组诗写行舟途中男女的对话。诗歌选取江南民间男女生活中富于戏剧性的场面，以一问一答的形式写出了青年男女的微妙心理，语言浅显而韵味醇厚。《薑斋诗话》："如'君家何处住？妾住在横塘。停船暂借问，或恐是同乡'，墨气所射，四表无穷，无字处皆其意也"

其 一

"君家何处住？妾住在横塘。停船暂借问，或恐是同乡。"

其 二

"家临九江水，来去九江侧。同是长干人，自小不相识。"

送单于裴督护赴西河[1]

【解题】 诗歌借送别预祝凯旋，一气直下，用矫健爽利的语言，写出督护临边的威武气象。颔联为流水对，语气似歌谣，正如王夫之《唐诗评选》所评："三、四似古歌谣入律，奇绝。"

征马去翩翩[2]，城秋月正圆。单于莫近塞，督护欲临边。汉驿通烟火[3]，胡沙乏井泉。功成须献捷，未必去经年。

【注释】

[1] 单于，《汉书·文帝纪》颜注："单于，匈奴天子之号。"本为汉时匈奴君长。这里指单于督护府，唐高宗永徽元年（650）置，管辖狼山、云中、桑干三督护府、苏农等十四州，属关内道。督护，督护府的长官。西河，隋大业三年（607）废汾州，置西河郡，唐初改为浩州，后复改汾州，治所在今山西洪洞西南。

[2] 翩翩，轻疾貌。

[3] 烟火，边庭报警的烽烟。

高 适

蓟中作[1]

【解题】 此诗以简劲质朴的语言、直线单承德结构，写作者志欲安边而不为所用的悲慨。沈德潜《唐诗别裁集》："言诸将不知边防，虽有策无可陈也。乃不云天子僭赏而云主将承恩，令人言外思之，可误立言之体。"

策马自沙漠，长驱登塞垣[2]。边城何萧条，白日黄云昏。一到征战处。每愁胡虏翻[3]。岂无安边书[4]，诸将已承恩。惆怅孙吴事[5]，归来独闭门。

【注释】

[1] 蓟中，指蓟城，今河北大兴西南。

[2] 塞垣，边境地带。

[3] 翻，叛去。

[4] 安边书，安边制敌的著作。

[5] 孙吴，谓孙武、吴起。

送李侍御赴安西[1]

【解题】 诗中交织着建功的豪情和离别的惆怅，饶有郁勃之气而能为浑厚之体。

行子对飞蓬，金鞭指铁骢[2]。功名万里外，心事一杯中。虏障燕支北[3]，秦城太白东[4]。离魂莫惆怅，看取宝刀雄。

【注释】

[1] 李侍御，名字不详。安西，唐置安西都护府，治交河城，在今新疆维吾尔族自治区吐鲁番西。

[2] 铁骢，青黑毛相杂的马。

[3] 障，边塞的堡垒。燕支，山名，在今甘肃省丹县东。

[4] 秦城，指长安。太白，即终南山太乙锋，在长安西。

别韦参军[1]

【解题】 马茂元《唐诗选》："这诗是高适客游梁、宋，落魄失意时所作。……诗中自叙生平，充满着抑郁不平之感；而词气豪迈陡健，字字皆向纸上轩昂，能见出其独特风格。"

二十解书剑[2]，西游长安城。举头望君门，曲指取公卿。国风冲融迈三五[3]，朝廷欢乐弥寰宇[4]。白璧皆言赐近臣，布衣不得干明主[5]。归来洛阳无负郭[6]，东过梁宋非吾土[7]。兔苑为农岁不登，雁池垂钓心长苦[8]。世人向我同众人[9]，唯君于我最相亲。且喜百年有交态，未尝一日辞家贫[10]。弹棋击筑白日晚[11]，纵酒高歌杨柳春。欢娱未尽分散去，使我惆怅惊心神。丈夫不作儿女别，临歧涕泪沾衣巾[12]。

【注释】

[1] 韦参军，不详。

[2] 解书剑，能文能武的意思。

[3] 冲融，和洽貌。迈，超过。三五，三皇和五帝，传说中的太平盛世。

[4] 寰（huán）宇，犹天下，国家全境。

[5] 干，干谒。

[6] 负郭，负郭之田，近郊的田。战国时，苏秦以合纵游说诸侯，显达后自负地说："使我有洛阳负郭田二顷，吾岂能配六国相印乎！"（《史记·苏秦列传》）

[7] 梁宋，今河南开封、商丘一带。非吾土，王粲《登楼赋》："虽信美非吾土兮，曾何足以少留！"此化用其语，表达客游思归之意。

[8] 兔苑二句，泛指梁宋一带。《西京杂记》："梁孝王好营宫室苑囿之乐，筑兔园，园

中有雁池。"岁不登，年成不好。

[9] 向我，犹言看待我。

[10] 且喜二句，《史记·汲黯列传》："一贫一富，乃知交态。"此化用其语，言韦参军不因自己贫困落魄而见弃。

[11] 弹棋，古代一种游戏，起于汉武帝时，唐时另有弹法，今并不传。筑，乐器名。形状类似琴而头部较大，用竹尺打击弦而发声。

[12] 临歧，将要分别。

人日寄杜二拾遗[1]

【解题】　此诗为唐肃宗上元二年（761）高适任蜀州（州治在今四川崇庆县）刺史时寄赠杜甫之作。马茂元《唐诗选》："此诗佳处有三：怀友而寓愧己、忧国之思，则其交非征逐游戏之辈也。语特平易，含民歌风，则言情弥见真切矣。组织错落，友我双方，交叉分合写来，则两地遥隔，似促膝对晤，其思尤见宛转矣。"

人日题诗寄草堂，遥怜故人思故乡。柳条弄色不忍见，梅花满枝空断肠。身在南蕃无所预[2]，心怀百忧复千虑。今年人日空相忆，明年人日知何处？一卧东山三十春[3]，岂知书剑老风尘。龙钟还忝二千石[4]，愧尔东西南北人。

【注释】

[1] 人日，农历正月初七。杜二，即杜甫，杜甫曾于肃宗至德二载（757）五月到乾元二年（758）六月任左拾遗。

[2] 南蕃，即"南藩"（蕃，通"藩"），指蜀州，高适当时任蜀州刺史。地方州郡拱卫朝廷，故称"藩"。无所预，不能参与郡国大事。

[3] 一卧东山，用东晋谢安典。谢安曾一度不问政事，隐居东山（今浙江省上虞县西南）。

[4] 龙钟，潦倒老迈。二千石，汉朝时郡太守官俸二千石，汉人多以"二千石"称太守。唐代的州刺史相当于汉的郡太守，此处为高适自称。

东平别前卫县李寀少府[1]

【解题】　沈德潜《唐诗别裁集》卷十三："情不深而自远，景不丽而自佳，韵使之然也。"叶燮《原诗》："高、岑五、七律相似，遂为后人应酬活套作俑。"殆此之类。

黄鸟翩翩杨柳垂[2]，春风送客使人悲。怨别自惊千里外，论交却忆十年时。云开汶水孤帆远[3]，路绕梁山匹马迟[4]。此地从来可乘兴，留君不住益凄其[5]。

【注释】

[1] 东平，《旧唐书·地理志》："天宝元年改郓州为东平郡。"今山东省东平县。卫县，今河南省淇县。李寀（cǎi），不详。少府，唐人称县尉为少府。

[2] 翩翩，见崔颢《送单于裴督护赴西河》注[2]。

［3］汶水，水名，今山东省大汶河。

［4］梁山，在今东平县西南。

［5］凄其，凄凉。

听张立本女吟

【解题】　诗人以诗情与画意相结合，创造出一种清雅空灵的境界，写出了诗人欣赏张立本女吟诗时的美妙的审美享受。

危冠广袖楚宫妆[1]，独步闲庭逐夜凉。自把玉钗敲砌竹[2]，清歌一曲月如霜。

【注释】

［1］危冠，高冠。楚宫妆，窄腰身的南方女装。

［2］砌，阶沿。

岑　参

田假归白阁草堂[1]

【解题】　岑参所做山水诗甚多。此诗写隐居地白阁的景色，并表达了作者不愿为官、希企隐逸的心志。《河岳英灵集》称岑诗"语奇体峻"，此诗虽为岑参早期创作，然如"雷声傍太白，雨在八九峰。东望白阁云，半入紫阁松"，已堪称"语奇体峻"。

雷声傍太白[2]，雨在八九峰。东望白阁云，半入紫阁松[3]。胜概纷满目[4]，衡门趣弥浓[5]。幸有数亩天，得延二仲踪[6]。早闻达士语，偶与心相通[7]。误徇一微官[8]，还山愧尘容。钓竿不复把，野碓无人舂。惆怅飞鸟尽，南溪闻夜钟。

【注释】

［1］田假，唐代官吏假期名。《唐六典》："内外官吏则有假宁之节。"注："五月给田假，九月给授衣假，为两番，各十五日。"白阁，终南山的一个山峰，在陕西户县东南。

［2］太白，山名，在陕西眉县南。

［3］紫阁，终南山的一个山峰，在陕西户县东南。

［4］胜概，美好的景象。

［5］衡门，见孟浩然《游精思观回王白云在后》注［4］。

［6］二仲，求仲、羊仲，西汉时隐士。

［7］偶，适，恰。

［8］徇，曲从。

轮台歌奉送封大夫出师西征

【解题】　本诗为岑参的边塞诗名篇。诗歌以叙事的结构写了敌人来犯、大军迎战、沙场鏖战的战斗经过，最后颂扬主帅名垂青史，内容连贯，结构紧凑。不但善于以环境描写、夸张手法造成的悲壮的气势，而且换韵频繁，形成繁音促节的声情，彰显了紧张的战斗氛围。

　　轮台城头夜吹角[1]，轮台城北旄头落[2]。羽书昨夜过渠黎[3]，单于已在金山西。戍楼西望烟尘黑，汉兵屯在轮台北。上将拥旄西出征[4]，平明吹笛大军行。四边伐鼓雪海涌，三军大呼阴山动。虏塞兵气连云屯，战场白骨缠草根。剑河风急雪片阔[5]，沙口石冻马蹄脱。亚相勤王甘苦辛[6]，誓将报主静边尘。古来青史谁不见，今见功名胜古人。

【注释】

　　[1] 角，或称画角，军中用以吹奏报时的乐器。

　　[2] 旄头，星宿名，古人以为是胡人的象征，旄头跃动，主胡兵大起。这里说"旄头落"，预示着"胡兵"将败。

　　[3] 羽书，调兵遣将的紧急文书。本以木简为书，长尺二寸，上插羽毛表示紧急。渠黎，汉西域诸国之一，在轮台东南。

　　[4] 旄，节旄。古时皇帝赐给使臣、大将作为信物。唐代也赐给节度使节旄，使掌管军事。

　　[5] 剑河，水名。即今俄罗斯西伯利亚南部叶尼塞河上游的乌鲁克穆河。此处疑另有所指。

　　[6] 亚相，御史大夫的别称。汉代御史大夫为三公（丞相、太尉、御史大夫）之一，职位仅次于丞相，故称。这里指封常清，他当时任节度使又加御史大夫。

凉州馆中与诸判官夜集[1]

【解题】　　本诗虽未采用歌辞性题目，但完全是七言歌行的体调。诗歌先抑后扬，既写出远游异乡的寥落，又写出故人相逢的畅快。

　　弯弯月出挂城头，城头月出照凉州[1]。凉州七里十万家，胡人半解弹琵琶。琵琶一曲肠堪断，风萧萧兮夜漫漫。河西幕中多故人[2]，故人别来三五春。花门楼前见秋草[3]，岂能贫贱相看老。一生大笑能几回，斗酒相逢须醉倒。

【注释】

　　[1] 凉州，即武威郡，治武威（今甘肃武威市）。馆，客舍。判官，节度使僚属。

　　[2] 河西，指河西节度使，凉州为其治所所在。

　　[3] 花门楼，当为凉州客舍之名。

火山云歌送别[1]

【解题】　　诗歌由火山引入火云，着力以想象夸张之词描写了火云的磅礴舒卷之状，最后点出送别之意。

　　火山突兀赤亭口[2]，火山五月火云厚。火云满山凝未开，飞鸟千里不敢来。平明乍逐胡风断[3]，薄暮浑随塞雨回[4]。缭绕斜吞铁关树[5]，纷纭半掩交河戍[6]。迢迢征路火山东，山上孤云随马去。

【注释】

[1] 火山，又称火焰山，在今新疆维吾尔自治区吐鲁番市境内。

[2] 突兀，高貌。赤亭口，即今新疆鄯善县东北之七克台。

[3] 平明，天刚亮的时候。

[4] 浑，还。

[5] 铁关，即铁门关。《新唐书地理志》："资焉耆西五十里，过铁门关。"氤氲（yūn），云气盛貌。

[6] 交河，唐县名，故城在今吐鲁番市之西。戍，戍楼。

奉和中书贾至舍人早朝大明宫[1]

【解题】　此诗与上选王维《和贾舍人早朝大明宫之作》为同和之作，时岑参在长安任右补阙。《岘佣说诗》："《和贾至舍人早朝》诗，究以岑参为第一。'花迎剑珮'、'柳拂旌旗'，何等华贵自然！摩诘'九天阊阖'一联失之寥廓；少陵'九重春色醉仙桃'，更不妥矣。诗有一日短长，虽大手笔不免也。"

鸡鸣紫陌曙光寒[2]，莺啭皇州春色阑[3]。金阙晓钟开万户[4]，玉阶仙仗拥千官[5]。花迎剑珮星初落，柳拂旌旗露未干。独有凤凰池上客[6]，《阳春》一曲和皆难[7]。

【注释】

[1] 奉和，随他人诗题作诗。

[2] 紫陌，指京城的街道。

[3] 皇州，帝都。阑，尽，晚。

[4] 金阙，宫阙。

[5] 仙仗，皇帝的仪仗。

[6] 凤凰池，见王维《和贾舍人早朝大明宫之作》注9。

[7] 《阳春》，古乐曲名。宋玉《对楚王问》："客有歌于郢中者，……其为《阳春》、《白雪》，国中属而和之者不过数十人。"

行军九日思长安故园

【解题】　原注："时未收长安。"前两句写当下的意兴阑珊，后两句转入思念故园，悲痛之中，隐然又透露出忧国伤时的情绪。

强欲登高去，无人送酒来[1]。遥怜故园菊，应傍战场开。

【注释】

[1] 送酒，《南史·隐逸传》："[陶潜] 尝九月九日无酒，出宅边菊丛中坐，久之。逢[王] 弘送酒至，即便就酌，醉后而归。"

山房春事二首（其二）

【解题】 时间的轮回中，一切繁华都归于沉寂，"兀得不闷杀人也么哥"！如此则人不胜感慨嘘唏矣，而树最无情。

梁园日暮乱飞鸦[1]，极目萧条三两家。庭树不知人去尽，春来还发旧时花。

【注释】

[1] 梁园，又名兔园。见高适《别韦参军》注［8］。

春　梦

【解题】 马茂元《唐诗选》："片时春梦而行尽江南数千里，见得思恋之深沉悠长，而欢爱之短暂虚幻。"

洞房昨夜春风起[1]，遥忆美人湘江水。枕上片时春梦中，行尽江南数千里。

【注释】

[1] 洞房，深邃的卧房。

赵将军歌

【解题】 诗歌用反跌法，以天气的严寒衬托将军的意兴豪宕。后两句尤其在字里行间洋溢着踌躇得志的神气。

九月天山风似刀，城南猎马缩寒毛。将军纵博场场胜[1]，赌得单于貂鼠袍。

【注释】

[1] 纵博，指与单于以射猎为赌。

李　白

古　风

其　一

【解题】 《古风》五十九首是李白的五古组诗，组诗继承阮籍的《咏怀》、陈子昂的《感遇》的写法，集中地抒发了诗人的人生抱负和对社会政治的感想。这首诗是《古风》的开宗明义之作，诗中回顾了《诗经》、《离骚》以来诗歌的发展，表达了诗人的文学思想，以及乘时而起、改革文风的理想。

《大雅》久不作[1]，吾衰竟何陈[2]？王风委蔓草[3]，战国多荆榛。龙虎相啖食[4]，兵戈逮狂秦。正声何微茫[5]，哀怨起骚人[6]。扬马激颓波[7]，开流荡无垠。废兴虽万变，宪章亦已沦[8]。自从建安来，绮丽不足珍。圣代复玄古[9]，垂衣贵清真[10]。群才属休明[11]，乘运共跃鳞[12]。文质相炳焕[13]，众星罗秋旻[14]。我志在删述[15]，垂辉映千春。希圣如有立[16]，绝笔于获麟[17]。

【注释】

[1]《大雅》，《诗经》的一部分。这里指周王朝兴盛时期的诗歌。

[2]吾衰，《论语·述而》："甚矣吾衰也！久矣吾不复梦见周公。"

[3]王风，本为《诗经·国风》的一部分，是周室东迁洛邑以后的诗歌。

[4]啖食，吞噬，指诸侯争斗。

[5]正声，治世中正平和的诗歌，指上面所说《风》、《雅》一类诗歌。

[6]骚人，指屈原、宋玉等。《楚辞》中最有代表性的作品是《离骚》，后世因称"楚辞体"为"骚体"，《楚辞》的作者为"骚人"。

[7]扬马，扬雄和司马相如，都是汉赋的代表作家。颓波，向下奔流的水波。这里指扬雄和司马相如继屈原、宋玉而起。

[8]宪章，指诗歌的法度。

[9]圣代，指唐代。玄古，远古。

[10]垂衣，《周易·系辞》："垂衣裳儿天下治。"李白化用此语，歌颂唐代的盛世政治。清真，即自然，与上文的"绮丽"相对而言。

[11]属，适逢。休明，开明政治。

[12]跃鳞，传说鲤鱼越过龙门就会变成龙。这里指当代文士尽情展示才华。

[13]文质句，文学创作应该文质兼备，互相辉映。

[14]罗，罗列。旻（mín）天空。

[15]删，删诗。述，著述。据《史记·孔子世家》，古诗有三千余篇，孔子删定《诗经》为三百零五篇。

[16]希圣，希望达到圣人的境界。

[17]获麟，据《春秋公羊传》，鲁哀公十四年（前481）春"西狩获麟"，孔子见麟后说："吾道穷矣。"传说他编著的《春秋》即绝笔于这一年。

其十五

【解题】　诗歌以古今的对比抒发了自己怀才不遇的愤懑。

　　燕昭延郭隗，遂筑黄金台。剧辛方赵至，邹衍复齐来[1]。奈何青云士[2]，弃我如尘埃。珠玉买歌笑，糟糠养贤才。方知黄鹄举[3]，千里独徘徊。

【注释】

[1]燕昭四句，《史记·燕召公世家》："燕昭王于破燕之后即位，卑身厚币以招贤者。谓郭隗曰：'齐因孤之国乱而袭破燕，孤极知燕小力少，不足以报。然诚得贤士以共国，以雪先王之耻，孤之愿也。先生视可者，得身事之。'郭隗曰：'王必欲致士，先从隗始。况贤于隗者，岂远千里哉！'于是昭王为隗改筑宫而事之。乐毅自魏往，邹衍自齐往，剧辛自

赵往，士争趋燕。"延，接待。黄金台，见陈子昂《燕昭王》注 [3]。

[2] 青云士，喻指官高爵显的人。

[3] 黄鹄举，《韩诗外传》："田饶事鲁哀公而不见察。谓哀公曰：'臣将去君黄鹄举矣。'哀公曰：'何谓也？'曰：'鸡有五德，君犹瀹而食之者，何也？以其所从来者近也。'夫黄鹄一举千里，止君园池，食君鱼鳖，啄君黍粱，无此五德，君犹之，以其所从来者远也。臣将去君黄鹄举矣。"

古朗月行

【解题】　《朗月行》，乐府旧题。诗歌的前八句写儿童对月的不理解和稚气的疑问，后八句写月蚀，似有所寓意。

小时不识月，呼作白玉盘。又疑瑶台镜[1]，飞在青云端。仙人垂两足，桂树何团团[2]。白兔捣药成[3]，问言与谁餐？蟾蜍蚀圆影[4]，大明夜已残[5]。羿昔落九乌[6]，天人清且安。阴精此沦惑[7]，去去不足观。忧来其如何？凄怆摧心肝。

【注释】

[1] 瑶台，传说为仙人居住的地方。

[2] "仙人"二句，《初学记》引虞喜《安天论》："俗传月中仙人、桂树。今视其初生，见仙人之足，渐已成形，桂树后生。"

[3] "白兔"傅玄《拟天问》："月中何有？白兔捣药。"

[4] "蟾蜍"句，《淮南子·山林训》："月照天下，蚀于詹诸（同'蟾蜍'）"，高诱注："詹诸，月中蛤蟆，食月，故曰'蚀于詹诸'。"

[5] 大明，指月。

[6] "羿昔"句，据《淮南子》，帝尧时十日并出，草木焦枯，尧命羿射十日。射中了九日，日中九乌都死了，羽翼堕落。

[7] 阴精，月。沦惑，沦没缺失。

月下独酌四首（其一）

【解题】　诗歌抒发了作者世无知音的寂寞之感。在人、月、影歌舞交欢的热闹中，更反衬出作者灵魂深处难以排遣的孤独情怀。

花间一壶酒，独酌无相亲。举杯邀明月，对影成三人。月既不解饮[1]，影徒随我身。暂伴月将影[2]，行乐须及春。我歌月徘徊，我舞影零乱。醒时同交欢，醉后各分散。永结无情游，相期邈云汉[3]。

【注释】

[1] 解，知。

[2] 将，与

[3] 邈，遥远，云汉，银河。此处借指仙境。

梁甫吟[1]

【解题】 　《梁甫吟》，乐府旧题。本篇大概是李白被赐金放还后所作，诗中既有人生失意的悲愤，又有对黑暗政治的批判，历史典故与个人遭遇交错安排，笔法变幻，气势奔放。吴闿生《古今诗苑》（卷九）："雄奇俊伟，韩公所谓'光芒万丈'者也。"

　　长啸梁甫吟，何时见阳春[2]？君不见朝歌屠叟辞棘津[3]，八十西来钓渭滨。宁羞白发照渌水[4]，逢时吐气思经纶[5]。广张三千六百钓，风期暗与文王亲[6]。大贤虎变愚不测[7]，当年颇似寻常人。君不见高阳酒徒起草中[8]，长揖山东隆准公[9]。入门不拜骋雄辩，两女辍洗来趋风。东下齐城七十二，指挥楚汉如旋蓬。狂生落魄尚如此[10]，何况壮士当群雄。我欲攀龙见明主[11]，雷公砰訇震天鼓[12]。帝旁投壶多玉女[13]。三时大笑开电光，倏烁晦冥起风雨[14]。阊阖九门不可通[15]，以额叩关阍者怒[16]。白日不照吾精诚，杞国无事忧天倾[17]。猰貐磨牙竞人肉[18]，驺虞不折生草茎[19]。手接飞猱搏猛虎[20]，侧足焦原未言苦[21]。智者可卷愚者豪[22]，世人见我轻鸿毛。力排南山三壮士，齐相杀之飞二桃[23]。吴楚弄兵无剧孟，亚夫咍尔为徒劳[24]。梁甫吟，声正悲，张公两龙剑，神物合有时[25]。风云感会起屠钓，大人峴屼当安之[26]。

【注释】

　　[1] 梁甫，山名，在泰山下。张衡《四愁诗》："我所思兮在泰山，欲往从之梁甫艰。"李善注："泰山以喻时君，梁甫以喻小人也。"

　　[2] 见阳春，《楚辞·九辩》："恐溘死而不得见乎阳春！"

　　[3] 朝歌，殷都，在今河南淇县。屠叟，指吕望。传说他五十岁时在棘津（今河南省延津）卖吃食，七十岁时在朝歌屠牛，八十岁时在渭水垂钓，九十岁时辅佐周文王。

　　[4] 渌（lù），清澈。

　　[5] 经纶，整理丝缕，理出丝绪叫经，编丝成绳叫纶，统称经纶。引申为筹划治理国家大事。

　　[6] 风期，指品格志气。

　　[7] 大贤虎变，化用《易经·革卦》"大人虎变"语。虎变，虎的皮毛秋后更新，文采焕发。

　　[8] 高阳酒徒，汉初郦食其，高阳（今河南省杞县）人，自称"高阳酒徒"。刘邦领兵经过高阳时，郦食其前往谒见。后来，郦食其为刘邦游说齐田广，田广以七十二城降汉。事见《史记·郦生陆贾列传》。

　　[9] 隆准公，指刘邦。《史记·高祖本纪》："高祖为人，隆准而龙颜。"隆准，高鼻子。

　　[10] 狂生，指郦食其。《史记·郦生陆贾列传》：郦生"家贫落魄，无以为衣食业，……县中皆谓之狂生。"

　　[11] 攀龙，古人把追随君主比作"攀龙鳞，附凤翼。"（语出《后汉书·光武帝本纪》）

　　[12] 砰訇（hōng），象声词，雷鸣的声音。天鼓，《初学记》卷一引《抱朴子》："雷，

天之鼓也。"

　　[13] 投壶，古代宴饮时的一种游戏，宾主依次把箭投入壶中，负者饮酒。多玉女

　　[14] 倏烁，电光迅速闪烁。晦冥，昏暗。

　　[15] 阊阖，见王维《和贾舍人早朝大明宫之作》注［4］。九门，九天之门。

　　[16] 阍者，守门的人。

　　[17] 杞国句，《列子·天瑞篇》："杞国有人，忧天地崩坠，身无所寄，废寝食者。"

　　[18] 猰貐（yàyú），《尔雅·释兽》："猰貐类貙，虎爪，食人，迅走。"

　　[19] 驺（zōu）虞，《诗经·召南·驺虞》传："义兽也，白虎黑文，不食生物，有至信之德则应之。"

　　[20] 猱（náo），一种善攀缘的猕猴。

　　[21] 焦原，据《尸子》，春秋时莒国有石名焦原，宽五十步，下临百仞深渊，勇敢的人才敢攀上它。

　　[22] 卷，藏。

　　[23] 力排二句，《晏子春秋》卷二记载，春秋时齐国有公孙接，田开疆、古冶子三位勇士。晏子认为他们不守尊卑礼法，将为后患，就建议齐景公除掉他们，并且设定了"二桃杀三士"的计谋。于是齐景公依计把两个桃子赏给三位勇士，让他们中自认为功大的两个人吃。公孙接和田开疆先拿了桃子，但古冶子不服，让他俩退回桃子。公孙接和田开疆羞愤自杀，古冶子义不独生，也自杀了。

　　[24] 吴楚二句，据《史记·游侠列传》，汉景帝时吴、楚等七国叛乱，周亚夫以太尉出兵平叛。周亚夫在河南得到剧孟，便笑吴楚不用剧孟，实为徒劳。咍（hāi），笑。

　　[25] 张公二句，据《晋书·张华传》，张华任命雷焕威丰城（今江西省丰城县）令，雷焕在丰城挖到两把宝剑，送一把给张华。张华致信雷焕："详观剑文，乃干将也，莫邪何复不至？虽然，天生神物，终当和耳。"后张华被杀，宝剑不知去向。雷焕死后，其子雷华带剑经过延平津，剑从腰间跃入水中。雷华派人下水去取，不见宝剑，但见两龙，各长数丈。

　　[26] 垠岏（níwú），不平坦，危难。

长相思

　　【解题】　《长相思》，乐府旧题。诗写男女相思，或亦暗含期待君臣遇合之意。李白擅长想象虚构，此诗颇能设身处地，推心置腹，代言而入妙。王夫之《唐诗选评》卷一："题中偏不欲显，象外偏令有馀，一以为风度，一以为淋漓，呜呼，观止矣。"

　　长相思，在长安。络纬秋啼金井阑[1]，微霜凄凄簟色寒[2]。孤灯不明思欲绝，卷帷望月空长叹。美人如花隔云端，上有青冥之高天[3]，下有渌水之波澜[4]。天长路远魂飞苦，梦魂不到关山难。长相思，摧心肝。

　　【注释】

　　[1] 络纬，虫名，俗称纺织娘。阑，栏杆。

　　[2] 簟，竹席。

　　[3] 青冥，青色的天空。

[4] 渌，见《梁甫吟》注[4]。

答王十二寒夜独酌有怀[1]

【解题】 宋本题注："再入吴中。"王曾作《寒夜独酌有怀》寄赠李白，此是李白的和答诗。马茂元《唐诗选》："全诗分四节，由起句至'且须酩畅万古情'为第一节。借王子猷雪夜访戴安道事起兴，点'答王十二寒夜独酌'题面。构画出了一派孤月沧浪的孤迥意境，渲染气氛。并以'万古情'导入'有怀'，用开下文。从'君不能'句至'射马耳'句，为王十二之饱学高节而见弃于世人鸣不平。自'鱼目'句至'慈母惊'句，写自身之遭谗见疏。以上二节虽笔分两端，而愤世嫉俗之情仍一以贯之，一见知己相酬、同声相应之意。'与君论心握君手'句由分而合直至最后为第四段，征引古今史实，夹叙夹议，引出圣贤自来寂寞，穷达无足虑怀德道理，并归结为疏钟鼎、向五湖的志向。全诗起承开合，脉络甚明。诗中多应用连珠走马式的比喻，反复说明同一道理，时杂议论，已开以后韩愈、苏轼一路七古的法门。"

昨夜吴中雪，子猷佳兴发[2]。万里浮云卷碧山，青天中道流孤月。孤月沧浪河汉清[3]，北斗错落长庚明[4]。怀余对酒夜霜白，玉床金井冰峥嵘[5]。人生飘忽百年内，且须酩畅万古情。君不能狸膏金距学斗鸡[6]，坐令鼻息吹虹霓[7]。君不能学哥舒，横行青海夜带刀，西屠石堡取紫袍[8]。吟诗作赋北窗里，万言不值一杯水。世人闻此皆掉头[9]，有如东风射马耳[10]。鱼目亦笑我，谓与明月同[11]。骅骝拳跼不能食[12]，蹇驴得志鸣春风[13]。《折扬》《黄华》合流俗[14]，晋君听琴枉《清角》[15]。《巴人》谁肯和《阳春》[16]？楚地犹来贱奇璞[17]。黄金散尽交不成，白首为儒身被轻。一谈一笑失颜色，苍蝇贝锦喧谤声[18]。曾参岂是杀人者？谗言三及慈母惊[19]。与君论心握君手，荣辱于余亦何有？孔圣犹闻伤凤麟[20]，董龙更是何鸡狗[21]？一生傲岸苦不谐，恩疏媒劳志多乖[22]。严陵高揖汉天子[23]，何必长剑拄颐事玉阶[24]。达也不足贵，穷也不足悲。韩信羞将绛灌比[25]，弥衡耻逐屠沽儿[26]。君不见李北海[27]，英风豪气今何在？君不见裴尚书[28]，土坟三尺蒿棘居！少年早欲五湖去[29]，见此弥将钟鼎疏[30]。

【注释】

[1] 王十二，不详。

[2] 子猷，晋王徽之，字子猷。这里借指王十二。《世说新语·任诞》："王子猷居山阴。夜大雪，眠觉，开室命酌酒，四望皎然。因起彷徨，咏左思《招隐诗》。忽忆戴安道，时戴在剡，即便夜乘小船就之。经宿方至，造门不前而返。人问其故。王曰：'吾本乘兴而行，兴尽而返，何必见戴？'"

[3] 沧浪，寒凉的意思。

[4] 长庚，即太白金星。

［5］玉床金井，形容井栏和井都有华美的装饰。床，竟变得栏杆。

［6］狸膏，狐狸油。狸食鸡，斗鸡时把狸油涂在鸡头上，使对方的鸡闻到气味，不战而逃。金距，斗鸡时鸡爪所戴金属芒刺，用以刺伤对方的鸡。

［7］虹霓，即虹。《尔雅·释天》邢昺疏："虹双出，色鲜盛者为雄，雄曰虹；暗者为雌，雌曰霓。"

［8］"君不能"三句，天宝八载（749），哥舒翰统兵攻陷吐蕃石堡城，虽伤亡惨重，仍以功进封鸿胪员外郎摄御史大夫。紫袍，唐制，三品以上官衣紫。

［9］掉头，摇头。

［10］东风射马耳，比喻不管不顾，不为所动。

［11］明月，珍珠名。

［12］骅骝，骏马名。拳跼，屈曲不能伸展貌。

［13］蹇驴，跛驴。

［14］《折扬》《黄华》，《庄子·天地》："大声不入于里耳，《折扬》《黄荂》，则嗑然而笑。"成玄英疏："《折扬》《黄》，盖古之俗中小曲也。"荂，同"华"。

［15］"晋君"句，《韩非子·十国》："（晋）平公曰：'清角可得闻乎？'师旷曰：'不可！'昔者皇帝合鬼神于西泰山之上，……作为清角。今主君德薄，不足听之，听之恐将有败。平公曰：'寡人老矣，所好者音也，愿遂听之。'师旷不得已而鼓之。……再奏之，大风至，大雨随之，裂帷幕，破俎豆，隳廊瓦。坐者散走。平公恐惧，伏于廊室之间。晋国大旱，赤地三年。平公之身遂癃病。"

［16］"巴人"句，宋玉《对楚王问》："客有歌于郢中者，其始曰《下里》、《巴人》，国中属和者数千人；……其为《阳春》、《白雪》，国中属而和者不过数十人。……盖其曲弥高，其和弥寡。"

［17］"楚地"句，春秋时，楚人卞和得璞于荆山之下。献给楚厉王。厉王不识璞中有玉，以为欺骗自己，就砍掉卞和的左脚。后来，卞和又献璞于武王，又被砍掉了右脚。璞（pú），含玉的石头。（见《韩非子·和氏》）

［18］"苍蝇"句，言谗言可畏。《诗经·小雅·青蝇》："营营青蝇，止于樊。岂弟君子，无信谗言。"后世常以青蝇比喻谗言害人者。《小雅·巷伯》："萋兮斐兮，成是贝锦，彼谮人者，亦已太甚。"贝锦，象贝壳一样有文彩的锦，比喻谗人诡巧的言词。

［19］"曾参"二句，曾参，春秋时鲁人，孔子的学生。曾参在郑国时，有一个同姓名的人杀了人。别人以为是曾参所杀，就告诉了他的母亲。曾参的母亲不信自己的儿子杀人，安然不动。接着又有两个人来告诉曾参的母亲同样的话，曾参的母亲就相信了，吓得跳墙逃走。（见刘向《说序》）

［20］"孔圣"句，《论语·子罕》："凤鸟不至，河不出图，吾已矣夫。"又鲁哀公十四年（前482），哀公"西狩获麟"，孔子说："吾道穷矣。"（《史记·孔子世家》）此句借孔子感伤"凤鸟不至"、悲叹"西狩获麟"，是背上自己怀才不遇。

［21］"董龙"句，北朝前秦主苻生宠信董荣，荣官至右仆射。权倾一时。宰相王堕不屑理睬他，曾对人说："董龙是何鸡狗，而令国士与之言乎？"。（见《十六国春秋》）董荣小名董龙。

［22］恩疏媒劳，《楚辞·九歌·湘君》："心不同兮媒劳，恩不甚兮轻绝。"乖，违反。

[23]"严陵"句，严光，字子陵，严陵即严子陵的简称。严光少时与刘秀同学，后来刘秀做了皇帝，召见严光，严光仍保持"狂奴故态"。（见《后汉书·隐逸传》）高揖，长揖；长揖不拜是古时平等相待的礼节。汉天子，指汉光武帝刘秀。

[24] 长剑拄颐，战国时民间歌谣有"大冠若箕，长剑拄颐"（见刘向《说苑》），形容男子雄伟的服饰。颐，下巴。事玉阶，上玉阶去朝见皇帝。

[25]"韩信"句，韩信为汉初著名的军事家，开国元勋，初封齐王，徙封楚王，后被废为淮阴侯。"居常怏怏，羞与绛、灌等列。"（见《史记·淮阴侯列传》）绛，绛侯周勃。灌，颍阴侯灌婴。比，并列。

[26]"弥衡"句，东汉末祢衡，为人狂傲。有人问他与陈文长、司马伯达有无交往，他说："吾焉能从屠沽儿耶！"（见《后汉书·弥衡传》）屠沽儿，市井杀猪卖酒之人。

[27] 李北海，即李邕，字泰和，扬州江都人。李邕，工书能文，重义爱士，在士林中有极高的声望，因官居北海太守，人称"李北海"。天宝六载（747）因李林甫陷害，被杖杀。（见《新唐书·李邕传》）英风豪气今何在？

[28] 裴尚书，《李太白全集》王琦注："考裴敦复以平海贼功，为李林甫所忌封，贬淄川太守，与李邕皆坐柳勣事同时杖死。今与李北海并称，或者正指其人而言。"

[29] 五湖，古时把今苏州、无锡、吴兴一带的㴲湖、洮湖、射湖、贵湖与太湖合称五湖。战国时越国大夫范蠡在帮助勾践平吴之后，功成身退，泛舟五湖。

[30] 钟鼎，古代富贵人家吃饭时鸣钟列鼎，此处指富贵生活。

庐山谣赠卢侍御虚舟[1]

【解题】 诗歌先写庐山及长江雄奇壮丽的景色，后写因游山而有仙游物外的避世思想。诗歌于一线贯穿的结构中，转接变化，鼓荡气势，如天马行空不可羁勒。

我本楚狂人，凤歌笑孔丘[2]。手持绿玉杖[3]，朝别黄鹤楼。五岳寻仙不辞远，一生好入名山游。庐山秀出南斗傍[4]，屏风九叠云锦张[5]，影落明湖青黛光[6]。金阙前开二峰长[7]，银河倒挂三石梁[8]。香炉瀑布遥相望[9]，回崖沓障凌苍苍[10]。翠影红霞映朝日，鸟飞不到吴天长[11]。登高壮观天地间，大江茫茫去不还。黄云万里动风色，白波九道流雪山[12]。好为庐山谣，兴因庐山发。闲窥石镜清我心[13]，谢公行处苍苔没[14]。早服还丹无世情[15]，琴心三叠道初成[16]。遥见仙人彩云里，手把芙蓉朝玉京[17]。先期汗漫九垓上[18]，愿接卢敖游太清[19]。

【注释】

[1] 卢侍御虚舟，卢虚舟，字幼真，唐范阳（今河北大兴县）人。以"遁世颐养，操持有清廉之誉"，唐肃宗任为殿中侍御史。

[2]"我本"句，陈子昂《被度荆门望楚》注[5]。

[3] 绿玉杖，装有绿玉的手杖。

[4] 南斗，星名，斗宿，庐山在浔阳（今江西九江市）境内，浔阳属南斗分野。

[5] 屏风九叠，庐山五老峰的东北有，也叫屏风叠。

[6] 明湖，指鄱阳湖。

[7] 金阙，指庐山的金阙岩，又名"石门"。

[8] 三石梁，《李太白全集》王琦注："今三叠泉在九叠屏之左，水势三折而下，如银河之挂石梁，与太白诗句正相吻合。"

[9] 香炉，指香炉峰，庐山西北部的高峰。

[10] 沓，重叠。

[11] 吴天，三国时庐山属吴国。

[12] 白波九道，指长江，长江至浔阳分为九派。

[13] 石镜，《太平寰宇记》："石镜在东山悬崖之上，其状团圆，近之则照见形影。"

[14] 谢公，指谢灵运。谢灵运《入彭蠡湖口》："攀崖照石镜，牵叶入松门。"

[15] 还丹，《抱朴子·金丹》："若取九转之丹，内（通"纳"）神鼎中，夏至之后，爆之鼎热，翕然辉煌，俱起神光五色，即化为还丹。取而服之一刀圭，即白日升天。"

[16] 琴心三叠，道家术语。是一种"心和则神悦"的境界。

[17] 朝，朝谒。玉京，道教所奉元始天尊的居处之地。

[18] "先期"二句，《淮南子·道应训》："卢敖游乎北海，……见一士焉。……卢敖与之语曰：'……子殆可与敖为友乎？'若士齤（quán）然而笑曰：'吾与汗漫期于九垓之外，吾不可以久驻。'若士举臂而竦身，遂入云中。"期，约。汗漫，仙人名。九垓，九天。卢敖，秦始皇的博士，为秦始皇求仙不返。太清，道家以玉清、上清、太清为三清，其中太清时最高的天界。

塞下曲六首（其一）

【解题】　塞下曲是唐代乐府题，出于汉乐府《出塞》、《入塞》等曲。此诗虽篇幅简短，但内容涵括了边塞题材的典型要素，荒寒的环境、缠绵的乡思、艰苦的战事，最后结以报国的豪情，一用反衬，变悲为壮，使全诗为之振起。

五月天山雪，无花只有寒。笛中闻《折柳》[1]，春色未曾看。晓战随金鼓，宵眠抱玉鞍。愿将腰下剑，只为斩楼兰[2]。

【注释】

[1]《折柳》，乐府《横吹曲》有《折杨柳》，历来此曲多写离别之悲。

[2] 楼兰，汉时西域的鄯善国，在近新疆鄯善县东南一带。

夜泊牛渚怀古[1]

【解题】　宋本题下注曰："此地即谢尚闻袁宏咏史处。"此诗虽为五律体制，但只调平仄而不用对偶，散漫的形式中饶有飘逸之气；名为怀古，也流露了作者不为人知的落寞情怀。清王士禛将此诗与孟浩然的《晚泊浔阳望香炉峰》相提并论，以为"诗至此，色相俱空，政如羚羊挂角，无迹可求，画家所谓逸品是也。"（见《分甘馀话》卷四）

牛渚西江夜[2]，青天无片云。登舟望秋月，空忆谢将军[3]。余亦能高咏，斯人不可闻。明朝挂帆席，枫叶落纷纷。

【注释】

[1] 牛渚，即牛渚矶，又称采石矶，牛渚山延伸到江中的部分，在今安徽省马鞍山市西南。

[2] 西江，指长江，长江芜湖至南京段流向东北，故江东人称长江为西江。

[3] 谢将军，指东晋谢尚，为镇西将军时驻牛渚，曾经微服泛江，遇到袁宏在船上吟咏自己所作的《咏史诗》，大加赞赏，遂邀袁宏登舟谈论，通宵达旦，袁宏因此声名大振。见《晋书·袁宏传》。

[4] 帆席，船帆。

玉阶怨

【解题】　《玉阶怨》，乐府旧题。久立玉阶，贪望秋月，正为情非得已。作者以轻灵之笔，写出一种空明寂静的境界，虽不言"怨"，而情在景中。

玉阶生白露，夜久侵罗袜。却下水精帘[1]，玲珑望秋月。

【注释】

[1] 却，还。水精帘，即水晶帘。

横江词六首[1]（其四）

【解题】　此诗状写长江的风浪险恶。诗歌虽为七绝短章，却颇似他的七古长篇，以想象连接神话和夸张，造成不平凡的气势。

海神来过恶风回[2]，浪打天门石壁开[3]。浙江八月何如此[4]？涛似连山喷雪来。

【注释】

[1] 横江，即横江浦，在今安徽和县东南长江边，和当涂的采石矶隔江相对。

[2] 海神，《博物志》卷七："武王闻妇人当道夜哭，问之，曰：'吾是东海神女，嫁与西海神童，……我行必有大风雨。'"

[3] 天门，二山名。《方舆胜览》："天门山在当涂县西南三十里，又名峨眉。山夹大江，西曰博望，东曰梁山。"

[4] "浙江"句，浙江八月的潮水怎能比得上横江风浪的险恶。

其　五

【解题】　此诗因风浪之险，暗寓世路艰难的感慨。诗歌借鉴乐府手法，截取生活片断，形象鲜明；又把握绝句的艺术规律，自然明快，言简意丰。

横江馆前津吏迎[1]，向余东指海云生。"郎今欲渡缘何事？如此风波不可行。"

【注释】

[1] 横江馆，设在横江浦对岸的采石矶，故又名采石驿。津吏，管理津渡的小吏。唐制于诸津渡设津令一人，下有津吏。

山中与幽人对酌

【解题】 无意为诗而有真诗，放笔直干乃有好诗。本诗似脱口而出，而真率之态跃然纸上。

两人对酌山花开，一杯一杯复一杯。我醉欲眠卿且去，明朝有意抱琴来。

【注释】

[1] 对酌，对饮。

春夜洛城闻笛

【解题】 诗写因春夜"闻《折柳》"而"起故园情"。所谓"暗"，所谓"满"，不独笛声，情亦如此。

谁家玉笛暗飞声，散入春风满洛城。此夜曲中闻《折柳》，何人不起故园情！

【注释】

[1]《折柳》，见前《塞下曲》注[1]。

杜 甫

奉赠韦左丞丈二十二韵[1]

【解题】 诗中先自陈高才壮志，后倾诉落魄情状，明白有求汲引意。王嗣奭称此诗"纵横转折，感愤悲壮，缠绵踌躇，曲尽其妙。"（《杜臆》卷一）

纨袴不饿死[2]，儒冠多误身[3]。丈人试静听，贱子请具陈[4]。甫昔少年日，早充观国宾[5]。读书破万卷，下笔如有神。赋料扬雄敌[6]，诗看子建亲[7]。李邕求识面[8]，王翰愿卜邻[9]。自谓颇挺出[10]，立登要路津[11]。致君尧舜上[12]，再使风俗淳。此意竟萧条，行歌非隐沦[13]。骑驴三十载，旅食京华春[14]。朝扣富儿门，暮随肥马尘。残杯与冷炙，到处潜悲辛。主上顷见征[15]，欻然欲求伸[16]。青冥却垂翅[17]，蹭蹬无纵鳞[18]。甚愧丈人厚，甚知丈人真。每于百僚上，猥诵佳句新[19]。窃效贡公喜[20]，难甘原宪贫[21]。焉能心怏怏[22]？只是走踆踆[23]。今欲东入海，即将西去秦。尚怜终南山，回首清渭滨。常拟报一饭[24]，况怀辞大臣[25]。白鸥没浩荡[26]，万里谁能驯？

【注释】

[1] 韦左丞丈，韦济（689—754），字济，唐京兆杜陵人。历任郪城令、户部侍郎、河南尹等职，天宝九载（749）（此据《大唐故正议大夫行仪王傅上柱国奉明县开国子赐紫金鱼袋京兆韦府君墓志铭》，两《唐书》作天宝七载，误）至十一载任尚书左丞。两《唐书》有传。

[2] 纨袴，古代富贵人家子弟所穿的细绢裤。借指富贵人家子弟。袴，同"裤"。

[3] 儒冠，儒生的帽子，借指儒生。

[4] 丈人，指韦济，时年六十三岁，长杜甫二十四岁，故以"丈人"称之。

[5] 贱子，杜甫自称。具陈，细说。

[6] "甫昔"句，开元二十三年（735）杜甫由乡贡参加进士考试，时年二十四岁，所以说"甫昔少年日，早充观国宾"。

[7] 子建，曹植字。

[8] 李邕，见李白《答王十二寒夜独酌有怀》注［27］。《新唐书·杜甫传》："甫少贫，不自振，李邕奇其材，先往见之。"

[9] 王翰，《新唐书·文苑传》："王翰，并州晋阳人，进士及第。张说辅政，召为秘书正字，终道州司马。"王翰也是盛唐时代著名的诗人。卜邻，择邻。

[10] 挺出，特出。

[11] 要路津，比喻重要的职位。

[12] "致君"句，使国君成为尧舜一样的圣君。

[13] 隐沦，隐士。

[14] 旅食，寄食他乡。京华，京城。

[15] 顷，不久以前。见征，征召我。

[16] 欻（xū）然，忽然。

[17] 青冥，青天。

[18] 蹭蹬，失势难进的样子。

[19] 猥，谦辞。

[20] 贡公喜，《汉书·王吉传》："吉与贡禹为友，世称'王阳在位，贡公弹冠'，言其取舍异也。"

[21] 原宪贫，原宪为孔子的学生，字子思。孔子死后，原宪托身草野，生活贫困，而行道不渝。

[22] 怏怏，气愤不平。

[23] 逡巡，且进且却的样子。

[24] 报一饭，春秋时晋灵辄因受赵盾一饭之恩，后晋灵公想毒死赵盾，灵辄倒戟相救（见《左传·宣公二年》）。

[25] 大臣，指韦济。

[26] 白鸥，自比。没浩荡，灭没于浩荡的烟波之际。

后出塞五首（其二）

【解题】　此诗写一位新兵所见的威武整肃的军营景观。诗歌以时间顺序组织场景，以质朴苍劲的语言写景状物，在壮阔而又略显冷寂的意境中，流露出军人既想杀敌报国又思念故乡的复杂心理。

朝进东门营[1]，暮上河阳桥[2]。落日照大旗，马鸣风萧萧。平沙列万幕，部伍各见招。中天悬明月，令严夜寂寥。悲笳数声动，壮士惨不骄。借问大将谁，恐是霍嫖姚[3]。

【注释】

[1] 东门营，洛阳东面门有上东门，军营在东门，故曰"东门营"。
[2] 河阳桥，黄河上的浮桥，在河南孟津县。
[3] 霍嫖姚，汉武帝时，霍去病曾为嫖姚校尉。

佳　人

【解题】　诗歌以哀婉的笔调写了佳人的遭遇和志节，寄托了诗人的身世感慨。诗歌借鉴了乐府手法，以率直的语言讲述女主人公丧乱中悲惨的遭遇，又以比兴的手法暗示女主人公贫寒中清高的志节，两者相结合，使女主人公的形象既充满悲剧色彩，又富于崇高感，成为古典文学中面目独具、具有很高审美价值的女性形象。

绝代有佳人，幽居在空谷。自云良家子，零落依草木。关中昔丧乱[1]，兄弟遭杀戮。官高何足论，不得收骨肉。世情恶衰歇，万事随转烛[2]。夫婿轻薄儿，新人美如玉。合昏尚知时[3]，鸳鸯不独宿。但见新人笑，那闻旧人哭！在山泉水清，出山泉水浊。侍婢卖珠回，牵萝补茅屋。摘花不插发，采柏动盈掬[4]。天寒翠袖薄，日暮倚修竹。

【注释】

[1] 关中，函谷关以西概称关中。
[2] 转烛，喻世态无常。
[3] 合昏，即夜合花，其花朝开业合，故名。
[4] 采柏，柏味最苦，采柏满掬比喻清苦自守。

遭田父泥饮美严中丞[1]

【解题】　此诗写田父"邀我尝春酒"，在酒席上颂美严武。诗歌全用赋法，以语言、细节生动地刻画出老农的朴野气象；且在字里行间，传达出他与老农之间的亲密关系。杨伦《杜诗镜铨》："夹叙夹述，情状声吻，色色描画入神，正使班、马记事，未必如此亲切，千载下读者无不绝倒。"

步屧随春风[2]，村村自花柳。田翁逼社日[3]，邀我尝春酒。酒酣夸新尹[4]："畜眼未见有[5]！"回头指大男："渠是弓弩手[6]。名在飞骑籍[7]，长番岁时久[8]。前日放营农[9]，辛苦救衰朽。差科死则已[10]，誓不举家走。今年大作社，拾遗能住否[11]？"叫妇开大瓶，盆中为吾取。感此气扬扬，须知风化首[12]。语多虽杂乱，说尹终在口。朝来偶然出，自卯将及酉。久客惜人情，如何拒邻叟。高声索果栗，欲起时被肘[13]。指挥过无礼，未觉村野丑。月出遮我留，仍嗔问升斗[14]。

【注释】

[1] 遭，不期而遇。田父，农夫。泥（nì）饮，缠着别人喝酒。美，赞美。严中丞，指严武。时任成都尹兼御史中丞。

[2] 步屧，步履。屧（xiè），鞋。

[3] 田翁，老农。社日，社日有二，春社秋社，这里指春社。

[4] 新尹，指严武。

[5] 畜眼，老眼。畜，同"蓄"。

[6] 渠，他。弓弩手，指被征入伍。《通典》卷一百四十八："中军四千人，内取战兵二千八百人。战兵内，弩手四百人，弓手四百人。"

[7] 飞骑，军名。《新唐书·兵志》："择材勇者为番头，颇习弩射，又有羽林军、飞骑，亦习弩。"

[8] 长番，长期当兵，未被轮番更换。

[9] 放营农，放归使从事农业生产。

[10] 差科，徭役赋税。

[11] 拾遗。指杜甫。杜甫曾做左拾遗。

[12] 风化首，意谓为政的首要任务在于爱民。

[13] 肘，被掣肘。

[14] 嗔，嗔怪。问升斗，询问喝了多少酒。

古柏行

【解题】 这是一首歌行体的咏物诗。诗歌通过对孔明庙前古柏的赞颂，仰慕刘备与诸葛亮的与时际会，感慨"古来材大难为用"。诗歌由柏而人，由诸葛而自身，处处咏物而不离寄托；由夔州而成都，由高大而正直，健笔纵横而多用夸张。总之，本诗气酣力猛，奇崛顿挫。

孔明庙前有老柏[1]，柯如青铜根如石。霜皮溜雨四十围，黛色参天二千尺[2]。君臣已与时际会[3]，树木犹为人爱惜。云来气接巫峡长，月出寒通雪山白[4]。忆昨路绕锦亭东[5]，先主武侯同閟宫[6]。崔嵬枝干郊原古[7]，窈窕丹青户牖空[8]。落落盘踞虽得地[9]，冥冥孤高多烈风[10]。扶持自是神明力，正直原因造化功。大厦如倾要梁栋，万牛回首丘山重。不露文章世已惊，未辞翦伐谁能送。苦心岂免容蝼蚁，香叶终经宿鸾凤。志士幽人莫怨嗟，古来材大难为用。

【注释】

[1] 孔明庙，指夔州的诸葛亮庙。

［2］黛色，青黑色，指树叶。

［3］际会，遇合。

［4］雪山，岷山主峰，在四川省松潘县南。

［5］锦亭，成都锦江亭。武侯祠在锦江亭东。

［6］先主，刘备。武侯，诸葛亮。閟（bì）宫，指祠庙。成都的先主庙和武侯祠连在一起，所以这样说。

［7］崔嵬，高大貌。

［8］窈窕，深邃貌。

［9］落落，出群貌。

［10］冥冥，昏暗。

短歌行赠王郎司直[1]

【解题】 《短歌行》为乐府旧题。此诗于送别之际安慰王郎的抑郁情怀，激励其进取意志，又哀叹自己生命的沉沦。全诗十句，以五句为一节，前一节用平韵，浩歌激烈，后一节用仄韵，浅吟低唱，全篇于纵横跌荡之中，极奇崛突兀之致，在歌行中自为一格。

王郎酒酣拔剑斫地歌莫哀！我能拔尔抑塞磊落之奇才[2]。豫章翻风白日动[3]，鲸鱼跋浪沧溟开[4]。且脱佩剑休徘徊！西得诸侯棹锦水[5]。欲向何门趿珠履[6]？仲宣楼头春色深[7]，青眼高歌望吾子，眼中之人吾老矣！

【注释】

［1］郎，对青年男子的称谓。司直，官名。

［2］抑塞，受压抑。磊落，俊伟不凡。

［3］豫章，《史记·司马相如列传》："楩楠豫章"，正义："豫，今之枕木也。章，今之樟木也。二木生至七年，枕、章乃可分别。"

［4］跋浪，破浪。沧溟，大海。

［5］诸侯，这里指节制一方的地方军政长官。棹，打桨，乘船。锦水，锦江。

［6］趿（sà），拖着鞋子。珠履，缀有明珠的鞋。《史记·春申君列传》："春申君客三千余人，其上客皆蹑珠履。"

［7］仲宣楼，《文选·登楼赋》李善注："盛弘之《荆州记》曰：'当阳县城楼，王仲宣登之而作赋。'"即王仲宣建安诗人王粲。这里指荆州州治江陵的酒楼。

对　雪

【解题】 诗写战乱中的苦闷心情。颔联上应"战哭多新鬼"，以景语映带动乱的形势。颈联上应"愁吟独老翁"，以细节表现孤独的境况。尾联收束全诗而余味悠长。

战哭多新鬼，愁吟独老翁。乱云低薄暮，急雪舞回风。瓢弃樽无绿，炉存火似红。数州消息断，愁坐正书空[1]。

【注释】

［1］书空，用手指在空中虚划字形。《世说新语·黜免篇》："殷中军（浩）被废，在信

安，终日恒书空作字。扬州吏民寻义逐之，窃观，唯作'咄咄怪事'四字而已。"

秦州杂诗二十首（其十）[1]

【解题】 此诗写即目所见情景，将边塞题材与田园题材相糅合，而不为题材类型所局限，杜诗的写实倾向于此可见一斑。

云气接昆仑，涔涔塞雨繁[2]。羌童看渭水，使节向河源[3]。烟火军中幕，牛羊岭上村。所居秋草静，正闭小蓬门。

【注释】

[1] 秦州，今甘肃省天水市。

[2] 涔（cén）涔，久雨不断的样子。

[3] 河源，《新唐书·地理志》："鄯州鄯城县有河源军，属陇右道。"在今青海省西宁市境内。

月夜忆舍弟

【解题】 此诗前半写"月夜"，后半写"忆舍弟"，感物伤怀，自然而深沉。

戍鼓断人行[1]，秋边一雁声。露从今夜白，月是故乡明。有弟皆分散，无家问死生。寄书长不达，况乃未休兵。

【注释】

[1] 戍鼓，将夜时戍楼所击禁鼓。

旅夜书怀

【解题】 永泰元年（765）夏，杜甫携家眷由成都至云安（今四川省云阳县），诗歌作于舟行途中，描写了旅途所见景物并抒发不为世用的落寞感。诗的前两联写"旅夜"，旷荡背景下的"细草"、"危樯"，已透露出旅途倥偬之际的孤寂情怀；颈联"书怀"，点出政治理想的失落和以诗歌创作自负的心情；尾联一问一答，即景自况，绾合全诗。

细草微风岸，危樯独夜舟[1]。星垂平野阔，月涌大江流。名岂文章著，官应老病休[2]。飘飘何所似？天地一沙鸥。

【注释】

[1] 危，高貌。樯，桅杆。

[2] "官应"句，唐代宗永泰元年（765）正月，杜甫辞去节度参谋职务。

江　汉

【解题】 全诗由"江汉思归客，乾坤一腐儒"推荡而出，借景传情，表达了诗人孤独、失落、自负相交集的复杂心理。

江汉思归客，乾坤一腐儒。片云天共远，永夜月同孤。落日心犹壮，秋风病欲苏。古来存老马，不必取长途[1]。

【注释】

[1]"古来"二句，存，留养。老马，杜甫自比。《韩非子·说林上》："管仲、隰朋从桓公伐孤竹，春往冬返，迷惑失道。管仲曰：'老马之智可用也。'乃放老马而随之，遂得道。"这两句时说，老马遂不再能持续横长途，但它的智慧十分可贵，作者借用这一典故，表明自己虽已年老，仍自信具有非凡的才识。

孤　雁

【解题】　咏物贵能寄托，诗中的孤雁，既是诗人眼中之失群孤雁，更是寄托了诗人遭遇和志节的人格化的雁。正因为此，诗人怜孤雁，也是自怜。尾联以"鸣噪自纷纷"的野鸭反衬，尽显睥睨流俗的兀傲之态。

孤雁不饮啄，飞鸣声念群。谁怜一片影，相失万重云。望尽似犹见，哀多如更闻。野鸭无意绪，鸣噪自纷纷。

曲江二首（其一）[1]

【解题】　诗歌作于乾元元年（758）春，时杜甫在京中担任左拾遗之职。才是"一片飞花"，忽而"风飘万点"，出句如幽咽，无限怜惜；对句如哀号，万分悲痛。结合了一种悲剧性的人生体验，诗人在首联要写的，就是对美好事物和有限生命消逝的深沉感伤。颔联写花已将尽，暂时相赏。酒已过多，仍须遣愁。苦心经营的，是放纵式的寻欢作乐。而以"且看"、"莫厌"领出上、下两句，尤觉心思曲折，意境深远。颈联为自己的放纵找到了理由，空堂无人，高冢圮坏，人世变换，盛衰无常也。这一联在本诗最为整炼，若无此联，全诗流走有余，而凝重不足，此为笔法顿挫之妙。尾联所谓"物理"就是人世变换，盛衰无常的道理，明乎此理，就要把握现在，及时行乐，舍弃浮名。全诗写景与抒情交替而下，因春事将残而有伤春之意，因盛衰无常而有行乐之举。环环相扣而最终归于对现实的放弃。诗歌既即景起兴，又情理兼具；既笔墨酣畅又章法绵密。对于杜甫这样执著于世事的人，越是流连风景，越是故作旷达，越是表明心中忧闷之深重，王嗣奭所谓"忧愤而托之行乐者"。（《杜诗详注》引）

一片飞花减却春，风飘万点正愁人。且看欲尽花经眼，莫厌伤多酒入唇[2]。江上小堂巢翡翠，苑边高冢卧麒麟[3]。细推物理须行乐，何用浮名伴此身？

【注释】

[1]曲江，汉武帝所造，其水曲折，故名。曲江是盛唐时代长安的名胜。
[2]伤多酒，过多的酒。
[3]苑，指芙蓉苑，在曲江西南。麒麟，指坟墓旁的麒麟等石兽。

狂 夫

【解题】 　这首诗反映了草堂时期杜甫真实的生活状况，既有对生活的赞美，又有对现实的超越，此何谓"狂夫"，旷达之士也。诗歌把优美与潦倒两种相反的生活情境相结合，正见出狂夫不轻薄、有雅趣、具傲骨的风神。

万里桥西一草堂[1]，百花潭水即沧浪[2]。风含翠筱娟娟净[3]，雨浥红蕖冉冉香[4]。厚禄故人书断绝，恒饥稚子色凄凉。欲填沟壑惟疏放[5]，自笑狂夫老更狂。

【注释】

[1] 万里桥，在成都南门外。

[2] 百花潭，即浣花溪。沧浪，《楚辞·渔父》："沧浪之水清兮，可以濯吾缨；沧浪之水浊兮，可以濯吾足！"

[3] 筱（xiǎo），竹。娟娟，美好貌。

[4] 浥（yì），红蕖，荷花。冉冉，婉弱貌。

[5] 填沟壑，指死。

咏怀古迹五首（其一）

【解题】 　杨伦《杜诗镜铨》："五诗咏古即咏怀，一面当两面看，其源出太冲《咏史》。"此诗为《咏怀古迹五首》的第一首，即明显带有"咏古即咏怀"的特点。诗歌的前两联从自身落笔，纯为咏怀，"漂泊"二字为全篇定调。后两联语意双关，将咏怀与咏古打成一片。

支离东北风尘际[1]，漂泊西南天地间。三峡楼台淹日月[2]，五溪衣服共云山[3]。羯胡事主终无赖[4]，词客哀时且未还[5]。庾信平生最萧瑟，暮年诗赋动江关。

【注释】

[1] 支离，流离。风尘，指安史之乱。

[2] 淹，久留。

[3] 五溪，雄溪、樠溪、无溪、酉溪、辰溪，在今湖北沅陵县一带，正在夔州之南。在这里，古代居住着五溪蛮，他们喜欢穿五色的衣服。五溪衣服，这里指夔州一带的少数民族。

[4] 羯胡，兼指梁朝叛乱的侯景和安禄山。无赖，不可靠。

[5] 词客，兼指庾信和自己。

[6] 江关，长江流经湖北省荆门、虎牙二山之间，称为江关。

宿 府

【解题】 　诗作于广德二年（764），时杜甫在成都，任严武节度参谋。诗中抒发了作者自伤兼忧时的情感。方东树《昭昧詹言》卷十七："起二句分点府、宿，而以情景纬之。三、四写宿，景中有情，万古奇警。五、六情。收又顾'宿'字，此正格。"

　　清秋幕府井梧寒[1]，独宿江城蜡炬残。永夜角声悲自语[2]，中天夜色好谁看。风尘荏苒音书绝[3]，关塞萧条行路难。已忍伶俜十年事[4]，强移栖息一枝安[5]。

【注释】

[1] 幕府，犹军署。古时行军，以帐幕为府署故曰幕府。

[2] 自语，指角声。

[3] 荏苒，犹辗转。

[4] 伶俜，困苦貌。

[5] 一枝安，《庄子·逍遥游》："鹪鹩巢于深林，不过一枝。"

阁　夜

【解题】　这首诗是诗人 766 年冬在夔州西阁夜中所作，由所见、所闻写到所感，悲怆牢骚而归于虚无。全诗八句全对而不觉板滞，全在于开合变化的笔法：由所闻之"五更鼓角"写到所见之"三峡星河"；由"野哭千家"写到"夷歌数处"，由"卧龙跃马"写到"终黄土"，结尾的人事寂寥又回应首句的阴阳变化，真可谓上天入地、俯仰古今，而又能共同构成浑融悲壮的意境。

　　岁暮阴阳催短景[1]，天涯霜雪霁寒宵[2]。五更鼓角声悲壮，三峡星河影动摇。野哭千家闻战伐[3]，夷歌数处起渔樵[4]。卧龙跃马终黄土[5]，人事音书漫寂寥。

【注释】

[1] 阴阳，指日月。景，指光阴。冬天白日短，故曰短景。

[2] 霁，雪后天晴。

[3] 战伐，指蜀中动乱。永泰元年（765），先是西山都知兵马使崔旰攻袭成都尹郭英乂，后邛州牙将柏茂琳、泸州牙将杨子琳、剑南牙将李昌夔起兵讨伐崔旰，蜀中兵乱连年不息。

[4] 夷歌，巴蜀一带少数民族的歌谣。

[5] 卧龙，指诸葛亮。跃马，指两汉之际的公孙述。左思《蜀都赋》："公孙跃马而称帝。"西汉末天下大乱，公孙述自恃蜀中地险众附，割据一方，自称白帝。夔州有二人的祠庙，故想到他们。

又呈吴郎

【解题】　767 年秋，杜甫由瀼（ràng）西草堂搬迁到"东屯"，旧屋转让给他的一位吴姓亲戚居住。此诗以诗代柬，告诉吴郎体谅邻居老妇人的苦衷，不要防备老妇人来打枣。一位真诚儒者的仁爱情怀，在这里得到了具体而微的体现。律诗自来讲求精致，此诗却因多用虚字，呈现出口语化的倾向，读来如恳切叮咛。

堂前扑枣任西邻[1]，无食无儿一妇人。不为困穷宁有此[2]？只缘恐惧转须亲。即防远客虽多事[3]，便插疏篱却甚真。已诉征求贫到骨[4]，正思戎马泪盈巾。

【注释】

[1] 扑枣，打枣。
[2] 宁（nìng），岂。
[3] 远客，指吴郎。
[4] 征求，诛求，剥削。

戏为六绝句
其　四

【解题】　杜甫创造性推出了以诗论诗的新形式。《戏为六绝句》集中地反映了杜甫谈艺论诗的主张。本诗提出的"掣鲸碧海"，可以说是杜甫的审美理想。清宗廷辅《古今论诗绝句》："数公，指庾信及王杨卢骆，是说古人。'凡今谁是出群雄'，是说今人。古人才力甚大，著'应难'二字，有许多佩服之意。今人亦未可一概抹煞，著'谁是'二字，有许多想望之意。'翡翠兰苕'喻文采鲜妍，乃今人所擅之一能。'鲸鱼碧海'喻体魄伟丽，数公之才力却是如此。其广狭大小，岂可相提并论哉。"

才力应难跨数公[1]，凡今谁是出群雄。或看翡翠兰苕上[2]，未掣鲸鱼碧海中[3]。

【注释】

[1] 跨，超过。
[2] 翡翠，小鸟名。兰苕（tiáo），香草。郭璞《游仙诗》："翡翠戏兰苕"。
[3] 掣，牵引。

其　六

【解题】　此诗简要地阐述了杜甫的文学史观。"别裁伪体"和"转益多师"两者有破有立，相辅相成，这种批判地继承的见识和态度，是杜甫成为集大成者的重要条件。

未及前贤更勿疑，递相祖述复先谁[1]。别裁伪体亲风雅[2]，转益多师是汝师。

【注释】

[1] 祖述，效法、遵循。
[2] 别，区别。裁，裁汰。伪体，指模拟蹈袭、没有生命力的东西。

赠花卿[1]

【解题】　诗歌称赞音乐的美妙。由"半入江风入云"而"此曲只应天上有"，既自然

117

妥帖，又备极褒美。施补华《岘佣说诗》："少陵七绝，槎枒粗硬，独《赠花卿》一首，最为婉而多讽。花卿僭用天子之乐，诗云：'此曲只应天上有，人间能得几回闻'，何言之蕴藉也。"

锦城丝管日纷纷，半入江风半入云。此曲只应天上有，人间能得几回闻[2]。

【注释】

[1] 花卿。花惊定，西川节度使崔旰的部将，曾于上元二年（761）五月平定梓州刺史段子璋的叛乱。

[2]"此曲"二句，黄生谓："盖赞其曲之妙，应是当时供奉所遗，非人间所得常闻耳。"

绝　句

【解题】　罗大经《鹤林玉露》卷之二乙编："上二句见两间莫非生意，下二句见万物莫不适性。于此而涵咏之，体认之，岂不足以感发吾心之真乐乎？"

迟日江山丽，春风花草香。泥融飞燕子，沙暖睡鸳鸯。

张　谓

早　梅

【解题】　诗歌着眼"早"字，既写出梅花似玉非雪的形，又写出梅花先发争春的神。

一树寒梅白玉条，迥临村路傍溪桥。不知近水花先发，疑是经冬雪未消。

刘长卿

穆陵关北逢人归渔阳[1]

【解题】　作者送人乱后重返故园，是个在赠别的主题中有渗透了忧国伤时的感情。"楚国苍山古，幽州白日寒"一联，不唯承上启下，而且以景传情，乃一篇之警策。

逢君穆陵路，匹马向桑干[2]。楚国苍山古，幽州白日寒。城池百战后，耆旧几家残[3]？处处蓬蒿遍，归人掩泪看。

【注释】

[1] 穆陵关，一名木陵关，在今湖北省麻城市北。渔阳，唐郡名，又称蓟州，郡治灾今天津蓟县。

[2] 桑干，即今永定河。

[3] 耆旧，老年人。

余干旅舍[1]

【解题】 这是一首秋日思归之作。"乡心正欲绝"时，一切景语都服务于写意而著有感伤的色彩。

摇落暮天迥，青枫霜叶稀。古城向水闭，独鸟背人飞。渡口月初上，邻家渔未归。乡心正欲绝，何处捣寒衣？

【注释】

[1] 余干，县名，属江西省。

长沙过贾谊宅

【解题】 题一作《过贾谊宅》。诗歌借吊古以抒怀，既吊屈原，怜贾谊，又兼悲自身，反映了作者对知识分子命运的思考，集悲怆情调与理性精神、历史意识于一体。

三年谪宦此栖迟[1]，万古长留楚客悲[2]。秋草独寻人去后[3]，寒林空见日斜时[4]。汉文有道恩犹薄[5]，湘水无情吊岂知[6]？寂寂江山摇落处，怜君何事到天涯。

【注释】

[1] 栖迟，居留。

[2] 楚客，泛指客游长沙的人，也是自指。

[3] 人去，贾谊《鵩鸟赋》："野鸟入世兮，主人将去。"

[4] 日斜，贾谊《鵩鸟赋》："庚子日斜兮，鵩集予舍。"

[5] "汉文"句，汉文，汉文帝。贾谊年少才高，受到勋旧的排挤，先出为长沙王太傅，又出为梁王太傅，终于抑郁而死。

[6] "湘水"句，贾谊谪宦长沙时，曾经写过一篇《吊屈原》，投入湘水，祭悼屈原。

李嘉祐

至七里滩作[1]

【解题】 此诗写迁客的悲愁。

迁客投于越[2]，临江泪满衣。独随流水去，转觉故人稀。万木迎秋序[3]，千峰驻晚辉。行舟犹未已，惆怅暮潮归。

【注释】

[1] 七里滩，又名七里泷，在今浙江省桐庐县严陵山西，连绵七里，两山夹峙，水流湍急。

[2] 于越，地名，即越。

[3] 秋序，秋天的节序。

元 结

贼退示官吏并序

【解题】 《岘佣说诗》："诗忌拙直，然如元次山《舂陵行》、《贼退示官吏》，愈拙直愈可爱，盖以仁心结为真气、发为愤词，字字悲痛，《小雅》之哀音也。"

癸卯岁[1]，西原贼入道州[2]，焚烧杀掠，几尽而去。明年，贼又攻永破邵[3]，不犯此州边鄙而退[4]。岂力能制敌与？盖蒙其伤怜而已。诸使何为忍苦征敛[5]，故作诗一篇以示官吏。[8]

昔岁逢太平，山林二十年。泉源在庭户，洞壑当门前。井税有常期[6]，日晏犹得眠[7]。忽然遭世变，数岁亲戎旃[8]。今来典斯郡[9]，山夷又纷然[10]。城小贼不屠，人贫伤可怜。是以陷邻境，此州独见全。使臣将王命，岂不如贼焉。今被征敛者，迫之如火煎。谁能绝人命，以作时世贤。思欲委符节[11]，引竿自刺船[12]。将家就鱼麦[13]，归老江湖边。

【注释】

[1] 癸卯岁，唐代宗广德元年（763）。

[2] 西原贼，当时一个被称为"西原蛮"的少数民族。道州，州治在今湖南省道县。

[3] 永，永州，治所在今湖南省永州市零陵区。邵，邵州，今湖南邵阳市。

[4] 边鄙，边境。

[5] 使，皇帝派下来的租庸使。

[6] 井税，此指唐代前期所实行的按户口征收定额赋税的租庸调法。井，井田。

[7] 日晏，日晚。

[8] 戎旃，军帐。

[9] 典，管理。斯郡，指道州。

[10] 山夷，指西原蛮。

[11] 委符节，弃官而去。

[12] 刺，用篙撑船。

[13] 将家，携家眷。

欸乃曲五首（其二）[1]

【解题】 此诗学习民歌，俗而不鄙，饶有风趣。

湘江二月春水平，满月和风宜夜行。唱桡欲过平阳戍[2]，守吏相互问姓名。

【注释】

[1] 欸乃，摇橹声。

[2] 唱桡（ráo），边划船边唱歌。桡，桨。平阳戍，湘江边上的军事要塞，为汉末赵云所建，在今湖南省双牌县境内。

韦应物

淮上喜会梁州故人[1]

【解题】 诗歌按照由往昔而当下的时间顺序娓娓道来，虽是律体，而饶疏荡空灵之气。诗中悲欢交集，既有人情味，复具沧桑感，语淡而情浓。孙洙《唐诗三百首》："一气旋折，八句如一句。"

江汉曾为客[2]，相逢每醉还。浮云一别后[3]，流水十年间。欢笑情如旧，萧疏鬓已斑。何因不归去，淮上有秋山[4]。

【注释】

[1] 淮上，淮水畔，此指楚州，治所在今江苏淮安。梁州，本集作"梁川"。梁州治所在今陕西汉中，唐德宗兴元元年（784）改为兴元府。

[2] 江汉，长江、汉水流域。此处偏指汉水。

[3] 浮云，《文选》卷二十九李陵《与苏武诗三首》："仰视浮云驰，奄忽互相逾，风波一失所，各在天一隅。"又苏武《诗四首》："俯观江汉流，仰视浮云翔。"

[4] 秋山，韦应物《登楼》："作厌淮南守，秋山红叶多。"

观田家

【解题】 诗歌先写农民春耕的辛劳，后表示了一位有道德良知的官员的自省。内心深处的悲悯、惭愧之情糅入闲淡的气体，自成一种"发纤秾于简古，寄至味于淡泊"的风貌。沈德潜《唐诗别裁集》卷三："韦诗至处，每在淡然无意，所谓天籁也。"

微雨众卉新，一雷惊蛰始[1]。田家几日闲，耕种从此起。丁壮俱在野，场圃亦就理。归来景常晏[2]，饮犊西涧水。饥劬不自苦[3]，膏泽且为喜[4]。仓廪无宿储[5]，徭役犹未已。方惭不耕者[6]，禄食出闾里[7]。

【注释】

[1] 惊蛰，农历二十四节气之一，为二月节气。

[2] 景，日光。晏，晚。

[3] 饥劬（qú），饥饿劳累。

[4] 膏泽，指春雨。

[5] 仓廪，贮藏粮食的仓库。宿储，上一年的存粮。

[6] 不耕者，做官的人，作者自指。

[7] 闾里，乡里，民间。

赋得暮雨送李胄[1]

【解题】 句句写暮雨，句句有离情，一片氤氲，一片惆怅，是此诗妙处。李因培《唐诗观澜集》：“冲淡夷犹，读之令人神往。”

楚江微雨里[2]，建业暮钟时[3]。漠漠帆来重[4]，冥冥鸟去迟[5]。海门深不见[6]，浦树远含滋[7]。相送情无限，沾襟比散丝[8]。

【注释】

[1] 赋得，命题赋诗，称为“赋得某某”。李胄，字恭国，赵郡人，贞元中官鲁山县令、户部员外郎，官终比部郎中。

[2] 楚江，长江下游，古称吴、楚之地，故称“楚江”。

[3] 建业，即金陵（今江苏南京），三国时孙权建都于此，改名建业。

[4] 漠漠，弥漫广布貌。

[5] 冥冥，深远貌。

[6] 海门，指长江入海处。

[7] 浦树，江边的树。滋，绿油油的潮润之色。

[8] 沾襟，兼指雨与泪。散丝，张协《杂诗》：“腾云似烟涌，密语如散丝。”

寄李儋、元锡[1]

【解题】 马茂元《唐诗选》：“起联复沓回环。三句‘世事’云云，应上‘去年’、‘今日’。四句‘春愁’云云，应上年之春‘花’。三联点明愁思之因。至此愁闷万难排遣，则又寄望于故人来讯，而望月西楼以待之。‘相问讯’应起联‘逢君别’；‘几回圆’应起联‘又一年’。诗势流利中见细密，见出中唐七律之特色。”

去年花里逢君别，今日花开又一年。世事茫茫难自料，春愁黯黯独成眠。身多疾疫思田里，邑有流亡愧俸钱。闻道欲来相问讯，西楼望月几回圆。

【注释】

[1] 李儋，韦应物密友，二人诗歌酬唱甚多。据韦诗，李儋，自幼退，曾官殿中侍御史。建中中，参太原马燧幕府，馀不详。元锡，字君贶，河南（今河南洛阳）人。贞元十一年，为协律郎、山南西道节度推官。元和中，历衢、苏二州刺史，福建、宣歙观察使，授秘书司分监，以脏贬壁州。后除淄王傅，卒。

秋夜寄丘二十二员外[1]

【解题】 诗歌由此及彼，写出一种清幽的境界，烘托出彼此孤寂的情怀，曲折地表达了友人之间的深切思念。施补华《岘佣说诗》：“韦公‘怀君属秋夜’一首，清幽不减摩诘，皆五绝之正法眼藏也。”

怀君属秋夜，散布咏凉天。山空松子落，幽人应未眠[2]。

【注释】

[1] 丘二十二员外，丘丹。苏州嘉兴（今浙江嘉兴）人，诗人丘为之弟。大历初，在越州幕，与严维、鲍防等唱和。历诸暨令，以检校户部员外郎兼侍御史为幕府从事。贞元初，归隐杭州临平山，卒。

［2］幽人，注见孟浩然《夜归鹿门歌》注［4］，这里指丘丹。

贾　至

巴陵夜别王八员外[1]

【解题】　此诗为贾至出为岳州司马时所作的赠别之作。客中送客，贬谪之悲、漂泊之叹、离别之愁，一时并发，遂使诗歌沉郁苍凉，感人至深。

柳絮飞时别洛阳，梅花发后到三湘[2]。世情已逐浮云散，离恨空随江水长。

【注释】

［1］巴陵，指岳州，今湖南生岳阳市。
［2］三湘，注见王维《汉江临眺》注［1］。

钱　起

省试湘灵鼓瑟[1]

【解题】　这是唐代省试诗中的扛鼎之作。诗人根据故实，发挥想象，多方描摹，突出了湘灵鼓瑟的哀怨情调，把无形的音乐演奏效果形象生动地表现了出来。结句亦幻亦真，余音袅袅，尤其为人所称道。

善鼓云和瑟[2]，常闻帝子灵[3]。冯夷空自舞[4]，楚客不堪听[5]。苦调凄金石，清音入杳冥[6]。苍梧来怨慕[7]，白芷动芳馨[8]。流水传湘浦[9]，北风过洞庭。曲终人不见，江上数峰清。

【注释】

［1］省试，唐代科举制度，各州县贡士到京师参加由礼部支持的考试，地点在尚书省，因通称省试。《湘灵鼓瑟》，是作者天宝十载（751）登进士第的试题，出自《楚辞·远游》："使湘灵鼓瑟兮，令海若舞冯夷。"湘灵，湘水女神，一说即舜之二妃，因舜死于苍梧，投湘水自尽，成为水神。鼓，弹奏。
［2］云和，注见王昌龄《西宫春怨》注［1］。
［3］帝子灵，指湘灵。
［4］冯夷，水神，即河伯。
［5］楚客，迁徙至楚地的人。
［6］杳冥，高远之处。
［7］苍梧，山名，又名九疑，在湖南省宁远县，舜死于此。
［8］白芷，一种香草。馨，散布很远的香气。
［9］湘浦，湘水的岸边。

暮春归故山草堂

【解题】 诗歌以先抑后扬的手法，借对幽竹的赞美眷恋，表现了诗人高尚的人格。

谷口春残黄鸟稀，辛夷花尽杏花飞。始怜幽竹山窗下，不改清阴待我归。

归 雁

【解题】 诗歌根据湘灵鼓瑟和琴曲《归雁操》生发联想，以先设问后回答的形式，将归雁拟人化，表现了一种清丽幽怨的意境。诗歌形式独特，构思新颖，笔法空灵，意蕴含蓄，是公认的咏雁名篇。

潇湘何事等闲回？水碧沙明两岸苔。二十五弦弹夜月[1]，不胜清怨却飞来[2]。

【注释】

[1] 二十五弦，《史记·封禅书》："太帝使素女鼓五十弦瑟，悲。帝禁不止，故破其瑟为二十五弦。"这句写湘灵在月夜鼓瑟。

[2] 不胜，犹不堪。

郎士元

听邻家吹笙

【解题】 诗歌因王子乔吹笙的典故，想象邻家一种仙家境界，从而委婉地赞赏了音乐的美妙。凤吹声如隔彩霞[1]，不知墙外是谁家。重门深锁无寻处，疑有碧桃千树花[2]。

【注释】

[1] 凤吹（chuī），孔稚珪《北山移文》："闻凤吹于洛浦，值薪歌于延濑。"李善注引《列仙传》："王子乔好吹笙，作凤鸣，游伊、雒之间。"

[2] 碧桃，重瓣的桃花，即千叶桃。据《汉武帝内传》，西王母瑶池上种有桃花。

韩 翃

送客水路归陕[1]

【解题】 这是一首结构自然、技法圆熟的赠别诗。诗中既有真挚的离愁别绪，更多的则是通过悬拟旅程胜景对友人的美好祝愿。

相风竿影晓来斜[2]，渭水东流去不赊[3]。枕上未醒秦地酒，舟前已见陕人家。春桥杨柳应齐叶，古县棠梨也作花。好是吾贤佳赏地，行逢三月会连沙^[4]。

【注释】

[1] 陕，唐代州名，今属河南省三门峡市。

[2] 相风竿，古代船上所竖观测风向的竿，顶上刻有乌形，故又名"樯乌"。

[3] 不赊，不迟缓。

[4] 连沙，杜审言《晦日宴游》："日晦随蓂荚，春情着杏花。解绅宜就水，张幕会连沙。"此处所谓"连沙"，即春日游赏，张幕连沙之意。

刘方平

夜　月

【解题】　题一作《月夜》。诗歌写月夜感春，意境开阔，情调欢快。马茂元《唐诗选》："本以虫声而知春气，而颠倒言之，以虫声作殿，应和开首月色便余韵无穷。'新'字，'绿'字传神，切上'春'；'透'字跳脱，特具情致。"体现出作者感觉的敏锐。

更深月色半人家，北斗阑干南斗斜^[1]。今夜偏知春气暖，虫声新透绿窗纱。

【注释】

[1] 阑干：横斜貌。

顾　况

行路难

【解题】　《行路难》，乐府旧题。诗歌把对人生的理性思考与丰富别致的想象、乐府的谣谚情调相结合，表达了一种世事空幻、以虚静为旨归的道家人生观。

君不见担雪塞井空用力，炊砂作饭岂堪食。一生肝胆向人尽，相识不如不相识。冬青树上挂凌霄^[1]，岁宴花凋树不凋。凡物各自有根本，种禾终不生豆苗。行路难，行路难，何处是平道？中心无事当富贵，今日看君颜色好。

【注释】

[1] 凌霄，花名，一名紫葳。

古别离

【解题】　《古别离》，乐府旧题。中国社会科学院文学研究所《唐诗选》："诗中不作悲苦怨叹之词，不写具体离别情事，反而写了一个'不是人间别离人'的麻姑，写法别致；同时它语言简练，音节谐美，也吸引读者。"

西江上^[1]，风动麻姑嫁时浪^[2]。西山为水水为尘^[3]，不是人间别离人。

【注释】

[1] 西江，指长江。

[2] 麻姑，传说中的古仙女，出身在建昌（今江西省奉新县西），今江西南城县有麻姑山，相传是麻姑得道处。据《神仙传》，东汉桓帝时，麻姑与仙人王方平同到蔡经家，自言三次见到东海变为桑田，并说见到蓬莱山下海水变浅，只有往日的一半，或许将要成为陆地。麻姑嫁时，指遥远的古代。

[3] 西山，指江西南昌的西山。

卢　纶

腊日观咸宁郡王部曲娑勒擒虎歌[1]

【解题】　诗歌以赋法叙写了腊日猎虎的过程。作者以矫健的笔力成功地描写场面和细节，使诗歌显得惊心动魄，气势不凡。

山头瞳瞳日将出[2]，山下猎围照初日。前林有兽未识名，将军促骑无人声[3]。潜形躻伏草不动[4]，双雕旋转群鸦鸣。阴方质子才三十[5]，译语受词蕃语揖[6]。舍鞍解甲疾如风，人忽虎蹲兽人立。欻然扼颡批其颐[7]，爪牙委地涎淋漓[8]。既苏复吼拗仍怒[9]，果叶英谋生致之[10]。拖自深丛目如电，万夫失容千马战[11]。传呼贺拜声相连，杀气腾凌阴满川。始知缚虎如缚鼠，败寇降羌生眼前。祝尔嘉词尔无苦[12]，献尔将随犀象舞[13]。苑中流水禁中山，期尔攫搏开天颜[14]。非熊之兆庆无极[15]，愿纪雄名传百蛮[16]。

【注释】

[1] 腊日，古代腊祭的日子。《史记·秦本纪》："十二年，初腊。"张守节正义："十二月腊日也。……猎禽兽以岁终祭先祖，因立此日也。"唐代以农历十二月初八为腊日。咸宁郡王，河中同陕虢行营副元帅浑瑊（jiān）的封爵。部曲，部下。娑勒，擒虎壮士名。

[2] 瞳（tóng）瞳，红光映照貌。

[3] 促骑，催促猎骑去搜索。

[4] 躻（wān）伏，屈足伏地。

[5] 阴方，北方。质子，古代派往别国（或别处）去作抵押的人，多为王子或世子，故名"质子"。

[6] 译语受词，通过翻译接受命令。蕃语揖，以蕃语回答，长揖受命。

[7] 欻（xū）然，迅疾貌。颡（sǎng），前额。批，手击。颐，面颊。

[8] 爪牙委地，四肢无力地耷拉在地上。涎，唾液。

[9] 拗，抑。

[10] 叶（xié），通"协"，符合。英谋，英明的谋略，这里指咸宁郡王的命令。

[11] 失容，因恐惧而变色。战，战栗。

[12] 尔，指老虎。嘉词，美好的言辞，指庆贺的表章。

［13］犀象舞，皇帝的禁苑中饲养着犀牛和大象，经过训练，能够跳舞。

［14］天颜，皇帝的容颜。

［15］非熊之兆，周文王又一次出猎，事先占卜，卜辞说："将大获，非熊非罴，天遗汝师以佐昌。"（见《宋书·符瑞志》）果然在渭水北岸遇到了姜尚，最后辅佐他平定了天下。

［16］百蛮，对四方少数民族的泛称。

塞下曲（其三）

【解题】　《塞下曲》，乐府旧题。诗歌全力渲染战前紧张、严酷的氛围，预示了战斗的激烈和胜利的结果。雄浑的意境和凝练的形象使诗歌篇幅简短而韵味悠长。

月黑雁飞高，单于夜遁逃[1]。欲将轻骑逐[2]，大雪满弓刀。

【注释】

［1］单于，注见崔颢《送单于裴督护赴西河》注［1］。

［2］轻骑，快速的骑兵部队。

司空曙

云阳馆与韩绅宿别[1]

【解题】　阔别多年，偶然相逢，又将分离，故诗歌以伤别始，又以伤别终，悲欢交集，无限留恋。"乍见翻疑梦，相悲各问年"一联，情景宛然，真为至情之语。

故人江海别，几度隔山川。乍见翻疑梦，相悲各问年。孤灯寒照雨，深竹暗浮烟。更有明朝恨，离杯惜共传。

【注释】

［1］云阳，县名，故城在今陕西省泾阳县北。韩绅，生平不详。

喜外弟卢纶见宿[1]

【解题】　俞陛云《诗境浅说》："前半首写独处之悲，后言相逢之喜，反正相生，为律诗之一格。"谢榛《四溟诗话》（卷一）称"雨中黄叶树，灯下白头人"一联"善状目前之景，无限凄感，见乎言表"。

静夜四无邻，荒居旧业贫。雨中黄叶树，灯下白头人。以我独沉久，愧君相见频。平生自有分，况是蔡家亲。[2]

【注释】

［1］外弟，表弟。

［2］蔡家亲：《晋书·羊祜传》："祜，蔡邕外孙，景献皇后同产弟。"这里指表弟卢纶。

峡口送故人

【解题】　此诗以浅语写出客中送客的无限凄凉。

峡口花飞欲尽春，天涯去住泪沾巾。来时万里同为客，今日翻成送故人。

戎　昱

咏　史

【解题】　纯为议论，而感慨系之。

汉家青史上[1]，计拙是和亲。社稷依明主，安危托妇人。岂能将玉貌，便拟静胡尘？地下千年骨，谁为辅佐臣。

【注释】

[1] 青史，古代在竹简上记事，因称史书为"青史"。

李　益

边　思

【解题】　此诗慷慨述怀，表现了作者不仅文采风流、亦且运筹决策、建功边塞的自负。

腰悬锦带配吴钩[1]，走马曾防玉塞秋[2]。莫笑关西将家子[3]，只将诗思入凉州[4]。

【注释】

[1] 吴钩，指锐利的兵器。据《吴越春秋·阖闾内传》，吴国有人"杀其二子，以血衅金，成二钩，献于阖闾。"

[2] 玉塞，即玉门关。

[3] 关西将家子，《后汉书·虞诩传》："谚曰：'关西出将，关东出相。'"李益为陇西人，陇西李氏，为西汉名将李广、李蔡之后，故李益自称"关西将家子"。

[4] 凉州，注见岑参《凉州馆中与诸判官夜集》注 [1]。

喜见外弟又言别

【解题】　诗歌紧扣题目，顺序写来，方言相逢之喜，又道离别之悲。宋范晞文《对床夜话》卷五："'问姓惊相见，称名忆旧容'……唐人会故人之诗也。久别倏逢之意，宛然在目。想而味之，情融神会，殆如直述。前辈谓唐人行旅聚散之作，最能感动人意，信非虚语。"

十年离乱后，长大一相逢。问姓惊相见，称名忆旧容。别来沧海事，语罢暮天钟。明日巴陵道，秋山又几重。

【注释】

[1] 沧海事，《晋书·王尼列传》："（王尼避乱江夏）常叹曰：'沧海横流，处处不安也。'"

[2] 巴陵，注见贾至《巴陵夜别王八员外》注[1]。

写　情

【解题】　此诗写情人爽约的失恋悲哀，不言悲而悲自见，"思悠悠"而为恨悠悠矣。

水纹珍簟思悠悠[1]，千里佳期一夕休[2]。从此无心爱良夜，任他明月下西楼。

【注释】

[1] 水纹，簟纹如水波。簟，供坐卧用的竹席。悠悠，遥远貌。

[2] 一夕休，有约不来，空等一夜。

皎　然

寻陆鸿渐不遇[1]

【解题】　此诗通体不用对句，而平仄合律，是所谓"散律"。散漫的结构和朴素的语言正与作者与友人的潇洒出世情怀相副。

移家虽带郭，野径入桑麻。近种篱边菊，秋来未着华。叩门无犬吠，欲去问西家。报道山中去，归时每日斜。

【注释】

[1] 陆鸿渐，名羽，竟陵（今湖北省天门市）人，著有《茶经》。

戴叔伦

除夜宿石头驿

【解题】　题一作《石桥馆》。诗为作者远道来归，除夜未及到家，宿于石头驿使所作。诗歌围绕"一年将尽夜，万里未归人"展开，写出岁终羁旅的凄苦境况，因为映带身世之感，使人读来尤觉沉痛。

旅馆谁相问[1]？寒灯独可亲。一年将尽夜，万里未归人。寥落悲前事，支离笑此身[2]。愁颜与衰鬓，明日又逢春。

【注释】

[1] 问，存问，安慰。

[2] 支离，分散。这里用以形容自己踪迹飘零，落落寡合。

过三闾庙[1]

【解题】　题一作《题三闾大夫庙》。诗歌以巧妙的构思写对屈原的哀悼之情。沈德潜《唐诗别裁集》卷十九："忧愁幽思，笔端缭绕。屈子之怨，岂沅湘所能流去耶？发端妙。"刘永济《唐人绝句精华》："末二句恍惚中如见屈原。暗用《招魂》语，使人不之觉。短短二十字而吊古之意深矣，故佳。"

沅湘流不尽[2]，屈子怨何深。日暮秋风起，萧萧枫树林[3]。

【注释】

[1] 三闾，三闾大夫，王逸《离骚序》："屈原与楚同姓，仕于怀王为三闾大夫。三闾之职，掌王族三姓，曰昭、屈、景。"

[2] 沅湘，沅水与湘水。

[3] 枫树林，《楚辞·招魂》："湛湛江水兮上有枫，目极千里兮伤春心，魂兮归来哀江南。"

苏溪亭[1]

【解题】　此诗写离情。"谁倚东风十二阑"一句微逗其端，其余全是写景，而"草漫漫"、"燕子不归"、"烟雨杏花"等暮春景色，无不暗寓离情。

苏溪亭上草漫漫，谁倚东风十二阑[2]？燕子不归春事晚，一汀烟雨杏花寒[3]。

【注释】

[1] 苏溪，水名，在浙江省义乌县。亭，长亭，旅客休息之所。

[2] 十二阑，即"阑干十二曲"。南朝乐府《西洲曲》："楼高望不见，尽日阑干头。阑干十二曲，垂手明如玉。"

[3] 汀，水岸平地。

胡令能

小儿垂钓

【解题】　所谓"憨态可掬"也。

蓬头稚子学垂纶，侧坐莓苔草映身。路人借问遥招手，怕得鱼惊不应人。

孟　郊

闻　砧

【解题】　此诗写游子听到捣衣声时的伤感。沈德潜《唐诗别裁集》卷四："竟是古乐府。"

杜鹃声不哀[1]，断猿啼不切[2]。月下谁家砧，一声肠一绝。杵声不为客[3]，客闻发自白。杵声不为衣，欲令游子归。

【注释】

[1] 杜鹃，本名鹃，传说为古蜀帝杜宇所化，故名。鸣声凄厉，能感人愁思。

[2] 断猿，断肠之猿。《世说新语·黜免》："桓公入蜀，至三峡中，部伍中有得猿子者，其母缘岸哀号，行百余里不去，遂跳上船，至便绝。破视其腹，肠皆寸寸断。公闻之怒，命黜其人。"

[3] 杵，捣衣的木槌。

寒地百姓吟

为郑相其年居河南[1]，畿内百姓[2]，大蒙矜恤[3]。

【解题】 此诗极写百姓在寒冬时的悲惨处境。强烈的贫富对比和畸形的心理刻画，使诗歌颇有惊心动魄的艺术效果。

无火炙地眠[4]，半夜皆立号。冷箭何处来，棘针风骚骚。霜吹破四壁，苦痛不可逃。高堂捶钟饮，到晓闻烹炮。寒者愿为蛾，烧死被华膏[5]。华膏隔仙罗[6]，虚绕千万遭。到头落地死，踏地为游遨[7]。游遨者是谁？君子为郁陶[8]。

【注释】

[1] 郑相，谓郑馀庆。元和元年（806），郑馀庆自尚书左丞同平章事罢为河南尹。

[2] 畿内，千里之内，指辖区内。

[3] 矜恤，怜悯周济。

[4] 炙地，烧地。贫苦人民无炉火可供取暖，只好临睡前用火烘烤地面，然后睡在烘烤过的地方。

[5] 华膏，饰有华彩的灯烛。

[6] 仙罗，指丝罗的帷幔。

[7] 游遨，游乐。

[8] 君子，指郑馀庆。郁陶（yáo），忧思郁积的样子。

秋怀十五首（其十二）

【解题】 诗写孤独苦闷的心境。诗歌以生新的构思求深，以瘦硬的语言求涩，颇能代表孟郊诗歌的特色。

流运闪欲尽[1]，枯折皆相号。棘枝风哭酸，桐叶霜颜高[2]。老虫干铁鸣，惊兽孤玉咆。商气洗声瘦[3]，晚阴驱景劳[4]。集耳不可遏[5]，噎神不可逃[6]。

蹇行散馀郁[7]，幽坐谁与曹[8]？抽壮无一线，剪怀盈千刀。清诗既名朓[9]，金菊亦姓陶[10]。收拾昔所弃，咨嗟今比毛[11]。幽幽岁宴言[12]，零落不可操[13]。

【注释】

[1] 流运，指代时光。

[2] 霜颜，经霜的树叶的颜色。

[3] 商气，秋气。

[4] 晚阴，暮色。景，日光。

[5] 集耳，盈耳。遏。阻止。

[6] 噎神，使精神梗塞。

[7] 蹇行，缓慢地行走。

[8] 曹，偶。

[9] 朓，谢朓。

[10] 陶，陶渊明。

[11] 咨嗟，叹息。比毛，如毛，极言其多。

[12] 岁宴，岁晚。

[13] 操，掌握。

送豆卢策归别墅[1]

【解题】 这是一首赠别诗，赞美了豆卢策不与世俗为伍的高洁人品。诗歌以比兴的发端，饶有古意；又不废偶对，参用近体。

短松鹤不巢，高石云不栖。君今潇湘去，意与云鹤齐。力买奇险地，手开清浅溪。身批薜荔衣[1]，山涉莓苔梯。一卷冰雪文，避俗常自携。

【注释】

[1] 豆卢策，生平不详。

[2] 薜荔，植物名。《楚辞·山鬼》："披薜荔兮带女萝。"后以薜荔衣指隐士的服装。

答友人赠炭

【解题】 诗歌既对友人的惠赠表达谢忱，也以生活的细节写出诗人贫苦的处境。

青山白屋有仁人，赠炭价重双乌银[1]。驱却坐上千重寒，烧出炉中一片春。吹霞弄日光不定[2]，暖得曲身成直身。

【注释】

[1] 乌银，喻炭，言其贵重如银。

[2] "吹霞"句，形容炉火旺盛。

登科后

【解题】 本诗为贞元十二年（796）孟郊登进士第后所作。诗的前两句把今昔做对比，直抒登第后的喜悦心情。后两句生动形象地写出了得意放荡的情景。孟郊诗中少有次等畅快的作品，成语"春风得意"、"走马看花"即源于此诗。后人乃又有以诗论人者，元蔡正孙《诗林广记》引《唐宋遗史》："孟东野有《下第》诗曰：'弃置复弃置，情如刀刃伤。'又《再下第》诗曰：'两度长安陌，空将泪见花。'其后登第，则志气充溢，一日之间，花皆看尽。进取得失，盖亦常事，而东野器宇不宏，至于如此，何其鄙邪？"

昔日龌龊不足夸[1]，今朝放荡思无涯。春风得意马蹄疾，一日看尽长安花。

【注释】

[1] 龌龊，局促，拘于小节。

韩　愈

调张籍[1]

【解题】　这是一首论诗的诗，诗中极力称扬了李白、杜甫的诗歌艺术成就，并且表达了诗人倾倒、追慕的态度。马茂元《唐诗选》："诗以丰富的想象，奇崛的语言，一连串的象征性的比拟，化抽象的理论为具体的壮美形象，表现了韩诗的独创精神，为后来论诗诗开辟乐一个新的境界。"

李杜文章在，光焰万丈长。不知群儿愚，那用故谤伤[2]。蚍蜉撼大树[3]，可笑不自量。伊我生其后[4]，举颈遥相望。夜梦多见之，昼思反微茫。徒观斧凿痕，不瞩治水航[5]。想当施手时，巨刃摩天扬。垠崖划崩豁[6]，乾坤摆雷硠[7]。惟此两夫子，家居率荒凉。帝欲长吟哦，故遣起且僵[8]。剪翎送笼中[9]，使看百鸟翔。平生千万篇，金薤垂琳琅[10]。仙官敕六丁[11]，雷电下取将[12]。流落人间者，太山一毫芒[13]。我愿生两翅，捕逐出八荒[14]。精诚忽交通，百怪入我肠。刺手拔鲸牙[15]，举瓢酌天浆[16]。腾身跨汗漫[17]，不着织女襄[18]。顾语地上友[19]：经营无太忙！乞君飞霞佩[20]，与我高颉颃[21]。

【注释】

[1] 调，调侃，戏谑。

[2] 那，奈，奈何。

[3] 蚍蜉（pífú），黑色大蚁，常在松树根营巢。

[4] 伊，发语词，无义。

[5] "徒观"二句，谓李杜文章如夏禹疏凿江峡，虽有痕迹可寻，但当时应用之妙，今已不能穷原竟委。

[6] 垠崖，崖岸。划崩豁，崩裂中开，有如划断。

[7] 雷硠（láng），崩塌声。

[8] "帝欲"二句，谓天帝故意造成他们升降不定的命运，使他们发为歌吟。

[9] "剪翎"二句，以"闭以雕笼，剪其翅羽"（弥衡《鹦鹉赋》）的形象比喻二人不得伸展的处境。

[10] 薤，古代一种像薤叶的字体，称为薤叶书。琳，玉名。琅，似珠的宝玉。

[11] 敕，命令。六丁，道书中天神名。

[12] 将，取。

[13] 太山，即泰山。毫芒，喻微小。

[14] 八荒，八方极远之地。古人以为九州在四海之内，四海又在八荒之内。

[15] 刺手，探手，伸手。

[16] 天浆，天上的仙酒。

[17] 跨，超越。汗漫，注见李白《庐山谣赠卢侍御虚舟》注 [18]。

[18] 着，穿着。织女襄，《诗·小雅·大东》："跂彼织女，终日七襄。虽则七襄，不成报章。"襄，反。七襄，往返七次，像织布的样子。此化用其意，织女襄，犹言织女章，指织女所织的布匹。

[19] 地上友，指张籍。

[20] 乞，给与。

[21] 颉颃（xiéháng），上下飞行貌。向上飞叫颉，向下飞叫颃。

有所思联句[1]

【解题】 韩愈与孟郊多有联句之作。这是一首闺怨诗。诗歌突显了相思情境中对时间流逝的感受。最后一句用典过雅，背离了全诗的乐府特色。

相思绕我心，日夕千万重。年光坐婉晚[2]，春泪销颜容（郊）。

台镜晦旧晖[3]，庭草滋新茸。望夫山上石，别剑水中龙[4]（愈）。

【注释】

[1] 联句，数人分段创作一首诗的创作方式。

[2] 婉（wǎn）晚，日暮。

[3] 台镜，镜子。晦，暗。晖，同"辉"。

[4] 别剑，注见李白《梁甫吟》注 [25]。

嗟哉董生行[1]

【解题】 此诗称赞了董召南居贫行义的高尚品质。诗歌规模古乐府，不循句法，直白少文，神味古淡，是典型的"以文为诗"的范例。

淮水出桐柏山[2]，东驰遥遥千里不能休。泚水出其侧，不能千里百里入淮流。寿州属县有安丰[3]，唐贞元时[4]，县人董生召南隐居行义于其中。刺史不能荐，天子不闻名声。爵禄不及门，门外惟有吏，日来征租更索钱。嗟哉董生朝出耕，夜归读古人书。尽日不得息。或山于樵[5]，或水于渔[6]。入厨具甘旨[7]，上堂问起居。父母不戚戚[8]，妻子不咨咨[9]。嗟哉董生孝且慈。人不识，惟有天翁知。生祥下瑞无休期。家有狗乳出求食，鸡来哺其儿，啄啄庭中拾虫蚁，哺之不食鸡鸣悲，傍徨踯躅久不去，以翼来覆待狗归。嗟哉董生谁与俦[10]？时之人夫妻相虐兄弟为仇，食君之禄，而令父母愁。亦独何心？嗟哉董生无与俦！

【注释】

[1] 董生，即董召南。韩愈还作有《送董邵南游河北序》，可参看。

[2] 桐柏山，在今河南省桐柏县西南。

[3] 寿州，唐州名，治寿春（今安徽省寿县）。安丰，唐县名，在今安徽省霍邱西。

[4] 贞元，唐德宗年号，时当785－805年。

[5] 山于樵，"樵于山"的倒文。

[6] 水于渔，"渔于水"的倒文。

[7] 甘旨，指侍奉父母的食品。

[8] 戚戚，忧惧貌。

[9] 咨咨，犹咨嗟，叹息。

[10] 俦，伴侣。

雉带箭

【解题】 本诗写张建封射猎的情景。诗歌篇幅虽短，而首尾俱全。诗人以追光蹑影之笔捕捉稍纵即逝的精彩镜头，形象生动，笔力劲健。汪琬《批韩诗》："短幅中有龙跳虎卧之观。"

原头火烧静兀兀[1]，野雉畏鹰出复没。将军欲以巧伏人[2]，盘马弯弓惜不发[3]。地形渐窄观者多，雉惊弓满劲箭加[4]。冲人决起百馀尺[5]，红翎白镞随倾斜[6]。将军仰笑军吏贺，五色离披马前堕[7]。

【注释】

[1] 兀兀，火光高出貌。

[2] 将军，指张建封。《旧唐书·张建封传》："建封，字，本立，兖州人。慷慨负气，以功名为己任。贞元四年为徐州刺史、徐泗濠节度使。十四年，加检校右仆射。在彭城十年，军州称理。又礼贤下士，文人如许孟容、韩愈皆为之从事。"

[3] 盘马，带住马。惜不发，不轻易发射。

[4] 加，指射中。

[5] 决（xuè）起，急飞而起。

[6] 翎，箭羽。镞，箭头。

[7] 五色，指雉的羽毛。离披，散乱貌。

石鼓歌[1]

【解题】 方东树《昭昧詹言》卷十二："一段来历，一段写字，一段叙初年己事，抵一篇传记。夹叙夹议，容易解，但其字句老练，不易及耳。"又朱彝尊《批韩诗》："大约以苍劲胜，力量自有馀。然气一直下，微嫌乏藻润转折之妙。"

张生手持《石鼓文》[2]，劝我试作石鼓歌。少陵无人谪仙死，才薄将奈石鼓何！周纲陵迟四海沸[3]，宣王愤起挥天戈[4]。大开明堂受朝贺[5]，诸侯剑佩鸣相磨。蒐于岐阳骋雄俊[6]，万里禽兽皆遮罗[7]。镌功勒成告万世[8]，凿石作鼓隳嵯峨[9]。从臣才艺皆第一，拣选撰刻留山阿。雨淋日炙野火燎，鬼物守护烦撝呵[10]。公从何处得纸本，毫发尽备无差讹[11]。辞严义密读难晓，字体不类隶与科[12]。年深岂免有缺画，快剑斫断生蛟鼍[13]。鸾翔凤翥众仙下[14]，珊瑚碧树交枝柯[15]。金绳铁索锁纽壮，古鼎跃水龙腾梭[16]。陋儒编诗不收入，二雅褊迫无委蛇[17]。孔子西行不到秦，掎摭星宿遗羲、娥[18]。嗟余好古生苦晚，对此涕泪双滂沱。忆昔初蒙博士征[19]，其年始改称元和[20]。故人从军在右辅[21]，为我量度掘臼科[22]。濯冠沐浴告祭酒[23]，如此至宝存岂多？毡包席裹可立致，十鼓只载数骆驼。荐诸太庙比郜鼎[24]，光价岂止百倍过[25]？圣恩若许留太学，诸生讲解得切磋。观经鸿都尚填咽[26]，坐见举国来奔波。剜苔剔藓露节角，安置妥帖平不颇。大厦深檐与盖覆，经历久远期无佗[27]。中朝大官老于事，讵肯感激徒媕娿[28]。牧童敲火牛砺角[29]，谁复着手为摩挲。日销月铄就埋没，六年西顾空吟哦。羲之俗书趁姿媚，数纸尚可博白鹅[30]。继周八代征战罢，无人收拾理则那[31]。方今太平日无事，柄任儒术崇丘轲[32]。安能以此上论列？愿借辩口如悬河。石鼓之歌至于此，呜呼吾意其蹉跎[33]。

【注释】

[1] 石鼓，秦刻石，形状如鼓，故名。唐初发现于天兴（今陕西省宝鸡市）三畤原。

[2] 张生，或谓张籍，或谓张彻。

[3] 陵迟，衰颓。

[4] 宣王，周宣王。宣王承厉王之蔽，征伐四方，勤于政事，国势复振，号称中兴。

[5] 明堂，天子宣明政教的地方，凡朝会及祭祀、庆赏、选士、养老、教学等大典，均于其中举行。

[6] 蒐（sōu），打猎。岐阳，岐山之南。

[7] 遮罗，遮拦捕捉。

[8] 成，成功。

[9] 隳（huī），毁坏。嵯（cuó）峨，高峻貌，这里指山。

[10] 撝，《说文》："手指也。"这里是挥手阻止的意思。呵，呵斥。

[11] 差讹，差错。

[12] 隶，隶书。科，科斗文，一种先秦古文字，笔画头粗尾细，形似蝌蚪，故名。

[13] "快剑"句，杜甫《李潮八分小篆歌》："八分一字值千金，蛟龙盘拏肉屈强"，韩诗此处化用其意，以"生蛟鼍"比喻遒劲的字体。进而又作比喻，笔画脱落、体形残缺的

字如"生蛟鼍"被快剑斩断。

[14] 翥（zhù），飞。

[15] 珊瑚碧树，珊瑚形状如树，故名。

[16] 古鼎跃水，《水经注》："周显王四十二年，九鼎沦没泗渊。秦始皇时而鼎见于斯水。始皇自以得合三代，大喜，使数千人没水系而行之，未出，龙齿啮断其系。"龙腾梭，《异苑》："陶侃尝捕鱼，得一织梭，还挂着壁。有顷雷雨，梭变成赤龙，从屋而跃。"

[17] 二雅，《诗经》的《大雅》、《小雅》。褊（biǎn）迫，狭隘。委蛇（wēiyí），曲折前进，引申为踪迹。

[18] 掎摭（jǐzhí），摘取。羲、娥，羲和和嫦娥，传说羲和驾日车、嫦娥住月宫，这里指日、月。

[19] 博士，国子博士，国子监学官。

[20] 元和，唐宪宗年号，时当806—820年。

[21] 右辅，汉代以右扶风、京兆尹、左冯翊为三辅，右辅即右扶风，唐为岐州。

[22] 臼科，坑穴。

[23] 濯，洗。祭酒，唐制，国子监有祭酒一人，从三品。

[24] 郜鼎，《春秋·桓二年》："取郜大鼎于宋，戊申，纳于太庙。"郜，春秋时诸侯国名。

[25] 光价，声价。

[26] "观经"句，东汉灵帝熹平四年（175），刻蔡邕所书六经文字，立于太学门外。"及碑始立，其观视及摹写者，车乘日千馀两，填塞街陌。"鸿都，东汉宫门名，其内置学及书库。六经石刻立于太学门外，非立于鸿都门，韩愈误。

[27] 佗，同"他"。

[28] 感激，感动。婑婀（ān）婀，依违阿曲。

[29] 砺，磨。

[30] "羲之"二句，《晋书·王羲之传》："性爱鹅。山阴有一道士，养好鹅。羲之往观焉，意甚悦，固求市之。道士云：'为写《道德经》，当举群相赠耳。'羲之欣然，写毕，笼鹅而归。"

[31] 那（nuó），犹言奈何。

[32] 柄任，任用。丘轲，孔子（名丘）与孟子（名轲）。

[33] 蹉跎，失意。

学诸进士作精卫衔石填海[1]

【解题】 这是一首五言排律，赞颂了精卫填海复仇的悲壮精神。沈德潜《唐诗别裁集》卷十八："清空挥洒。本非试场中作，自然脱去卑靡。"

鸟有偿冤者[2]，终年抱寸诚[3]。口衔山石细，心望海波平。渺渺功难见，区区命已轻[4]。人皆讥造次[5]，我独赏专精。岂计休无日[6]，惟应尽此生。何惭刺客传[7]，不著报雠名[8]。

【注释】

[1] 精卫衔石填海，据《山海经》，炎帝的少女女娃溺死东海，遂化而为鸟，名曰精卫，常口衔西山的木石填塞东海。

[2] 偿冤，报冤，报仇。

[3] 寸诚，微小的心意。

[4] 命已轻，已经不重视生命。

[5] 造次，轻率。

[6] 休，止息。

[7] 刺客传，指《史记·刺客列传》。

[8] 著，著录，记载

答张十一[1]

【解题】　这是一首和答诗，抒发了作者被贬阳山后的感伤失意。"未报"句应首联，以萧索之景衬沉痛之情；"莫令"句应颔联，以明艳之景副安慰之语。尾联点出应和，结以沉痛之语。

山净江空水见沙，哀猿啼处两三家。筼筜竟长纤纤笋[2]，踯躅闲开艳艳花[3]。未报恩波知死所[4]，莫令炎瘴送生涯[5]。吟君诗罢看双鬓，斗觉霜毛一半加[6]。

【注释】

[1] 张十一，张署，与韩愈同时被贬，为陵武（今湖南省陵武县）令。

[2] 筼筜（yúndāng），大竹名。

[3] 踯躅，羊踯躅，杜鹃花科植物，春季开花，呈红黄色，甚鲜艳。

[4] 恩波，恩泽，指是皇帝的恩遇。

[5] 炎瘴，南方的瘴气。

[6] 斗，同"陡"，顿时。

湘　　中

【解题】　这首诗诗借缅怀屈原，表达了世无知音的寂寞情怀。诗歌构思独特，意境清空，看似夷犹，中含孤愤。

猿愁鱼涌水翻波，自古流传是汨罗。蘋藻满盘无处奠[1]，空闻渔父叩舷歌[2]。

【注释】

[1] "蘋藻"句，《诗经·召南·采蘋》写祭祀："于以采蘋"、"于以采藻"、"于以奠之"，蘋藻都是祭物。

[2] "空闻"句，《楚辞·渔父》写屈原被贬后，在汨罗江畔遇到一位渔父，劝他"与世推移"，屈原不从，"渔父莞尔而笑，鼓枻而去，乃歌曰……"。

晚　春

【解题】　诗歌既是实写晚春景色，又暗喻生活的哲理，亦庄亦谐，饶有情趣。

草树知春不久归，百般红紫斗芳菲。杨花榆荚无才思，惟解漫天作雪飞。

柳宗元

零陵赠李卿元侍御简吴武陵[1]

【解题】　这首诗抒发了诗人被贬永州后的孤苦忧愤。孙月峰《评点柳柳州集》卷四十二："古炼，耐细玩，是有意脱唐。"

理世固轻士[2]，弃捐湘之湄[3]。阳光竟四溟[4]，敲石安所施[5]？铩羽集枯干[6]，低昂互鸣悲。朔云吐风寒，寂历穷秋时[7]。君子尚容与[8]，小人守兢危[9]。惨凄日相视，离忧坐自滋[10]。樽酒聊可酌，放歌谅徒为[11]！惜无协律者[12]，窈眇弦吾诗[13]。

【注释】

　[1] 零陵，李卿、李深源，名幼清，原任太府卿。元侍御，元克己，原任侍御史。二人都是柳宗元的好朋友，当时同在永州。柳宗元《钴鉧潭西小丘记》："李深源、元克己时同游。"简，寄书。吴武陵，《新唐书·文艺传》："吴武陵，信州人。元和初擢进士第。……初，柳宗元谪永州，而武陵亦坐事流永州，宗元贤其人。"

　[2] 理世，治世。唐人避唐高宗李治讳，往往易"治"为"理"。

　[3] 湄，水边。

　[4] 竟，穷。四溟，四海。

　[5] 敲石，击石出火以取明。

　[6] 铩羽，羽毛摧残。

　[7] 寂历，凋疏。穷秋，深秋。

　[8] 容与，安逸自得貌。

　[9] 兢危，戒慎恐惧。

　[10] 坐，遂。

　[11] 谅，料想。

　[12] 协律，配制曲调。

　[13] 窈眇，美好貌。

田家三首
其　二

【解题】　诗歌写了农民处境的萧条和官府催征的严酷，二者形成对比，从而又造成农民心理的恐惧。卢梭说："恫吓比打击更为可怕。"（《一个孤独的散步者的遐想·散步之一》信夫！

篱落隔烟火[1]，农谈四邻夕。庭际秋虫鸣，疏麻方寂历[2]。蚕丝尽输税，机杼空倚壁[3]。里胥夜经过[4]，鸡黍事筵席。各言："官长峻[5]，文字多督责[6]。东乡后租期，车毂陷泥泽。公门少推恕[7]，鞭扑恣狼藉[8]。努力慎经营[9]，肌肤真可惜[10]。"迎新在此岁[11]，惟恐蹑前迹[12]。

【注释】

[1] 篱落，篱笆。

[2] 寂历，见上诗注[7]。

[3] 机杼，织布机。

[4] 里胥，乡间小吏，即差役。

[5] 峻，严厉。

[6] 文字，指催征的文书。

[7] 推恕，推求原因而加以宽恕。

[8] 鞭扑，鞭打。恣，任意。

[9] 经营，筹办税赋。

[10] 惜，珍惜。

[11] 迎新，指新谷登场，准备缴纳秋税。当时实行两税制，规定夏税在六月内缴毕，秋税在十一月内纳毕。

[12] 蹑前迹，步东乡人的后尘。

其 三

【解题】 这首诗写留宿田家时情景。诗歌于闲放中流露悲苦，自然中不乏锻炼。

古道饶蒺藜，萦回古城曲。蓼花被堤岸[1]，陂水寒更渌[2]。是时收获竟，落日多樵牧。风高榆柳疏，霜重梨枣熟。行人迷去住，野鸟竞栖宿。田翁笑想念："昏黑慎原陆[3]。今年幸少丰，无厌饘与粥[4]。"

【注释】

[1] 被，覆盖。

[2] 陂（bēi），池塘。渌，见李白《梁甫吟》注[4]。

[3] 原陆，原野。

[4] 无，同"毋"。厌，嫌。饘（zhān）与粥，都是粥；析言之，稠曰饘，稀曰粥。

行路难（其一）

【解题】 《行路难》，乐府旧题。此诗借助神话，寄托衷怀，对志士失意、小人得志的历史和现实提出了控诉，纯为愤激之词。

君不见，夸父逐日窥虞渊[1]，跳踉北海超昆仑[2]。披霄抉汉出沆漭[3]，瞥裂左右遗星辰[4]。须臾力尽道渴死，狐鼠蜂蚁争噬吞。北方有人长九寸[5]，开口抵掌更笑喧[6]。啾啾饮食滴与粒，生死亦足终天年。睢盱大志少成遂[7]，坐使儿女相悲怜[8]。

【注释】

[1] 夸父（fǔ），传说中神人名。《列子·汤问》："夸父不量力，欲追日影，逐之于隅谷之际。"张湛注："隅谷，虞渊也，日所入。"

[2] 跳踉（liàng），跳动貌。

[3] 披霄，把天空分开。抉汉，冲破天河。沆漭（hàngmǎng），水广大貌，这里指云气。

[4] 瞥裂，摆动貌。

[5] 诤（jìng）人，传说中北方一种最矮小的人（见《山海经》）。

[6] 抵掌，击掌。

[8] 睢盱（suīxū），睢，仰目。盱，张目。睢盱是睁目悲愤的样子。小，小志。成遂，成功。

[9] 坐使，致使。儿女，后代的人们。

中夜起望西园值月上

【解题】 诗歌通过描写幽寂空旷的夜景，衬托出作者孤寂苦闷的心境。

觉闻繁露坠，开户临西园。寒月上东岭，泠泠疏竹根[1]。石泉远逾响，山鸟时一喧[2]。倚楹遂至旦，寂寞将何言？

【注释】

[1] 泠泠，清凉貌，指月光。

[2] 喧，鸣

别舍弟宗一[1]

【解题】 这是一首赠别诗，诗中既有离别的悲怆，又有贬谪的郁愤。王夫之《唐诗评选》："情深文明。"

零落残魄倍黯然，双垂别泪越江边[2]。一身去国六千里[3]，万死投荒十二年[4]。桂岭瘴来云似墨[5]，洞庭春尽水如天。欲知此后相思梦，长在荆门郢树烟[6]。

【注释】

[1] 宗一，柳宗元的从弟。

[2] 越江，即"粤江"，珠江的别名。这里指柳江。

[3] 国，京城。

[4 投荒，被放逐蛮荒之地。

[5] 桂岭，泛指柳州附近的山。

[6] 荆门，注见陈子昂《度荆门望楚》注 [1]。郢，春秋时楚国都城。在今湖北省江

陵县附近。

柳州城西北隅种柑树

【解题】 诗人因事命题，借题发挥，委婉地表达了自己不慕荣利、"受命不迁"的孤高情怀。吴闿生《古今诗范》卷十六："深文曲致，盖恐其久谪不归，而词反和缓，所以妙也。"

手种黄柑二百株，春来新叶遍城隅。方同楚客怜皇树[1]，不学荆州利木奴[2]。几岁开花闻喷雪[3]，何人摘食见垂珠？若教坐待成林日，滋味还堪养老夫[4]。

【注释】

[1] 楚客，指屈原。皇树，指橘树。屈原《橘颂》："后皇嘉树，橘来服兮。受命不迁。"

[2] 木奴，三国时吴丹阳太守李衡于武陵（今湖南省常德市）龙阳洲种柑橘千株，称之为"木奴"，后李家子孙因而致富（见《襄阳记》）。

[3] 喷雪，柑树开白色花，故以"喷雪"为喻。

[4] 老夫，作者自称。

与浩初上人同看山寄京华亲故[1]

【解题】 诗歌先使用曲喻，后借用佛家化身之说，既激切又委婉地抒发了作者的思乡之情。

海畔尖山似剑芒[2]，秋来处处割愁肠。若为化作身千亿[3]，散向峰头望故乡。

【注释】

[1] 浩初，僧人，作者的朋友，潭州（今湖南省长沙市）人。上人，佛教称上德之人为，上人，后用为对僧人的尊称。

[2] 剑芒，剑锋。

[3] 若为，怎能。

柳州二月榕叶落尽偶题

【解题】 一派衰残的景象中，宦情、羁思丛集于胸，人何以堪？

宦情羁思共凄凄，春半如秋意转迷。山城过雨百花尽，榕叶满庭莺乱啼。

卢　仝

走笔谢孟谏议寄新茶[1]

【解题】 马茂元《唐诗选》："诗分二线：得茶、烹茶、饮茶、饮后感受是一线，以自

142

我为主；贡茶、赐茶及后幅采茶是一线，处处写实。自我一线，狂逸纵恣；写实一线，语语含讽，二线交织。写实均从自我一线自然联想带出，至结末逼出'问谏议'二句，两线合一，以谢为责，语虽婉转而意实深切。全诗笔势天矫流转，句式参互错杂，设想奇异夸诞，语言似拙而炼，的是韩门七古正脉。"

日高丈五睡正浓，军将打门惊周公[2]。口云谏议送书信，白绢斜封三道印。开缄宛见谏议面，手阅月团三百片[3]。闻道新年入山里，蛰虫惊动春风起。天子须尝阳羡茶[4]，百草不敢先开花。仁风暗结珠琲瓃[5]，先春抽出黄金芽。摘鲜焙芳旋封裹[6]，至精至好且不奢[7]。至尊之馀合王公，何事便到山人家[8]。柴门反关无俗客，纱帽笼头自煎吃[9]。碧云引风吹不断[10]，白花浮光凝碗面[11]。一碗喉吻润，两碗破孤闷。三碗搜枯肠，唯有文字五千卷。四碗发轻汗，平生不平事，尽向毛孔散。五碗肌骨清，六碗通仙灵。七碗吃不得也，唯觉两腋习习清风生。蓬莱山[12]，在何处？玉川子[13]，乘此清风欲归去。山上群仙司下土[14]，地位清高隔风雨。安得知百万亿苍生命，堕在巅崖受辛苦[15]！便为谏议问苍生，到头还得苏息否[16]？

【注释】

[1] 走笔，振笔直书的意思。谏议，谏议大夫。

[2] 周公，《论语·述而》："甚矣吾衰也！久矣吾不复梦见周公。"这里指代梦境。

[3] 月团，把茶叶制成圆饼，状如满月，故名。

[4] 阳羡，唐县名，在今江苏宜兴县南，唐时以产茶著名。

[5] 仁风，指春风。琲（bèi），串珠。瓃（lěi），缀玉。

[6] 焙，烘炒。

[7] 奢，多。

[8] 山人，指隐士，作者自称。

[9] 纱帽，唐以前皇帝及达官所服用，唐时无论贵贱，都可以服用。

[10] 碧云，茶为绿色，因以为喻。

[11] 白花，指沏茶时水面上所泛起的白色泡沫。

[12] 蓬莱山，传说中海外三神山之一。这里指代仙界。

[13] 玉川子，作者的号。

[14] 司下土，管理下界。

[15] "堕在"句，言茶树生于山中，采茶时饱受艰辛。

[16] 苏息，休息。

刘 叉

偶 书

【解题】 诗歌以粗豪的语言，抒发了正义之士的郁愤不平之气。

日出扶桑一丈高[1]，人间万事细如毛。野夫怒见不平事，磨损胸中万古刀。

【注释】

[1] 扶桑，传说东海有神木名扶桑，日出其下。

王　建

田家留客

【解题】　这首诗写田家对来客的盛情款待，表现了田家纯朴善良的品质。诗歌以口语组织成篇，简练生动，情貌毕现。

"人客少能留我屋[1]，客有新浆马有粟[2]。远行童仆应苦饥，新妇厨中炊欲熟。不嫌田家破门户，蚕房新泥无风土[3]。行人但饮莫畏贫，明府上来可辛苦[4]！"丁宁回语房中妻[5]："有客勿令儿夜啼！""双井直西有官路[6]，我教丁男送君去[7]。"

【注释】

[1] 人客，客人。少，稍。
[2] 新浆，新酿的酒。薄酒为浆。
[3] 蚕房，养蚕的房子。泥（nì）用泥涂抹。
[4] 明府，唐时称县令为明府。可辛苦，不怎么辛苦。
[5] 丁宁，同"叮咛"。
[6] 直西，正西。官路，大路。
[7] 丁男，成丁的男子。唐制，男子二十一岁以上为丁。

短歌行

【解题】　诗歌感慨人生无常。无论语言还是立意，都是古乐府嫡传正脉。

人初生，日初出。上山迟，下山疾。百年三万六千朝，夜里分将强半日。有歌有舞须早为，昨日健于今日时。人家见生男女好，不知男女催人老。短歌行，无乐声。

十五夜望月寄杜郎中

【解题】　诗歌写望月思家。冷寂的夜景和急切的设问，使诗歌的抒情婉转蕴藉。

中庭白地树栖鸦，冷露无声湿桂花。今夜月明人尽望，不知秋思落谁家？

【注释】

[1] 十五，这里指中秋。杜郎中，不详。郎中，官名。

雨过山村

【解题】 诗歌以简朴活泼的语言，一动一静的节奏，写出新鲜生动的乡村图景，富有浓郁的生活气息。

雨里鸡鸣一两家，竹溪村路板桥斜。妇姑相唤浴蚕去[1]，闲着中庭栀子花。

【注释】

[1] 浴蚕，古时用盐水选蚕种。

宫词（其二十二）

【解题】 诗歌写宫中射生宫女的女扮男装，演习骑射的奇特场景。虽是写实，却因为善于截取富于特征的精彩片断，因而不乏诗味。

射生宫女宿红妆[1]，把得新弓各自张。临上马时齐赐酒，男儿跪拜谢君王[2]。

【注释】

[1] 射生宫女，练习骑射，侍卫皇帝的宫女。古时口语，称俘虏为生口或生。射生，指弓箭娴熟，临阵可以射杀敌人。唐禁卫军中的左、右英武军，有射生手千人，称为供奉射生官，或殿前射生手，见《新唐书·兵志》。宿红妆，脸上还留着隔夜的脂粉。

[2] 男儿跪拜，像男儿一样行跪拜礼。

张　籍

牧童词

【解题】 这首诗写牧童放牛的情景。诗歌语言质朴生动，生活气息浓郁，结尾巧作点染，带出严肃的政治讽喻意义。

远牧牛，绕村四面禾黍稠。陂中饥鸟啄牛背[1]，令我不得戏垄头[2]。入陂草多牛散行，白犊时向芦中鸣。隔堤吹叶应同伴[3]，还鼓长鞭三四声："牛牛食草莫相触，官家截尔头上角[4]。"

【注释】

[1] 陂，注见柳宗元《田家三首》（其三）注[2]。

[2] 垄头，池塘边的坡岸。

[3] 吹叶，卷起芦叶当口哨吹。

[4] "官家"句，北魏拓跋辉出为万州刺史，从信都至汤阴的路上，曾因需要润车轮的角脂，派人到处生截牛角。这一横暴的故事流传民间，此处牧童拿来吓牛，也反映了现实生活中人民惧怕和憎恨官府的心态。

征妇怨

【解题】 本篇是是新题乐府，反映了战争给人民带来的深重苦难。诗歌分为两层，由面及点，每一层的后两句都作惊心动魄语。

九月匈奴杀边将，汉军全没辽水上。万里无人收白骨，家家城下招魂葬。妇人依倚子与夫[1]，同居贫贱心亦舒。夫死战场子在腹，妾身虽存如昼烛。

【注释】

[1] 依倚，依赖。

夜到渔家

【解题】 题一作《宿渔家》。这首诗写投宿渔家时等待主人归来的情景。诗人以浅淡精洁的语言就生活实景加以提炼，结构流畅，形象鲜明。

渔家在江口，潮水入柴扉。行客欲投宿，主人犹未归。竹深村路远，月出钓船稀。遥见寻沙岸，春风动草衣[1]。

【注释】

[1] 草衣，蓑衣。

酬朱庆馀

【解题】 张籍任水部郎中时，朱庆馀向他投诗（即以下所选朱庆馀《闺意上张水部》），希求汲引，张籍以此诗回赠，积极肯定了朱庆馀的艺术才华。两诗都用比体，应该对读。

越女新妆出镜心[1]，自知明艳更沉吟[2]。齐纨未是人间贵[3]，一曲菱歌抵万金[4]。

【注释】

[1] 出镜心，出现在明镜中，意即揽镜自照。

[2] 更，又。沉吟，犹豫不决。

[3] 齐纨，齐地出产的细绢。

[4] 菱歌，采菱时所唱的歌。

刘禹锡

蜀先主庙[1]

【解题】 这是一首怀古诗，缅怀刘备的功业，感慨蜀国的灭亡。诗歌在鲜明的盛衰对比中，道出了古今兴亡的一个深刻教训："兴废由人"。全诗字句精警，笔端既携豪迈之气，复带悲怆之情。

天下英雄气[2]，千秋尚凛然。势分三足鼎，业复五铢钱[3]。得相能开国[4]，不象贤[5]。凄凉蜀故妓，来舞魏宫前[6]。

【注释】

[1] 蜀先主庙，蜀先主是刘备，其庙在夔州（今重庆市境内）。

[2] 天下英雄，曹操曾对刘备说："今天下英雄，惟使君与操耳。"（《三国志·蜀志·先主传》）凛然，肃然，形容引起别人敬畏的气概。

[2] 五铢钱，"五铢钱"是汉武帝元狩五年（前118）铸行的一种钱币，后来王莽代汉时将它罢废。东汉初年，光武帝刘秀又恢复了五铢钱。此诗题下诗人自注："汉末童谣：'黄牛白腹，五铢当复'。"这是借钱币为说，暗喻刘备振兴汉室的勃勃雄心。

[3] 相，指诸葛亮。

[4] 儿，指后主刘禅。象贤，效法先人的好样子。

[5] "凄凉"二句，公元263年，刘禅降魏，被迁到洛阳，封为安乐县公。一天，"司马文王（昭）与禅宴，为之作故蜀伎。旁人皆为之感怆，而禅喜笑自若。"（《三国志·蜀志·后主传》裴注引《汉晋春秋》）

始闻秋风

【解题】 此诗因始闻秋风而感怀。诗歌先抑后扬，前两联似落入悲秋的俗套，而后两联笔锋逆转，写得英气勃发，表现了作者豪迈乐观的情怀。

昔看黄菊与君别[1]，今听玄蝉我却回[2]。五夜飕飗枕前觉[3]，一年颜状镜中来。马思边草拳毛动[4]，雕眄青云睡眼开[5]。天地肃清堪四望，为君扶病上高台。

【注释】

[1] 君，秋风称作者。

[2] 我，秋风自称。

[3] 五夜，一夜分为五刻，即甲、乙、丙、丁、戊五夜，也就是五更。飕飗（sōuliú），风声。

[4] 拳毛，卷曲的毛。

[5] 眄（miǎn），斜视。

再授连州至衡阳酬柳柳州赠别[1]

【解题】 元和十年（815）夏初，刘禹锡、柳宗元又遭南贬，二人一路同行，至衡阳分道赴任。分手时柳宗元作《衡阳与梦得分路赠别》，刘禹锡以此诗回赠。以健笔写哀情，尤觉沉痛感人。

去国十年同赴召[2]，渡湘千里又分歧。重临事异黄丞相[3]，三黜名惭柳士师[4]。归目并随回雁尽[5]，愁肠正遇断猿时[6]。桂江东过连山下[7]，相望长吟有所思。

【注释】

[1] 再授连州，元和十年（815），刘禹锡被召回京城，因作"玄都观里桃千树，尽是刘郎去后栽"，被执政者指为有意讥刺，将他外放为播州（今贵州省遵义市）刺史，由于裴度为他请求，又改授连州（今广东省连州市）刺史。柳柳州，柳宗元，时柳宗元被外放为柳州（今广西壮族自治区柳州市）刺史。

[2] 国，京城。十年，贞元二十一年（805），刘禹锡被贬为连州刺史，途中更贬为朗州（今湖南省常德市）司马，距此次再贬恰为十年。

[3] 黄丞相，指西汉黄霸。黄霸为汉宣帝时丞相，为相前曾两度任颍川太守。黄霸在郡中行教化而后刑罚，遂治为天下第一。黄霸为宣帝所重视，颍川为中原大郡，与刘禹锡的处境实为不同，故云"事异"。

[4] 柳士师，指春秋时鲁国人展禽，因其居住地名柳下，死后谥"惠"，故而又称柳下惠。《论语·微子》："柳下惠为士师，三黜。人曰：'子未可以去乎？曰：'直道而事人，焉往而不三黜？枉道而事人，何必去父母之邦？'"这里以柳下惠影射柳宗元。士师，狱官。

[5] 归目，向北望的眼光。回雁，向北飞的雁。衡阳有回雁峰，传说北雁南飞到此为止，第二年春天再北飞。

[6] 断猿，注见孟郊《闻砧》注[2]。

[7] 桂江，即漓江。连山，连州境内的山。

再游玄都观并引[1]

【解题】　诗歌应用比兴手法，嘲讽政敌，表现了历经宦海风波后的作者的坚强和乐观。

余贞元二十一年为屯田员外郎[2]，此观未有花。是岁出牧连州[3]，寻改朗州司马，居十年，召至京师。人人皆言有道士手植仙桃满观，如红霞，遂有前篇[4]，以志一时之事。旋又出牧。今十有四年，复为主客郎中，重游玄都观。荡然无复一树，唯兔葵燕麦动摇于春风耳。因再题二十八字，以后游[5]。时大和二年三月[6]。

百亩庭中半是苔，桃花净尽菜花开。种桃道士今何在？前度刘郎今又来[7]。

【注释】

[1] 玄都观，道观名。引，序。

[2] 贞元二十一年，805年。

[3] 牧，治民之官。这里指为牧。

[4] 前篇，指《元和十年自朗州召至京戏赠看花诸君子》："紫面红尘拂面来，无人不道看花回。玄都观里桃千树，尽是刘郎去后栽。"

[5] 俟，待

[6] 大和二年，828年。

［7］刘郎，作者自称。

石头城^[1]

【解题】　繁华已逝，只剩"寂寞"！诗歌在优美的意境中，以感伤的情调抒发了盛衰无常的历史沧桑感。

山围故国周遭在^[2]，潮打空城寂寞回。淮水东边旧时月^[3]，夜深还过女墙来^[4]。

【注释】

［1］石头城，今江苏省南京市。
［2］故国，故都。
［3］淮水，秦淮河。
［4］女墙，城上矮墙。

竹枝词九首（其七）

【解题】　诗歌抒发了世路艰难，人心险恶的感慨。前两句即景而特言其险恶，后两句引入人事，推进一层，以唱叹的笔调结出哲理。

瞿塘嘈嘈十二滩^[1]，人言道路古来难。长恨人心不如水，等闲平地起波澜。

【注释】

［1］瞿塘，瞿塘峡。嘈嘈，流水下滩声。

杨柳枝词九首（其八）

【解题】　这首诗写伤离怨别。典型意象和民歌风调的结合，使诗歌别具魅力。

城外春风吹酒旗，行人挥袂日西时^[1]。长安陌上无穷树，唯有垂杨管别离^[2]。

【注释】

［1］挥袂，挥袖，告别的动作。
［2］垂杨，垂柳。

崔　护

题都城南庄

【解题】　据《唐诗纪事》，"护举进士不第，清明独游都城南，得村居花木丛萃，叩门久，有女子自门隙问之。对曰：'寻春独行，酒渴求饮。'女子启关以盂水至，独倚小桃柯立，而意属殊厚。崔辞起，送至门，如不胜情而入。后绝不复至。及来岁清明，径往寻之，门庭如故而户扃锁矣。因题'去年今日此门中'之诗于其左扉。"清施闰章《蠖斋诗话》：唐人绝句，"太白、龙标外，人各擅能。有一口直述，绝无含蓄转折，自然入妙，如：'去年今日此门中，人面桃花相映红。人面不知何处去，桃花依旧笑春风'……此等着不得气力学问，所谓诗家三昧，直让唐人独步；宋贤要人议论，着见解，力可拔山，去之弥远。"

去年今日此门中，人面桃花相映红。人面只今何处去，桃花依旧笑春风。

元 稹

田家词

【解题】 本篇为《乐府古题》十九首中的第九首。元稹在《乐府古题序》中说："《田家》止述军输。"

牛吒吒[1]，田确确[2]，旱块敲牛蹄趵趵[3]。种得官仓珠颗谷[4]。六十年来兵簇簇[5]，月月食粮车辚辚[6]。一日官军收海服[7]，驱牛驾车食牛肉。归来收得牛两角，重铸锄犁作斤劚[8]。姑舂妇担去输官，输官不足归卖屋，愿官早胜仇早复。农死有儿牛有犊，誓不遣官军粮不足[9]。

【注释】

[1] 吒吒（chà），口中咀嚼食物的声音。
[2] 确确，坚硬。
[3] 趵趵（bō），牛蹄碰击硬土块的声音。
[4] 珠颗谷，像珍珠一般的谷粒。
[5] 兵，指兵乱。簇簇，聚成堆，言其多。
[6] 辚辚，车轮滚动声。
[7] 海服，四海之内的土地。
[8] 斤劚（zhú），砍伐用的工具。斤，斧子。劚，锄一类农具。
[9] 遣，使。

遣悲怀三首

【解题】 这三首诗是作者为追悼亡妻韦丛而作。三首诗前后关联，抚今追昔，因怀而悲，委曲诉情，情意深沉缠绵。清蘅塘退士《唐诗三百首》："古今悼亡诗充栋，终无能出此三首范围。"

谢公最小偏怜女[1]，自嫁黔娄百事乖[2]。顾我无衣搜荩箧[3]，泥他沽酒拔金钗[4]。野蔬充膳甘长藿[5]。落叶添薪仰古槐。今日俸钱过十万，与君营奠复营斋[6]。

昔日戏言身后事，今朝都到眼前来。衣裳已施行看尽[7]，针线犹存未忍开。尚想旧情怜婢仆，也曾因梦送钱财。诚知此恨人人有，贫贱夫妻百事哀。

闲坐悲君亦自悲，百年都是几多时！邓攸无子寻知命[8]，潘岳悼亡犹费词[9]。同穴窅冥何所望[10]？他生缘会更难期。惟将终夜长开眼，报答平生未展眉。

【注释】

[1] 谢公，指东晋谢安。谢安最喜欢他的侄女谢道韫。这里借指元稹的亡妻韦丛。

[2] 黔娄，春秋时齐国的贫士。元稹自指。乖，违，不顺利。

[3] 荩（jìn）箧一种草编的衣箱。荩，草名。

[4] 泥（nì），软缠。沽，买。

[5] 藿，豆叶。

[6] 奠，祭品。斋，延请僧道超度亡灵。

[7] 施，施舍给别人。行，将。

[8] 邓攸，字伯道，西晋末为河东太守，在兵乱中因救侄而丢弃自己的儿子，后来终身没有子嗣。当时人有"天道无知，使伯道无儿"之语。寻，将要。知命，知命之年，五十岁。

[9] 潘岳，西晋诗人，妻子死后，曾作《悼亡诗》三首。

[10] 同穴，指夫妻合葬。窅冥，深暗貌。

闻乐天授江州司马[1]

【解题】 这首诗写初闻好友白居易被贬时的情景。诗歌以短篇写片刻的感受，以鲜明的景语表现出惊愕、怜惜、悲痛、气愤一时丛集的心情。

残灯无焰影幢幢[2]，此夕闻君谪九江[3]。垂死病中惊坐起，暗风吹雨入寒窗。

【注释】

[1] 江州，治所在今江西省九江市。司马，古时官名，协助州刺史处理一州事务。唐代司马实为闲职。

[2] 幢幢，摇曳不定貌。

[3] 九江，隋时江州称九江郡。

白居易

宿紫阁山北村[1]

【解题】 此诗通过作者亲历的事件，揭露了神策军抢掠百姓财物的罪恶。诗歌以写实的手法，叙述事件经过，以"村老"的醇朴善良反衬神策军的凶暴蛮横，虽锋芒内敛而讽喻明显。

晨游紫阁峰，暮宿山下村。村老见余喜，为余开一尊[2]。举杯未及饮，暴卒来入门。紫衣持刀斧[3]，草草十馀人[4]。夺我席上酒，掣我盘中飧[5]。主人退后立，敛手反如宾。中庭有奇树，种来三十春。主人惜不得，持斧断其根。口称采造家[6]，身属神策军[7]。"主人慎勿语，中尉正承恩[8]。"

【注释】

[1] 紫阁，注见岑参《田假归白阁草堂》注 [3]。

[2] 尊，同"樽"，酒樽。

[3] 紫衣，此处指唐代低级官吏的粗紫衣服色而言。

[4] 草草，乱纷纷。

[5] 飧（sūn），熟食。

[6] 采造家，采伐木材为官府建造房屋的人员。

[7] 神策军，唐代有左右神策军、左右龙武军、左右神武军，都是保护皇帝的禁卫军。

[8] 中尉，神策军护军中尉，统领神策军，由宦官充任。

李都尉古剑[1]

【解题】 这首诗辞气激昂，托物寓志，写出了作者早年踔厉风发、勇于作为的精神。

古剑寒黯黯[2]，铸来几千秋。白光纳日月，紫气排斗牛[3]。有客借一观，爱之不敢求。湛然玉匣中，秋水澄不流[4]。至宝有本性，精刚无与俦：可使寸寸折，不能绕指柔[5]。愿快直士心，将断佞臣头[6]。不愿报小怨，夜半刺私仇。劝君慎所用，无作神兵羞[7]。

【注释】

[1] 李都尉，生平不详。

[2] 黯黯，形容寒气凝重的样子。

[3] "紫气"句，晋初，牛、斗之间常有紫气照射。雷焕告诉张华，这是宝剑之精，上彻于天。张华命雷焕寻找，果然在丰城（今属江西）监狱的地下掘到了一对宝剑（见《晋书·张华传》）。

[4] "湛然"二句，相传太阿剑精光澄澈，有如秋水（见《越绝书》）。

[5] "不能"句，刘琨《重赠卢谌》："何意百炼钢，化为绕指柔。"此反用其意。

[6] "将断"句，汉成帝时，朱云为槐里令，上书言，愿请上方斩马剑，断佞臣（指安昌侯张禹）一人首（见《汉书·朱云传》）。此暗用其意。

[7] 神兵，指剑。兵，兵器。

中　隐

【解题】 此诗典型地反映了作者知足保和的思想。浅易的语言、平淡的语气，与诗歌的内容相表里。只是形象较差，铺叙太繁，似文而诗味不足。

大隐住朝市[1]，小隐入丘樊[2]；丘樊太冷落，朝市太嚣喧[3]。不如作中隐，隐在留司官[4]。似出复似处[5]，非忙亦非闲。不劳心与力[6]，又免饥与寒。终岁无公事，随月有俸钱。君若好登临，城南有秋山。君若爱游荡，城东有春园。君若欲一醉，时出赴宾筵[7]。洛中多君子，可以恣欢言。君若欲高卧，但自深掩关[8]。亦无车马客，造次到门前[9]。人生处一世，其道难两全。贱即苦冻馁，贵则多忧患。唯此中隐士，致身吉且安；穷通与丰约，正在四者间。

【注释】

[1] 朝市，朝廷和集市，指公众聚集的地方。

[2] 丘樊，山林。

[3] 嚣喧，喧嚣。

[4] 留司官，唐代建都于长安，以洛阳为东都，分设在东渡的中央官员称分司，即为留司官。长庆四年（824）秋到唐敬宗宝历元年（825）三月，白居易以太子左庶子分司东都，卜居于洛阳履道里。

[5] 出，出仕。处，隐居。

[6] "不劳"句，《孟子·滕文公上》："或劳心，或劳力；劳心者者治人，劳力者治于人。"

[7] 宾筵，筵席。

[8] 掩关，关门。

[9] 造次，轻率。

画竹歌 并序

【解题】 这是一首题画诗。诗歌通过对比、想象、联想等手法，赞美了萧悦所画竹"逼真"的艺术特点，从而也反映了作者的美学观点。

协律郎萧悦善画竹[1]，举世无伦。萧亦甚自密重。有终岁求其一竿一枝而不得者。知予天与好事[2]，忽写一十五竿，惠然见投。予厚其意，高其艺，无以答贶，作歌以报之，凡一百八十六字云。

植物之中竹难写，古今虽画无似者。萧郎下笔独逼真，丹青以来唯一人[3]。人画竹身肥拥肿，萧画茎瘦节节竦[4]；人画竹梢死赢垂[5]，萧画枝活叶叶动。不根而生从意生，不笋而成由笔成。野塘水边碕岸侧[6]，森森两丛十五茎。婵娟不失筠粉态[7]，萧飒尽得风烟情。举头忽看不似画，低耳静听疑有声。西丛七茎劲而健，省问天竺寺前石上见[8]；东丛八茎疏且寒，忆曾湘妃庙里雨中看[9]。幽姿远思少人别[10]，与君相顾空长叹。萧郎萧郎老可惜，手颤眼昏头雪色。自言便是绝笔时，从今此竹尤难得。

【注释】

[1] 协律郎，属太常寺，是掌管音律的官。萧悦，兰陵（今山东省临沂市）人。唐朱

景玄《唐朝名画录》："萧悦，工画竹，有雅趣。说者谓墨竹肇自明皇，萧悦得其传，举世无伦。"

[2] 天与，天生。

[3] 丹青，两种绘画颜料，这里用作绘画的代称。

[4] 㻫，举足而立，这里指竹子向上生长，劲健有力的样子。

[5] 羸（léi）垂，无力地下垂。

[6] 碕（qí）岸，曲岸。碕，曲折的堤岸。

[7] 婵娟，美好。筼粉，新竹皮上的一层白色粉状物。

[8] 省，记得。天竺寺，在杭州西山，有上、中、下三天竺寺，以产竹著名。

[9] 湘妃庙，又名湘夫人庙，在今湖南省洞庭湖君山上。

[10] 远思，高远的情趣。

宴　散

【解题】　这首诗写宴散后清静的氛围和闲淡的心情。"笙歌归院落，灯火下楼台"一联，历来被视为善写富贵气象。

小宴追凉散，平桥步月回。笙歌归院落，灯火下楼台。残暑蝉催尽，新秋雁带回。将何迎睡兴，临卧举残杯。

望月有感

自河南经乱，关内阻饥，兄弟离散，各在一处。因望月有感，聊书所怀，寄上浮梁大兄、於潜七兄、乌江十五兄，兼示符离及下邽弟妹[1]

【解题】　诗歌抒发了对天各一方的家人的思念之情。诗人以浅易的语言、精警的意象传达了深挚的情感，堪称"用常得奇"的佳作。马茂元《唐诗选》："流转中有顿束。'各西东'启中二联。'分雁'、'辞根'，暗透末联'共看'、'乡心'。结句'一夜'、'五处'总绾全诗。"

时难年荒世业空[2]，弟兄羁旅各西东。田园寥落干戈后，骨肉流离道路中。吊影分为千里雁[3]，辞根三作九秋蓬[4]。共看明月应垂泪，一夜乡心五处同。

【注释】

[1] 河南经乱，唐德宗贞元十五年（799），宣武军（治所在开封）节度使董晋死，部下举兵叛乱。继而彰义军（治所在汝南）节度使吴少诚亦叛，朝廷出兵征讨，河南一带成为战乱的中心。关内，唐行政区划名，为十道之一。当今陕西省黄河以西、终南山以北、甘肃省陇山以东地区，北抵边境。阻饥，发生饥荒。阻，艰难。浮梁大兄，白居易的长兄幼文时官浮梁县（属今江西省）主簿。於潜，属今浙江省。乌江，今安徽省和县。七兄和十五兄，都是白居易的堂兄。

154

[2] 世业，唐初实行均田制，按人口授田，分为口分和世业两种，世业田由子孙继承。此处泛指祖先留下来的产业。

[3] 吊影，犹言形影相吊，意指孤独。

[4] 九秋，深秋。

江楼夕望招客

【解题】　诗人以诗代柬，用浅易的语言写出阔远的晚景；尤其突出"清凉"的特点，以为招客的理由。

海天东望夕茫茫，山势川形阔复长。灯火万家城四畔[1]，星河一道水中央。风吹古木晴天雨，月照平沙夏夜霜。能就江楼销暑否？比君茅舍较清凉。

【注释】

[1] 四畔，四边。

欲与元八卜邻，先有是赠[1]

【解题】　这首诗表达了诗人"欲与元八卜邻"的恳切心情。俞陛云《诗境浅说》丙编："此诗论句法则层层推进，论交情则愈转愈深。在七律中此格甚少，词句亦流转而雅切。"

平生心迹最相亲，欲隐墙东不为身[2]。明月好同三径夜[3]，绿杨宜作两家春[4]。每因暂出犹思伴，岂得安居不择邻。可独终身数相见[5]，子孙长作隔墙人。

【注释】

[1] 元八，即元宗简，字居敬，河南人，举进士，官至京兆少尹。卜邻，选择作邻居。

[2] 墙东，喻隐者所居处。《后汉书·逄萌传》："（王君公）侩牛自隐。时人谓之论曰：'避世墙东王君公。'"

[3] 三径，陶渊明《归去来辞》："三径就荒，松菊尤存。"后因指隐者所居。

[4] 绿杨，《南史·陆慧晓传》："慧晓与张融并宅，其间有池，池上有二株杨树。"

[5] 数（cù），频繁。

放言五首（其一）

【解题】　诗歌感慨真伪难辨。这首诗虽议论说理，却能援引典故，应用比喻，使议论说理形象化。诗中多虚字斡旋，多疑问语气，既使诗歌语调流转，又使诗歌感情浓郁。

朝真暮伪何人辨，古往今来底事无[1]？但爱臧生能诈圣[2]，可知宁子解佯愚[3]。草萤有耀终非火，荷露虽团岂是珠。不取燔柴兼照乘[4]，可怜光彩亦何殊？

【注释】

[1] 底，何。

[2] 臧生，指臧武仲，臧孙氏，名纥，官为司寇，在贵族中因多知而被称为圣人。《论语·宪问》："子曰：'臧武仲，以防求为后于鲁。虽曰不要君，吾不信也。'"防是臧武仲的封邑。臧武仲以他的封邑防要挟鲁君。

[3] 宁子，卫国大夫，姓宁，名俞，谥武。《论语·公冶长》："宁武子，邦有道则知，邦无道则愚。其知可及也，其愚不可及也。"

[4] 燔柴，《礼记·祭法》："燔柴于泰坛。"疏："谓积薪于坛上，而取玉及牲置柴上燔之，使气达于天也。"照乘，光能照远的明珠。《史记·田敬仲完世家》："有径寸之珠照车前后各十二乘者十枚。"

花非花

【解题】 这大概是一首悼亡诗。此诗流动而整饬，朦胧而缠绵，别有风味，似诗似词。

花非花，雾非雾，夜半来，天明去。来如春梦几多时？去似朝云无觅处。

燕子楼

【解题】 这是三首步韵唱和诗。诗人设身处地，从不同角度代关盼盼抒发痴恋怀旧之情。诗歌触景生情，情调哀婉，感人至深。

徐州故张尚书有爱妓曰盼盼[1]，善歌舞，雅多风态。余为校书郎时[2]，游徐、泗间。张尚书宴余，酒酣，出盼盼以佐欢[3]，欢甚。余因赠诗云："醉娇胜不得，风袅牡丹花。"一欢而去，尔后绝不相闻，迨兹仅一纪矣[4]。昨日，司勋员外郎仲素绘之访余[5]，因吟新诗，有《燕子楼》三首[6]，词甚婉丽，诘其由，为盼盼作也。绘之从事武宁军累年[7]，颇知盼盼始末，云："尚书既殁，归葬东洛[8]，而彭城有张氏旧第[9]，第中有小楼名燕子。盼盼念旧爱而不嫁，居是楼十一年，幽独块然[10]，于今尚在。"余爱绘之新咏，感彭城旧游，因同其题，作三绝句。

满窗明月满帘霜，被冷灯残拂卧床。燕子楼中霜月夜，秋来只为一人长。

钿带罗衫色似烟，几回欲起即潸然。自从不舞《霓裳曲》，叠在空箱十一年。

今春有客洛阳回，曾到尚书墓上来。见说白杨堪作柱，争教红粉不成灰[11]。

【注释】

[1] 张尚书，张愔，时任检校工部尚书。

［2］校书郎，官名，掌管朝廷的图书整理工作。白居易于贞元十九年到元和元年（803
—806）任此职。

［3］佐，助。

［4］仅，将近。纪，十二年为一纪。

［5］仲素，张仲素（约769—819），字绘之。河间（今属河北省）人，宪宗时为翰林
学士，后终于中书舍人，工诗能文。

［6］《燕子楼》三首，张仲素所作《燕子楼》三首，分别是："楼上残灯伴晓霜，独眠
人起合欢床。相思一夜情多少，地角天涯未是长。""北邙松柏锁愁烟，燕子楼中思悄然。
自埋剑屦歌尘散，红袖香消已十年。""适看鸿雁洛阳回，又睹玄禽逼社来。瑶瑟玉箫无意
绪，任从蛛网任从灰。"

［7］武宁军，唐代地方军区之一，治徐州。

［8］东洛，洛阳。

［9］彭城，彭城郡，即徐州。

［10］块然，孤独貌。

［11］争，同"怎"。

邯郸冬至夜思家

【解题】 诗歌写作者寒夜思乡。妙在想象家人情状，方见彼此情深。沈德潜《唐诗别
裁集》卷二十："只有一'真'字。"

邯郸驿里逢冬至，抱膝灯前影伴身。想得家中夜深坐，还应说着远行人。

李 贺

浩 歌[1]

【解题】 这首诗典型地反映了李贺内心的情结：在人生无常的焦虑和怀才不遇的愤慨
的双重压力下，最后结为及时行乐的排遣。诗歌起势突兀，四句一转，收句戛然，极尽盘
旋郁勃之势。

南风吹山作平地，帝遣天吴移海水[2]。王母桃花千遍红[3]，彭祖巫咸几回
死[4]？青毛骢马参差钱[5]，娇春杨柳含缃烟[6]。筝人劝我金屈卮[7]，神血未凝
身问谁[8]？不须浪饮丁都护[9]，世上英雄本无主。买丝绣作平原君[10]，有酒
惟浇赵州土[11]。漏催水咽玉蟾蜍[12]，卫娘发薄不胜梳[13]。羞见秋眉换新
绿[14]，二十男儿那刺促[15]？

【注释】

［1］浩歌，《楚辞·九歌·少司命》："望美人兮未来，临风恍兮浩歌。"浩歌即放歌。

［2］帝，天帝。天吴，水神，《山海经·海外东经》："其为兽也，八首人面，八足八
尾，皆青黄。"

[3] "王母"句，古代神话，西王母瑶池上的仙桃，每三千年开花结实一次。（见《汉武帝内传》）

[4] 彭祖，即彭铿，传说中长寿的人。《楚辞·天问》王逸注："彭铿，彭祖也。至八百岁，犹自悔不寿，枕高而唾远也。"巫咸，传说中的古代神巫。

[5] 骢（cōng），毛色青白相间的马。参差钱，指马身上的连钱纹深浅不等。

[6] 娇春，妍美的春日。缃，浅黄色的绢。一作"细"。

[7] 筝人，弹筝侑酒的歌伎。屈卮，一种有把的酒盏名。

[8] 神血未凝，精神和血肉尚未结合。问，一作"是"。

[9] 浪饮，犹言痛饮。《丁都护》，乐府歌曲名，声调哀怨。

[10] 平原君，战国时赵国的公子赵胜，以好客著名。

[11] 赵州，指赵国。

[12] 漏，刻漏，古代的计时器。玉蟾蜍，漏壶上的滴水口，以玉制成，蟾蜍状。

[13] 卫娘，指汉武帝的皇后卫子夫。《文选·西京赋》："卫后兴于鬓发。"李善注引《汉武故事》："上见其美发，悦之。"

[14] 秋眉，指稀疏变黄的眉毛。

[15] 那，何。刺促，烦恼。

高轩过[1]韩员外愈皇甫侍御湜见过因而命作[2]。

【解题】 这首诗因韩愈、皇甫湜的造访而称许二人，并且表达了受知遇后的振奋之情。"笔补造化天无功"一句极能概括韩孟一派诗歌创作的重主观、求生新的特点。

华裾织翠青如葱[3]，金环压辔摇玲珑[4]。马蹄隐耳声隆隆[5]，入门下马气如虹。云是东京才子、文章巨公。二十八宿罗心胸[6]，元精耿耿贯当中[7]。殿前作赋声摩空[8]，笔补造化天无功。庞眉书客感秋蓬[9]，谁知死草生华风[10]。我今垂翅附冥鸿[11]，他日不羞蛇作龙。

【注释】

[1] 高轩，指来宾所乘的车。

[2] 韩员外愈，韩愈，曾任都官员外郎。皇甫侍御湜，皇甫湜，曾任侍御史。

[3] 华裾，华丽的衣服。

[4] 金环，缰绳末端连接络头的环子。辔，缰绳。玲珑，清越的声音。

[5] 隐耳，一作隐隐。

[6] 二十八宿，古人为了观测日月五星德运行，选择了黄道、赤道附近的二十八个星宿作为坐标，称为二十八宿。罗，罗列。

[7] 元精，《后汉书》："元精所生，王之佐臣。"章怀太子注："元谓天，精谓天之精气。"耿耿，明貌。

[8] 声摩空，指声价很高。

[9] 造化，创造化育。

[9] 庞眉书客，李贺自称。李商隐《李长吉小传》："长吉细瘦，通眉，长指爪，能苦

吟疾书。"

[10] 华风，荣华之风。

[11] 垂翅，喻困顿失意。冥鸿，高飞的鸿雁。

将进酒

【解题】 诗歌通过描写奢华瑰丽的宴饮场面，宣泄了纵酒享乐的快意，但隐然又流露出深藏内心的忧郁苦闷。短句的掺入，加快了诗歌语言的节奏，更好地配合了热闹场面的描写。

琉璃钟，琥珀浓[1]，小槽酒滴真珠红[2]。烹龙炮凤玉脂泣[3]，罗帏绣幕围香风。吹龙笛[4]，击鼍鼓[5]。皓齿歌，细腰舞。况是青春日将暮，桃花乱落如红雨。劝君终日酩酊醉，酒不到刘伶坟上土[6]。

【注释】

[1] 琥珀浓，琥珀，地质时代中松柏等植物树脂的化石，呈黄色或赤褐色，此处形容美酒的色泽。

[2] 真珠红，酒名。真珠，即珍珠。

[3] 玉脂，指脂肪。玉言其白。

[4] 龙笛，笛名。以笛声似水中龙鸣，故名。

[5] 鼍（tuó）鼓，鼍皮蒙的鼓。鼍，即扬子鳄。

[6] 刘伶，晋沛国人，字伯伦，性情放诞，著有《酒德颂》，自称："惟酒是务，焉知其余。"

致酒行

【解题】 《文苑英华》录此诗，题下有"至日长安里中作"七字。马茂元《唐诗选》："首二句点题'致酒'。'主父'以下六句为主人劝慰之词。'我有'以下四句为贺答词。全诗深得剪裁组织之妙。主父事，言穷而不言达，而于马周事中互见，便跌宕而不平板。'我有迷魂招不得'，以谦辞作狂语，收上主人相劝，启下抒怀致答。更以'雄鸡一声天下白'接转，顺陡转之势，一气直贯以下'拿云'云云，遂于应酬之中露出睥睨古人之气。"

零落栖迟一杯酒[1]，主人奉觞客长寿[2]。主父西游困不归[3]，家人折断门前柳[4]。吾闻马周昔作新丰客[5]，天荒地老无人识。空将笺上两行书，直犯龙颜请恩泽[6]。我有迷魂招不得[7]，雄鸡一声天下白。少年心事当拿云[8]，谁念幽寒坐呜呃[9]？

【注释】

[1] 栖迟，困顿失意。

[2] "主人"句，主人举杯祝客健康。

[3] 主父，主父偃，武帝时齐人，"孝武元光元年中，以为诸侯莫足游者，乃西入关见卫将军。卫将军数言上，上不召。资用乏，留久，诸公宾客多厌之。"（《史记·主父偃传》）

159

后为齐王相。

　　[4] 断，尽。

　　[5] 马周，字宾王，唐博州茌平（今属山东省）人，家贫好学。贞观时西入关，"舍新丰，逆旅主人不之顾，周命酒一斗八升，悠然独酌，众异之。"（《新唐书·马周传》）因代中郎将常何上书陈事，得太宗赏识，遂显达。

　　[6] 龙颜，皇帝的容颜。

　　[7] 迷魂，心情抑郁，行止彷徨，故曰"迷魂"。

　　[8] 拏（ná），同"拿"，抉取。

　　[9] 鸣呃（è），悲叹声。

神弦曲[1]

　　【解题】　诗歌想象神灵降临时的情景。钱钟书《谈艺录》："若长吉之意境阴凄，悚人毛骨者，无闻焉尔。"于此诗可见一斑。

　　西山日没东山昏，旋风吹马马踏云[2]。画弦素管声浅繁。花裙綷縩步秋尘[3]，桂叶刷风桂坠子。青狸哭血寒狐死。古壁彩虬金贴尾[4]，雨公骑入秋潭水[5]。百年老鸮成木魅[6]，笑声碧火巢中起。

　　【注释】

　　[1] 神弦曲，祭祀、娱乐神祇的弦歌之曲。

　　[2] 旋风，王琦注："旋风，风之旋转而吹者，中必有鬼神依之。低三尺以下，鬼风也；高丈馀而上者，神风也，旷野中时有之。"

　　[3] 綷縩（cuìcài），衣服相擦声。

　　[4] 虬，无脚的龙。

　　[5] 雨工，司雨之神。

　　[6] 鸮（xiāo），猫头鹰。

南园十三首（其六）[1]

　　【解题】　诗歌悲叹文士落魄失意，而不能建功边塞。"玉弓"一词，既为月之喻体，又暗点兵象，有承上启下的作用，遂使全篇笔法放纵而脉络贯通。

　　寻章摘句老雕虫[2]，晓月当帘挂玉弓。不见年年辽海上[3]，文章何处哭秋风[4]？

　　【注释】

　　[1] 南园，李贺家住福昌县的昌谷，其地依山带水，有南北二园，南园是李贺读书之处。

　　[2] 寻章摘句，老，终身从事于此。雕虫，扬雄《法言》："或问：'吾子少而好赋？'曰：'然，童子雕虫篆刻。'俄而曰：'壮夫不为也。'"雕虫，雕琢虫书；虫书，秦时书体之一种。

　　[3] 辽海，即辽东，因辽东南临渤海，故称。

[4] 哭秋风，指悲秋。

昌谷北园新笋四首[1]

【解题】 这是两首咏物诗，其中折射出作者悲苦的文字生涯，亦竹亦人，惝恍迷离，寓意深微。

其 二

斫取青光写楚辞[2]，腻香春粉黑离离[3]。无情有恨何人见，露压烟啼千万枝。

【注释】

[1] 昌谷，李贺故居在福昌县昌谷乡。福昌即今河南省宜阳县。

[2] 青光，指青色的竹皮。

[3] 腻香，浓香。春粉，指竹上的白粉。离离，犹"历历"，行列貌。黑离离，指字迹。

其 四

古竹老梢惹碧云，茂陵归卧叹清贫[1]。风吹千亩迎雨啸，鸟重一枝入酒樽。

【注释】

[1] "茂陵"句，《史记·司马相如列传》："相如既病免，家居茂陵。"茂陵，汉武帝陵墓，在今陕西省兴平县东北。

薛 涛

送友人

【解题】 诗歌抒发了惜别的深情。前两句写出一种苍茫凄寒的景色，景中有情。后两句通过问答的形式，进一步以"离梦"写别情。

水国兼葭夜有霜[1]，月寒山色共苍苍。谁言千里自今夕？离梦杳如关塞长。

【注释】

[1] 兼葭，芦荻。

贾 岛

忆江上吴处士[1]

【解题】 诗写对友人的怀念。《四溟诗话》卷二："韩退之称贾岛'鸟宿池边树，僧敲月下门'为佳句，未若'秋风吹渭水，落叶满长安'，气象雄浑，大类盛唐"

闽国扬帆去，蟾蜍亏复圆[2]。秋风吹渭水，落叶满长安。此地聚会夕，当时雷雨寒。兰桡殊未返[3]。消息海云端。

【注释】

[1] 处士，见王绩《秋夜喜遇王处士》注 [1]。

[2] 蟾蜍，蛤蟆，此处指代月。《后汉书·天文志》注："羿请不死之药于西王母，患姮娥窃之以奔月，是为蟾蜍。"

[3] 兰桡（ráo），用木兰树作的桨，代指船。殊，犹。

宿山寺

【解题】 此诗写夜宿山寺的情景。清奇的绝顶景色正为清净的世外生活张目，微嫌前四句刻画而后四句古朴。

众岫耸寒色[1]，精庐向此分[2]。流星透疏木，走月逆行云。绝顶人来少，高松鹤不群。一僧年八十，世事未曾闻。

【注释】

[1] 众岫，群峰。岫（xiù），峰峦。

[2] 精庐，僧舍，指佛寺。

暮过山村

【解题】 此诗写日暮独行，投宿山村的情景。诗歌以道路的极恐怖反衬山村的可亲近。"怪禽啼旷野，落日恐行人"一联，被梅尧臣誉为可以"状难写之景如在目前，含不尽之意见于言外"（见《六一诗话》）。

数里闻寒水，山家少四邻。怪禽啼旷野，落日恐行人。初月未终夕，边烽不过秦。萧条桑柘外[1]，烟火渐相亲。

【注释】

[1] 桑柘（zhè），桑树。

姚 合

闲 居

【解题】 诗歌抒发了作者休官屏居的闲逸心态。中间两联俱用反对，而意思贴切，尤堪咀嚼。不自识疏鄙，终年住在城。过门无马迹[1]，满宅是蝉声。带病吟虽苦，休官梦已清。何当学禅观[2]，依止古先生。

【注释】

[1] "过门"句，犹陶渊明所谓"结庐在人境，而无车马声"（《饮酒》）。

［2］何当，何时。禅观，参禅。

张　祜

宫词二首（其一）

【解题】　这是一首宫怨诗。马茂元《唐诗选》："'三千里'、'二十年'，逼出'一声'，引落'双泪'。四句用四数量词，却丝毫不见平板，盖以感情深厚之故也。"

故国三千里，深宫二十年。一声《河满子》[1]，双泪落君前。

【注释】

［1］《河满子》，河满子本为人名，后成为歌曲名。白居易《听歌六绝句·河满子》自注："开元中，沧州有歌者河满子，临刑，进此曲以赎死，上竟不免。"

朱庆馀

宫　词

【解题】　题一作《宫中词》。诗歌写出宫女生活的压抑。后两句不但用衬跌法，而且以细节写心理，委婉有味。

寂寞花时闭院门，美人相并立琼轩[1]。含情欲说宫中事，鹦鹉前头不敢言。

【注释】

［1］美人，指宫女。琼轩，装饰福利的长廊。

闺意上张水部[1]

【解题】　这首诗形象生动、寄托深微，以比兴的手法委婉曲折地表达了希求汲引的愿望。

洞房昨夜停红烛，待晓堂前拜舅姑[2]。妆罢低头问夫婿，画眉深浅入时无？

【注释】

［1］张水部，即张籍，他曾任水部郎中。
［2］舅姑，公婆。

许　浑

金陵怀古[1]

【解题】　诗歌以自然的永恒反衬人事的沧桑，在怀古诗中虽是俗调，却因为形象的典型和辞气的慷慨，仍不失为名篇佳制。

玉树歌残王气终[2]，景阳兵合戍楼空[3]。松楸远近千官冢，禾黍高低六代宫。石燕拂云晴亦雨[4]，江豚吹浪夜还风[5]。英雄一去豪华尽，惟有青山似洛中[6]。

【注释】

[1] 金陵，南京的旧称。六朝建都于此。

[2] 玉树，《玉树后庭花》的简称。

[3] 景阳，宫名，陈后主所建。据《六朝事迹》，隋兵攻克台城后，陈后主与张丽华、孔贵妃都躲入景阳宫中的井里，后为所俘。

[4] 石燕，据《湘中记》，"零陵有石燕，得风雨则飞翔，风雨止还为石。"

[5] 江豚，即白鳍豚。

[6] 洛中，洛阳。

塞下曲

【解题】 诗歌写边塞战争的残酷。后两句从侧面着笔，犹见惨痛。

夜战桑干北[1]，秦兵半不归。朝来有乡信，犹自寄寒衣。

【注释】

[1] 桑干，今桑干河。

杜　牧

题扬州禅智寺[1]

【解题】 诗歌描写禅智寺中幽寂的景色，反映了作者当时澄怀淡虑的心境。

雨过一蝉噪，飘萧松桂秋。青苔满阶砌，白鸟故迟留。暮霭生深树，斜阳下小楼。谁知竹西路[2]，歌吹是扬州。

【注释】

[1] 禅智寺，在扬州东北。

[2] 竹西，亭名。清李斗《扬州画舫录》卷一："竹西芳径在蜀冈上……上方禅智寺在其上。"又："寺左建竹西亭。"

润州二首（其一）[1]

【解题】 这首诗回忆往昔的"放歌"生涯，感慨人生无常。诗歌意境开阔，抚今追昔，以洒脱豪健之笔写悱恻难遣之愁。

向吴亭东千里秋[2]，放歌曾作昔年游。青苔寺里无马迹，绿水桥边多酒楼。大抵南朝皆旷达，可怜东晋最风流[3]。月明更想桓伊在[4]，一笛闻吹出塞愁。

【注释】

[1] 润州，治所在今江苏镇江。

[2] 向吴亭，亭名，在今丹阳县南。

[3] 可怜，可羡。

[3] 桓伊，东晋时人，曾与谢玄、谢琰大破秦苻坚于肥水。他喜欢音乐，以善吹笛著称。

九日齐山登高[1]

【解题】 诗歌看似写看破人生的旷达，却难免人生无常的感伤和怀才不遇的牢骚。《唐宋诗举要》引吴汝纶说："感慨苍茫，小杜最佳之作。"

江涵秋影雁初飞，与客携壶上翠微[2]。尘世难逢开口笑，菊花须插满头归。但将酩酊酬佳节，不用登临恨落晖。古往今来只如此，牛山何必独沾衣[3]？

【注释】

[1] 九日，阴历九月九日，即重阳节。齐山，在近安徽省贵池县。

[2] 翠微，青缥色的山气，这里指山。

[3] "牛山"句，《晏子春秋·内篇谏上》："（齐）景公游于牛山，北临其国城而流涕曰：'若何滂滂去此而死乎！'艾孔、梁丘据皆从而哭。"

长安秋望

【解题】 这首写秋望所见景色，不但写景明丽，且将南山与秋色拟人化，更见生动。

楼倚霜树外，镜天无一毫。南山与秋色[1]，气势两相高。

【注释】

[1] 南山，终南山。

金谷园[1]

【解题】 这首诗感慨金谷园的荒芜，同情绿珠的不幸。俞陛云《诗经浅说续编二》："前三句景中有情，皆含凭吊苍凉之思。四句以花喻人，以落花喻坠楼人，伤春感昔，即物兴怀，是人是花，合成一派凄迷之境。"

繁华事散逐香尘，流水无情草自春。日暮东风怨啼鸟，落花犹似坠楼人[2]。

【注释】

[1] 金谷园，晋石崇所建别墅，在今河南省洛阳市东北。

[2] 坠楼人，指石崇的爱妾绿珠。孙秀向石崇索要绿珠不果，因怀恨在心，"矫诏收崇及潘岳、欧阳建等。崇正宴于楼上，介士到门。崇谓绿珠曰：'我今为尔得罪。'绿珠泣曰：

'当效死于君前.'因自坠于楼下而死。"(《晋书·石崇传》)

秋　夕

【解题】　本篇一作王建诗。诗歌写宫女的怨旷心理。俞陛云《诗经浅说续编二》:"前三句写景极清丽,宛若静院夜凉,见伊人遗致。结句仅言坐看双星,凡离合悲欢之迹,不着毫端,而闺人心事,尽在举头坐看之中。"

红烛秋光冷画屏[1],轻罗小扇扑流萤[2]。天阶夜色凉如水[3],坐看牵牛织女星[4]。

【注释】

[1] 红,一作"银"。

[2] 轻罗小扇,轻薄的丝制团扇,即纨扇。

[3] 天阶,皇宫中的石阶。阶,一作"街"。

[4] 坐,一作"卧"。

寄扬州韩绰判官[1]

【解题】　这首诗曲折地写出作者对扬州繁华生活的留恋。谢枋得《唐诗绝句注解》卷三:"厌江南之寂寞,思扬州之欢娱,情虽切而辞不露。"

青山隐隐水遥遥,秋尽江南草木凋。二十四桥明月夜[2],玉人何处教吹箫[3]。

【注释】

[1] 韩绰,生平不详。杜牧另有《哭韩绰》诗。判官,观察使、节度使的僚属。

[2] 二十四桥,唐时扬州繁盛,城中共有二十四座桥,宋沈括《梦溪笔谈》曾记其名。后来二十四桥成为一座桥的专名。清李斗《扬州画舫录》:"廿四桥即吴家砖桥,一名红药桥,在熙春台后。"

[3] 玉人,美人,这里指歌伎。教,使。

赠别二首(其二)

【解题】　这首诗写离别时微妙的感伤心理。黄叔灿《唐诗笺注》:"曰'却似',曰'惟觉',形容妙矣。下却借蜡烛托寄,曰'有心',曰'替人',更妙。宋人评牧之诗:豪而艳,宕而丽,其绝句于晚唐中尤为出色。"

多情却似总无情,唯觉樽前笑不成。蜡烛有心还惜别,替人垂泪到天明。

温庭筠

处士卢岵山居

【解题】　诗歌通过写山中景色,反映了卢岵(ｈù)处士的高洁人品和作者的景慕之情。

166

西溪问樵客，遥识主人家。古树老连石，急泉清露沙。千峰随雨暗，一径入云斜。日暮鸟飞散，满山荞麦花。

过陈琳墓[1]

【解题】　这首诗既凭吊陈琳，同时又自伤身世。

曾于青史见遗文，今日飘蓬过此坟。词客有灵应识我[2]，霸才无主始怜君[3]。石麟埋没藏春草[4]，铜雀荒凉对暮云[5]。莫怪临风倍惆怅，欲将书剑学从军。

【注释】

[1] 陈琳，"建安七子"之一。他的墓在今江苏省邳县。

[2] 词客，犹言文人。这里指陈琳。

[3] 霸才，指杰出的政治、军事才能。

[4] 石麟，墓道前的石麒麟。春，一作"秋"。

[5] 铜雀，铜雀台，曹操所建。

经五丈原[1]

【解题】　这首诗凭悼了诸葛亮"出师未捷身先死"的悲剧命运。诗歌发唱惊挺，以想象之词渲染诸葛亮北伐的雄壮气势。"夜半"一句急转直下，颈联以叹惋之情发为议论，尾联与谯周作比，暗喻褒贬。

铁马云雕共绝尘[2]，柳营高压汉宫春[3]。天清杀气屯关右[4]，夜半妖星照渭滨[5]。下国卧龙空寤主[6]，中原得鹿不由人[7]。象床宝帐无言语[8]，从此谯周是老臣[9]。

【注释】

[1] 五丈原，在今陕西省眉县西南渭水南岸。三国时诸葛亮带兵北伐曹魏，病逝于此。

[2] 铁马，铁骑。云雕，指旗。云旗上画熊、虎。雕旗上画鸷鸟。绝尘，飞速前进。

[3] 柳营，即细柳营。西汉周亚夫屯兵于细柳，军纪严明。这里指蜀兵的营垒。汉宫，指西汉宫阙所在地长安。

[4] 杀气，战争气氛。关右，函谷关以西地区。

[5] 妖星，灾星。据《三国志·诸葛亮传》注引《晋阳秋》，诸葛亮临死之夜有"赤而芒角"的大星落在渭南。

[6] 下国，指蜀国。《左传》中称中原的诸侯国为上国，与南方吴、楚等国相对而言。蜀国僻处西南，与中原的曹魏相对而言，称之为"下国"。卧龙，指诸葛亮。《三国志·蜀书·诸葛亮传》，刘备在新野时，"徐庶见先主，先主器之，谓先主曰：'诸葛孔明者，卧龙也，将军岂愿见之乎？'"寤主，开导君主使醒悟。

[7] 得鹿，注见魏征《述怀》注[1]。

[8] 象床宝帐，祠庙中神龛里的陈设。

［9］谯周，字允南。诸葛亮死后，谯周为后主所宠信。魏将邓艾攻蜀时，谯周力主投降，后主从之。老臣，杜甫《蜀相》："两朝开济老臣心。"此处以谯周为老臣，有两相比对意。

瑶瑟怨[1]

【解题】 这首诗写女子的怨别之情。诗歌于优美明净的意境中透露出感伤的情调。

冰簟银床梦不成[2]，碧天如水夜云轻。雁声远向潇湘去，十二楼中月自明[3]。

【注释】

［1］瑶瑟，镶有玉的华美的瑟。

［2］冰簟，冰凉的竹席。

［3］十二楼，《史记·孝武本纪》集解引应劭曰："昆仑玄圃五城十二楼，此仙人之所常居也。"这里借指女子的居所。

陈　陶

陇西行

【解题】 《陇西行》，乐府旧题。这首诗写边塞战争的残酷。虽"不顾身"而终"丧胡尘"，何其悲壮；以"河边骨"而为"梦里人"，何其惨痛。诗歌形式工妙而命意深警。

誓扫匈奴不顾身，五千貂锦丧胡尘。可怜无定河边骨，犹是春闺梦里人。

【注释】

［1］貂锦，汉代羽林军穿锦衣貂裘，这里借指精锐部队。

［2］无定河，黄河支流，在山西省北部。

李商隐

蝉

【解题】 这首诗借咏蝉以抒怀，抒发了作者沉沦下僚的生命感伤。钱钟书先生评此诗："蝉饥而哀鸣，树则漠然无动，油然自绿也。树无情而人有情，遂起同感。蝉栖树上，却恝置之；蝉鸣非为'我'发，'我'却谓其'相警'，是蝉于我亦'无情'，而我与之为有情也。错综细腻。"

本以高难饱，徒劳恨费声。五更疏欲断[1]，一树碧无情。薄宦梗犹泛[2]，故园芜已平[3]。烦君最相警，我亦举家清。

【注释】

［1］疏欲断，指蝉声逐渐稀疏而几乎要断绝。

〔2〕薄宦，指小官。梗，指桃梗。《战国策》载，孟尝君要到秦国去，苏秦就用土偶人与桃梗的寓言来劝谏他：“今者臣来，过于淄上，有土偶人与桃梗相与语。桃梗谓土偶人曰：‘子西岸之土也，挺子以为人，至岁八月，降雨下，淄水至，则汝残矣。’土偶曰：‘不然，吾西岸之土也，土则复西岸耳。今子东国之桃梗也，刻削子为人，降雨下，淄水至，流子而去，则子漂漂者将何如耳？’”

〔3〕芜，草。陶渊明《归去来辞》：“归去来兮！田园将芜胡不归？”

晚　　晴

【解题】　这首诗描写初夏晚晴的情景，曲折地传达出作者情绪振奋的精神状态。

深居府夹城[1]，春去夏犹清。天意怜幽草，人间重晚晴。并添高阁迥[2]，微注小窗明[3]。越鸟巢干后，归飞体更轻。

【注释】

〔1〕深居，居处幽僻。夹城，两层城墙，中有通道。

〔2〕迥，远。

〔3〕注，流注。

哭刘司户蕡[1]

【解题】　这首诗哀悼刘蕡的贬死。诗人把对刘蕡的赞赏和彼此的情谊交织在哀悼的基调中，遂使感情无比沉痛。

路有论冤谪[2]，言皆在中兴[2]。空闻迁贾谊[3]，不待相孙弘[4]。江阔惟回首，天高但抚膺[5]。去年相送地，春雪满黄陵[6]。

【注释】

〔1〕刘蕡，字去华，幽州昌平（今北京市昌平）人。宝历二年（826）进士，曾任秘书郎。因正直敢言，批评宦官专权，被贬为柳州司户参军。大中三年（849）秋天，客死于浔阳。

〔2〕路，指路人。冤谪，含冤被贬。

〔3〕“言皆”句，指刘蕡的议论都意在中兴。

〔4〕贾谊，汉文帝曾一度任用贾谊为太中大夫，后因勋旧的排挤，出为长沙王太傅。令狐楚和牛僧孺都曾举荐刘蕡，但均未宦官所阻，反遭诬陷远谪。

〔5〕孙弘，公孙弘，汉武帝初用公孙弘为博士，因出使匈奴未合帝意，被免官。后又征为贤良文学，累官至丞相，封平津侯。

〔6〕抚膺，捶胸痛哭。

〔7〕黄陵，在今湖南省湘阴县境。古帝舜二妃娥皇、女英祠庙所在，当地称为黄陵庙。

哭刘蕡

【解题】　这首诗也是悲悼刘蕡的沉痛之作。方东树《昭昧詹言》：“一起沉痛，先叙情。三四追溯，五六顿转，收亲切沉着。"

上帝深宫闭九阍[1]，巫咸不下问衔冤[2]。黄陵别后春涛隔，溢浦书来秋雨翻[3]。只有安仁能作诔[4]，何曾宋玉解招魂[5]？平生风义兼师友，不敢同君哭寝门[6]。

【注释】

[1] 九阍（hūn），九重宫门。

[2] 巫咸，古代的神巫名。《离骚》："巫咸将夕降兮，怀椒糈而要之"，王逸注："古神巫也，当殷中宗之世。"

[3] 溢（pén）浦，又名溢口，在今江西省九江市西。

[4] "只有"句，晋潘岳，字安仁，"词藻绝艳，尤善为哀诔之文"（《晋书·潘岳传》）。诔，一种哀悼文。

[5] "何曾"句，王逸认为，《楚辞·招魂》是宋玉为招屈原之魂而作。

[6] 寝门，《礼记·檀弓上》载孔子语："师，吾哭诸寝；友，吾哭诸门。"

重过圣女祠[1]

【解题】 此诗虽题为《重过圣女祠》，论其性质，实亦无题之属。诗歌借圣女形象喻托生命沉沦之感，感情沉郁，意境飘渺。清冯浩《玉溪生诗集笺注》卷二："自巴蜀归，追忆开成二年事（按：开成二年（837）李商隐因令狐绹延誉，得中进士）。全以圣女自况。'沦谪'二字，一篇之眼，义山自慨由秘省清资而久外斥也。三四谓梦想时殷，好风难得，正顶次句之意。五六不第正写重过，实借慨投托无门，徒匆匆归去也。七句望入朝仍修好于令狐。八句重忆助之登第，即赴兴元而经此庙之年也。"集中另有《圣女祠》二首。

白石岩扉碧藓滋，上清沦谪得归迟[2]。一春梦雨常飘瓦[3]，尽日灵风不满旗[4]。萼绿华来无定所[5]，杜兰香去未移时[6]。玉郎会此通仙籍[7]，忆向天阶问紫芝[8]。

【注释】

[1] 圣女祠，或以为即陈仓（陕西省宝鸡市）的神女祠，或以为借指女道士的道观。

[2] 上清，道家认为，人天两界之外，别有玉清、太清、上清三种神仙居住的仙境。

[3] 梦雨，如梦一样飘忽迷离的雨。

[4] 灵风，仙风。

[5] 萼绿华，仙女名。据梁陶弘景《真诰·运象》，萼绿华自言是九疑山中得道女罗郁，晋穆帝时夜降羊权家，赠羊权诗一篇，火浣布手巾一方，金、玉条脱各一枚。

[6] 杜兰香，仙女名。据晋曹毗《神女杜兰香传》：杜兰香"家昔在青草湖，风溺，大小尽没。香年三岁，西王母接而养之昆仑之山，于今千岁矣。"

[7] 玉郎，天上掌管神仙名册的仙官。此处或指作者自己。仙籍，仙人的名籍。

[8] 天阶，天宫的台阶。紫芝，菌名，木耳的一种。

筹笔驿[1]

【解题】　诗歌感慨诸葛亮"出师未捷身先死"的悲壮人生，悼惜之情，溢于言表。何焯《义门读书记》卷五十七："议论固高，尤当观其抑扬顿挫处，使人一唱三叹，转有余味。"

　　猿鸟犹疑畏简书[2]，风云常为护储胥[3]。徒令上将挥神笔[4]，终见降王走传车[5]。管乐有才真不忝[6]，关张无命欲何如[7]？他年锦里经祠庙[8]，《梁父吟》成恨有馀[9]。

【注释】

　　[1] 筹笔驿，在绵州绵谷县（今四川省广元市）北九十里。三国时，诸葛亮曾驻兵于此，筹划军事，故名。

　　[2] 简书，古人把字写在竹简上，称为简书。这里指军用文书。《诗经·小雅·出车》："王事多难，不遑启居。岂不怀归，畏此简书。"

　　[3] 储胥，藩篱栅栏之类。这里指营垒。

　　[4] 上将，指诸葛亮。挥神笔，指筹划军事。

　　[5] 降王，指蜀后主刘禅。走传车，魏景元四年（263），邓艾伐蜀，刘禅出降，全家被送到洛阳。传（zhuàn）车，驿站所备长途旅行的车。

　　[6] 管乐，管仲、乐毅。《三国志·蜀书·诸葛亮传》："（诸葛亮）每自比于管仲、乐毅，时人莫之许也。"忝，愧。

　　[7] 关张，关羽、张飞。二人都是蜀汉大将，建安二十四年（219），关羽为孙权所杀，张飞被部下所刺。

　　[8] 锦里，在成都城南，有武侯祠。

　　[9]《梁父吟》，《乐府诗集·相和歌·楚调曲》旧题。《三国志·蜀书·诸葛亮传》："亮躬耕陇亩，好为《梁父吟》。"

即　　日

【解题】　诗歌以圆美流转之笔写伤春意绪；伤春而至于如此低回，如此沉痛，实寓一种好景不长的人生悲剧意识。何焯《义门读书记》卷五十七："一岁之花遽休，一日之光遽暮。真所谓刻意伤春者也。金鞍忽散，惆怅独归，泥醉无从，排闷不得，其强裁此诗，真有歌与泣俱者矣。"

　　一岁林花即日休，江间亭下怅淹留[1]。重吟细把真无奈[2]，已落犹开未放愁[3]。山色正来衔小苑，春阴只欲傍高楼。金鞍忽散银壶漏[4]，更醉谁家白玉钩[5]？

【注释】

　　[1] 淹留，滞留。

　　[2] 重吟，一再地吟咏。细把，仔细看。

[3] 未放愁，犹言未尽愁。

[4] 银壶，银制的漏壶。

[5] 白玉钩，古代宴饮时，有一种藏钩的游戏，白玉钩即指此种游戏。

无题二首
其 一

【解题】 这是一首爱情诗，写情人的别后相思。优美精致的语言和时空交织的写法，使诗歌呈现出意境凄清而深情绵渺的特点。

凤尾香罗薄几重[1]，碧文圆顶夜深缝[2]。扇裁月魄羞难掩[3]，车走雷声语未通。曾是寂寥金烬暗[4]，断无消息石榴红。斑骓只系垂杨岸[5]，何处西南待好风[6]。

【注释】

[1] 凤尾，罗上的花纹。香罗，指帐帏。

[2] 碧文圆顶，指帐顶。

[3] 月魄，月亮。

[4] 金烬，灯芯的馀火。

[5] 斑骓，毛色黑白相间的马。乐府《神玄曲·明下童曲》："陆郎乘斑骓，……望门不欲归。"

[6] "何处"句，化用曹植《七哀诗》："愿为西南风，长逝入君怀。"

其 二

【解题】 此首虽仍如上一首之深情绵渺，而以内心独白的形式写出，尤见体贴怜惜之意。

重帏深下莫愁堂[1]，卧后清宵细细长。神女生涯原是梦[2]，小姑居处本无郎[3]。风波不信菱枝弱[4]，月露谁教桂叶香？直道相思了无益[5]，未妨惆怅是清狂[6]。

【注释】

[1] 莫愁，《乐府·杂歌谣辞·河中之水歌》："河中之水向东流，洛阳女儿名莫愁。"这里指代作者思恋的女子。

[2] "神女"句，宋玉《神女赋序》："楚襄王与宋玉游于云梦之浦，使玉赋高唐之事。其夜王寝，果梦与神女遇，其状甚丽。"

[3] "小姑"句，《乐府·神弦歌·青溪小姑曲》："开门白水，侧近桥梁；小姑所居，读处无郎。"小姑，反之未嫁的少女。

[4] 信，任。风波不信，犹言不任风波，不堪风波。

[5] 直，犹就、即，假定之词。

[6] 清狂，犹言痴狂。

碧城三首（其一）[1]

【解题】 诗虽有题，实为无题，写孤寂相思之情。诗歌发挥想象，组织典故，景愈清而情愈深。

碧城十二曲阑干[2]，犀辟尘埃玉辟寒[3]。阆苑有书多附鹤[4]，女床无树不栖鸾[5]。星沉海底当窗见，雨过河源隔座看[6]。若是晓珠明又定[7]，一生长对水精盘[8]。

【注释】

[1] 碧城，仙人所居之地。《太平御览》："元始天尊居紫云之阁，碧霞之城。"

[2] "碧城"句，见温庭筠《瑶瑟怨》注［3］及戴叔伦《苏溪亭》注［2］。

[3] 犀辟尘埃，《述异记》："却尘犀，海兽也。然其角辟尘，致之于座，尘埃不入。"

[4] 阆（liàng）苑，阆风（山名，在昆仑之巅）之苑，仙人所居。

[5] "女床"句，《山海经》："女床之山有鸟焉，其状如翟而五采文，名曰'鸾鸟'。"

[6] 河源，黄河源头，这里指天河。据周密《癸辛杂识》引《荆楚岁时记》，汉张骞为寻河源，曾乘槎直至天河，遇到牛郎、织女。

[7] 若是，犹言怎能。晓珠，指日。《太平御览》引《周易参同契》："日为流珠。"

[8] 水精盘，即水晶盘，指月。

韩冬郎即席为诗相送[1]，一座尽惊。他日余方追吟"连宵侍坐徘徊久"之句，有老成之风，因成二绝寄酬，兼呈畏之员外（其一）[2]

【解题】 此诗称赞韩偓少年才俊。前二句忆旧，简洁有力；后二句称颂，委婉美妙。

十岁裁诗走马成[3]，冷灰残烛动离情。桐花万里丹山路[4]，雏凤清于老凤声[5]。

【注释】

[1] 韩冬郎，韩偓，小字冬郎。大中五年（851）秋末，李商隐离京赴梓州（州治在今四川三台）入东川节度使柳种郢幕，韩偓时年仅有十岁，即席赋诗赠别。

[2] 畏之员外，韩瞻，字畏之，韩偓的父亲，与李商隐为故交和连襟。

[3] 裁诗，创作诗歌。

[4] 丹山，山名，在今湖北巴东县西。

[5] 雏凤，据《晋书》，陆云幼时，闵鸿奇之，曰："此儿若非龙驹，当是凤雏。"

齐宫词

【解题】 此诗虽以"齐宫词"为题，内容实包括齐、梁两代；虽内容包括齐、梁两代，而以"九子铃"为之线索，绾合全篇。在兴亡的急剧转接和动静的强烈映衬中，揭示了荒淫误国的历史教训，痛斥了统治者不知反省的昏庸。

永寿兵来夜不扃[1]，金莲无复印中庭[2]。梁台歌管三更罢[3]，犹自风摇九子铃[4]。

【注释】

[1] "永寿"句，《南齐书·东昏侯本记》："废帝宝卷别为潘妃起神仙、永寿、玉寿三殿。皆匝饰以金璧。萧衍兵入建康，王珍国、张稷引兵入殿，御刀丰勇为之内应。宝卷方在含德殿作笙歌，兵入斩之。"扃，闭。

[2] 金莲，《南史·东昏侯本记》："东昏侯凿金为莲花贴地，令潘妃行其上。曰：'此步步生莲花也。'"

[3] 梁台，《容斋随笔》："晋宋后谓朝廷禁省为台，故称禁城为台城。"梁台，即梁宫。

[4] 九子铃，《南史·东昏侯本记》："庄严寺有九子铃，外国寺佛面有光相，禅灵寺塔诸宝珥，皆剥取以施潘妃殿饰。"

赵 嘏

长安秋望

【解题】 题一作《长安晚秋》。本篇于写景中表现思乡心理和伤秋情绪。

云物凄清拂曙流[1]，汉家宫阙动高秋。残星数点雁横塞，长笛一声人倚楼。紫艳半开篱菊静，红衣落尽渚莲愁[2]。鲈鱼正美不归去[3]，空戴南冠学楚囚[4]。

【注释】

[1] 云物，云气。拂曙流，在呈露着曙色的天空里往来浮动。

[2] 红衣，红莲花瓣。

[3] "鲈鱼"句，《晋书·张翰传》："翰因见秋风起，乃思吴中菰菜、莼羹、鲈鱼脍，曰：'人生贵得适志，何能羁宦数千里以要名爵乎？'遂命驾而归。"

[4] "空戴"句，《左传》成公九年："晋侯观于军府，见钟仪，问之曰：'南冠而絷者，谁也？'有司对曰：'郑人所献楚囚也。'"楚囚南冠，表示不忘故乡。作者思归而不得，故曰"空戴"。

江楼感旧

【解题】 诗歌写望月怀旧。情景配合，今昔对比，淡雅洗练，情味隽永。

独上江楼思渺然[1]，月光如水水如天。同来望月人何在？风景依稀似去年！

【注释】

[1] 渺然，悠远貌。

罗 隐

登夏州城楼[1]

【解题】 诗写秋末夏初登楼所见边塞景象。其感慨往事，自叹儒生无成，颇见诗人济世之志。

寒城猎猎戍旗风[2]，独倚危楼怅望中。万里山河唐土地，千年魂魄晋英雄[3]。离心不忍听边马，往事应须问塞鸿。好脱儒冠从校尉[4]，一枝长戟六钧弓[5]。

【注释】

[1] 夏州，又名榆林，故址在今陕西省横山县西。

[2] 猎猎，风声。戍旗，要塞戍军之旗。危楼，高楼。

[3] 晋英雄，东晋末，晋朝与大夏国的赫连勃勃作战，不少战士死于边塞。后后魏灭大夏，于其地置夏州。

[4] 校尉，武官名。

[5] 六钧弓，《左传·定公八年》："颜高之弓六钧。"六钧弓，用六钧膂力才能引满德硬弓。钧，三十斤。

雪

【解题】 诗歌以反常的构思表达了作者对贫苦民众的同情。

尽道丰年瑞，丰年事若何？长安有贫者，为瑞不宜多。

蜂

【解题】 这是一首以"蜂"为题的咏物诗。前后的反跌形成张力，结尾的反诘耐人寻味。

不论平地与山尖，无限风光尽被占。采得百花成蜜后，为谁辛苦为谁甜？

皮日休

汴河怀古（其二）[1]

【解题】 诗歌评论隋炀帝开凿运河的功过。

尽道隋亡为此河，至今千里赖通波。若无水殿龙舟事[2]，共禹论功不较多[3]？

【注释】

[1] 汴河，运河的一段，即通济渠。

［2］水殿龙舟，隋炀帝曾派黄门侍郎王弘等到江南造龙舟及杂船数百艘。"龙舟四重，高四十五尺，长二百丈，上重有正殿、内殿、东西朝堂，中二重有百二十房，皆饰以金玉，……别有浮景九艘，三重，皆水殿也"（见《资治通鉴》卷180）。

［3］较，唐人俗语，犹言"减"。

陆龟蒙

和袭美钓旅（其二）[1]

【解题】　诗歌写打渔归来的情景，雨后景物的动荡、阴暗反衬了家庭生活的温馨情味。

雨后沙虚古岸崩，鱼梁移入乱云层[2]。归来月堕汀洲暗，认得妻儿结网灯。

【注释】

［1］袭美，皮日休的表字。

［2］鱼梁，渔家编竹取鱼的横簖（duàn）。乱云，指水浪。

怀宛陵旧游[1]

【解题】　诗歌回忆往昔游览，既写出如画美景，又追思前人的文采风流。

陵阳佳地昔年游[2]，谢朓青山李白楼[3]。唯有日斜溪上思，酒旗风影落春流。

【注释】

［1］宛陵，今安徽省宣城市。本汉宛陵县，至晋属宣城郡，隋大业初改县名为宣城。

［2］陵阳，山名，在今宣城市北。旧传陵阳子明得仙于此，故名。这里指宣城。

［3］"谢朓"句，南朝诗人谢朓为宣城太守，曾赋诗记游敬亭山。李白游宣城时，有句云："谁念北楼上，临风怀谢公"（《秋登宣城谢朓北楼》）。北楼后改名为谢公楼、叠嶂楼，又名谪仙楼。

司空图

归王官次年作[1]

【解题】　诗歌写出隐居山中的闲适情趣，然而不免带有动乱时代的冷清、自怜意味。颈联是作者得意的写景名句（见《与李生论诗书》），确实"状难写之景如在目前"。"忘机渐喜逢人少"与"不必门多长者车"二句意嫌重复。

乱后烧残满架书，峰前犹自恋吾庐。忘机渐喜逢人少，缺粒空怜待鹤疏[2]。孤屿池痕春涨满，小栏花韵午晴初。酣歌自适逃名久，不必门多长者车^[3]。

【注释】

［1］王官，王官谷，中条山中山谷名，其中有司空图之父司空舆所建别墅，司空图曾隐居于此。

［2］缺粒，缺少粮食。

［3］门多长者车，《史记·陈丞相世家》："（陈平）家乃负郭穷巷，以弊席为门，然门外多有长者车辙。"

韦　庄

陪金陵府相中堂夜宴^[1]

【解题】　此诗写夜宴的歌舞盛况。八句可分前后两片看，都是先正写，后衬托。

满耳笙歌满眼花，满楼珠翠胜吴娃^[2]。因知海上神仙窟，只似人间富贵家。绣户夜攒红烛市^[3]，舞衣晴曳碧天霞。却愁宴罢青娥散^[4]，扬子江头月半斜。

【注释】

［1］金陵，指润州，即今江苏省镇江市。府相，对东道主周宝的敬称，当时周宝任镇海军节度使同平章事。中堂，大厅。

［2］吴娃，吴地的女子。

［3］攒，聚集。

［4］青娥，指年轻美貌的女子。

台城^[1]

【解题】　这是一首凭吊六朝兴亡的诗。将柳拟人化，写其无情，正衬出人的有情。

江雨霏霏江草齐^[2]，六朝如梦鸟空啼。无情最是台城柳，依旧烟笼十里堤。

【注释】

［1］台城，注见李商隐《齐宫词》注^[3]。

［2］霏霏，雨雪盛貌。

韩　偓

深　院

【解题】　此诗写院中景致，色彩鲜明，透露出无限生机。

鹅儿唼喋栀黄嘴^[1]，凤子轻盈腻粉腰^[2]。深院下帘人昼寝，红蔷薇架绿芭蕉。

【注释】

[1] 嗻喋（shàzhá），水鸟或鱼类聚食貌。栀黄，栀子提炼出的黄色。

[2] 风子，蛱蝶。

寒食夜

【解题】　这首诗写寒食深夜的景色。全诗描写浓郁美丽的春色和凄迷幽冷的夜色，只于第三句点出人事，透漏出一种寂寞怅惘的心境。

侧侧轻寒剪剪风[1]，小梅飘雪杏花红。夜深斜搭秋千索，楼阁朦胧烟雨中。

【注释】

[1] 剪剪，形容风轻微而带有寒意。

郑　谷

淮上与友人别

【解题】　这首诗写春日送别。客路相逢，复各奔南北，倍添凄楚。

扬子江头杨柳春[1]，杨花愁杀渡江人。数声风笛离亭晚，君向潇湘我向秦。

【注释】

[1] 扬子江，汉水及汉口以下东至扬州的长江古称扬子江。

杜荀鹤

春宫怨

【解题】　这首诗描写宫女幽寂苦闷的生活，寄托作者自己不遇知音的怨怅。诗歌风格温婉，寄托含蓄。"风暖"一联情辞俱美，颇为人所称道。

早被婵娟误[1]，欲妆临镜慵。承恩不在貌[2]，教妾若为容？风暖鸟声碎，日高花影重[3]。年年越溪女，相忆采芙蓉。

【注释】

[1] 婵娟，容态美好。

[2] 承恩，获得宠爱。

[3] 重，重叠。

[4] 越溪女，王维《西施咏》："朝为越溪女，暮作吴宫妃。"越溪（今浙江绍兴一带）女子以美貌著称。

送人游吴

【解题】 这首诗描写了苏州的水乡美景，并且代游人抒发了思乡之情。唯其地繁华富丽，足以留人，更见得思乡之情的深挚。

君到姑苏见[1]，人家尽枕河。古宫闲地少[2]，水巷小桥多。夜市卖菱藕，春船载绮罗。遥知未眠月，乡思在渔歌。

【注释】

[1] 姑苏，苏州古称姑苏。

[2] 古宫，姑苏是春秋时吴国都城，有宫殿苑囿之胜。

花蕊夫人

述亡国诗

【解题】 这首诗是后蜀亡国后诗人应宋太祖赵匡胤之命而作，谴责了后主君臣不战而降的卑劣行径。薛雪《一瓢诗话》："花蕊夫人'君王城上树降旗，妾在深宫那得知？'如其得知，又将如何？落句云：'十四万人齐解甲，更无一个是男儿。'何等气魄，何等忠愤！当令普天下须眉，一时俯首。"

君王城上树降旗[1]，妾在深宫那得知？十四万人齐解甲，更无一个是男儿。

【注释】

[1] "君王"句，965 年，宋将曹彬带兵入蜀，后蜀后主孟昶出降。

宋金部分

一、宋 词

晏殊词

踏莎行

【解题】　暮春傍晚，酒醒梦回，只见斜阳深院而不见伊人。怅惘之情，通过景物描写隐约地表露出来。全词以写景为主，以意象的清晰、主旨的朦胧而显示其深美而含蓄的魅力。调名由唐韩翃诗句"踏莎行草过春溪"而来。

小径红稀[1]，芳郊绿遍，高台树色阴阴见[2]。春风不解禁杨花[3]，蒙蒙乱扑行人面[4]。翠叶藏莺，朱帘隔燕[5]，炉香静逐游丝转。一场愁梦酒醒时，斜阳却照深深院。

【注释】

[1] 红稀：花儿稀少。红，指花。

[2] 阴阴见：暗暗显露。

[3] 禁：管束。

[4] 蒙蒙：迷迷蒙蒙。

[5] 翠叶藏莺，珠帘隔燕：意谓莺燕都深藏不见。这里的莺燕暗喻"伊人"。

浣溪沙

【解题】　此词慨叹人生有限，抒写离情别绪。

一向年光有限身。等闲[1]离别易销魂。酒筵歌席莫辞频。满目山河空念远，落花风雨更伤春。不如怜取眼前人。

【注释】

[1] 等闲：随时，经常。

柳永词

凤栖梧

【解题】　这是一首怀人词，直接以男子口吻言情，与晚唐五代爱情词之"代人揣想"不同。上片由望远而怀远，下片作相思"决绝语"。

伫倚危楼风细细[1]，望极春愁，黯黯生天际[2]。草色烟光残照里，无言谁会凭阑意？拟把疏狂图一醉[3]，对酒当歌[4]，强乐还无味[5]。衣带渐宽终不悔，为伊消得人憔悴[6]。

【注释】

[1] 伫倚：长久倚阑而立。危楼：高楼。

[2] 黯黯：昏暗貌。陈琳《游览》诗："萧萧山谷风，黯黯天路阴。"联系上句意谓：远望天边，昏暗一片，春愁也随之而生。

[3] 拟：打算。疏狂：狂荡，不受拘束。意同作者《鹤冲天》："未遂风云便，争不恣狂荡。"图：谋，求。

[4] 对酒当歌：曹操《短歌行》："对酒当歌，人生几何？"

[5] 强乐：强颜欢笑。强：勉强。

[6] 衣带渐宽：衣带宽松，意谓人逐渐消瘦。《古诗十九首》："相去日已远，衣带日已缓"。伊：她。消得：值得。此二句抒发对心上人刻骨铭心的恋情，凝重而含蓄深沉，是脍炙人口的名句。王国维《人间词话》曾借用来比喻古今成大事业大学问者必经三种境界之"第二境"。)

夜半乐

【解题】　这首词写羁旅行役，上片写路途所经、中片写目中所见，下片抒写离愁。作者以清劲之气、沉雄之魄、大开大阖之笔，言去国离乡之感，淋漓酣畅，气势恢宏。

冻云黯淡天气[1]，扁舟一叶，乘兴离江渚。渡万壑千岩，越溪深处[2]。怒涛渐息，樵风乍起[3]，更闻商旅相呼，片帆高举。泛画鹢、翩翩过南浦[4]。望中酒旆闪闪[5]，一簇烟村，数行霜树。残日下、渔人鸣榔归去[6]。败荷零落，衰杨掩映，岸边两两三三，浣纱游女。避行客，含羞笑相语。到此因念，绣阁轻抛，浪萍难驻[7]。叹后约、丁宁竟何据[8]。惨离怀、空恨岁晚归期阻。凝泪眼、杳杳神京路[9]。断鸿声远长天暮[10]。

【注释】

[1] 冻云：降雪前的凝云。

[2] 越溪：又名浣沙溪，在浙江会稽。

[3] 樵风：山林之风。

[4] 画鹢：船头画有鹢鸟的船。

[5] 酒斾：酒旗。

[6] 鸣榔：以长木条敲打船舷，以惊鱼而入网。

[7] 浪萍：浪中的浮萍，喻行踪漂泊不定。

[8] 丁宁：叮咛。

[9] 神京：汴京。

[10] 断鸿：孤雁。

苏轼词

临江仙·夜归临皋[1]

【解题】　此词以夜饮醉归这件生活小事为由，即兴抒怀，展现了作者谪居黄州时期旷达而又伤感的心境。

夜饮东坡醒复醉[2]，归来仿佛三更。家童鼻息已雷鸣。敲门都不应，倚杖听江声。长恨此身非我有，何时忘却营营[3]？夜阑风静縠纹平[4]。小舟从此逝，江海寄馀生。

【注释】

[1] 宋神宗元丰五年（1082）九月作于黄州。临皋，即临皋亭，乃长江边的一个水驿官亭，在黄州朝宗门外。作者元丰三年由定惠院移居于此。

[2] 东坡，本为黄州城东的旧营地。作者于本年春在此开荒植树，仰慕白居易在四川忠州东坡躬耕之事，遂名此地为"东坡"，并取以为号。又建雪堂，其时堂未建成，故仍回临皋止宿。

[3] 恨，感到缺憾。营营，为名利所纷扰。

[4] 夜阑，夜深。縠，有皱纹的纱。縠纹，喻指水面上细小的波纹。

八声甘州·寄参寥子[1]

【解题】　此词作于元祐六年（1091），是寄赠之作。表达了作者与友人参寥子相契如一的志趣和亲密无间的感情。

有情风、万里卷潮来，无情送潮归。问钱塘江上，西兴浦口[2]，几度斜晖。不用思量今古，俯仰昔人非。谁似东坡老，白首忘机[3]。记取西湖西畔，正暮山好处，空翠烟霏。算诗人相得[4]，如我与君稀。约他年、东还海道，愿谢公、雅志莫相违[5]。西州路，不应回首，为我沾衣[6]。

【注释】

[1] 参寥子：即僧人道潜，字参寥，浙江于潜人。精通佛典，工诗，苏轼与之交厚。公元1091年，苏轼应召赴京后，寄赠他这首词。

[2] 西兴：即西陵，在钱塘江南，今杭州市对岸，萧山县治之西。

[3] 忘机：忘却世俗的机诈之心。李白《下终南山过斛斯山人宿置酒》："我醉君复乐，陶然共忘机。"苏轼《和子由送春》："芍药樱桃俱扫地，鬓丝禅塌两忘机。"

[4] 相得：相投合。

[5] "约他年"三句：以东晋谢安的故事喻归隐之志。《晋书·谢安传》："安虽受朝寄，然东山之志，始末不渝。"

[6] "西州路"三句：据《晋书·谢安传》，太山人羊昙素为谢安所重。谢安过西州门病死之后，羊昙"辍乐弥年，行不由西州路。"此处是说自己要实现谢公之志，要参寥子不要像羊昙一样痛哭于西州路。

蝶恋花·春景[1]

【解题】　这是一首感叹春光流逝、佳人难见的小词，词人的失意情怀和旷达的人生态度于此亦隐隐透出。

花褪残红青杏小。燕子飞时，绿水人家绕。枝上柳绵吹又少[2]。天涯何处无芳草。墙里秋千墙外道。墙外行人，墙里佳人笑。笑渐不闻声渐悄。多情却被无情恼[3]。

【注释】

[1] 宋哲宗绍圣三年（1096）作于惠州贬所，甚或更早。

[2] 柳棉：柳絮。

[3] 悄：消失。多情：指墙外行人。无情：指墙里佳人。

秦观词

满庭芳[1]

【解题】　这首词铺写男女恋人离别时的哀愁之情，以寄托自己仕途蹭蹬不遇的感怀。

山抹微云，天粘衰草[2]，画角声断谯门[3]。暂停征棹[4]，聊共引离尊[5]。多少蓬莱旧事[6]，空回首、烟霭纷纷[7]。斜阳外，寒鸦万点，流水绕孤村[8]。销魂。当此际[9]，香囊暗解，罗带轻分[10]。谩赢得、青楼薄幸名存[11]。此去何时见也，襟袖上、空惹啼痕[12]。伤情处，高城望断，灯火已黄昏[13]。

【注释】

[1] 满庭芳：词牌名。又名《满庭霜》等。双调九十五字，平韵。

[2] 抹：涂抹，染上。粘：一作"连"。

[3] 画角：军中用的涂有颜色的号角。谯门：即谯楼。建筑在城门上的高楼，用来了望敌人。

[4] 征棹：远行的船。

[5] 引离尊：在饯别的筵席上连续不断地举杯劝酒。引：举。尊：酒器。

[6] 蓬莱旧事：男女间的爱情往事。

[7] 烟霭：指云雾。

[8] 寒鸦万点，流水绕孤村：以上两句袭用隋炀帝杨广诗句："寒鸦千万点，流水绕孤村。"

[9] 消魂：形容因悲伤或快乐到极点而心神恍惚不知所以的样子。

[10] 香囊：装香料的荷包。古代赠香囊以表示别情。罗带：丝织的带子。

[11] 漫：徒然。青楼：妓女的住所。薄幸：薄情。套用唐杜牧《遣怀》："十年一觉扬州梦，赢得青楼薄幸名。"诗句。

[12] 啼痕：泪迹

[13] 高城望断，灯火已黄昏：借用唐欧阳詹《初发太原途中寄太原所思》："高城已不见，况复城中人。"之意。

浣溪沙

【解题】　此词描写了一幅晚春拂晓清寒景象。

漠漠轻寒上小楼[1]，晓阴无赖似穷秋[2]，淡烟流水画屏幽[3]。自在飞花轻似梦，无边丝雨细如愁[4]，宝帘闲挂小银钩。

【注释】

[1] 漠漠：像轻清寒一样的冷漠。

[2] 晓阴：早晨天阴着。穷秋：秋天走到了尽头。

[3] 幽：意境悠远。

[4] 丝雨：细雨。

贺铸词

芳心苦

【解题】　此词咏秋荷，于红衣脱尽，芳心含苦时，迎潮带雨，依依人语，自有一种幽情盘结其间，令人魂断。前人谓贺铸"戏为长短句，皆雍容妙丽，极幽闲思怨之情"。以此词观之，可谓知言。

杨柳回塘[1]，鸳鸯别浦[2]。绿萍涨断莲舟路。断无蜂蝶慕幽香，红衣脱尽芳心苦[3]。返照迎潮，行云带雨[4]。依依似与骚人语[5]。当年不肯嫁春风，无端却被秋风误[6]。

【注释】

[1] 回塘：环曲的水塘。

[2] 别浦：水流的叉口。

[3] 红衣：此指红荷花瓣。

[4] 芳心：莲心。

[5] 返照：夕阳的回光。

[6] 骚人：诗人。

[7] "当年"句：韩偓《寄恨》诗云："莲花不肯嫁春风。"

周邦彦词

兰陵王·柳

【解题】　这首词的题目"柳"，内容却不是咏柳，而是伤别。古代有折柳送别的习俗，所以诗词里常用柳来渲染别情。这首词是周邦彦写自己离开京华时的心情。

柳阴直[1]，烟里丝丝弄碧[2]。隋堤上、曾见几番，拂水飘绵送行色[3]。登临望故国。谁识。京华倦客[4]。长亭路，年去岁来，应折柔条过千尺[5]。闲寻旧踪迹。又酒趁哀弦，灯照离席[6]。梨花榆火催寒食[7]。愁一箭风快，半篙波暖，回头迢递便数驿[8]。望人在天北[9]。凄恻。恨堆积。渐别浦萦回，津堠岑寂[10]。斜阳冉冉春无极。念月榭携手，露桥闻笛[11]。沈思前事，似梦里，泪暗滴。

【注释】

[1] 直：柳阴连成一条直线。

[2] 烟：薄雾。弄：飘拂。

[3] 隋堤：汴河之堤，隋炀帝时所修。飘绵：指柳絮随风飘扬。行色：行为出发时情状。

[4] 京华：京师。

[5] 长亭：路旁供行人休息或送别的亭子。柔条：柳枝。古人有折柳赠别之习。

[6] 趁：逐，追随。哀弦：哀怨的乐声。

[7] 寒食：清明前一天为寒食。榆火：朝廷于清明节取榆、柳之火以赐百官。

[8] 迢递：遥远。驿：驿站。

[9] 望人：送行人。

[10] 津堠：码头上守望的地方。津：渡口。堠：哨所。岑寂：空寂静谧。

[11] 月榭：月光下的楼台。露桥：布满露珠的桥梁。

李清照词

满庭芳

【解题】　此词当为清照南渡前的词作，是首咏梅词。与李清照《孤雁儿》一样，具有自己独特的艺术构思，不同于一般的咏梅词。作者将梅放在人物的生活、活动中加以描写和赞颂，把相思与咏梅结合起来，托物言情，寄意遥深。

小阁藏春，闲窗销昼，画堂无限深幽。篆香烧尽[1]，日影下帘钩[2]。手种江梅更好，又何必、临水登楼？无人到，寂寥浑似、何逊在扬州[3]．从来，如韵胜[4]，难堪雨藉，不耐风揉[5]．更谁家横笛[6]，吹动浓愁？莫恨香消玉减，须信道、扫迹难留。难言处，良窗淡月，疏影尚风流[7]。

【注释】

[1] 篆香：一种印有篆文的熏香。

[2] 帘钩：挂帘的钩子。

[3] 寂寥：寂静、空旷。浑似：简直像。何逊在扬州：何逊，南朝梁诗人。于天监年中年在扬州（今南京）任建安王记室。

[4] 韵胜：指梅花的风韵逸群，超出一般。

[5] 藉：踏，这里是侵害的意思。不耐：禁受不了。

[6] 笛：指梅笛。

[7] 疏影：梅花稀疏的影子。

念奴娇·春情

【解题】 根据词意，这首词当作于南渡之前。词人独处深闺，每当春秋暇日，一种离情别绪便油然而生。这首词写的就是春日离情。

萧条庭院，又斜风细雨，重门须闭。宠柳娇花寒食近[1]，种种恼人天气。险韵诗成[2]，扶头酒醒[3]，别是闲滋味。征鸿过尽，万千心事难寄。楼上几日春寒，帘垂四面，玉栏干慵倚。被冷香销新梦觉，不许愁人不起。清露晨流，新桐初引[4]，多少游春意！日高烟敛，更看今日晴未？

【注释】

[1] 宠柳娇花：花与柳如宠儿娇女，成为备受人们爱怜的角色。

[2] 险韵诗：指用冷僻难押的字押韵做诗。

[3] 扶头酒：是饮后易醉的一种酒。

[4] "清露晨流，新桐初引"：写晨起时庭院中清新明丽的景色。

朱淑真词

减字木兰花·春怨

【解题】 朱淑真是一位通音律、工诗词的才女。她的婚姻很不美满，婚后抑郁寡欢，故诗词中"多忧愁怨恨之语"。

独行独坐，独倡独酬还独卧。伫立伤神，无奈轻寒著摸人[1]．此情谁见，泪洗残妆无一半。愁病相仍，剔尽寒灯梦不成。

【注释】

[1] 著摸：有撩拨、沾惹之意。如孔平仲《怀蓬莱阁》诗："深林鸟语流连客，野径花

香着莫人。"意思相近。

辛弃疾词

南乡子

【解题】 这首咏史词以三国旧事来抒发对时局的忧患，充分展示了辛词豪放的风格。

何处望神州？满眼风光北固楼。千古兴亡多少事？悠悠，不尽长江滚滚流。年少万兜鍪[1]，坐断东南战未休[2]。天下英雄谁敌手？曹刘。生子当如孙仲谋。

【注释】

[1] 兜鍪：即头盔，此处借指士兵。

[2] 坐断：占据、割据。

八声甘州

夜读《李广传》，不能寐，因念晁楚老、杨民瞻约同居山间，戏用李广事，赋以寄之。

【解题】 辛弃疾二十三岁即起兵抗金，南归以后亦所至多有建树。但因为人刚正不阿，敢于抨击邪恶势力，遭到朝中奸臣的忌恨，不仅未能实现恢复中原的理想，且被诬以种种罪名，在壮盛之年削除了官职。他的这种遭遇，极似汉时名将李广。这首词即借李广功高反黜的不平遭遇，抒发作者遭谗被废的悲愤心情。

故将军饮罢夜归来，长亭解雕鞍。恨灞陵醉尉[1]，匆匆未识，桃李无言[2]。射虎山横一骑，裂石响惊弦[3]。落魄封侯事，岁晚田园[4]。谁向桑麻杜曲，要短衣匹马[5]，移住南山？看风流慷慨，谈笑过残年。汉开边，功名万里，甚当年健者也曾闲？纱窗外，斜风细雨，一阵轻寒。

【注释】

[1] "故将军"三句。据《史记·李将军列传》载李广罢官闲居时，"尝夜从一骑出，从人田间饮。还至

霸陵亭。霸陵尉醉，呵止广。广骑曰：'故李将军'。尉曰：'今将军尚不得夜行，何乃故也！'止广宿亭下。"

[2] "桃李"句：《史记·李将军列传》对李广的赞辞"桃李无言，下自成蹊"。

[3] "射虎"句：《史记·李将军列传》载："广出猎，见草中石，以为虎而射之。中石，没镞。视之，石也。"

[4] "落魄"句：《史记·李将军列传》载李广语云："自汉击匈奴而广未尝不在其中，而诸部校尉以下，才能不及中人，然以击胡军功取侯者数十人，而广不为后人，然无尺寸之功以得封邑者何也？"

[5] "谁向"句：杜甫《曲江三章》第三首"自断此生休问天，杜曲幸有桑麻田，故将移住南山边，短衣匹马随李广，看射猛虎终残年"诗句。

贺新郎

邑中园亭，仆皆为赋此词。一日，独坐亭云，水声山色，竞来相娱，意山欲援例者，遂作数语，庶几仿佛渊明思亲友之意云。

【解题】 辛弃疾于江西上饶带湖闲居达十年之久后，绍熙三年（1192）春，被起用赴福建提点刑狱任。绍熙五年（1194）秋七月，以谏官黄艾论列被罢帅任。主管建宁府武夷山冲佑观。次年江西铅山期思渡新居落成，"新葺茅檐次第成，青山恰对小窗横"（《浣溪沙·瓢泉偶作》）。这首词就是为瓢泉新居的"停云堂"题写的。

甚矣吾衰矣[1]。恨平生、交游零落，只今余几！白发空垂三千丈[2]，一笑人间万事。问何物、能令公喜[3]？我见青山多妩媚，料青山、见我应如是。情与貌，略相似。一尊搔首东窗里。想渊明、停云诗就，此时风味[4]。江左沉酣求名者，岂识浊醪妙理[5]。回首叫、云飞风起[6]。不恨古人吾不见，恨古人、不见吾狂耳[7]。知我者，二三子[8]。

【注释】

[1]"甚矣"句：源于《论语·述而》："甚矣吾衰也！久矣吾不复梦见周公"。

[2]"白发"句：李白《秋浦歌十七首》其十五云："白发三千丈，缘愁似个长"。

[3]"问何物"句：借用《世说新语·宠礼篇》："王珣、郗超并有奇才，为大司马所眷拔。珣为主薄，超为记室参军。超为人多髯，珣状短小，于时荆州为之语曰：髯参军，短主薄，能令公喜，能令公怒"。

[4]"一尊"句：化用陶渊明《停云》诗："静寄东轩，春醪独抚。良朋悠悠，搔首延伫"。

[5]"江左"句：苏轼《和陶渊明饮酒诗》："道丧士失己，出语辄不情。江左风流人，醉中亦成名。渊明独清真，谈笑得此生！"又，杜甫《晦日寻崔戢李封》诗："浊醪有妙理，庶用慰沉浮"。这里作者以清真的渊明自比，借对晋室南迁后风流人物的批评，斥责南宋自命风流的官僚只知道追求个人私利，不顾国家存亡。

[6]云飞风起：刘邦诗："大风起兮云飞扬，威加海内兮归故乡。"

[7]"不恨"二句，用《南史》卷三十二《张融传》："不恨我不见古人，所恨古人又不见我。

[8]"知我者"句：《论语·述而》："二三子以我为隐乎"？作者在《水调歌头·我亦卜居者》亦云："二三子者爱我，此外故人疏"。感叹知音稀少，情怀寂寞。

姜夔词

玲珑四犯·越中岁暮闻箫鼓感怀[1]

【解题】 《玲珑四犯》为姜夔自度曲。这首岁暮感怀词，寓身世飘零之感。

叠鼓夜寒[2]，垂灯春浅[3]，匆匆时事如许[4]。倦游欢意少[5]，俯仰悲今古。江淹又吟恨赋[6]。记当时、送君南浦。万里乾坤，百年身世，唯有此情苦。扬州柳垂官路。有轻盈换马[7]，端正窥户[8]。酒醒明月下，梦逐潮声去。文章信美知何用，漫赢得、天涯羁旅。教说与。春来要寻花伴侣[9]。

【注释】

[1] 据夏承焘考证，此词作于绍熙四年（1193），作者"客绍兴"时（《姜白石词编年·行实考》）。越中：此处指今浙江绍兴，曾为春秋越国都城。箫鼓：用箫和鼓演奏，以迎新春。此为昔时岁暮习俗。

[2] 叠鼓：接连不断的鼓声。

[3] 垂灯：悬挂彩灯。春浅：谓春意浅浅。

[4] 如许：像这样。范成大《盘龙驿》诗："行路如许难，谁能不华发。"

[5] 倦游：厌倦于行旅生涯。

[6] 恨赋：南朝江淹以《恨赋》《别赋》著名。

[7] 换马：古乐府《杂曲歌辞》有《爱妾换马》篇；此以"换马"为美女代称。

[8] 窥户：美女在门户窥望。

[9] 要：约请；迎候。《诗·鄘风·桑中》："期我乎桑中，要我乎上宫。"花伴侣：指南浦所送之君。

暗　香

原序：辛亥之冬[1]，予载雪诣石湖[2]。止既月[3]，授简索句，且征新声，作此两曲。石湖把玩不已，使工妓隶习之，音节谐婉，乃名之曰《暗香》《疏影》。

【解题】　本篇为作者咏梅名作之一。本篇在咏梅同时抒发了怀念故人的情怀。上片描写当年月下抚笛和伊人寒夜摘梅的往事，抒写今昔之慨。下片以驿寄梅花抒写怀人相思之情。

旧时月色。算几番照我，梅边吹笛。唤起玉人，不管清寒与攀摘。何逊而今渐老[4]，都忘却、春风词笔。但怪得、竹外疏花，香冷入瑶席[5]。江国。正寂寂。叹寄与路遥，夜雪初积。翠尊易泣[6]。红萼无言耿相忆[7]。长记曾携手处，千树压、西湖寒碧[8]。又片片、吹尽也，几时见得。

【注释】

[1] 辛亥：光宗绍熙二年。

[2] 石湖：在苏州西南，与太湖通。范成大居此，因号石湖居士。

[3] 止既月：指住满一月。

[4] 何逊：南朝梁诗人，早年曾任南平王萧伟的记室。任扬州法曹时，廨舍有梅花一株，常吟咏其下。后居洛思之，请再往。抵扬州，花方盛片，逊对树彷徨终日。杜甫诗"东阁官梅动诗兴，还如何逊在扬州。"

[5] 但怪得：惊异。

[6] 翠尊：翠绿酒杯，这里指酒。

[7] 红萼：指梅花。

[8] 千树：杭州西湖孤山的梅花成林。

吴文英词

齐天乐·与冯深居登禹陵[1]

【解题】 此首亦为登临怀古之作。由缅怀大禹业绩而兴发吊古伤令之思，包孕密致，意象跳脱，尤能以灵气运化之笔，使神话与幻想、联想交织。其用字用句，初观之，不免"堆垛"、"晦涩"；仔细寻绎，则脉络贯通，前后照应，法密而律精，正为梦窗擅长。

三千年事残鸦外[2]，无言倦凭秋树[3]。逝水移川，高陵变谷，那识当年神禹[4]？幽云怪雨，翠萍湿空梁，夜深飞去[5]。雁起青天，数行书似旧藏处[6]。寂寥西窗久坐，故人悭会遇，同剪灯语[7]。积藓残碑，零圭断璧[8]，重拂人间尘土[9]。霜红罢舞[10]，漫山色青青，雾朝烟暮。岸锁春船，画旗喧赛鼓[11]。

【注释】

[1] 冯深居：即冯去非，号深居，淳枯进士，为作者好友；曾因反对当时权臣而被免宫。禹陵，《疆村丛书·梦窗词集小笺》引《一统志》："禹陵在会稽山，禹庙侧。"相传大禹南巡至会稽而亡，因葬焉。又传说大禹治水到此，得金简玉书；治水毕，藏书于此。

[2] 三千年：虚指。追思大禹业绩，已成往事。犹杜牧《登乐游原》诗境："长空澹澹孤鸟没，万古销沉向此中。"

[3] 无言：含有不忍名言、不能明言止痛。倦：既为登临之劳倦，也是茫茫人生之感。

[4] "逝水"三句：与首句"三千年事"相应，追怀当年大禹治水功绩。杨铁夫《笺释》："治水功绩，不用正诠而用翻诘，言至今日桑沧变迁，又谁识神禹之功绩乎？笔不钝置，言下有感慨。"

[5] 梁：当为禹庙之梅梁。据嘉泰《会稽志》卷六：梁时修禹庙，"唯欠一梁，俄风雨大至，湖中得一木，取以来梁，即'梅梁'也。夜或大雷雨，梁辄失去，比复归，水草被其上，人以为神，縻以大铁绳，然犹时一失之。"萍：同"萍"。盖为神梁飞返时有湖中水藻沾带于梁上也。又《楚辞·天问》"萍号起雨"王逸注：萍，萍翳，雨师名也……言雨师号呼，则云起前雨下。以上三句，神话与幻想交织，增恍惚幽怪之感及渺茫怀古之思。

[6] 雁起、数行书：谓群雁飞起，排成"一"字或"人"字形行列，像写向青天的行行大字。旧藏处：旧传禹藏玉匮书于会稽之宛委石匮山。此二句，就眼前景物寄慨，仍不离大禹事迹。

[7] 寂寥：寂寞寥落，指人生亦指心境。西窗、剪灯：化用李商隐诗："何当共剪西窗烛，却话巴山夜雨时。"（《夜雨寄北》）悭（qiān）：不多；稀少。

[8] 残碑：禹陵的古碑。圭、璧：禹庙遗物。此二句谓古物残存，令人凭吊而已。犹李白《襄阳歌》："君不见晋朝羊公一片古碑材，龟头剥落生莓苔。"

[9] "重拂"句：谓摩挲碑壁，拂拭尘埃；非仅拂拭自然的尘土，而暗寓了拂去历史的尘埃，使大禹之功业重放光彩。

[10]"霜红"：杜牧《山行》："霜叶红于二月花。"罢舞：谓彼经霜之红叶，虽有弄舞之姿，而终归于空灭无有而已，意境哀艳凄迷。

[11]"岸锁"两句：记祀禹之祭神赛会。

刘克庄词

沁园春·梦孚若[1]

【解题】 这首词采用虚实结合的手法，打破时空局限，以梦境写思念的友人，将那种怀才不遇的愤懑之情，淋漓尽致的表达了出来。

何处相逢？登宝钗楼，访铜雀台[2]。唤厨人斫就，东溟鲸脍[3]；圉人呈罢，西极龙媒[4]。天下英雄，使君与操，馀子谁堪共酒杯[5]？车千乘，载燕南赵北，剑客奇才[6]。饮酣画鼓如雷，谁信被晨鸡轻唤回[7]。叹年光过尽，功名未立；书生老去，机会方来。使李将军，遇高皇帝，万户侯何足道哉[8]！披衣起，但凄凉感旧，慷慨生哀[9]。

【注释】

[1]孚若：方信孺（1176－1222），字：孚若，作者同乡、挚友。史称方孚若刚正有气节，曾三次使金"不少屈慑"（《后村词笺注》卷三引《方公墓志铭》）仕途中屡遭降免，年仅四十六而卒。

[2]宝钗楼：旧址在今陕西咸阳市，汉武帝时所建。陆游《对酒》诗："但恨宝钗楼，胡沙隔咸阳"自注："宝钗楼，咸阳旗亭也。"铜雀台：旧址在今河南临漳县西南，三国时曹操所建。

[3]厨人：厨师。斫：用刀砍。东溟鲸：东海长鲸。

[4]圉人：养马人。

[5]"天下"三句：用曹操语，借比作者和方孚若。《三国志·蜀书·先主传》："曹公从容谓先主曰'今天下英雄，惟使君与操耳，本初之徒，不足数也。'"馀子：其他的人。

[6]"车千"三句：用夸张笔法，展示欲揽四方豪杰的雄大之志。燕赵南北：指今河北、山西一带。两："辆"的古字。

[7]"饮酣"：比喻豪饮。画鼓：画饰的更鼓；一作"鼻息"。被晨鸡轻唤回：暗用"闻鸡起舞"典事，喻奋发之志。

[8]"使李"三句：引汉文帝对李广语，叹怀才不遇。《史记·李将军列传》载汉文帝谓李广曰："惜乎！子不遇时。如令子当高帝时，万户侯岂足道哉！"

[9]"披衣起"三句：追怀旧友，感慨万端。

张炎词

八声甘州

庚寅岁[1]，沈尧道同余北归，各处杭、越[2]。逾岁，尧道来问寂寞，语笑数日，又复别去。赋此曲，并寄赵学舟[3]。

【解题】 本篇为赠友抒怀之作，写于作者自元都南返后翌年（1292）。起时上距宋亡已十余年，作者历尽沧桑之痛。因而，此篇虽非以言志方式直抒胸中《黍离》之悲，然整首词能用隐晦曲折之比兴手法，于悲今悼昔、触景伤情中，备写亡国遗民凄寂之怀，词情尤显低沉哀婉，苍凉悲怆。

记玉关[4]、踏雪事清游。寒气脆貂裘[5]。傍枯林古道，长河饮马，此意悠悠[6]。短梦依然江表[7]，老泪洒西州[8]。一字无题处，落叶都愁[9]。载取白云归去[10]，问谁留楚佩，弄影中洲[11]。折芦花赠远，零落一身秋[12]。向寻常、野桥流水，待招来、不是旧沙鸥[13]。空怀感，有斜阳处，却怕登楼[14]。

【注释】

　　[1] 庚寅岁：《四印斋》本作"辛卯岁"，应从之，指元世祖至元二十八辛卯（1291）年。

　　[2] 尧道：名钦、号秋江，张炎之友。元世祖二十七年庚寅（1290）秋，张炎与沈尧道等人同被招赴大都写金字《藏经》，于次年从北南归。沈回南后居住杭州，张居住越州（今浙江绍兴）。

　　[3] 赵学舟：名与仁，号学舟；亦赴北写《经》之伴。

　　[4] 玉关：玉门关。此泛指北边地关山。

　　[5]"寒气"句：写北国寒冷的天气，冻得貂皮裘都发脆。岑参《北庭贻宗学士道别》："衣裘脆边风。"

　　[6] 长河：黄河。此意：一作"此事"。悠悠：遥远；无穷尽。

　　[7]"短梦"句：谓作者北游匆促，倏然如梦；而梦醒后，依然在江南滞留。江表：指江南。周邦彦《隔浦莲》词："屏里吴山梦自到，惊觉，依然身在江表。"

　　[8] 泪洒西州：《晋书·谢安传》：安外甥羊昙，"知名士也，为安所爱重"。安扶病还都时曾过西州门；安薨后，昙"辍乐弥年，行不由西州路"，尝大醉，"不觉至州门，……恸哭而去"。西州：健康城西门，为东晋京都之地，在今南京西；借此言南宋故都杭州，由感旧之悲而寄寓家国存亡之恸。

　　[9]"一字"二句：谓满腔的幽怨无处书写，就连片片枯叶上都是忧愁。系翻用唐人红叶题诗之典，而抒发亡国遗民的哀愁。

　　[10] 白云：象征隐居。陶弘景《诏问山中何所有赋诗作答》："山中何所有，岭上朵白云。只可自怡悦，不堪持赠君。"此谓沈氏来访后，又归隐故居。

　　[11] 楚佩、中洲：皆出《楚辞·湘君》中语："捐余玦兮江中，遗余佩兮澧浦。""君不行兮夷犹，蹇谁留兮中洲。"本写湘夫人对于湘君的怀念，此借喻与友人别后依恋之情和彷徨之感。

　　[12]"折芦花"二句：古人常用"折梅赠远"，此以残秋枯苇为所赠之物，意在向友人倾吐"零落一身秋"之痛感，意极悲怆。陈廷焯评："'折芦花'十字警绝。"（《词则·大雅集》卷四）

　　[13] 旧沙鸥：古人以与沙鸥结盟相守喻隐居；这里隐写同此志向的旧友。用"不是"语衬出物事皆非之凄况。

[14]"空怀感"三句：与辛弃疾词"休去倚危栏，斜阳正在，烟柳断肠处"（《摸鱼儿》）同一结法，亦隐含家国之悲。登楼：东汉末年王粲避乱荆州，作《登楼赋》抒故国、怀人之情。

二、宋金诗

林逋诗

孤山寺端上人房写望[1]

【解题】 诗歌展现出高僧端上人日日仙居之清雅空寂的生活环境，这恰恰与诗人断绝尘想、潇洒物外的恬静心境、闲逸情致相吻合。

底处凭阑思眇然[2]，孤山塔后阁西偏[3]。阴沉画轴林间寺[4]，零落棋枰葑上田[5]。秋景有时飞独鸟，夕阳无事起寒烟。迟留更爱吾庐近，只待重来看雪天。

【注释】

[1] 端上人：名端的和尚。上人：和尚的尊称。

[2] 底处：何处。阑：栏杆。眇：高远，辽远。

[3] 偏：边。

[4] 阴沉画轴：诗人身处佛地，古木参天而暮色苍茫，眼前图景如一幅褪色的画。阴沉：黯淡。

[5] 枰：棋盘。葑：菰根，俗称茭白根。葑上田：又称架田。古人活用水田，将木框浮于水面，框内充满葑泥，水涨水落而架田不颠覆。

欧阳修诗

晚泊岳阳

【解题】 此诗为欧阳修舟行岳阳夜泊城下而作。叙写旅客漂泊况味和惆怅，表现思乡盼归的情态，将复杂曲折的情思深寓于平淡自然的景物描写，使情景晶水乳交融。诗风含蓄深婉，语言平易流畅。

卧闻岳阳城里钟，系舟岳阳城下树。正见空江明月来，云水苍茫失江路。夜深江月弄清辉，水上人歌月下归；一阕声长听不尽[1]，轻舟短楫去如飞[2]。

【注释】

[1] 阕：歌曲或词的单位名词，一首叫一阕。

[2] 短楫：短桨。楫：船桨。短曰楫，长曰櫂。

春日西湖寄谢法曹歌

【解题】 全诗以"万里"一句为界分为两部分,前半写西湖景色及朋友相念之情;后半写自己异乡逢春的新鲜见闻和落寞情怀。

西湖春色归,春水绿于染。群芳烂不收,东风落如糁[1]。参军春思乱如云,白发题诗愁送春,遥知湖上一樽酒,能忆天涯万里人。万里春思尚有情,忽逢春至客心惊,雪消门外千山绿,花发江边二月晴。少年把酒逢春色,今日逢春头已白,异乡物态与人殊,惟有东风旧相识。

【注释】

[1] 糁:名词,谷类磨成的碎粒。

王安石诗

夜　　直

【解题】 此诗为王安石任翰林学士的次年即熙宁二年(1069)春作,时安石为参知政事,得神宗支持实行新政,有知遇之喜,然又遭保守派阻碍之忧。诗写在汴京馆阁值夜班难以入眠的情景。通过春夜景象的描写表现君臣际遇之情,寓有言外之意,含蓄深婉,精丽雅致。

金炉香尽漏声残[1],翦翦轻风阵阵寒[2]。春色恼人眠不得[3],月移花影上栏干。

【注释】

[1] 金炉:铜制的香炉。漏声:漏壶的滴水声。漏壶为古代利用滴水多少来计量时间的一种仪器。

[2] 翦翦:犹风轻微而带有寒意。

[3] 恼人:撩拨人。

葛溪驿[1]

【解题】 此诗为嘉祐三年(1058)秋天,诗人途经葛溪驿(今江西弋阳)作。写病中行旅思乡之愁。国事时局之忧,并流露仕途进退的矛盾心情。这首咏怀诗表现了作者心忧天下的政治家气质和博大情怀,写得精深而工整,情感真挚,格调高远,诗风沉郁悲婉。

缺月昏昏漏未央[2],一灯明灭照秋床[3]。病身最觉风露早,归梦不知山水长。坐感岁时歌慷慨,起看天地色凄凉。鸣蝉更乱行人耳[4],正抱疏桐叶半黄。

【注释】

[1] 葛溪:今江西省戈阳县。驿:驿站是古代官方设立的旅店。

［2］缺月：不圆的月亮。漏：漏壶，古代计时器。未央：未尽

［3］明灭：忽明忽暗。

［4］行人：诗人自指。

苏轼诗

和子由渑池怀旧

【解题】 嘉祐六年（1061）十一月苏轼自京出任凤翔府签判，弟辙送行至郑州别后返京作《怀渑池寄子瞻兄》，苏轼步韵和之。诗中回忆当年兄弟赴京应试途经渑池旧事及手足之情，不用怀旧套语，而以乐观洒脱的人生态度启迪其弟。

人生到处知何似？应似飞鸿踏雪泥。泥上偶然留指爪，鸿飞那复计东西。老僧已死成新塔[1]，坏壁何由见旧题[2]。往日崎岖还记否，路长人困蹇驴嘶[3]。

【注释】

［1］老僧：僧人奉闲。嘉祐元年（1056）苏轼与苏辙赴京应试，途中曾寄宿渑池奉闲僧舍。新塔：僧人死后火化的骨灰建新塔埋藏，此指奉闲僧塔。

［2］坏壁：指奉闲僧舍。壁：苏轼与弟辙曾题诗的奉闲僧舍壁。

［3］蹇驴：跛蹇驽弱的驴。

东　坡

【解题】 此诗为元丰六年（1083）苏轼贬谪黄州时所作。写独行于荒坡之夜的恬淡与自适，表现了作者对待仕途挫折乐观的态度。

雨洗东坡月色清[1]，市人行尽野人行[2]。莫嫌荦确坡头路[3]，自爱铿然曳杖声[4]。

【注释】

［1］东坡：苏轼贬黄州时筑堂垦辟躬耕的荒坡。因地在黄州东门外，而效白居易的忠州东坡之名，称之为东坡，其居处曰东坡雪堂，并自号东坡居士。

［2］市人：闹市之人。

［3］荦确：怪石嶙峋不平貌。

［4］曳杖：拖拄着手杖。

纵　笔

【解题】 此诗为绍圣四年（1097）初春作，时苏轼贬知惠州（今广东惠阳）居嘉祐寺。写在岭南的贬谪生活安闲自在，表现虽失意而从容自宽的达观性格，诗风闲逸，平淡自然。

白头萧散满霜风，小阁藤床寄病容。报道先生春睡美[1]，道人轻打五更

钟。

【注释】

[1] 春睡美：苏轼远贬儋州，一说其原因可能与此诗有关，谓宰相章惇见此诗言"春睡美"而不满，遂将苏轼贬至最为边鄙荒野之地。曾季狸《艇斋诗话》："东坡海外上梁文口号云：'为报先生春睡美，道人轻打五更钟'章子后见之，遂再贬儋耳，以为安稳，故再迁也。"

六月二十日夜渡海

【解题】 苏轼绍圣四年（1097）被贬海南，六月十一日渡海南下，次日至海南岛，元符三年（1100）五月遇赦，六月二十日度海北上，量移（被贬到远方的官员，遇赦酌量移到较原地靠京城较近的地方做官）廉州（今广西合浦、灵山等地），在海南岛稽留的时间正好是三年零八天。这首诗就是写渡海北上那个晚上的情景。

参横斗转欲三更[1]，苦雨终风也解晴[2]。云散月明谁点缀[3]，天容海色本澄清。空余鲁叟乘桴意[4]，粗识轩辕奏乐声[5]。九死南荒吾不恨[6]，兹游奇绝冠平生[7]。

【注释】

[1] 参、斗：即二十八宿中的参宿、斗宿。横、转：指参、斗的位置移动。三更：谓时值夜半。

[2] 苦雨：长久下的雨。终风：终日吹刮的风。《诗·邶风·终风》："终风且暴。"

[3] 语出《晋书·谢景重传》："明秀有才名，为会稽王道子骠骑长史。尝因侍坐，于时月夜明净，道子叹以为佳。重率尔曰：'意谓乃不如微云点缀。'道子因戏重曰：'卿居心不净，乃复强欲滓秽太清邪！'"此处借事寓意，实言自己被诬陷之事。

[4] 鲁叟：此指孔子。乘桴：语出《论语！公治长》："子曰：'道不行，乘桴浮于海。'"桴：渡水用的竹、木筏子。

[5] 轩辕：黄帝。奏乐声：喻海涛声。《庄子·天运》："北门成问于黄帝曰：'帝张《咸池》之乐于洞庭之野。吾始闻之惧，复闻之怠，卒闻之而惑；荡荡默默，乃不自得。'"此指《咸池》之乐的玄妙之道。

[6] "九死"句：取意于屈原《离骚》："亦余心之所善兮，虽九死其犹未悔。"南荒：指岭南荒远之地。

[7] 兹游：这次游历，指儋州之贬。冠平生：即平生第一。

黄庭坚诗

戏呈孔毅父[1]

【解题】 此诗为元祐二年（1087）黄庭坚官著作佐郎时作。孔毅父为黄庭坚之友。作者以自嘲戏说的口气抒发仕途不得志的牢骚与苦闷，看似傲然鄙薄功名，实则深哀怀才不遇。此诗显著特点为：构思新颖，频用典故，用字讲究来历，以才学为诗，意象奇特，具有谐趣之风。

管城子元食肉相[2]，孔方兄有绝交书[3]。文章功用不经世，何异丝窠缀露珠[4]。校书著作频诏除[5]，犹能上车问何如[6]。忽忆僧床同野饭[7]，梦随秋雁到东湖。

【注释】

[1] 官至户部员外郎、金部郎中，因坐党籍，被罢。有文名，著有《续世说》、《孔玩放艺》等。

[2] 管城子：语出韩愈《毛颖传》："秦皇帝使（蒙）恬赐之汤沐，而封诸管城，号曰管城子，日见亲宠任事。"韩愈以拟人手法为毛笔立传后，管城子便成为毛笔的代称。食肉相，《后汉书·班超传》："相者曰：'生燕颔虎颈，飞而食肉，此万里侯相也。'"

[3] 孔方兄：钱的代称。鲁褒《钱神论》："钱之为体，有乾坤之象，内则其方，外则其圆。亲之如兄，字曰'孔方'。失之则贫弱，得之则富昌。"绝交书：用嵇康《与山巨源绝交书》事。

[4] 经世：谓治理国家。丝窠：指蜘蛛网。

[5] 校书著作：此指黄庭坚官职。校书：元丰八年（1085）山谷应召任秘书省校书郎。著作：元祐二年（1087）山谷改官著作佐郎。除：即授官，

[6] 上车问何如：此处谓登车问候他人身体如何。颜之推《颜氏家曾·勉学》："梁朝全盛之时，贵游子弟多无学术，至于谚云：'上车不落则著作，体中何如则秘书。'"

[7] 僧床同野饭：指与孔；平仲同任江西时的旧事。孔平仲曾任江州钱监。

题子瞻枯木

【解题】 元祐三年（1088），苏轼知贡州，黄庭坚做他的属官，为苏轼所作的枯木画题诗。

折冲儒墨阵堂堂[1]，书入颜杨鸿雁行[2]。胸中元自有丘壑，故作老木蟠风霜[3]。

【注释】

[1] 折冲：本义是折坏敌地方的战车，即打退敌人的进攻，这里是斟酌调停的意思。说苏轼能用堂堂之阵来平息儒墨之争，学术不偏激，能得其平。

[2] "书入"句：苏轼的书法可跟唐朝颜真卿和后周杨凝式相比。《晋书·王羲之传》："我书比钟繇当抗行，比张芝草书犹当雁行也。"雁飞成行指并列。

[3] "胸中"两句：这里指苏轼胸中原来有一种高尚的境界，所以画出老树蟠曲，迎接风霜。

池口风雨留三日

【解题】 此诗是元丰三年（1080）秋，黄庭坚自京赴太和县任，路过池口（在今安徽

贵池）所作。

孤城三日风吹雨，小市人家只菜蔬。水远山长双属玉[1]，身闲心苦一春锄[2]。翁从旁舍来收网，我适临渊不羡鱼。俯仰之间已陈迹，暮窗归了读残书。

【注释】

[1] 属玉：即鸀鳿，似鸭而大，毛作紫绀色，长颈赤目。

[2] 春锄：即白鹭，以其啄食的姿态有如农夫春锄，所以有这个名称。

陈师道诗

绝句四首（其四）

【解题】　这首绝句，据任渊《后山诗注》编年，作于元符二年（1099）。全诗抒写生活中的具体感触，通篇以议论为诗，善于熔铸前人成句，造语警辟，是陈师道得意之作。

书当快意读易尽，客有可人期不来[1]。世事相违每如此，好怀百岁几回开。

【注释】

[1] 可人：脾气相投。

陆游诗

夜泊水村

【解题】　此诗作于淳熙九年〈1182〉秋，时陆游居山阴。抒写永不衰减的报国之志与壮志未酬的伤悲。

腰间羽箭久凋零[1]，太息燕然未勒铭[2]。老子犹堪绝大漠[3]，诸君何至泣新亭[4]。一身报国有万死，双鬓向人无再青[5]。记取江湖泊船处，卧闻新雁落寒汀[6]。

【注释】

[1] 腰间羽箭：从杜甫《丹青引赠曹将军霸》"良相头上进贤冠，猛将腰间大羽箭"化出。

[2] 燕然：即杭爱山，在今蒙古国境内。勒铭：于石上刻铭文。东汉和帝永元元年（89）车骑将军窦宪大败匈奴北单于，追击至燕然山，刻石勒功而还。

[3] 老子：老夫，此为自称。绝：横渡，跨越。大漠：沙漠，此借指塞外。汉武帝时大将军卫青、骠骑将军霍去病于元狩四年（前119）率兵横绝大沙漠追击匈奴单于。此处用其事喻己抗金之斗志。

[4] 新亭：故址在今南京市南。泣新亭：《晋书·王导传》："过江人士，每至暇日，相

198

要出新亭饮宴。周顿中坐而叹曰:'风景不殊,举目有江河之异。'皆相视流涕。惟导愀然变色曰:'当共拗力王室,克复神州,何至作楚囚相对泣邪!'"

[5] 无再青:谓鬓发已白不能再转黑,自喻老不能返童。青:黑。

[6] 新雁:南来初雁。汀:水边平地。

三、宋 文

欧阳修文

祭石曼卿文[1]

【解题】 此为欧阳修思念亡友而写的祭文。作于治平四年(1067),时欧阳修出知亳州(今安徽亳县),距石曼卿去世已26年。叙写石曼卿的不凡抱负与坎坷不得志,不朽声名及墓园凄凉,表达哀婉的伤悼之惰,亦透露出欧阳修的孤寂心境。此文运用辞赋手法,骈散兼用,一韵到底,写得抑扬顿挫,清音幽韵,深婉曲折,语言自然,感情真挚,凄凉悲怆,具有浓厚的抒情色彩。

维治平四年七月日,具官欧阳修,谨遣尚书都省令史李敭至于太清[2],以清酌庶羞之奠[3],致祭于亡友曼卿之墓下,而吊之以文[4]。曰:

呜呼曼卿!生而为英,死而为灵。其同乎万物生死,而复归于无物者,暂聚之形;不与万物共尽,而卓然其不朽者,后世之名。此自古圣贤,莫不皆然。而著在简册者,昭如日星。

呜呼曼卿!吾不见子久矣,犹能仿佛子之平生。其轩昂磊落,突兀峥嵘,而埋藏于地下者,意其不化为朽壤,而为金玉之精。不然,生长松之千尺,产灵芝而九茎。奈何荒烟野蔓,荆棘纵横,风凄露下,走磷飞萤[5];但见牧童樵叟,歌吟而上下,与夫惊禽骇兽,悲鸣踯躅而咿嘤[6]!今固如此[7],更千秋而万岁兮,安知其不穴藏狐貉与鼯鼪[8]?此自古圣贤亦皆然兮,独不见夫累累乎旷野与荒城!

呜呼曼卿!盛衰之理,吾固知其如此,而感念畴昔[9],悲凉凄怆,不觉临风而陨涕者,有愧乎太上之忘情[10]。尚飨[11]!

【注释】

[1] 石延年(994—1041),字曼卿,宋城(今河南商丘)人。屡试进士不第,任太子中允、秘阁校理,力主加强对辽和西夏的防务。性格豪放,以书法著名,诗风劲健,颇为欧阳修推重。著有《石曼卿诗集》。维:发语词。治平:宋英宗年号(1064—1067)

[2] 具官:唐宋时文章底稿上官职的省写。时欧阳修的官职为观文殿学士、刑部尚书、

知毫州军州事。李敫：时任尚书省令史，生平不详。太清：太清乡，今河南商丘南，石曼卿墓地在此。

[3] 清酌：酒。庶羞：各种食品。奠：祭品。

[4] 吊：祭奠。

[5] 走磷：言磷火移动。磷火俗称鬼火，夜晚发淡绿色微光。

[6] 跚跚：徘徊貌。咿嘤：鸟兽悲鸣声。

[7] 固：已经。

[8] 貉：野兽，貌似狐狸。鼯：鼯鼠，飞鼠，貌似松鼠。鼬：黄鼬，俗称黄鼠狼。

[9] 畴昔：往昔，指二人从前交往的时日。

[10] 太上：最上，指圣人。忘情：《晋书·王衍传》："衍尝丧幼子，山简吊之。衍悲不自胜，简曰：'孩抱中之物，何至于此！'衍曰：'圣人忘情，最下不及于情。然则情之所钟，正在我辈。'简服其言，更为之恸。"

[11] 尚飨：祭文结束套语，谓希望享用。飨：通"享"。

六一居士传

【解题】 欧阳修写这篇《六一居士传》时，已经六十四岁，自二十四岁应试及第，授西京留守推官，步入仕途，已整整四十年。文章由自己晚年更名六一居士的由来说到乐趣，说到渴望退休，反映了欧阳修晚年厌倦官场生活，想归隐的思想，也表现了豁达开朗、淡泊明志思情怀。

客有问曰："六一，何谓也？"居士曰："吾家藏书一万卷，集录三代以来金石遗文一千卷，有琴一张，有棋一局，而常置酒一壶。"客曰："是为五一尔，奈何？"居士曰："以吾一翁，老于五物之间，是岂不为六一乎？"

客笑曰："子欲逃名者乎？而屡易其号？此庄生[1]所诮畏影而走乎日中者也。余将见子疾走大喘渴死，而名不得逃也！"居士曰："吾固知名不可逃，然亦知夫不必逃也；吾为此名，聊以志吾之乐尔。"客曰："其乐如何？"居士曰："吾之乐可胜道哉！方其[2]得意于五物也，太山在前而不见，疾雷破柱而不惊；虽响九奏于洞庭之野，阅大战于涿鹿之原，未足喻其乐且适也。然常患不得极吾乐于其间者，世事为吾累者众也。其大者有二焉，轩裳珪组劳吾形于外[3]，忧患思虑劳吾心于内，使吾形不病而悴，心未老而先衰，尚何暇于五物哉？虽然，吾自乞身于朝者三年矣，一日天子恻然哀之，赐其骸骨，使得与此五物偕返于田庐，庶几偿其夙愿焉。此吾之所以志也。"客复笑曰："子知轩裳珪组之累其形[4]，而不知五物之累其心乎？"居士曰："不然，累于彼者已劳矣，又多忧；累于此者既佚矣[5]，幸无患。吾其何择哉！"于是与客俱起，握手大笑曰："置之，区区不足较也。"

已而叹曰："夫士少而仕，老而休，盖有不待七十者矣。吾素慕之，宜去一也。吾尝用于时矣，而讫无称焉，宜去二也。壮犹如此，今既老且病矣，乃以难强之筋骸，贪过分之荣禄，是将违其素志而自食其言，宜去三也。吾负三宜去，虽无五物，其去宜矣，复何道哉!"熙宁三年九月七日，六一居士自传。

【注释】

[1] 庄生：即庄子。

[2] 其，"我"。

[3] 轩裳珪组：车马、服饰、印信、绶带，这里借指官场事物。

[4] 赐其骸骨：这句的是准予退休的意思。

[5] 佚：同"逸"，安逸。

苏洵文

木假山记

【解题】 这是一篇写木假山的记。本文在咏木假山的背后蕴含着作者对人才问题的深沉的感喟与思考。树木的坎坷遭际实际上是隐喻当时社会上人才遭受到的压抑与摧残。苏洵一生政治抱负未能得到施展，于是在文中托物寓意，咏物抒怀借题发挥，以不幸中有大幸的木假山为喻，抒发了自己郁郁不得志而又不愿与世浮沉，力图自立的思想感情。

木之生，或蘖而殇[1]，或拱而夭[2]；幸而至于任为栋梁，则伐；不幸而为风之所拔，水之所漂，或破折或腐；幸而得不破折不腐，则为人之所材，而有斧斤之患[3]。其最幸者，漂沉汩没于湍沙之间[4]，不知其几百年，而其激射啮食之馀，或仿佛于山者，则为好事者取去，强之以为山，然后可以脱泥沙而远斧斤。而荒江之滨[5]，如此者几何，不为好事者所见，而为樵夫野人所薪者[6]，何可胜数？则其最幸者之中，又有不幸者焉。

予家有三峰。予每思之，则疑其有数存乎其间。且其蘖而不殇，拱而夭，任为栋梁而不伐；风拔水漂而不破折不腐，不破折不腐而不为人之所材，以及于斧斤之，出于湍沙之间[7]，而不为樵夫野人之所薪，而后得至乎此，则其理似不偶然也。

然予之爱之，则非徒爱其似山，而又有所感焉；非徒爱之而又有所敬焉。予见中峰，魁岸踞肆[8]，意气端重，若有以服其旁之二峰[9]。二峰者，庄栗刻削[10]，凛乎不可犯，虽其势服于中峰，而岌然决无阿附意[11]。吁！其可敬也夫！其可以有所感也夫！

【注释】

[1] 蘖（niè）：树木的嫩芽，殇：未成年而死。

[2] 拱（gǒng）：指树有两手合围那般粗细。

[3] 斤：斧头。

[4] 汩（gǔ）没：沉没。湍（tuān）：急流。

[5] 濆（fén）：水边高地。

[6] 野人：村野之人，农民。

[7] 数（shù）：指非人力所能及的偶然因素，即命运，气数。

[8] 魁岸：强壮高大的样子。踞肆：傲慢放肆，这里形容”中峰”神态高傲舒展。踞，同”倨”。

[9] 服：佩服，这里用为使动，使……佩服。

[10] 庄栗：庄重谨敬。

[11] 岌（jí）然：高耸的样子。阿（e）附：曲从依附。

曾巩文

寄欧阳舍人书

【解题】 这是一片书信体的论说文。曾巩的祖父致尧，是一位清正廉洁的官员，所以欧阳修为他写了墓志铭。这封书信既是一封道谢的信，也是藉此讨论写墓志铭的困难，以及一个人要想流传后世的困难。

去秋人还，蒙赐书，及所撰先大父墓碑铭[1]，反覆观诵，感与惭并。

夫铭志之着于世，义近于史，而亦有与史异者。盖史之于善恶无所不书；而铭者，盖古之人有功德、材行、志义之美者，惧后世之不知，则必铭而见之；或纳于庙，或存于墓，一也。苟其人之恶，则于铭乎何有？此其所以与史异也。其辞之作，所以使死者无有所憾，生者得致其严[2]。而善人喜于见传，则勇于自立；恶人无有所纪，则以愧而惧。至于通材达识，义烈节士，嘉言善状[3]，皆见于篇，则足为后法。警劝之道，非近乎史，其将安近？

及世之衰，人之子孙者，一欲褒扬其亲，而不本乎理；故虽恶人，皆务勒铭[4]，以夸后世。立言者既莫之拒而不为，又以其子孙之所请也，书其恶焉，则人情之所不得，于是乎铭始不实。后之作铭者，当观其人。苟托之非人，则书之非公与是[5]，则不足以行世而传后。故千百年来，公卿大夫至于里巷之士[6]，莫不有铭，而传者盖少；其故非他，托之非人，书之非公与是故也。

然则孰为其人，而能尽公与是欤？非畜道德而能文章者，无以为也。盖有道德者之于恶人，则不受而铭之；于众人则能辨焉。而人之行，有情善而迹非，有意奸而外淑，有善恶相悬而不可以实指，有实大于名，有名侈于实[7]；犹之用人，非畜道德者恶能辨之不惑[8]，议之不徇[9]？不惑不徇，则公且是矣！而其辞之不工，则世犹不传，于是又在其文章兼胜焉。故曰：非畜道德而

202

能文章者，无以为也。岂非然哉？

　　然畜道德而能文章者，虽或并世而有，亦或数十年，或一二百年而有之。其传之难如此，其遇之难又如此。若先生之道德文章，固所谓数百年而有者也。先祖之言行卓卓，幸遇而得铭其公与是，其传世行后无疑也。而世之学者，每观传记所书古人之事，至于所可感，则往往然不之涕之流落也[10]，况其子孙也哉？况巩也哉？其追晞祖德[11]，而思所以传之之由，则知先生推一赐于巩，而及其三世；其感与报，宜若何而图之？

　　抑又思若巩之浅薄滞拙[12]，而先生进之；先祖父之屯蹶否塞以死[13]，而先生显之，则世之魁闳豪杰不世出之士[14]，其谁不愿于进于门？潜遁幽抑之士[15]，其谁不有望于世？善，谁不为？而恶，谁不愧以惧？为人之父祖者，孰不欲教其子孙？为人之子孙者，孰不欲宠荣其父祖？此数美者，一归于先生！既拜赐之辱，且敢进其所以然。所谕世族之次[16]，敢不承教而加详焉。幸甚，不宣。巩再拜。

【注释】

[1] 先大父：已故的祖父，即曾致尧。
[2] 致其严：表达他的敬意。
[3] 嘉言其状：状，指事实。也就是说好的言词，好的事情。
[4] 勒铭：刻铭文在石头上。
[5] 公与是：公正与事实。
[6] 里巷之士：乡下人。
[7] 侈：大。
[8] 畜：积蓄。不惑：懂得道理，不迷惑。
[9] 不徇：不徇私，不从私，不为私心而变。
[10] 然：伤痛的样子。
[11] 追晞：追慕，追念。
[12] 滞拙：愚钝，不聪敏。
[13] 屯蹶否塞：困顿不遇，遭遇很坏。
[14] 魁闳：大，伟大。不世出：世，三十年为一世。不世出，就是三十年（一代）未必能出现一个。
[15] 潜遁幽抑：潜藏遁隐，抑郁不得志。
[16] 世族：就是世家，历代做官的家族。

王安石文

游褒禅山记

【解题】　任赴京途中经褒禅山作。记叙游褒禅山的经历见闻，而重在借游山之事作比喻，以议论说理，寓以治学之道与人生哲理，阐明追求最高境界的道理。此为游记，而叙事与说理融和一体，透辟有力，深入浅出，简明生动而寓意深远，语言平易，自然流畅。

褒禅山亦谓之华山[1]，唐浮图慧褒始舍于其址[2]，而卒葬之；以故其后名之曰"褒禅"。今所谓慧空禅院者，褒之庐冢也[3]。距其院东五里，所谓华山洞者，以其乃华山之阳名之也[4]。距洞百余步，有碑仆道[5]，其文漫灭[6]，独其为文犹可识[7]，曰"花山"。今言"华"如"华实"之"华"者[8]，盖音谬也[9]。

其下平旷[10]，有泉侧出，而记游者甚众[11]，所谓前洞也。由山以上五六里，有穴窈然[12]，入之甚寒。问其深，则其好游者不能穷也，谓之后洞。余与四人拥火以入[13]，入之愈深，其进愈难，而其见愈奇。有怠而欲出者，曰："不出，火且尽[14]。"遂与之俱出。盖余所至，比好游者尚不能十一，然视其左右，来而记之者已少。盖其又深，则其至又加少矣。方是时，余之力尚足以入，火尚足以明也。既其出，则或咎其欲出者[15]，而予亦悔其随之，而不得极夫游之乐也。

于是余有叹焉：古人之观于天地、山川、草木、虫鱼、鸟兽，往往有得[16]，以其求思之深，而无不在也[17]。夫夷以近，则游者众；险以远，则至者少。而世之奇伟、瑰怪、非常之观[18]，常在于险远，而人之所罕至焉，故非有志者，不能至也。有志矣，不随以止也，然力不足者，亦不能至也。有志与力，而又不随以怠，至于幽暗昏惑，而无物以相之[19]，亦不能至也。然力足以至焉，于人为可讥，而在己为有悔。尽吾志也而不能至者，可以无悔矣，其孰能讥之乎？此予之所得也。

余于仆碑，又以悲夫古书之不存，后世之谬其传而莫能名者[20]，何可胜道也哉[21]！此所以学者不可以不深思而慎取之也[22]。

四人者：庐陵萧君圭君玉[23]，长乐王回深父[24]，余弟安国平父[25]、安上纯父[26]。至和元年七月某日[27]，临川王某记[28]。

【注释】

[1] 褒禅山：在今安徽含山县北，华山：褒禅山旧名。顾祖禹《读史方舆纪要》："褒禅山在县北十五里，旧名华山，又北三里曰华阳山，亦名兰陵山，俱有泉洞之胜。"

[2] 浮图：梵文译音，此指僧人。慧褒：唐著名和尚。舍：此谓盖房舍居住。址：基址，此指山脚。

[3] 慧空禅院：即褒山寺旧址，寺建于唐贞观年间。禅院：寺院。庐冢：墓旁房舍与坟墓。

[4] 华山之阳：华山南面。阳：山南为阳。

[5] 仆道：伏倒于路。

[6] 其文：指碑文。漫灭：石碑年久风化，文字模糊不清。

[7] 为文：成为字之文，谓还能辨认出的文字。

[8] 华：第一个"华""字当读作 huā（花）音，不读作 huá（华实的"华"）。

[9] 音谬：音读错了。

[10] 其下：指山下。

[11] 记游者：洞中石壁上题名的游者。

[12] 窈然：幽暗深邃貌。

[13] 拥火：持火把。

[14] 且：将。

[15] 咎：责怪。

[16] 有得：心有所得。

[17] 无不在：无所不在。

[18] 瑰怪：珍奇怪异。观：景观。

[19] 相：帮助。

[20] 莫能名者：不能称其名的。

[21] 胜道：完全说尽。

[22] 慎取：慎重采用。

[23] 庐陵：今江西吉安。萧君圭君玉：萧氏名君圭，字君玉。事迹不详。

[24] 长乐：今福建长乐。王回深父，王氏名回，字深父。曾任卫真（今河南鹿邑）主簿，北宋理学家，是王安石和曾巩的好友。王安石作有《王深父墓志铭》。

[25] 安国平父：名安国，字平父。王安石长弟，曾任西京国子教授、秘阁校理，以文章著名。

[26] 安上纯父：名安上，字纯父。王安石幼弟。

[27] 至和元年：即 1054 年。至和：宋仁宗年号（1054—1056）。

[28] 王某：王安石自称。

苏轼文

文与可画筼筜谷偃竹记

【解题】　文与可和苏轼既是中表兄弟，又是情谊极深的好友。元丰二年（1079）七月七日，苏轼在湖州任上曝晒书画时，偶然发现了文与可赠送给他的一幅"画筼筜谷偃竹"图。而这时，文与可已逝世近半载了。看着画中风姿潇洒的偃竹，苏辑不禁睹物思人，掩卷痛哭，于是便以此画为线索，写下了这篇著名的题记。

　　竹之始生，一寸之萌耳[1]，而节叶具焉。自蜩腹蛇蚹[2]，以至于剑拔十寻者[3]，生而有之也。今画者乃节节而为之，叶叶而累之，岂复有竹乎！故画竹必先得成竹于胸中[4]，执笔熟视，乃见其所欲画者，急起从之，振笔直遂[5]，以追其所见，如兔起鹘落[6]，少纵则逝矣[7]。与可之教予如此。予不能然也，而心识其所以然。夫既心识其所以然而不能然者，内外不一，心手不相应，不学之过也。故凡有见于中而操之不熟者，平居自视了然而临事忽焉丧之[8]，岂独竹乎？

子由为《墨竹赋》[9]，以遗与可曰[10]："庖丁，解牛者也，而养生者取之；轮扁，斫轮者也[11]，而读书者与之[12]。今夫夫子之托于斯竹也[13]，而予以为有道者，则非耶？"子由未尝画也，故得其意而已。若予者，岂独得其意，并得其法。

与可画竹，初不自贵重，四方之人持缣素而请者[14]，足相蹑于其门[15]。与可厌之，投诸地而骂曰："吾将以为袜材。"士大夫传之，以为口实。及与可自洋州还[16]，而余为徐州[17]。与可以书遗余曰："近语士大夫，吾墨竹一派，近在彭城[18]，可往求之。袜材当萃于子矣[19]。"书尾复写一诗，其略云："拟将一段鹅溪绢[20]，扫取寒梢万尺长[21]。"予谓与可，竹长万尺，当用绢二百五十匹，知公倦于笔砚，愿得此绢而已。与可无以答，则曰："吾言妄矣，世岂有万尺竹哉！"余因而实之[22]，答其诗曰："世间亦有千寻竹，月落庭空影许长。"与可笑曰："苏子辩则辩矣，然二百五十匹，吾将买田而归老焉。"因以所画筼筜谷偃竹遗予[23]，曰："此竹数尺耳，而有万尺之势。"筼筜谷在洋州，与可尝令予作洋州三十咏，《筼筜谷》其一也。予诗云："汉川修竹贱如蓬[24]，斤斧何曾赦箨龙[25]。料得清贫馋太守，渭滨千亩在胸中[26]。"与可是日与其妻游谷中，烧笋晚食，发函得诗，失笑喷饭满案。

元丰二年正月二十日，与可没于陈州[27]。是岁七月七日，予在湖州曝书[28]画，见此竹废卷而哭失声[29]。昔曹孟德《祭桥公文》[30]，有"车过"、"腹痛"没之语。而予亦载与可畴昔戏笑之言者[31]，以见与可于予亲厚无间如此也。

【注释】

[1] 萌：芽。

[2] 蜩（tiao）：蝉。蝮：蛇腹下的横鳞。

[3] 剑拔：形容竹干挺直有力。

[4] 成：完整的。

[5] 振笔直遂：挥动画笔，一气画完。

[6] 兔起鹘落：兔子刚有一点动静，鹰隼已自空中猛扑而下。比喻动作迅速。鹘：又名隼，一种猛禽。

[7] 少：稍。

[8] 焉：乎，语助词。

[9] 子由：即苏辙，字子由，苏轼之弟。

[10] 遗：赠送。

[11] 斫：砍削。

[12] 与：赞许。

[13] 夫子：指文同。托：寄托。

[14] 缣素：白绢，古人以绢作画。

[15] 足相摄：脚踏着脚。

[16] 洋州：今陕西省洋县。

[17] 为徐州：苏轼于 1077 年至 1079 年知徐州。

[18] 彭城：今江苏省徐州市。

[19] 袜材当萃于子：意思是，求画的绢，将要聚集到你那里。

[20] 鹅溪：在今四川省盐亭西北，以产绢著名。唐时以鹅溪绢为贡品。

[21] 扫：指以笔作画。寒梢：指竹，因其耐寒，故名。

[22] 实：坐实。

[23] 筼筜：一种竿粗节长的大竹。筼筜谷：地名，在洋州，谷中多筼筜竹。偃竹，仰斜的竹。

[24] 汉川：汉水。

[25] 箨龙：笋的别名。

[26] 渭滨：渭川之滨。《史记·货殖列传》说"渭川千亩竹"。渭滨千亩在胸中：意思说胸中有丰富的竹子画稿。

[27] 陈州：今河南省淮阳县。

[28] 曝：晒。

[29] 废卷：意思是说，停止晒书画。

[30] 祭桥公文：指曹操《祀故太尉桥玄文》。

[31] 畴昔：从前，昔日。

黠鼠赋

【题解】本文借一只狡猾的老鼠（黠鼠）利用人的疏忽而逃脱的故事，说明了一个道理：最有智慧的人类，尽管可以"役万物而君之"，却难免被狡猾的老鼠所欺骗，原因全在做事时是否精神专一。专一则事成，疏忽则事败。文章故事生动，寓意深刻，发人深省。

苏子夜坐[1]，有鼠方啮[2]。拊床而止之[3]，既止复作。使童子烛之[4]，有橐中空[5]，嘐嘐聱聱[6]，声在橐中。曰："嘻！此鼠之见闭而不得去者也[7]。"发而视之[8]，寂无所有，举烛而索，中有死鼠。童子惊曰："是方啮也[9]，而遽死耶[10]？向为何声[11]，岂其鬼耶？"覆而出之[12]，堕地乃走[13]，虽有敏者[14]，莫措其手[15]。

苏子叹曰："异哉！是鼠之黠也[16]。闭于橐中，橐坚而不可穴也[17]。故不啮而啮，以声致人[18]；不死而死[19]，以形求脱也[20]。吾闻有生[21]，莫智于人。扰龙伐蛟[22]，登龟狩麟[23]，役万物而君之[24]，卒见使于一鼠[25]；堕此虫之计中，惊脱兔于处女[26]，乌在其为智也[27]。"

坐而假寐[28]，私念其故[29]。若有告余者曰："汝惟多学而识之[30]，望道而未见也[31]。不一于汝[32]，而二于物[33]，故一鼠之啮而为之变也[34]。人能碎千金之璧[35]，不能无失声于破釜[36]；能搏猛虎，不能无变色于蜂虿[37]：此不一之患也[38]。言出于汝，而忘之耶?"余俛而笑[39]，仰而觉。使童子执笔，记余之作[40]。

【注释】

[1] 苏子：苏轼自称。

[2] 方：正在。啮：咬。

[3] 搐：拍。

[4] 烛：此处用作动词，即照亮。

[5] 橐：箱或袋之类盛衣食的器具。

[6] 嘐嘐聱聱：象声词，老鼠尖叫哀鸣声。

[7] 见闭：被关住。

[8] 发：打开。

[9] 是：即是鼠。是：此，代指老鼠。

[10] 遽：突然。

[11] 向：刚才。

[12] 覆：翻。

[13] 向：刚才。

[14] 敏者：敏捷者。

[15] 莫措其手：谓措手不及。

[16] 黠：狡猾。

[17] 穴：窟窿。此处用作动词，即钻窟窿。

[18] 致：招引。

[19] 不死而死：未死而装死。

[20] 形：即装死的形式。脱：逃脱。

[21] 有生：指一切生物。

[22] 扰：驯服。伐：讨伐。

[23] 登龟：谓利用龟甲。古人以龟甲占卜祭祀，观测神意，因而龟具有神的象征。狩麟：捕获麒麟。狩：打猎。麟：麒麟，古代传说中的神兽，象征祥瑞。

[24] 君：此处用作动词，即主宰。

[25] 卒：终于。见使：谓被利用。

[26] 惊脱兔于处女：(t孙子·九地篇》："是故始如处女，敌人开户，终如脱兔，敌不及拒。"此谓黠鼠假装安静懦弱如处女，逃跑时却敏捷如脱身的兔子一样惊人。

[27] 乌：何。

[28] 假寐：着衣假睡。

[29] 私念：独自思考。

[30] 识：通"志"，记忆。

[31] 道：此指根本的道理。

[32] 不一：不专一，谓不专一于自己的心志。

[33] 二于物：分心于外物，谓因外界影响而精力分散。

[34] 变：改变。

[35] 璧：一种形状平圆，中间有孔的宝玉。

[36] 釜：古代一种锅。

[37] 蜂虿（chài）：蝎子之类毒虫。

[38] 患：毛病。

[39] 俛："俯"的异体字，低头。

[40] 怍：羞愧。

苏辙文

武昌九曲亭记

【解题】 宋神宗元丰三年（1080），苏轼谪居黄州，苏辙去看他，并同游武昌西山，写了这篇游记。九曲亭旧址在现在湖北省鄂州市西的九曲岭。

子瞻迁于齐安[1]，庐于江上。齐安无名山，而江之南武昌诸山，陂陁蔓延[2]，涧谷深密。中有浮图精舍，西曰西山，东曰寒溪，依山临壑，隐蔽松枥，萧然绝俗，车马之迹不至。每风止日出，江水伏息，子瞻杖策载酒，乘渔舟乱流而南[3]。山中有二三子，好客而喜游，闻子瞻至，幅巾迎笑[4]，相携徜徉而上，穷山之深，力极而息，扫叶席草，酌酒相劳，意适忘反，往往留宿于山上。以此居齐安三年，不知其久也。

然将适西山，行于松柏之间，羊肠九曲，而获少平，游者至此必息。倚怪石，荫茂木，俯视大江，仰瞻陵阜[5]，旁瞩溪谷，风云变化，林麓向背[6]，皆效于左右。有废亭焉，其遗址甚狭，不足以席众客。其旁古木数十，其大皆百围千尺，不可加以斤斧。子瞻每至其下，辄睥睨终日。一旦大风雷雨[7]，拔去其一，斥其所据，亭得以广。子瞻与客入山视之，笑曰："兹欲以成吾亭耶"遂相与营之。亭成而西山之胜始具，子瞻于是最乐。

昔余少年，从子瞻游。有山可登，有水可浮，子瞻未始不褰裳先之[8]。有不得至，为之怅然移日。至其翻然独往，逍遥泉石之上，撷林卉，拾涧实，酌水而饮之，见者以为仙也。盖天下之乐无穷，而以适意为悦。方其得意，万物

209

无以易之；及其既厌，未有不洒然自笑者也[9]。譬之饮食，杂陈于前，要之一饱，而同委于臭腐[10]，夫孰知得失之所在？惟其无愧于中，无责于外，而姑寓焉。此子瞻之所以有乐于是也。

【注释】

[1] 齐安：郡名，即黄州。苏轼曾贬居黄州。

[2] 陂陁：不平的样子。

[3] 乱流：横截江流而渡。

[4] 幅巾：用作动词。幅巾，即裹着头巾，即用头巾裹头。

[5] 陵阜：山陵。阜，山丘。

[6] 林麓向背：树林和山脚面对或背离。

[7] 一旦：一天。

[8] 褰裳先之：提起衣服走在前面。褰，卷起裤脚。

[9] 洒然：惊异的样子。

[10] 要之一饱，而同委于臭腐：总之是饱腹，而同样（无论好的不好的食物）是归之于腐朽。委，归，付。

元代部分

一、杂 剧

关汉卿杂剧

救风尘（第三折）

【解题】 这一折是全剧的精华，主要写赵盼儿如何与周舍斗智救出宋引章，展现了赵盼儿的机智、勇敢、精明、老练，剧中的插科打诨，巧笑调侃营造了浓厚的喜剧氛围。

〔周舍同店小二上，诗云〕万事分已定，浮生空自忙；无非花共酒，恼乱我心肠。店小二，我着你开着这个客店，我那里希罕你那房钱养家；不问官妓私科子[1]，只等有好的来你客店里，你便来叫我。〔小二云〕我知道，只是你脚头乱，一时间那里寻你去？〔周舍云〕你来粉房里寻我。〔小二云〕粉房里没有呵？〔周舍云〕赌房里来寻。〔小二云〕赌房里没有呵？〔周舍云〕牢房里来寻。〔下〕〔丑扮小闲挑笼上〕〔诗云〕钉靴雨伞为活计，偷寒送暖作营生；不是闲人闲不得，及至得了闲时又闲不成。看家张小闲的便是。平生做不的买卖，止是与歌者姐姐每叫些人，两头往来，传消息寄信都是我。这里有个大姐赵盼儿，着我收件两箱子衣服行李，往郑州去。都收拾停当了，请姐姐上马。〔正旦上，云〕小闲，我这等打扮，可冲得动那厮么？〔小闲做倒科〕〔正旦云〕你做甚么哩？〔小闲云〕休道冲动那厮，这一会儿连小闲也酥倒了。〔正旦唱〕

【正宫·端正好】 则为他满怀愁，心间闷，做的个进退无门。那婆娘家一涌性无思忖，我可也强打入迷魂阵。

【滚绣球】 我这里微微的把气喷，输个婚姻，怎不教那厮背槽抛粪[2]！更做道普天下无他这等郎君。想着容易情，忒献勤，几番家待要不问，第一来我则是可怜见无主娘亲，第二来是我惯曾为旅偏怜客[3]，第三来也是我自己贪怀惜醉人。到那里呵，也索费些精神。

211

［云］说话之间，早来到郑州地方了。小闲，接了马者。且在柳阴下歇一歇咱。
［小闲云］我知道。［正旦云］小闲，咱闲口论闲话：这好人家好举止，恶人家
恶家法。［小闲云］姐姐，你说我听。［正旦唱］

【倘秀才】县君[4]的则是县君，妓人的则是妓人。怕不扭着身子蓦[5]入他门；
怎禁他使数的到支分[6]，背地里暗忍。

【滚绣球】那好人家将粉扑儿浅匀，那里象咱干茨腊[7]手抢着粉？好人家将那
箆梳儿慢慢地铺鬓，那里象咱解了那襻胸带，下颏上勒一道深痕？好人家知个
远近，觑个向顺，衔[8]一味良人家风韵，那里象咱们恰便似空房中锁定个猢
狲：有那千般不实乔躯老[9]，有万种虚嚣夕议论，断不了风尘！

［小闲云］这里一个客店，姐姐好住下罢。［正旦云］叫店家来。［店小二见科］
［正旦云］小二哥，你打扫一间干净房儿，放下行李。你与我请将周舍来，说
我在这里久等多时也。［小二云］我知道。［做行叫科，云］小哥在那里？［周
舍上，云］店小二，有甚么事？［小二云］店里有个好女子请你哩。［周舍云］
咱和你就去来。［做见科云］是好一个科子也。［正旦云］周舍，你来了也。
［唱］

【幺篇】俺那妹子儿有见闻，可有福分，抬举的个丈夫俊上添俊，年纪儿恰正
青春。［周舍云］我那里曾见你来？我在客火[10]里，你弹着一架筝，我不与了
你个褐色绸段儿？［正旦云］小的，你可见来？［小闲云］不曾见他有甚么褐色
绸段儿。［周舍云］哦，早起杭州客火散了，赶到陕西客火里吃酒，我不与了
大姐一分饭来？［正旦云］小的每，你可见来？［小闲云］我不曾见。［正旦唱］
你则是忒现新，忒忘昏[11]，更做道你眼钝。那唱词话的有两句留文："咱也曾
武陵溪畔曾相识，今日恁推不认人。"我为你断梦劳魂！

［周舍云］我想起来了，你敢是赵盼儿么？［正旦云］然也。［周舍云］你是赵
盼儿，好，好！当初破亲也是你来。小二，关了店门，则打这小闲。［小闲云］
你休要打我。俺姐姐将着锦绣衣服，一房一卧[12]来嫁你，你倒打我？［正旦
云］周舍，你坐下，你听我说。你在南京时，人说你周舍名字，说的我耳满鼻
满的，则是不曾见你。后得见你呵，害的我不茶不饭，只是思想着你。听的你
娶了宋引章，教我如何不恼？周舍，我待嫁你，你却着我保亲！［唱］

【倘秀才】我当初倚大呵妆偎[13]主婚，怎知我嫉妒呵特故里破亲？你这厮外相
儿通疏就里村[14]！你今日结婚姻，咱就肯罢论？

［云］我好意将着车辆鞍马衾房来寻你，你划地[15]将我打骂？小闲，拦回车
儿，咱家去来。［周舍云］早知姐姐来嫁我，我怎肯打舅舅？［正旦云］你真个

不知道？你既不知，你休出店门，只守着我坐下。[周舍云]休说一两日，就是一两年，您儿也坐的将去。[外旦上，云]周舍两三日不家去，我寻到这店门首，我试看咱。原来是赵盼儿和周舍坐哩。兀那老弟子不识羞，直赶到这里来。周舍，你再不要来家，等你来时，我拿一把刀子，你拿一把刀子，和你一递一刀戮哩。[下][周舍取棍科，云]我和你抢生吃[16]哩！不是奶奶在这里，我打杀你。[正旦唱]

【脱布衫】我更是的不待饶人，我为甚不敢明闻？肋底下插着柴自忍[17]，怎见你便打他一顿？

【小梁州】可不道一夜夫妻百夜恩，你可便息怒停嗔。你村时节背地里使些村，对着我合思忖：那一个双同叔[18]打杀俏红裙？

【幺篇】则见他恶眼眼摸按着无情棍，便有火性的不似你个郎君。[云]你拿着偌粗的棍棒，倘或打杀他呵，可怎了？[周舍云]丈夫打杀老婆，不该偿命。[正旦云]这等说，谁敢嫁你？[背唱]我假意儿瞒，虚科儿[19]喷，着这厮有家难奔。妹子也，你试看咱风月救风尘。

[云]周舍，你好道儿。你这里坐着，点的你媳妇来骂我这一场。小闲，拦回车儿，咱回去来。[周舍云]好奶奶，请坐。我不知道他来；我若知道他来，我就该死。[正旦云]你真个不曾使他来？这妮子不贤惠。打一棒快毬子[20]，你舍的宋引章，我一发嫁你。[周舍云]我到家里就休了他。[背云]且慢着，那个妇人是我平日间打怕的，若与了一纸休书，那妇人就一道烟去了。这婆娘他若是不嫁我呵，可不弄的尖担两头脱？休的造次，把这婆娘摇撼的实着。[向旦云]奶奶。您孩儿肚肠是驴马的见识，我今家去把媳妇休了呵，奶奶你把肉吊窗儿放下来[21]，可不嫁我，做的个尖担两头脱。奶奶，你说下的誓着。[正旦云]周舍，你真个要我赌咒？你若休了媳妇，我不嫁你呵，我着堂子里马踏杀，灯草打折歆儿骨。你逼的我赌这般重咒哩！[周舍云]小二，将酒来。[正旦云]休买酒，我车儿上有十瓶酒哩。[周舍云]还要买羊。[正旦云]休买羊，我车上有个熟羊哩。[周舍云]好，好，好，待我买红去。[正旦云]休买红，我箱子里有一对大红罗。周舍，你争甚么那？你的便是我的，我的就是你的。[唱]

【二煞】则这紧的到头终是紧，亲的原来只是亲。凭着我花朵儿身躯，笋条儿年纪，为这锦片儿前程，倒赔了几锭儿花银。拼着个十米九粮，问甚么两妇三妻？受了些万苦千辛，我着人头上气忍，不枉了一世做郎君。

【黄钟尾】你穷呵甘心守分捱贫困，你富呵休笑我饱暖生淫惹议论。您心中觑个意顺，但休了你这眼下人，不要你钱财歇半文，早是我走将来自上门。家业家私待你六亲，肥马轻裘待你一身，倒贴了奁房和你为眷姻。〔云〕我若还嫁了你，我不比那宋引章，针指油面，刺绣铺房，大裁小剪，都不晓得一些儿的。〔唱〕我将你写了的休书正了本[22]。〔同下〕

【注释】

：[1] 私科子：私娼。

[2] 背槽抛粪：牛马向食槽拉粪，比喻周舍忘恩负义。

[3] 惯曾为旅偏怜客：与下句"自己贪杯惜醉人"，皆为当时俗谚，比喻同病相怜

[4] 县君：原为妇女的封号，后泛指贵夫人。

[5] 蓦：同"迈"。

[6] 使数的：奴仆。支分：支使，也指供使唤的人。

[7] 干茨腊：很干燥。茨腊：加重语气之词。

[8] 衠（zhūn）：尽，纯。

[9] 乔躯老：坏模样。乔：即矫，引申为坏、恶的意思。躯老：指身体。

[10] 客火：客店。

[11] 忒现新，忒忘昏：形容喜新厌旧。忒：副词，特别。

[12] 一房一卧：一房妆奁，一房铺盖。

[13] 妆儇（xuān）：装乖，弄巧。妆：同"装"。

[14] 村：愚蠢。

[15] 划（chǎn）地：凭空地，无故地

[16] 抢生吃：不等食物熟就抢着吃，性急地意思，这里是反语。

[17] 肋底下插着柴自忍：元代习惯用语，演员扮戏时为装大身材而在肋底绑木撑住行头。虽然很痛苦，也得自己忍着。

[18] 双同叔：传说故事中得双渐，与妓女苏小卿相恋。

[19] 虚科儿：虚假得手段。

[20] 打一棒快毬子：当时打球的术语。赵盼儿表示自己要爽爽快快地说。

[21] 肉吊窗儿放下来：闭着眼睛不理睬。肉吊窗儿：指眼皮。

[22] 正了本：够了本。

白朴杂剧

梧桐雨（第四折）

【解题】 第四折是全剧的高潮和精华部分，作者以自然界的雨作为情感的触媒，淋漓尽致地渲染了主人公唐明皇的内心世界，把他对杨玉环的夜以继日的思念生动而又形象地表达出来，堪称曲中典范。

（高力士上，云）自家高力士是也。自幼供奉肉宫，蒙主上抬举，加为六

宫提督太监。往年主上悦杨氏容貌，命某取入宫中，宠爱无比，封为贵妃，赐号太真。后来逆胡称兵，伪诛杨国忠为名，逼的主上幸蜀。行致中途，六军不进。右龙武将军陈玄礼奏过，杀了国忠，祸连贵妃。主上无可奈何，只得从之，缢死马嵬驿中。今日贼平无事，主上还国，太子做了皇帝。主上养老，退居西宫，昼夜只是想贵妃娘娘。今日教某挂起真容，朝夕哭奠。不免收拾停当，在此伺候咱。（正末上，云）寡人自幸蜀还京，太子破了逆贼，即了帝位。寡人退居西宫养老，每日只是思量妃子。教画工画了一轴真容供养着，每日相对，越着烦恼也呵！（做哭科，唱）

【正宫端正好】自从幸西川还京兆，甚的是月夜花朝！这半年来白发添多少，怎打叠[1]愁容貌！

【幺篇】瘦岩岩不避群臣笑，玉仪儿将画轴高挑。荔枝花果香檀卓，目觑了伤怀抱。（做看真容科，唱）

【滚绣球】险些把我气冲倒，身漫靠，把太真妃放声高叫。叫不应，雨泪濠啕。这待诏[2]手段高，画的来没半星儿差错。虽然是快染能描，画不出沉香亭畔回鸾舞，花萼楼前上马娇，一段儿妖娆。

【倘秀才】妃子呵，常记得千秋节华清宫宴乐，七夕会长生殿乞巧。誓愿学连理枝比翼鸟，谁想你乘彩凤返丹霄，命夭！（带云）寡人越看越添伤感，怎生是好！（唱）

【呆骨朵】寡人有心待盖一座杨妃庙，争奈无权柄谢位辞朝。则俺这孤辰限[3]难熬，更打着离恨天最高。在生时同衾枕，不能勾死后也同棺椁。谁承望马嵬坡尘土中，可惜把一朵海棠花零落了。（带云）一会儿身子困乏，且下这亭子去闲行一会咱。（唱）

【白鹤子】那身离殿宇，信步下亭皋。见杨柳袅翠蓝丝，芙蓉拆胭脂蕚。

【幺】见芙蓉怀媚脸，遇杨柳忆纤腰。依旧的两般儿点缀上阳宫，他管一灵儿[4]潇洒长安道。

【幺】常记得碧梧桐阴下立，红牙箸手中敲。他笑整缕金衣，舞按霓裳乐。

【幺】到如今翠盘[5]中荒草满，芳树下暗香消。空对井梧阴，不见倾城貌。（做叹科，云）寡人也怕闲行，不如回去来。（唱）

【倘秀才】本待闲散心追欢取乐，倒惹的感旧恨天荒地老。快快归来风帏悄，甚法儿挨今宵？懊恼！（带云）回到这寝殿中，一弄儿[6]助人愁也。（唱）

【芙蓉花】淡氤氲篆烟袅，昏惨剌[7]银灯照。玉漏迢迢，才是初更报。暗觑清霄，盼梦里他来到。却不道口是心苗[8]，不住的频频叫。（带云）不觉一阵昏

迷上来，寡人试睡些儿。（唱）

【伴读书】一会家心焦燥，四壁厢秋虫闹。忽见掀帘西风恶，遥观满地阴云罩。俺这里披衣闷把帏屏靠，业眼难交[9]。

【笑和尚】原来是滴溜溜绕闲阶败叶飘，疏刺刺刷落叶被西风扫，忽鲁鲁风闪得银灯爆。厮琅琅[10]鸣殿铎，扑簌簌动朱箔，吉丁当玉马儿向檐间闹。（做睡科，唱）

【倘秀才】闷打颏[11]和衣卧倒，软兀剌[12]方才睡着。（旦上，云）妾身贵妃是也。今日殿中设宴，宫娥，请主上赴席咱。（正末唱）忽见青衣走来报，道太真妃将寡人邀，宴乐。（正末见旦科，云）妃子，你在那里来？（旦云）今日长生殿排宴，请主上赴席。（正末云）分付梨园子弟齐备着。（旦下）（正末做惊醒科，云）呀！元来是一梦。分明梦见妃子，却又不见了。（唱）

【双鸳鸯】斜軃[13]翠鸾翘，浑一似出浴的旧风标，映着云屏一半儿娇。好梦将成还惊觉，半襟情湿鲛绡。

【蛮姑儿】懊恼，窨约[14]。惊我来的又不是楼头过雁，砌下寒蛩，檐前玉马，架上金鸡；是兀那窗儿外梧桐上雨潇潇。一声声洒残叶，一点点滴寒梢，会把愁人定虐[15]。

【滚绣球】这雨呵，又不是救旱苗，润枯草，洒开花萼，谁望道秋雨如膏。向青翠条，碧玉梢，碎声儿必丨剥，增百十倍，歇和芭蕉[16]。子管里[17]珠连玉散飘千颗，平白地瀽[18]瓮番盆下一宵，惹的人心焦。

【叨叨令】一会价紧呵，似玉盘中万颗珍珠落；一会价响呵，似玳筵前几簇笙歌闹；一会价清呵，似翠岩头一派寒泉瀑；一会价猛呵，似绣旗下数面征鼙操。兀的不恼杀人也么哥！则被他诸般儿雨声相聒噪。

【倘秀才】这雨一阵阵打梧桐叶凋，一点点滴人心碎了。枉着金井银床[19]紧围绕，只好把泼枝叶做柴烧，锯倒。（带云）当初妃子舞翠盘时，在此树下，寡人与妃子盟誓时，亦对此树。今日梦境相寻，又被他惊觉了。（唱）

【滚绣球】长生殿那一宵，转回廊，说誓约，不合对梧桐并肩斜靠，尽言词絮絮叨叨。沉香亭那一朝，按霓裳，舞六幺，红牙箸击成腔调，乱宫商闹闹炒炒。是兀那当时欢会栽排下，今日凄凉厮凑着，暗地量度。（高力士云）主上，这诸样草木，皆有雨声，岂独梧桐？（正末云）你那里知道，我说与你听者。（唱）

【三煞】润蒙蒙杨柳雨，凄凄院宇侵帘幕。细丝丝梅子雨，装点江干满楼阁。杏花雨红湿阑干，梨花雨玉容寂寞。荷花雨翠盖翩翩，豆花雨绿叶潇条。都不似你惊魂破梦，助恨添愁，彻夜连宵。莫不是水仙[20]弄娇，蘸杨柳洒风飘？

【二煞】咮咮[21]似喷泉瑞兽临双沼，刷刷似食叶春蚕散满箔。乱洒琼阶，水传宫漏，飞上雕檐，酒滴新槽。直下的更残漏断，枕冷衾寒，烛灭香消。可知道夏天不觉，把高凤麦来漂[22]。

【黄钟煞】顺西风低把纱窗哨，送寒气频将绣户敲。莫不是天故半人愁闷搅？前度铃声响栈道[23]。似花奴[24]羯鼓调，如伯牙《水仙操》[25]。洗黄花润篱落，渍苍苔倒墙角。渲湖山漱石窍，浸枯荷溢池沼。沾残蝶粉渐消。洒流萤焰不着。绿窗前促织叫，声相近雁影高。催邻砧处处捣，助新凉分外早。斟量来这一宵，雨和人紧厮熬。伴铜壶点点敲，雨更多泪不少。雨湿寒梢，泪染龙袍。不肯相饶。共隔着一树梧桐直滴到晓。（下）

【注释】

[1] 打叠：收拾，整理。

[2] 待诏：唐代翰林院官职。此指画师。

[3] 孤辰限：旧时星命家认为不吉的日子。此指孤寂有限的日子。

[4] 一灵儿：灵魂。

[5] 翠盘：舞具。本剧第二折写杨贵妃登盘跳舞。

[6] 一弄儿：一派，一股脑儿。

[7] 昏惨剌：昏惨惨。

[8] 口是心苗：即言为心声。

[9] 业眼难交：难以入眠

[10] 厮琅琅：象声词。殿铎：殿铃。朱箔：竹帘。玉马儿：古代房檐悬挂的铁片。

[11] 闷打颏：闷闷不乐。

[12] 软兀剌：无精打采。

[13] 軃（duǒ）：下垂。

[14] 窨（yìn）约：思量，揣度。

[15] 定虐：打搅，扰乱。

[16] 增百十倍，歇和芭蕉：意指树梢、芭蕉的声音交织在一起，分外急骤响亮。歇和：附和，相和。

[17] 子管里：只管、一味。

[18] 瀽（jiǎn）：泼，倾倒。

[19] 金井银床：宫中园林内的井与井栏。

[20] 水仙：此指观音。观音变相中有持杨枝洒甘露一相。

[21] 咮咮：象声词。

[22] 把高凤麦来漂：东汉人高凤因专心读书，所晒之麦被大雨漂走而浑然不觉。

[23] 前度铃声响栈道：《杨太真外传》载：玄宗避难蜀中时，在栈道雨中听到铃声，因悼念杨贵妃，采其声为《雨霖铃》曲。

[24] 花奴：唐汝阳王李琎小名，擅长击羯鼓，玄宗与杨贵妃曾共赏之。

[25]《水仙操》：琴曲名。

郑光祖杂剧

倩女离魂（第二折）

【解题】　王文举走后倩女相思成疾，一病不起，这里所录的六支曲子，就是倩女灵魂出窍，追赶王文举时的唱词，它以江上萧疏的景物，凄清的夜色，来衬托倩女之魂担惊受怕的心情，写得十分精彩，此外，优美的辞藻，悠扬的音韵，读来精警。

（夫人慌上，云）欢喜未尽，烦恼又来。自从倩女孩儿在折柳亭与王秀才送路，辞别回家，得其疾病，一卧不起。请的医人看治，不得痊可，十分沉重，如之奈何？则怕孩儿思想汤水吃，老身亲自去绣房中探望一遭去来。（下）（正末上，云）小生王文举，自与小姐在折柳亭相别，使小生切切于怀，放心不下。今夜舣舟江岸[1]，小生横琴于膝，操一曲以适闷咱[2]。（做抚琴科）（正旦别扮离魂上，云）妾身倩女，自与王生相别，思想的无奈，不如跟他同去，背着母亲，一径的赶来。王生也，你只管去了，争知我如何过遣也呵！（唱）

【越调·斗鹌鹑】 人去阳台，云归楚峡。不争他江渚停舟，几时得门庭过马。悄悄冥冥，潇潇洒洒，我这里踏岸沙，步月华。我觑着这万水千山，都只在一时半霎。

【紫花儿序】 想倩女心间离恨，赶王生柳外兰舟，似盼张骞天上浮槎[3]。汗溶溶琼珠莹脸，乱松松云髻堆鸦，走的我筋力疲乏。你莫不夜泊秦淮卖酒家，向断桥西下，疏刺刺秋水孤浦，冷清清明月芦花。

（云）走了半日，来到江边，听的人语喧闹，我试觑咱。（唱）

【小桃红】 蓦听得马嘶人语闹喧哗，掩映在垂杨下。唬的我心头不不那惊怕[4]，原来是响当当鸣榔板捕鱼虾[5]。我这里顺西风悄悄听沉罢，趁着这厌厌露华[6]，对着这澄澄月下，惊的那呀呀呀寒雁起平沙。

【调笑令】 向沙堤款踏，莎草带霜滑。掠湿湘裙翡翠纱，抵多少苍苔露冷凌波袜。看江上晚来堪画，玩冰壶潋滟天上下[7]，似一片碧玉无瑕。

【秃厮儿】 你觑远浦孤鹜落霞，枯藤老树昏鸦。听长笛一声何处发，歌 [矣欠]乃，橹咿哑。

（云）兀那船头上琴声响，敢是王生？我试听咱。（唱）

【圣药王】 近蓼洼，缆钓槎，有折蒲衰柳老兼葭。近水凹，傍短槎，见烟笼寒水月笼沙，茅舍两三家。

（正末云）这等夜深，只听得岸上女人声音，好似我倩女小姐，我试问一声波。（做问科，云）那壁不是倩女小姐么？这早晚来此怎的？（魂旦相见科，云）王生也，我背着母亲，一径的赶将你来，咱同上京去罢。（正末云）小姐，你怎生直赶到这里来？（魂旦唱）

【麻郎儿】你好是舒心的伯牙，我做了没路的浑家。你道我为甚么私离绣榻？待和伊同走天涯。

（正末云）小姐是车儿来？是马儿来？（魂旦唱）

【幺】险把咱家走乏。比及你远赴京华，薄命妾为伊牵挂，思量心几时撒下。

【络丝娘】你抛闪咱比及见咱，我不瘦杀多应害杀。

（正末云）若老夫人知道，怎了也？（魂旦唱）

他若是赶上咱待怎么？常言道做着不怕！

（正末做怒科，云）古人云："聘则为妻，奔则为妾。"老夫人许了亲事，待小生得官，回来谐两姓之好，却不名正言顺。你今私自赶来，有玷风化，是何道理？（魂旦云）王生！（唱）

【雪里梅】你振色怒增加，我凝睇不归家。我本真情，非为相唬，已主定心猿意马[8]。

（正末云）小姐，你快回去罢！（魂旦唱）

【紫花儿序】只道你急煎煎趱登程路，元来是闷沉沉困倚琴书，怎不教我痛煞煞泪湿琵琶。有甚心着雾鬓轻笼蝉翅，双眉淡扫宫鸦。似落絮飞花，谁待问出外争如只在家。更无多话，愿秋风驾百尺高帆，尽春光付一树铅华[9]。

（云）王秀才，赶你不为别，我只防你一件。（正末云）小姐，防我那一件来？（魂旦唱）

【东原乐】你若是赴御宴琼林罢，媒人每拦住马，高挑起染渲佳人丹青画，卖弄他生长在王侯宰相家。你恋着那奢华，你敢新婚燕尔在他门下？

（正末云）小生此行，一举及第，怎敢忘了小姐！（魂旦云）你若得登第呵，（唱）

【绵搭絮】你做了贵门娇客，一样矜夸。那相府荣华，锦绣堆压，你还想飞入寻常百姓家？那时节似鱼跃龙门播海涯，饮御酒，插宫花，那其间占鳌头、占鳌头登上甲。

（正末云）小生倘不中呵，却是怎生？（魂旦云）你若不中呵，妾身荆钗裙布，愿同甘苦。（唱）

【拙鲁速】你若是似贾谊困在长沙，我敢似孟光般显贤达。休想我半星儿意差，一分儿抹搭[10]。我情愿举案齐眉傍书榻，任粗粝淡薄生涯，遮莫戴荆钗、穿布麻。

（正末云）小姐既如此真诚志意，就与小生同上京去，如何？（魂旦云）秀才肯带妾身去呵，（唱）

【么篇】把稍公快唤咱，恐家中厮捉拿。只见远树寒鸦，岸草汀沙，满目黄花，几缕残霞。快先把云帆高挂，月明直下，便东风刮，莫消停，疾进发。

（正末云）小姐，则今日同我上京应举去来。我若得了官，你便是夫人县君也。

（魂旦唱）

【收尾】各刺刺向长安道上把车儿驾[11]，但愿得文苑客当时奋发。则我这临邛市沽酒卓文君，甘伏待你濯锦江题桥汉司马[12]。

【注释】

    [1] 舣舟：泊船。

    [2] 适闷：解闷。

    [3] 张骞天上浮槎：相传西汉张骞出使大夏，寻河源，乘木筏上天到达天河，槎：木筏。

    [4] 丕丕：即扑扑，形容心慌。

    [5] 鸣榔板：用木板敲击船舷以惊鱼入网。

    [6] 厌厌：浓重。

    [7] 玩冰壶漱滟天上下：意为看月在水中，天光水色交相辉映。

    [8] 主定心猿意马：打定主意。

    [9] 愿秋风驾百尺高帆，尽春光付一树铅华：愿与王生结伴而去，把青春全付此行。

    [10] 抹搭：怠慢或变心。

    [11] 各刺刺：车轮滚动的声音。

    [12] 濯锦江题桥汉司马：《华阳国志》记载：城北十里有仙桥，有送客观，司马相如初入长安，题市门曰：不乘高车驷马，不过汝也。

纪君祥杂剧

赵氏孤儿（第三折）

    【解题】 屠岸贾为搜出赵氏孤儿便假传灵公之命，要将全国半岁以下一月以上的婴儿杀绝，为保全赵家血脉程婴牺牲了自己的亲生儿子，公孙杵臼则为此献出生命。本折作者以严肃的态度，悲愤的笔触，刻画了这两位仗义勇为、忠肝烈胆的悲剧英雄形象。

    ［屠岸贾领卒子上，云］兀的不走了赵氏孤儿也。某已曾张挂榜文，限三日之内，不将孤儿出首者，即将普国内小儿，但是半岁以下、一月以上，都拘刷到我帅府中，尽行诛戮。令人，门首觑者，若有首告之人，报复某家知道。

[程婴上，云] 自家程婴是也。昨日将我的孩儿送与公孙杵臼去了，我今日到屠岸贾跟前首告去来。令人，报复去：道有了赵氏孤儿也！[卒子云] 你则在这里，等我报复去。[报科，云] 报的元帅得知，有人来报赵氏孤儿有了也。[屠岸贾云] 在那里？[卒子云] 现在门首哩。[屠岸贾云] 着他过来。[卒子云] 着过来。[做见科，屠岸贾云] 兀那厮，你是何人？[程婴云] 小人是个草泽医士程婴。[屠岸贾云] 赵氏孤儿今在何处？[程婴云] 在吕吕太平庄上公孙杵臼家藏着哩。[屠岸贾云] 你怎生知道来？[程婴云] 小人与公孙杵臼曾有一面之交。我去控望他，谁想卧房中锦绣褥上，躺着一个小孩儿。我想公孙杵臼年纪七十，从来没儿没女，这个是那里来的？我说道这小的莫非是赵氏孤儿么？只见他登时变色，不能答应。以此知孤儿在公孙杵臼家里。[屠岸贾云] 咄！你这匹夫，你怎瞒的过我？你和公孙杵臼往日无仇，近日无冤，你因何告他藏着赵氏孤儿？你敢是知情么，说的是万事全休，说的不是，令人，磨的剑快，先杀了这个匹夫者。[程婴云] 告元帅，暂息雷霆之怒，略罢虎狼之威，听小人诉说一遍咱。我小人与公孙杵臼原无仇隙，只因元帅传下榜文，要将普国内小儿拘刷到帅府，尽行杀坏。我一来为救普国内小儿之命；二来小人四旬有五，近生一子，尚未满月，元帅军令，不敢不献出来，可不小人也绝后了。我想有了赵氏孤儿，便不损坏一国生灵，连小人的孩儿也得无事，所以出首。[诗云] 告大人暂停嗔怒，这便是首告缘故。虽然救普国生灵，其实怕程家绝户。[屠岸贾笑科，云] 哦，是了。公孙杵臼元与赵盾一殿之臣，可知有这事来。令人，则今日点就本部人马，同程婴到太平庄上，拿公孙杵臼走一遭去。[同下][正末公孙杵臼上，云] 老夫公孙杵臼是也。想昨日与程婴商议救赵氏孤儿一事，今日他到屠岸贾府中首告去了。这早晚屠岸贾这厮必然来也呵。[唱]

【双调·新水令】我则见荡征尘飞过小溪桥，多管是损忠良贼徒来到。齐臻臻摆着士卒，明晃晃列着枪刀。眼见的我死在今朝，更避甚痛笞掠。

[屠岸贾同程婴领卒子上，云] 来到这吕吕太平庄上也。令人，与我围了太平庄者！程婴，那里是公孙杵臼宅院？[程婴云] 则这个便是。[屠岸贾云] 拿过那老匹夫来。公孙杵臼，你知罪么？[正末云] 我不知罪。[屠岸贾云] 我知个老匹夫和赵盾是一殿之臣，你怎敢掩藏着赵氏孤儿？[正末云] 老元帅，我有熊心豹胆，怎敢掩藏着赵氏孤儿！[屠岸贾云] 不打不招。令人，与我拣大棒子着实打者！[卒子做打科][正末唱]

【驻马听】想着我罢职辞朝，曾与赵盾名为刎颈交。[云] 这事是谁见来？[屠岸贾云〕现有程婴首告着你哩。〔正末唱〕是那个埋情出告[1]？元来这程婴舌是斩身刀！〔云〕你杀了赵家满门良贱三百余口，则剩下这孩儿，你又要伤他性命！〔唱〕你正是狂风偏纵扑天雕，严霜故打枯根草。不争把孤儿又杀坏了。可着他三百口冤仇甚人来报？

〔屠岸贾云〕老匹夫，你把孤儿藏在那里？快招出来，免受刑法。〔正末云〕我有甚么孤儿藏在那里，谁见来？〔屠岸贾云〕你不招？令人，与我踏下去着实打者！〔做打科〕〔屠岸贾云〕这老匹夫赖肉顽皮，不肯招承，可恼可恼！程婴，这原是你出首的，就着你替我行杖者！〔程婴云〕元帅，小人是个草泽医士，撮药尚然腕弱，怎生行的杖？〔屠岸贾云〕程婴，你不行杖，敢怕指攀出你么？〔程婴云〕元帅，小人行杖便了。〔做拿杖子科，屠岸贾云〕程婴，我见你把棍子拣了又拣，只拣着那细棍子，敢怕打的他疼了，要指攀下你来？〔程婴云〕我就拿大棍子打者。〔屠岸贾云〕住者。你头里只拣着那细棍子打，如今你却拿起大棍子来，三两下打死了呵，你就做的个死无招对。〔程婴云〕着我拿细棍子又不是，拿大棍子又不是，好着我两下做人难也。〔屠岸贾云〕程婴，你只拿着那中等棍子打。公孙杵臼老匹夫，你可知道行杖的就是程婴么？〔程婴行杖科，云〕快招了者！〔三科了〕〔正末云〕哎哟，打了这一日，不似这几棍子打的我疼。是谁打我来？〔屠岸贾云〕是程婴打你来。〔正末云〕程婴，你划的打我那！〔程婴云〕元帅，打的这老头儿兀的不胡说哩。〔正末唱〕

【雁儿落】是那一个实丕丕将着粗棍敲，打的来痛杀杀精皮掉。我和你狠程婴有甚的仇？却教我老公孙受这般虐！

〔程婴云〕快招了者。〔正末云〕我招，我招！〔唱〕

【得胜令】打的我无缝可能逃，有口屈成招，莫不是那孤儿他知道，故意的把咱家指定了？〔程婴做慌科〕〔正末唱〕我委实的难熬，尚兀自强着牙根儿闹；暗地里偷瞧，只见他心明眼亮唬的腿脡儿摇[2]。

〔程婴云〕你快招罢，省得打杀你。〔正末云〕有，有，有。〔唱〕

【水仙子】俺二人商议救这小儿曹。〔屠岸贾云〕可知道指攀下来也。你说二人，一个是你了，那一个是谁？你实说将出来，我饶你的性命。〔正末云〕你要我说那一个？我说我说。〔唱〕哎，一句话来到我舌尖上却咽了。〔屠岸贾云〕程婴，这桩事敢有你么？〔程婴云〕兀那老头儿，你休妄指平人！〔正末云〕程婴，你慌怎么？〔唱〕我怎生把你程婴道，似这般有上梢无下梢[3]。〔屠岸贾云〕你头里说两个，你怎生这一会儿可说无了？〔正末唱〕只被你打的来不知一个颠倒。〔屠岸贾云〕你还不说，我就打死你个老匹夫！〔正末唱〕遮莫便打的我皮都绽，肉尽销，休想我有半字儿攀着。

[卒子抱俫儿上科，云] 元帅爷贺喜，土洞中搜出个赵氏孤儿来了也。[屠岸贾科，云] 将那小的拿近前来，我亲自动手，剁做三段！兀那老匹夫，你道无有赵氏孤儿，这个是谁？[正末唱]

【川拨棹】你当日演神獒，把忠臣来扑咬。逼的他走死荒郊，刎死钢刀，缢死裙腰，将三百口全家老小尽行诛剿，并没那半个儿剩落，还不厌你心苗？

[屠岸贾云] 我见了这孤儿，就不由我不恼也！[正末唱]

【七兄弟】我只见他左瞧、右瞧、怒咆哮，火不腾改变了狰狞貌[4]，按狮蛮拽札起锦征袍，把龙泉扯离出沙鱼鞘。

[屠岸贾怒云] 我拔出这剑来，一剑、两剑、三剑。[程婴做惊疼科] [屠岸贾云] 把这一个小业种剁了三剑，兀的不称了我平生所愿也。[正末唱]

【梅花酒】呀，见孩儿卧血泊。那一个哭哭号号，这一个怨怨焦焦，连我也战战摇摇。直恁般歹做作，只除是没天道！呀，想孩儿离褥草[5]，到今日恰十朝，刀下处怎耽饶，空生长枉劬劳，还说甚要防老。

【收江南】呀，兀的不是家富小儿骄。[程婴掩泪科] [正末唱] 见程婴心似热油浇，泪珠儿不敢对人抛。背地里揾了，没来由割舍的亲生骨肉吃三刀。

[云] 屠岸贾那贼，你试觑者，上有天哩，怎肯饶过的你？我死打甚么不紧！[唱]

【鸳鸯煞】我七旬死后偏何老，这孩儿一岁死后偏何小。俺两个一处身亡，落的个万代名标。我嘱咐你个后死的程婴，休别了横亡的赵朔[6]。畅道是光阴过去的疾，冤仇报复的早。将那厮万剐千刀，切莫要轻轻的素放了。

[正末撞科，云] 我撞阶基，觅个死处。[下] [卒子报科，云] 公孙杵臼撞阶基身死了也。[屠岸贾笑科] 那老匹夫既然撞死，可也罢了。[做笑科，云] 程婴，这一桩里多亏了你。若不是你呵，如何杀的赵氏孤儿。[程婴云] 元帅，小人原与赵氏无仇。一来救普国内众生，二来小人跟前也有个孩儿，未曾满月，若不搜的那赵氏孤儿出来，我这孩儿也无活的人也。[屠岸贾云] 程婴，你是我心腹之人，不如只在我家中做个门客，抬举你那孩儿成人长大，在你跟前习文，送在我跟前演武。我也年近五旬，尚无子嗣，就将你的孩儿与我做个义儿。我偌大年纪了，后来我的官位，也等你的孩儿讨个应袭。你意下如何？

[程婴云] 多谢元帅抬举。[屠岸贾诗云] 则为朝纲中独显赵盾，不由我心中生忿；如今削除了这点萌芽，方才是永无后衅。[同下]

【注释】

　　[1] 埋情：即卖情，出卖友情。

　　[2] 腿脡儿：腿肚子。

　　[3] 有上梢无下梢：有头无尾。

　　[4] 火不腾：形容突然脸红。

　　[5] 褥草：产妇的垫褥垫席。

　　[6] 休别了：休撇了。

杨显之杂剧

潇湘夜雨（第三折）

　　【解题】　　崔通中状元后富贵易妻，抛弃并设计加害翠鸾。此折戏将荒郊旷野、风雨交加的凄凉景象与崔鸾负屈含冤的痛苦心情结合起来描写，声情并茂，扣人心弦，是元杂剧中的名篇。

　　（张天觉领兴儿、祇从上，诗云）一去江州三见春，断肠回首泪沾巾。凄凉唯有云端月，曾照当时离散人。老夫张天觉。自与我孩儿翠鸾在淮河渡翻船之后，可早又三年光景也。谢圣恩可怜，道老夫廉能清正，节操坚刚，常怀报国之心，并无于家之念[1]，加老夫天下提刑廉访使，敕赐势剑金牌。先斩后闻。这圣意无非着老夫体察滥官污吏，审理不明词讼。老夫虽然衰迈，岂敢惮劳？但因想我翠鸾孩儿，忧愁的须鬓斑白，两眼昏花，全然不比往日了。我几年间着人随处寻问，并没消耗[2]。时遇秋天，怎当那凄风冷雨，过雁吟虫，眼前景物，无一件不是牵愁触闷的。兴儿，兀的不天阴下雨了也。行动些。（诗云）一自做朝臣，区区受苦辛[3]。乡园千里梦，鞍马十年尘。亲儿生失散，祖业尽飘沦。正值秋天暮，偏令客思殷。你看那洒洒潇潇雨，更和这续续断断云。黄花金兽眼。红叶火龙鳞。山势嵯峨起，江声浩荡司。家僮倦前路，一样欲销魂。兴儿，前面到那里也？（兴儿云）老爷，前至临江驿不远了。（张天觉云）若到临江驿，老夫权且驻下者。正是："长江风送客，孤馆雨留人。"（同下）（正旦带枷锁同解子上，云）好大雨也。（诗云）我本是香闺少女，可怜见无人做主。遭迭配背井离乡。正逢着淋漓骤雨。哥哥，你只管里将我来棍棒临身，不住的拷打，难道你的肚肠能这般硬？更也没那半点儿慈悲的？（做悲科）天阿，天阿，我委实的衔冤负屈也呵。（唱）

　　【黄钟】【醉花阴】忽听的摧林怪风鼓，更那堪瓮瓿盆倾骤雨。耽疼痛捱程途。风雨相催。雨点儿何时住？眼见的折挫杀女娇姝。我在这空野荒郊。可着谁做主？（解子云）快行动些，这雨越下的大了也。（正旦唱）

【喜迁莺】淋的我走投无路，知他这沙门岛是何处酆都？长吁气成云雾。行行里着车辙把腿陷住[4]，可又早闪了胯骨。怎当这头直上急簌簌雨打，脚底下滑擦擦泥淤。（正旦做跌倒科）（解子云）你怎么跌倒了来？（正旦云）哥哥，这里滑。（解子云）千人万人走都不跌，偏你走便跌倒了？我如今走过去，滑呵，万事罢论。若不滑呵，我将你两条腿打做四条腿。（解子走跌倒科，云）快扶我起来。兀那女子，你往那边儿走，这里有些滑。（正旦唱）

【出队子】好着我急难移步。淋的来无是处[5]。我吃饭时晒干了旧衣服，上路时又淋湿我这布里肚，吃交时掉下了一个枣木梳。（解子云）你又怎的？（正旦云）掉了我枣木梳儿也。（解子云）掉了罢，到前面别买个梳子与你。（正旦云）哥哥，你寻一寻？到前面你也要梳头哩。（解子云）你也是个害杀人的。（做脚踏科，云）这个想是了。我就这水里把泥洗去了。如今有了梳子，你快行动些。（正旦唱）

【幺篇】我心中忧虑，有三桩事我命卒。（解子云）可是那三桩事？你说我听。（正旦唱）这云呵，他可便遮天映日闭了郊墟，这风呵，恰便似走石吹沙拔了树木，这雨可，他似箭竿悬麻妆助我十分苦[6]。（解子云）你走便走，不走我打你也。（正旦云）哥哥。（唱）

【山坡羊】则愿你停嗔息怒，百凡照觑，怎便精唇泼口[7]，骂到有三十句。这路崎岖，水萦纡，急的我战钦钦不敢望前去，况是棒疮发怎支吾？刚挪得半步。（带云）哥哥，你便打杀我呵，（唱）你可也没甚福。（解子云）你休要多嘴多舌。如今秋雨淋漓，一日难走一日。快与我行动些。（正旦唱）

【刮地风】则见他努眼撑睛大叫呼，不邓邓气夯胸脯[8]。我湿淋淋只待要巴前路[9]，哎，行不动我这打损的身躯。（解子喝科，云）还不走哩。（正旦唱）我捱一步又一步何曾停住，这壁厢那壁厢有似江湖。则儿那恶风波，他将我紧当处。问行人踪迹消疏，似这等白茫茫野水连天暮，（带云）哥哥也。（唱）你着我女孩儿怎过去？（解子云）你又怎的？（正旦云）哥哥，这般水深泥泞，我怎生走的过去？望哥哥可怜见，扶我一扶过去。（解子云）则被你定害杀我也。我扶将你过去。我问你，你怎生是他家梅香？你将他家金银偷的那里去了？他如今着我害你的性命哩。你可实对我说。（正旦云）我那里是他家梅香，偷了金银走来？（唱）

【四门子】告哥哥一一言分诉，那官人是我的丈夫。我可也说的是实又不是虚。寻着他指望成眷属，他别娶了妻道我是奴。我委实的衔冤负屈。（解子云）这等说起来，是俺那做官的不是？如今我也饶不得你。快行动些。（正旦唱）

225

【古水仙子】他、他、他，忒很毒，敢、敢、敢，昧己瞒心将我图，你、你、你，恶狠狠公隶监束，我、我、我，软揣揣罪人的苦楚。痛、痛、痛，嫩皮肤上棍棒数，冷、冷、冷，铁锁在项上拴住，可、可、可[10]，干支剌送的人活地狱[11]，屈、屈、屈，这烦恼待向谁行诉？（带云）哥哥，（唱）来、来、来，你是我的护身符。（解子云）天色晚了也。快行动些，寻一个宵宿的去处。（正旦唱）

【随尾】天与人心紧相助，只我这啼痕向脸儿边厢聚。（带云）天那天那，（唱）眼见的泪点儿更多，如他那秋夜雨。（同下）

【注释】

[1] 于家：为家。

[2] 消耗：消息。

[3] 区区：忍受，不断承受。

[4] 行行里：走着走着。

[5] 无是处：无办法，此指无路可走。

[6] 妆助：装饰，助长。

[7] 精唇泼口：凶狠泼赖的嘴巴。

[8] 不邓邓：即"勃腾腾"。

[9] 巴：巴望，急忙。

[10] 可：恰。

[11] 干支剌：生硬地。

二、散　曲

关汉卿散曲

双调·沉醉东风

【解题】　此曲写送别，语言明白如话，感情真挚动人。

咫尺的天南地北[1]，霎时间月缺花飞[2]。手执着饯行杯，眼阁着别离泪[3]。刚道得声"保重将息"[4]，痛煞煞教人舍不得[5]。"好去者[6]"。望前程万里！"

【注释】

[1] 咫（zhǐ）尺：形容距离近，此处借指情人的亲近。

[2] 月缺花飞，比喻情人的分离。

［3］阁：同"搁"，放置，这里指含着。

［4］将息：调养身体。

［5］痛煞煞：非常悲痛。

［6］好去者：好好地去吧。

白朴散曲

［越调·天净沙］秋

【解题】 此曲极富艺术张力，一笔并写两面，成功地将秋日迟暮萧瑟之景与明朗绚丽之景融合在一起，把赏心悦目的秋景作为曲子的主旋律，色彩明暗对比鲜明，虚实对照，情从景出，不失为又一篇写秋杰作。

孤村落日残霞[1]，轻烟老树寒鸦[2]，一点飞鸿影下。青山绿水，白草红叶黄花。

【注释】

［1］残霞：晚霞。

［2］寒鸦：天寒归林的乌鸦。

马致远散曲

［双调·夜行船］秋思

【解题】 这套套数表现了马致远的超然绝世的生活态度。表面上似乎作者与世无争、及时行乐，实际上是作者愤世嫉俗，牢骚太盛之语。语言典雅瑰丽，善于化用典故，不离本色，押韵尤妙。

百岁光阴如梦蝶[1]，重回首往事堪嗟。今日春来，明朝花谢。急罚盏夜阑灯灭[2]。［乔木查］想秦宫汉阙[3]，都做了蓑草牛羊野。不恁渔樵无话说[4]。纵荒坟横断碑，不辨龙蛇[5]。［庆宣和］投至狐踪与兔穴[6]，多少豪杰。鼎足三分半腰折，魏耶？晋耶[7]？［落梅风］天教富，莫太奢。无多时好天良夜[8]。看钱奴硬将心似铁[9]，空辜负锦堂风月[10]。［风入松］眼前红日又西斜，疾似下坡车。晓来清镜添白雪[11]，上床与鞋履相别。莫笑鸠巢计拙[12]，葫芦提一向装呆[13]。［拨不断］利名竭，是非绝。红尘不向门前惹，绿树偏宜屋角遮，青山正补墙头缺，竹篱茅舍。［离亭宴煞］蛩吟一觉方宁贴，鸡鸣万事无休歇。争名利何年是彻[14]。密匝匝蚁排兵，乱纷纷蜂酿蜜，闹攘攘蝇争血。裴公绿野堂[15]，陶令白莲社[16]。爱秋来那些：和露摘黄花，带霜烹紫蟹，煮酒烧红叶，人生有限杯，几个登高节。嘱咐俺顽童记者：便北海探吾来[17]，道东篱醉了也[18]。

【注释】

[1] 梦蝶：《庄子·齐物论》："昔者庄周梦为蝴蝶，栩栩然蝴蝶也。……俄然觉，则蘧蘧然周也。"这句话是说人生就象一场幻梦。

[2] "急罚盏"句：赶快行令罚酒，直到夜深灯熄。夜阑，夜深，夜残。

[3] 秦宫汉阙：秦代的宫殿和汉代的陵阙。

[4] 恁（nen）：不如此，不这般。

[5] 龙蛇：这里指刻在碑上的文字。古人常以龙蛇喻笔势的飞动。

[6] 投至：及至，等到。

[7] "鼎足"句：言魏、蜀、吴三国鼎立的形势，到中途就夭折了。最后的胜利者到底是魏还是晋呢？

[8] 好天良夜，好日子，好光景。

[9] 看钱奴：元代杂剧家郑廷玉根据神怪小说《搜神记》，关于一个姓周的贫民在天帝的恩赐下，以极其悭吝刻薄的手段，变为百万富翁的故事，塑造了一个为富不仁，爱财如命的悭吝形象——看钱奴。

[10] 锦堂风月：富贵人家的美好景色。本句嘲守财奴情趣卑下，无福消受荣华。

[11] 添白雪：添白发。

[12] 鸠巢计拙：指不善于经营生计。《诗·召南·鹊巢》："维鹊有巢，维鸠居之。"朱熹注："鸠性拙不能为巢，或有居鹊之成巢者。"

[13] 葫芦提：糊糊涂涂。

[14] 彻：了结，到头。

[15] 裴公：唐代的裴度。他历事德宗、宪宗、穆宗、敬宗、文宗五朝，以一身系天下安危者二十年，眼见宦官当权，国事日非，便在洛阳修了二座别墅叫做"绿野堂"，和白居易、刘禹锡在那里饮酒赋诗。

[16] 陶令：陶潜。因为他曾经做过彭泽令，所以被称为陶令。相传他曾经参加晋代的慧远法师在庐山虎溪东林寺组织的白莲社。

[17] 北海：指东汉的孔融。他曾出任过北海相，所以后世称为孔北海。他尝说："座上客常满，樽中酒不空，吾无忧矣。"

[18] 东篱：指马致远。他慕陶潜的隐逸生活，因陶潜《饮酒》诗有"采多数东篱下，悠然见南山"之句，乃自号为"东篱"。

王和卿散曲

［仙侣·醉中天］咏大蝴蝶

【解题】 《南村辍耕录》说："中统初，燕市有一蝴蝶，其大异常，王赋〔醉中天〕小令云云，由是其名益著。"这一小令以大胆的想象、夸张的手法咏蝴蝶，语言生动，写来诙谐有趣。

蝶破庄周梦[1]，两翅驾东风，三百座名园一采个空。难道风流种[2]，諕杀寻芳的蜜蜂[3]。轻轻的飞动，把卖花人扇过桥东。

【注释】

[1]"蝶破"句：意为蝴蝶大得竟然把庄周的蝶梦给弹破了。

[2]难道：难以描述。

[3]諕杀：諕（huò）：吓唬；杀：用在动词后，表程度深。

卢挚散曲

［双调·沉醉东风］秋景

【解题】 此小令前五句写黄昏之景，后两句写静夜之景，二者有机地构成一幅反映时空推移的动态画面，传达出诗人悠闲宁静而略带萧瑟的情思。

挂绝壁松枯倒倚，落残霞孤鹜齐飞。四围不尽山，一望无穷水。散西风满天秋意。夜静云帆月影低，载我在潇湘画里[1]。

【注释】

[1]潇湘画：指宋代画家宋迪的《潇湘八景图》，是著名的一组平远山水画。

姚燧散曲

［中吕·醉高歌］感怀

【解题】 此曲极写思乡之情，生活气息浓厚，情感真挚强烈。

十年燕月歌声[1]，几点吴霜鬓影[2]。西风吹起鲈鱼兴[3]，已在桑榆暮景。十年书剑长吁，一曲琵琶暗许。月明江上别溢浦[4]，愁听兰舟夜雨。

【注释】

[1]燕：指在大都（今北京）。

[2]吴：指江东（今江苏一带），为古吴国地。

[3]晋代吴地人张翰到洛阳做官，有一天刮起了秋风，他忽然想起了菰菜、莼羹、鲈鱼脍等家乡味，于是立即备车回家。

[4]溢浦：在今江西九江市西溢水入江处。

［越调·凭栏人］[1] 寄征衣

【解题】 这支小令抓住寄不寄征衣的思想矛盾，刻画出闺中少妇思念和体贴征夫的心理。

欲寄君衣君不还，不寄君衣君又寒。寄与不寄间，妾身千万难。

【注释】

[1]凭阑人：越调中的曲调。句式：七七、五五，共四句四韵。句法和情调都象词中

的小令，宜于写小景与抒幽情。

张可久散曲

［黄钟·人月圆］春晚次韵

【解题】 本曲感春而發，上片写春日送别，下片写别后感受，委婉含蓄，真挚感动人。

萋萋芳草春云乱，愁在夕阳中。短亭别酒，平湖画舫，垂柳骄骢[1]。一声啼鸟，一番夜雨，一阵东风。桃花吹尽，佳人何在，门掩残红。

【注释】

[1] 骢（cōng）：青白色的马。

乔吉散曲

［中吕·满庭芳］渔父词

【解题】 此曲表现了隐逸者避世而又寂寞的内心矛盾，体现了雅俗兼至的艺术特色。

秋江暮景，胭脂林障，翡翠山屏。几年罢却青云兴，直泛沧溟[1]。卧御榻弯的腿痛，坐羊皮惯得身轻。风初定，丝纶慢整[2]，牵动一潭星。

【注释】

[1] 沧溟：大海。
[2] 丝纶：钓丝。

［正宫·绿幺遍］自述

【解题】 这是一篇述志小令，真切地表现了作者的心性和生活态度，文笔自然流畅，雅俗并用，是一篇耐人寻味的佳作。

不占龙头选[1]，不入名贤传。时时酒圣，处处诗禅。烟霞状元，江湖醉仙。笑谈便是编修院[2]。留连，批风抹月四十年。

【注释】

[1] 龙头：即状元。
[2] 编修院：即翰林院。

三、诗 歌

耶律楚材诗

阴 山[1]

【解题】 这这首诗描绘西域阴山的景色，同时赞扬了开发边疆的各族人民。写景，气象宏大，别开生面；抒情，豪迈奔放，激昂高亢，与前人笔下边塞的荒凉苦寒迥然不同，表现了诗人的阔大胸怀。

八月阴山雪满沙[2]，清光凝目眩生花[3]。插天绝壁喷晴月[4]，擎海层峦吸翠霞[5]。松桧丛中疏畎亩[6]，藤萝深处有人家。横空千里雄西域，江左名山不足夸[7]。

【注释】

[1] 阴山：指西域阴山，即今天新疆境内的天山山脉。

[2] 八月句：写阴山的大雪严寒，化用岑参《白雪歌送武判官归京》"胡天八月即飞雪"句子意。

[3] 青光句：意为日照沙原的强烈反光使人晕眩，眼睛发花。

[4] 插天句：意谓因高山绝壁直插云天，晴朗的夜月，在绝壁上喷吐而出

[5] 擎海层峦：托举着云海的重重山峦

[6] 疏畎亩：散布在山林中的田地稀疏错落

[7] 江左：泛指长江下游一带，又称江东

过夏国新安县[1]

【解题】 此诗作于元灭西夏和成吉思汗殁于军中的那年，作者有感而发，追忆三年前随军路过阴山松关的情景，全诗情调雄浑中略带苍凉。

昔年今日度松关[2]，车马崎岖行路难。瀚海潮喷千浪白[3]，天山风吼万林丹[4]。气当霜降十分爽，月比中秋一倍寒。回首三秋如一梦[5]，梦中不觉到新安。

【注释】

[1] 夏国：西夏。

[2] 松关：作者自注"西域阴山有松关"，地址不详。

[3] 瀚海句：写大漠的景象。千浪白：比喻沙丘起伏犹如波浪翻滚那样泛着白光。

[4] 万林丹：处处丛林的树叶都呈现出红色。

[5] 三秋：三年。

刘因诗

渡白沟[1]

【解题】 诗人凭吊的不仅是古老的边疆孤城，还有自己孤剑难投的漂泊身世，全诗意境高远，沉郁雄浑。

蓟门霜落水天愁，匹马冲寒渡白沟，燕赵山河分上镇，辽金风物异中州。黄云古戍孤城晚，落日西风一雁秋。四海知名半凋落，天涯孤剑独谁投。

【注释】

[1] 白沟即拒马河，北宋和辽国曾有"白沟议和"，并以此为界，故又名界河。

萨都剌诗

念奴娇·登石头城次东坡韵

【解题】 这首词作于南京，上片意在吊古，下片意在伤今，全部依照苏轼《念奴娇·赤壁怀古》的韵脚押韵，词的基调和境界也颇为相似。

石头城上[1]，望天低吴楚[2]，眼空无物。指点六朝形胜地[3]，唯有青山如壁。蔽日旌旗，连云樯橹[4]，白骨纷如雪[5]。一江南北，消磨多少豪杰[6]。寂寞避暑离宫[7]，东风辇路[8]，芳草年年发。落日无人松径里，鬼火高低明灭[9]。歌舞尊前，繁华镜里，暗换青青发[10]。伤心千古，秦淮一片明月[11]。

【注释】

[1] 石头城：即今天南京市。
[2] 吴楚：泛指长江中下游地区。
[3] 指点句：南京地势险要，吴、东晋、宋、齐、梁、陈六朝都见都于此。
[4] 樯橹：指水军船舰。
[5] 纷：众多。
[6] 消磨：逐渐消耗，耗尽。
[7] 离宫：即行宫。
[8] 辇路：帝王车驾所经的路。
[9] 鬼火：磷火。
[10] 暗换：不知不觉中改变。
[11] 秦淮：指秦淮河。

王冕诗

墨　　梅[1]

【解题】　这是一首题画诗。诗人赞美墨梅不求人夸，只愿给人间留下清香的美德，实际上是借梅自喻，表达自己的人生态度以及不向世俗献媚的高尚情操。

吾家洗砚池头树[2]，朵朵花开淡墨痕。不要人夸颜色好，只留清气满乾坤。

【注释】

［1］墨梅：水墨画的梅花。

［2］洗砚池：写字、画画后洗笔洗砚的池子。王羲之有"临池学书，池水尽黑"的传说。这里化用这个典故。诗人与晋代书法家王羲之同姓，故说"吾家"。

明代部分

一、诗 歌

李梦阳诗

秋 望

【解题】 此诗描写秋天边塞景象，表现出作者对时局的关心，全诗雄浑劲键，稍能摆脱模拟的积习。

黄河水绕汉边墙[1]，河上秋风雁几行。客子过濠追野马[2]，将军夜箭射天狼[3]。黄尘古渡迷飞輓[4]，白日横空冷战常。闻道朔方多勇略[5]，只今谁是郭汾阳[6]。

【注释】

[1] 汉边墙：实际指明朝当时在大同府西北所修的长城，它是明王朝与革达靼部族的界限。

[2] 客子句："客子"指离家戍边的士兵；"过濠"指越过护城河；"野马"本意是游气或游尘，此处指人马荡起的烟尘。

[3] 将军句：弢（tāo）：装箭的袋子；弢箭，将箭装入袋中，就是整装待发之意。天狼，指天狼星，古人以为此星出现预示有外敌入侵，"射天狼"即抗击入侵之敌。

[4] 飞輓（wǎn）：快速运送粮草的船只。

[5] 朔方：唐代方镇名，治所在灵州（今宁夏灵武西南），此处泛指西北一带。

[6] 郭汾阳：即郭子仪，唐代名将，曾任朔方节度使，以功封汾阳郡王。

王世贞诗

钦䲹行[1]

【解题】 本诗写钦䲹冒充凤凰，意在讽刺权相严嵩，托物言志，寓言显豁。

飞来五色鸟，自名为凤凰[2]。千秋不一见，见者国祚昌[3]。飨以钟鼓坐明

234

堂[4]。明堂饶梧竹[5]，三日不鸣意何长[6]！晨不见凤凰，凤凰乃在东门之阴啄腐鼠，啾啾唧唧不得哺[7]。夕不见凤凰，凤凰乃在西门之阴媚苍鹰[8]，愿尔肉攫分遗腥[9]。梧桐长苦寒，竹实长苦饥[10]。众鸟惊相顾，不知凤凰是钦鴀。

【注释】

[1] 钦鴀：传说中的凶神，为天帝所戮，化为大鹗。其状如雕而黑文，白首赤喙而虎爪，其音如晨鹄。相传它出现时必有兵灾。

[2] 凤凰：传说中神鸟，色具五彩，见则天下太平，国运昌盛。

[3] 国祚：国家的命运。

[4] 飨：进献。

[5] 明堂：古代天子举行朝会、祭祀、庆赏等大典的殿堂。

[6] 三日：多日。

[7] 啾啾唧唧：钦鴀的叫声。

[8] 媚：献媚，讨好。

[9] 愿尔句：乞求苍鹰分些剩肉给它吃。

[10] 梧桐两句：抱怨栖梧桐、吃竹实，经常受冻挨饿。

二、散　文

宋濂散文

王冕传

【解题】　本文选自《宋文宪公全集》卷二十七。王冕为元末的画家兼诗人，著有《竹斋集》。他的事迹在民间广为流传。本文即记载了他的生平。他出身农家，经过自己的苦学，终成通儒。他有傲岸的个性，不肯屈身为"备奴使"的小吏，他具有预见性，看到元末天下将大乱，不肯出仕，隐居九里山，以卖画为生。宋濂笔下的王冕，写得鲜明生动，个性突出，为来《明史》所本。

王冕者，诸暨人[1]，七八岁时，父命牧牛陇上[2]，窃入学舍听诸生诵书，听已辄默记，暮归忘其牛。或牵牛来责蹊田[3]，父怒挞之，已而复如初。母曰："儿痴如此，曷不听其所为。"冕因去依僧寺以居，夜潜出，坐佛膝上，执策映长明灯读之[4]，琅琅达旦。佛像多土偶，狞恶可怖，冕小儿，恬若不见[5]。安阳韩性闻而异之[6]，录为弟子，学遂为通儒。性卒，门人事冕如事性。时冕父已卒，即迎母入越城就养[7]。久之，思母还故里，冕买白牛，驾母车，自被古冠服随车后。乡里小儿竞遮道讪笑，冕亦笑。

著作郎李孝光欲荐之为府史[8]，冕骂曰："吾有田可耕，有书可读，肯朝夕抱案立高庭下[9]，备奴使哉？"每居小楼上，客至，僮入报，命之登，乃登。部使者行郡，坐马上求见，拒之去。去不百武[10]，冕倚楼长啸，使者闻之惭。冕屡应进士举，不中。叹曰："此童子羞为者，吾可溺是哉？"竟弃去。买舟下东吴，渡大江，入淮、楚，历览名山川。或遇奇才侠客，谈古豪杰事，即呼酒共饮，慷慨悲吟，人斥为狂奴。北游燕都[11]，馆秘书卿泰不花家[12]。泰不花荐以馆职[13]，冕曰："公诚愚人哉！不满十年，此中狐兔游矣，何以禄仕为？"即日将南辕[14]，会其友武林卢生死滦阳[15]，唯两幼女、一童留燕，怅怅无所依。冕知之，不远千里走滦阳，取生遗骨，且挈二女还生家。

冕既归越，复大言天下将乱。时海内无事，或斥冕为妄。冕曰："妄人非我，谁当为妄哉？"乃携妻孥隐于九里山。种豆三亩，粟倍之。树梅花千，桃杏居其半。芋一区，薤、韭各百本[16]。引水为池，种鱼千余头。结茅庐三间。自题为梅花屋，尝仿《周礼》著书一卷，坐卧自随，秘不使人观。更深入寂辄挑灯朗讽，既而抚卷曰："吾未即死，持此以遇明主，伊、吕事业不难致也[17]。当风日佳时，操觚赋诗[18]，千百不休，皆鹏骞海怒[19]，读者毛发为耸。人至不为宾主礼，清谈竟日不倦。食至辄食，都不必辞谢。善画梅，不减杨补之[20]。求者肩背相望，以缣幅短长为得米之差[21]。人讥之。冕曰："吾藉是以养口体，岂好为人家作画师哉？"未几，汝颍兵起[22]，一一如冕言。

皇帝取婺州[23]，将攻越，物色得冕，置幕府，授以咨议参军，一夕以病死。冕状貌魁伟，美须髯，磊落有大志，不得少试以死，君子惜之。

史官曰[24]：予受学城南时，见孟寀言越有狂生，当天大雪，赤足上潜岳峰，四顾大呼曰："遍天地间皆白玉合成，使人心胆澄澈，便欲仙去。"及入城，戴大帽如簁[25]，穿曳地袍，翩翩行，两袂轩翥[26]，哗笑溢市中。予甚疑其人，访识者问之，即冕也。冕真怪民哉！马不羁驾[27]，不足以见其奇才，冕亦类是夫！

【注释】

[1] 诸暨：今浙江诸暨市。

[2] 陇：同"垄"，田垄。

[3] 蹂：踩踏。

[4] 策：书册。长明灯：佛前昼夜长明的灯。

[5] 恬：安然。

[6] 安阳韩性：字明善，绍兴（今属浙江）人，其先居安阳（今属河南）。元代学者。曾被举为教官，不赴。卒后谥庄节先生。著有《礼记说》等书。

[7] 越城：指今绍兴市。

［8］李孝光：字季和，浙江乐清人。至正年间任秘书监著作郎。府史：府衙小吏。

［9］案：指文书档案。

［10］武：半步叫武。

［11］燕都：即元代京城大都，今北京市。

［12］泰不华：字兼善，世居白野山。至正元年（1341）为绍兴路总管。召入史馆，与修辽、宋、金三史，书成，授秘书卿。升礼部尚书，兼会同馆事。方国珍起兵，被杀。秘书卿为秘书监长官。

［13］馆职：这里指在史馆供职。

［14］南辕：车辕向南，即南归。

［15］武林：杭州的别称。滦阳：今河北迁安西北。

［16］薤（xiè）百合科植物，鳞茎可作蔬菜。

［17］伊、吕：伊尹、吕尚。伊尹为商汤贤相；吕尚，扶助武王来殷建立周朝。

［18］操觚：执简，这里谓拿起纸来。觚，古人书写时所用的木简。

［19］鹏骞海怒：喻极有气势。鹏骞，大鹏高飞。

［20］杨补之：指宋代画家杨无咎，字补之，善画梅。

［21］缯（zēng）：丝织物。

［22］汝颍兵起：指元末红巾军起义。

［23］皇帝：指明太祖朱元璋。婺州：治所在今浙江金华。

［24］史官：作者自谓。

［25］籭（shī）：筛。

［26］袂（mèi）：衣袖。轩翥（zhù）：飞举的样子。

［27］霻（fěng）驾：翻覆车驾。犹言不受驾驭。

刘基散文

郁离子[1]·千里马

【解题】 《郁离子》以《千里马》开篇，是颇有深意的。作者反复强调发现、培养和使用人才的重要性。以"千里马"比喻人才难得，对于"马则良矣，然非冀产"便置诸外牧的做法给予讽刺，寄寓了他对元末统治者以种族、地域划分等级和按封建乡土观念用人政策的强烈怨愤之情。

郁离子之马，孳得駃騠焉[2]。人曰："是千里马也，必致诸内厩[3]。"郁离子悦，从之，至京师[4]。天子使太仆阅方贡[5]，曰："马则良矣，然非冀产也。"置之于外牧[6]。南宫子朝谓郁离子曰[7]："熙华之山，实维帝之明都[8]，爰有绀羽之鹊[9]，菢而弗朋[10]，惟天下之鸟，惟凤为能屟其形[11]，于是道凤之道[12]，志凤之志[13]，思以凤之鸣，鸣天下。鹣鸠见而谓之曰[14]：'子亦知夫木主之与土偶乎？上古圣人以木主事神，后世乃易以土偶，非先王之念虑不周于今之人也，苟求诸心诚，不以貌肖，而今反之矣，今子又以古反之。弗鸣则已，鸣必有戾。'卒鸣之，咬然而成音，拂梧桐之枝，入于青云，激空穴而殷岩?[15]，松、杉、柏、枫莫不振柯而和之，横体竖目之听之者[16]，亦莫不蠢蠢焉[17]，熙熙焉[18]。鹜闻而大惕[19]，畏其挺已也[20]，使鹨谗之于王母之使曰[21]：'是鹊而奇其音，不祥。'使云鸟日逐之[22]，进幽旻焉[23]。鹊委羽于海滨[24]，鹔鹭遇而射之[25]，中脰几死[26]。今天下之不内[27]，吾子之不为幽旻而为鹊也[28]，我知之矣。"

【注释】

[1] 郁离子：郁，文采；离，光明。"郁离"，即文明，是太平盛世文明之治的象征。意谓只要按书中指示的去办，就可以使国家的政治教化趋向光明。"郁离子"是刘基以此命名假托的人物，在全书各篇中往往是作者本人的化身。

[2] 挚：繁衍、生殖。駃騠：良马名。《史记·李斯列传》："骏良駃騠，不实外厩。"

[3] 诸："之于"二字连用的虚词。内厩：皇家马圈。

[4] 京师：国都旧称。

[5] 太仆：古代掌管车马牧畜的官名。阅方贡：阅，检验、鉴定。方贡，指地方进献给朝廷的贡物，此指駃騠良马。

[6] 外牧：皇宫外的马房，即"外厩"。

[7] 南宫子朝：虚拟人名。熹华之山：即光华之山。熹同"熺"，光明。

[8] 帝之明都：指南方炎帝的住处。

[9] 绀：稍微带红的黑色。

[10] 菢而弗朋：菢，孵（卵成雏）。朋，同。意谓绀羽鹊刚刚孵化出来就跟任何鸟不相同。

[11] 屣：脱也；附也。

[12] 道凤之道，以凤之道为道，后一个"道"，指才德。

[13] 志凤之志：以凤之志为志，后一个"志"指志向。

[14] 鹈鸠：鸟名。

[15] 殷：形容鸟叫声震动很大。岩：山石高峻貌。

[16] 横体竖目：泛指动物。

[17] 蠢蠢焉：骚乱貌。

[18] 熙熙焉：和乐貌。

[19] 鹜：黄鹜，不祥之鸟。据《山海经·大荒西经》载："玄丹之山"有"黄鹜"，"其所集者其国亡。"

[20] 挺：篡取。此有危害之意。

[21] 鹨：即云雀。

[22] 云鸟：一种毒鸟，鸩鸟。

[23] 幽旻：明成化本、正德本、嘉靖单行本作"幽昌"。幽，深远；旻，天空。

[24] 委羽：脱落羽毛。

[25] 鹔鹭：据《尔雅·释鸟》载："鹔鹭，如鹊，尾短，射之，衔矢射人。"为一种似

鹊而尾短的鸟，据说它能衔住射向它的箭反射向人。

　　[26] 脰：颈项。

　　[27] 内：通"纳"，接受、接纳。

　　[28] 吾子：对人相亲爱的称呼。

楚人养狙

【解题】　本文选自《郁离子》卷上，题作《术使》。诸家选本有题作《狙公》、《楚人养狙》等。这是一则非常富有反抗性的寓言，它通过狙公残酷剥削众狙，众狙觉醒后群起反抗的故事。揭示了封建社会统治者对人民群众的残酷剥削与压迫，说明只要人民一旦觉悟，群起反抗，统治者就只有冻馁而死。文章虽短，却写得生动而又富有说服力，又具有煽动性。

　　楚有养狙以为生者，楚人谓之狙公。旦日，必部分众狙于庭[1]，使老狙率以之山中，求草木之实，赋什一以自奉。或不给，则加鞭棰焉。群狙皆畏苦之，弗敢违也。一日，有小狙谓众狙曰："山之果，公所树与[2]？"曰："否也，天生也。"曰："非公不得而取与？"曰："否也，皆得而取也。"曰："然则吾何假于彼而为之役乎？"言未既，众狙皆寤。[3]其夕，相与伺狙公之寝，破栅毁柙[4]，取其积，相携而入于林中，不复归。狙公卒馁而死。

　　郁离子曰：世有以术使民而无道揆者[5]。其如狙公乎？惟其昏而未觉也；一旦有开之，其术穷矣。

【注释】

　　[1] 部分：部署、分派。

　　[2] 公：指狙公。

　　[3] 寤：同"悟"，觉醒。

　　[4] 柙（xiá）：关兽的木笼。

　　[5] 道揆：道术、法度。

归有光散文

寒花葬志[1]

【解题】　本文是一篇记葬文。所记乃作者原配魏氏陪嫁来得婢女寒花。婚后六年魏氏去世，又五年，寒花病逝，葬后，作者写此文以纪念。

　　婢[2]，魏孺人媵也[3]。嘉靖丁酉五月四日死[4]，葬虚丘。事我而不卒[5]，命也夫！婢初媵时，年十岁，垂双鬟，曳深绿布裳。一日，天寒，爇火煮荸荠熟[6]，婢削之盈瓯[7]。余入自外，取食之。婢持去不与，魏孺人笑之。孺人每令婢倚几旁饭，即饭，目眶冉冉动。孺人又指予以为笑。回思是时，奄忽便已十年[8]。吁，可悲也已！

【注释】

[1] 寒花：作者原配夫人魏氏陪嫁过来的婢女。魏氏在婚后六年去世，寒花则又在魏氏去世五年病逝。

[2] 婢：指寒花。

[3] 魏孺人：指作者之妻魏氏。孺人，古代官员之母或妻的封号。媵：陪嫁的婢女。

[4] 嘉靖丁酉：即公元 1537 年。

[5] 不卒：没有到最后。

[6] 爇（ruò）：烧。荸荠：一种水生植物，根部可吃，南方或称马蹄。

[7] 瓯：小瓦盆。

[8] 奄忽：形容时间过得很快。

袁宏道散文

满井游记[1]

【解题】 本文是袁道宏在万历二十七年（1599）写的一篇山水游记小品。文章写作上的特点，一是铺垫巧妙而自然。二是写景与抒情的完美结合。三是语言的简洁形象及比喻的贴切，表现了作者驾驭语言的高度技巧。

燕地寒[2]，花朝节后[3]，余寒犹厉。冻风时作[4]，作则飞沙走砾[5]，局促一室之内[6]，欲出不得。每冒风驰行，未百步辄返。廿二日天稍和，偕数友出东直[7]，至满井。高柳夹提，土膏微润[8]，一望空阔，若脱笼之鹄[9]。于时冰皮始解[10]，波色乍明，鳞浪层层[11]，清澈见底，晶晶然如镜之新开而冷光乍出于匣也[12]。山峦为晴雪所洗，娟然如拭[13]，鲜妍明媚，如倩女之靧面而髻鬟之始掠也[14]。柳条将舒未舒，柔梢披风，麦田浅鬣寸许[15]。游人虽未盛，泉而茗者[16]，罍而歌者[17]，红装而蹇者[18]，亦时时有。风力虽尚劲，然徒步则汗出浃背。凡曝沙之鸟，呷浪之鳞[19]，悠然自得，毛羽鳞鬣之间，皆有喜气。始知郊田之外，未始无春，而城居者未之知也。夫能不以游堕事[20]，而潇然于山石草木之间者，惟此官也[21]。而此地适与余近[22]，余之游将自此始，恶能无记？己亥之二月也[23]。

【注释】

[1] 满井：北京东北郊的一个地名。因有一古井，井水四时皆满，故称满井。

[2] 燕：河北省北部，古属燕国。

[3] 花朝节：俗传农历二月十二日为百花生日，称为花朝节。一说以二月初二或二月十五日为花朝节。

[4] 冻风：寒风。

[5] 砾：碎石。

[6] 局促：局限。

[7] 东直：东直门，北京城东面的一个城门。

[8] 土膏：指肥沃的土地。

[9] 鹄：天鹅。

[10] 冰皮始解：水面上的冰开始融化。

[11] 鳞浪：细浪。

[12] 晶晶然：清澈明亮的样子。开：指刚刚磨过。

[13] 娟然：美丽的样子。拭：擦洗。

[14] 倩女：美女。靧（huì）面：洗脸。掠：梳理。

[15] 鬣：马鬃毛。这里比喻麦苗。

[16] 泉而茗：取泉水烹茶。

[17] 罍而歌：喝酒唱歌。罍，酒杯。这里代指喝酒。

[18] 红装而蹇：穿着艳丽的服装，骑恋驴子。这句指女子。蹇，马、驴走不快。

[19] 呷浪之鳞：呷浪之鳞：在波浪里呼吸的鱼。这里指在风浪中出没的鱼类。

[20] 堕事：坏事。

[21] 此官：这里指作者。这时袁宏道任顺天府学教官。

[22] 适与余近：指与作者的兴趣相吻合。

[23] 己亥：万历二十七年（1599）。

张岱散文

湖心亭看雪

【解题】　本文是张岱小品的传世之作。作者通过追忆在西湖乘舟看雪的一次经历，表现了深挚的隐逸之思，寄寓了幽深的眷恋和感伤的情怀。本文最大的特点是文笔简练，全文不足二百字，却融叙事、写景、抒情于一体，淡淡写来，情致深长，洋溢着浓郁的诗意。

崇祯五年十二月[1]，余住西湖。大雪三日，湖中人鸟声俱绝。是日更定矣[2]，余挐一小舟，拥毳衣炉火，独往湖心亭看雪[3]。雾凇沆砀[4]，天与云与山与水，上下一白。湖上影子，惟长堤一痕[5]，湖心亭一点，与余舟一芥，舟中人两三粒而已。到亭上，有两人铺毡对坐，一童子烧酒，炉正沸。见余大喜，曰："湖中焉得更有此人！"拉余同饮。余强饮三大白而别，问其姓氏，是金陵人，客此。及下船，舟子喃喃曰："莫说相公痴[6]，更有痴似相公者！"

【注释】

[1] 崇祯五年：即 1632 年。

[2] 更定：入夜人静后。古人把一夜分为五更，一更约为两小时。

[3] 毳（cuì 翠）衣：皮毛衣。

[4] 雾凇：寒冷天雾在树上凝结成如雪一样的松散水晶，也叫树挂。沆砀（hàngdàng

杭去声荡）：天地间白茫茫的水气。

　　[5] 长堤：西湖中的苏堤。

　　[6] 相公：旧时对士人的尊称。

崔铣散文

记王忠肃公翱事[1]

　　【解题】　本文属于"轶事"一类文体，没有详细介绍王翱的生平和政绩，只是从他的日常生活琐事中选取了最能表现人物性格的两个小故事，以小见大，从不同侧面表现了王翱清白廉洁，不徇私枉法的高贵品格。行文质朴无华，文字简洁，以人物的言行来烘托其性格，形象生动。

　　公一女，嫁为畿辅某官某妻[2]。公夫人甚爱女，每迎女，婿固不遣[3]，恚而语女曰[4]："而翁长铨[5]，迁我京职[6]，则汝朝夕侍母；且迁我如振落叶耳，而固[7]吝者何？"女寄言于母[8]。夫人一夕置酒，跪白公。公大怒，取案上器击伤夫人，出，驾而宿于朝房[9]，旬乃还第。婿竟不调[10]。

　　公为都御史[11]，与太监某守辽东。某亦守法，与公甚相得也。后公改两广[12]，太监泣别，赠大珠四枚。公固辞。太监泣曰："是非贿得之。昔先皇颁僧保所货西洋珠于侍臣，某得八焉，今以半别公，公固知某不贪也。"公受珠，内所著披袄中[13]，纫之。后还朝，求太监后，得二从子[14]。公劳之曰[15]："若翁廉，若辈得无苦贫乎？"皆曰："然。"公曰："如有营[16]，予佐尔贾。"二子心计[17]，公无从办，特示故人意耳。皆阳应曰[18]："诺。"公屡促之，必如约。乃伪为屋券，列贾五百金，告公。公拆袄，出珠授之，封识宛然[19]。

　　【注释】

　　[1] 王翱：字九皋，明朝河北盐山人，曾任吏部尚书等职，为人刚正廉直，是五朝元老，一代名臣，"忠肃"是其谥号。

　　[2] 畿辅：京城附近的地方。

　　[3] 固：坚决。遣：打发走。

　　[4] 恚（huì）：怨怒。

　　[5] 而翁长铨（zhǎngquán）：你的父亲谥管理人事的吏部长官。而：同"尔"，长：这里是"为……之长"的意思。铨：选拔，旧时吏部的职则是按照规定任免、考核、选拔官吏。[6]。迁：调换升降官职。

　　[7] 固：一定。

　　[8] 寄言：托人带话。

　　[9] 驾：坐车。朝房：古代大臣处其间等待上朝的房子。

　　[10] 竟：终于。

[11] 都御史：都察院的长官，主管监察。

[12] 两广：指广东、广西两省。

[13] 内：同"纳"，放入。

[14] 从子：侄子

[15] 劳：安慰，慰劳。

[16] 营：指做生意或买房产等。

[17] 心计：心里盘算。

[18] 阳：同"佯"，假装。

[19] 识（zhì）：同"志"，记号。

三、民　歌

［挂枝儿］送情人到丹阳路[1]

【解题】　这支民歌虽然是描写离别之作，但兼深情与幽默为一体，堪称一绝。

送情人，直送到丹阳路，你也哭，我也哭，赶脚的也来哭[2]。赶脚的你哭因何故？道是："去的不肯去，哭得直管哭。你两下里调情也，我的驴儿受了苦！"

【注释】

[1] 挂枝儿：民间小曲，明代嘉靖、万历年间盛行大江南北。

[2] 赶脚的：出赁牲口给人乘坐并替人驾驭牲口的人。

［锁南枝］泥捏人[1]

【解题】　被称为《锁南枝》一曲之冠的《捏泥人》，想象新奇，感情天真。

傻俊角我的哥[2]！和块黄泥儿捏咱两个。捏一个儿你，捏一个儿我，捏的来一似活托，捏的来同床上歇卧。将泥人儿捏碎，着水儿重活过，再捏一个你，再捏一个我。哥哥身上也有妹妹，妹妹身上也有哥哥。

【注释】

[1] 锁南枝：民间小曲，明中叶开始流行，河南传唱尤盛。

[2] 傻俊角：傻得可爱的家伙。

四、小　说

罗贯中小说《三国演义》

第二十一回　曹操煮酒论英雄　关公赚城斩车胄

【解题】　许田打围后，曹操挟天子以令诸侯，气氛骄人。刘备壮志难伸，不得不暂时依附于曹操。曹操暗中监视着刘备，而刘备在灌园学圃以为韬晦之计。这种暗中较量演化为英雄宴上的公开斗智：一个装聋作哑，只作不知；一个放开襟怀，评点天下；一个长于守拙，一个善于识人。小说生动地展示了刘备与曹操这两个互为对手的政治家的不同面目。从情节发展来看，此回也为众军阀的结局埋下了伏笔。

　　却说董承等问马腾曰："公欲用何人？"马腾曰："见有豫州牧刘玄德在此，何不求之？"承曰："此人虽系皇叔，今正依附曹操，安肯行此事耶？"腾曰："吾观前日围场之中，曹操迎受众贺之时，云长在玄德背后，挺刀欲杀操，玄德以目视之而止。玄德非不欲图操，恨操牙爪多，恐力不及耳。公试求之，当必应允。"吴硕曰："此事不宜太速，当从容商议。"众皆散去。次日黑夜里，董承怀诏，径往玄德公馆中来。门吏入报，玄德迎出，请入小阁坐定。关、张侍立于侧。玄德曰："国舅夤夜至此[1]，必有事故。"承曰："白日乘马相访，恐操见疑，故黑夜相见。"玄德命取酒相待。承曰："前日围场之中，云长欲杀曹操，将军动目摆头而退之，何也？"玄德失惊曰："公何以知之？"承曰："人皆不见，某独见之。"玄德不能隐讳，遂曰："舍弟见操僭越[2]，故不觉发怒耳。"承掩面而哭曰："朝廷臣子，若尽如云长，何忧不太平哉！"玄德恐是曹操使他来试探，乃佯言曰："曹丞相治国，为何忧不太平？"承变色而起曰："公乃汉朝皇叔，故剖肝沥胆以相告，公何诈也？"玄德曰："恐国舅有诈，故相试耳。"于是董承取衣带诏令观之，玄德不胜悲愤。又将义状出示，上止有六位：一，车骑将军董承；二，工部侍郎王子服；三，长水校尉种辑；四，议郎吴硕；五，昭信将军吴子兰；六，西凉太守马腾。玄德曰："公既奉诏讨贼，备敢不效犬马之劳。"承拜谢，便请书名。玄德亦书"左将军刘备"，押了字，付承收讫。承曰："尚容再请三人，共聚十义，以图国贼，"玄德曰："切宜缓缓施行，不可轻泄。"共议到五更相别去了。玄德也防曹操谋害，就下处后园种菜，亲自浇灌，以为韬晦之计[3]。关、张二人曰："兄不留心天下大事，而学小人之事，何也？"玄德曰："此非二弟所知也。"二人乃不复言。

　　一日，关、张不在，玄德正在后园浇菜，许褚、张辽引数十人入园中曰："丞相有命，请使君便行。"玄德惊问曰："有甚紧事？"许褚曰："不知。只教我来相请。"玄德只得随二人入府见操。操笑曰："在家做得好大事！"得玄德面如土色。操执玄德手，直至后园，曰："玄德学圃不易！"玄德方才放心，答曰："无事消遣耳。"操曰："适见枝头梅子青青，忽感去年征张绣时，道上缺水，将士皆渴；吾心生一计，以鞭虚指曰：'前面有梅林。'军士闻之，口皆生唾，由是不渴。今见此梅，不可不赏。又值煮酒正熟，故邀使君小亭一会。"玄德心神方定。随至小亭，已设樽俎[4]：盘置青梅，一樽煮酒。二人对坐，开怀畅饮。

　　酒至半酣，忽阴云漠漠，聚雨将至。从人遥指天外龙挂[5]，操与玄德凭栏观之。操曰："使君知龙之变化否？"玄德曰："未知其详。"操曰："龙能大能小，能升能隐；大则兴云吐雾，小则隐介藏形；升则飞腾于宇宙之间，隐则潜伏于波涛之内。方今春深，龙乘时变化，犹人得志而纵横四海。龙之为物，可比世之英雄。玄德久历四方，必知当世英雄。请试指言之。"玄德曰："备肉眼安识英雄？"操曰："休得过谦。"玄德曰："备叨恩庇，得仕于朝。天下英雄，实有未知。"操曰："既不识其面，亦闻其名。"玄德曰："淮南袁术，兵粮足备，可为英雄？"操笑曰："冢中枯骨，吾早晚必擒之！"玄德曰："河北袁绍，四世三公，门多故吏；今虎踞冀州之地，部下能事者极多，可为英雄？"操笑曰："袁绍色厉胆薄，好谋无断；干大事而惜身，见小利而忘命：非英雄也。"玄德曰："有一人名称八俊[6]，威镇九州：刘景升可为英雄？"操曰："刘表虚名无实，非英雄也。"玄德曰："有一人血气方刚，江东领袖——孙伯符乃英雄也？"操曰："孙策藉父之名，非英雄也。"玄德曰："益州刘季玉，可为英雄乎？"操曰："刘璋虽系宗室，乃守户之犬耳，何足为英雄！"玄德曰："如张绣、张鲁、韩遂等辈皆何如？"操鼓掌大笑曰："此等碌碌小人，何足挂齿！"玄德曰："舍此之外，备实不知。"操曰："夫英雄者，胸怀大志，腹有良谋，有包藏宇宙之机，吞吐天地之志者也。"玄德曰："谁能当之？"操以手指玄德，后自指，曰："今天下英雄，惟使君与操耳！"玄德闻言，吃了一惊，手中所执匙箸，不觉落于地下。时正值天雨将至，雷声大作。玄德乃从容俯首拾箸曰："一震之威，乃至于此。"操笑曰："丈夫亦畏雷乎？"玄德曰："圣人迅雷风烈必变[7]，安得不畏？"将闻言失箸缘故，轻轻掩饰过了。操遂不疑玄德。后人有诗赞曰："勉从虎穴暂趋身，说破英雄惊杀人。巧借闻雷来掩饰，随机应变信如神。"

天雨方住，见两个人撞入后园，手提宝剑，突至亭前，左右拦挡不住。操视之，乃关、张二人也。原来二人从城外射箭方回，听得玄德被许褚、张辽请将去了，慌忙来相府打听；闻说在后园，只恐有失，故冲突而入。却见玄德与操对坐饮酒。二人按剑而立。操问二人何来。云长曰："听知丞相和兄饮酒，特来舞剑，以助一笑。"操笑曰："此非鸿门会，安用项庄、项伯乎？"玄德亦笑。操命："取酒与二樊哙压惊。"关、张拜谢。须臾席散，玄德辞操而归。云长曰："险些惊杀我两个！"玄德以落箸事说与关、张。关、张问是何意。玄德曰："吾之学圃，正欲使操知我无大志；不意操竟指我为英雄，我故失惊落箸。又恐操生疑，故借惧雷以掩饰之耳。"关、张曰："兄真高见！"

操次日又请玄德。正饮间，人报满宠去探听袁绍而回。操召入问之。宠曰："公孙瓒已被袁绍破了。"玄德急问曰："愿闻其详。"宠曰："瓒与绍战不利，筑城围圈，圈上建楼，高十丈，名曰易京楼，积粟三十万以自守。战士出入不息，或有被绍围者，众请救之。瓒曰：'若救一人，后之战者只望人救，不肯死战矣。'遂不肯救。因此袁绍兵来，多有降者。瓒势孤，使人持书赴许都求救，不意中途为绍军所获。瓒又遗书张燕，暗约举火为号，里应外合。下书人又被袁绍擒住，却来城外放火诱敌。瓒自出战，伏兵四起，军马折其大半。退守城中，被袁绍穿地直入瓒所居之楼下，放起火来。瓒无走路，先杀妻子，然后自缢，全家都被火焚了。今袁绍得了瓒军，声势甚盛。绍弟袁术在淮南骄奢过度，不恤军民，众皆背反。术使人归帝号于袁绍。绍欲取玉玺，术约亲自送至，见今弃淮南欲归河北。若二人协力，急难收复。乞丞相作急图之。"玄德闻公孙瓒已死，追念昔日荐己之恩，不胜伤感；又不知赵子龙如何下落，放心不下。因暗想曰："我不就此时寻个脱身之计，更待何时？"遂起身对操曰："术若投绍，必从徐州过，备请一军就半路截击，术可擒矣。"操笑曰："来日奏帝，即便起兵。"次日，玄德面奏君。操令玄德总督五万人马，又差朱灵、路昭二人同行。玄德辞帝，帝泣送之。

玄德到寓，星夜收拾军器鞍马，挂了将军印，催促便行。董承赶出十里长亭来送。玄德曰："国舅宁耐。某此行必有以报命。"承曰："公宜留意，勿负帝心。"二人分别。关、张在马上问曰："兄今番出征，何故如此慌速？"玄德曰："吾乃笼中鸟、网中鱼，此一行如鱼入大海、鸟上青霄，不受笼网之羁绊也！"因命关、张催朱灵、路昭军马速行。

时郭嘉、程昱考较钱粮方回，知曹操已遣玄德进兵徐州，慌入谏曰："丞相何故令刘备督军？"操曰："欲截袁术耳。"程昱曰："昔刘备为豫州牧时，某等请杀之，丞相不听；今日又与之兵：此放龙入海，纵虎归山也。后欲治之，其可得乎？"郭嘉曰："丞相纵不杀备，亦不当使之去。古人云：一日纵敌，万世之患。望丞相察之。"操然其言，遂令许褚将兵五百前往，务要追玄德转来。许褚应诺而去。

却说玄德正行之间，只见后面尘头骤起，谓关、张曰："此必曹兵追至也。"遂下了营寨，令关、张各执军器，立于两边。许褚至，见严兵整甲，乃下马入营见玄德。玄德曰："公来此何干？"褚曰："奉丞相命，特请将军回去，别有商议。"玄德曰："将在外，君命有所不受。吾面过君，又蒙丞相钧语。今别无他议，公可速回，为我禀覆丞相。"许褚寻思："丞相与他一向交好，今番又不曾教我来厮杀，只得将他言语回覆，另候裁夺便了。"遂辞了玄德，领兵而回。回见曹操，备述玄德之言。操犹豫未决。程昱、郭嘉曰："备不肯回兵，可知其心变矣。"操曰："我有朱灵、路昭二人在彼，料玄德未必敢心变。况我既遣之，何可复悔？"遂不复追玄德。后人有诗叹玄德曰："束兵秣马去匆匆，心念天言衣带中。撞破铁笼逃虎豹，顿开金锁走蛟龙。"却说马腾见玄德已去，边报又急，亦回西凉州去了。玄德兵至徐州，刺史车胄出迎。公宴毕，孙乾、糜竺等都来参见。玄德回家探视老小，一面差人探听袁术。探子回报："袁术奢侈太过，雷薄、陈兰皆投嵩山去了。术势甚衰，乃作书让帝号于袁绍。绍命人召术，术乃收拾人马、宫禁御用之物，先到徐州来。"玄德知袁术将至，乃引关、张、朱灵、路昭五万军出，正迎着先锋纪灵至。张飞更不打话，直取纪灵。斗无十合，张飞大喝一声，刺纪灵于马下，败军奔走。袁术自引军来斗。玄德分兵三路：朱灵、路昭在左，关、张在右，玄德自引兵居中，与术相见，在门旗下责骂曰："汝反逆不道，吾今奉明诏前来讨汝！汝当束手受降，免你罪犯。"袁术骂曰："织席编屦小辈[8]，安敢轻我！"麾兵赶来。玄德暂退，让左右两路军杀出。杀得术军尸横遍野，血流成渠；兵卒逃亡，不可胜计。又被嵩山雷薄、陈兰劫去钱粮草料。欲回寿春，又被群盗所袭，只得住于江亭。止有一千余众，皆老弱之辈。时当盛暑，粮食尽绝，只剩麦三十斛[9]，分派军士。家人无食，多有饿死者。术嫌饭粗，不能下咽，乃命庖人取蜜水止渴。庖人曰："止有血水，安有蜜水！"术坐于床上，大叫一声，倒于地下，吐血斗余而死。时建安四年六月也。后人有诗曰：汉末刀兵起四方，无端袁术太猖狂，不思累世为公相，便欲孤身作帝王。强暴枉夸传国玺，骄奢妄说应天祥。渴思蜜水无由得，独卧空床呕血亡。"袁术已死，侄袁胤将灵柩及妻子奔庐江来，被徐璆尽杀之。璆夺得玉玺，赴许都献于曹操。操大喜，封徐璆为高陵太守。

此时玉玺归操。

却说玄德知袁术已丧，写表申奏朝廷，书呈曹操，令朱灵、路昭回许都，留下军马保守徐州；一面亲自出城，招谕流散人民复业。

且说朱灵、路昭回许都见曹操，说玄德留下军马。操怒，欲斩二人。荀彧曰："权归刘备，二人亦无奈何。"操乃赦之。彧又曰："可写书与车胄就内图之。"操从其计，暗使人来见车胄，传曹操钧旨。胄随即请陈登商议此事。登曰："此事极易。今刘备出城招民，不日将还；将军可命军士伏于瓮城边，只作接他，待马到来，一刀斩之；某在城上射住后军，大事济矣。"胄从之。陈登回见父陈珪，备言其事。珪命登先往报知玄德。登领父命，飞马去报，正迎着关、张，报说如此如此。原来关、张先回，玄德在后。张飞听得，便要去厮杀。云长曰："他伏瓮城边待我，去必有失。我有一计，可杀车胄：乘夜扮作曹军到徐州，引车胄出迎，袭而杀之。"飞然其言。那部下军原有曹操旗号，衣甲都同。当夜三更，到城边叫门。城上问是谁，众应是曹丞相差来张文远的人马。报知车胄，胄急请陈登议曰："若不迎接，诚恐有疑；若出迎之，又恐有诈。"胄乃上城回言："黑夜难以分辨，平明了相见。"城下答应："只恐刘备知道，疾快开门！"车胄犹豫未定，城外一片声叫开门。车胄只得披挂上马，引一千军出城；跑过吊桥，大叫："文远何在？"火光中只见云长提刀纵马直迎车胄，大叫曰："匹夫安敢怀诈，欲杀吾兄！"车胄大惊，战未数合，遮拦不住，拨马便回。到吊桥边，城上陈登乱箭射下，车胄绕城而走。云长赶来，手起一刀，砍于马下，割下首级提回，望城上呼曰："反贼车胄，吾已杀之；众等无罪，投降免死！"诸军倒戈投降，军民皆安。云长将胄头去迎玄德，具言车胄欲害之事，今已斩首。玄德大惊曰："曹操若来。如之奈何？"云长曰："弟与张飞迎之。"玄德懊悔不已，遂入徐州。百姓父老，伏道而接。玄德到府，寻张飞，飞已将车胄全家杀尽。玄德曰："杀了曹操心腹之人，如何肯休？"陈登曰："某有一计，可退曹操。"正是：既把孤身离虎穴，还将妙计息狼烟。不知陈登说出甚计来，且听下文分解。

【注释】

[1] 夤（yín）夜：深夜。

[2] 僭越：超过了封建礼法的等级规定。

[3] 韬晦：把光芒收敛起来，有意隐藏才能和意图，避免人注意和猜忌。

[4] 樽俎：樽，盛酒的器具。俎，古代祭祀时盛羊肉等祭品的器具，此处指盛放东西的托盘。

[5] 龙挂：即龙卷风。远看积云雨下呈漏洞状舒卷下垂，古人缺乏科学了解，以为是

施雨的龙在下挂吸水。

　　[6] 八俊：指刘表与陈翔、范滂、孔昱、范康、檀敷、张俭、岑晊七名士为友，时号"江夏八俊"。

　　[7] 迅雷风烈必变：语出《论语·乡党》，说孔子遇到疾雷暴风，必定要改变同色，表示对上天的敬畏。迅雷风烈：即迅雷烈风，这是为了错综成文的一种变例的修辞。

　　[8] 屦（jù）：古时用麻葛等制成的鞋。

　　[9] 斛（hú）：旧时量器，方形，口小、底大、容量为十斗，后来改为五斗。

第三十七回　司马徽再荐名士　刘玄德三顾草庐

　　【解题】　小说通过刘备三顾茅庐的情节。突出地表现其礼贤下士、求贤若渴的品德，又借一路渲染和隆中决策，展示了诸葛亮的非凡才智，使这一"智绝"人物一出场便熠熠生辉。

　　却说玄德正安排礼物，欲往隆中谒诸葛亮，忽人报："门外有一先生，峨冠博带，道貌非常，特来相探。"玄德曰："此莫非即孔明否？"遂整衣出迎。视之，乃司马徽也。玄德大喜，请入后堂高坐，拜问曰："备自别仙颜[1]，因军务倥偬，有失拜访。今得光降，大慰仰慕之私。"徽曰："闻徐元直在此[2]，特来一会。"玄德曰："近因曹操囚其母，徐母遣人驰书唤回许昌去矣。"徽曰："此中曹操之计矣！吾素闻徐母最贤，虽为操所囚，必不肯驰书召其子；此书必诈也。元直不去，其母尚存；今若去，母必死矣！"玄德惊问其故，徽曰："徐母高义，必羞见其子也。"玄德曰："元直临行，荐南阳诸葛亮，其人若何？"徽笑曰："元直欲去，自去便了，何又惹他出来呕心血也？"玄德曰："先生何出此言？"徽曰："孔明与博陵崔州平、颍川石广元、汝南孟公威与徐元直四人为密友。此四人务于精纯[3]，惟孔明独观其大略。尝抱膝长吟，而指四人曰：'公等仕进可至刺史、郡守。'众问孔明之志若何，孔明但笑而不答。每常自比管仲、乐毅[4]，其才不可量也。"玄德曰："何颍川之多贤乎！"徽曰："昔有殷馗善观天文，尝谓群星聚于颍分，其地必多贤士。"时云长在侧曰[5]："某闻管仲、乐毅乃春秋、战国名人，功盖寰宇。孔明自比此二人，毋乃太过？"徽笑曰："以吾观之，不当比此二人，我欲另以二人出之。"云长问："那二人？"徽曰："可比兴周八百年之姜子牙、旺汉四百年之张子房也[6]。"众皆愕然。徽下阶相辞欲行，玄德留之不住。徽出门仰天大笑曰："卧龙虽得其主[7]，不得其时，惜哉！"言罢，飘然而去。玄德叹曰："真隐居贤士也！"

　　次日，玄德同关、张并从人等来隆中[8]。遥望山畔数人，荷锄耕于田间，而作歌曰："苍天如圆盖，陆地似棋局。世人黑白分，往来争荣辱。荣者自安安，辱者定碌碌。南阳有隐居，高眠卧不足！"玄德闻歌，勒马唤农夫问曰：

"此歌何人所作?"答曰:"乃卧龙先生所作也。"玄德曰:"卧龙先生住何处?"农夫曰:"自此山之南,一带高冈,乃卧龙冈也。冈前疏林内茅庐中,即诸葛先生高卧之地。"玄德谢之,策马前行。不数里,遥望卧龙冈,果然清景异常。后人有古风一篇,单道卧龙居处。诗曰:

襄阳城西二十里,一带高冈枕流水。高冈屈曲压云根,流水潺潺飞石髓。势若困龙石上蟠,形如单凤松阴里。柴门半掩闭茅庐,中有高人卧不起。修竹交加列翠屏,四时篱落野花馨。床头堆积皆黄卷,座上往来无白丁。叩户苍猿时献果,守门老鹤夜听经。囊里名琴藏古锦,壁间宝剑挂七星。庐中先生独幽雅,闲来亲自勤耕稼。专待春雷惊梦回,一声长啸安天下。

玄德来到庄前,下马亲叩柴门,一童出问。玄德曰:"汉左将军宜城亭侯领豫州牧皇叔刘备,特来拜见先生。"童子曰:"我记不得许多名字。"玄德曰:"你只说刘备来访。"童子曰:"先生今早少出。"玄德曰:"何处去了?"童子曰:"踪迹不定,不知何处去了。"玄德曰:"几时归?"童子曰:"归期亦不定,或三五日,或十数日。"玄德惆怅不已。

张飞曰:"既不见,自归去罢了。"玄德曰:"且待片时。"云长曰:"不如且归,再使人来探听。"玄德从其言,嘱付童子:"如先生回,可言刘备拜访。"遂上马,行数里,勒马回观隆中景物,果然山不高而秀雅,水不深而澄清;地不广而平坦,林不大而茂盛;猿鹤相亲,松篁交翠。

观之不已,忽见一人,容貌轩昂,丰姿俊爽,头戴逍遥巾,身穿皂布袍,杖藜从山僻小路而来。玄德曰:"此必卧龙先生也!"急下马向前施礼,问曰:"先生非卧龙否?"其人曰:"将军是谁?"玄德曰:"刘备也。"其人曰:"吾非孔明,乃孔明之友博陵崔州平也。"玄德曰:"久闻大名,幸得相遇。乞即席地权坐,请教一言。"二人对坐于林间石上,关、张侍立于侧。州平曰:"将军何故欲见孔明?"玄德曰:"方今天下大乱,四方云扰,欲见孔明,求安邦定国之策耳。"州平笑曰:"公以定乱为主,虽是仁心,但自古以来,治乱无常。自高祖斩蛇起义[9],诛无道秦,是由乱而入治也。至哀、平之世二百年,太平日久,王莽篡逆,又由治而入乱。光武中兴[10],重整基业,复由乱而入治。至今二百年,民安已久,故干戈又复四起,此正由治入乱之时,未可猝定也。将军欲使孔明斡旋天地[11],补缀乾坤,恐不易为,徒费心力耳。岂不闻顺天者逸,逆天者劳;数之所在[12],理不得而夺之;命之所在,人不得而强之乎?"玄德曰:"先生所言,诚为高见。但备身为汉胄[13],合当匡扶汉室,何敢委之数与命?"州平曰:"山野之夫,不足与论天下事,适承明问,故妄言之。"玄德曰："蒙先生见教。但不知孔明往何处去了？"州平曰："吾亦欲访之，正不知其何往。"玄德曰："请先生同至敝县，若何？"州平曰："愚性颇乐闲散，无意功名久矣，容他日再见。"言讫，长揖而去。玄德与关、张上马而行。张飞曰："孔明又访不着，却遇此腐儒，闲谈许久！"玄德曰："此亦隐者之言也。"

三人回至新野，过了数日，玄德使人探听孔明。回报曰："卧龙先生已回矣。"玄德便教备马。张飞曰："量一村夫，何必哥哥自去，可使人唤来便了。"玄德叱曰："汝岂不闻孟子云：欲见贤而不以其道，犹欲其入而闭之门也。孔明当世大贤，岂可召乎！"遂上马再往访孔明。关、张亦乘马相随。时值隆冬，天气严寒，彤云密布。行无数里，忽然朔风凛凛，瑞雪霏霏。山如玉簇，林似银妆。张飞曰："天寒地冻，尚不用兵，岂宜远见无益之人乎！不如回新野以避风雪。"玄德曰："吾正欲使孔明知我殷勤之意。如弟辈怕冷，可先回去。"飞曰："死且不怕，岂怕冷乎！但恐哥哥空劳神思。"玄德曰："勿多言，只相随同去。"

将近茅庐，忽闻路傍酒店中有人作歌。玄德立马听之。其歌曰：

壮士功名尚未成，呜呼久不遇阳春！君不见东海老叟辞荆榛，后车遂与文王亲[14]。八百诸侯不期会[15]，白鱼入舟涉孟津[16]。牧野一战血流杵[17]，鹰扬伟烈冠武臣[18]。又不见高阳酒徒起草中[19]，长揖芒砀隆准公[20]。高谈王霸惊人耳，辍洗延坐钦英风[21]。东下齐城七十二[22]，天下无人能继踪。二人功迹尚如此，至今谁肯论英雄？歇罢，又有一人击桌而歌。其歌曰：

吾皇提剑清寰海，创业垂基四百载。桓灵季业火德衰[23]，奸臣贼子调鼎鼐。青蛇飞下御座傍，又见妖虹降玉堂。群盗四方如蚁聚，奸雄百辈皆鹰扬。吾侪长啸空拍手，闷来村店饮村酒。独善其身尽日安，何须千古名不朽！

二人歌罢，抚掌大笑。玄德曰："卧龙其在此间乎！"遂下马入店。见二人凭桌对饮：上首者白面长须，下首者清奇古貌。玄德揖而问曰："二公谁是卧龙先生？"长须者曰："公何人？欲寻卧龙何干？"玄德曰："某乃刘备也。欲访先生，求济世安民之术。"长须者曰："我等非卧龙，皆卧龙之友也：吾乃颍川石广元，此位是汝南孟公威。"玄德喜曰："备久闻二公大名，幸得邂逅。今有随行马匹在此，敢请二公同往卧龙庄上一谈。"广元曰："吾等皆山野慵懒之徒，不省治国安民之事，不劳下问。明公请自上马，寻访卧龙。"

玄德乃辞二人，上马投卧龙冈来。到庄前下马，扣门问童子曰："先生今日在庄否？"童子曰："现在堂上读书。"玄德大喜，遂跟童子而入。至中门，只见门上大书一联云："淡泊以明志，宁静而致远。"玄德正看间，忽闻吟咏之声，乃立于门侧窥之，见草堂之上，一少年拥炉抱膝，歌曰：

凤翱翔于千仞兮，非梧不栖；士伏处于一方兮，非主不依。乐躬耕于陇亩兮，吾爱吾庐；聊寄傲于琴书兮，以待天时。

玄德待其歌罢，上草堂施礼曰："备久慕先生，无缘拜会。昨因徐元直称荐，敬至仙庄，不遇空回。今特冒风雪而来，得瞻道貌，实为万幸，"那少年慌忙答礼曰："将军莫非刘豫州，欲见家兄否？"玄德惊讶曰："先生又非卧龙耶？"少年曰："某乃卧龙之弟诸葛均也。愚兄弟三人：长兄诸葛瑾，现在江东孙仲谋处为幕宾；孔明乃二家兄。"玄德曰："卧龙今在家否？"均曰："昨为崔州平相约，出外闲游去矣。"玄德曰："何处闲游？"均曰："或驾小舟游于江湖之中，或访僧道于山岭之上，或寻朋友于村落之间，或乐琴棋于洞府之内，往来莫测，不知去所。"玄德曰："刘备直如此缘分浅薄，两番不遇大贤！"均曰："少坐献茶。"张飞曰："那先生既不在，请哥哥上马。"玄德曰："我既到此间，如何无一语而回？"因问诸葛均曰："闻令兄卧龙先生熟谙韬略，日看兵书，可得闻乎？"均曰："不知。"张飞曰："问他则甚！风雪甚紧，不如早归。"玄德叱止之。均曰："家兄不在，不敢久留车骑，容日却来回礼。"玄德曰："岂敢望先生枉驾。数日之后，备当再至。愿借纸笔作一书，留达令兄，以表刘备殷勤之意。"均遂进文房四宝。玄德呵开冻笔，拂展云笺，写书曰：

"备久慕高名，两次晋谒，不遇空回，惆怅何似！窃念备汉朝苗裔，滥叨名爵，伏睹朝廷陵替，纲纪崩摧，群雄乱国，恶党欺君，备心胆俱裂。虽有匡济之诚，实乏经纶之策。仰望先生仁慈忠义，慨然展吕望之大才，施子房之鸿略，天下幸甚！社稷幸甚！先此布达，再容斋戒薰沐，特拜尊颜，面倾鄙悃。统希鉴原。"

玄德写罢，递与诸葛均收了，拜辞出门。均送出，玄德再三殷勤致意而别。方上马欲行，忽见童子招手篱外，叫曰："老先生来也。"玄德视之，见小桥之西，一人暖帽遮头，狐裘蔽体，骑着一驴，后随一青衣小童，携一葫芦酒，踏雪而来。转过小桥，口吟诗一首。诗曰：

一夜北风寒，万里彤云厚。长空雪乱飘，改尽江山旧。仰面观火虚，疑是玉龙斗。纷纷鳞甲飞，顷刻遍宇宙。骑驴过小桥，独叹梅花瘦！

玄德闻歌曰："此真卧龙矣！"滚鞍下马，向前施礼曰："先生冒寒不易！刘备等候久矣！"那人慌忙下驴答礼。

诸葛均在后曰："此非卧龙家兄，乃家兄岳父黄承彦也。"玄德曰："适间所吟之句，极其高妙。"承彦曰："老夫在小婿家观《梁父吟》，记得这一篇。

适过小桥，偶见篱落间梅花，故感而诵之，不期为尊客所闻。"玄德曰："曾见令婿否?"承彦曰："便是老夫也来看他。"玄德闻言，辞别承彦，上马而归。正值风雪又大，回望卧龙冈，悒怏不已。后人有诗单道玄德风雪访孔明。诗曰：

一天风雪访贤良，不遇空回意感伤。冻合溪桥山石滑，寒侵鞍马路途长。当头片片梨花落，扑面纷纷柳絮狂。回首停鞭遥望处，烂银堆满卧龙冈。

玄德回新野之后，光阴荏苒，又早新春。乃令卜者揲蓍[24]，选择吉期，斋戒三日，薰沐更衣，再往卧龙冈谒孔明。关、张闻之不悦，遂一齐入谏玄德。正是：

高贤未服英雄志，屈节偏生杰士疑。

【注释】

[1] 仙颜：对对方的敬称。

[2] 徐元直：徐庶，刘备早期的谋士与朋友。

[3] 精纯：精深。

[4] 管仲、乐毅：春秋战国时著名的谋士。

[5] 云长：即关羽，字云长，俗称关公。

[6] 姜子牙、张子房：即姜尚（俗称姜太公）、张良。

[7] 卧龙：卧龙先生，即刘备想见的诸葛亮（字孔明）。

[8] 张：指张飞，字翼德。

[9] 高祖斩蛇起义：据《史记·高祖本纪》载，刘邦起兵前，曾醉行泽中，遇大蛇当道，乃拔剑斩之。

[10] 光武：光武帝刘秀。

[11] 斡旋：旋转，运转。比喻治理国家。

[12] 数：天命、命运。

[13] 汉胄：汉朝的后代。因刘备与汉室同姓刘，故云。

[14] "君不见"二句：姜尚未遇时，年老家贫，后钓于渭水上，得遇周文王，被尊为师尚父，帮助武王兴兵伐纣，封于齐。

[15] "八百"句：周武王伐纣时，反商纣的八百诸侯不约而同，齐会于孟津。不期会，不约而同聚集在一起。

[16] "白鱼"句：周武王在孟津渡黄河时，行至中流，有白鱼跃入船中，武王俯取以祭。

[17] "牧野"句：周武王联合诸侯在牧野大败商纣。牧野，在今河南淇县西南，血流杵，即血流飘杵，形容死伤众多。杵，古代的一种兵器。

[18] 鹰扬：飞扬，腾起。

[19] 高阳酒徒：指刘邦的谋士之一郦食其（yìjī）。郦是陈留高阳（今河南杞县）人，本为里监门吏，刘邦兵略陈留时前往投奔，成为刘邦的谋士之一。

[20]芒砀隆准公：指刘邦。芒砀，刘邦起兵之处。隆准，鼻子高大。因刘邦鼻子高大，故称之为隆准公。

[21]"高谈"二句：郦食其初见刘邦时，刘邦因为他是读书人，很看不起他，一边让二女子洗脚，一边听郦说话。等到听郦谈论天下大事后，肃然起敬，停止洗脚，延之上座。

[22]"东下"句：楚汉战争中，郦食其游说齐王田广归顺汉王，兵不血刃而下齐七十余城。

[23]"桓灵"句：意思是到汉末桓帝、灵帝时，汉室气数已尽。按谶纬之说，秦为西方少昊之后，尚金德。汉承尧绪，尚火德，故当代秦而兴。

[24]揲蓍：用蓍草占卜以测吉凶。

第四十五回　三江口曹操折兵　群英会蒋干中计

【解题】　蒋干过江游说周瑜，周瑜借机使用反间计除掉了曹操水军都督蔡瑁、张允。本回内容主要描写了周瑜定计、用计、蒋干中计的过程，突出刻画了周瑜的足智多谋，反衬了蒋干的愚不可及偏又自作聪明。故事对曹操着墨不多，但传神地展示了曹操索性多疑偏又自以为是的性格特征。

却说周瑜闻诸葛瑾之言，转恨孔明，存心欲谋杀之。次日，点齐军将，入辞孙权。权曰："卿先行，孤即起兵继后。"瑜辞出，与程普、鲁肃领兵起行，便邀孔明同住。孔明欣然从之。一同登舟，驾起帆樯[1]，迤逦望夏口而进。离三江口五六十里，船依次第歇定。周瑜在中央下寨，岸上依西山结营，周围屯住。孔明只在一叶小舟内安身。

周瑜分拨已定，使人请孔明议事。孔明至中军帐，叙礼毕，瑜曰："昔曹操兵少，袁绍兵多，而操反胜绍者，因用许攸之谋，先断乌巢之粮也。今操兵八十三万，我兵只五六万，安能拒之？亦必须先断操之粮，然后可破。我已探知操军粮草，俱屯于聚铁山。先生久居汉上，熟知地理。敢烦先生与关、张、子龙辈——吾亦助兵千人——星夜往聚铁山断操粮道。彼此各为主人之事，幸勿推调。"孔明暗思："此因说我不动，设计害我。我若推调，必为所笑。不如应之，别有计议。"乃欣然领诺。瑜大喜。孔明辞出。鲁肃密谓瑜曰："公使孔明劫粮，是何意见？"瑜曰："吾欲杀孔明，恐惹人笑，故借曹操之手杀之，以绝后患耳。"肃闻言，乃往见孔明，看他知也不知。只见孔明略无难色，整点军马要行。肃不忍，以言挑之曰："先生此去可成功否？"孔明笑曰："吾水战、步战、马战、车战，各尽其妙，何愁功绩不成，非比江东公与周郎辈止一能也。"肃曰："吾与公瑾何谓一能？"孔明曰："吾闻江南小儿谣言云：'伏路把关饶子敬，临江水战有周郎。'公等于陆地但能伏路把关；周公瑾但堪水战，不能陆战耳。"

　　肃乃以此言告知周瑜。瑜怒曰："何欺我不能陆战耶！不用他去！我自引一万马军，往聚铁山断操粮道："肃又将此言告孔明。孔明笑曰："公瑾令吾断粮者，实欲使曹操杀吾耳。吾故以片言戏之，公瑾便容纳不下。目今用人之际，只愿吴侯与刘使君同心，则功可成；如各相谋害，大事休矣。操贼多谋，他平生惯断人粮道，今如何不以重兵提备？公瑾若去，必为所擒。今只当先决水战，挫动北军锐气，别寻妙计破之。望子敬善言以告公瑾为幸。"鲁肃遂连夜回见周瑜，备述孔明之言。瑜摇首顿足曰："此人见识胜吾十倍，今不除之，后必为我国之祸！"肃曰："今用人之际，望以国家为重。且待破曹之后，图之未晚。"瑜然其说。

　　却说玄德分付刘琦守江夏，自领众将引兵往夏口。遥望江南岸旗幡隐隐，戈戟重重，料是东吴已动兵矣，乃尽移江夏之兵，至樊口屯扎。玄德聚众曰："孔明一去东吴，杳无音信，不知事体如何。谁人可去探听虚实回报？"糜竺曰："竺愿往。"玄德乃备羊酒礼物，令糜竺至东吴，以犒军为名，探听虚实。竺领命，驾小舟顺流而下，径至周瑜大寨前。军士入报周瑜，瑜召入。竺再拜，致玄德相敬之意，献上酒礼。瑜受讫，设宴款待糜竺。竺曰："孔明在此已久，今愿与同回。"瑜曰："孔明方与我同谋破曹，岂可便去？吾亦欲见刘豫州，共议良策；奈身统大军，不可暂离。若豫州肯枉驾来临，深慰所望。"竺应诺，拜辞而回。肃问瑜曰："公欲见玄德，有何计议？"瑜曰："玄德世之枭雄，不可不除。吾今乘机诱至杀之，实为国家除一后患。"鲁肃再三劝谏，瑜只不听，遂传密令："如玄德至，先埋伏刀斧手五十人于壁衣中，看吾掷杯为号，便出下手。"

　　却说糜竺回见玄德，具言周瑜欲请主公到彼面会，别有商议。玄德便教收拾快船一只，只今便行。云长谏曰："周瑜多谋之士，又无孔明书信，恐其中有诈，不可轻去。"玄德曰："我今结东吴以共破曹操，周郎欲见我，我若不往，非同盟之意。两相猜忌，事不谐矣。"云长曰："兄长若坚意要去，弟愿同往。"张飞曰："我也跟去。"玄德曰："只云长随我去。翼德与子龙守寨。简雍固守鄂县。我去便回。"分付毕，即与云长乘小舟，并从者二十余人，飞棹赴江东。玄德观看江东艨艟战舰[2]、旌旗甲兵，左右分布整齐，心中甚喜。军士飞报周瑜："刘豫州来了。"瑜问："带多少船只来？"军士答曰："只有一只船，二十余从人。"瑜笑曰："此人命合体矣！"乃命刀斧手先埋伏定，然后出寨迎接。玄德引云长等二十余人，直到中军帐，叙礼毕，瑜请玄德上坐。玄德曰："将军名传天下，备不才，何烦将军重礼？"乃分宾主而坐。周瑜设宴相待。

　　且说孔明偶来江边，闻说玄德来此与都督相会，吃了一惊，急入中军帐窃看动静。只见周瑜面有杀气，两边壁衣中密排刀斧手。孔明大惊曰："似此如之奈何？"回视玄德，谈笑自若；却见玄德背后一人，按剑而立，乃云长也。孔明喜曰："吾主无危矣。"遂不复入，仍回身至江边等候。

　　周瑜与玄德饮宴，酒行数巡，瑜起身把盏，猛见云长按剑立于玄德背后，忙问何人。玄德曰："吾弟关云长也。"瑜惊曰："非向日斩颜良、文丑者乎？"玄德曰："然也。"瑜大惊，汗流满背，便斟酒与云长把盏。少顷，鲁肃入。玄德曰："孔明何在？烦子敬请来一会。"瑜曰："且待破了曹操，与孔明相会未迟。"玄德不敢再言。云长以目视玄德。玄德会意，即起身辞瑜曰："备暂告别。即日破敌收功之后，专当叩贺。"瑜亦不留，送出辕门。玄德别了周瑜，与云长等来至江边，只见孔明已在舟中。玄德大喜。孔明曰："主公知今日之危乎？"玄德愕然曰："不知也。"孔明曰："若无云长，主公几为周郎所害矣。"玄德方才省悟，便请孔明同回樊口。孔明曰："亮虽居虎口，安如泰山。今主公但收拾船只军马候用。以十一月二十甲子日后为期，可令子龙驾小舟来南岸边等候。切勿有误。"玄德问其意。孔明曰："但看东南风起，亮必还矣。"玄德再欲问时，孔明催促玄德作速开船。言讫自回。玄德与云长及从人开船，行不数里，忽见上流头放下五六十只船来。船头上一员大将，横矛而立，乃张飞也。因恐玄德有失，云长独力难支，特来接应。于是三人一同回寨，不在话下。

　　却说周瑜送了玄德，回至寨中，鲁肃入问曰："公既诱玄德至此，为何又不下手？"瑜曰："关云长，世之虎将也，与玄德行坐相随，吾若下手，他必来害我。"肃愕然。忽报曹操遣使送书至。瑜唤入。使者呈上书看时，封面上判云："汉大丞相付周都督开拆。"瑜大怒，更不开看，将书扯碎，掷于地下，喝斩来使。肃曰："两国相争，不斩来使。"瑜曰："斩使以示威！"遂斩使者，将首级付从人持回。随令甘宁为先锋，韩当为左翼，蒋钦为右翼，瑜自部领诸将接应。来日四更造饭，五更开船，鸣鼓呐喊而进。

　　却说曹操知周瑜毁书斩使，大怒，便唤蔡瑁、张允等一班荆州降将为前部，操自为后军，催督战船，到三江口。早见东吴船只，蔽江而来。为首一员大将，坐在船头上大呼曰："吾乃甘宁也！谁敢来与我决战？"蔡瑁令弟蔡壎前进。两船将近，甘宁拈弓搭箭，望蔡壎射来，应弦而倒。宁驱船大进，万弩齐发。曹军不能抵当。右边蒋钦，左边韩当，直冲入曹军队中。曹军大半是青、徐之兵[3]，素不习水战，大江面上，战船一摆，早立脚不住。甘宁等三路战船，纵横水面。周瑜又催船助战。曹军中箭着炮者，不计其数，从巳时直杀到未时[4]。周瑜虽得利，只恐寡不敌众，遂下令鸣金，收住船只。

曹军败回。操登旱寨，再整军士，唤蔡瑁、张允责之曰："东吴兵少，反为所败，是汝等不用心耳！"蔡瑁曰："荆州水军，久不操练；青、徐之军，又素不习水战。故尔致败。今当先立水寨，令青、徐军在中，荆州军在外，每日教习精熟，方可用之。"操曰："汝既为水军都督，可以便宜从事，何必禀我！"于是张、蔡二人，自去训练水军。沿江一带分二十四座水门，以大船居于外为城郭，小船居于内，可通往来，至晚点上灯火，照得天心水面通红。旱寨三百余里，烟火不绝。

却说周瑜得胜回寨，犒赏三军，一面差人到吴侯处报捷。当夜瑜登高观望，只见西边火光接天。左右告曰："此皆北军灯火之光也。"瑜亦心惊。次日，瑜欲亲往探看曹军水寨，乃命收拾楼船一只，带着鼓东，随行健将数员，各带强弓硬弩，一齐上船迤逦前进。至操寨边，瑜命下了碇石[5]，楼船上鼓乐齐奏。瑜暗窥他水寨，大惊曰："此深得水军之妙也！"问："水军都督是谁？"左右曰："蔡瑁、涨允。"瑜思曰："二人久居江东，谙习水战，吾必设计先除此二人，然后可以破曹。"正窥看间，早有曹军飞报曹操，说："周瑜偷看吾寨。"操命纵船擒捉。瑜见水寨中旗号动，急教收起矴石，两边四下一齐轮转橹棹，望江面上如飞而去。比及曹寨中船出时，周瑜的楼船已离了十数里远，追之不及，回报曹操。

操问众将曰："昨日输了一阵，挫动锐气；今又被他深窥吾寨。吾当作何计破之？"言未毕，忽帐下一人出曰："某自幼与周郎同窗交契，愿凭三寸不烂之舌，往江东说此人来降。"曹操大喜，视之，乃九江人，姓蒋，名干，字子翼，现为帐下幕宾。操问曰："子翼与周公瑾相厚乎？"干曰："丞相放心。干到江左[6]，必要成功。"操问："要将何物去？"干曰："只消一童随往，二仆驾舟，其余不用。"操甚喜，置酒与蒋干送行。干葛巾布袍，驾一只小舟，径到周瑜寨中，命传报："故人蒋干相访。"周瑜正在帐中议事，闻干至，笑谓诸将曰："说客至矣！"遂与众将附耳低言，如此如此。众皆应命而去。

瑜整衣冠，引从者数百，皆锦衣花帽，前后簇拥而出。蒋干引一青衣小童，昂然而来。瑜拜迎之。干曰："公瑾别来无恙！"瑜曰："子翼良苦：远涉江湖，为曹氏作说客耶？"干愕然曰："吾久别足下，特来叙旧，奈何疑我作说客也？"瑜笑曰："吾虽不及师旷之聪[7]，闻弦歌而知雅意。"干曰："足下待故人如此，便请告退。"瑜笑而挽其臂曰："吾但恐兄为曹氏作说客耳。既无此心，何速去也？"遂同入帐。

叙礼毕，坐定，即传令悉召江左英杰与子翼相见。须臾，文官武将，各穿锦衣；帐下偏裨将校，都披银铠：分两行而入。瑜都教相见毕，就列于两傍而坐。大张筵席，奏军中得胜之乐，轮换行酒。瑜告众官曰："此吾同窗契友也。虽从江北到此，却不是曹家说客。公等勿疑。"遂解佩剑付太史慈曰："公可佩我剑作监酒：今日宴饮，但叙朋友交情；如有提起曹操与东吴军旅之事者，即斩之！"太史慈应诺，按剑坐于席上。蒋干惊愕，不敢多言。周瑜曰："吾自领军以来，滴酒不饮；今日见了故人，又无疑忌，当饮一醉。"说罢，大笑畅饮。座上觥筹交错。饮至半酣，瑜携干手，同步出帐外。左右军士，皆全装惯带，持戈执戟而立。瑜曰："吾之军士，颇雄壮否？"干曰："真熊虎之士也，"瑜又引干到帐后一望，粮草堆如山积。瑜曰："吾之粮草，颇足备否？"干曰："兵精粮足，名不虚传。"瑜佯醉大笑曰："想周瑜与子翼同学业时，不曾望有今日。"干曰："以吾兄高才，实不为过。"瑜执干手曰："大丈夫处世，遇知己之主，外托君臣之义，内结骨肉之恩，言必行，计必从，祸福共之。假使苏秦、张仪、陆贾、郦生复出[8]，口似悬河，舌如利刃，安能动我心哉！"言罢大笑。蒋干面如土色。瑜复携干入帐，会诸将再饮；因指诸将曰："此皆江东之英杰。今日此会，可名群英会。"饮至天晚，点上灯烛，瑜自起舞剑作歌。歌曰：

"丈夫处世兮立功名；立功名兮慰平生。

慰平生兮吾将醉；吾将醉兮发狂吟！"

歌罢，满座欢笑。至夜深，干辞曰："不胜酒力矣。"瑜命撤席，诸将辞出。瑜曰："久不与子翼同榻，今宵抵足而眠。"于是佯作大醉之状，携干入帐共寝。瑜和衣卧倒，呕吐狼藉。蒋干如何睡得着？伏枕听时，军中鼓打二更，起视残灯尚明。看周瑜时，鼻息如雷。干见帐内桌上，堆着一卷文书，乃起床偷视之，却都是往来书信。内有一封，上写"蔡瑁张允谨封"。干大惊，暗读之。书略曰：

"某等降曹，非图仕禄，迫于势耳。今已赚北军困于寨中，但得其便，即将操贼之首，献于麾下。早晚人到，便有关报。幸勿见疑。先此敬覆。"

干思曰："原来蔡瑁、张允结连东吴！"遂将书暗藏于衣内。再欲检看他书时，床上周瑜翻身，干急灭灯就寝。瑜口内含糊曰："子翼，我数日之内，教你看操贼之首！"干勉强应之。瑜又曰："子翼，且住！……教你看操贼之首！……"及干问之，瑜又睡着。干伏于床上，将近四更，只听得有人入帐唤曰："都督醒否？"周瑜梦中做忽觉之状，故问那人曰："床上睡着何人？"答曰：

"都督请子翼同寝，何故忘却？"瑜懊悔曰："吾平日未尝饮醉；昨日醉后失事，不知可曾说甚言语？"那人曰："江北有人到此。"瑜喝："低声！"便唤："子翼。"蒋干只妆睡着[9]。瑜潜出帐。干窃听之，只闻有人在外曰："张、蔡二都督道：急切不得下手，……"后面言语颇低，听不真实。少顷，瑜入帐，又唤："子翼。"蒋干只是不应，蒙头假睡。瑜亦解衣就寝。

干寻思："周瑜是个精细人，天明寻书不见，必然害我。"睡至五更，干起唤周瑜；瑜却睡着。干戴上巾帻[10]，潜步出帐，唤了小童，径出辕门。军士问："先生那里去？"干曰："吾在此恐误都督事，权且告别。"军士亦不阻当。干下船，飞棹回见曹操。操问："子翼干事若何？"干曰："周瑜雅量高致，非言词所能动也。"操怒曰："事又不济，反为所笑！"干曰："虽不能说周瑜，却与丞相打听得一件事。乞退左右。"

干取出书信，将上项事逐一说与曹操。操大怒曰："二贼如此无礼耶！"即便唤蔡瑁、张允到帐下。操曰："我欲使汝二人进兵。"瑁曰："军尚未曾练熟，不可轻进。"操怒曰："军若练熟，吾首级献于周郎矣！"蔡、张二人不知其意，惊慌不能回答。操喝武士推出斩之。须臾，献头帐下，操方省悟曰："吾中计矣！"后人有诗叹曰："曹操奸雄不可当，一时诡计中周郎。蔡张卖主求生计，谁料今朝剑下亡！"众将见杀了张、蔡二人，入问其故。操虽心知中计，却不肯认错，乃谓众将曰："二人怠慢军法，吾故斩之。"众皆嗟呀不已。

操于众将内选毛玠、于禁为水军都督，以代蔡、张二人之职。细作探知，报过江东。周瑜大喜曰："吾所患者，此二人耳。今既剿除，吾无忧矣！"肃曰："都督用兵如此，何愁曹贼不破乎！"瑜曰："吾料诸将不知此计，独有诸葛亮识见胜我，想此谋亦不能瞒也。子敬试以言挑之，看他知也不知，便当回报。"正是：还将反间成功事，去试从旁冷眼人。未知肃去问孔明还是如何，且看下文分解。

【注释】

[1] 樯：船上的桅杆。

[2] 艨艟（méngchōng）：古时战船。

[3] 青、徐之兵：指从青州（今山东）、徐州招募来的士兵。

[4] 巳时：指上午九点到十一点。未时：指下午一点到三点。

[5] 碇石：系船的石墩，停船时用来固定船身的位置。

[6] 江左：即江东。古人叙地理方位以西为右，以东为左，故江东亦称江左。

[7] 师旷之聪：师旷是春秋时晋国的乐师，生而目盲，善辨声乐。

[8] 苏秦：战国时善辩之士，初以联横说秦，不纳，转而主张合纵抗秦。张仪：战国

时纵横家，以联横之策说六国，使六国背纵约而共同事秦。陆贾、郦生：皆汉初辩士。郦生：之郦食其。

[9] 妆：同"装"。

[10] 巾帻（zé）：包头巾。

施耐庵小说《水浒传》

第三回　史大郎夜走华阴县　鲁提辖拳打镇关西

【解题】　在本回鲁达第一次出场，作品通过鲁达救助素不相识的父女，三拳打死恶霸镇关西的精彩场面的描绘，生动而鲜活的向读者展现了鲁达嫉恶如仇、见义勇为的侠义性格。

诗曰：

暑往寒来春夏秋，夕阳西下水东流。

时来富贵皆因命，运去贫穷亦有由。

事遇机关须进步，人当得意便回头。

将军战马今何在？野草闲花满地愁。

话说当时史进道："却怎生是好？"朱武等三个头领跪下道："哥哥，你是干净的人，休为我等连累了。大郎可把索来绑缚我三个出去请赏，免得负累了你不好看。"史进道："如何使得！恁地时[1]是我赚你们来捉你请赏，枉惹天下人笑我。若是死时，与你们同死，活时同活。你等起来，放心别作缘便[2]。且等我问个来历缘故情由。"

史进上梯子问道："你两个都头，何故半夜三更来劫我庄上？"那两个都头答道："大郎，你兀自赖哩。见有原告人李吉在这里。"史进喝道："李吉，你如何诬告平人[3]？"李吉应道："我本不知，林子里拾得王四的回书，一时间把在县前看，因此事发。"史进叫王四问道："你说无回书，如何却又有书？"王进道："便是小人一时醉了，忘记了回书。"史进大喝道："畜生，却怎生好！"外面都头人等惧怕史进了得，不敢奔入庄里来捉人。三个头领把手指道："且答应外面。"史进会意，在梯子上叫道："你两个都头都不要闹动，权退一步，我自绑缚出来解官请赏。"那两个都头却怕史进，只得应道："我们都是没事的，等你绑出来同去请赏。"史进下梯子，来到厅前，先叫王四，带进后园，把来一刀杀了。喝教许多庄客，把庄里有的没的细软等物，即便收拾，尽教打叠起了；一壁点起三四十个火把。庄里史进和三个头领，全身披挂，枪架上各人跨了腰刀，拿了朴刀[4]，拽扎起，把庄后草屋点着。庄客各自打拴了包裹。

外面见里面火起，都奔来后面看。

且说史进就中堂又放起火来，大开了庄门，呐声喊，杀将出来。史进当头，朱武、杨春在中，陈达在后，和小喽啰并庄客，一冲一撞，指东杀西。史进却是个大虫[5]，那里拦当得住？后面火光竟起，杀开条路，冲将出来，正迎着两个都头并李吉。史进见了大怒，仇人相见，分外眼明。两个都头见势头不好，转身便走。李吉也却待回身，史进早到，手起一朴刀，把李吉斩做两段。两个都头正待走时，陈达、杨春赶上，一家一朴刀，结果了两个性命。县尉惊得跑马走回去了。众士兵那里敢向前，各自逃命散了，不知去向。史进引着一行人，且杀且走，众官兵不敢赶来，各自散了。史进和朱武、陈达、杨春，并庄客人等，都到少华山上寨内坐下，喘息方定。朱武等到寨中，忙教小喽啰一面杀牛宰马，贺喜饮宴，不在话下。

一连过了几日，史进寻思："一时间要救三人，放火烧了庄院。虽是有些细软，家财粗重什物尽皆没了。"心内踌躇，在此不了[6]，开言对朱武等说道："我心师父王教头，在关西经略府勾当[7]，我先要去寻他，只因父亲死了，不曾去得。今来家私庄院废尽，我如今要去寻他。"朱武三人道："哥哥休去，只在我寨中且过几时，又作商议。如是哥哥不愿落草时，待平静了，小弟们与哥哥重整庄院，再作良民。"史进道："虽是你们的好情分，只是我心去意难留。我想家私什物尽已没了，再要去重整庄院，想不能勾。我今去寻师父，也要那里讨个出身[8]，求半世快乐。"朱武道："哥哥便只在此间做个寨主，却不快活。虽然寨小，不堪歇马。"史进道："我是个清白好汉，如何肯把父母遗体来点污了。你劝我落草，再也休题。"

史进住了几日，定要去。朱武等苦留不住。史进带去的庄客，都留在山寨。只自收拾了些少碎银两，打拴一个包裹，余者多的尽数寄留在山寨。史进头带白范阳毡大帽，上撒一撮红缨，帽儿下裹一顶混青抓角软头巾，项上明黄缕带，身穿一领白纻丝两上领战袍，腰系一条查五指梅红攒线搭膊，青白间道行缠绞脚，衬着踏山透土多耳麻鞋，跨一口铜铗磬口雁翎刀，背上包裹，提了朴刀，辞别朱武等三人。众多小喽啰都送下山来，朱武等洒泪而别，自回山寨去了。

只说史进提了朴刀，离了少华山，取路投关西五路，望延安府路上来。但见：

崎岖山岭，寂寞孤村。披云雾夜宿荒林，带晓月朝登险道。落日趱行闻犬吠，严霜早促听鸡鸣。山影将沉，柳阴渐没。断霞映水散红光，日暮转收生碧雾。溪边渔父归村去，野外樵夫负重回。

史进在路，免不得饥餐渴饮，夜住晓行。独自一个行了半月之上，来到渭州。"这里也有经略府，莫非师父王教头在这里？"史进便入城来看时，依然有六街三市[9]。只见一个小小茶坊，正在路口。史进便入茶坊里来，拣一副坐位坐了。茶博士问道："客官吃甚茶？"史进道："吃个泡茶。"茶博士点个泡茶，放在史进面前。史进问道："这里经略府在何处？"茶博士道："只在前面便是。"史进道："借问经略府内有个东京来的教头王进么？"茶博士道："这府里教头极多，有三四个姓王的，不知那个是王进。"道犹未了，只见一个大汉大踏步竟入来，走进茶坊里。史进看他时，是个军官模样。怎生结束？但见：

头裹芝麻罗万字顶头巾，脑后两个太原府纽丝金环，上穿一领鹦哥绿丝战袍，腰系一条文武双股鸦青绦，足穿一双鹰爪皮四缝干黄靴。生得面圆耳大，鼻直口方，腮边一部貉獭胡须[10]。身长八尺，腰阔十围。

那人入到茶坊里面坐下。茶博士便道："客官要寻王教头，只问这个提辖便都认得。"史进忙起身施礼，便道："官人请坐拜茶。"那人见了史进长大魁伟，象条好汉，便来与他施礼。两个坐下，史进道："小人大胆，敢问官人高姓大名？"那人道："洒家是经略府提辖，姓鲁，讳个达字。敢问阿哥，你姓甚么？"史进道："小人是华州华阴县人氏，姓史名进。请问官人，小人有个师父，是东京八十万禁军教头，姓王名进，不知在此经略府中有也无？"鲁提辖道："阿哥，你莫不是史家村甚么九纹龙史大郎？"史进拜道："小人便是。"鲁提辖连忙还礼，说道："闻名不如见面，见面胜似闻名。你要寻王教头，莫不是在东京恶了高太尉的王进？"史进道："正是那人。"鲁达道："俺也闻他名字。那个阿哥不在这里。洒家听得说，他在延安府老种经略相公处勾当。俺这渭州，却是小种经略相公镇守。那人不在这里。你既是史大郎时，多闻你的好名字，你且和我上街去吃杯酒。"鲁提辖挽了史进的手，便出茶坊来。鲁达回头道："茶钱洒家自还你。"茶博士应道："提辖但吃不妨，只顾去。"

两个挽了胳膊，出得茶坊来，上街行得三五十步，只见一簇众人围住白地上。史进道："兄长，我们看一看。"分开人众看时，中间里一个人，仗着十来条杆棒，地上摊着十数个膏药，一盘子盛着，插把纸标儿在上面，却原来是江湖上使枪棒卖药的。史进看了，却认的他，原来是教史进开手的师父，叫做打虎将李忠。史进就人丛中叫道："师父，多时不见。"李忠道："贤弟如何到这里？"鲁提辖道："既是史大郎的师父，同和俺去吃三杯。"李忠道："待小子卖了膏药，讨了回钱，一同和提辖去。"鲁达道："谁奈烦等你，去便同去。"李忠道："小人的衣饭，无计奈何。提辖先行，小人便寻将来。贤弟，你和提辖先行一步。"鲁达焦躁，把那看的人一推一跤，便骂道："这厮们挟着屁眼撒开，不去的酒家便打。"众人见是鲁提辖，一哄都走了。李忠见鲁达凶猛，敢怒而不敢言，只得陪笑道："好急性的人。"当下收拾了行头药囊，寄顿了枪棒，三个人转湾抹角，来到州桥之下，一个潘家有名的酒店。门前挑出望竿，挂着酒旆，漾在空中飘荡。怎见得好座酒肆？正是：李白点头便饮，渊明招手回来。有诗为证：

> 风拂烟笼锦旆扬，太平时节日初长。
>
> 能添壮士英雄胆，善解佳人愁闷肠。
>
> 三尺晓垂杨柳外，一竿斜插杏花傍。
>
> 男儿未遂平生志，且乐高歌入醉乡。

三人上到潘家酒楼上，拣个济楚阁儿里坐下[11]。鲁提辖坐了主位，李忠对席，史进下首坐了。酒保唱了喏[12]，认得是鲁提辖，便道："提辖官人，打多少酒？"鲁达道："先打四角酒来[13]。"一面铺下菜蔬果品案酒，又问道："官人，吃甚下饭？"鲁达道："问甚么！但有，只顾卖来，一发算钱还你。这厮只顾来聒噪[14]！"酒保下去，随即荡酒上来，但是下口肉食，只顾将来，摆一桌子。三个酒至数杯，正说些闲话，较量些枪法，说得入港[15]，只听得隔壁阁子里有人哽哽咽咽啼哭。鲁达焦躁，便把碟儿盏儿都丢在楼板上。酒保听得，慌忙上来看时，见鲁提辖气愤愤地。酒保抄手道："官人要甚东西，分付卖来。"鲁达道："洒家要甚么！你也须认的洒家，却怎地教甚么人在间壁吱吱的哭，搅俺弟兄们吃酒。洒家须不曾少了你酒钱。"酒保道："官人息怒。小人怎敢教人啼哭，打搅官人吃酒。这个哭的，是绰酒座儿唱的父子两人，不知官人们在此吃酒，一时间自苦了啼哭。"鲁提辖道："可是作怪，你与我唤的他来。"酒保去叫，不多时，只见两个到来。前面一个十八九岁的妇人，背后一个五六十岁的老儿，手里拿串拍板，都来到面前。看那妇人，虽无十分的容貌，也有些动人的颜色。但见：

> 鬅松云髻，插一枝青玉簪儿；袅娜纤腰，系六幅红罗裙子。素白旧衫笼雪体，淡黄软袜衬弓鞋。蛾眉紧蹙，汪汪泪眼落珍珠；粉面低垂，细细香肌消玉雪。若非雨病云愁，定是怀忧积恨。大体还他肌骨好，不搽脂粉也风流。

那妇人拭着泪眼，向前来深深的道了三个万福[16]。那老儿也都相见了。鲁达问道："你两个是那里人家？为甚啼哭？"那妇人便道："官人不知，容奴告禀。奴家是东京人氏，因同父母来这渭州投奔亲眷，不想搬移南京去了。母亲在客店里染病身故。子父二人流落在此生受[17]。此间有个财主，叫做镇关西郑大官人，因见奴家，便使强媒硬保，要奴作妾。谁想写了三千贯文书，虚钱实契，要了奴家身体。未及三个月，他家大娘子好生利害，将奴赶打出来，不容完聚。着落店主人家，追要原典身钱三千贯。父亲懦弱，和他争执不的，他又有钱有势。当初不曾得他一文，如今那讨钱来还他。没计奈何，父亲自小教得奴家些小曲儿，来这里酒楼上赶座子。每日但得些钱来，将大半还他，留些少子父们盘缠。这两日酒客稀少，违了他钱限，怕他来讨时，受他羞耻。子父们想起这苦楚来，无处告诉，因此啼哭。不想误触犯了官人，望乞恕罪，高抬贵手。"鲁提辖又问道："你姓甚么？在那个客店里歇？那个镇关西郑大官人在那里住？"老儿答道："老汉姓金，排行第二。孩儿小字翠莲。郑大官人便是此间状元桥下卖肉的郑屠，绰号镇关西。老汉父子两个，只在前面东门里鲁家店安下。"鲁达听了道："呸！俺只道那个郑大官人，却原来是杀猪的郑屠。这个腌臜泼才[18]，投托着俺小种经略相公门下[19]，做个肉铺户，却原来这等欺负人。"回头看着李忠、史进道："你两个且在这里，等洒家去打死了那厮便来。"史进、李忠抱住劝道："哥哥息怒，明日却理会。"两个三回五次劝得他住。

鲁达又道："老儿，你来。洒家与你些盘缠，明日便回东京去如何？"父子两个告道："若是能勾得回乡去时，便是重生父母，再长爷娘。只是店主人家如何肯放？郑大官人须着落他要钱。"鲁提辖道："这个不妨事，俺自有道理。"便去身边摸出五两来银子，放在桌上，看着史进道："洒家今日不曾多带得些出来，你有银子借些与俺，洒家明日便送还你。"史进道："直甚么，要哥哥还。"去包裹里取出一锭十两银子，放在桌上。鲁达看着李忠道："你也借些出来与洒家。"李忠去身边摸出二两来银子。鲁提辖看了，见少，便道："也是个不爽利的人。"鲁达只把这十五两银子与了金老，分付道："你父子两个将去做盘。一面收拾行李。俺明日清早来发付你两个起身，看那个店主人敢留你！"金老并女儿拜谢去了。

鲁达把这二两银子丢还了李忠。三人再吃了两角酒，下楼来叫道："主人家，酒钱洒家明日送来还你。"主人家连声应道："提辖只顾自去，但吃不妨，只怕提辖不来赊。"三个人出了潘家酒肆，到街上分手。史进、李忠各自投客店去了。只说鲁提辖回到经略府前下处，到房里，晚饭也不吃，气愤愤的睡了。主人家又不敢问他。

再说金老得了这一十五两银子，回到店中，安顿了女儿，先去城外远处觅下一辆车儿；回来收拾了行李，还了房宿钱，算清了柴米钱，只等来日天明。当夜无事。次早五更起来，子父两个先打火做饭，吃罢，收拾了。天色微明，只见鲁提辖大踏步走入店里来，高声叫道："店小二，那里是金老歇处？"小二哥道："金公，提辖在此寻你。"金老开了房门，便道："提辖官人里面请坐。"鲁达道："坐甚么！你去便去，等甚么！"金老引了女儿，挑了担儿，作谢提辖，便待出门。店小二拦住道："金公，那里去？"鲁达问道："他少你房钱？"小二道："小人房钱，昨夜都算还了。须欠郑大官人典身钱，着落在小人身上看管他哩。"鲁提辖道："郑屠的钱，洒家自还他。你放这老儿还乡去。"那店小二那里肯放。鲁达大怒，叉开五指，去那小二脸上只一掌，打的那店小二口中吐血，再复一拳，打下当门两个牙齿。小二扒将起来，一道烟走了。店主人那里敢出来拦他。金老父子两个，忙忙离了店中，出城自去寻昨日觅下的车儿去了。

且说鲁达寻思，恐怕店小二赶去拦截他，且向店里掇条凳子，坐了两个时辰。约莫金公去的远了，方才起身，径投状元桥来。

且说郑屠开着两间门面，两副肉案，悬挂着三五片猪肉。郑屠正在门前柜身内坐定，看那十来个刀手卖肉。鲁达走到门前，叫声："郑屠！"郑屠看时，见是鲁提辖，慌忙出柜身来唱喏道："提辖恕罪。"便叫副手掇条凳子来，"提辖请坐。"鲁达坐下道："奉着经略相公钧旨，要十斤精肉，切做臊子[20]，不要见半点肥的在上头。"郑屠道："使头，你们快选好的切十斤去。"鲁提辖道："不要那等腌臜厮们动手，你自与我切。"郑屠道："说得是，小人自切便了。"自去肉案上拣了十斤精肉，细细切做臊子。那店小二把手帕包了头，正来郑屠家报说金老之事，却见鲁提辖坐在肉案门边，不敢拢来，只得远远的立住在房檐下望。这郑屠整整的自切了半个时辰，用荷叶包了，道："提辖，教人送去？"鲁达道："送甚么！且住，再要十斤都是肥的，不要见些精的在上面，也要切做臊子。"郑屠道："却才精的，怕府里要裹馄饨。肥的臊子何用？"鲁达睁着眼道："相公钧旨分付洒家，谁敢问他。"郑屠道："是。合用的东西，小人切便了。"又选了十斤实膘的肥肉，也细细的切做臊子，把荷叶来包了。整弄了一早辰，却得饭罢时候。那店小二那里敢过来，连那要买肉的主顾也不敢拢来。郑屠道："着人与提辖拿了，送将府里去。"鲁达道："再要十斤寸金软骨，也要细细地剁做臊子，不要见些肉在上面。"郑屠笑道："却不是特地来消遣我。"鲁达听罢，跳起身来，拿着那两包臊子在手里，睁看着郑屠说道："洒家特的要消遣你！"把两包臊子劈面打将去，却似下了一阵的肉雨。郑屠大怒，两条忿气从脚底下直冲到顶门，心头那一把无明业火[21]，焰腾腾的按纳不住，从肉案上抢了一把剔骨尖刀，托地跳将下来。鲁提辖早拔步在当街上。众邻舍并十来个火家，那个敢向前来劝，两边过路的人都立住了脚，和那店小二也惊的呆了。

郑屠右手拿刀，左手便来要揪鲁达。被这鲁提辖就势按住左手，赶将入去，望小腹上只一脚，腾地踢倒了在当街上。鲁达再入一步，踏住胸脯，提起那醋钵儿大小拳头，看着这郑屠道："洒家始投老种经略相公，做到关西五路廉访使，也不枉了叫做镇关西。你是个卖肉的操刀屠户，狗一般的人，也叫做镇关西！你如何强骗了金翠莲！"扑的只一拳，正打在鼻子上，打得鲜血迸流，鼻子歪在半边，却便似开了个油酱铺：咸的、酸的、辣的，一发都滚出来。郑屠挣不起来，那把尖刀也丢在一边，口里只叫："打得好！"鲁达骂道："直娘贼！还敢应口。"提起拳头来就眼眶际眉梢只一拳，打得眼棱缝裂，乌珠迸出，也似开了个彩帛铺的：红的、黑的、绛的，都滚将出来。两边看的人惧怕鲁提辖，谁敢向前来劝？郑屠当不过讨饶。鲁达喝道："咄！你是个破落户，若是和俺硬到底，洒家倒饶了你。你如何叫俺讨饶，洒家却不饶你！"又只一拳，太阳上正着，却似做了一个全堂水陆的道场[22]：磬儿、钹儿、铙儿一齐响。鲁达看时，只见郑屠挺在地下，口里只有出的气，没了入的气，动掸不得。鲁提辖假意道："你这厮诈死，洒家再打。"只见面皮渐渐的变了，鲁达寻思道："俺只指望痛打这厮一顿，不想三拳真个打死了他。洒家须吃官司，又没人送饭，不如及早撒开。"拔步便走，回头指着郑屠尸道："你诈死，洒家和你慢慢理会。"一头骂，一头大踏步去了。街坊邻舍并郑屠的火家，谁敢向前来拦他。

鲁提辖回到下处，急急卷了些衣服盘缠，细软银两，但是旧衣粗重都弃了。提了一条齐眉短棒，奔出南门，一道烟走了。

且说郑屠家中众人，救了半日不活，呜呼死了。老小邻人径来州衙告状。正直府尹升厅，接了状子，看罢，道："鲁达系是经略府提辖。"不敢擅自径来捕捉凶身。府尹随即上轿，来到经略府前，下了轿子，把门军士入去报知。经略听得，教请到厅上，与府尹施礼罢。经略问道："何来？"府尹禀道："好教相公得知，府中提辖鲁达，无故用拳打死市上郑屠。不曾禀过相公，不敢擅自捉拿凶身。"经略听说，吃了一惊，寻思道："这鲁达虽好武艺，只是性格粗卤。今番做出人命事，俺如何护得短？须教他推问使得。"经略回府尹道："鲁达这人，原是我父亲老经略处军官。为因俺这里无人帮护，拨他来做提辖。既然犯了人命罪过，你可拿他依法度取问。如若供招明白，拟罪已定，也须教我父亲知道，方可断决。怕日后父亲处边上要这个人时，却不好看。"府尹禀道："下官问了情由，合行申禀老经略相公知道，方敢断遣。"府尹辞了经略相公，出到府前，上了轿，回到州衙里，升厅坐下。便唤当日缉捕使臣押下文书，捉拿犯人鲁达。

当时王观察领了公文，将带二十来个做公的人，径到鲁提辖下处。只见房主人道："却才挖了些包裹[23]，提了短棒，出去了。小人只道奉着差使，又不敢问他。"王观察听了，教打开他房门看时，只有些旧衣旧裳和些被卧在里面。王观察就带了房主人，东西四下里去跟寻，州南走到州北，捉拿不见。王观察又捉了两家邻舍并房主人，同到州衙厅上回话道："鲁提辖惧罪在逃，不知去向。只拿得房主人并邻舍在此。"府尹见说，且教监下。一面教拘集郑屠家邻佑人等，点了仵作行人[24]，着仰本地坊官人并坊厢里正，再三检验已了。郑屠家自备棺木盛殓，寄在寺院。一面叠成文案，一壁差人杖限缉捕凶身。原告人保领回家；邻佑杖断有失救应；房主人并下处邻舍，止得个不应。鲁达在逃，行开个海捕文书[25]，各处追捉。出赏钱一千贯，写了鲁达的年甲贯址，画了他的模样，到处张挂。一干人等疏放听候。郑屠家亲人自去做孝，不在话下。

且说鲁达自离了渭州，东逃西奔，却似：

失群的孤雁，趁月明独自贴天飞；漏网的活鱼，乘水势翻身冲浪跃。不分远近，岂顾高低。心忙撞倒路行人，脚快有如临阵马。

这鲁提辖忙忙似丧家之犬，急急如漏网之鱼，行过了几处州府。正是：逃生不避路，到处便为家。自古有几般：饥不择食，寒不择衣，慌不择路，贫不择妻。鲁达心慌抢路，正不知投那里去的是。一迷地行了半月之上，在路却走到代州雁门县。入得城来，见这市井闹热，人烟辏集，车马骈驰[26]，一百二十行经商买卖，诸物行货都有，端的整齐。虽然是个县治，胜如州府。鲁提辖正行之间，不觉见一簇人众，围住了十字街口看榜。但见：

扶肩搭背，交颈并头。纷纷不辨贤愚，攘攘难分贵贱。张三蠢胖，不识字只把头摇；李四矮矬，看别人也将脚踏。白头老叟，尽将拐棒柱髭须；绿鬓书生，却把文房抄款目。行行总是萧何法[27]，句句俱依律令行。

鲁达看见众人看榜，挨满在十字路口，也钻在丛里听时，鲁达却不识字，只听得众人读道："代州雁门县，依奉太原府指挥使司该准渭州文字，捕捉打死郑屠犯人鲁达，即系经略府提辖。如有人停藏在家宿食，与犯人同罪。若有人捕获前来，或首告到官，支给赏钱一千贯文。"鲁提辖正听到那里，只听得背后一个人大叫道："张大哥，你如何在这里？"拦腰抱住，直扯近县前来。

不是这个人看见了，横拖倒拽将去，有分教：鲁提辖剃除头发，削去髭须，倒换过杀人姓名，薅恼杀诸佛罗汉[28]。直教禅杖打开危险路，戒刀杀尽不平人。毕竟扯住鲁提辖的是甚人，且听下回分解。

【注释】

[1] 恁（nèn）地：如此做。

[2] 缘便：打算

[3] 平人：平民百姓。

[4] 朴（pō）刀：古时一种带短把的狭长刀，双手使用。

[5] 大虫：老虎，形容勇猛。

[6] 不了：没结果。

[7] 勾当：办事，差使。

[8] 讨个出身：弄个一官半职。

[9] 六街三市：指闹市区。

[10] 貉狳桑胡须：联鬓胡子。

[11] 济楚：干净整齐。

[12] 唱喏：一边作揖一边打招呼的见面礼。

[13] 角（jué）：酒器名，此为量器名。

[14] 聒噪：吵闹。

[15] 入港：投机。

[16] 万福：古代女子口称万福、双手相扣放在左腰侧屈身以示敬意的拜见仪式。

[17] 生受：受苦，生活艰难。

[18] 腌臜（āzā）泼才：肮脏的无赖。

[19] 小种经略相公：指种师中，是当时名将种师之弟。经略是负责边疆军政大事的长官。

[20] 臊子：切碎的肉。

[21] 无明业火：佛教用语，指怒火。

[22] 全堂水陆的道场：全副执事和各种仪式齐全的法事。

[23] 扤：同"拖"。

[24] 仵作：负责检验凶案尸首的公人。

[25] 海捕公文：在全国通缉的公文。

[26] 骈驰：车马往来不断。

[27] 萧何法：西汉萧何为国家制定的律令，指律令。

[28] 薅（hāo）恼：惹恼。

第十六回　杨志押送金银担　吴用智取生辰纲

【解题】　智取生辰纲是《水浒传》中的一个高潮，是第一次有着周密计划和使用谋略的事件，也为日后的梁山泊聚义奠定了基础，小说对此事件的叙述则一波三折，悬念迭起，趣味横生，让人叹为观止。

话说当时公孙胜正在阁儿里对晁盖说这北京生辰纲是不义之财，取之何碍。只见一个人从外面抢将入来，揪住公孙胜道："你好大胆！却才商议的事，我都知了也。"那人却是智多星吴学究。晁盖笑道："教授休取笑，且请相见。"两个叙礼罢。吴用道："江湖上久闻人说入云龙公孙胜一清大名，不期今日此处得会！"晁盖道："这位秀才先生，便是智多星吴学究。"公孙胜道："吾闻江湖上多人曾说加亮先生大名，岂知缘法却在保正庄上得会。只是保正疏财仗义，以此天下豪杰都投门下。"晁盖道："再有几个相识在里面，一发请进后堂深处相见。"三个人入到里面，就与刘唐、三阮都相见了。正是：

金帛多藏祸有基，英雄聚会本无期。一时豪侠欺黄屋，七宿光芒动紫薇。

众人道："今日此一会，应非偶然。须请保正哥哥正面而坐。"晁盖道："量小子是个穷主人，怎敢占上！"吴用道："保正哥哥年长，依着小生，且请坐了。"晁盖只得坐了第一位，吴用坐了第二位，公孙胜坐了第三位，刘唐坐了第四位，阮小二坐了第五位，阮小五坐第六位，阮小七坐第七位。却才聚义饮酒，重整杯盘，再备酒肴，众人饮酌。

吴用道："保正梦见北斗七星坠在屋脊上，今日我等七人聚义举事，岂不应天垂象！此一套富贵，唾手而取。前日所说央刘兄去探听路程从那里来，今日天晚，来早便请登程。"公孙胜道："这一事不须去了。贫道已打听知他来的路数了，只是黄泥冈大路上来。"晁盖道："黄泥冈东十里路，地名安乐村，有一个闲汉，叫做白日鼠白胜，也曾来投奔我，我曾赍助他盘缠。"吴用道："北斗上白光，莫不是应在这人？自有用他处。"刘唐道："此处黄泥冈较远，何处可以容身？"吴用道："只这个白胜家便是我们安身处，亦还要用了白胜。"晁盖道："吴先生，我等还是软取，却是硬取？"吴用笑道："我已安排定了圈套，只看他来的光景力则力取，智则智取。我有一条计策，不知中你们意否？如此，如此。"晁盖听了大喜，攧着脚道[1]："好妙计！不枉了称你做智多星，果然赛过诸葛亮！好计策！"吴用道："休得再提，常言道：'隔墙须有耳，窗外岂无人。'只可你知我知。"晁盖便道："阮家三兄且请回归，至期来小庄聚会。吴先生依旧自去教学。公孙先生并刘唐，只在敝庄权住。"当日饮酒至晚，各自去客房里歇息。

次日五更起来，安排早饭吃了，晁盖取出三十两花银，送与阮家三兄弟道："权表薄意，切勿推却。"三阮那里肯受。吴用道："朋友之意，不可相阻。"三阮方才受了银两。一齐送出庄外来，吴用附耳低言道："这般这般，至期不可有误。"三阮相别了，自回石碣村去。晁盖留住公孙胜、刘唐在庄上。

吴学究常来议事。正是：

　　取非其有官皆盗，损彼盈余盗是公。计就只须安稳待，笑他宝担去匆匆。

　　话休絮繁。却说北京大名府梁中书，收买了十万贯庆贺生辰礼物完备，选日差人起程。当下一日在后堂坐下，只见蔡夫人问道："相公，生辰纲几时起程？"梁中书道："礼物都已完备，明后日便用起身。只是一件事，在此踌躇未决。"蔡夫人道："有甚事踌躇未决？"梁中书道："上年费了十万贯收买金珠宝贝，送上东京去，只因用人不着，半路被贼人劫将去了，至今无获。今年帐前眼见得又没个了事的人送去，在此踌躇未决。"蔡夫人指着阶下道："你常说这个人十分了得，何不着他委纸领状送去走一遭，不致失误。"梁中书看阶下那人时，却是青面兽杨志。梁中书大喜，随即唤杨志上厅说道："我正忘了你。你若与我送得生辰纲去，我自有抬举你处。"杨志叉手向前禀道："恩相差遣，不敢不依！只不知怎地打点？几时起身？"梁中书道："着落大名府差十辆太平车子，帐前拨十个厢禁军监押着车，每辆上各插一把黄旗，上写着'献贺太师生辰纲'。每辆车子再使个军健跟着。三日内便要起身去。"杨志道："非是小人推托，其实去不得。乞钧旨别差英雄精细的人去。"梁中书道："我有心要抬举你，这献生辰纲的札子内，另修一封书在中间，太师跟前重重保你，受道敕命回来。如何倒生支调，推辞不去？"杨志道："恩相在上，小人也曾听得上年已被贼人劫去了，至今未获。今岁途中盗贼又多，此去东京，又无水路，都是旱路。经过的是紫金山、二龙山、桃花山、伞盖山、黄泥冈、白沙坞、野云渡、赤松林，这几处都是强人出没的去处。更兼单身客人亦不敢独自经过。他知道是金银宝物，如何不来抢劫？枉结果了性命。以此去不得。"梁中书道："恁地时，多着军校防护送去便了。"杨志道："恩相便差五百人去，也不济事。这厮们一声听得强人来时，都是先走了的。"梁中书道："你这般地说时，生辰纲不要送去了？"杨志又禀道："若依小人一件事，便敢送去。"梁中书道："我既委在你身上，如何不依你说。"杨志道："若依小人说时，并不要车子，把礼物都装做十余条担子，只做客人的打扮行货。也点十个壮健的厢禁军，却装做脚夫挑着。只消一个人和小人去，却打扮做客人。悄悄连夜上东京交付。恁地时方好。"梁中书道："你甚说的是。我写书呈，重重保你受道诰命回来。"杨志道："深谢恩相抬举。"当日便叫杨志一面打拴担脚，一面选拣军人。

　　次日，叫杨志来厅前伺候，梁中书出厅来问道："杨志，你几时起身？"杨志禀道："告复恩相，只在明早准行，就委领状。"梁中书道："夫人也有一担礼物，另送与府中宝眷，也要你领。怕你不知头路，特地再教奶公谢都管，并两个虞候，和你一同去。"杨志告道："恩相，杨志去不得了。"梁中书说道："礼物都已拴缚完备，如何又去不得？"杨志禀道："此十担礼物都在小人身上，和他众人都由杨志，要早行便早行，要晚行便晚行，要住便住，要歇便歇，亦依杨志提调。如今又叫老都管并虞候和小人去，他是夫人行的人，又是太师府门下奶公，倘或路上与小人鳌拗起来，杨志如何敢和他争执得？若误了大事时，杨志那其间如何分说？"梁中书道："这个也容易，我叫他三个都听你提调便了。"杨志答道："若是如此禀过，小人情愿便委领状。倘有疏失，甘当重罪。"梁中书大喜道："我也不枉了抬举你，真个有见识！"随即唤老谢都管并两个虞候出来，当厅分付道："杨志提辖情愿委了一纸领状，监押生辰纲十一担金珠宝贝赴京，太师府交割，这干系都在他身上。你三人和他做伴去，一路上早起晚行住歇，都要听他言语，不可和他鳌拗。夫人处分付的勾当，你三人自理会，小心在意，早去早回，休教有失。"老都管一一都应了。当日杨志领了。

　　次日早起五更，在府里把担仗都摆在厅前。老都管和两个虞候又将一小担财帛共十一担，拣了十一个壮健的厢禁军，都做脚夫打扮。杨志戴上凉笠儿，穿着青纱衫子，系了缠带行履麻鞋，跨口腰刀，提条朴刀。老都管也打扮做个客人模样；两个虞候假装做跟的伴当。各人都拿了条朴刀，又带几根藤条。梁中书付与了札付书呈。一行人都吃得饱了，在厅上拜辞了梁中书。看那军人担仗起程，杨志和谢都管、两个虞候监押着，一行共是十五人，离了梁府，出得北京城门，取大路投东京进发。此时正是五月半天气，虽是晴明得好，只是酷热难行。昔日吴七郡王有八句诗道：

　　玉屏四下朱阑绕，簇簇游鱼戏萍藻。簟铺八尺白虾须[2]，头枕一枚红玛瑙。

　　六龙惧热不敢行，海水煎沸蓬莱岛。公子犹嫌扇力微，行人正在红尘道。

　　这八句诗单题着炎天暑月，那公子王孙在凉亭上水阁中浸着浮瓜沉李，调冰雪藕避暑，尚兀自嫌热。怎知客人为些微名薄利，又无枷锁拘缚，三伏内只得在那途路中行。今日杨志这一行人要取六月十五日生辰，只得在路途上行。自离了这北京五七日，端的只是起五更，趁早凉便行，日中热时便歇。五七日后，人家渐少，行路又稀，一站站都是山路。杨志却要辰牌起身，申时便歇。那十一个厢禁军，担子又重，无有一个稍轻。天气热了行不得，见着林子，便要去歇息。杨志赶着催促要行。如若停住，轻则痛骂，重则藤条便打，逼赶要行。两个虞候虽只背些包裹行李，也气喘了行不上。杨志也嗔道："你两个好不晓事！这干系须是俺的！你们不替洒家打这夫子，却在背后也慢慢地挨。这路上不是耍处！"那虞候道："不是我两个要慢走，其实热了行不动，因此落后。前日只是趁早凉走，如今怎地正热里要行？正是好歹不均匀。"杨志道："你这般话说，却似放屁！前日行的须是好地面，如今正是尴尬去处。若不日里赶过去，谁敢五更半夜走？"两个虞候口里不道，肚中寻思："这厮不直得便骂人。"

杨志提了朴刀，拿着藤条，自去赶那担子。两个虞候坐在柳阴树下，等得老都管来。两个虞候告诉道："杨家那厮，强杀只是我相公门下一个提辖，直这般会做大！"老都管道："须是相公当面分付，道休要和他鳌拗，因此我不做声。这两日也看他不得。权且耐他。"两个虞候道："相公也只是人情话儿，都管自做个主便了。"老都管又道："且耐他一耐。"当日行到申牌时分，寻得一个客店里歇了。那十个厢禁军雨汗通流，都叹气吹嘘，对老都管说道："我们不幸做了军健，情知道被差出来。这般火似热的天气，又挑着重担，这两日又不拣早凉行，动不动老大藤条打来，都是一般父母皮肉，我们直恁地苦！"老都管道："你们不要怨怅，巴到东京时，我自赏你。"众军汉道："若是似都管看待我们时，并不敢怨怅。"又过了一夜。次日，天色未明，众人起来，都要趁凉起身去。杨志跳起来喝道："那里去！且睡了，却理会。"众军汉道："趁早不走，日里热时走不得，却打我们。"杨志大骂道："你们省得甚么？"拿了藤条要打。众军忍气吞声，只得睡了。当日直到辰牌时分，慢慢地打火，吃了饭走。一路上赶打着，不许投凉处歇。那十一个厢禁军口里喃喃讷讷地怨怅，两个虞候在老都管面前絮絮聒聒地搬口。老都管听了，也不着意，心内自恼他。

话休絮繁。似此行了十四五日，那十四个人没一个不怨怅杨志。当日客店里，辰牌时分，慢慢地打火吃了早饭行。正是六月初四日时节，天气未及晌午，一轮红日当天，没半点云彩，其日十分大热。古人有八句诗道：

祝融南来鞭火龙[3]，火旗焰焰烧天红。日轮当午凝不去，万国如在红炉中。

五岳翠干云彩灭，阳侯海底愁波竭[4]。何当一夕金风起[5]，为我扫除天下热。

当日行的路，都是山僻崎岖小径，南山北岭。却监着那十一个军汉，约行了二十余里路程。那军人们思量要去柳阴树下歇凉，被杨志拿着藤条打将来，喝道："快走！教你早歇！"众军人看那天时，四下里无半点云彩，其时那热不可当。但见：

热气蒸人，嚣尘扑面。万里乾坤如甑，一轮火伞当天。四野无云，风寂寂树焚溪坼[6]；千山灼焰，必리剥剥石裂灰飞。空中鸟雀命将休，倒攧入树林深处；水底鱼龙鳞角脱，直钻入泥土窖中。直教石虎端无休，便是铁人须汗落。

当时杨志催促一行人在山中僻路里行。看看日色当午，那石头上热了，脚疼走不得。众军汉道："这般天气热，兀的不晒杀人！"杨志喝着军汉道："快走，赶过前面冈子去，却再理会。"正行之间，前面迎着那土冈子。众人看这冈子时，但见：

顶上万株绿树，根头一派黄沙。嵯峨浑似老龙形，险峻但闻风雨响。山边茅草，乱丝丝攒遍地刀枪；满地石头，磕可可睡两行虎豹。休道西川蜀道险，须知此是太行山。

当时一行十五人奔上冈子来，歇下担仗，那十四人都去松阴树下睡倒了。杨志说道："苦也！这里是甚么去处，你们却在这里歇凉！起来，快走！"众军汉道："你便剁我做七八段，其实去不得了！"杨志拿起藤条，劈头劈脑打去。打得这个起来，那个睡倒，杨志无可奈何。只见两个虞候和老都管气喘急急，也巴到冈子上松树下坐了喘气。看这杨志打那军健，老都管见了说道："提辖，端的热了走不得，休见他罪过。"杨志道："都管，你不知这里正是强人出没的去处，地名叫做黄泥冈。闲常太平时节，白日里兀自出来劫人，休道是这般光景，谁敢在这里停脚！"两个虞候听杨志说了，便道："我见你说好几遍了，只管把这话来惊吓人！"老都管道："权且教他们众人歇一歇，略过日中行如何？"杨志道："你也没分晓了，如何使得！这里下冈子去，兀自有七八里没人家。甚么走处，敢在此歇凉！"老都管道："我自坐一坐了走，你自去赶他众人先走。"杨志拿着藤条喝道："一个不走的，吃俺二十棍！"众军汉一齐叫将起来。数内一个分说道："提辖，我们挑着百十斤担子，须不比你空手走的。你端的不把人当人！便是留守相公自来监押时，也容我们说一句。你好不知疼痒，只顾逞辩！"杨志骂道："这畜生不呕死俺，只是打便了！"拿起藤条，劈脸便打去。老都管喝道："杨提辖且住！你听我说，我在东京太师府里做奶公时，门下官军见了无千无万，都向着我喏喏连声。不是我口浅，量你是个遭死的军人，相公可怜，抬举你做个提辖，比得芥菜子大小的官职。直得恁地逞能！休说我是相公家都管，便是村庄一个老的，也合依我劝一劝。只顾把他们打，是何看待！"杨志道："都管，你须是城市里人，生长在相府里，那里知道途路上千难万难。"老都管道："四川，两广也曾去来，不曾见你这般卖弄。"杨志道：

"如今须不比太平时节。"都管道:"你说这话,该剜口割舌,今日天下怎地不太平?"

杨志却待再要回言,只见对面松林里影着一个人,在那里舒头探脑价望。杨志道:"俺说甚么,兀的不是歹人来了!"撇下藤条,拿了朴刀,赶入松林里来喝一声道:"你这厮好大胆,怎敢看俺的行货!"正是:

说鬼便招鬼,说贼便招贼。却是一家人,对面不能识。

杨志赶来看时,只见松林里一字儿摆着七辆江州车儿,七个人脱得赤条条的在那里乘凉。一个鬓边老大一搭朱砂记,拿着一条朴刀,望杨志跟前来。七个人齐叫一声:"呵也!"都跳起来。杨志喝道:"你等是甚么人?"那七人道:"你是甚么人?"杨志又问道:"你等莫不是歹人?"那七人道:"你颠倒问,我等是小本经纪,那里有钱与你?"杨志道:"你等小本经纪人,偏俺有大本钱!"那七人问道:"你端的是甚么人?"杨志道:"你等且说那里来的人?"那七人道:"我等弟兄七人是濠州人。贩枣子上东京去,路途打从这里经过。听得多人说这里黄泥冈上时常有贼打劫客商。我等一面走,一头自说道:'我七个只有些枣子,别无甚财赋。'只顾过冈子来。上得冈子,当不过这热,权且在这林子里歇一歇,待晚凉了行。只听得有人上冈子来,我们只怕是歹人,因此使这个兄弟出来看一看。"杨志道:"原来如此,也是一般的客人。却才见你们窥望,惟恐是歹人,因此赶来看一看。"那七个人道:"客官请几个枣子了去。"杨志道:"不必。"提了朴刀,再回担边来。

老都管道:"既是有贼,我们去休。"杨志说道:"俺只道是歹人,原来是几个贩枣子的客人。"老都管道:"似你方才说时,他们都是没命的!"杨志道:"不必相闹,只要没事便好。你们且歇了,等凉些走。"众军汉都笑了。杨志也把朴刀插在地上,自去一边树下坐了歇凉。没半碗饭时,只见远远地一个汉子挑着一副担桶,唱上冈子来。唱道:

赤日炎炎似火烧,野田禾稻半枯焦。农夫心内如汤煮,公子王孙把扇摇。

那汉子口里唱着,走上冈子来,松林里头歇下担桶,坐地乘凉。众军看见了,便问那汉子道:"你桶里是甚么东西?"那汉子应道:"是白酒。"众军道:"挑往那里去?"那汉子道:"挑出村里卖。"众军道:"多少钱一桶?"那汉子道:"五贯足钱。"众军商量道:"我们又热又渴,何不买些吃,也解暑气。"正在那里凑钱,杨志见了,喝着:"你们又做甚么?"众军道:"买碗酒吃。"杨志调过朴刀杆便打,骂道:"你们不得洒家言语,胡乱便要买酒吃,好大胆!"众军道:"没事又来鸟乱!我们自凑钱买酒吃,干你甚事? 也来打人!"杨志道:

"你这村鸟，理会的甚么！到来只顾吃嘴！全不晓得路途上的勾当艰难。多少好汉，被蒙汗药麻翻了！"那挑酒的汉子看着杨志冷笑道："你这客官好不晓事！早是我不卖与你吃，却说出这般没气力的话来！"

正在松树边闹动争说，只见对面松林里那伙贩枣子的客人都提着朴刀，走出来问道："你们做甚么闹？"那挑酒的汉子道：我自挑这酒过冈子村里卖，热了，在此歇凉。他众人要问我买些吃，我又不曾卖与他。这个客官道我酒里有甚么蒙汗药，你道好笑么？说出这般话来！"那七个客人说道："我只道有歹人出来，原来是如此。说一声也不打紧。我们正想酒来解渴。既是他们疑心，且卖一桶与我们吃。"那挑酒的道："不卖！不卖！"这七个客人道："你这鸟汉子也不晓事，我们须不曾说你。你左右将到村里去卖，一般还你钱。便卖些与我们，打甚么不紧。看你不道得舍施了茶汤，便又救了我们热渴。"那挑酒的汉子便道："卖一桶与你不争，只是被他们说的不好。又没碗瓢舀吃。"那七人道："你这汉子忒认真！便说了一声打甚么不紧。我们自有椰瓢在这里。"只见两个客人去车子前取出两个椰瓢来一个捧出一大捧枣子来。七个人立在桶边，开了桶盖，轮替换着舀那酒吃，把枣子过口。无一时，一桶酒都吃尽了。

七个客人道："正不曾问得你多少价钱？"那汉道："我一了不说价，五贯足钱一桶，十贯一担。"七个客人道："五贯便依你五贯，只饶我们一瓢吃。"那汉道："饶不的，做定的价钱。"一个客人把钱还他，一个客人便去揭开桶盖，兜了一瓢，拿上便吃。那汉去夺时，这客人手拿半瓢酒，望松林里便走，那汉赶将去。只见这边一个客人从松林里走将出来，手里拿一个瓢，便来桶里舀了一瓢酒。那汉看见，抢来劈手夺住，望桶里一倾，便盖了桶盖，将瓢望地下一丢，口里说道："你这客人好不君子相！戴头识脸的，也这般罗唣！"

那对过众军汉见了，心内痒起来，都待要吃。数中一个看着老都管道："老爷爷与我们说一声，那卖枣子的客人买他一桶吃了，我们胡乱也买他这桶吃，润一润喉也好。其实热渴了，没奈河。这里冈子上又没讨水吃处。老爷方便！"老都管见众军所说，自心里也要吃得些，竟来对杨志说："那贩枣子客人已买了他一桶酒吃，只有这一桶，胡乱教他们买吃些避暑气。冈子上端的没处讨水吃。"杨志寻思道："俺在远远处望这厮们都买他的酒吃了，那桶里当面也见吃了半瓢，想是好的。打了他们半日，胡乱容他买碗吃罢。"杨志道："既然老都管说了，教这厮们买吃了，便起身。"众军健听了这话，凑了五贯足钱，来买酒吃。那卖酒的汉子道："不卖了！不卖了！这酒里有蒙汗药在里头！"众军陪着笑说道："大哥直得便还言语！"那汉道："不卖了！休缠！"这贩枣子的客人劝道："你这个鸟汉子，他也说得差了，你也忒认真！连累我们也吃你说了几声。须不关他众人之事，胡乱卖与他众人吃些。"那汉道："没事讨别人疑心做甚么？"这贩枣子客人把那卖酒的汉子推开一边，只顾将这桶酒提与众军去吃。那军汉开了桶盖，无甚舀吃，陪个小心，问客人借这椰瓢用一用。众客人道："就送这几个枣子与你们过酒。"众军谢道："甚么道理。"客人道："休要相谢，都是一般客人，何争在这百十个枣子上。"众军谢了，先兜两瓢，叫老都管吃一瓢，杨提辖吃一瓢。杨志那里肯吃。老都官自先吃了一瓢，两个虞候各吃一瓢。众军汉一发上，那桶酒登时吃尽了。杨志见众人吃了无事，自本不吃，一者天气甚热，二乃口渴难熬，拿起来只吃了一半，枣子分几个吃了。那卖酒的汉子说道："这桶酒被那客人饶一瓢吃了，少了你些酒，我今饶了你众人半贯钱罢。"众军汉凑出钱来还他。那汉子收了钱，挑了空桶，依然唱着山歌，自下冈子去了。

那七个贩枣子的客人，立在松树傍边，指着这一十五人说道："倒也！倒也！"只见这十五个人头重脚轻，一个个面面厮觑，都软倒了。那七个客人从松树林里推出这七辆江州车儿，把车子上枣子丢在地上，将这十一担金珠宝贝都装在车子内，遮盖好了，叫声："聒噪！"一直望黄泥冈下推了去。正是：

　　诛求膏血庆生辰，不顾民生与死邻。始信从来招劫盗，亏心必定有缘因。

杨志口里只是叫苦，软了身体，挣扎不起。十五人眼睁睁地看着那七个人都把这金宝装了去，只是起不来，挣不动，说不的。

我且问你，这七人端地是谁？不是别人，原来正是晁盖、吴用、公孙胜、刘唐、三阮这七个。却才那个挑酒的汉子，便是白日鼠白胜。却怎地用药？原来挑上冈子时，两桶都是好酒。七个人先吃了一桶，刘唐揭起桶盖，又兜了半瓢吃，故意要他们看着，只是叫人死心塌地。次后吴用去松林里取出药来，抖在瓢里，只做走来饶他酒吃，把瓢去兜时，药已搅在酒里，假意兜半瓢吃，那白胜劈手夺来，倾在桶里，这个便是计策。那计较都是吴用主张。这个唤做智取生辰纲。

原来杨志吃的酒少，便醒得快，爬将起来，兀自捉脚不住。看那十四个人时，口角流涎，都动不得，正应俗语道："饶你奸似鬼，吃了洗脚水。"杨志愤闷道："不争你把了生辰纲去，教俺如何回去见得梁中书？这纸领状须缴不得！"就扯破了。"如今闪得俺有家难奔，有国难投，待走那里去？不如就这冈子上寻个死处。"撩衣破步，望着黄泥冈下便跳。正是：断送落花三月雨，摧残杨柳九秋霜。毕竟杨志在黄泥冈上寻死，性命如何，且听下回分解。

【注释】

［1］攧（diān）：跌。

［2］白虾须：玉名。

［3］祝融：火神名。

［4］阳侯：水神名。

［5］金风：指秋风。因秋天在五行中属金。

［6］风突突（yào）：形容风声的拟声词。

第二十三回　横海郡柴进留宾　景阳岗武松打虎

【解题】　小说前一部分主要表现宋江的确是人们所传扬的"及时雨"，诚恳热情，乐于助人，引出在景阳岗打死老虎的武松。"打虎"一节主要表现武松的勇武神力的英雄本色。

诗曰：

延士声华似孟尝，有如东阁纳贤良。武松雄猛千夫惧，柴进风流四海扬。

斋自信一身能杀虎，浪言碗不过冈。报兄诛嫂真奇特，赢得高名万古香。

话说宋江因躲一杯酒，去净手了，转出廊下来，趿了火掀柄[1]，引得那汉焦燥，跳将起来，就欲要打宋江。柴进赶将出来，偶叫起宋押司，因此露出姓名来。那大汉听得是宋江，跪在地下，那里肯起。说道："小人有眼不识泰山，一时冒渎兄长，望乞恕罪。"宋江扶起那汉，问道："足下是谁？高姓大名？"柴进指着道："这人是清河县人氏，姓武名松，排行第二。今在此间一年也。"宋江道："江湖上多闻说武二郎名字，不期今日却在这里相会，多幸，多幸！"柴进道："偶然豪杰相聚，实是难得。就请同做一席说话。"宋江大喜，携住武松的手，一同到后堂席上。便唤宋清与武松相见。柴进便邀武松坐地。宋江连忙让他一同在上面坐。武松那里肯坐。谦了半响，武松坐了第三位。柴进教再整杯盘，来劝三人痛饮。宋江在灯下看那武松时，果然是一条好汉。但见：

身躯凛凛，相貌堂堂。一双眼光射寒星，两弯眉浑如刷漆。胸脯横阔，有万夫难敌之威风。语话轩昂，吐千丈凌云之志气。心雄胆大，似撼天狮子下云端。骨健筋强，如摇地貔貅临座上[2]。如同天上降魔主，真是人间太岁神。

当下宋江看了武松这表人物，心中甚喜。便问武松道："二郎因何在此？"武松答道："小弟在清河县，因酒后醉了，与本处机密相争，一时间怒起，只一拳打得那厮昏沉。小弟只道他死了，因此一迳地逃来，投奔大官人处躲灾避难。今日一年有余。后来打听得那厮却不曾死，救得活了。今欲正要回乡去寻哥哥。不想染患疟疾，不能勾动身回去。却才正发寒冷，在那廊下向火。被兄长趾了掀柄，吃了那一梗惊出一身冷汗，觉得这病好了。"宋江听了大喜。当夜饮至三更。酒罢，宋江就留武松在西轩下做一处安歇。次日起来，柴进安排席面，杀羊宰猪，管待宋江，不在话下。

过了数日，宋江将出些银两来，与武松做衣裳。柴进知道，那里肯要他坏钱[3]。自取出一箱段匹绸绢，门下自有针工，便教做三人的称体衣裳。说话的，柴进因何不喜武松？原来武松初来投奔柴进时，也一般接纳管待。次后在庄上，但吃醉了酒，性气刚，庄客有些顾管不到处，他便要下拳打他们。因此满庄里庄客，没一个道他好。众人只是嫌他，都去柴进面前告诉他许多不是处。柴进虽然不赶他，只是相待得他慢了。却得宋江每日带挈他一处饮酒相陪，武松的前病都不发了。相伴宋江住了十数日，武松思乡，要回清河县看望哥哥。柴进、宋江两个，都留他再住几时。武松道："小弟的哥哥多时不通信息，因此要去望他。"宋江道："实是二郎要去，不敢苦留。如若得闲时，再来相会几时。"武松相谢了宋江。柴进取出些金银，送与武松。武松谢道："实是多多相扰了大官人。"武松缚了包裹，拴了梢棒要行。柴进又治酒食送路。武松穿了一领新纳红袖袄，戴着个白范阳毡笠儿，背上包裹，提了杆棒，相辞了便行。宋江道："弟兄之情，贤弟少等一等。"回到自己房内，取了些银两，赶出到庄门前来，说道："我送兄弟一程。"宋江和兄弟宋清两个送武松。待他辞了柴大官人，宋江也道："大官人，暂别了便来。"三个离了柴进东庄，行了五七里路。武松作别道："尊兄，远了，请回。柴大官人必然专望。"宋江道："何妨再送几步。"路上说些闲话，不觉又过了三二里。武松挽住宋江说道："尊兄不必远送。常言道："送君千里，终须一别。宋江指着道："容我再行几步。兀那官道上有个小酒店，我们吃三钟了作别。"三个来到酒店里。宋江上首坐了，武松倚了梢棒，下席坐了。宋清横头坐定。便叫酒保打酒来。且买些盘馔果品菜蔬之类，都搬来摆在卓子上。三个人饮了几杯，看看红日平西。武松便道："天色将晚，哥哥不弃武二时，就此受武二四拜，拜为义兄。"宋江大喜。武松纳头拜了四拜。宋江叫宋清身边取出一锭十两银子，送与武松。武松那里肯受，说道："哥哥客中自用盘费。"宋江道："贤弟不必多虑。你若推却，我便不认你做兄弟。"武松只得拜受了，收放缠袋里。宋江取些碎银子，还了酒钱。武松拿了梢棒。三个出酒店前来作别。武松堕泪，拜辞了自去。宋江和宋清立在酒店门前，望武松不见了，方才转身回来。行不到五里路头，只见柴大官人骑着马，背后牵着两疋空马，来接宋江。望见了大喜。一同上马回庄上来。下了马，请入后堂饮酒。宋江弟兄两个，自此只在柴大官人庄上。话分两头，有诗为证：

别意悠悠去路长，挺身直上景阳冈。醉来打杀山中虎，扬得声名满四方。

只说武松自与宋江公别之后，当晚投客店歇了。次日早起来，打火吃了饭，还了房钱，拴束包裹，提了梢棒，便走上路。寻思道："江湖上只闻说及时雨宋公明，果然不虚！结识得这般弟兄，也不枉了！武松在路上行了几日，来到阳谷县地面。此去离那县还远。当日晌午时分，走得肚中饥渴。望见前面有一个酒店，挑着一面招旗在门前，上头写着五个字道："三碗不过冈"。武松入到里面坐下，把梢棒倚了，叫道："主人家，快把酒来吃。"只见店主人把三只碗、一双箸、一碟热菜，放在武松面前。满满筛一碗酒来。武松拿起碗。一饮而尽。叫道："这酒好生有气力"主人家，有饱肚的买些吃酒？"酒家道："只有熟牛肉。"武桦道："好的切二三斤来吃。"酒店家去里面切出二斤熟牛肉，做一大盘子将来，放在武松面前。随即再筛一碗酒。武松吃了道："好酒！"又筛下一碗。恰好吃了三碗酒，再也不来筛。武松敲着桌子叫道："主人家，怎的不来筛酒？"酒家道："客官要肉便添来。"武松道："我也要酒，也再切些肉来。"酒家道："肉便切来，添与客官吃，酒却不添了。"武松道："却又作怪！"便问主人家道："你如何不肯卖酒与我吃？"酒家道："客官，你须见我门前招旗上面，明明写道："三碗不过冈。"武松道："怎地唤做三碗不过冈？"酒家道："俺家的酒，虽是村酒，却比老酒的滋味。但凡客人来我店中吃了三碗的，便醉了，过不得前面的山冈去。因此唤做'三碗不过冈'。若是过往客人到此，只吃三碗，更不再问。"武松笑道："原来恁地！我却吃了三碗，如何不醉？"酒家道："我这酒叫做'透瓶香'，又唤做'出门倒'。初入口时，醇醲好吃，少刻时便倒。"武松道："休要胡说。没地不还你钱。再筛三碗来我吃。"酒家见武松全然不动，又筛三碗。武松吃道："端的好酒！主人家，我吃一碗，还你一碗钱，只顾筛来。"酒家道："客官休只管要饮。这酒端的要醉倒人，没药医。"武松道："休得胡鸟说！便是你使蒙汗药在里面，我也有鼻子。"店家被他发话不过，一连又筛了三碗。武松道："肉便再把二斤来吃。"酒家又切了二斤熟牛肉，再筛了三碗酒。武松吃得口滑，只顾要吃。去身边取出些碎银子，叫道："主人家，你且来看我银子，还你酒肉钱勾么？"酒家看了道："有余，还有些贴钱与你。"武松道："不要你贴钱，只将酒来筛。"酒家道："客官，你要吃酒时，还有五六碗酒里，只怕你吃不的了。"武松道："就有五六碗多时，你尽数筛将来。"酒家道："你这条长汉，倘或醉倒了时，怎扶的你住。"武松答道："要你扶的不算好汉。"酒家那里肯将酒来筛。武松焦燥道："我又不白吃你的，休要引老爹性发，通教你屋里粉碎，把你这鸟店子倒翻转来！"酒家道："这厮醉了，休惹他。"再筛了六碗酒与武松吃了。前后共吃了十五碗。绰了梢棒，立起身来道："我却又不曾醉。"走出门前来，笑道："却不说三碗不过冈！"手提梢棒便走。

酒家赶出来叫道："客官那里去？"武松立住了，问道："叫我做甚么？我又不少你酒钱，唤我怎地？"酒家叫道："我是好意。你且回来我家看官司榜文。"武松道："甚么榜文？"酒家道："如今前面景阳冈上，有只吊睛白额大虫，晚了出来伤人。坏了三二十条大汉性命。官司如今杖限打猎捕户，擒捉发落。冈子路口两边人民，都有榜文。可教往来客人，结夥成队，于巳、午、三个时辰过冈。其余寅、卯、申、酉、戌、亥六个时辰，不许过冈。更兼单身客人，不许白日过冈。务要等伴结夥而过。这早晚正是未末申初时分。我见你走都不问人，枉送了自家性命。不如就我此间歇了，等明日慢慢凑的三二十人，一齐好过冈子。"武松听了，笑道："我是清河县人氏。这条景阳冈上，少也走过了一二十遭。几时见说有大虫！你休说这般鸟话来吓我！便有大虫，我也不怕。"酒家道："我是好意救你。你不信时，进来看官司榜文。"武松道："你鸟子声！便真个有虎，老爷也不怕！你留我在家里歇，莫不半夜三更要谋我财，害我性命，却把鸟大虫唬吓我？"酒家道："你看么！我是一片好心，反做恶意，倒落得你恁地说！你不信我时，请尊便自行。"正是：

前车倒了千千辆，后车过了亦如然。分明指与平川路却把忠言当恶言。

那酒店里主人摇着头，自进店里去了。这武松提了梢棒，大着步，自过景阳冈来。约行了四五里路，来到了冈子下，见一大树，刮去了皮，一片白，上写两行字。武松也颇识几字。抬头看时，上面写道："近因景阳冈大虫伤人，但有过往客商，可于巳、午、未三个时辰结夥成队过冈。勿请自误。"武松看了，笑道："这是酒家诡诈，惊吓那等客人，便去那厮家里宿歇。你却怕甚么鸟！"横拖着梢棒，便上冈子来。那时已有申牌时分。这轮红日，压压地相傍下山。武松乘着酒兴，只管走上冈子来。走不到半里多路，见一个败落的山神庙。行到庙前，见这庙门上贴着一张印信榜文。武松住了脚读时，上面写道：

"阳谷县为这景阳冈上新有一只大虫，近来伤害人命。见今杖限各乡里正并猎户人等，打捕未获。如有过往客商人等，可于巳、午、未三个时辰结伴过冈。其余时分及单身客人，白日不许过冈。恐被伤害性命不便。各宜知悉。"

武松读了印信榜文，方知端的有虎。欲待发步再回酒店里来，寻思道："我回去时，须吃他耻笑，不是好汉，难以转去。"存想了一回，说道："怕甚么鸟！且只顾上去，看怎地！"武松正走，看看酒涌上来，便把毡笠儿背在脊梁上，将梢棒绾在肋下，一步步上那冈子来。回头看这日色时，渐渐地坠下去了。此时正是十月间天气，日短夜长，容易得晚。武松自言自说道："那得甚么大虫！人自怕了，不敢上山。"武松走了一直，酒力发作，焦热起来。一只手提着梢棒，一只手把胸膛前袒开，浪浪跄跄，直奔过乱树林来。见一块光挞挞大青石，把那梢棒倚在一边，放翻身体，却待要睡，只见发起一阵狂风来。看那风时，但见：

无形无影透人怀，四委能吹万物开。就树撮将黄叶去，入山推出白云来。

原来但凡世上云生从龙，风生从虎。那一阵风过处，只听得乱树背后扑地一声响，跳出一只吊睛白额大虫来。武松见了，叫声："呵呀！"从青石上翻将下来，便拿那条梢棒在手里，闪在青石边。那个大虫又饥又渴，把两只爪在地下略按一按，和身望上一扑，从半空里撺将下来。武松被那一惊，酒都做冷汗出了。说时迟，那时快。武松见大虫扑来，只一闪，闪在大虫背后。那大虫背后看人最难，便把前爪搭在地下，把腰胯一掀，掀将起来。武松只一躲，躲在一边。大虫见掀他不着，吼一声，却似半天里起个霹雳，振得那山冈也动。把这铁棒也似虎尾倒竖起来，只一剪，武松却又闪在一边。原来那大虫拿人，只是一扑，一掀，一剪。三般提不着时，气性先自没了一半。那大虫又剪不着，再吼了一声，一兜，兜将回来，武松见那大虫复翻身回来，双手轮起梢棒，尽平生气力，只一棒，从半空劈将下来。听听得一声响，簌簌地将那树连枝带叶，劈脸打将下来。定睛看时，一棒劈不着大虫。原来慌了，正打在枯树上，把那条梢棒折做两截，只拿得一半在手里。那大虫咆哮，性发起来，翻身又只一扑，扑将来。武松又只一跳，却退了十步远。那大虫却好把两只前爪搭在武松面前。武松将半截棒丢在一边，两只手就势把大虫顶花皮胳搭地揪住，一按按将下来。那只大虫急要挣扎，早没了气力。被武松尽气力纳定，那里肯放半点儿松宽。武松把只脚望大虫面门上、眼睛里只顾乱踢。那大虫咆哮起来，把身底下扒起两堆黄泥，做了一个土坑。武松把那大虫嘴直按下黄泥坑里去。那大虫吃武松奈何得没了些气力。武松把左手紧紧地揪住顶花皮，偷出右手来，提起铁锤般大小拳头，尽平生之力，只顾打。打得五七十拳，那大虫眼里、口里、鼻子里、耳朵里，都迸出鲜血来。那武松尽平昔神威，仗胸中武艺，半歇儿把大虫打做一堆，却似躺着一个锦布袋。有一篇古风，单道景阳冈武松打虎。但见：

景阳冈头风正狂，万里阴云霾日光。焰焰满川枫叶赤，纷纷遍地草芽黄。

触目晚霞挂林薮，侵人冷雾满穹苍。忽闻一声霹雳响，山腰飞出兽中王。昂头勇跃逞牙爪，谷口麋鹿皆奔忙。山中狐兔潜踪迹，涧内獐猿惊且慌。卞庄见后魂魄丧，存孝遇时心胆强。清河壮士酒未醒，忽在冈头偶相迎。上下寻人虎饥渴，撞着狰狞来扑人。虎来扑人似山倒，人去迎虎如岩倾。臂腕落时坠飞炮，爪牙爬处成泥坑。拳头脚尖如雨点，淋漓两手鲜血染。秽污腥风满松林，散乱毛须坠山崦。近看千钧势未休，远观八面威风敛。身横野草锦斑销，紧闭双睛光不闪。

当下景阳冈上那只猛虎，被武松没顿饭之间，一顿拳脚打得那大虫动旦不得，使得口里兀自气喘。武松放了手，来松树边寻那打折的棒橛，拿在手里，只怕大虫不死，把棒橛又打了一回。那大虫气都没了。武松再寻思道："我就地拖得这死大虫下冈子去。"就血泊里双手来提时，那里提得动。原来使尽了气力，手脚都酥软了，动弹不得。

武松再来青石坐了半歇，寻思道："天色看看黑了。倘或又跳出一只大虫来时，我却怎地斗得他过。且挣扎下冈子去，明早却来理会。"就石头边寻了毡笠儿，转过乱树林边，一步步捱下冈子来。走不到半里多路，只见枯草丛中，钻出两只大虫来。武松道："呵呀！我今番死也！性命罢了"只见那两个大虫，于黑影里直立起来。武松定睛看时，却是两个人，把虎皮缝做衣裳，紧紧拼在身上。那两个人手里各拿着一条五股叉。见了武松，吃了一惊道："你那人吃了忽律心[4]，豹子肝！狮子腿！胆倒包着身躯！如何敢独自一个，昏黑将夜，又没器械，走过冈子来！不知你是人是鬼？"武松道："你两个是什么人？"那个人道："我们是本处猎户。"武松道："你们上岭来做甚么？"两个猎户失惊道："你兀自不知哩！如今景阳冈上有一只极大的大虫，夜夜出来伤人。只我们猎户，也折了七八个。过往客人，不记其数，都被这畜生吃了。本县知县，着落当乡里正和我们猎户人等捕捉。那业畜势大，难近得他，谁敢向前。我们为他，正不知吃了多少限棒。只捉他不得。今夜又该我们两个捕猎，和十数个乡夫在此上上下下，放了窝弓药箭等他。正在这里埋伏，却见你大剌剌地从冈子上走将下来。我两个吃了一惊。你却正是甚人？曾见大虫么？"武松道："我是清河县人氏，姓武，排行第二。却才冈子上乱树林边，正撞见那大虫，被我一顿拳脚打死了。"两个猎户听得痴呆了，说道："怕没这话！"武松道："你不信时，只看我身上兀自有血迹。"两个道："怎地打来？"武松把那打大虫的本事，再说了一遍。两个猎户听了，又惊又喜！叫拢那十个乡夫来。只见这十个乡夫，都拿着禾叉，踏弩刀枪，随即拢来。武松问道："他们众人如何不随着你两个上山？"猎户道："便是那畜生利害，他们如何敢上来。"一夥十数个人，都在面前。两个猎户把武松打杀大虫的事，说向众人。众人都不肯信。武松道："你众人不肯信时，我和你去看便了。"众人身边都有火刀、火石，随即发出火来，点起五七个火把。众人都跟着武松，一同再上冈子来。看见那大虫做一堆儿死在那里。众人见了大喜。先叫一个去报知本县里正，并该管上户。这里五七个乡夫，自把大虫缚了，抬下冈子来。到得岭下，早有七八十人都哄将来。先把死大虫抬在前面，将一乘兜轿，抬了武松，迳投本处一个上户家来。那户里正都在庄前迎接。把这大虫打到草厅上。却有本乡上户、本乡猎户三二十人，都来相探武松。众人问道："壮士高姓大名？贵乡何处？"武松道："小人是此间邻郡清河县人氏，姓武名松，排行第二。因从沧州回乡来，昨晚在冈子那边酒店，吃得大醉了，上冈子来，正撞见这畜生。"把那打虎的身分拳脚，细说了一遍。众上户道："真乃英雄好汉！"众猎户先把野味将来与武松把杯。武松因打大虫困乏了，要睡。大户便叫庄客打并客房，且教武松歇息。到天明，上户先使人去县里报知，一面合具虎床，安排端正，迎送县里去。

天明，武松起来洗漱罢，众多上户牵一腔羊，挑一担酒，都在厅前伺候。武松穿了衣裳，整顿巾帻，出到前面，与众人相见。众上户把盏说道："被这个畜生正不知害了多少人性命！连累猎户吃了几顿限棒。今日幸得壮士来到，除了这个大害。一乡中人民有福，第二客侣通行，实出壮士之赐。"武松谢道："非小子之能，托赖众长上福荫。"众人都来作贺，吃了一早晨酒食。抬出大虫，放在虎床上。众乡村上户，都把段匹花红来挂与武松。武松有些行李包裹，寄在庄上，一齐都出庄门前来。早有阳谷县知县相公，使人来接武松，都相见了。叫四个庄客，将乘凉轿来抬了武松，把那大虫扛在前面，挂着花红段匹，迎到阳谷县里来。那阳谷县人民，听得说一个壮士打死了景阳冈上大虫，迎喝将来，尽皆出来看，哄动了那个县治。武松在轿上看时，只见亚肩叠背，闹闹穰穰，屯街塞巷，都来看迎大虫。到县前衙门口，知县已在厅上专等。武松下了轿，扛着大虫，都到厅前，放在甬道上。知县看了武松这般模样，又见了这个老大锦毛大虫，心中自忖道："不是这个汉，怎地打的这个猛虎！"便唤武松上厅来，武松去厅前声了喏。知县问道："你那打虎的壮士，你却说怎生打了这个大虫？"武松就厅前将打虎的本事，说了一遍。厅上厅下众多人等，都惊的呆了。知县就厅上赐了几杯酒，将出上户凑的赏赐钱一千贯，赏赐与武松。武松禀道："小人托赖相公的福荫，偶然侥幸，打死了这个大虫。非小人之能，如何敢受赏赐。小人闻知这众猎户，因这个大虫，受了相公责罚。何不就把这一千贯给散与众人去用？"知县道："既是如此，任从壮士。"武松就把这赏钱在厅上散与众人猎户。

知县见他忠厚仁德，有心要抬举他，便道："虽你原是清河县人氏，与我这阳谷县只在咫尺。我今日就参你在本县做个都头，如何？"武松跪谢道："若蒙恩相抬举，小人终身受赐。"知县随即唤押司，立了文案，当日便参武松做了步兵都头。众上户都来与武松作贺庆喜，连连吃了三五日酒。武松自心中想道："我本要回清河县去看望哥哥，谁想倒来做了阳谷县都头？"自此上官见爱，乡里闻名。又过了三二日，那一日，武松心闲，走出县前来闲玩。只听得背后一个人叫声："武都头，你今日发迹了，如何不看觑我则个[6]？"武松回过头看了，叫声："阿也！你如何却在这里？"

不是武松见了这个人，有分教：阳谷县里，尸横血染，直教钢刀响处人头滚，宝剑挥时热血流。正是：只因酒色忘家国，几见诗书误好人！毕竟叫唤武都头的正是甚人？且听下回分解。

【注释】

[1] 跐（cǐ）：踩踏。
[2] 貔貅（píxiū）：传说中的猛兽名。
[3] 坏钱：破费钱。
[4] 忽律：指鳄鱼。
[5] 看觑：照顾。

吴承恩小说《西游记》

第五回　乱蟠桃大圣偷丹　反天宫诸神捉怪

【注释】

大闹天宫是《西游记》中最精彩的篇章，小说极力表现孙悟空高傲放纵而又乐观风趣的性格，化严肃沉重为幽默诙谐，充满喜剧色彩。

话表齐天大圣到底是个妖猴，更不知官衔品从，也不较俸禄高低，但只注名便了。那齐天府下二司仙吏，早晚扶侍，只知日食三餐，夜眠一榻，无事牵萦，自由自在。闲时节会友游宫，交朋结义。见三清，称个"老"字；逢四帝，道个"陛下"。与那九曜星、五方将、二十八宿、四大天王、十二元辰、五方五老、普天星相、河汉群神，俱只以弟兄相待，彼此称呼。今日东游，明日西荡，云去云来，行踪不定。

一日，玉帝早朝，班部中闪出许旌阳真人，俯囟[1]启奏道："今有齐天大圣日日无事闲游，结交天上众星宿，不论高低，俱称朋友。恐后闲中生事，不若与他一件事管，庶免别生事端。"玉帝闻言，即时宣诏。那猴王欣欣然而至，道："陛下，诏老孙有何升赏？"玉帝道："朕见你身闲无事，与你件执事。你且权管那蟠桃园，早晚好生在意。"大圣欢喜谢恩，朝上唱喏而退。

他等不得穷忙，即入蟠桃园内查勘。本园中有个土地拦住，问道："大圣何往？"大圣道："吾奉玉帝点差，代管蟠桃园，今来查勘也。"那土地连忙施礼，即呼那一班锄树力士、运水力士、修桃力士、打扫力士都来见大圣磕头，引他进去。但见那：

夭夭灼灼，颗颗株株。夭夭灼灼花盈树，颗颗株株果压枝。果压枝头垂锦弹，花盈树上簇胭脂。时开时结千年熟，无夏无冬万载迟。先熟的，酡颜醉脸[2]；还生的，带蒂青皮。凝烟肌带绿，映日显丹姿。树下奇葩并异卉，四时不谢色齐齐。左右楼台并馆舍，盘空常见罩云霓。不是玄都凡俗种，瑶池王母自栽培。

大圣看玩多时，问土地道："此树有多少株数？"土地道："有三千六百株：前面一千二百株，花微果小，三千年一熟，人吃了成仙了道，体健身轻。中间一千二百株，层花甘实，六千年一熟，人吃了霞举飞升，长生不老。后面一千二百株，紫纹缃核[3]，九千年一熟，人吃了与天地齐寿，日月同庚。"大圣闻言，欢喜无任，当日查明了株数，点看了亭阁，回府。自此后，三五日一次赏玩，也不交友，也不他游。

一日，见那老树枝头，桃熟大半，他心里要吃个尝新。奈何本园土地、力士并齐天府仙吏紧随不便。忽设一计道："汝等且出门外伺候，让我在这亭上少憩片时。"那众仙果退。只见那猴王脱了冠着服，爬上大树，拣那熟透的大桃，摘了许多，就在树枝上自在受用。吃了一饱，却跳下来，簪冠著服，唤众等仪从回府。迟三二日，又去设法偷桃，尽他享用。

一朝，王母娘娘设宴，大开宝阁，瑶池中做"蟠桃胜会"，即着那红衣仙女、素衣仙女、青衣仙女、皂衣仙女、紫衣仙女、黄衣仙女、绿衣仙女，各顶花篮，去蟠桃园摘桃建会。七衣仙女直至园门首，只见蟠桃园土地、力士同齐天府二司仙吏，都在那里把门。仙女近前道："我等奉王母懿旨，到此携桃设宴。"土地道："仙娥且住。今岁不比往年了，玉帝点差齐天大圣在此督理，须是报大圣得知，方敢开园。"仙女道："大圣何在？"土地道："大圣在园内，因困倦，自家在亭子上睡哩。"仙女道："既如此，寻他去来，不可延误。"土地即与同进。寻至花亭不见，只有衣冠在亭，不知何往。四下里都没寻处。原来大圣耍了一会，吃了几个桃子，变做二寸长的个人儿，在那大树梢头浓叶之下睡着了。七衣仙女道："我等奉旨前来，寻不见大圣，怎敢空回？"旁有仙吏道："仙娥既奉旨来，不必迟疑。我大圣闲游惯了，想是出园会友去了。汝等且去摘桃，我们替你回话便是。"那仙女依言，入树林之下摘桃。先在前树摘了二篮，又在中树摘了三篮；到后树上摘取，只见那树上花果稀疏，止有几个毛蒂青皮的。原来熟的都是猴王吃了。七仙女张望东西，只见南枝上止有一个半红半白的桃子。青衣女用手扯下枝来，红衣女摘了，却将枝子望上一放。原来那大圣变化了，正睡在此枝，被他惊醒。大圣即现本相，耳朵内掣出金箍棒，幌一幌，碗来粗细，咄的一声道："你是那方怪物，敢大胆偷摘我桃！"慌得那七仙女一齐跪下道："大圣息怒。我等不是妖怪，乃王母娘娘差来的七衣仙女，摘取仙桃，大开宝阁，做'蟠桃胜会'。适至此间，先见了本园土地等神，寻大圣不见。我等恐迟了王母懿旨，是以等不得大圣，故先在此摘桃，万望恕罪。"大圣闻言，回嗔作喜道："仙娥请起。王母开阁设宴，请的是谁？"仙女道："上会自有旧规。请的是西天佛老、菩萨、罗汉，南方南极观音，东方崇恩圣帝，十洲三岛仙翁，北方北极玄灵，中央黄极黄角大仙，这个是五方五老。还有五斗星君，上八洞三清、四帝、太乙天仙等众，中八洞玉皇、九垒、海岳神仙，下八洞幽冥教主、注世地仙。各宫各殿大小尊神，俱一齐赴蟠桃嘉会。"大圣笑道："可请我么？"仙女说："不曾听得说。"大圣道："我乃齐天大圣，就请我老孙做个尊席，有何不可？"仙女道："此是上会会规，今会不知如何。"大圣道："此言也是，难怪汝等。你且立下，待老孙先去打听个消息，看可请老孙不请。"

好大圣，捻着诀，念声咒语，对众仙女道："住！住！住！"这原来是个定身法，把那七衣仙女一个个睃睃睁睁[4]，白着眼，都站在桃树之下。大圣纵朵祥云，跳出园内，竟奔瑶池路上而去。正行时，只见那壁厢：

一天瑞霭光摇曳，五色祥云飞不绝。白鹤声鸣振九皋，紫芝色秀分千叶。

中间现出一尊仙，相貌天然丰采别。神舞虹霓幌汉霄，腰悬宝录无生灭。

名称赤脚大罗仙，特赴蟠桃添寿节。

那赤脚大仙觌面撞见大圣[5]，大圣低头定计，赚哄真仙，他要暗去赴会，却问："老道何往？"大仙道："蒙王母见招，去赴蟠桃嘉会。"大圣道："老道不知。玉帝因老孙筋斗云疾，着老孙五路邀请列位，先至通明殿下演礼，后方去赴宴。"大仙是个光明正大之人，就以他的诳语作真。道："常年就在瑶池演礼谢恩，如何先去通明殿演礼，方去瑶池赴会？"无奈，只得拨转祥云，径往通明殿去了。

大圣驾着云，念声咒语，摇身一变，就变做赤脚大仙模样，前奔瑶池。不多时，直至宝阁，按住云头，轻轻移步，走入里面。只见那里：

琼香缭绕，瑞霭缤纷，瑶台铺彩结，宝阁散氤氲。凤翥鸾腾形缥缈，金花玉萼影浮沉。上排着九凤丹霞扆[6]，八宝紫霓墩。五彩描金桌，千花碧玉盆。桌上有龙肝和凤髓，熊掌与猩唇。珍馐百味般般美，异果嘉肴色色新。

那里铺设得齐齐整整，却还未有仙来。这大圣点看不尽，忽闻得一阵酒香扑鼻；忽转头，见右壁厢长廊之下，有几个造酒的仙官，盘糟的力士，领几个运水的道人，烧火的童子，在那里洗缸刷瓮，已造成了玉液琼浆，香醪佳酿。大圣止不住口角流涎，就要去吃，奈何那些人都在这里。他就弄个神通，把毫毛拔下几根，丢入口中嚼碎，喷将出去，念声咒语，叫"变！"即变做几个瞌睡虫，奔在众人脸上。你看那伙人，手软头低，闭眉合眼，丢了执事，都去盹睡。大圣却拿了些百味珍馐，佳肴异品，走入长廊里面，就着缸，挨着瓮，放开量，痛饮一番。吃勾了多时，酕醄醉了[7]。自揣自摸道："不好！不好！再过会，请的客来，却不怪我？一时拿住，怎生是好？不如早回府中睡去也。"

好大圣：摇摇摆摆，仗着酒，任情乱撞，一会把路差了；不是齐天府，却是兜率天宫。一见了，顿然醒悟道："兜率宫是三十三天之上，乃离恨天太上老君之处，如何错到此间？——也罢！也罢！一向要来望此老，不曾得来，今趁此残步[8]，就望他一望也好。"即整衣撞进去，那里不见老君，四无人迹。原来那老君与燃灯古佛在三层高阁朱陵丹台上讲道，众仙童、仙将、仙官、仙吏，都侍立左右听讲。这大圣直至丹房里面，寻访不遇，但见丹灶之旁，炉中有火。炉左右安放着五个葫芦，葫芦里都是炼就的金丹。大圣喜道："此物乃仙家之至宝，老孙自了道以来，识破了内外相同之理，也要些金丹济人，不期到家无暇；今日有缘，却又撞着此物，趁老子不在，等我吃他几丸尝新。"他就把那葫芦都倾出来，就都吃了，如吃炒豆相似。

一时间丹满酒醒，又自己揣度道："不好！不好！这场祸，比天还大；若惊动玉帝，性命难存。走！走！走！不如下界为王去也！"他就跑出兜率宫，不行旧路，从西天门，使个隐身法逃去。即按云头，回至花果山界。但见那旌旗闪灼，戈戟光辉，原来是四健将与七十二洞妖王，在那里演习武艺。大圣高叫道："小的们！我来也！"众怪丢了器械，跪倒道："大圣好宽心！丢下我等许久，不来相顾！"大圣道："没多时！没多时！"且说且行，径入洞天深处。

四健将打扫安歇叩头礼拜毕。俱道："大圣在天这百十年，实受何职？"大圣笑道："我记得才半年光景，怎么就说百十年话？"健将道："在天一日，即在下方一年也。"大圣道："且喜这番玉帝相爱，果封做'齐天大圣'，起一座齐天府，又设安静、宁神二司，司设仙吏侍卫。向后见我无事，着我看管蟠桃园。近因王母娘娘设'蟠桃大会'，未曾请我，是我不待他请，先赴瑶池，把他仙品、仙酒，都是我偷吃了。走出瑶池，踉踉跄跄误入老君宫阙，又把他五个葫芦金丹也偷吃了。但恐玉帝见罪，方才走出天门来也。"

众怪闻言大喜。即安排酒果接风，将椰酒满斝一石碗奉上，大圣喝了一口，即咨牙俫嘴道[9]："不好吃！不好吃！"崩、巴二将道："大圣在天宫，吃了仙酒、仙肴，是以椰酒不甚美口。常言道：'美不美，乡中水。'"大圣道："你们就是'亲不亲，故乡人。'我今早在瑶池中受用时，见那长廊之下，有许多瓶罐，都是那玉液琼浆。你们都不曾尝着。待我再去偷他几瓶回来，你们各饮半杯，一个个也长生不老。"众猴欢喜不胜。大圣即出洞门，又翻一筋斗，使个隐身法，径至蟠桃会上。进瑶池宫阙，只见那几个造酒、盘糟、运水、烧火的，还鼾睡未醒。他将大的从左右胁下挟了两个，两手提了两个，即拨转云头回来，会众猴在于洞中，就做个"仙酒会"，各饮了几杯，快乐不题。

却说那七衣仙女自受了大圣的定身法术，一周天方能解脱。各提花篮，回奏王母，说道："齐天大圣使法术困住我等，故此来迟。"王母问道："你等摘了多少蟠桃？"仙女道："只有两篮小桃，三篮中桃。至后面，大桃半个也无，想都是大圣偷吃了。及正寻间，不期大圣走将出来，行凶挖打，又问设宴请谁。我等把上会事说了一遍，他就定住我等，不知去向。只到如今，才得醒解回来。"

王母闻言，即去见玉帝，备陈前事。说不了，又见那造酒的一班人，同仙官等来奏："不知甚么人，搅乱了'蟠桃大会'，偷吃了玉液琼浆，其八珍百味，亦俱偷吃了。"又有四个大天师来奏上："太上道祖来了。"玉帝即同王母出迎。老君朝礼毕，道："老道宫中，炼了些'九转金丹'，伺候陛下做'丹元大会'，不期被贼偷去，特启陛下知之。"玉帝见奏，悚惧。少时，又有齐天府仙吏叩头道："孙大圣不守执事，自昨日出游，至今未转，更不知去向。"玉帝又添疑思。只见那赤脚大仙又俯囟上奏道："臣蒙王母诏昨日赴会，偶遇齐天大圣，对臣言万岁有旨，着他邀臣等先赴通明殿演礼，方去赴会。臣依他言语，即返至通明殿外，不见万岁龙车凤辇，又急来此俟候。"玉帝越发大惊道："这厮假传旨意，赚哄贤卿，快着纠察灵官缉访这厮踪迹！"

灵官领旨，即出殿遍访尽得其详细。回奏道："搅乱天宫者，乃齐天大圣也。"又将前事尽诉一番。玉帝大恼。即差四大天王，协同李天王并哪吒太子，点二十八宿、九曜星官、十二元辰、五方揭谛、四值功曹、东西星斗、南北二神、五岳四渎[10]、普天星相，共十万天兵，布一十八架天罗地网下界，去花果山围困，定捉获那厮处治。众神即时兴师，离了天宫。这一去，但见那：

黄风滚滚遮天暗，紫雾腾腾罩地昏。只为妖猴欺上帝，致令众圣降凡尘。四大天王，五方揭谛：四大天王权总制，五方揭谛调多兵。李托塔中军掌号，恶哪吒前部先锋。罗睺星为头检点，计都星随后峥嵘。太阴星精神抖擞，太阳星照耀分明。五行星偏能豪杰，九曜星最喜相争。元辰星子午卯酉，一个个都是大力天丁。五瘟五岳东西摆，六丁六甲左右行。四渎龙神分上下，二十八宿密层层。角亢氐房为总领，奎娄胃昴惯翻腾。斗牛女虚危室壁，心尾箕星个个能，井鬼柳星张翼轸，轮枪舞剑显威灵。停云降雾临凡世，花果山前扎下营。

诗曰：

天产猴王变化多，偷丹偷酒乐山窝。

只因搅乱蟠桃会，十万天兵布网罗。

当时李天王传了令，着众天兵扎了营，把那花果山围得水泄不通。上下布了十八架天罗地网，先差九曜恶星出战。九曜即提兵径至洞外，只见那洞外大小群猴跳跃顽耍。星官厉声高叫道："那小妖！你那大圣在那里？我等乃上界差调的天神，到此降你造反的大圣。教他快快来归降；若道半个'不'字，教汝等一概遭诛！"那小妖慌忙传入道："大圣，祸事了！祸事了！外面有九个凶神，口称上界来的天神，收降大圣。"

那大圣正与七十二洞妖王，并四健将分饮仙酒，一闻此报，公然不理道："今朝有酒今朝醉，莫管门前是与非！"说不了，一起小妖又跳来道："那九个凶神，恶言泼语，在门前骂战哩！"大圣笑道："莫睬他。'诗酒且图今日乐，功名休问几时成。'"说犹未了，又一起小妖来报："爷爷！那九个凶神已把门打破了，杀进来也！"大圣怒道："这泼毛神，老大无礼！本来不与他计较，如何上门来欺我？"即命独角鬼王，领帅七十二洞妖王出阵，老孙领四健将随后。那鬼王疾帅妖兵，出门迎敌，却被九曜恶星一齐掩杀，抵住在铁板桥头，莫能得出。

正嚷间，大圣到了。叫一声"开路！"掣开铁棒，幌一幌，碗来粗细，丈二长短，丢开架子，打将出来。九曜星那个敢抵，一时打退。那九曜星立住阵势道："你这不知死活的弼马温！你犯了十恶之罪，先偷桃，后偷酒，搅乱了蟠桃大会，又窃了老君仙丹，又将御酒偷来此处享乐。你罪上加罪，岂不知之？"大圣笑道："这几桩事，实有！实有！但如今你怎么？"九曜星道："吾奉玉帝金旨，帅众到此收降你，快早皈依！免教这些生灵纳命。不然，就屦平了此山，掀翻了此洞也！"大圣大怒道："量你这些毛神，有何法力，敢出浪言，不要走，请吃老孙一棒！"这九曜星一齐踊跃。那美猴王不惧分毫，轮起金箍棒，左遮右挡，把那九曜星战得筋疲力软，一个个倒拖器械，败阵而走，急入中军帐下，对托塔天王道："那猴王果十分骁勇！我等战他不过，败阵来了。"李天王即调四大天王与二十八宿，一路出师来斗。大圣也公然不惧，调出独角鬼王、七十二洞妖王与四个健将，于洞门外列成阵势。你看这场混战，好惊人也：

寒风飒飒，怪雾阴阴。那壁厢旌旗飞彩，这壁厢戈戟生辉。滚滚盔明，层层甲亮。滚滚盔明映太阳，如撞天的银磬；层层甲亮砌岩崖，似压地的冰山。大捍刀，飞云掣电，楮白枪，度雾穿云。方天戟，虎眼鞭，麻林摆列；青铜剑，四明铲，密树排阵。弯弓硬弩雕翎箭，短棍蛇矛挟了魂。大圣一条如意棒，翻来覆去战天神。杀得那空中无鸟过，山内虎狼奔。扬砂走石乾坤黑，播土飞尘宇宙昏。只听兵兵扑扑惊天地，煞煞威威振鬼神。

这一场自辰时布阵，混杀到日落西山。那独角鬼王与七十二洞妖怪，尽被众天神捉拿去了，止走了四健将与那群猴，深藏在水帘洞底。这大圣一条棒，抵住了四大天神与李托塔、哪吒太子，俱在半空中，——杀勾多时，大圣见天色将晚，即拉毫毛一把，丢在口中，嚼将出去，叫声"变！"就变了千百个大圣，都使的是金箍棒，打退了哪吒太子，战败了五个天王。

大圣得胜，收了毫毛，急转身回洞，早又见铁板桥头，四个健将，领众叩迎那大圣，哽哽咽咽大哭三声，又唏唏哈哈大笑三声。大圣道："汝等见了我，又哭又笑，何也？"四健将道："今早帅众将与天王交战，把七十二洞妖王与独角鬼王，尽被众神捉了，我等逃生，故此该哭。这见大圣得胜回来，未曾伤损，故此该笑。"大圣道："胜负乃兵家之常。古人云：'杀人一万，自损三千。'况捉了去的头目乃是虎、豹、狼虫、獾獐、狐骆之类，我同类者未伤一个，何须烦恼？他虽被我使个分身法杀退，他还要安营在我山脚下。我等且紧紧防守，饱食一顿，安心睡觉，养养精神。天明看我使个大神通，拿这些天将，与众报仇。"四将与众猴将椰酒吃了几碗，安心睡觉不题。

那四大天王收兵罢战，众各报功：有拿住虎豹的，有拿住狮象的，有拿住狼虫狐骆的，更不曾捉着一个猴精。当时果又安辕营，下大寨，赏劳了得功之将，吩咐了天罗地网之兵，个个提铃喝号，围困了花果山，专待明早大战。各人得令，一处处谨守。此正是：妖猴作乱惊天地，布网张罗昼夜看。毕竟天晓后如何处治，且听下回分解。

【注释】

[1] 俯囟：磕头。

[2] 酡：因喝醉而脸红。

[3] 缃核：浅黄色的核。

[4] 睖睖睁睁：眼睛发直、发呆。

[5] 觌（dí）：相见、面见。

[6] 扆（yǐ）：户牖间画有斧形的屏风。

[7] 酕醄：大醉的醉态。

[8] 残步：顺路。

[9] 咨牙俫嘴：同"呲牙咧嘴"。

[10] 渎：沟渠。

冯梦龙小说

蒋兴哥重会珍珠衫

【解题】 此篇白话短篇小说通过讲述蒋兴哥原谅妻子王三巧的二度失节而与其复婚团圆的故事，反映了与传统贞烈观念根本对立的新型人生价值观念，体现着新兴市民阶层的生活理想，充溢着市井生活的气息。

"仕至千钟非贵，年过七十常稀，浮名身后有谁知？万事空花游戏。休逞少年狂荡，莫贪花酒便宜。脱离烦恼是和非，随分支闲得意。"

这首词名为《西江月》，是劝人安分守己，随缘作乐，莫为酒色财气四字损却精神，亏了行止。求快活时非快活，得便宜处失便宜。说起那四字中，总到不得那"色"字利害。眼是情媒，心为欲种，起手时，牵肠挂肚；过后去，丧魄销魂。假如墙花路柳，偶然适兴，无损于事。若是生心设计，败俗伤风，只图自己一时欢乐，却不顾他人的百年恩义，——假如你有娇妻爱妾，别人调戏上了，你心下如何？古人有四句道得好：

人心或可昧，天道不差移。我不淫人妇，人不淫我妻。

看官，则今日我说"珍珠衫"这套词话[1]，可见果报不爽，好教少年子弟做个榜样。话中单表一人，姓蒋，名德，小字兴哥，乃湖广襄阳府枣阳县人氏。父亲叫做蒋世泽，从小走熟广东，做客买卖。因为丧了妻房罗氏，止遗下这兴哥，年方九岁，别无男女。这蒋世泽割舍不下，又绝不得广东的衣食道路[2]，千思百计，无可奈何，只得带那九岁的孩子同行作伴，就教他学些乖巧。这孩子虽则年小，生得：

眉清目秀，齿白唇红。行步端庄，言辞敏捷。聪明赛过读书家，伶俐不输长大汉。人人晚做粉孩儿，个个羡他无价宝。

蒋世泽怕人妒忌，一路上不说是嫡亲儿子，只说是内侄罗小官人。原来罗家也是走广东的，蒋家只走得一代，罗家到走过三代了。那边客店牙行[3]，都与罗家世代相识，如自己亲善一般。这蒋世泽做客，起头也还是丈人罗公领他走起的。因罗家近来屡次遭了屈官司，家道消乏，好几年不曾走动。这些客店牙行见了蒋世泽，那一遍不动问罗家消息，好生牵挂。今番见蒋世泽带个孩子到来，问知是罗家小官人，且是生得十分清秀，应对聪明，想着他祖父三辈交情，如今又是第四辈了，那一个不欢喜！

闲话休题。却说蒋兴哥跟随父亲做客，走了几遍，学得伶俐乖巧，生意行中百般都会，父亲也喜不自胜。何期到一十七岁上，父亲一病身亡，且喜刚在家中，还不做客途之鬼。兴哥哭了一场，兔不得揩干泪眼，整理大事。殡殓之外，做些功德超度，自不必说。七七四十九日内，内外宗亲，都来吊孝。本县有个王公，正是兴哥的新岳丈，也来上门祭奠，少不得蒋门亲戚陪待叙话。中间说起兴哥少年老成，这般大事，亏他独力支持，因话随话间，就有人撺掇道："王老亲翁，如今令爱也长成了，何不乘凶完配，教他夫妇作伴，也好过日。"王公未肯应承，当日相别去了，众亲戚等安葬事毕，又去撺掇兴哥，兴哥初时也不肯，却被撺掇了几番，自想孤身无伴，只得应允。央原媒人往王家去说，王公只是推辞，说道："我家也要备些薄薄妆奁，一时如何来得？况且孝未期年，于礼有碍，便要成亲，且待小祥之后再议[4]。"媒人回话，兴哥见他说得正理，也不相强。

光阴如箭，不觉周年已到。兴哥祭过了父亲灵位，换去粗麻衣服，再央媒人王家去说，方才依允。不隔几日，六礼完备，娶了新妇进门。有《西江月》为证：

孝幕翻成红幕，色衣换去麻衣。画楼结彩烛光辉，和合花筵齐备。那羡妆奁富盛，难求丽色娇妻。今宵云雨足欢娱，来日人称恭喜。

说这新妇是王公最幼之女，小名唤做三大儿，因他是七月七日生的，又唤做三巧儿。王公先前嫁过的两个女儿，都是出色标致的。枣阳县中，人人称羡，造出四句口号，道是：

天下妇人多，王家美色寡。有人娶着他，胜似为附马。

常言道:"做买卖不着,只一时:讨老婆不着,是一世。"若干官宦大户人家,单拣门户相当,或是贪他嫁资丰厚,不分皂白,定了亲事。后来娶下一房奇丑的媳妇,十亲九眷面前,出来相见,做公婆的好没意思。又且丈夫心下不喜,未免私房走野[5]。偏是丑妇极会管老公,若是一般见识的,便要反目;若使顾惜体面,让他一两遍,他就做大起来。有此数般不妙,所以蒋世泽闻知王公惯生得好女儿,从小便送过财礼,定下他幼女与儿子为婚。今日娶过门来,果然娇姿艳质,说起来,比他两个姐儿加倍标致。正是:

吴宫西子不如,楚国南威难赛[6]。若比水月观音,一样烧香礼拜。

蒋兴哥人才本自齐整,又娶得这房美色的浑家[7],分明是一对玉人,良工琢就,男欢女爱,比别个夫妻更胜十分。三朝之后,依先换了些浅色衣服,只推制中[8],不与外事,专在楼上与浑家成双捉对,朝暮取乐。真个行坐不离,梦魂作伴。自古苦日难熬,欢时易过,暑往寒来,早已孝服完满,起灵除孝,不在话下。

兴哥一日间想起父亲存日广东生理,如今担阁三年有余了,那边还放下许多客帐,不曾取得。夜间与浑家商议,欲要去走一道。浑家初时也答应道该去,后来说到许多路程,恩爱夫妻,何忍分离?不觉两泪交流。兴哥也自割舍不得,两下凄惨一场,又丢开了。如此已非一次。

光阴荏苒,不觉又捱过了二年。那时兴哥决意要行,瞒过了浑家,在外面暗暗收拾行李。拣了个上吉的日期,五日前方对浑家说知,道:"常言'坐吃山空',我夫妻两口,也要成家立业,终不然抛了这行衣食道路?如今这二月天气不寒不暖,不上路更待何时?"浑家料是留他不住了,只得问道:"丈夫此去几时可回?"兴哥道:"我这番出外,甚不得已,好歹一年便回,宁可第二遍多去几时罢了。"浑家指着楼前一棵椿树道:"明年此树发芽,便盼着官人回也。"说罢,泪下如雨。兴哥把衣袖替他揩拭,不觉自己眼泪也挂下来。两下里怨离惜别,分外恩情,一言难尽。

到第五日,夫妇两个啼啼哭哭,说了一夜的说话,索性不睡了。五更时分,兴哥便起身收拾,将祖遗下的珍珠细软,都交付与浑家收管。自己只带得本钱银两、帐目底本及随身衣服、铺陈之类[9],又有预备下送礼的人事[10],都装叠得停当。原有两房家人,只带一个后生些的去:留一个老成的在家,听浑家使唤,买办日用。两个婆娘,专管厨下。又有两个丫头,一个叫晴云,一个叫暖雪,专在楼中伏待,不许远离。分付停当了,对浑家说道:"娘子耐心度日。地方轻薄子弟不少,你又生得美貌,莫在门前窥瞰,招风揽火。"浑家道："官人放心，早去早回。"两下掩泪而别。正是：世上万般哀苦事，无非死别与生离。

兴哥上路，心中只想着浑家，整日的不偢不睬[11]。不一日，到了广东地方，下了客店。这伙旧时相识，都来会面，兴哥送了些人事。排家的治酒接风[12]，一连半月二十日，不得空闲。兴哥在家时，原是淘虚了的身子，一路受些劳碌，到此未免饮食不节，得了个疟疾，一夏不好，秋间转成水痢。每日请医切脉，服药调治，直延到秋尽，方得安痊。把买卖都担阁了，眼见得一年回去不成。正是：只为蝇头微利，抛却鸳被良缘。兴哥虽然想家，到得日久，索性把念头放慢了。

不题兴哥做客之事。且说这里浑家王三巧儿，自从那日丈夫分付了，果然数月之内，目不窥户，足不下楼。光阴似箭，不觉残年将尽，家家户户，闹轰轰的暖火盆[13]，放爆竹，吃合家欢耍子。三巧儿触景伤情，图想丈夫，这一夜好生凄楚！正合古人的四句诗，道是：

腊尽愁难尽，春归人未归。朝来嗔寂寞，不肯试新衣。

明日正月初一日，是个岁朝。晴云、暖雪两个丫头，一力劝主母在前楼去看看街坊景象。原来蒋家住宅前后通连的两带楼房，第一带临着大街，第二带方做卧室，三巧儿闲常只在第二带中坐卧。这一日被丫头们撺掇不过，只得从边厢里走过前楼，分付推开窗子，把帘儿放下，三口儿在帘内观看。这日街坊上好不闹杂！三巧儿道："多少东行西走的人，偏没个卖卦先生在内！若有时，唤他来卜问官人消息也好。"晴云道："今日是岁朝，人人要闲耍的，那个出来卖卦？"暖雪叫道："娘！限在我两个身上，五日内包唤一个来占卦便了。"

到初四日早饭过后，暖雪下楼小解，忽听得街上当当的敲响。响的这件东西，唤做"报君知"，是瞎子卖卦的行头。暖雪等不及解完，慌忙捡了裤腰，跑出门外，叫住了瞎先生。拨转脚头，一口气跑上楼来，报知主母。三巧儿分付，唤在楼下坐启内坐着[14]，讨他课钱，通陈过了[15]，走下楼梯，听他剖断。那瞎先生占成一卦，问是何用。那时厨下两个婆娘，听得热闹，也都跑将来了，替主母传语道："这卦是问行人的。"瞎先生道："可是妻问夫么？"婆娘道："正是。"先生道："青龙治世，财爻发动。若是妻问夫，行人在半途，金帛千箱有，风波一点无。青龙属木，木旺于春，立春前后，已动身了。月尽月初，必然回家，更兼十分财采。"三巧儿叫买办的，把三分银子打发他去，欢天喜地，上楼去了。真所谓"望梅止渴"、"画饼充饥"。

大凡人不做指望，到也不在心上；一做指望，便痴心妄想，时刻难过。三巧儿只为信了卖封先生之语，一心只想丈大回来，从此时常走向前楼，在帘内东张西望。直到二月初旬，椿树抽芽，不见些儿动静。三巧儿思想丈夫临行之约，愈加心慌，一日几遍，向外探望。也是合当有事，遇着这个俊俏后生。正是：有缘千里能相会，无缘对面不相逢。这个俊俏后生是谁？原来不是本地，是徽州新安县人氏，姓陈，名商，小名叫做大喜哥，后来改口呼为大郎。年方二十四岁，且是生得一表人物，虽胜不得宋玉、潘安，也不在两人之下。这大郎也是父母双亡，凑了二三千金本钱，来走襄阳贩籴些米豆之类，每年常走一遍。他下处自在城外，偶然这日进城来，要到大市街汪朝奉典铺中间个家信。那典铺正在蒋家对门，因此经过。你道怎生打扮？头上带一顶苏样的百柱鬃帽[16]，身上穿一件鱼肚白的湖纱道袍，又恰好与蒋兴哥平昔穿着相像。三巧儿远远瞧见，只道是他丈夫回了，揭开帘子，定眼而看。陈大郎抬头，望见楼上一个年少的美妇人，目不转睛的，只道心上欢喜了他，也对着楼上丢个眼色。谁知两个都错认了。三巧儿见不是丈夫，羞得两颊通红，忙忙把窗儿拽转，跑在后楼，靠着床沿上坐地，几自心头突突的跳个不住。谁知陈大郎的一片精魂，早被妇人眼光儿摄上去了。回到下处，心心念念的放他不下，肚里想道："家中妻子，虽是有些颜色，怎比得妇人一半！欲待通个情款，争奈无门可入。若得谋他一宿，就消花这些本钱[17]，也不枉为人在世。"叹了几口气，忽然想起大市街东巷，有个卖珠子的薛婆，曾与他做过交易。这婆子能言快语，况且日逐串街走巷，那一家不认得，须是与他商议，定有道理。

　　这一夜番来覆去，勉强过了。次日起个清早，只推有事，讨些凉水梳洗，取了一百两银子，两大锭金子，急急的跑进城来。这叫做：欲求生受用，须下死工夫。陈大郎进城，一径来到大市街东巷，去敲那薛婆的门。薛婆蓬着头，正在天井里拣珠子，听得敲门，一头收过珠包，一头问道："是谁？"才听说出"徽州陈"三字，慌忙开门请进，道："老身未曾梳洗，不敢为礼了。大官人起得好早！有何贵干？"陈大郎道："特特而来，若迟时，怕不相遇。"薛婆道："可是作成老身出脱些珍珠首饰么？"陈大郎道："珠子也要买，还有大买卖作成你。"薛婆道："老身除了这一行货[18]，其余都不熟惯。"陈大郎道："这里可说得话么？"薛婆便把大门关上，请他到小阁儿坐着，问道："大官人有何分付？"大郎见四下无人．便向衣袖里摸出银子，解开布包，摊在桌上，道："这一百两白银，干娘收过了，方才敢说。"婆子不知高低，那里肯受。大郎道："莫非嫌少？"慌忙又取出黄灿灿的两锭金子，也放在桌上，道："这十两金子，一并奉纳。若干娘再不收时，便是故意推调了。今日是我来寻你，非是你来求我。只为这桩大买卖，不是老娘成不得，所以特地相求。便说做不成时，这金银你只管受用。终不然我又来取讨，日后再没相会的时节了？我陈商不是恁般小样的人！[19]"

看官，你说从来做牙婆的那个个贪钱钞[20]？见了这般黄白之物，如何不动火？薛婆当时满脸堆下笑来，便道："大官人休得错怪，老身一生不曾要别人一厘一毫不明不白的钱财。今日既承大官人分付，老身权且留下：若是不能效劳，依据日奉纳。"说罢，将金锭放银包内，一齐包起，叫声："老身大胆了。"拿向卧房中藏过，忙趋出来，道："大官人，老身且不敢称谢，你且说甚么买卖，用着老身之处？"大郎道："急切要寻一件救命之宝，是处都无，只大市街上一家人家方有，特央干娘去借借。"婆子笑将起来道："又是作怪！老身在这条巷中住过二十多年，不曾闻大市街有甚救命之宝。大官人你说，有宝的还是谁家？"大郎道："敝乡里汪三朝奉典铺对门高楼子内是何人之宅？"婆子想了一回，道："这是本地蒋兴哥家里，他男子出外做客，一年多了，止有女眷在家。"大郎道："我这救命之宝，正要问他女眷借借。"便把椅儿掇近了婆子身边，向他诉出心腹，如此如此。

婆子听罢，连忙摇首道："此事太难！蒋兴哥新娶这房娘子，不上四年，夫妻两个如鱼似水，寸步不离。如今没奈何出去了，这小娘子足不下楼，甚是贞节。因兴哥做人有些古怪，容易嗔嫌，老身辈从不曾上他的阶头。连这小娘子面长面短，老身还不认得，如何应承得此事？方才所赐，是老身薄福，受用不成了。"陈大郎听说，慌忙双膝跪下。婆子去扯他时，被他两手拿住衣袖，紧紧核定在椅上，动掸不得。口里说："我陈商这条性命，都在干娘身上。你是必思量个妙计，作成我入马[21]，救我残生。事成之日，再有白金百两相酬。若是推阻，即今便是个死。"慌得婆子没理会处，连声应道："是，是！莫要折杀老身，大官人请起，老身有话讲。"陈大郎方才起身，拱手道："有何妙策，作速见教。"薛婆道："此事须从容图之，只要成就，莫论岁月。若是限时限日，老身决难奉命。"陈大郎道："若果然成就，便迟几日何妨。只是计将安出？"薛婆道："明日不可太早，不可太迟，早饭后，相约在汪三朝奉典铺中相会。大官人可多带银两，只说与老身做买卖，其间自有道理。若是老身这两只脚跨进得蒋家门时，便是大官人的造化。大官人便可急回下处，莫在他门首盘桓，被人识破，误了大事。讨得三分机会，老身自来回复。"陈大郎道："谨依尊命。"唱了个肥喏[22]，欣然开门而去。正是：未曾灭项兴刘，先见筑坛拜将。

当日无话。到次日，陈大郎穿了一身齐整衣服，取上三四百两银子，放在个大皮匣内，唤小郎背着[23]，跟随到大市街汪家典铺来。瞧见对门楼窗紧闭，料是妇人不在，便与管典的拱了手，讨个木凳儿坐在门前，向东而望。不多时，只见薛婆抱着一个葳丝箱儿来了。陈大郎唤住，问道："箱内何物？"薛婆道："珠宝首饰，大官人可用么？"大郎道："我正要买。"薛婆进了典铺，与管典的相见了，叫声聒噪，便把箱儿打开。内中有十来包珠子，又有几个小匣儿，都盛着新样簇花点翠的首饰，奇巧动人，光灿夺目。陈大郎拣几吊极粗极白的珠子，和那些簪珥之类，做一堆儿放着，道："这些我都要了。"婆子便把眼儿瞅着，说道："大官人要用时尽用，只怕不肯出这样大价钱。"陈大郎已自会意，开了皮匣，把这些银两白华华的，摊做一台，高声的叫道："有这些银子，难道买你的货不起。"此时邻舍闲汉已自走过七八个人，在铺前站着看了。婆子道："老身取笑，岂敢小觑大官人。这银两须要仔细，请收过了，只要还得价钱公道便好。"两下一边的讨价多，一边的还钱少，差得天高地远。那讨价的一口不移，这里陈大郎拿着东西，又不放手，又不增添，故意走出屋檐，件件的翻覆认看，言真道假、弹斥估两的在日光中烜耀。惹得一市人都来观看，不住声的有人喝采。婆子乱嚷道："买便买，不买便罢，只管担阁人则甚！"陈大郎道："怎么不买？"两个又论了一番价。正是：只因酬价争钱口，惊动如花似玉人。

王三巧儿听得对门喧嚷，不觉移步前楼，推窗偷看。只见珠光闪烁，宝色辉煌，甚是可爱。又见婆子与客人争价不定，便分付丫鬟去唤那婆子，借他东西看看。晴云领命，走过街去，把薛婆衣袂一扯，道："我家娘请你。"婆子故意问道："是谁家？"晴云道："对门蒋家。"婆子把珍珠之类，劈手夺将过来，忙忙的包了，道："老身没有许多空闲与你歪缠！"陈大郎道："再添些卖了罢。"婆子道："不卖，不卖！像你这样价钱，老身卖去多时了。"一头说，一头放入箱儿里，依先关锁了，抱着便走。晴云道："我替你老人家拿罢。"婆子道："不消。"头也不回，径到对门去了。陈大郎心中暗喜，也收拾银两，别了管典的，自回下处。正是：眼望捷旌旗，耳听好消息。

晴云引薛婆上楼，与三巧儿相见了。婆子看那妇人，心下想道："真天人也！怪不得陈大郎心迷，若我做男子，也要浑了。"当下说道："老身久闻大娘贤慧，但恨无缘拜识。"三巧儿问道："你老人家尊姓？"婆子道："老身姓薛，只在这里东巷住，与大娘也是个邻里。"三巧儿道："你方才这些东西，如何不卖？"婆子笑道："若不卖时，老身又拿出来怎的？只笑那下路客人，空自一表人才，不识货物。"说罢便去开了箱儿，取出几件簪珥，递与那妇人看，叫道："大娘，你道这样首饰，便工钱也费多少！他们还得忒不像样，教老身在主人家面前，如何台得许多消乏？"又把几串珠子提将起来道："这般头号的货，他们还做梦哩。"三巧儿问了他讨价、还价，便道："真个亏你些儿。"婆子道："还是大家宝眷，见多识广，比男子汉眼力到胜十倍。"三巧儿唤丫鬟看茶，婆子道："不扰茶了。老身有件要紧的事，欲往西街走走，遇着这个客人，缠了多时，正是：'买卖不成，担误工程'。这箱儿连锁放在这里，权烦大娘收拾。巷身暂去，少停就来。"说罢便走。三巧儿叫晴云送他下楼，出门向西去了。

三巧儿心上爱了这几件东西，专等婆子到来酬价，一连五日不至。到第六日午后，忽然下一场大雨。雨声未绝，砰砰的敲门声响。三巧儿唤丫鬟开看，只见薛婆衣衫半湿，提个破伞进来，口儿道："晴干不肯走，直待雨淋头。"把伞儿放在楼梯边，走上楼来万福道："大娘，前晚失信了。"三巧儿慌忙答礼道："这几日在那里去了？"婆子道："小女托赖，新添了个外甥。老身去看看，留住了几日，今早方回。半路上下起雨来，在一个相识人家借得把伞，又是破的，却不是晦气！"三巧儿道："你老人家几个儿女？"婆子道："只一个儿子，完婚过了。女儿到有四个，这是我第四个了，嫁与徽州朱八朝奉做偏房，就在这北门外开盐店的。"三巧儿道："你老人家女儿多，不把来当事了。本乡本土少什么一夫一妇的，怎舍得与异乡人做小？"婆子道："大娘不知，到是异乡人有情怀。虽则偏房，他大娘子只在家里，小女自在店中，呼奴使婢，一般受用。老身每遍去时，他当个尊长看待，更不怠慢。如今养了个儿子，愈加好了。"三巧儿道："也是你老人家造化，嫁得着。"

说罢，恰好晴云讨茶上来，两个吃了。婆子道："今日雨天没事，老身大胆，敢求大娘的首饰一看，看些巧样儿在肚里也好。"三巧儿道："也只是平常生活，你老人家莫笑话。"就取一把钥匙，开了箱笼，陆续搬出许多钗、钿、缨络之类。薛婆看了，夸美不尽，道："大娘有恁般珍异，把老身这几件东西，看不在眼了。"三巧儿道："好说，我正要与你老人家请个实价。"婆子道："娘子是识货的，何消老身费嘴。"三巧儿把东西检过，取出薛婆的篾丝箱儿来，放在桌上，将钥匙递与婆子道："你老人家开了，检看个明白。"婆子道："大娘忒精细了。"当下开了箱儿，把东西逐件搬出。三巧儿品评价钱，都不甚远。婆子并不争论，欢欢喜喜的道："恁地，便不枉了人。老身就少赚几贯钱，也是快活的。"三巧儿道："只是一件，目下凑不起价钱，只好现奉一半。等待我家官人回来，一并清楚，他也只在这几日回了。"婆子道："便迟几日，也不妨事。只是价钱上相让多了，银水要足纹的。"三巧儿道："这也小事。"便把心爱的几件首饰及珠子收起，唤晴云取杯见成酒来，与老人家坐坐。婆子道："造次如何好搅扰？"三巧儿道："时常清闲，难得你老人家到此作伴扳话。你老人家若不嫌怠慢，时常过来走走。"婆子道："多谢大娘错爱，老身家里当不过嘈杂，像宅上又忒清闲了。"三巧儿道："你家儿子做甚生意？"婆子道："也只是接些珠宝客人，每日的讨酒讨浆，刮的人不耐烦[24]。老身亏杀各宅们走动，在家时少，还好。若只在六尺地上转，怕不燥死了人[25]。"三巧儿道："我家与你相近，不耐烦时，就过来闲话。"婆子道："只不敢频频打搅。"三巧儿道："老人家说那里话。"

只见两个丫鬟轮番的走动，摆了两副杯箸，两碗腊鸡，两碗腊肉，两碗鲜鱼，连果碟素菜，共一十六个碗。婆子道："如何盛设！"三巧儿道："见成的，休怪怠慢。"说罢，斟酒递与婆子，婆子将杯回敬，两下对坐而饮。原来三巧儿酒量尽去得，那婆子又是酒壶酒瓮，吃起酒来，一发相投了，只恨会面之晚。那日直吃到傍晚，刚刚雨止，婆子作谢要回。三巧儿又取出大银钟来，劝了几钟。又陪他吃了晚饭。说道："你老人家再宽坐一时，我将这一半价钱付你去。"婆子道："天晚了。大娘请自在，不争这一夜儿，明日却来领罢。连这篾丝箱儿，老身也不拿去了，省得路上泥滑滑的不好走。"三巧儿道："明日专专望你。"婆子作别下楼，取了破伞，出门去了。正是：世间只有虔婆嘴，哄动多多少少人。

却说陈大郎在下处呆等了几日，并无音信。见这日天雨，料是婆子在家，拖泥带水的进城来问个消息，又不相值。自家在酒肆中吃了三杯，用了些点心，又到薛婆门首打听，只是未回。看看天晚，却待转身，只见婆子一脸春色，脚略斜的走入巷来[26]。陈大郎迎着他，作了揖，问道："所言如何？"婆子摇手道："尚早。如今方下种，还没有发芽哩。再隔五六年，开花结果，才到得你口。你莫在此探头探脑，老娘不是管闲事的。"陈大郎见他醉了，只得转去。

次日，婆子买了些时新果子、鲜鸡、鱼、肉之类，唤个厨子安排停当，装做两个盒子，又买一瓮上好的酽酒，央间壁小二挑了，来到蒋家门首。三巧儿这日，不见婆子到来，正教晴云开门出来探望，恰好相遇。婆子教小二挑在楼下，先打发他去了。晴云已自报知主母，三巧儿把婆子当个贵客一般，直到楼梯口边迎他上去。婆子千恩万谢的福了一回，便道："今日老身偶有一杯水酒，将来与大娘消遣。"三巧儿道："到要你老人家赔钞，不当受了。"婆子央两个丫鬟搬将上来，摆做一桌子。三巧儿道："你老人家忒迂阔了，怎般大弄起来[27]。"婆子笑道："小户人家，备不出甚么好东西，只当一茶奉献。"晴云便去取杯箸，暖雪便吹起水火炉来[28]。霎时酒暖，婆子道："今日是老身薄意，还请大娘转坐客位。"三巧儿道："虽然相扰，在寒舍岂有此理？"两下谦让多时，薛婆只得坐了客席。这是第三次相聚，更觉熟分了。

饮酒中间，婆子问道："官人出外好多时了，还不回，亏他撇得大娘下。"三巧儿道："便是，说过一年就转，不知怎地担阁了？"婆子道："依老身说，放下了怎般如花似玉的娘子，便博个堆金积玉也不为罕。"婆子又道："大凡走江湖的人，把客当家，把家当客。比如我第四个女婿宋八朝奉，有了小女，朝欢暮乐，那里想家？或三年四年，才回一遍，住不上一两个月，又来了。家中大娘子替他担孤受寡，那晓得他外边之事？"三巧儿道："我家官人到不是这样人。"婆子道："老身只当闲话讲，怎敢将天比地？"当日两个猜谜掷色[29]，吃得酩酊而别。第三日，同小二来取家火，就领这一半价钱。三巧儿又留他吃点心。

从此以后，把那一半赊钱为由，只做问兴哥的消息，不时行走。这婆子俐齿伶牙，能言快语，又半痴不颠的惯与丫鬟们打诨，所以上下都欢喜他。三巧儿一日不见他来，便觉寂寞，叫老家人认了薛婆家里，早晚常去请他，所以一发来得勤了。世间有四种人惹他不得，引起了头，再不好绝他。是那四种？

游方僧道，乞丐，闲汉[30]，牙婆。

上三种人犹可，只有牙婆是穿房入户的，女眷们怕冷静时，十个九个到要扳他来往。今日薛婆本是个不善之人，一般甜言软语，三巧儿遂与他成了至交，时刻少他不得。正是：

画虎画皮难画骨，知人知面不知心。

陈大郎几遍讨个消息，薛婆只回言尚早。其时五月中旬，天渐炎热。婆子在三巧儿面前，偶说起家中蜗窄，又是朝西房子，夏月最不相宜，不比这楼上高厂风凉。三巧儿道："你老人家若撇得家下，到此过夜也好。"婆子道："好是好，只怕官人回来。"三巧儿道："他就回，料道不是半夜三更。"婆子道："大娘不嫌蒿恼，老身惯是挪相知的，只今晚就取铺陈过来，与大娘作伴，何如？"三巧儿道："铺陈尽有，也不须拿得。你老人家回覆家里一声，索性在此过了一夏家去不好？"婆子真个对家里儿子媳妇说了，只带个梳匣儿过来。三巧儿道："你老人家多事，难道我家油梳子也缺了，你又带来怎地？"婆子道："老身一生怕的是同汤洗脸，合具梳头。大娘怕没有精致的梳具，老身如何敢用？其他姐儿们的，老身也怕用得，还是自家带了便当。只是大娘分付在那一门房安歇？"三巧儿指着床前一个小小藤榻儿，道："我预先排下你的卧处了，我两个亲近些，夜间睡不着好讲些闲话。"说罢，检出一顶青纱帐来，教婆子自家挂了，又同吃了一会酒，方才歇息。两个丫鬟原在床前打铺相伴，因有了婆子，打发他在间壁房里去睡。

从此为始，婆子日间出去串街做买卖，黑夜便到蒋家歇宿。时常携壶挈榼的殷勤热闹[31]，不一而足。床榻是丁字样铺下的，虽隔着帐子，却像是一头同睡。夜间絮絮叨叨，你问我答，凡街坊秽亵之谈，无所不至。这婆子或时装醉诈风起来，到说起自家少年时偷汉的许多情事，去勾动那妇人的春心。害得那妇人娇滴滴一副嫩脸，红了又白，白了又红。婆子已知妇人心活，只是那话儿不好启齿。

光阴迅速，又到七月初七日了，正是三巧儿的生日。婆子清早备下两盒礼，与他做生。三巧儿称谢了，留他吃面。婆子道："老身今日有些穷忙，晚上来陪大娘，看牛郎织女做亲。"说罢，自去了。

下得阶头不几步，正遇着陈大郎。路上不好讲话，随到个僻静巷里。陈大郎攒着两眉，埋怨婆子道："干娘，你好慢心肠！春去夏来，如今又立过秋了。你今日也说尚早，明日也说尚早，却不知我度日如年。再延捱几日，他丈夫回来，此事便付东流，却不活活的害死我也！阴司去少不得与你索命。"婆子道："你且莫喉急[32]，老身正要相请，来得恰好。事成不成，只在今晚，须是依我而行。如此如此，这般这般，全要轻轻悄悄，莫带累人。"陈大郎点头道："好计，好计！事成之后，定当厚报。"说罢，欣然而去。正是：排成窃玉偷香阵，费尽携云握雨心。

却说薛婆约定陈大郎这晚成事，午后细雨微茫，到晚却没有星月。婆子黑暗里引着陈大郎埋伏在左近，自己却去敲门。晴云点个纸灯儿，开门出来。婆子故意把衣袖一摸，说道："失落了一条临清汗巾儿。姐姐，劳你大家寻一寻。"哄得晴云便把灯向街上照去。这里婆子捉个空，招着陈大郎一溜溜进门来，先引他在楼梯背后空处伏着。婆子便叫道："有了，不要寻了。"晴云道："恰好火也没了，我再去点个来照你。"婆子道："走熟的路，不消用火。"两个黑暗里关了门，摸上楼来。三巧儿问道："你没了什么东西？"婆子袖里扯出个小帕儿来，道："就是这个冤家，虽然不值甚钱，是一个北京客人送我的，却不道：'礼轻人意重。'"三巧儿取笑道："莫非是你老相交送的表记。"婆子笑道："也差不多。"当夜两个耍笑饮酒。婆子道："酒肴尽多，何不把些赏厨下男女？也教他闹轰轰，像个节夜。"三巧儿真个把四碗菜，两壶酒，分付丫鬟，拿下楼去。那两个婆娘，一个汉子，吃了一回，各去歇息，不题。

再说婆子饮酒中间，问道："官人如何还不回家？"三巧儿道："便是算来一年半了。"婆子道："牛郎织女，也是一年一会，你比他到多隔了半年。常言道：'一品官，二品客。'做客的那一处没有风花雪月？只苦了家中娘子。"三巧儿叹了口气，低头不语。婆子道："是老身多嘴了。今夜牛女佳期，只该饮酒作乐，不该说伤情话儿。"说罢，便斟酒去劝那妇人。

约莫半酣，婆子又把酒去劝两个丫鬟，说道："这是牛郎织女的喜酒，劝你多吃几杯。后日嫁个恩爱的老公，寸步不离。"两个丫鬟被缠不过，勉强吃了，各不胜酒力，东倒西歪。三巧儿分付关了楼门，发放他先睡。他两个自在吃酒。

婆子一头吃，口里不住的说啰说皂，道："大娘几岁上嫁的？"三巧儿道："十七岁。"婆子道："破得身迟，还不吃亏；我是十三岁上就破了身。"三巧儿道："嫁得恁般早？"婆子道："论起嫁，倒是十八岁了。不瞒大娘说，因是在间壁人家学针指，被他家小官人调诱，一时间贪他生得俊俏，就应承与他偷了。初时好不疼痛，两三遍后，就晓得快活。大娘你可也是这般么？"三巧儿只是笑。婆子又道："那话儿到是不晓得滋味的到好，尝过的便丢不下，心坎里时时发痒。日里还好，夜间好难过哩。"三巧儿道："想你在娘家时阅人多矣，亏你怎生充得黄花女儿嫁去？"婆子道："我的老娘也晓得些影像，生怕出丑，教我一个童女方，就遮过了。"三巧儿道："你做女儿时，夜间也少不得独睡。"婆子道："还记得在娘家时节，哥哥出外，我与嫂嫂一头同睡。两下轮番在肚子上学男子汉的行事。"三巧儿道："两个女人做对，有甚好处？"婆子走过三巧儿那边，挨肩坐了，说道："大娘，你不知，只要大家知音，一般有趣，也撒得火。"三巧儿举手把婆子肩胛上打一下，说道："我不信，你说谎。"婆子见他欲心已动，有心去挑拨他，又道："老身今年五十二岁了，夜间常痴性发作，打熬不过，亏得你少年老成。"三巧儿道："你老人家打熬不过，终不然还去打汉子。"婆子道："败花枯柳，如今那个要我了？不瞒大娘说，我也有个自取其乐，救急的法儿。"三巧儿道："你说谎，又是甚么法儿？"婆子道："少停到床上睡了，与你细讲。"

说罢，只见一个飞蛾在灯上旋转，婆子便把扇来一扑，故意扑灭了灯，叫声："阿呀！老身自去点个灯来。"便去开楼门。陈大郎已自走上楼梯，伏在门边多时了。——都是婆子预先设下的圈套。婆子道："忘带个取灯儿去了。[33]"

又走转来，便引着陈大郎到自己榻上伏着。婆子下楼去了一回，复上来道："夜深了，厨下火种都熄了，怎么处？"三巧儿道："我点灯睡惯了，黑魆魆地，好不怕人！"婆子道："老身伴你一床睡何如？"三巧儿正要问他救急的法儿，应道："甚好。"婆子道："大娘，你先上床，我关了门就来。"三巧儿先脱了衣服，床上去了，叫道："你老人家快睡罢。"婆子应道："就来了。"却在榻上拖陈大郎上来，赤条条的搋在三巧儿床上去。三巧儿摸着身子，道："你老人家许多年纪，身上恁般光滑！"那人并不回言，钻进被里，就捧着妇人做嘴。三巧儿方问道："你是谁？"陈大郎把楼下相逢，如此相慕，如此苦央薛婆用计，细细说了："今番得遂平生，便死瞑目。"婆子走到床间，说道："不是老身大胆，一来可怜大娘青春独宿，二来要救陈郎性命。你两个也是宿世姻缘，非干老身之事。"三巧儿道："事已如此，万一我丈夫知觉，怎么好？"婆子道："此事你知我知，只买定了晴云、暖雪两个丫头，不许他多嘴，再有谁人漏泄？在老身身上，管成你夜夜欢娱，一些事也没有；只是日后不要忘记了老身。"三巧儿到此，也顾不得许多了，两个又狂荡起来。直到五更鼓绝，天色将明，两个兀自不舍。婆子催促陈大郎起身，送他出门去了。

自此无夜不会，或是婆子同来，或是汉子自来。两个丫鬟被婆子把甜话儿偲[34]他，又把利害话儿吓他，又教主母赏他几件衣服，汉子到时，不时把些零碎银子赏他们买果儿吃，骗得欢欢喜喜，已自做了一路。夜来明去，一出一入，都是两个丫鬟迎送，全无阻隔。真个是你贪我爱，如胶似漆，胜如夫妇一般。陈大郎有心要结识这妇人，不时的制办好衣服、好首饰送他，又替他还了欠下婆子的一半价钱。又将一百两银子谢了婆子。往来半年有余，这汉子约有千金之费。三巧儿也有三十多两银子东西，送那婆子。婆子只为图这些不义之财，所以肯做牵头[35]。这都不在话下。

古人云："天下无不散的筵席。"才过十五元宵夜，又是清明三月天。

陈大郎思想蹉跎了多时生意，要得还乡。夜来与妇人说知，两下恩深义重，各不相舍。妇人到情愿收拾了些细软，跟随汉子逃走，去做长久夫妻。陈大郎道："使不得。我们相交始末，都在薛婆肚里。就是主人家吕公，见我每夜进城，难道没有些疑感？况客船上人多，瞒得那个？两个丫鬟又带去不得。你丈夫回来，跟究[36]出情由，怎肯干休？娘子权且耐心，到明年此时，我到此，觅个僻静下处，悄悄通个信儿与你，那时两口儿同走，神鬼不觉，却不安稳？"妇人道："万一你明年不来，如何？"陈大郎就设起誓来。妇人道："既然你有真心，奴家也决不相负。你若到了家乡，倘有便人，托他捎个书信到薛婆处，也教奴家放意。"陈大郎道："我自用心，不消分付。"

又过几日，陈大郎雇下船只，装载粮食完备，又来与妇人作别。这一夜倍加眷恋，两下说一会，哭一会，又狂荡一会，整整的一夜不曾合眼。到五更起身，妇人便去开箱，取出一件宝贝，叫做"珍珠衫"，递与陈大郎道："这件衫儿，是蒋门祖传之物，暑天若穿了他，清凉透骨。此去天道渐热，正用得着。奴家把与你做个记念，穿了此衫，就如奴家贴体一般。"陈大郎哭得出声不得，软做一堆。妇人就把衫儿亲手与汉子穿下，叫丫鬟开了门户，亲自送他出门。再三珍重而别。诗曰：

> 昔年含泪别夫郎，今日悲啼送所欢。
>
> 堪恨妇人多水性，招来野鸟胜文鸾。

话分两头。却说陈大郎有了这珍珠衫儿，每日贴体穿着，便夜间脱下，也放在被窝中同睡，寸步不离。一路遇了顺风，不两月行到苏州府枫桥地面。那枫桥是柴米牙行聚处，少不得投个主家脱货，不在话下。

忽一日，赴个同乡人的酒席。席上遇个襄阳客人，生得风流标致。那人非别，正是蒋兴哥。原来兴哥在广东贩了些珍珠、玳瑁、苏木、沉香之类[37]，搭伴起身。那伙同伴商量，都要到苏州发卖。兴哥久闻得"上说天堂，下说苏杭"，好个大马头所在，有心要去走一遍，做这一回买卖，方才回去。还是去年十月中到苏州的。因是隐姓为商，都称为罗小官人，所以陈大郎更不疑惑。他两个萍水相逢，年相若，貌相似，谭吐应对之间，彼此敬慕。即席间问了下处，互相拜望，两下遂成知己，不时会面。

兴哥讨完了客帐，欲待起身，走到陈大郎寓所作别。大郎置酒相待，促膝谈心，甚是款洽。此时五月下旬，天气炎热。两个解衣饮酒，陈大郎露出珍珠衫来。兴哥心中骇异，又不好认他的，只夸奖此衫之美。陈大郎恃了相知，便问道："贵县大市街有个蒋兴哥家，罗兄可认得否？"兴哥到也乖巧，回道："在下出外日多，里中虽晓得有这个人，并不相认。陈兄为何问他？"陈大郎道："不瞒兄长说，小弟与他有些瓜葛。"便把三巧儿相好之情，告诉了一遍。扯着衫儿看了，眼泪汪汪道："此衫是他所赠。兄长此去，小弟有封书信，奉烦一寄，明日侵早送到贵寓。"兴哥口里答应道："当得，当得。"心下沉吟："有这等异事！现在珍珠衫为证，不是个虚话了。"当下如针刺肚，推故不饮，急急起身别去。回到下处，想了又恼，恼了又想，恨不得学个缩地法儿，顷刻到家。连夜收拾，次早便上船要行。

只见岸上一个人气吁吁的赶来，却是陈大郎。亲把书信一大包，递与兴哥，叮嘱千万寄去。气得兴哥面如土色，说不得，话不得，死不得，活不得。只等陈大郎去后，把书看时，面上写道："此书烦寄大市街东巷薛妈妈家。"兴哥性起，一手扯开，却是八尺多长一条桃红绉纱汗巾。又有个纸糊长匣儿，内有羊脂玉凤头簪一根。书上写道："微物二件，烦干娘转寄心爱娘子三巧儿亲收，聊表记念。相会之期，准在来春。珍重，珍重。"兴哥大怒，把书扯得粉碎，撇在河中；提起玉簪在船板上一掼，折做两段。一念想起道："我好糊涂！何不留此做个证见也好。"便捡起簪儿和汗巾，做一包收拾，催促开船。急急的赶到家乡，望见了自家门首，不觉堕下泪来。想起："当初夫妻何等恩爱，只为我贪着蝇头微利，撇他少年守寡，弄出这场丑来，如今悔之何及！"在路上性急，巴不得赶回。及至到了，心中又苦又恨，行一步，懒一步。进得自家门里，少不得忍住了气，勉强相见。兴哥并无言语，三巧儿自己心虚，觉得满脸惭愧，不敢殷勤上前扳话。兴哥搬完了行李，只说去看看丈人丈母，依旧到船上住了一晚。

次早回家，向三巧儿说道："你的爹娘同时害病，势甚危笃。昨晚我只得住下，看了他一夜。他心中只牵挂着你，欲见一面。我已顾下轿子在门首，你可作速回去，我也随后就来。"三巧儿见丈夫一夜不回，心里正在疑虑；闻说爹娘有病，却认真了，如何不慌？慌忙把箱笼上钥匙递与丈夫，唤个婆娘跟了，上轿而去。兴哥叫住了婆娘，向袖中摸出一封书来，分付他送与王公："送过书，你便随轿回来。"

却说三巧儿回家，见爹娘双双无恙，吃了一惊。王公见女儿不接而回，也自骇然。在婆子手中接书，拆开看时，却是休书一纸。上写道："立休书人蒋德，系襄阳府枣阳县人，从幼凭媒聘定王氏为妻，岂期过门之后，本妇多有过失，正合七出之条[38]。因念夫妻之情，不忍明言，情愿退还本宗，听凭改嫁，并无异言。休书是实。成化二年月日手掌为记。"

书中又包着一条桃红汗巾，一枝打折的羊脂玉凤头簪。王公看了，大惊，叫过女儿问其缘故。三巧儿听说丈夫把他休了，一言不发，啼哭起来。王公气忿忿的一径跟到女婿家来，蒋兴哥连忙上前作揖，王公回礼，便问道："贤婿，我女儿是清清白白嫁到你家的，如今有何过失，你便把他休了？须还我个明白。"蒋兴哥道："小婿不好说得，但问令爱便知。"王公道："他只是啼哭，不肯开口，教我肚里好闷！小女从幼聪慧，料不到得犯了淫盗[39]。若是小小过失，你可也看老汉薄面，恕了他罢。你两个是七八岁上定下的夫妻，完婚后并不曾争论一遍两遍，且是和顺。你如今做客才回，又不曾住过三朝五日，有什么破绽落在你眼里？你直如此狠毒，也被人笑话，说你无情无义。"蒋兴哥道："丈人在上，小婿也不敢多讲。家下有祖遗下珍珠衫一件，是令爱收藏，只问他如今在否。若在时，半字休题；若不在，只索休怪了。"王公忙转身回家，问女儿道："你丈夫只问你讨什么珍珠衫，你端的拿与何人去了？"那妇人听得说着了他紧要的关目，羞得满脸通红，开不得口，一发号啕大哭起来，慌得王公没做理会处。王婆劝道："你不要只管啼哭，实实的说个真情与爹妈知道，也好与你分剖。"妇人那里肯说，悲悲咽咽，哭一个不住。王公只得把休书和汗巾簪子，都付与王婆，教他慢慢的偎着女儿，问他个明白。

王公心中纳闷，走到邻家闲话去了。王婆见女儿哭得两眼赤肿，生怕苦坏了他，安慰了几句言语，走往厨房下去暖酒，要与女儿消愁。三巧儿在房中独坐，想着珍珠衫泄漏的缘故，好生难解！这汗巾簪子，又不知那里来的。沉吟了半晌道："我晓得了：这折簪是镜破钗分之意，这条汗巾，分明教我悬梁自尽。他念夫妻之情，不忍明言，是要全我的廉耻。可怜四年恩爱，一旦决绝，是我做的不是，负了丈夫恩情。便活在人间，料没有个好日，不如缢死，到得干净。"说罢，又哭了一回，把个坐兀子填高[40]，将汗巾兜在梁上，正欲自缢。也是寿数未绝，不曾关上房门。恰好王婆暖得一壶好酒走进房来，见女儿安排这事，急得他手忙脚乱，不放酒壶，便上前去拖拽。不期一脚踢番坐兀子[41]，娘儿两个跌做一团，酒壶都泼翻了。王婆爬起来，扶起女儿，说道："你好短见！二十多岁的人，一朵花还没有开足，怎做这没下梢的事[42]？莫说你丈夫还有回心转意的日子，便真个休了，恁般容貌，怕没有人要你？少不得别选良姻，图个下半世受用。你且放心过日子去，休得愁闷。"王公回家，知道女儿寻死，也劝了他一番，又嘱付王婆用心提防。过了数日，三巧儿没奈何，也放下了念头，正是：

夫妻本是同林鸟，大限来时各自飞。

再说蒋兴哥把两条索子，将晴云、暖雪捆缚起来，拷问情由。那丫头初时抵赖，吃打不过，只得从头至尾，细细招将出来，已知都是薛婆勾引，不干他人之事。到明朝，兴哥领了一伙人，赶到薛婆家里，打得他雪片相似，只饶他拆了房子。薛婆情知自己不是，躲过一边，并没一人敢出头说话。兴哥见他如此，也出了这口气。回去唤个牙婆，将两个丫头都卖了。楼上细软箱笼，大小共十六只，写三十二条封皮，打叉封了，更不开动。这是甚意儿？只因兴哥夫妇，本是十二分相爱的。虽则一时休了，心中好生痛切。见物思人，何忍开看？

话分两头。却说南京有个吴杰进士，除授广东潮阳县知县，水路上任，打从襄阳经过。不曾带家小，有心要择一美妾。一路看了多少女子，并不中意。闻得枣阳县王公之女，大有颜色，一县闻名。出五十金财礼，央媒议亲。王公到也乐从，只怕前婿有言，亲到蒋家，与兴哥说知。兴哥并不阻当。临嫁之夜，兴哥顾了人夫，将楼上十六个箱笼，原封不动，连匙钥送到吴知县船上，交割与三巧儿，当个赔嫁。妇人心上到过意不去。旁人晓得这事，也有夸兴哥做人忠厚的，也有笑他痴騃的，还有骂他没志气的：正是人心不同。

闲话休题。再说陈大郎在苏州脱货完了，回到新安，一心只想着三巧儿。朝暮看了这件珍珠衫，长吁短叹。老婆平氏心知这衫儿来得跷蹊，等丈夫睡着，悄悄的偷去，藏在天花板上。陈大郎早起要穿时，不见了衫儿，与老婆取讨。平氏那里肯认。急得陈大郎性发，倾箱倒箧的寻个遍，只是不见，便破口骂老婆起来。惹得老婆啼啼哭哭，与他争嚷，闹炒了两三日。陈大郎情怀撩乱，忙忙的收拾银两，带个小郎，再望襄阳旧路而进。

将近枣阳，不期遇了一伙大盗，将本钱尽皆劫去，小郎也被他杀了。陈商眼快，走向船梢舵上伏着，幸免残生。思想还乡不得，且到旧寓住下，待会了三巧儿，与他借些东西，再图恢复。叹了一口气，只得离船上岸。走到枣阳城外主人吕公家，告诉其事；又道如今要央卖珠子的薛婆，与一个相识人家借些本钱营运。吕公道："大郎不知，那婆子为勾引蒋兴哥的浑家，做了些丑事。去年兴哥回来，问浑家讨什么'珍珠衫'，原来浑家赠与情人去了，无言回答，兴哥当时休了浑家回去，如今转嫁与南京吴进士做第二房夫人了。那婆子被蒋家打得个片瓦不留，婆子安身不牢，也搬在隔县去了。"

陈大郎听得这话，好似一桶冷水没头淋下，这一惊非小。当夜发寒发热，害起病来。这病又是郁症，又是相思症，也带些怯症，又有些惊症，床上卧了两个多月，翻翻覆覆只是不愈，连累主人家小厮，伏侍得不耐烦。陈大郎心上不安，打熬起精神，写成家书一封，请主人来商议，要觅个便人捎信往家中，取些盘缠，就要个亲人来看觑同回[43]。这几句正中了主人之意，恰好有个相识的承差[44]，奉上司公文要往徽宁一路，水陆驿递，极是快的。吕公接了陈大郎书札，又替他应出五钱银子，送与承差，央他乘便寄去。果然的"自行由得我，官差急如火"，不勾几日，到了新安县。问着陈商家里，送了家书，那承差飞马去了。正是：

只为千金书信，又成一段姻缘。

话说平氏拆开家信，果是丈夫笔迹，写道：陈商再拜，贤妻平氏见字：别后襄阳遇盗，劫资杀仆。某受惊患病，现卧旧寓吕家，两月不愈。字到可央一的当亲人[45]，多带盘缠，速来看视。伏枕草草。

平氏看了，半信半疑，想道："前番回家，亏折了千金赀本。据这件珍珠衫，一定是邪路上来的。今番又推被盗，多讨盘缠，怕是假话。"又想道："他要个的当亲人，速来看视，必然病势利害。这话是真，也未可知。如今央谁人去好？"左思右想，放心不下。与父亲平老朝奉商议。收拾起细软家私，带了陈旺夫妇，就请父亲作伴，顾个船只，亲往襄阳看丈夫去。到得京口，平老朝奉痰火病发，央人送回去了。平氏引着男女，上水前进[46]。

不一日，来到枣阳城外，问着了旧主人吕家。原来十日前，陈大郎已故了。吕公赔些钱钞，将就入殓。平氏哭倒在地，良久方醒。慌忙换了孝服，再三向吕公说，欲待开棺一见，另买副好棺材，重新殓过。吕公执意不肯。平氏没奈何，只得买木做个外棺包裹，请僧做法事超度，多焚冥资。吕公已自索了他二十两银子谢仪，随他闹炒，并不言语。

过了一月有余，平氏要选个好日子，扶柩而回。吕公见这妇人年少姿色，料是守寡不终，又且囊中有物，思想儿子吕二，还没有亲事，何不留住了他，完其好事，可不两便？吕公买酒请了陈旺，央他老婆委曲进言，许以厚谢。陈旺的老婆是个蠢货，那晓得什么委曲？不顾高低，一直的对主母说了。平氏大怒，把他骂了一顿，连打几个耳光子，连主人家也数落了几句。吕公一场没趣，敢怒而不敢言。正是：

羊肉馒头没的吃，空教惹得一身骚。

吕公便去撺掇陈旺逃走。陈旺也思量没甚好处了，与老婆商议，教他做脚，里应外合，把银两首饰，偷得馨尽，两口儿连夜走了。吕公明知其情，反埋怨平氏道：不该带这样歹人出来，幸而偷了自家主母的东西，若偷了别家的，可不连累人！又嫌这灵柩碍他生理，教他快些抬去。又道后生寡妇，在此住居不便，催促他起身。平氏被逼不过，只得别赁下一间房子住了。顾人把灵柩移来，安顿在内。这凄凉景象，自不必说。

间壁有个张七嫂，为人甚是活动。听得平氏啼哭，时常走来劝解。平氏又时常央他典卖几件衣服用度，极感其意。不勾几月，衣服都典尽了。从小学得一手好针线，思量要到个大户人家，教习女红度日，再作区处。正与张七嫂商量这话，张七嫂道："老身不好说得，这大户人家，不是你少年人走动的。死的没福自死了，活的还要做人。你后面日子正长哩，终不然做针线娘了得你下半世？况且名声不好，被人看得轻了。还有一件，这个灵柩，如何处置？也是你身上一件大事。便出赁房钱，终久是不了之局。"平氏道："奴家也都虑到，只是无计可施了。"张七嫂道："老身到有一策，娘子莫怪我说。你千里离乡，一身孤寡，手中又无半钱，想要搬这灵柩回去，多是虚了。莫说你衣食不周，到底难守：便多守得几时，亦有何益？依老身愚见，莫若趁此青年美貌，寻个好对头，一夫一妇的，随了他去。得些财礼，就买块土来葬了丈夫，你的终身又有所托，可不生死无憾？"平氏见他说得近理，沉吟了一会，叹口气道："罢，罢，奴家卖身葬夫，傍人也笑我不得。"张七嫂道："娘子若定了主意时，老身现有个主儿在此。年纪与娘子相近，人物齐整，又是大富之家。"平氏道："他既是富家，怕不要二婚的。"张七嫂道："他也是续弦了，原对老身说：不拘头婚二婚，只要人才出众。似娘子这般丰姿，怕不中意。"原来张七嫂曾受蒋兴哥之托，央他访一头好亲。因是前妻三巧儿出色标致，所以如今只要访个美貌的。那平氏容貌，虽不及得三巧儿，论起手脚伶俐，胸中泾渭，又胜似他。

张七嫂次日就进城，与蒋兴哥说了。兴哥闻得是下路人，愈加欢喜。这里平氏分文财礼不要，只要买块好地殡葬丈夫要紧。张七嫂往来回复了几次，两相依允。

话休烦絮。却说平氏送了丈夫灵柩入土，祭奠毕了，大哭一场，免不得起灵除孝。临期，蒋家送衣饰过来，又将他典下的衣服都赎回了。成亲之夜，一般大吹大擂，洞房花烛。正是：

规矩熟闲虽旧事，恩情美满胜新婚。

蒋兴哥见平氏举止端庄，甚相敬重。一日，从外而来，平氏正在打叠衣箱，内有珍珠衫一件。兴哥认得了，大惊问道："此衫从何而来？"平氏道："这衫儿来得跷蹊。"便把前夫如此张致[47]，夫妻如此争嚷，如此赌气分别，述了一遍。又道："前日艰难时，几番欲把他典卖，只愁来历不明，怕惹出是非，不敢露人眼目。连奴家至今，不知这物事那里来的。"兴哥道："你前夫陈大郎名字，可叫做陈商？可是白净面皮，没有须，左手长指甲的么？"平氏道："正是。"蒋兴哥把舌头一伸，合掌对天道："如此说来，天理昭彰，好怕人也！"平氏问其缘故，蒋兴哥道："这件珍珠衫，原是我家旧物。你丈夫奸骗了我的妻子，得此衫为表记。我在苏州相会，见了此衫，始知其情，回来把王氏休了。谁知你丈夫客死，我今续弦，但闻是徽州陈客之妻，谁知就是陈商！却不是一报还一报！"平氏听罢，毛骨竦然。从此恩情愈笃。这才是"蒋兴哥重会珍珠衫"的正话[48]。诗曰：

天理昭昭不可欺，两妻交易孰便宜？

分明欠债偿他利，百岁姻缘暂换时。

再说蒋兴哥有了管家娘子，一年之后，又往广东做买卖。也是合当有事，一日到合浦县贩珠，价都讲定。主人家老儿，只拣一粒绝大的偷过了，再不承认。兴哥不忿，一把扯他袖子要搜。何期去得势重，将老儿拖翻在地，跌下便不做声。忙去扶时，气已断了。儿女亲邻，哭的哭，叫的叫，一阵的簇拥将来，把兴哥捉住。不由分说，痛打一顿，关在空房里。连夜写了状词，只等天明，县主早堂，连人进状。县主准了，因这日有公事，分付把凶身锁押，次日候审。

你道这县主是谁？姓吴名杰，南畿进士[49]，正是三巧儿的晚老公。初选原在潮阳，上司因见他清廉，调在这合浦县采珠的所在来做官。是夜，吴杰在灯下将准过的状词细阅。三巧儿正在傍边闲看，偶见宋福所告人命一词，凶身罗德，枣阳县客人，不是蒋兴哥是谁？想起旧日恩情，不觉痛酸，哭告丈夫道："这罗德是贱妾的亲哥，出嗣在母舅罗家的。不期客边，犯此大辟。官人可看妾之面，救他一命还乡。"县主道："且看临审如何。若人命果真，教我也难宽宥。"三巧儿两眼噙泪，跪下苦苦哀求。县主道："你且莫忙，我自有道理。"明早出堂，三巧儿又扯住县主衣袖哭道："若哥哥无救，贱妾亦当自尽，不能相见了。"

当日县主升堂，第一就问这起。只见宋福、宋寿弟兄两个，哭啼啼的与父亲执命，禀道："因争珠怀恨，登时打闷，仆地身死。望爷爷做主。"县主问众干证口词，也有说打倒的，也有说推跌的。蒋兴哥辩道："他父亲偷了小人的珠子，小人不忿，与他争论。他因年老脚[50]，自家跌死，不干小人之事。"县主问宋福道："你父亲几岁了？"宋福道："六十七岁了。"县主道："老年人容易昏绝，未必是打。"宋福、宋寿坚执是打死的。县主道："有伤无伤，须凭检验。既说打死，将尸发在漏泽园去[51]，俟晚堂听检。"原来宋家也是个大户，有体面的，老儿曾当过里长，儿子怎肯把父亲在尸场剔骨？两个双双叩头道："父亲死状，众目共见，只求爷爷到小人家里相验，不愿发检。"县主道："若不见贴骨伤痕，凶身怎肯伏罪？没有尸格[52]，如何申得上司过？"弟兄两个只是求告，县主发怒道："你既不愿检，我也难问。"慌的他弟兄两个连连叩头道："但凭爷爷明断。"县主道："望七之人，死是本等。倘或不因打死，屈害了一个平人[53]，反增死者罪过。就是你做儿子的，巴得父亲到许多年纪，又把个不得善终的恶名与他，心中何忍？但打死是假，推仆是真，若不重罚罗德，也难出你的气。我如今教他披麻戴孝，与亲儿一般行礼；一应殡殓之费，都要他支持。你可服么？"弟兄两个道："爷爷分付，小人敢不遵依。"兴哥见县主不用刑罚，断得干净，喜出望外。当下原被告都叩头称谢。县主道："我也不写审单[54]，着差人押出，待事完回话，把原词与你销讫便了。"正是：

> 公堂造业真容易，要积阴功亦不难。

> 试看今朝吴大尹，解冤释罪两家欢。

却说三巧儿自丈夫出堂之后，如坐针毡。一闻得退衙，便迎住问个消息。县主道："我……如此如此断了，看你之面，一板也不曾责他。"三巧儿千恩万谢，又道："妾与哥哥久别，渴思一会，问取爹娘消息。官人如何做个方便，使妾兄妹相见，此恩不小。"县主道："这也容易。"看官们，你道三巧儿被蒋兴哥休了，恩断义绝，如何恁地用情？他夫妇原是十分恩爱的，因三巧儿做下不是，兴哥不得已而休之，心中兀自不忍；所以改嫁之夜，把十六只箱笼，完完全全的赠他。只这一件，三巧儿的心肠，也不容不软了。今日他身处富贵，见兴哥落难，如何不救？这叫做知恩报恩。

再说蒋兴哥遵了县主所断，着实小心尽礼，更不惜费，宋家弟兄都没话了。丧葬事毕，差人押到县中回复，县主唤进私衙赐坐，说道："尊舅这场官司，若非令妹再三哀恳，下官几乎得罪了。"兴哥不解其故，回答不出。少停茶罢，县主请入内书房，教小夫人出来相见。你道这番意外相逢，不像个梦景么？他两个也不行礼，也不讲话，紧紧的你我相抱，放声大哭。就是哭爹哭娘，从没见这般哀惨，连县主在傍，好生不忍，便道："你两人且莫悲伤，我看你不像哥妹，快说真情，下官有处。"两个哭得半休不休的，那个肯说？却被县主盘问不过，三巧儿只得跪下，说道："贱妾罪当万死，此人乃妾之前夫也。"蒋兴哥料瞒不得，也跪下来，将从前恩爱，及休妻再嫁之事，一一诉知。说罢，两人又哭做一团，连吴知县也堕泪不止，道："你两人如此相恋，下官何忍拆开。幸然在此三年，不曾生育，即刻领去完聚。"两个插烛也似拜谢。

县主即忙讨个小轿，送三巧儿出衙；又唤集人夫，把原来赔嫁的十六个箱笼抬去，都教兴哥收领；又差典吏一员，护送他夫妇出境。——此乃吴知县之厚德。正是：

> 珠还合浦重生采，剑合丰城倍有神。

> 堪羡吴公存厚道，贪财好色竟何人！

此人向来艰子，后行取到吏部[55]，在北京纳宠，连生三子，科第不绝，人都说阴德之报，这是后话。

311

　　再说蒋兴哥带了三巧儿回家，与平氏相见。论起初婚，王氏在前；只因休了一番，这平氏到是明媒正娶，又且平氏年长一岁，让平氏为正房，王氏反做偏房。两个姊妹相称，从此一夫二妇，团园到老。有诗为证：

　　　　恩爱夫妻虽到头，妻还作妾亦堪羞。

　　　　殃祥果报无虚谬，咫尺青天莫远求。

【注释】

　　[1] 词话：元代流行民间的一种讲唱文学，专门演唱小说故事。明清之间，也泛称一般平话小说为词话。

　　[2] 道路：此指做生意。

　　[3] 牙行：充当中介或中间人的行业和商号。

　　[4] 小祥：人死后一周年的祭祀。

　　[5] 走夜：有不正当的男女关系。

　　[6] 南威：春秋时美女。

　　[7] 浑家：指妻子。

　　[8] 制中：在丧中的意思

　　[9] 铺陈：被褥、铺盖。

　　[10] 人事：礼物。

　　[11] 不偢不睬：一切都不过问。

　　[12] 排家：逐家。

　　[13] 暖火盆：除夕风俗，在庭院中架起松柏树枝，点火焚烧。

　　[14] 坐启：便厅。

　　[15] 通陈：祷告、祷祝。

　　[16] 鬃帽：一种用藤或鬃编成的帽子，样子像一钟状的盔，元明之间很流行。

　　[17] 消花：用掉。

　　[18] 行货：货物，东西。

　　[19] 小样：小器，不大方。

　　[20] 牙婆：买卖的中间人，也称"牙嫂"。

　　[21] 入马：和女人勾搭上。

　　[22] 肥喏：深深地作一个揖。

　　[23] 小郎：年纪小的仆役。

　　[24] 刮：同"聒"，吵闹、喧闹。

　　[25] 燥：同"躁"，烦恼。

　　[26] 略斜：形容脚步歪斜。

　　[27] 大弄：放开手干，铺张。

　　[28] 水火炉：一种便于移动或携带的铜制小炉。

　　[29] 掷色：掷骰子。

　　[30] 闲汉：帮闲的人。

　　[31] 榼：古时盛酒的容器。

[32] 喉急：急躁。

[33] 取灯儿：削松木成小薄片，一端涂硫酸，用以引火及代灯烛，略似今天的火柴。

[34] 偎：哄，打动。

[35] 牵头：不正当男女关系的牵线人。

[36] 跟究：查究，追查。

[37] 苏木：一种贵重木材，去皮煎汁，可作红色染料。沉香：一种上等香料，入水即沉。

[38] 七出之条：古代休妻的七个条件：无子、淫佚、不事姑舅、口舌、盗窃、妒忌、恶病。

[39] 不到得：不会、不至于。

[40] 坐兀子：小凳。

[41] 番：同"翻"。

[42] 没下梢：没有下场，结局不好。

[43] 看觑：看望，照顾。

[44] 承差：递送公文的官差。

[45] 的当：妥当、稳当。

[46] 上水：逆水。

[47] 张致：装模作样。

[48] 正话：正题、正文。

[49] 南畿：明代对南京附近地区的称呼。

[50] 脚：脚下疏失。

[51] 漏泽园：官府开设的专门收埋死尸的场所。

[52] 尸格：验尸单格。

[53] 平人：好人，无罪之人。

[54] 审单：审判书。

[55] 行取：明代制度，推官、知县调任给事中、监察御使等职。

卖油郎独占花魁[1]

【解题】 本篇叙述了卖油郎秦重和名妓莘瑶琴的爱情故事，是"三言"中最具有世代特色的现实主意喜剧。小说以一个卖油的小商贩为歌颂对象，反映了重平等、重真情、重现实幸福的市民意识，体现了以相互尊重与关爱作为婚姻基础的具有现代意味的爱情观。

年少争夸风月，场中波浪偏多。有钱无貌意难和，有貌无钱不可。就是有钱有貌，还须着意揣摩。知情识趣俏哥哥，此道谁人赛我。

这首词名为《西江月》，是风月机关中撮要之论。常言道："妓爱俏，妈爱钞。"所以子弟行中有了潘安般貌[2]，邓通般钱，自然上和下睦，做得烟花寨内的大王、鸳鸯会上的主盟。然虽如此，还有个两字经儿，叫做帮衬。帮者，如鞋之有帮；衬者，如衣之有衬。但凡做小娘的，有一分所长，得人补贴，就当十分。若有短处，曲意替他遮护，更兼低声下气，送暖偷寒，逢其所喜，避

313

其所讳，以情度情，岂有不爱之理。这叫做帮衬。风月场中，只有会帮衬的最讨便宜，无貌而有貌，无钱而有钱。假如郑元和在卑田院做了乞儿[3]，此时囊箧俱空，容颜非旧。李亚仙于雪天遇之[4]，便动了一个侧隐之心，将绣襦包裹，美食供养，与他做了夫妻。这岂是爱他之钱，恋他之貌？只为郑元和识趣知情，善于帮衬，所以亚仙心中舍他不得。你只看亚仙病中想马板肠汤吃，郑元和就把个五花马杀了，取肠煮汤奉之。只这一节上，亚仙如何不念其情！后来郑元和中了状元，李亚仙封做汧国夫人。莲花落打出万年策，卑田院变做了白玉堂。一床锦被遮盖，风月场中反为美谈。这是：

> 运退黄金失色，时来铁也生光。

话说大宋自太祖开基，太宗嗣位，历传真、仁、英、神、哲，共是七代帝王，都则偃武修文，民安国泰。到了徽宗道君皇帝，信任蔡京、高俅、杨戬、朱勔之徒，大兴苑囿，专务游乐，不以朝政为事。以致万民嗟怨，金虏乘之而起，把花锦般一个世界弄得七零八落。直至二帝蒙尘，高宗泥马渡江，偏安一隅，天下分为南北，方得休息。其中数十年，百姓受了多少苦楚。正是：

> 甲马丛中立命，刀枪队里为家。
>
> 杀戮如同戏耍，抢夺便是生涯。

内中单表一人，乃汴梁城外安乐村居住，姓莘名善，浑家阮氏。夫妻两口，开个六陈铺儿[5]。虽则粜米为生，一应麦豆茶酒油盐杂货，无所不备，家道颇颇得过。年过四旬，止生一女，小名叫做瑶琴。自小生得清秀，更且资性聪明。七岁上，送在村学中读书，日诵千言。十岁时，便能吟诗作赋，曾有一绝，为人传诵。诗云：

> 朱帘寂寂下金钩，香鸭沉沉冷画楼。移枕怕惊鸳并宿，挑灯偏惜蕊双头。

到十二岁，琴棋书画，无所不通。若题起女工一事，飞针走线，出人意表。此乃天生令俐，非教习之所能也。莘善因为自家无子，要寻个养女婿来家靠老。只因女儿灵巧多能，难乎其配，所以求亲者颇多，都不曾许。不幸遇了金虏猖獗，把汴梁城围困，四方勤王之师虽多，宰相主了和议，不许厮杀，以致虏势愈甚，打破了京城，劫迁了二帝。那时城外百姓，一个个亡魂丧胆，携老扶幼，弃家逃命。却说莘善领著浑家阮氏和十二岁的女儿，同一般逃难的，背著包里，结队而走。

忙忙如丧家之犬，急急如漏网之鱼。担渴担饥担劳苦，此行谁是家乡？叫天叫地叫祖宗，惟愿不逢鞑虏。正是：宁为太平犬，莫作乱离人！正行之间，谁想鞑子到不曾遇见，却逢著一阵败残的官兵。他看见许多逃难的百姓，多背得有包里，假意呐喊道："鞑子来了！"沿路放起一把火来。此时天色将晚，吓得众百姓落荒乱窜，你我不相顾。他就乘机抢掠。若不肯与他，就杀害了。这是乱中生乱，苦上加苦。却说莘氏瑶琴被乱军冲突，跌了一交，爬起来，不见了爹娘，不敢叫唤，躲在道傍古墓之中过了一夜。到天明，出外看时，但见满目风沙，死尸路。昨日同时避难之人，都不知所往。瑶琴思念父母，痛哭不已。欲待寻访，又不认得路径，只得望南而行。哭一步，捱一步，约莫走了二里之程。心上又苦，腹中又饥，望见土房一所，想必其中有人，欲待求乞些汤饮。及至向前，却是破败的空屋，人口俱逃难去了。瑶琴坐于土墙之下，哀哀而哭。

自古道："无巧不成话。"恰好有一人从墙下而过。那人姓卜名乔，正是莘善的近邻，平昔是个游手游食、不守本分，惯吃白食、用白钱的主儿，人都称他是卜大郎。也是被官军冲散了同夥，今日独自而行。听得啼哭之声，慌忙来看。瑶琴自小相认，今日患难之际，举目无亲，见了近邻，分明见了亲人一般，即忙收泪，起身相见，问道："卜大叔，可曾见我爹妈么？"卜乔心中暗想："昨日被官军抢去包里，正没盘缠。天生这碗衣饭，送来与我，正是奇货可居。"便扯个谎道："你爹和妈，寻你不见，好生痛苦，如今前面去了，吩咐我道：'倘或见我女儿，千万带了他来，送还了我。'许我厚谢。"瑶琴虽是聪明，正当无可奈何之际，君子可欺以其方，遂全然不疑，随著卜乔便走，正是：情知不是伴，事急且相随。

卜乔将随身带的乾粮，把些与他吃了，吩咐道："你爹妈连夜走的。若路上不能相遇，直要过江到建康府，方可相会。一路上同行，我权把你当女儿，你权叫我做爹。不然，只道我收留迷失子女，不当稳便。"瑶琴依允。从此陆路同步，水路同舟，爹女相称。到了建康府，路上又闻得金兀术四太子，引兵渡江，眼见得建康不得宁息。又闻得康王即位，已在杭州驻跸[6]，改名临安，遂趁船到润州。过了苏、常、嘉、湖，直到临安地面，暂且饭店中居住，也亏卜乔，自汴京至临安，三千余里，带那莘瑶琴下来，身边藏下些散碎银两，都用尽了，连身上外盖衣服，脱下准了店钱，止剩得莘瑶琴一件活货，欲行出脱。访得西湖上烟花王九妈家要讨养女，遂引九妈到店中，看货还钱。九妈见瑶琴生得标致，讲了财礼五十两。卜乔兑足了银子，将瑶琴送到王家。原来卜乔有智，在王九妈前，只说："瑶琴是我亲生之女，不幸到你门户人家，须是款款的教训，他自然从顺，不要性急。"在瑶琴面前，又说："九妈是我至亲，权时把你寄顿他家，待我从容访知你爹妈下落，再来领你。"以此瑶琴欣然而去。

可怜绝世聪明女，堕落烟花罗网中。王九妈新讨了瑶琴，将他浑身衣服，换个新鲜，藏于曲楼深处，终日好茶好饭，去将息他，好言好语，去温暖他。瑶琴既来之，则安之。住了几日，不见卜乔回信，思量爹妈，噙著两行珠泪，问九妈道："卜大叔怎不来看我？"九妈道："哪个卜大叔？"瑶琴道："便是引我到你家的那个卜大郎。"九妈道："他说是你的亲爹。"瑶琴道："他姓卜，我姓莘。"遂把汴梁逃难，失散了爹妈，中途遇见了卜乔，引到临安，并卜乔哄他的说话，细述一遍。九妈道："原来恁地，你是个孤身女儿，无脚蟹[7]，我索性与你说明罢；那姓卜的把你卖在我家，得银五十两去了。我们是门户人家[8]，靠著粉头过活。家中虽有三四个养女，并没个出色的。爱你生得齐整，把做个亲女儿相待。待你长成之时，包你穿好吃好，一生受用。"瑶琴听说，方知被卜乔所骗，放声大哭。九妈劝解，良久方止。自此九妈将瑶琴改做王美，一家都称为美娘，教他吃吹弹歌舞，无不尽善。长成一十四岁，娇艳非常。临安城中，这些当豪公子慕其容貌，都备著厚礼求见。也有爱清标的，闻得他写作俱高，求诗求字的，日不离门。弄出天大的名声出来，不叫他美娘，叫他做花魁娘子。西湖上子弟编出一支《挂枝儿》，单道那花魁娘子的好处：

小娘中，谁似得王美儿的标致，又会写，又会画，又会做诗，吹弹歌舞都余事。常把西湖比西子，就是西子比他也还不如。哪个有福的汤著他身儿，也情愿一个死。

只因王美有了个盛名，十四岁上，就有人来讲梳弄[9]。一来王美不肯，二来王九妈把女儿做金子看成，见他心中不允，分明奉了一道圣旨，并不敢违拗。又过了一年，王美年方十五。原来门户中梳弄，也有个规矩。十三岁太早，谓之试花。皆因鸨儿爱财，不顾痛苦；那子弟也只专个虚名，不得十分畅快取乐。十四岁谓之开花。此时天癸已至，男施女受，也算当时了。到十五谓之摘花。在平常人家，还算年小，惟有门户人家，以为过时。王美此时未曾梳弄，西湖上子弟，又编出一支来：

王美儿，似木瓜，空好看，十五岁，还不曾与人汤一汤。有名无实成何干。便不是石女，也是二行子的娘。若还有个好好的，羞羞也，如何熬得这些时痒。

王九妈听得这些风声，怕坏了门面，来劝女儿接客。王美执意不肯，说道："要我会客时，除非见了亲生爹妈。他肯做主时，方才使得。"王九妈心里又恼他，又不里得难为他。捱了好些时。偶然有个金二员外，大富之家，情愿出三百两银子，梳弄美娘。九妈得了这主大财，心生一计，与金二员外商议：若要他成就，除非如此如此。金二员外意会了。其日八月十五日，只说请王美湖看潮，请至舟中。三四个帮闲，俱是会中之人，猜拳行令，做好做歹，将美娘灌得烂醉如泥。扶到王九妈家楼中，卧于床上，不省人事。此时天气和暖，又没几层衣服。妈儿亲手伏侍，剥得他赤条条，任凭金二员外行事。五鼓时，美娘酒醒，已知鸨儿用计，破了身子。自怜红颜命薄，遭此强横，起来解手，穿了衣服，自在床边一个斑竹榻上，朝著里壁睡了，暗暗垂泪。金二员外来亲近他时，被他劈头劈脸，抓有几个血痕。金二员外好生没趣，捱得天明，对妈儿说声："我去也。"妈要留他时，已自出门去了。从来梳弄的子弟，早起时，妈儿进房贺喜，行户中都来称贺，还要吃几日喜酒。那子弟多则住一二月，最少也住半月二十日。只有金二员外侵早出门，是从来未有之事。王九妈连叫诧异，披衣起身上楼，只见美娘卧于榻上，满眼流泪。九妈要哄他上行，连声招许多不是。美娘只不开口。九妈只得下楼去了。美娘哭了一日，茶饭不沾。从此托病，不肯下楼，连客也不肯会面了。

九妈心下焦燥，欲待把他凌虐，又恐他烈性不从，反冷了他的心肠；欲待舐他，本是要他赚钱，若不接客时，就养到一百岁也没用。踌躇数日，无计可施。忽然想起，有个结义妹子，叫做刘四妈，时常往来。他能言快语，与美娘甚说得著，何不接取他来，下个说词？若得他回心转意，大大的烧个利市。当下叫保儿去请刘四妈到前楼坐下，诉以衷情。刘四妈道："老身是个女随何，雌陆贾[10]，说得罗汉思情，嫦娥想嫁。这件事都在老身身上。"九妈道："若得如此，做姐的情愿与你磕头。你多吃杯茶去，省得说话时口乾。"刘四妈道："老身天生这副海口，便说到明日，还不乾哩。"刘四妈吃了几杯茶，转到后楼，只见楼门紧闭。刘四妈轻轻的叩了一下，叫声："侄女！"美娘听得是四妈声音，便来开门。两下相见了，四妈靠桌朝下而坐，美娘傍坐相陪。四妈看他桌上铺著一幅细绢，才画得个美人的脸儿，还未曾著色。四妈称赞道："画得好，真是巧手！九阿姐不知怎生样造化，偏生遇著你这一个伶俐女儿，又好人物，又好技艺，就是堆上几千两黄金，满临安走遍，可寻山个对儿么？"美娘道："休得见笑！今日甚风吹得姨娘到来？"刘四妈道："老身时常要来看你，只为家务在身，不得空闲。闻得你恭喜梳弄了，今日偷空而来，特特与九阿姐叫喜。"美儿听得提起"梳弄"二字，满脸通红，低著头不来答应。刘四妈知他害羞，便把椅儿掇上一步，将美娘的手儿牵著，叫声："我儿，做小娘的，不是个软壳鸡蛋，怎的这般嫩得紧？似你恁地怕羞，如何赚得大主银子？"美娘道："我要银子做甚?"四妈道："我儿,你便不要银子,做娘的,看得你长大成人,难道不要出本?自古道,靠山吃山,靠水吃水。九阿姐家有几个粉头,哪一个赶得上你的脚跟来?一园瓜,只看得你是个瓜种,九阿姐待你也不比其他。你是聪明伶俐的人,也须识些轻重。闻得你自梳弄之后,一个客也不肯相接。是甚么意儿?都像你的意时,一家人口,似蚕一般,哪个把桑叶喂他?做娘的抬举你一分,你也要与他争口气儿,莫要反讨众丫头们批点。"美娘道:"繇他批点,怕怎的!"刘四妈道:"阿呀!批点是个小事,你可晓得门户中的行径么?"美娘道:"行径便怎的?"刘四妈道:"我们门户人家,吃著女儿,用著女儿。侥幸讨得一个像样的,分明是大户人家置了一所良田美产。年纪幼小时,巴不得风吹得大;到得梳弄过后,便是田产成熟,日日指望花利到手受用。前门迎新,后门送旧,张郎送米,李郎送柴,往来热闹,才是个出名的姊妹行家。"美娘道:"羞答答,我不做这样事!"刘四妈掩著口,格的笑了一声,道:"不做这样事,可是繇得你的?一家之中,有妈妈做主。做小娘的若不依他教训,动不动一顿皮鞭,打得你不生不死。那时不怕你不走他的路儿。九阿姐一向不难为你,只可惜你聪明标致,从小娇美的,要惜你的廉耻,存你的体面。方才告诉我许多话,说你不识好歹,放著鹅毛不知轻,顶著磨子不知重,心下好生不,教老身来劝你。你若执意不从,惹他性起,一时翻过脸来,骂一顿,打一顿,你待走上天去!凡事只怕个起头若打破了头时,朝一顿,暮一顿,那时熬这些痛苦不过,只得接客,却不把千金声价弄得低微了?还要被姊妹中笑话。依我说,吊桶已自落在他井里,挣不起了。不如千欢万喜,倒在娘的怀里,落得自己快活。"

美娘道:"奴是好人家儿女,误落风尘,倘得姨娘主张从良,胜造九级浮图。若要我倚门献笑,送旧迎新,宁甘一死,决不情愿。"刘四妈道:"我儿,从良是个有志气的事,怎么说道不该!只是从良也有几等不同。"美娘道:"从良有甚不同之处?"

刘四妈道:"有个真从良,有个假从良,有个苦从良,有个乐从良,有个趁好的从良,有个没奈何的从良,有个了从良,有个不了的从良。我儿,耐心听我分说:"如何叫做真从良?大凡才子必须佳人,佳人必须才子,方成佳配。然而好事多磨,往往求之不得。幸然两下相逢,你贪我爱,割舍不下。一个愿讨,一个愿嫁。好像捉对的蚕蛾,死也不放。这个谓之真从良。怎么叫做假从良?有等子弟爱著小娘,小娘却不爱那子弟。晓得小娘心肠不对他,偏要娶他回去。挣著一主大钱,动了妈儿的火,不怕小娘不肯。勉强进门,心中不顺,故意不守家规，小则撒泼放肆，大则公然偷汉。人家容留不得，多则一年，少则半载，依旧放他出来，为娼接客。把从良二字，只当个赚钱的题目。这个谓之假从良。

"如何叫做苦从良？"一般样子弟爱小娘，小娘不爱那子弟，却被他以势凌之。妈儿惧祸，已自许了。做小娘的，身不繇主，含泪而行。一入侯门，如海之深，家法又严，抬头不得。半妾半婢，忍死度日。这个谓之苦从良。如何叫做乐从良？做小娘的，正当择人之际，偶然相交个子弟，见他情性温和，家道富足，又且大娘子乐善，无男无女，指望他日过门，与他生育，就有主母之分。以此嫁他，图个日前安逸，日后出身，这个谓之乐从良。

"如何叫做趁好的从良？做小娘的，风花雪月，受用已够，趁这盛名之下，求之者众，任我拣择个十分满意的嫁他，急流勇退，及早回头，不致受人怠慢。这个谓之趁好的从良。如何叫做没奈何的从良？做小娘的，原无从良之意，或因官司逼迫，或因强棋欺瞒，又或因债负太多，将来赔偿不起，别口气，不论好歹，得嫁便嫁，买静求安，藏身之法，这谓之没奈何的从良。"如何叫做了从良？小娘半老之际，风波历尽，刚好遇个老成的孤老[11]，两下志同道合，收绳卷索[12]，白头到老。这个谓之了从良。如何叫做不了的从良？一般你贪我爱，火热的跟他，却是一时之兴，没有个长算。或者尊长不容，或者大娘妒忌，闹了几场，发回妈家，追取原价；又有个家道凋零，养他不活，苦守不过，依旧出来赶趁[13]，这谓之不了的从良。"

美娘道："如今奴家要从良，还是怎地好？"刘四妈道："我儿，老身教你个万全之策。美娘道："若蒙教导，死不忘恩。"刘四妈道："从良一事，入门为净。况且你身子已被人捉弄过了，就是今夜嫁人，叫不得个黄花女儿。千错万错，不该落于此地。这就是你命中所招了。做娘的费了一片心机，若不帮他几年，趁过千把银子，怎肯放你出门？还有一件，你便要从良，也须拣个好主儿。这些臭嘴臭脸的，难道就跟他不成？你如今一个客也不接，晓得哪个该从，哪个不该从？假如你执意不肯接客，做娘的没奈何，寻个肯出钱的主儿，卖你去做妾，这也叫做从良。那主儿或是年老的，或是貌丑的，或是一字不识的村牛，你却不肮脏了一世！比著把你撇在水里，还有扑通的一声响，讨得旁人叫一声可惜。依著老身愚见，还是俯从人愿，凭著做娘的接客。似你恁般才貌，等闲的料也不敢相扳，无非是王孙公子，贵客豪门，也不辱莫了你。一来风花雪月，趁著年少受用，二来作成妈儿起个家事，三来使自己也积趱些私房，免得日后求人。过了十年五载，遇个知心著意的，说得来，话得著，那时老身与你做媒，好模好样的嫁去，做娘的也放得你下了，可不两得其便?"美娘听说，微笑而不言。刘四妈已知美娘心中活动了，便道："老身句句是好话，你依著老身的话时，后来还当感激我哩。"说罢起身。王九妈立在楼门之外，一句句都听得的。美娘送刘四妈出房门，劈面撞著了九妈，满面羞惭，缩身进去。王九妈随著刘四妈，再到前楼坐下。刘四妈道："侄女十分执意，被老身右说左说，一块硬铁看看熔做热汁。你如今快快寻个复帐的主儿[14]，他必然肯就。那时做妹子的再来贺喜。"王九妈连连称谢。是日备饭相待，尽醉而别。后来西湖上子弟们又有支，单说那刘四妈说词一节：

刘四妈，你的嘴舌儿好不利害！便是女随何，雌陆贾，不信有这大才。说著长，道著短，全没些破败。就是醉梦中，被你说得醒；就是聪明的，被你说得呆，好个烈性的姑姑，也被你说得他心地改。

再说王美娘自听了刘四妈一席话儿，思之有理。以后有客求见，欣然相接。复帐之后，宾客如市。挜三顶五，不得空闲，声价愈重。每一晚白银十两，兀自你争我夺。王九妈赚了若干钱钞，欢喜无限。美娘也留心畏拣个知心著意的，急切难得。正是：

易求无价宝，难得有情郎。

话分两头。却说临安城清波门外，有个开油店的朱十老，三年前过继一个小厮，也是汴京逃难来的，姓秦名重，母亲早丧，父亲秦良，十三岁上将他卖了，自己在上天竺去做香火。朱十老因年老无嗣，又新死了妈妈[15]，把秦重做亲子看成，改名朱重，在店中学做卖油生理。初时父子坐店甚好，后因十老得了腰痛的病，十眠九坐，劳碌不得，另招个伙计，叫做邢权，在店相帮。

光阴似箭，不觉四年有余。朱重长成一十七岁，生得一表人才。虽然已冠，尚未娶妻。那朱十老家有个侍女。叫做兰花，年已二十之外，存心看上了朱小官人，几遍的倒下钩子去勾搭他。谁知朱重是个老实人，又且兰花龌龊丑陋，朱重也看不上眼，以此落花有意，流水无情。那兰花见勾搭朱小辟人不上，别寻主顾，就去勾搭那伙计邢权。邢权是望四之人，没有老婆，一拍就上。两个暗地偷情，不止一次，反怪朱小辟人碍眼，思量寻事赶他出门。邢权与兰花两个里应外合，使心设计。兰花便在朱十老面前，假意撇清[16]说;"小官人几番调戏，好不老实！"朱十老平时与兰花也有一手，未免有拈酸之意。邢权又将店中卖下的银子藏过，在朱十老面前说道："朱小官在外赌博，不长进，柜里银子几次短少，都是他偷去了。"初次朱十老还不信，接连几次，朱十老年老糊涂，没有主意，就唤朱重过来，责骂了一常朱重是个聪明的孩子，已知邢权与兰花的计较，欲待分辨，若起是非不小，万一老者不听，枉做恶人。心生一计，对朱十老说道："店中生意淡薄，不消得二人。如今让邢主管坐店，孩儿情愿挑担子出去卖油。卖得多少，每日纳还，可不是两重生意？"朱十老心下也有许可之意，又被邢权说道："他不是要挑担出去，几年上偷银子做私房，身边积趱有余了，又怪你不与他定亲，心下怨怅，不愿在此相帮，要讨个出场，自去娶老婆，做人家去。"朱十老叹口气道："我把他做亲儿看成，他却如此歹意！皇天不佑！罢，罢，不是自身骨血，到底黏连不上，繇去罢！"遂将三两银子把与朱重，打发出门。寒夏衣服和被窝都教他拿去。这也是朱十老好处。朱重料他不肯收留，拜了四拜，大哭而别。正是：

> 孝己杀身因谤语，申生丧命为谗言。
>
> 亲生儿子犹如此，何怪螟蛉受枉冤。

原来秦良上天竺做香火，不曾对儿子说知。朱重出了朱十老之门，在众安桥下赁了一间小小房儿，放下被窝等件，买巨镇儿镇了门，便往长街短巷，访求父亲。连走几日，全没消息。没奈何，只得放下。在朱十老家四年，赤心忠良，并无一毫私蓄，只有临行时打发这三两银子，不够本钱，做什么生意好？左思右量，只有油行买卖是热闹。这些油坊多曾与他识熟，还去挑个卖油担子，是个稳足的道路。当下置办了油担家伙，剩下的银两，都交付与油坊取油。那油坊里认得朱小官是个老实好人，况且小小年纪，当初坐店，今朝挑担上街，都因邢伙计挑拨他出来，心中甚是不平。有心扶持他，只拣窨清[17]的上好净油与他，签子上又明让他些。朱重得了这些便宜，自己转卖与人，也放些宽，所以他的油比别人分外容易出脱。每日所赚的利息，又且俭吃俭用，积下东西来，置办些日用家业，及身上衣服之类，并无妄废。心中只有一件事未了，牵挂着父亲，思想："向来叫做朱重，谁知我是姓秦！倘或父亲来寻访之时，也没个因由。"遂复姓为秦。说话的，假如上一等人，有前程的，要复本姓，或具札子奏过朝廷，或关白礼部、太学、国学等衙门，将册籍改正，众所共知。一个卖油的，复姓之时，谁人晓得？他有个道理，把盛油的桶儿，一面大大写个"秦"字，一面写"汴梁"二字，将油桶做个标识，使人一览而知。以此临安市上，晓得他本姓，都呼他为秦卖油。

时值二月天气，不暖不寒，秦重闻知昭庆寺僧人，要起个九昼夜功德[18]，用油必多，遂挑了油担来寺中卖油。那些和尚们也闻知秦卖油之名，他的油比别人又好又贱，单单作成他。所以一连这九日，秦重只在昭庆寺走动。正是：

刻薄不钱，忠厚不折本。

这一日是第九日了。秦重在寺出脱了油，挑了空担出寺。其日天气晴明，游人如蚁。秦重绕河而行，遥望十景塘桃红柳绿，湖内画船箫鼓，往来游玩，观之不足，玩之有余。走了一回，身子困倦，转到昭庆寺右边，望个宽处，将担子放下，坐在一块石上歇脚。近侧有个人家，面湖而住，金漆篱门，里面朱栏内，一丛细竹。未知堂室何如，先见门庭清整。只见里面三四个戴巾的从内而出，一个女娘后面相送。到了门首，两下把手一拱，说声请了，那女娘竟进去了。秦重定睛观之，此女容频娇丽，体态轻盈，目所未睹，准准的呆了半晌，身子都酥麻了。他原是个老实小郎，不知有烟花行径，心中疑惑，正不知是什么人家。方正疑思之际，只见门内又走出个中年的妈妈，同著一个垂发的丫头，倚门闲看。那妈妈一眼瞧著油担，便道："阿呀！，方才要去买油，正好有油担子在这里，何不与他买些？"那丫鬟取了油瓶也来，走到油担子边，叫声："卖油的！"秦重方才知觉，回言道："没有油了！妈妈要用油时，明日送来。"那丫鬟也认得几个字，看见油桶上写个"秦"字，就对妈妈道："那卖油的姓秦。"妈妈也听得人闲讲，有个秦卖油，做生意甚是忠厚，遂吩咐秦重道："我家每日要油用，你肯挑来时，与你个主顾。"秦重道："承妈妈作成，不敢有误。"那妈妈与丫鬟进去了。秦重心中想道："这妈妈不知是那女娘的甚么人？我每日到他家卖油，莫说赚他利息，图个饱看那女良一回，也是前生福分。"正欲挑担起身，只见两个轿夫，抬著一顶青绢幔的轿子，后边跟著两小厮，飞也似跑来，到了其家门首，歇下轿子。那小厮走进里面去了。秦重道："却又作怪！看他接甚么人？"少顷之间，只见两个丫鬟，一个捧著猩红的毡包，一个拿著湘妃竹攒花的拜匣，都交付与轿夫，放在轿座之下。那两个小厮手中，一个抱著琴囊，一个捧著几个手卷，腕上挂碧玉箫一枝，跟著起初的女娘出来。女娘上了轿，轿夫抬起望旧路而去；丫鬟小厮，俱随轿步行。秦重又得亲炙一番，心中愈加疑惑，挑了油担子，怏怏的去。

不过几步，只见临河有一个酒馆。秦重每常不吃酒，今日见了这女娘，心下又欢喜，又气闷；将担子放下，走进酒馆，拣个小座头坐下。酒保问道："客人还是请客，还是独酌？"秦重道："那边金漆篱门内是什么人家？"酒保道："这是齐衙内的花园，如今王九妈住下。"秦重道："方才看见有个小娘子上轿，是什么人？"酒保道："这是有名的粉头，叫做王美娘，人都称为花魁娘子。他原是汴京人，流落在此。吹弹歌舞，琴棋书画，件件皆精。来往的都是大头儿，要十两放光，才宿一夜哩，可知小可的也近他不得。当初住在涌金门外，因楼房狭窄，齐舍人与他相厚，半载之前，把这花园借与他祝"秦重听得说是汴京人，触了个乡里之念，心中更有一倍光景。吃了数杯，还了酒钱，挑了担子，一路走，一路的肚中打稿道："世间有这样美貌的女子，落于娼家，岂不可惜！"又自家暗笑道："若不落于娼家，我卖油的怎生得见！"又想一回，越发痴起来了，道："人生一世，草生一秋。若得这等美人搂抱了睡一夜，死也甘心。"又想一回道："呸！我终日挑这油担子，不过日进分文，怎么想这等非分之事！正是癞虾蟆想著天鹅肉吃，如何到口！"又想一回道："他相交的，都是公子王孙，我卖油的，纵有了银子，料他也不肯接我。"又想一回道："我闻得做老鸨的，专要钱钞。就是个乞儿，有了银子，他也就肯接了，何况我做生意的，青青白白之人？若有了银子，怕他不接！只是哪里来这几两银子？"一路上胡思乱想，自言自语。你道天地间有这等痴人，一个小经纪的，本钱只有三两，却要把十两银子去嫖那名妓，可不是个春梦！自古道："有志者事竟成。"被他千思万想，想出一个计策来。他道："从明日为始，逐日将本钱扣出，余下的积趱上去。一日积得一分，一年也有三两六钱之数，只消三年，这事便成了；若一日积得二分，只消得得年半；若再多得些，一年也差不多了。"想来想去，不觉走到家里，开锁进门。只因一路上想著许多闲事，回来看了自家的睡铺，惨然无欢，连夜饭也不要吃，便上了床。这一夜翻来覆去，牵币著美人，哪里睡得著。

只因月貌花容，引起心猿意马。

捱到天明，爬起来，就装了油担，煮早饭吃了，匆匆挑了王妈妈家去。进了门却不敢直入，舒著头，往里面张望，王妈妈恰才买菜。秦重识得声音，叫声："王妈妈。"九妈往外一张，见是秦卖油，笑道："好忠厚人，困然不失信。"便叫他挑担进，来称了一瓶，约有五斤多重。鲍道还钱，秦重并不争论。王九妈甚是欢喜，道："这瓶油只勾我家两日用；但隔一日，你便送来，我不往别处去买了。"秦重应诺，挑担而出，只恨不曾遇见花魁娘子："且喜扳下主顾，少不得一次不见，二次见，二次不见，二次见。只是一件，特为王九妈一家挑这许多路来，不是做生意的勾当。这昭庆寺是顺路，今日寺中虽然不做功德，难道寻常不用油？我且挑担去问他。若扳得各房头做个主顾，只消走钱塘门这一路，那一担油尽贝出脱了。"秦重挑担到寺内问时，原来各房和尚也正想著秦卖油。来得正好，多少不等，各各买他的油。秦重与各房约定，也是间一日便送油来用。这一日是个双日。自此日为始，但是单日，秦重别街道上做买卖；但是双日，就走钱塘门这一路。一出钱塘门，先到王九妈家里，以卖油为名，去看花魁娘子。有一日会见，也有一日不会见。不见时费了一场思想，便见时也只添了一层思想。正是：

> 天长地久有时尽，此恨此情无尽期。

再说秦重到了王九妈家多次，家中大大小小，没一个不认得是秦卖油。时光迅速，不觉一年有余。日大日小，只拣足色细丝，或积三分，或积二分，再少也积下一分，凑得几钱，又打换大块头。日积月累，有了一大包银子，零星凑集，连自己也不知多少。

其日是单日，又值大雨，秦重不出去做买卖，积了这一大包银子，心中也自喜欢："趁今日空闲，我把他上一上天平，见个数目。"打个油伞，走到对门倾银铺里，借天平兑银。那银匠好不轻薄，想著："卖油的多少银子，要架天平？只把个五两头等子与他，还怕用不著头纽哩。"秦重把银包子解开，都是散碎银两。大凡成锭的见少，散碎的就见多。银匠是小辈，眼孔极浅，见了许多银子，别是一番面目，想道："人不可貌相，海水不可斗量。"慌忙架起天平，搬出若大若小许多法马。秦重尽包而兑，一厘不多，一厘不少，刚刚一十六两之数，上秤便是一斤。秦重心下想道："除去了三两本钱，余下的做一夜花柳之费，还是有余。"又想道："这样散碎银子，怎好出手！拿出来也被人看低了！见成倾银店中方便，何不倾成锭儿，还觉冠冕。"当下兑足十两，倾成一个足色大锭，再把一两八钱，倾成水丝一小锭。剩下四两二钱之数，拈一小块，还了火钱，又将几钱银子，置下镶鞋净袜，新褙了一顶万字头巾。回到家中，把衣服浆洗得乾乾净净，买几根安息香，薰了又薰。拣个晴明好日，侵早打扮起来。

> 虽非富贵豪华客，也是风流好后生。

秦重打扮得齐齐整整，取银两藏于袖中，把房门锁了，一迳望王九妈家而来。那一时好不高兴。及至到了门首，愧心复萌，想道："时常挑了担子在他家卖油，今日忽地去做嫖客，如何开口？"正在踌躇之际，只听得呀的一声门响，王九妈走将出来，见了秦重，便道："秦小辟今日怎的不做生意，打扮得恁般济楚，往哪里去贵干？"

事到其间，秦重只得老著脸，上前作揖。妈妈也不免还礼。秦重道："小可并无别事，专来拜望妈妈。"那鸨儿是老积年[19]，见貌辨色，见秦重恁般装束，又说拜望，"一定是看上了我家哪个丫头，要嫖一夜，或是会一个房。虽然不是个大势主菩萨，搭在篮里便是菜，捉在篮里便是蟹，赚他钱把银子买葱菜，也是好的。"便满脸堆下笑来，道："秦小官拜望老身，必有好处。"秦重道："小可有句不识进退的言语，只是不好启齿。"王九妈道："但说何妨，且请到里面客座里细讲。"秦重为卖油虽曾到王家准百次，这客座里交椅，还不曾与他屁股做个相识，今日是个会面之始。

王九妈到了客座，不免分宾而，向着内里唤茶。少顷，丫鬟托出茶来，看时，却是秦卖油。正不知什么缘故，妈妈恁般相待，格格低了头只是笑。王九妈看见，喝道："有甚好笑！对客全没些规矩！"丫鬟止住笑，放了茶杯自去。王九妈方才开言问道："秦小官有甚话，要对老身说？"秦重道："没有别话，要在妈妈宅上请一位姐姐吃一杯酒儿。"九妈道："难道吃寡酒？一定要嫖了。你是个老实人，几时动这风流之兴？"秦重道："小可的积诚，也非止一日。"九妈道："我家这几个姐姐，都是你认得的，不知你中意哪一位？"秦重道："别个都不要，单单要与花魁娘子相处一宵。"九妈只道取笑他，就变了脸道："你出言无度！莫非奚落老娘么？"秦重道："小可是个老实人，岂有虚情？"九妈道："粪桶也有两个耳朵，你岂不晓得我家美儿的身价！倒了你卖油的灶，还不够半夜歇钱哩，不如将就拣一个适兴罢。"秦重把颈一缩，舌头一伸，道："恁的好卖弄！不敢动问，你家花魁娘子一夜歇钱要几千两？"九妈见他说要话，却又回嗔作喜，带笑而言道："哪要许多！只要得十两敲丝。其他东道杂费，不在其内。"秦重道："原来如此，不为大事。"袖中摸出这秃秃里一大锭放光细丝银子，递与鸨儿道："这一锭十两重，足色足数，请妈妈收。"又摸出一小锭来，也递与鸨儿，又道："这一小锭，重有二两，相烦备个小东。望妈妈成就小可这件好事，生死不忘，日后再有孝顺。"九妈见了这锭大银，已自不忍释手，又恐怕一时高兴，日后没了本钱，心中懊悔，也要尽他一句才好。"便道："这十两银子，做经纪的人，积攒不易，还要三思而行。"秦重道："小可主意已定，不要你老人家费心。"

九妈把这两锭银子收于袖中，道："是便是了，还有许多烦难哩。"秦重道："妈妈是一家之主，有甚烦难？"九妈道："我家美儿，往来的都是王孙公子，富室豪家，真个是'谈笑有鸿儒，往来无白动。他岂不认得你是做经纪的秦小辟，如何肯接你？"秦重道："但凭妈妈怎的委曲宛转，成全其事，大恩不敢有忘！"九妈见他十分坚心，眉头一皱，计上心来，扯开笑口道："老身已替你排下计策，只看你缘法如何。做得成，不要喜；做不成，不要怪。美儿昨日在李学士家陪酒，还未曾回；今日是黄衙内约下游湖；明日是张山人一班清客，邀他做诗社；后日是韩尚书的公子，数日前送下东道在这里。你且到大后日来看。还有句话，这几日你且不要来我家卖油，预先留下个体面。又有句话，你穿吸一身的布衣布裳，不像个上等嫖客，再来时，换件绸缎衣服，教这些丫鬟们认不出你是秦小辟。老娘也好与你装谎。"秦重道："小可——理会得。"说罢，作别出门，且歇这三日生理，不去卖油，到典铺里买了一件见成半新半旧的绸衣，穿在身上，到街坊闲走，演习斯文模样。正是：

未识花院行藏，先习孔门规矩。丢过那三日不题。到第四日，起个清早，便到王九妈家去。去得太早，门还未开，意欲转一转再来。这番装扮希奇，不敢到昭庆寺去，死怕和尚们批点，且十景塘散步。良久又踅转去，王九妈家门已开了。那门前却安顿得有轿马，门内有许多仆从，在那里闲坐。秦重虽然老实，心下到也乖巧，且不进门，悄悄的招那马夫问道："这轿马是谁家的？"马夫道："韩府里来接公子的。"秦重已知韩公子夜来留宿，此持还未曾别，重复转身，到一个饭店之中，吃了些见成茶饭，又坐了一回，方才到王家探信。

只见门前轿马已自去了。进得门时，王九妈迎著，便道："老身得罪，今日又不得工夫了。恰才韩公子拉去东庄赏早梅。他是个长嫖，老身不好违拗。闻得说来日还要到灵隐寺，访个棋师赌棋哩。齐衙内又来约著两三次了。这是我家房主，又是辞不得的。他来时，或三日五日的住了去，连老身也定不得个日子。秦小辟，你真个要嫖，只索耐心再等几日。不然，前日的尊赐，分毫不动，要便奉还。"秦重道："只怕妈妈不作成。若还迟，终无失，就是一万年，小可也情愿等著。"九妈道："恁地时，老身便好张主！"秦重作别，方欲起身，九妈又道："秦小辟人，老身还有句话。你下次若来讨信，不要早了。约莫申牌时分，有各没客，老身把个实信与你。倒是越晏些越好。这是老身的妙用，你休错怪。"秦重连声道："不敢，不敢！"这一日秦重不曾做买卖。次日，整理油担，挑往别处去生理，不走钱塘门一路。每日生意做完，傍晚时分就打扮齐整，到王九妈家探信，只是不得功夫。又空走了一月有余。那一日是十二月十五，大雪方霁，西风过后，积雪成冰，好不寒冷，却喜地下乾燥。秦重做了大半日买卖，如前妆扮，又去探信。王九妈笑容可掬，迎著道："今日你造化，已是九分九厘了。"秦重道："这一厘是欠著甚么？"九妈道："这一厘么？正主儿还不在家。"秦重道："可回来么？"九妈道："今日是俞太尉家赏雪，筵席就备在湖船之内。俞太尉是七十岁的老人家，风月之事，已是是没份。原说过黄昏送来。你且到新人房里，吃杯烫风酒，慢慢的等他。"秦重道："烦妈妈引路。"王九妈引著秦重，弯弯曲曲，走过许多房头，到一个所在，不是楼房，却是个平屋三间，甚是高爽。左一间是丫鬟的空房，一般有床榻桌椅之类，却是备官铺的；右一间是花魁娘子卧室，锁著在那里。两旁又有耳房。中间客座上面，挂一幅名人山水，香几上博山古铜炉，烧著龙涎香饼，两旁书桌，摆设些古玩，壁上贴许多诗稿。秦重愧非文人，不敢细看。心下想道："外房如此整齐，内室铺陈，必然华丽。今夜尽我受用，十两一夜，也不为多。"九妈让秦小辟坐于客位，自己主位相陪。少顷之间，丫鬟掌灯过来，抬下一张八仙桌儿，六碗时新果子，一架攒盒佳肴美酝，未曾到口，香气扑人。九妈执盏相劝道："今日众小女都有客，老身只得自陪，请开怀畅饮几杯。"秦重酒量本不高，况兼正事在心，只吃半杯。吃了一会，便推不饮。九妈道："秦小官想饿了，且用些饭再吃酒。"丫鬟捧著雪花白米饭，一吃一添，放于秦重面前，就是一盏杂和汤。鸨儿量高，不用饭，以酒相陪。秦重吃了一碗，就放箸。九妈道："夜长哩，再请些。"秦重又添了半碗。丫鬟提个行灯来说："浴汤热了，请客官洗浴"秦重原是洗过澡来的，不敢推托，只得又到浴堂，肥皂香汤，洗了一遍，重复穿衣入坐。九妈命撤去肴盒，用暖锅下酒。此时黄昏已晚，昭庆寺里的钟都撞过了，美娘尚未回来。

　　　　玉人何处贪欢耍？等得情郎望眼穿！

　　常言道："等人心急。"秦重不见婊子回家，好生气闷。却被鸨儿夹七夹八，说些风话劝酒，不觉又过了一更天气。只听外面热闹闹的，却是花魁娘子回家，丫鬟先来报了。九妈连忙起身出迎，秦重也离坐而立。只见美娘吃得大醉，侍女扶将进来，到于门首，醉眼蒙眬。看见房中灯烛辉煌，杯盘狼藉，立住脚问道："谁在这里吃酒？"九娘道："我儿，便是我向日与你说的那秦小官人。他心中慕你，多时的送过礼来。因你不得工夫，担搁他一月有余了。你今日幸而得空，做娘的留他在此伴你。"美娘道："临安郡中，并不闻说起有甚么秦小官人，我不去接他。"转身便走。九妈双手托开，即忙拦住道："他是个至诚好人，娘不误你。"美娘只得转身，才跨进房门，抬头一看那人，有些面善，一时醉了，急切叫不出来，便道："娘，这个人我认得他的，不是有名称的子弟，接了他，被人笑话。"九妈道："我儿，这是涌金门内开缎铺的秦小官人。当初我们住在涌金门时，想你也曾会过，故此面善。你莫识认错了。做娘的见他来意志诚，一时许了他，不好失信。你看做娘的面上，胡乱留他一晚。做娘的晓得不是了，明日却与你陪礼。"一头说，一头推著美娘的肩头向前。美娘拗妈妈不过，只得进房相见。正是：

　　　　千般难出虔婆口，万般难脱虔婆手。

　　　　饶君纵有万千般，不如跟著虔婆走。

　　这些言语，秦重一句句都听得，佯为不闻。美娘万福过了，坐于侧首，仔细看着秦重，好生疑惑，心里甚是不悦，嘿嘿无言。唤丫鬟将热酒来，斟著大锺。鸨儿只道他敬客，却自家一饮而荆九妈道："我儿醉了，少吃些么！"美儿那里依他，答应道："我不醉！"一连吃上十来杯。这是酒后之酒，醉中之醉，自觉立脚不祝唤丫鬟开了卧房，点上银，也不卸头，也不解带，漫脱了芭?，和衣上床，倒身而卧。鸨儿见女儿如此做作，甚不过意，对秦重道："小女平日惯了，他专会使性。今日他心中不知为甚么有些不自在，却不干你事，休得见怪！"秦重道："小可岂敢！"鸨儿又劝了秦重几杯酒，秦重再三告止。鸨儿送入房，向耳傍吩咐道："那人醉了，放温存些。"又叫道："我儿起来，脱了衣服，好好的睡。"美娘已在梦中，全不答应。鸨身只得去了。

丫鬟收拾了杯盘之类，抹了桌子，叫声："秦小辟人，安置罢。"秦重道："有热茶要一壶。"丫鬟泡了一壶浓茶，送进房里，带转房门，自去耳房中安歇。秦重看美娘时，面对里床，睡得正熟，把锦被压于身下。秦重想酒醉之人，必然怕冷，又不敢惊醒他。忽见栏杆上又放著一床大红丝的锦被，轻轻的取下，盖在美娘身上，把银灯挑得亮亮的，取了这壶热茶，脱鞋上床，捱在美娘身边，左手抱著茶壶在怀，右手搭在美娘身上，眼也不敢闭一闭。正是：

> 未曾握雨携云，也算偎香倚玉。

却说美娘睡到半夜，醒将转来，自觉酒力不胜，胸中似有满溢之状。爬起来，坐在被窝中，垂著头，只管打乾哕[20]。秦重慌忙也坐起来，知他要吐，放下茶壶，用抚摩其背。良久，美娘喉间忍不住了，说时迟，那时快，美娘放开喉咙便吐。秦重怕污了被窝，把自己的道袍袖子张开，罩在他嘴上。美娘不知所以，尽情一呕，呕毕，还闭著眼，讨茶嗽口。秦重下床，将道袍轻轻脱下，放在地平之上；摸茶壶还是暖的，斟上一瓯香喷喷的浓茶，递与美娘。美娘连吃了二碗，胸中虽然略觉豪燥，身子兀自倦怠，仍旧倒下，向里睡去了。秦重脱下道袍，将吐下一袖的腌，重重里著，放于床侧，依然上床，拥抱似初。

美娘那一觉直睡到天明方醒，覆身转来，见傍边睡著一人，问道："你是哪个？"秦重答道："小可姓秦。"美娘想起夜来之事，恍恍惚惚，不甚记得真了，便道："我夜来好醉！"秦重道："也不甚醉。"又问："可曾什么？"秦重道："不曾。"美娘道："这样还好。"又想一想道："我记得曾吐过的，又记得曾吃过茶来，难道做梦不成？"秦重方才说道："是曾吐来。小可见小娘子多了杯酒，也防著要吐，把茶壶暖在怀里。小娘子果然仕后讨茶，小可斟上，蒙小娘子不，饮了两瓯。"美娘大惊道："脏巴巴的，吐在哪里？"秦重道："恐怕小娘子污了被褥，是小可把袖子盛了。"美娘道："如今在哪里？"秦重道："连衣服里著，藏过在那里。"美娘道："可惜坏了你一件衣服。"秦重道："这是小可的衣服，有幸得沾小娘子的余沥[21]。"美娘听说，心下想道："有这般识趣的人！"心里已有四五分欢喜了。

此时天色大明，美娘起身，下床小解，看著秦重，猛然想起是秦卖油，遂问道："你实对我说，是甚么样人？为何昨夜在此？"秦重道："承花魁娘子下问，小子怎敢妄言。小可实是常来宅上卖油的秦重。"遂将初次看见送客，又看见上轿，心下想慕之极，及积趱嫖钱之事，备细述了一遍，"夜来得亲近小娘子一夜，三生有幸，心满意足。"美娘听说，愈加可怜，道："我昨夜酒醉，不曾招接得你。你乾折了多少银子，莫不懊悔？"秦重道："小娘子天上神仙，小可惟恐伏侍不周，但不见责，已为万幸，况敢有非意之望！"美娘道："你做经纪的人，积下些银两，何不留下养家？此地不你来往的。"秦重道："小可单只一身，并无妻校"美娘顿了一顿，便道："你今日去了，他日还来么？"秦重道："只这昨宵相亲一夜，已慰生平，岂敢又作痴想！"美娘想道："难得这好人，又忠厚，又老实，又且知情识趣，隐恶扬，千百中难遇此一人。可惜是市井之辈，若是衣冠子弟，情愿委身事之。"

正在沉吟之际，丫鬟捧洗脸水进来，又是两碗姜汤。秦重洗了脸，因夜来未曾脱帻，不用梳头，呷了几口姜汤，便要告别。美娘道："少住不妨，还有话说。"秦重道："小可仰慕花魁娘子，在傍多站一刻，也是好的。但为人岂不自揣！夜来在此，实是大胆，惟恐他人知道，有玷芳名，还是早些去了安稳。"美娘点了一点头，打发丫鬟出房，忙忙的开了减妆，取出二十两银子，送与秦重道："昨夜难为你，这银两奉为资本，莫对人说。"秦重哪里肯受。美娘道："我的银子，来路容易。这些须酬你一宵之情，休得固逊。若本钱缺少，异日还有助你之处。那件污秽的衣服，我叫丫鬟湔洗乾净了还你罢[22]。"秦重道："粗衣不烦小娘子费心，小可自会湔洗。只是领赐不当。"美娘道："说哪里话！"将银子掴在秦重袖内，推他转身。秦重料难推却，只得受了，深深作揖，卷了脱下这件醃臜道袍，走出房门，打从鸨儿房前经过，鸨儿看见，叫声："妈妈！秦小官去了。"王九妈正在净桶上解手，口中叫道："秦小官，如何去得恁早？"秦重道："有些贱事，改日特来称谢。"

来说秦重去了，且说美娘与秦重虽然没点相干，见他一片诚心，去后好不过意。这一日因害酒，辞了客在家将息。千个万个孤老都不想，倒把秦重整整的想一日。有诗为证：

俏冤家，须不是串花家的子弟，你是个做经纪本分人儿，哪匡你会温存，能软款，知心知意。料你不是个使性的，料你不是个薄情的。几番待放下思量也，又不觉思量起。

话分两头，再说邢权在朱十老家，与兰花情热，见朱十老病废在床，全无顾忌。十老发作了几场，两个商量出一条计策来，俟夜静更深，将店中资本席卷，双双的逃之夭夭，不知去向。次日天明，十老方知。央及邻里，出了个失单，寻访数日，并无动静，深悔当日不合为邢权所惑，逐了朱重。如今日久见人心，闻知朱重赁居众安桥下，挑挑担卖油，不如仍旧收拾他回来，老死有有靠，只怕他记恨在心。教邻舍好生劝他回家，但记好，莫记恶。秦重一闻此言，即日收拾了家伙，搬回十老家里。相见之间，痛哭了一常十老将所存囊橐，尽数交付秦重。秦重自家又有二十余两本钱，重整店面，坐柜卖油。因在朱家，仍称朱重，不用秦字。不上一月，十老病重，医治不痊，呜呼哀哉。朱重捶胸大恸，如亲父一般，殡殓成服，七七做了些好事。朱家祖坟在清波门外，朱重举丧安葬，事事成礼。邻里皆称其厚德。事定之后，仍先开店。原来这油铺是个老店，从来生意原好；却被邢权刻剥存私，将主顾弄断了多少。今见朱小辟在店，谁家不来作成？所以生理比前越盛。朱重单身独自，急切要寻个老成帮手。有个惯做中人的，叫做金中，忽一日引著一个五十余岁的人来。原来那人正是莘善，在汴梁城外安乐村居祝因那年避乱南奔，被官兵冲散了女儿瑶琴，夫妻两口，凄凄惶惶，东逃西窜，胡乱的过了几年。今日闻临安兴旺，南渡人民，大半安插在彼，诚恐女儿流落此地，特来寻访，又没消息。身边盘缠用尽，欠了饭钱，被饭店中终日赶逐，无可奈何，偶然听见金中说起朱家油铺，要寻个卖油帮手。自己曾开过六陈铺子，卖油之事，都则在行。况朱小辟原是汴京人，又是乡里。笔此央金中引荐到来。朱重问了备细，乡人见乡人，不觉感伤。"既然没处没奔，你老夫妻两口，只住在我身边，只当个乡亲相处，慢慢的访著令爱消息，再作区处。"当下取两贯钱把与莘善，去还了饭钱，连浑家阮氏也领将来，与朱重相见了，收拾一间空房，安顿他老夫妇在内。两口儿也尽心竭力，内外相帮。朱重甚是欢喜。扁阴似箭，不觉一年有余。多有人见朱小辟年长未娶，家道又好，做人又志诚，情愿白白把女儿送他为妻。朱重因见了花魁娘子，十分容貌，等闲的不看在眼，立心要访求个出色的女子，方才肯成亲。以此日复一日，担搁下去。正是：

　　　　曾观沧海难为水，除却巫山不是云。

再说王美娘在九妈家，盛名之下，朝欢暮乐真个口厌肥甘，身嫌锦绣。虽然如此，每遇不如意之处，或是子弟们任情使性，吃醋跳槽[23]，或自己病中醉后，半夜三更，没人疼热，就想起秦小官人的好处来，只恨无缘再会。也是桃花运尽，合当变更，一年之后，生出一段事端来。

却说临安城中，有个吴八公子，父亲吴岳，见为福州大守。这吴八公子，打从父亲任上回来，广有金银，平昔间也喜赌钱吃酒，三瓦两舍走动[24]。闻得花魁娘子之名，未曾识面，屡屡遣人来约，欲要嫖他。王美娘闻他气质不好，不愿相接，托故推辞，非止一次。那吴八公子也曾和著闲汉们亲到王九妈家几番，都不曾会。其时清明节届，家家扫墓，处处踏青，美娘因连日游春困倦，且是积下许多诗画之债，未曾完得，吩咐家中："一应客来，都与我辞去。"闭了房门，焚起一炉好香，摆设文房四宝，方欲举笔，只听得外面沸腾，却是吴八公子，领著十余个狼仆，来接美娘游湖。因见鸨儿每次回他，在中堂行凶，打家打伙，直闹到美娘房前，只见房门锁闭。原来妓家有个回客法儿，小娘躲在房内，却把房门反锁，支吾客人，只推不在。那老实的就被他哄过了。吴公子是惯家，这些套子，怎地瞒得？吩咐家人扭断了锁，把房门一脚踢开。美娘躲身不迭，被公子看见，不由分说，教两个家人，左右牵手，从房内直拖出房外来，口中兀自乱嚷乱骂。王九妈欲待上前陪礼解劝，看见势头不好，只得闪过。家中大小，躲得没半个影儿。

吴家狼仆牵著美娘，出了王家大门，不管他弓鞋窄小，望街上飞跑；八公子在后，扬扬得意。直到西湖口，将美娘送下了湖船，方才放手。美娘十二岁到王家，锦绣中养成，珍宝般供养，何曾受恁般凌贱。下了船，对著船头，掩面大哭。吴八公子见了，放下面皮，气忿忿的像关云长单刀赴会，一把交椅，朝外而坐，狼仆侍立于傍。面吩咐开船，一面数一数二的发作一个不住："小贱人，小娼根，不受人抬举！再哭时，就讨打了！"美娘哪里怕他，哭之不已。船至湖心亭，吴八公子吩咐摆盒在亭子内，自己先上去了，却吩咐家人："叫那小贱人来陪酒。"美娘抱住了栏杆，哪里肯去？只是嚎哭。吴八公子也觉没兴，自己吃了几杯淡酒，收拾下船，自来扯美娘。美娘双脚乱跳，哭声愈高。八公子大怒，教狼仆拔去簪珥。美娘蓬著头，跑到船头上，就要投水，被家童们扶祝鲍子道："你撒赖便怕你不成！就是死了，也只费得我几两银子，不为大事。只是送你一条性命，也是罪过。你住了啼哭时，我就放回去，不难为你。"美听说放他回去，真个住了哭。八公子吩咐移船到清波门外僻静之处，将美娘琶？脱下，去其里脚，露出一对金莲，如两条玉钬相似。教狼仆扶他上岸，骂道："小贱人！你有本事，自走回家，我却没人相送。"说罢，一篙子撑开，再向湖中而去。正是：

　　焚琴煮鹤从来有[25]，惜玉怜香几个知！

　　美娘赤了脚，寸步难行，思想："自己才貌两全，只为落于风尘，受此轻贱。平昔枉自结识许多王孙贵客，急切用他不著，受了这般凌辱。就是回去，如何做人？到不如一死为高。只是死得没些名目，枉自享个盛名，到此地位，看著村庄妇人，也胜我十二分。这都是刘四妈这个嘴，哄我落坑堕堑，致有今日！自古红颜薄命，亦未必如我之甚！"越思越苦，放声大哭。

　　事有偶然，却好朱重那日到清波门外朱十老的坟上，祭扫过了，打发祭物下船，自己步回，从此经过。闻得哭声，上前看时，虽然蓬头垢面，那玉貌花容，从来无两，如何不认得！吃了一惊，道："花魁娘子，如何这般模样？"美娘哀哭之际，听得声音厮熟，止啼而看，原来正是知情识趣的秦小官。美娘当此之际，如见亲人，不觉倾心吐胆，告诉他一番。朱重心中十分疼痛，亦为之流泪。袖中带得有白绫汗巾一条，约有五尺多长，取出劈半扯开，奉与美娘裹脚，亲手与他拭泪。又与他挽起青丝，再三把好言宽解。等待美娘哭定，忙去唤个暖轿[26]，请美娘坐了，自己步送，直到王九妈家。

　　九妈不得女儿消息，在四处打探，慌迫之际，见秦小官送女儿回来，分明送一颗夜明珠还他，如何不喜！况且鸨儿一向不见秦重挑油上门，多曾听得人说，他承受了朱家的店业，手头活动，体面又比前不同，自然刮目相待。又见女儿这等模样，问其缘故，已知女儿吃了大苦，全亏了秦小官。深深拜谢，设酒相待。日已向晚，秦重略饮数杯，起身作别。美娘如何肯放，道："我一向有心于你，恨不得你见面，今日定然不放你空去。"鸨儿也来扳留。秦重喜出望外。是夜，美娘吹弹歌舞，曲尽生平之技，奉承秦重。秦重如做了一个游仙好梦，喜得魄荡魂消，手舞足蹈。夜深酒阑，二人相挽就寝。美娘道："我有句心腹之言与你说，你休得推托！"秦重道："小娘子若用得着小可时，就赴汤蹈火，亦所不辞，岂有推托之理？"美娘道："我要嫁你。"秦重笑道："小娘子就嫁一万个，也还数不到小可头上，休得取笑，枉自折了小可的食料。"美娘道："这话实是真心，怎说取笑二字！我自十四岁被妈妈灌醉，梳弄过了。此时便要从良，只为未曾相处得人，不辨好歹，恐误了终身大事。以后相处的虽多，都是豪华之辈，酒色之徒。但知买笑追欢的乐意，哪有怜香惜玉的真心。看来看去，只有你是个志诚君子，浑踏你尚未娶亲。若不嫌我烟花贱质，情愿举案齐眉，白头奉侍。你若不允之时，我就将三尺白罗，死于君前，振白我一片诚心，也强如昨日死于村郎之手，没名没目，惹人笑话。"说罢，呜呜的哭将起来。秦重道："小娘子休得悲伤。小可承小娘子错爱，将天就地，求之不得，岂敢推托？只是小娘子千金声价，小可家贫力薄，如何摆布，也是力不从心了。"美娘道："这却不妨。不瞒你说，我只为从良一事，预先积趱些东西，寄顿在外。赎身之费，一毫不费你心力。"秦重道："就是小娘子自己赎身，平昔住边了高堂大厦，享用了锦衣玉食，在小可家，如何过活？"美娘道："布衣蔬食，死而无怨。"秦重道："小娘子虽然，只怕妈妈不从。"美娘道路："我自有道理。"如此如此，这般这般，两个直说到天明。

原来黄翰林的衙内，韩尚书的公子，齐太尉的舍人，这几个相知的人家，美良都寄顿得有箱笼。美娘只推要用，陆续取到，密地约下秦重，教他收置在家。然后一乘轿子，抬到刘四妈家，诉以从良之事。刘四妈道："此事老身前日原说过的。只是年纪还早，又不知你要从哪一个？"美娘道："姨娘，你莫管是甚人，少不得依着姨娘的言语，是个直从良，乐从良，了从良；不是那不真，不假，不了，不绝的勾当。只要姨娘肯开口时，不愁妈妈不允。做侄女的没别孝顺只有十两金子，奉与姨娘，胡乱打些钗子；是必在妈妈前做个方便。事成之时，媒礼在外。"刘四妈看见这金子，笑得眼儿没缝，便道："自家儿女，又是美事，如何要你的东西！这金子权时领下，只当与你收藏。此事都在老身身上。只是你的娘，把你当个摇钱树，等闲也不轻放你出去。怕不要千把银子。那主儿可是肯出手的么？也得老身见他一见，与他讲道方好。"美娘道："姨娘莫管问事，只当你侄女自家赎身便了。"刘四妈道："妈妈可晓得你到我家来？"美娘道路："不晓得。"四妈道："你且在我家便饭，待老身先到你家，与妈妈讲。讲得通时，然后来报你。"

刘四妈雇乘轿子，抬到王九妈家，九妈相迎入内。刘四妈问起吴八公子之事，九妈告诉了一遍。四妈道："我们行户人家，到是养成个半低不高的丫头，尽可赚钱，又且安稳，不论甚么客就接了，倒是日日不空的。侄女只为声名大了，好似一块鳖鱼落地[27]，马蚁儿都要钻他。虽然热闹，却也不得自在。说便许多一夜，也只是个虚名。那些王孙公子来一遍，动不动有几个帮闲，连宵达旦，好不费事。跟随的人又不少，个个要奉承得他好。有些不到之处，口里就出粗，哩罗的骂人，还要弄损你家伙，又不好告诉他家主，受了若干闷气。浔獠山人墨客，诗社棋社，少不得一月之内，又有几日官身。这些富贵子弟，你争我夺，依了张家，违了李家，一边喜，少不得一边怪了。就是吴八公子这一个风波，吓杀人的，万一失差，却不连本送了？官宦人家，和他打官司不成！只索忍气吞声。今日还亏着你家时运高，太平没事，一个霹雳空中过去了。倘然山高水低，悔之无及。妹子闻得吴八公子不怀好意，还要到你家索闹。侄女的性气又不好，不肯奉承人。第一是这件，乃是个惹祸之本。"九妈道："便是这件，老身常是担忧。就是这八公子，也是有名有称的人，又不是微贱之人。这丫头抵死不肯接他，惹出这场恶气。当初他年纪小时，还听人教训。如今有了个虚名，被这些富贵子弟夸他奖他，惯了他性情，骄了他气质，动不动自作自主。逢著客来，他要接便接，他若不情愿时，便是九牛也休想牵得他转。"刘四妈道："做小娘的略有些身分，都则如此。"

王九妈道："我如今与你商议：倘若有个肯出钱的，不如卖了他去，到得乾净，省得终身担著鬼胎过日。"刘四妈道："此言甚妙。卖了他一个，就讨得五六个。若凑巧撞得著相应的，十来个也讨得的。这等便宜事，口何不做！"王九妈道："老身也曾算计过来：那些有势有力的不出钱，专要讨人便宜；及至肯出几两银子的，女儿又嫌好道歉，做张做智[28]的不肯。若有好主儿，妹子做媒，作成则个。倘若这丫头不肯时节，还求你撺掇。这丫头做娘的话也不听，只你说得他信。话得他转。"刘四妈呵呵大笑道："做妹子的此来，正为与侄做媒。你要许多银子便肯放他出门？"九妈道："妹子，你是明理的人。我们这行户例，只有贱买，哪有贱卖？况且美儿数年盛名满临安，谁不知他是花魁娘子，难道三百四百，就容他走动？少不得要他千金。"刘四妈道："待妹子去讲。若肯出这个数目，做妹子的便来多口。若合不著时，就不来了。"临行时，又故意问道："侄女今日在哪里？"王九妈道："不要说起，自从那日吃了吴八公子的亏，怕他还来淘气，终日里抬个轿子，各宅去分诉。前日在齐太尉家，昨日在黄翰林家，今日又不知在哪家去了。"刘四妈道："有了你老人家做主，按定了坐盘星，也不容侄女不肯。万一不肯时，做妹子自会劝他。只是寻得主顾来，你却莫要捉班做势。"九妈道："一言既出，并无他说。"九妈送至门首。刘四妈叫声噪，上轿去了。这才是：

> 数黑论黄雌陆贾，说长话短女随何。
>
> 若还都像虔婆口，尺水能兴万丈波。

刘四妈回到家中，与美娘说道："我对你妈妈如此说，这般讲，你妈妈已自肯了。只要银子见面，这事立地便成。"美娘道："银子已曾办下，明日姨娘千万到我家来，玉成其事，不要冷了场，改日又费讲。"四妈道："既然约定，老身自然到宅。"美娘别了刘四妈，回家一子不题。

次日，午牌时分，刘四妈果然来了。王九妈问道："所事口何！"四妈道："十有八九，只不曾与侄女说过。"四妈来到美娘房中，两下相叫了，讲了一回说话。四妈道："你的主儿到了不曾？那话儿在哪里？[29]"美娘指着床头道："在这几只皮箱里。"美娘把五六只皮箱一时都开了，五十两一封，搬出十三四封来，又把些金珠宝玉算价，足勾千金之数。把个刘四妈惊得眼中出火，口内流涎，想道："小小年纪，这等有肚肠！不知如何设处，积下许多东西？我家这几个粉头，一般接客，赶得着他哪里！不要说不会生发[30]，就是有几文钱在荷包里，闲时买瓜子磕，买糖儿吃，两条脚布破了，还要做妈的与他买布哩。偏生九阿姐造化，讨得著，年时赚了若干钱钞，临出门还有这一主大财，又是取诸宫中[31]，不劳余力。"这是心中暗想之语，却不曾说出来。美娘见刘四妈沉吟，只道作难索谢，慌忙又取出四匹潞绸，两股宝钗，一对凤头玉簪，放在桌上，道："这几件东西，奉与姨娘为伐柯之敬[32]。"刘四妈欢天喜地对王九妈说道："侄女情愿自家赎身，一般身价，并不短少分毫。比著孤老卖身更好。省得闲汉们从中说合，费酒费浆，还要加一加二的谢他。"

王九妈听得说女儿皮箱内有许多东西，到有个怫然之色[33]。你道却是为何！世间只有鸨儿的狠，做小娘的设法些东西，都送到他手里，才是快活。也有做些私房在箱笼内，鸨儿晓得些风声，专等女儿出门，撅开[34]锁钥，翻箱倒笼取蚌馨空。只为美娘盛名下，相交都是大头儿，替做娘的挣得钱钞，又且性格有些古怪，等闲不敢触犯，故此卧房里面，鸨儿的脚也不搠进去。谁知他如此有钱。刘四妈见九妈颜色不善，便猜著了，连忙道："九阿姐，你休得三心两意。这些东西，就是侄女自家积下的，也不是你本分之钱。他若肯花费时，也花费了。或是他不长进，把来津贴了得意的孤老，你也哪里知道！这还是他做家的好处。况且小娘自己手中没有钱钞，临到从良之际，难道赤身赶他出门？少不得头上脚下都要收拾得光鲜，等他好去别人家做人。如今他自家拿得出这些东西，料然一丝一线不费你的心。这一主银子，是你完完全全鳖在腰跨里的。他就赎身出去，怕不是你女儿？倘然他挣得好时，时朝月节，怕他不来孝顺你？就是嫁了人时，他又没有亲爹亲娘，你也还去做得著他的外婆，受用处正有哩。"只这一套话，说得王九妈心中爽然，当下应允。刘四妈就去搬出银子，一封封兑过，交付与九妈，又把这些金珠宝玉，逐件指物作价，对九妈说道："这都是做妹子的故意估下他些价钱。若换与人，还便宜得几十两银子。"王九妈虽同是个鸨儿，到是个老实头儿，凭刘四妈说话，无有不纳。

刘四妈见王九妈收了这主东西，便叫亡八写了婚书[35]，交付与美儿。美儿道："趁姨娘在此，奴家就拜别了爹妈出门，借姨娘家住一两日，择吉从良，未知姨娘允否？"刘四妈得了美娘许多谢礼，生怕九妈翻悔，巴不得美娘出他门，完成一事，说道："正该如此。"当下美娘收拾了房中自己的梳台拜匣，皮箱铺盖之类。但是鸨儿家中之物，一毫不动。收拾已完，随著四妈出房，拜别了假爹假妈，和那姨娘行中，都相叫了。王九妈一般哭了几声。美娘唤人挑了行李，欣然上轿，同刘四妈到刘家去。四妈出一间幽静的好房，顿下美娘行李。众小娘都来与美娘叫喜。是晚，朱重差莘善到刘四妈家讨信，已知美娘赎身出来。择了吉日，笙箫鼓乐娶亲。刘四妈就做大媒送亲，朱重与花魁娘子花烛洞房，欢喜无限。

> 虽然旧事风流，不减新婚佳趣。

次日，莘善老夫妇请新人相见，各各相认，吃了一惊。问起根由，至亲三口，抱头而哭。朱重方才认得是丈人丈母。请他上坐，夫妻二人，重新拜见。亲邻闻知，无不骇然。是日，整备筵席，庆贺两重之喜，饮酒尽欢而散。三朝之后，美娘教丈夫备下几副厚礼，分送旧相知各宅，以酬其寄顿箱笼之恩，并报他从良信息。此是美娘有始有终处。王九妈、刘四妈家，各有礼物相送，无不感激。满月之后，美娘将箱笼打开，内中都有黄白之资，吴绫蜀锦，何止百计，共有三千余金，都将匙钥交付丈夫，慢慢的买房置产，整顿家当。油铺生理，都是丈人莘善管理。不上一年，把家业挣得花锦般相似，驱奴使婢，甚有气象。

朱重感谢天地神明保佑之德，发心于各寺庙喜舍合殿油烛一套，供琉璃灯油三个月；斋弁沐浴，亲往拈香礼拜。先从昭庆寺起，其他灵隐、法相、净慈、天竺等寺，以次而行。

就中单说天竺寺，是观音大士的香火，有上天竺、中天竺、下天竺，三处香火俱盛，却是山路，不通舟楫。朱重叫从人挑了一担香烛，三担清油，自己乘轿而往。先到上天竺来。寺僧迎接上殿，老香火秦公点烛添香。此时朱重居移气，养移体，仪容魁岸，非复幼时面目，秦公哪里认得他是儿子。只因油桶上有个大大的"秦"字，又有"汴梁"二字，心中甚以为奇。也是天然凑巧。刚刚到上天竺，偏用著这两只油桶。朱重拈香已毕，秦公托出茶盘，主僧奉茶。秦公问道："不敢动问施主，这油桶上为何有此三字？"朱重听得问声，带著汴梁人的土音，忙问道："老香火，你问他怎么？莫非也是汴梁人么？"秦公道："正是。"朱重道："你姓甚名谁？为何在此出家？共有几年了？"秦公把自己乡里，细细告诉："芊年上避兵来此，因无活计，将十三岁的儿秦重，过继与朱家。如今有八年之远。一向为年老多病，不曾下山问得信息。"朱重一把抱住，放声大哭道："孩儿便是秦重。向在朱家挑油买卖。正为要访求父亲下落，故此于油桶上，写"汴梁秦"三字，做个标识。谁知此地相逢！真乃天与其便！"众僧见他父子别了八年，今朝重会，各各称奇。朱重这一日，就歇在上天竺，与父亲同宿，各叙情节。

次日，取出中天竺、下天竺两个疏头换过[36]。内中朱重，仍改做秦重，复了本姓。两处烧香礼拜已毕，转到上天竺，要请父亲回家，安乐供养。秦公出家已久，吃素持斋，不愿随儿子回家。秦重道路："父亲别了八年，孩儿缺侍奉。况孩儿新娶媳妇，也得他拜见公公方是。"秦公只得依允。秦重将轿子让与父亲乘坐，自己步行，直到家中。秦重取出一套新衣，与父亲换了，中堂设坐，同安莘氏双双参拜。亲家莘公、亲母阮氏，齐来见礼。

此日大排筵席。秦公不肯开荤，素酒素食。次日，邻里敛财称贺。一则新婚，二则新娘子家眷团圆，三则父子重逢，四则秦小辟归宗复姓，共是四重大喜。一连又吃了几日喜酒。秦公不愿家居，思想上天竺故处清净出家。秦重不敢违亲之志，将银二百两，于上天竺另造净室一所，送父亲到彼居祝其日用供给，按月送去。每十日亲往候问一次。每一季同莘氏往候一次。那秦公活到八十余，端坐而化。遗命葬于本山。此是后话。

却说秦重和莘氏，夫妻偕老，生下两孩儿，俱读书成名。至今风月中市语[37]，凡夸人善于帮衬，都叫做"秦小官"，又叫"卖油郎"。有诗为证：

春来处处百花新，蜂蝶纷纷竞采春。堪爱豪家多子弟，风流不及卖油人。

【注释】

[1] 花魁：妓院吏居于首位的名妓。

[2] 子弟：指嫖客。

[3] 卑田院：指乞丐的收容所。

[4] 李亚仙：妓女。

[5] 六陈铺：粮店。

[6] 跸：皇帝出行时，开路清道，禁止通行。

[7] 没脚蟹：指无依无靠的女子。

[8] 门户人家：指娼家。

[9] 梳弄：指娼家妓女第一次接客。

[10] 随何、陆贾：皆为汉高祖刘邦手下著名的舌辨之士。

[11] 孤老：指和妓女想好的男人。

[12] 收绳卷索：指收心敛迹，从良嫁人。

[13] 赶趁：指妓女营业。

[14] 覆帐：指妓女接待第二个嫖客。

[15] 妈妈：妻子。

[16] 撇清：用巧言掩饰劣迹，假装正经。

[17] 窨清：在地窖里久藏而清澄。

[18] 功德：念佛诵经，做佛事。

[19] 老积年：经验多、阅历深的人。

[20] 哕（yuě）：呕吐。

[21] 余沥：酒的残沥。

[22] 湔（jiān）：洗。

[23] 跳槽：嫖客抛弃旧好，另结新欢。

[24] 三瓦两舍：指娱乐场所。

[25] 焚琴煮鹤：比喻做煞风景的事，这里形容纨绔子弟的粗暴行为。

[26] 暖轿：轿的周围用毡帏遮掩，可挡风沙。

[27] 鲞：剖开晾干的鱼。

[28] 作张作智：装模作样。

[29] 那话儿：指银子。

[30] 生发：设法赚钱。

[31] 取诸宫中：从自己家里拿来。

[32] 伐柯之资：致送媒人的礼物。

[33] 怫然：不愉快。

[34] 捹：拨弄。

[35] 亡八：在妓院中服务的人。

[36] 疏头：和尚诵经前焚化于佛前的祷文。

[37] 市语：行话，隐语。

凌濛初小说

转运汉遇巧洞庭红　　波斯胡指破鼍龙壳[1]

【解题】　小说通过讲述倒运汉文若虚"心存忠厚"终至暴富的故事，反映了商人渴望发财致富的心里和开拓对外贸易的愿望，特别是在金钱财富面前人人平等的原则，反映着在明末资本主义萌芽中，由商品经济带来的新观念，具有鲜明时代特色。

词云：　　　　　日日深杯酒满，朝朝小圃花开。

　　　　　　　自歌自舞自开怀，且喜无拘无碍。

　　　　　　　青史几番春梦，红尘多少奇才。

　　　　　　　不须计较与安排，领取而今见在。

这首词乃宋朱希真所作，词寄《西江月》。单道着人生功名富贵，总有天数，不如图一个见的怜活。试看往古来今，一部十六史中，多少英雄豪杰，该富的不得富，该贵的不得贵。能文的倚马千言，用不着时，几张纸盖不完酱瓿。能武的穿杨百步，用不着时，几竿箭煮不熟饭锅。极至那痴呆懵董生来的有福分的，随他文学低浅，也会发科发甲，随他武艺庸常，也会大请大受[2]。真所谓时也，运也，命也。俗语有两句道得好："命若穷，掘得黄金化作铜；命若富，拾着白纸变成布。"总来只听掌命司颠之倒之。所以吴彦高又有词云："造化小儿无定据，翻来覆去，倒横直竖，眼见都如许。"僧晦庵亦有词云："谁不愿黄金屋？谁不愿千钟粟？算五行不是这般题目。枉使心机闲计较，儿孙自有儿孙福。"苏东坡亦有词云："蜗角虚名，蝇头微利，算来着甚于忙？事皆前定，谁弱又谁强？"这几位名人说来说去，都是一个意思。总不如古语云："万事分已定，浮生空自忙。"说话的，依你说来，不须能文善武，懒惰的也只消天掉下前程；不须经商立业，败坏的也只消天挣与家缘。却不把人间向上的心都冷了？看官有所不知，假如人家出了懒惰的人，也就是命中该贱；出了败坏的人，也就是命中该穷，此是常理。却又自有转眼贫富出人意外，把眼前事分毫算不得准的哩。

且听说一人，乃宋朝汴京人氏，姓金，双名维厚，乃是经纪行中人。少不得朝晨起早，晚夕眠迟，睡醒来，千思想，万算计，拣有便宜的才做。后来家事挣得从容了，他便思想一个久远方法：手头用来用去的，只是那散碎银子若是上两块头好银，便存着不动。约得百两，便熔成一大锭，把一综红线结成一绦，系在锭腰，放在枕边。夜来摩弄一番，方才睡下。积了一生，整整熔成八锭，以后也就随来随去，再积不成百两，他也罢了。金老生有四子。一日，是他七十寿旦，四子置酒上寿。金老见了四子跻跻跄跄[3]，心中喜欢。便对四子说道："我靠皇天覆庇，虽则劳碌一生，家事尽可度日。况我平日留心，有熔成八大锭银子永不动用的，在我枕边，见将绒线做对儿结着。今将拣个好日子分与尔等，每人一对，做个镇家之宝。"四子喜谢，尽欢而散。

是夜金老带些酒意，点灯上床，醉眼模糊，望去八个大锭，白晃晃排在枕边。摸了几摸，哈哈地笑了一声，睡下去了。睡未安稳，只听得床前有人行走脚步响，心疑有贼。又细听着，恰象欲前不前相让一般。床前灯火微明，揭帐一看，只见八个大汉身穿白衣，腰系红带，曲躬而前，曰："某等兄弟，天数派定，宜在君家听令。今蒙我翁过爱，抬举成人，不烦役使，珍重多年，宴数将满。待翁归天后，再觅去向。今闻我翁目下将以我等分役诸郎君。我等与诸郎君辈原无前缘，故此先来告别，往某县某村王姓某者投托。后缘未尽，还可一面。"语毕，回身便走。金老不知何事，吃了一惊。翻身下床，不及穿鞋，赤脚赶去。远远见八人出了房门。金老赶得性急，绊了房槛，扑的跌倒。飒然惊醒，乃是南柯一梦。急起桃灯明亮，点照枕边，已不见了八个大锭。细思梦中所言，句句是实。叹了一口气，硬咽了一会，道："不信我苦积一世，却没分与儿子们受用，倒是别人家的。明明说有地方姓名，且慢慢跟寻下落则个。"一夜不睡。

次早起来，与儿子们说知。儿子中也有惊骇的，也有疑惑的。惊骇的道："不该是我们手里东西，眼见得作怪。"疑惑的道："老人家欢喜中说话，失许了我们，回想转来，一时间就不割舍得分散了，造此鬼话，也不见得。"金老见儿子们疑信不等，急急要验个实话。遂访至某县某村，果有王姓某者。叫门进去，只见堂前灯烛荧煌，三牲福物，正在那里献神。金老便开口问道："宅上有何事如此？"家人报知，请主人出来。主人王老见金老，揖坐了，问其来因。金老道："老汉有一疑事，特造上宅来问消息。今见上宅正在此献神，必有所谓，敢乞明示。"王老道："老拙[4]偶因寒荆[5]小恙买卜，先生道移床即好。昨寒荆病中，恍惚见八个白衣大汉，腰系红束，对寒荆道："我等本在金家，今在彼缘尽，来投身宅上。"言毕，俱钻入床下。寒荆惊出了一身冷汗，身体爽快了。及至移床，灰尘中得银八大锭，多用红绒系腰，不知是那里来的。此皆神天福佑，故此买福物酬谢。今我丈来问，莫非晓得些来历么？"金老跌跌脚道："此老汉一生所积，因前日也做了一梦，就不见了。梦中也道出老丈姓名居址的确，故得访寻到此。可见天数已定，老汉也无怨处，但只求取出一看，也完了老汉心事。"王老道："容易。"笑嘻嘻地走进去，叫安童[6]四人，托出四个盘来。每盘两锭，多是红绒系束，正是金家之物。金老看了，眼睁睁无计可奈，不觉扑簌簌吊下泪来。抚摩一番道："老汉直如此命薄，消受不得！"王老虽然叫安童仍旧拿了进去，心里见金老如此，老大不忍。另取三两零银封了，送与金老作别。金老道："自家的东西尚无福，何须尊惠！"再三谦让，必不肯受。王老强纳在金老袖中，金老欲待摸出还了，一时摸个不着，面儿通红。又被王老央不过，只得作揖别了。直至家中，对儿子们一一把前事说了，大家叹息了一回。因言王老好处，临行送银三两。满袖摸遍，并不见有，只说路中掉了。却元来金老推逊时，王老往袖里乱塞，落在着外面的一层袖中。袖有断线处，在王老家摸时，已在脱线处落出在门槛边了。客去扫门，仍旧是王老拾得。可见一饮一啄，莫非前定。不该是他的东西，不要说八百两，就是三两也得不去。该是他的东西，不要说八百两，就是三两也推不出。原有的倒无了，原无的倒有了，并不由人计较。

而今说一个人，在实地上行，步步不着，极贫极苦的，渺渺茫茫做梦不到的去处，得了一主没头没脑的钱财，变成巨富。从来稀有，亘古新闻。有诗为证，诗曰：

　　　分内功名匣里财，不关聪慧不关呆。

　　　果然命是财官格，海外犹能送宝来。

　　话说国朝成化年间，苏州府长州县阊门外有一人，姓文名实，字若虚。生来心思慧巧，做着便能，学着便会。琴棋书画，吹弹歌舞，件件粗通。幼年间，曾有人相他有巨万之富。他亦自恃才能，不十分去营求生产，坐吃山空，将祖上遗下千金家事，看看消下来。以后晓得家业有限，看见别人经商图利的，时常获利几倍，便也思量做些生意，却又百做百不着。

　　一日，见人说北京扇子好卖，他便合了一个伙计，置办扇子起来。上等金面精巧的，先将礼物求了名人诗画，免不得是沈石出、文衡山、祝枝山拓了几笔，便值上两数银子。中等的，自有一样乔人[7]，一只手学写了这几家字画，也就哄得人过，将假当真的买了，他自家也兀自做得来的。下等的无金无字画，将就卖几十钱，也有对合利钱，是看得见的。拣个日子装了箱儿，到了北京。岂知北京那年，自交夏来，日日淋雨不晴，并无一毫暑气，发市甚迟。交秋早凉，虽不见及时，幸喜天色却晴，有妆晃子弟[8]要买把苏做的扇子，袖中笼着摇摆。来买时，开箱一看，只叫得苦。元来北京历沴[9]，却在七八月，更加日前雨湿之气，斗着扇上胶墨之性，弄做了个"合而言之"，揭不开了。用力揭开，东粘一层，西缺一片，但是有字有画值价钱者，一毫无用。剩下等没字白扇，是不坏的，能值几何？将就卖了做盘费回家，本钱一空，频年做事，大概如此。不但自己折本，但是搭他非伴，连伙计也弄坏了。故此人起他一个混名，叫做"倒运汉"。不数年，把个家事干圆洁净了[10]，连妻子也不曾娶得。终日间靠着些东涂西抹，东挨西撞，也济不得甚事。但只是嘴头子诌得来，会说会笑，朋友家喜欢他有趣，游耍去处少他不得；也只好趁口[11]，不是做家的。况且他是大模大样过来的，帮闲行里，又不十分入得队。有怜他的，要荐他坐馆教学，又有诚实人家嫌他是个杂板令[12]，高不凑，低不就。打从帮闲的、处馆的两项人见了他，也就做鬼脸，把"倒运"两字笑他，不在话下。

　　一日，有几个走海泛货的邻近，做头的无非是张大、李二、赵甲、钱乙一班人，共四十余人，合了伙将行。他晓得了，自家思忖道："一身落魄，生计皆无。便附了他们航海，看看海外风光，也不枉人生一世。况且他们定是不却我的，省得在家忧柴忧米的，也是快活。"正计较间，恰好张大踱将来。元来这个张大名唤张乘运，专一做海外生意，眼里认得奇珍异宝，又且秉性爽慨，肯扶持好人，所以乡里起他一个混名，叫张识货。文若虚见了，便把此意一一与他说了。张大道："好，好。我们在海船里头不耐烦寂寞，若得兄去，在船中说说笑笑，有甚难过的日子？我们众兄弟料想多是喜欢的。只是一件，我们多有货物将去，兄并无所有，觉得空了一番往返，也可惜了。待我们大家计较，多少凑些出来助你，将就置些东西去也好。"文若虚便道："谢厚情，只怕没人如兄肯周全小弟。"张大道："且说说看。"一竟自去了。

恰遇一个瞽目先生敲着"报君知"[13]走将来，文若虚伸手顺袋里摸了一个钱，扯他一卦问问财气看。先生道："此卦非凡，有百十分财气，不是小可。"文若虚自想道："我只要搭去海外耍耍，混过日子罢了，那里是我做得着的生意？要甚么贵助？就贵助得来，能有多少？便宜恁地财爻动[14]？这先生也是混帐。"只见张大气忿忿走来，说道："说着钱，便无缘。这些人好笑，说道你去，无不喜欢。说到助银，没一个则声。今我同两个好的弟兄，拼凑得一两银子在此，也办不成甚货，凭你买些果子，船里吃罢。日食之类，是在我们身上。"若虚称谢不尽，接了银子。张大先行，道："快些收拾，就要开船了。"若虚道："我没甚收拾，随后就来。"手中拿了银子，看了又笑，笑了又看，道："置得甚货么？"信步走去，只见满街上箩篮内盛着卖的：

红如喷火，巨若悬星。皮未靫，尚有余酸；霜未降，不可多得。元殊苏并诸家树[15]，亦非李氏千头奴[16]。较广似曰难况，比福亦云具体。

乃是太湖中有一洞庭山，地暖土肥，与闽广无异，所以广橘福橘，播名天下。洞庭有一样橘树绝与他相似，颜色正同，香气亦同。止是初出时，味略少酸，后来熟了，却也甜美。比福橘之价十分之一，名曰"洞庭红"。若虚看见了，便思想道："我一两银子买得百斤有余，在船可以解渴，又可分送一二，答众人助我之意。"买成，装上竹篓，雇一闲的，并行李桃了下船。众人都拍手笑道："文先生宝货来也！"文若虚羞惭无地，只得吞声上船，再也不敢提起买橘的事。

开得船来，渐渐出了海日，只见：银涛卷雪，雪浪翻银。湍转则日月似惊，浪动则星河如覆。三五日间，随风漂去，也不觉过了多少路程。忽至一个地方，舟中望去，人烟凑聚，城郭巍峨，晓得是到了甚么国都了。舟人把船撑入藏风避浪的小港内，钉了桩撅，下了铁锚，缆好了。船中人多上岸。打一看，元来是来过的所在，名曰吉零国。元来这边中国货物拿到那边，一倍就有三倍价。换了那边货物，带到中国也是如此。一往一回，却不便有八九倍利息，所以人都拚死走这条路。众人多是做过交易的，各有熟识经纪、歇家。通事人等[17]，各自上岸找寻发货去了，只留文若虚在船中看船。路径不熟，也无走处。

正闷坐间，猛可想起道："我那一篓红橘，自从到船中，不曾开看，莫不人气蒸烂了？趁着众人不在，看看则个。"叫那水手在舱板底下翻将起来，打开了篓看时，面上多是好好的。放心不下，索性搬将出来，都摆在甲板上面。也是合该发迹，时来福凑。摆得满船红焰焰的，远远望来，就是万点火光，一天星斗。岸上走的人，都拢将来问道："是甚么好东西呵？"文若虚只不答应。看见中间有个把一点头的[18]，拣了出来，掐破就吃。岸上看的一发多了，惊笑道："元来是吃得的！"就中有个好事的，便来问价："多少一个？"文若虚不省得他们说话，船上人却晓得，就扯个谎哄他，竖起一个指头，说："要一钱一颗。"那问的人揭开长衣，露出那兜罗锦红裹肚来，一手摸出银钱一个来，道："买一个尝尝。"文若虚接了银钱，手中等等看，约有两把重。心下想道："不知这些银子，要买多少，也不见秤秤，且先把一个与他看样。"拣个大些的，红得可爱的，递一个上去。只见那个人接上手，颠了一颠道："好东西呵！"扑的就劈开来，香气扑鼻。连旁边闻着的许多人，大家喝一声采。那买的不知好歹，看见船上吃法，也学他去了皮，却不分囊，一块塞在口里，甘水满咽喉，连核都不吐，吞下去了。哈哈大笑道："妙哉！妙哉！"又伸手到裹肚里，摸出十个银钱来，说："我要买十个进奉去。"文若虚喜出望外，拣十个与他去了。那看的人见那人如此买去了，也有买一个的，也有买两个、三个的，都是一般银钱。买了的，都千欢万喜去了。

元来彼国以银为钱，上有文采。有等龙凤文的，最贵重，其次人物，又次禽兽，又次树木，最下通用的，是水草；却都是银铸的，分两不异。适才买橘的，都是一样水草纹的，他道是把下等钱买了好东西去了，所以欢喜。也只是要小便宜肚肠，与中国人一样。须臾之间，三停里卖了二停。有的不带钱在身边的，老大懊悔，急忙取了钱转来。文若虚已此剩不多了，拿一个班道[19]："而今要留着自家用，不卖了。"其人情愿再增一个钱，四个钱买了二颗。口中哓哓说："悔气！来得迟了。"旁边人见他增了价，就埋怨道："我每还要买个，如何把价钱增长了他的？"买的人道："你不听得他方才说，兀自不卖了？"

正在议论间，只见首先买十个的那一个人，骑了一匹青骢马，飞也似奔到船边，下了马，分开人丛，对船上大喝道："不要零卖！不要零卖！是有的俺多要买。俺家头目要买去进克汗哩。"看的人听见这话，便远远走开，站住了看。文若虚是伶俐的人，看见来势，已瞧科在眼里[20]，晓得是个好主顾了。

连忙把篓里尽数倾出来，止剩五十余颗。数了一数，又拿起班来说道："适间讲过要留着自用，不得卖了。今肯加些价钱，再让几颗去罢。适间已卖出两个钱一颗了。"其人在马背上拖下一大囊，摸出钱来，另是一样树木纹的，说道："如此钱一个罢了。"文若虚道："不情愿，只照前样罢了。"那人笑了一笑，又把手去摸出一个龙凤纹的来道："这样的一个如何？"文若虚又道："不情愿，只要前样的。"那人又笑道："此钱一个抵百个，料也没得与你，只是与你耍。你不要俺这一个，却要那等的，是个傻子！你那东西，肯都与俺了，俺再加你一个那等的，也不打紧。"文若虚数了一数，有五十二颗，准准的要了他一百五十六个水草银钱。那人连竹篓都要了，又丢了一个钱，把篓拴在马上，笑吟吟地一鞭去了。看的人见没得卖了，一哄而散。

文若虚见人散了，到舱里把一个钱秤一秤，有八钱七分多重。秤过数个都是一般。总数一数，共有一千个差不多。把两个赏了船家，其余收拾在包里了。笑一声道："那盲子好灵卦也！"欢喜不尽，只等同船人来对他说笑则个。

说话的，你说错了！那国里银子这样不值钱，如此做买卖，那久惯漂洋的带去多是绫罗缎匹，何不多卖了些银钱回来，一发百倍了？看官有所不知：那国里见了绫罗等物，都是以货交兑。我这里人也只是要他货物，才有利钱，若是卖他银钱时，他都把龙凤、人物的来交易，作了好价钱，分两也只得如此，反不便宜。如今是买吃口东西，他只认做把低钱交易，我却只管分两，所以得利了。说话的，你又说错了！依你说来，那航海的，何不只买吃口东西，只换他低钱，岂下有利？反着重本钱，置他货物怎地？看官，又不是这话。也是此人偶然有此横财，带去着了手。若是有心第二遭再带去，三五日不遇巧，等得希烂。那文若虚运未通时卖扇子就是榜样。扇子还放得起的，尚且如此，何况果品？是这样执一论不得的。

闲话休题。且说众人领了经纪主人到船发货，文若虚把上头事说了一遍。众人都惊喜道："造化！造化！我们同来，到是你没本钱的先得了手也！"张大便拍手道："人都道他倒运，而今想是运转了！"便对文若虚道："你这些银钱此间置货，作价不多。除是转发在伙伴中，回他几百两中国货物，上去打换些土产珍奇，带转去有大利钱，也强如虚藏此银钱在身边，无个用处。"文若虚道："我是倒运的，将本求财，从无一遭不连本送的。今承诸公挚带，做此无本钱生意，偶然侥幸一番，真是天大造化了，如何还要生钱，妄想甚么？万一如前再做折了，难道再有洞庭红这样好卖不成？"众人多道："我们用得着的是银子，有的是货物。彼此通融，大家有利，有何不可？"文若虚道："一年吃蛇

344

咬，三年怕草索。说到货物，我就没胆气了。只是守了这些银钱回去罢。"众人齐拍手道："放着几倍利钱不取，可惜！可惜！"随同众人一齐上去，到了店家交货明白，彼此兑换。约有半月光景，文若虚眼中看过了若干好东好西，他已自志得意满，下放在心上。

众人事体完了，一齐上船，烧了神福，吃了酒，开洋。行了数日，忽然间天变起来。但见：

乌云蔽日，黑浪掀天。蛇龙戏舞起长空，鱼查惊惺潜水底。艨艟泛泛，只如栖不定的数点寒鸦；岛屿浮浮，便似及不煞的几双水。舟中是方扬的米簸，舷外是正熟的饭锅。总因风伯大无情，以致篙师多失色。

那船上人见风起了，扯起半帆，不问东西南北，随风势漂去。隐隐望见一岛，便带住篷脚，只看着岛边使来。看看渐近，恰是一个无人的空岛。但见：

树木参天，草莱遍地。荒凉径界，无非些兔迹狐踪；坦迤土壤，料不是龙潭虎窟。混茫内，未识应归何国辖；开辟来，不知曾否有人登。

船上人把船后抛了铁锚，将桩橛泥犁上岸去钉停当了，对舱里道："且安心坐一坐，候风势则个。"那文若虚身边有了银子，恨不得插翅飞到家里，巴不得行路，却如此守风呆坐，心里焦燥。对众人道："我且上岸去岛上望望则个。"众人道："一个荒岛，有何好看？"文若虚道："总是闲着，何碍？"众人都被风颠得头晕，个个是呵欠连天，不肯同去。文若虚便自一个抖擞精神，跳上岸来，只因此一去，有分交：十年败壳精灵显，一介穷神富贵来。若是说话的同年生，并时长，有个未卜先知的法儿，便双脚走不动，也拄个拐儿随他同去一番，也不在的。

却说文若虚见众人不去，偏要发个狠板藤附葛，直走到岛上绝顶。那岛也苦不甚高，不费甚大力，只是荒草蔓延，无好路径。到得上边打一看时，四望漫漫，身如一叶，不觉凄然吊下泪来。心里道："想我如此聪明，一生命蹇。家业消亡，剩得只身，直到海外。虽然侥幸有得千来个银钱在囊中，知他命里是我的不是我的？今在绝岛中间，未到实地，性命也还是与海龙王合着的哩！"正在感怆，只见望去远远草丛中一物突高。移步往前一看，却是床大一个败龟壳。大惊道："不信天下有如此大龟！世上人那里曾看见？说也不信的。我自到海外一番，不曾置得一件海外物事，今我带了此物去，也是一件希罕的东西，与人看看，省得空日说着，道是苏州人会调谎。又且一件，锯将开来，一盖一板，各置四足，便是两张床，却不奇怪！"遂脱下两只裹脚接了，穿在龟壳中间，打个扣儿，拖了便走。

走至船边，船上人见他这等模样，都笑道："文先生那里又跶跑了纤来？"文若虚道："好教列位得知，这就是我海外的货了。"众人抬头一看，却便似一张无柱有底的硬床。吃惊道："好大龟壳！你拖来何干？"文若虚道："也是罕见的，带了他去。"众人笑道："好货不置一件，要此何用？"有的道："也有用处。有甚么天大的疑心事，灼他一卦，只没有这样大龟药。"又有的道："医家要煎龟膏，拿去打碎了煎起来，也当得几百个小龟壳。"文若虚道："不要管有用没用，只是希罕，又不费本钱便带了回去"，当时叫个船上水手，一抬抬下舱来。初时山下空阔，还只如此；舱中看来，一发大了。若不是海船，也着不得这样狼犾[21]东西。众人大家笑了一回，说道："到家时有人问，只说文先生做了偌大的乌龟买卖来了。"文若虚道："不要笑，我好歹有一个用处，决不是弃物。"随他众人取笑，文若虚只是得意。取些水来内外洗一洗净，抹干了，却把自己钱包行李都塞在龟壳里面，两头把绳一绊，却当了一个大皮箱子。自笑道："兀的不眼前就有用处了？"众人都笑将起来，道："好算计！好算计！文先生到底是个聪明人。"

当夜无词。次日风息了，开船一走。不数日，又到了一个去处，却是福建地方了。才住定了船，就有一伙惯伺侯接海客的小经纪牙人，攒将拢来，你说张家好，我说李家好，拉的拉，扯的扯，嚷个不住。船上众人拣一个一向熟识的跟了去，其余的也就住了。

众人到了一个波斯胡大店中坐定。里面主人见说海客到了，连忙先发银子，唤厨户包办酒席几十桌。分付停当，然后踱将出来。这主人是个波斯国里人，姓个古怪姓，是玛瑙的"玛"字，叫名玛宝哈，专一与海客兑换珍宝货物，不知有多少万数本钱。众人走海过的，都是熟主熟客，只有文若虚不曾认得。抬眼看时，元来波斯胡住得在中华久了，衣服言动都与中华不大分别。只是剃眉剪须，深眼高鼻，有些古怪。出来见了众人，行宾主礼，坐定了。两杯茶罢，站起身来，请到一个大厅上。只见酒筵多完备了，且是摆得济楚。元来旧规，海船一到，主人家先折过这一番款待，然后发货讲价的。主人家手执着一副法浪菊花盘盏，拱一拱手道："请列位货单一看，好定坐席。"

看官，你道这是何意？元来波斯胡以利为重，只看货单上有奇珍异宝值得上万者，就送在先席。余者看货轻重，挨次坐去，不论年纪，不论尊卑，一向做下的规矩。船上众人，货物贵的贱的，多的少的，你知我知，各自心照，差不多领了酒杯，各自坐了。单单剩得文若虚一个，呆呆站在那里。主人道："这位老客长不曾会面，想是新出海外的，置货不多了。"众人大家说道："这是我们好朋友，到海外耍去的。身边有银子，却不曾肯置货。今日没奈何，只得屈他在末席坐了。"文若虚满面羞惭，坐了末位。主人坐在横头。饮酒中间，这一个说道我有猫儿眼多少，那一个说我有祖母绿多少，你夸我退。文若虚一发默默无言，自心里也微微有些懊悔道："我前日该听他们劝，置些货物来的是。今在有几百银子在囊中，说不得一句说话。"又自叹了口气道："我原是一些本钱没有的，今已大幸，不可不知足。"自思自忖，无心发兴吃酒。众人却猜掌行令，吃得狼藉。主人是个积年，看出文若虚不快活的意思来，不好说破，虚劝了他几杯酒。众人都起身道："酒勾了，天晚了，趁早上船去，明日发货罢。"别了主人去了。

主人撤了酒席，收拾睡了。明日起个清早，先走到海岸船边来拜这伙客人。主人登舟，一眼瞅去，那舱里狼狼逾逾这件东西，早先看见了。吃了一惊道："这是那一位客人的宝货？昨日席上并不曾说起，莫不是不要卖的？"众人都笑指道："此敝友文兄的宝货。"中有一人衬道："又是滞货。"主人看了文若虚一看，满面挣得通红，带了怒色，埋怨众人道："我与诸公相处多年，如何恁地作弄我？教我得罪于新客，把一个未座屈了他，是何道理！"一把扯住文若虚，对众客道："且慢发货，客我上岸谢过罪着。"众人不知其故。有几个与文若虚相知些的，又有几个喜事的，觉得有些古怪，共十余人赶了上来，重到店中，看是如何。只见主人拉了文若虚，把交椅整一整，不管众人好歹，纳他头一位坐下了，道："适间得罪得罪，且请坐一坐。"文若虚也心中糊涂，忖道："不信此物是宝贝，这等造化不成？"

主人走了进去，须臾出来，又拱众人到先前吃酒去处，又早摆下几桌酒，为首一桌，比先更齐整。把盏向文若虚一揖，就对众人道："此公正该坐头一席。你每枉自一船货，也还赶他不来。先前失敬失敬。"众人看见，又好笑，又好怪，半信不信的一带儿坐下了。酒过三杯，主人就开口道："敢问客长，适间此宝可肯卖否？"文若虚是个乖人，趁口答应道："只要有好价钱，为甚不卖？"那主人听得肯卖，不觉喜从天降，笑逐颜开，起身道："果然肯卖，但凭分忖价钱，不敢吝惜。"文若虚其实不知值多少，讨少了，怕不在行；讨多了，怕吃笑。忖了一忖，面红耳热，颠倒讨不出价钱来。张大使与文若虚丢个眼色，将手放在椅子背上，竖着三个指头，再把第二个指空中一撒，道："索性讨他这些。"文若虚摇头，竖一指道："这些我还讨不出口在这里。"却被主人看见道："果是多少价钱？"张大捣一个鬼道："依文先生手势，敢象要一万哩！"主人呵呵大笑道："这是不要卖，哄我而已。此等宝物，岂止此价钱！"

众人见说，大家目睁口呆，都立起了身来，扯文若虚去商议道："造化！造化！想是值得多哩。我们实实不知如何定价，文先生不如开个大口，凭他还罢。"文若虚终是碍口说羞，待说又止。众人道："不要不老气！[22]"主人又催道："实说说何妨？"文若虚只得讨了五万两。主人还摇头道："罪过，罪过。没有此话。"扯着张大私问他道："老客长们海外往来，不是一番了。人都叫你张识货，岂有不知此物就里的？必是无心卖他，莫落小肆罢了。"张大道："实不瞒你说，这个是我的好朋友，同了海外玩耍的，故此不曾置货。适间此物，乃是避风海岛，偶然得来，不是出价置办的，故此不识得价钱。若果有这五万与他，勾他富贵一生，他也心满意足了。"主人道："如此说，要你做个大大保人，当有重谢，万万不可翻悔！"遂叫店小二拿出文房四宝来，主人家将一张供单绵料纸折了一折，拿笔递与张大道："有烦老客长做主，写个合同文书，好成交易。"张大指着同来一人道："此位客人褚中颖，写得好。"把纸笔让与他。褚客磨得墨浓，展好纸，提起笔来写道：

立合同议单张乘运等，今有苏州客人文实，海外带来大龟壳一个，投至波斯玛宝哈店，愿出银五万两买成。议定立契之后，一家交货，一家交银，各无翻悔。有翻悔者，罚契上加一。合同为照。

一样两纸，后边写了年月日，下写张乘运为头，一连把在坐客人十来个写去。褚中颖因自己执笔，写了落末。年月前边，空行中间，将两纸凑着，写了骑缝一行，两边各半乃是"合同议约"四字。下写"客人文实主人玛宝哈"，各押了花押。单上有名，从后头写起，写到张乘运道："我们押字钱重些，这买卖才弄得成。"主人笑道："不敢轻，不敢轻。"

写毕，主人进内，先将银一箱抬出来道："我先交明白了用钱[23]，还有说话。"众人攒将拢来。主人开箱，却是五十两一包，共总二十包，整整一千两。双手交与张乘运道："凭老客长收明，分与众位罢。"众人初然吃酒。写合同，大家撺哄鸟乱，心下还有些不信的意思。如今见他拿出精晃晃白银来做用钱，方知是实。文若虚恰象梦里醉里，话都说不出来。呆呆地看。张大扯他一把道："这用钱如何分散，也要文兄主张。"文若虚方说一句道："且完了正事慢处。"只见主人笑嘻嘻的对文若虚说道："有一事要与客长商议：价银现在里面阁儿上，都是向来兑过的，一毫不少，只消请客长一两位进去，将一包过一过目，兑一兑为谁，其余多不消兑得。却又一说，此银数不少，搬动也不是一时功夫，况且文客官是个单身，如何好将下船去？又要泛海回还，有许多不便处。"文若虚想了一想道："见教得极是。而今却待怎样？"主人道："依着愚见，文客官目下回去未得。小弟此间有一个缎匹铺，有本三千两在内。其前后大小厅屋楼房，共百余间，也是个大所在。价值二千两，离此半里之地。愚见就把本店货物及房屋文契，作了五千两，尽行交与文客官，就留文客官在此住下了，做此生意。其银也做几遭搬了过去，不知不觉。日后文客官要回去，这里可以托心腹伙计看守，便可轻身往来。不然小店支出不难，文客官收贮却难也。愚意如此。"说了一遍，说得文若虚与张大跌足道："果然是客纲客纪[24]，句句有理。"文若虚道："我家里原无家小，况且家业已尽了，就带了许多银子回去，没处安顿。依了此说，我就在这里，立起个家缘来，有何不可？此番造化，一缘一会，都是上天作成的，只索随缘做去。便是货物房产价钱，未必有五千，总是落得的。"便对主人说："适间所言，诚是万全之算，小弟无不从命。"

主人便领文若虚进去阁上看，又叫张、褚二人："一同去看看。其余列位不必了，请略坐一坐。"他四人进去。众人不进去的，个个伸头缩颈，你三我四说道："有此异事！有此造化！早知这样，懊悔岛边泊船时节也不去走走，或者还有宝贝，也不见得。"有的道："这是天大的福气，撞将来的，如何强得？"正欣羡间，文若虚已同张、褚二客出来了。众人都问："进去如何了？"张大道："里边高阁，是个土库，放银两的所在，都是桶子盛着。适间进去看了，十个大桶，每桶四千又五个小匣，每个一千，共是四万五千。已将文兄的封皮记号封好了，只等交了货，就是文兄的。"主人出来道："房屋文书、缎匹帐目，俱已在此，凑足五万之数了。且到船上取货去。"一拥都到海船。

文若虚于路对众人说："船上人多，切勿明言！小弟自有厚报。"众人也只怕船上人知道，要分了用钱去，各各心照。文若虚到了船上，先向龟壳中把自己包裹被囊取出了。手摸一摸壳，口里暗道："侥幸！侥幸！"主人便叫店内后生二人来抬此壳，分忖道："好生抬进去，不要放在外边。"船上人见抬了此壳去，便道："这个滞货也脱手了，不知卖了多少？"文若虚只不做声，一手提了包裹，往岸上就走。这起初同上来的几个，又赶到岸上，将龟壳从头到尾细看了一遍，又向壳内张了一张，捞了一捞，面面相觑道："好处在那里？"

主人仍拉了这十来个一同上去。到店里，说道："而今且同文客官看了房屋铺面来。"众人与主人一同走到一处，正是闹市中间，一所好大房子。门前正中是个铺子，旁有一弄，走进转个弯，是两扇大石板门，门内大天井，上面一所大厅，厅上有一匾，题曰"来琛堂"。堂旁有两槅侧屋，屋内三面有橱，橱内都是绫罗各色缎匹。以后内房，楼房甚多。文若虚暗道："得此为住居，王侯之家不过如此矣。况又有缎铺营生，利息无尽，便做了这里客人罢了，还思想家里做甚？"就对主人道："好却好，只是小弟是个孤身，毕竟还要寻几房使唤的人才住得。"主人道："这个不难，都在小店身上。"

文若虚满心欢喜，同众人走归本店来。主人讨茶来吃了，说道："文客官今晚不消船里，就在铺中住下了。使唤的人铺中现有，逐渐再讨便是。"众客人多道："交易事已成，不必说了。只是我们毕竟有些疑心，此壳有何好处，值价如此？还要主人见教一个明白。"文若虚道："正是，正是。"主人笑道："诸公在海上走了多遭，这些也不识得！列位岂不闻说龙有九子乎？内有一种是鼍龙，其皮可以幔鼓，声闻百里，所以谓之鼍鼓。鼍龙万岁，到底蜕下此壳成龙。此壳有二十四肋，按天上二十四气，每肋中间节内有大珠一颗。若是肋未完全时节，成不得龙，蜕不得壳。也有生捉得他来，只好将皮幔鼓，其肋中也未有东西。直待二十四肋完全，节节珠满，然后蜕了此壳变龙而去。故此是天然蜕下，气候俱到，肋节俱完的，与生擒活捉、寿数未满的不同，所以有如此之大。这个东西，我们肚中虽晓得，知他几时蜕下？又在何处地方守得他着？壳不值钱，其珠皆有夜光，乃无价宝也！今天幸遇巧，得之无心耳。"众人听罢，似信不信。只见主人走将进去了一会，笑嘻嘻的走出来，袖中取出一西洋布的包来，说道："请诸公看看。"解开来，只见一团绵裹着寸许大一颗夜明珠，光彩夺目。讨个黑漆的盘，放在暗处，其珠滚一个不定，闪闪烁烁，约有尺余亮处。众人看了，惊得目睁口呆，伸了舌头收不进来。主人回身转来，对众客逐个致谢道："多蒙列位作成了。只这一颗，拿到咱国中，就值方才的价钱了；其余多是尊惠。"众人个个心惊，却是说过的话又不好翻悔得。主人见众人有些变色，取了珠子，急急走到里边，又叫抬出一个缎箱来。除了文若虚，每人送与缎子二端，说道："烦劳了列位，做两件道袍穿穿，也见小肆中薄意。"袖中摸出细珠十数串，每送一串道："轻鲜[25]，轻鲜，备归途一茶罢了。"文若虚处另是粗些的珠子四串，缎子八匹，道是："权且做几件衣服。"文若虚同众人欢喜作谢了。

主人就同众人送了文若虚到缎铺中，叫铺里伙计后生们都来相见，说道："今番是此位主人了。"主人自别了去，道："再到小店中去去来。"只见须臾间数十个脚夫拉了好些杠来，把先前文若虚封记的十桶五匣都发来了。文若虚搬在一个深密谨慎的卧房里头去处，出来对众人道："多承列位挚带，有此一套意外富贵，感谢不尽。"走进去把自家包裹内所卖洞庭红的银钱倒将出来，每人送他十个，止有张大与先前出银助他的两三个，分外又是十个。道："聊表谢意。"

此时文若虚把这些银钱看得不在眼里了。众人却是快活，称谢不尽。文若虚又拿出几十个来，对张大说："有烦老兄将此分与船上同行的人，每位一个，聊当一茶。小弟在此间，有了头绪，慢慢到本乡来。此时不得同行，就此为别了。"张大道："还有一千两用钱，未曾分得，却是如何？须得文兄分开，方没得说。"文若虚道："这倒忘了。"就与众人商议，将一百两散与船上众人，余九百两照现在人数，另外添出两股，派了股数，各得一股。张大为头的，褚中颖执笔的，多分一股。众人千欢万喜，没有说话。内中一人道："只是便宜了这回回，文先生还该起个风，要他些不敷才是。"文若虚道："不要不知足，看我一个倒运汉，做着便折本的，造化到来，平空地有此一主财爻。司见人生分定，不必强求。我们若非这主人识货，也只当得废物罢了。还亏他指点晓得，如何还好昧心争论？"众人都道："文先生说得是。存心忠厚，所以该有此富贵。"大家千恩万谢，各各赍了所得东西，自到船上发货。

从此，文若虚做了闽中一个富商，就在那里取了妻小，立起家业。数年之间，才到苏州走一遭，会会旧相识，依旧去了。至今子孙繁衍，家道殷富不绝。正是：

> 运退黄金失色，时来顽铁生辉。
> 莫与痴人说梦，思量海外寻龟。

【注释】

[1] 选自《初刻拍案惊奇》卷一。

[2] 大请大受：指俸禄很高。

[3] 跻跻跄跄：必恭必敬的样子。

[4] 老拙：王老自谦。

[5] 寒荆：对妻子的谦称。

[6] 安童：书童、家童。

[7] 乔人：善于弄巧作假的人。

[8] 妆晃子弟：好摆阔卖弄的富家少年。

[9] 历沴：梅雨季节，久雨潮湿，人易生病，物易霉变。

[10] 干圆洁净：干干净净。

[11] 趁口：混口饭吃。

[12] 杂板令：原指唱腔曲调调节拍杂乱比喻指无专门学问的人。

[13] 报君知：算命盲人手持的铁片，敲击以发出声音。

[14] 财爻：卜卦时，爻象上显示财运。

[15] 元殊苏并诸家树：葛洪《神仙传》载，东汉苏耽奉母至孝，曾中桔凿井，告母亲如遇疾疫，用井水服食桔叶可治，随即飞升而去，后来果然应验。

[16] 李氏千头奴：《水经注》记载，吴丹阳太守李衡广植柑桔千株，临死，告儿子"吾州里有千奴千头，不责衣食，岁绢千匹"。

[17] 通事：翻译。

[18] 一点头：快烂的桔子皮上的白点。

[19] 拿一个班：故意作样子。

[20] 瞧科：看明白了。

[21] 狼犺：粗大笨重的样子。

[22] 不老气：不老到。

[23] 用钱：即佣金。

[24] 客纲客纪：客商有客商的规矩和处事原则。

[25] 轻鲜：小意思。

五、戏　曲

康海杂剧

中山狼（第四折）

【解题】　《中山狼》是一部以忘恩负义为题材的讽刺喜剧，用寓言的形式批判了现实中背义忘恩的现象。全剧构思巧妙，情节曲折，此折是戏剧冲突的高潮。

〔冲末拄杖上〕则俺杖藜老子的是也。俺逃名晦迹，在这深山里隐居，真个无是无非。每日间到那溪边林下，闲步逍遥。只今暮秋天气，景致煞是佳也。只索倚杖散步一回者。〔末同狼上〕天那！着谁人救俺东郭先生也。呀！远远望见的小桥流水、茅舍疏篱，敢是人家的村落？俺只索向前去者。

【双调新水令】看半林黄叶暮云低，碧澄澄小桥流水。柴门无犬吠，古树有乌啼。茅舍疏篱，这是个上八洞闲天地[1]。

呀！那林子里有个老儿，扶杖走来。求他救俺者！〔末拜科〕丈人，早些儿救俺咱！〔老〕兀那先生，为着甚来？〔末〕这中山狼，被赵卿所射，带箭走了。他赶的来上天无路，入地无门，向俺求救。想起俺墨者以兼爱为道，只得把书囊救他一命。才出囊来，反要吃俺。苦苦求他，不肯相饶。俺和他说问个三老，可道是该吃不该吃。打头来遇着株老杏，那无知的朽木道是该吃俺。再来遇着个老牸，那个泼禽兽又道是该吃俺，险些断送了性命也！今来遇着丈人，这是俺命儿里，该有救星。天幸得逢丈人，望赐一言，救俺则个！

【驻马听】枉煞心痴，向猛虎丛中来救你；无端负义，这鬼门关上诉凭谁！遇着顽禽蠢木总无知，道是屠牛伐树都差异。这搭儿难回避。丈人呵！俺不道救星儿恰撞你。

〔老举杖打狼科〕哎，世上有你这般负恩的！他好意儿救得你，便要吃他。那有你这没天理的畜生！你快走！迟呵，俺便杖杀你也！〔狼〕丈人不可听信他，这都是虚言。他见俺被箭射伤，把俺缚了足，拳曲在囊中，受了多少苦楚。他又支吾赵卿，说俺恁的贪狠，延捱了这一会。他假意儿救俺，却是要囊中谋害了，自己独受其利。这般欺心的，道是该吃那不该吃？〔老〕这般说来，先生你也有些不是处。〔末〕哎哟！丈人不知，俺只因救他，险被赵卿看出破绽来，几乎送了一命。这是俺的热心儿，图他甚么来？

【雁儿落】俺为他冲寒忍肚饥，俺为他胆颤心惊碎。把他来无情认有情，博得个冷气淘热气。

〔狼〕丈人莫信他！俺被他缚在囊里，好不苦也！〔老〕你两个说来都难凭信。如今依旧缚在囊中，把那受苦的模样，使俺亲见一番。若是果然受苦呵，先生你也说不得，只索与老狼吃下者。〔狼〕恁的说得有理。俺肚里饿得慌了，快些缚起来！看可是苦也那不苦么。丈人，俺定是要吃那先生的，你莫哄俺来！〔末缚科〕〔置囊中科〕〔老〕先生，你可有佩刀么？〔末〕俺带得有佩刀也。〔出刀科〕〔老〕如今怎的还不下手么？〔末〕虽然是他负俺，俺却不忍杀了他也。

【得胜令】光灿灿匕者雪花吹，软哈哈力怯手难提。俺笑他今日里真狼狈，悔从前怎噬脐[2]？须知跳不出丈人行牢笼计。还疑也是俺先生的命运低。

丈人，只都是俺的悔气。那中山狼且放他去罢！〔老拍掌笑科〕这般负恩的禽兽，还不忍杀害他。虽然是你一念的仁心，却不做了个愚人么？〔末〕丈人，那世上负恩的尽多，何止这一个中山狼么！

【沽美酒】休道是这贪狼反面皮。俺只怕尽世里把心亏。少什么短箭难防暗里随，把恩情番成仇敌。只落得自伤悲！

〔老〕先生说的是。那世上负恩的，好不多也！那负君的，受了朝廷大俸大禄，不干得一些儿事。使着他的奸邪贪佞，误国殃民，把铁桶般的江山，败坏不可收拾。那负亲的，受了爹娘抚养，不能报答。只道爹娘没些挣挫，便待拆骨还父，割肉还母。才得亨通，又道爹娘亏他抬举，却不思身从何来？那负师的，大模大样，把个师傅做陌路人相看。不思做蒙童时节，教你读书识字，那师傅费他多少心来？那负朋友的，受他的周济，亏他的游扬，真是如胶似漆，刎颈之交。稍觉冷落，却便别处去趋炎赶热，把那穷交故友，撇在脑后。

那负亲戚的，傍他吃，靠他穿，贫穷与你资助，患难与你扶持。才竖得起脊梁，便颠番面皮[3]，转眼无情。却又自怕穷，忧人富，划地的妒忌[4]，暗里所算他。你看，世上那些负恩的，却不个个是这中山狼么？〔末〕

【太平令】怪不得那私恩小惠，却教人便叫唱扬疾。若没有个天公算计，险些儿被么么得意[5]！俺只索含悲忍气，从今后见机、莫痴。呀！把这负心的中山狼做傍州例。

〔杀狼科〕业畜这回死了！你如今还想吃俺么？把他撇在路上罢！多幸遇着丈人救俺，索谢了你去也！〔同下〕

【注释】

[1] 上八洞：上界神仙洞府。

[2] 噬脐：用口咬脐，比喻不可能办到的事。

[3] 颠番面皮：翻脸不认人。

[4] 划地：平白无故地。

[5] 么么：细小的事物，此指中山狼。

徐渭杂剧

狂鼓史渔阳三弄

【解题】 此剧是徐渭《四声猿》中的四短剧之一，写三国时的祢衡在阴间应判官之请，重摄曹操亡魂，再现生前击鼓骂曹的场面。全剧仅一折，想象翻空出奇，有浪漫主义风格。

（外扮判官引鬼上）咱这里算子忒明白，善恶到头来撒不得赖。就如那少债的会躲也躲不得几多时，却从来没有不还的债。咱家姓察名幽，字能平，别号火珠道人。平生以善恶持公，在第五殿阎罗天子殿下，做一个明白洒落的好判官。当日祢正平先生与曹操老瞒对讦那一宗案卷[1]，是咱家所掌。俺殿主向来以祢先生气概超群，才华出众，凡一应文字，皆属他起草，待以上宾。昨日晚衙，殿主对咱家说：上帝旧用一伙修文郎，并皆迁次别用。今拟召劫满应补之人，祢生亦在数中，汝可预备装送之资。万一来召不得，有误时刻。我想起来，当时曹瞒召客，令祢生奏鼓为欢，却被他横瞋裸体，掉板掀槌，翻古调作《渔阳三弄》，借狂发愤，推聋装哑，数落得他一个有地皮没躲闪。此乃岂不是踢弄乾坤，提大傀儡的一场奇观[2]！他如今不久要上天去了，俺待要请将他来，一并放出曹瞒，把旧日骂座的情状，两下里演述一番，留在阴司中做个千古的话靶。又见得善恶到头，就是少债还债一般，有何不可？手下，与我请过祢先生，就一面放出曹操，并他旧使唤的一两个人，在左壁厢伺候指挥。

（鬼）领台旨。（下）

（引生扮祢，净扮曹，从二人上）（曹、从留左边）

（鬼）禀上爷，祢先生请到了。

（相见介，祢上座，判下陪云）先生当日借打鼓骂曹操，此乃天下奇观。下官虽从鞫问时左证得闻一二[3]，终以未曾亲睹为歉。

（判又云）又一件，而今恭喜先生为上帝所知，有请召修文的消息，不久当行，而此事缺然，终为一生耿耿。这一件尚是小事。阴司僚属并那些诸鬼众，传流激劝，更是少此一桩不可。下官斗胆敢请先生权做旧日行径，把曹操也扮做旧日规模，演述那旧日骂座的光景，了此凤愿。先生意下如何？

（祢）这个有何不可？只是一件，小生骂座之时，那曹瞒罪恶尚未如此之多，骂将来冷淡寂寥，不甚好听。今日要骂呵，须直捣到铜雀台分香卖履，方痛快人心。

（判）更妙，更妙。手下，带曹操与他的从人过来。曹操，今日要你仍旧扮作丞相，与祢先生演述旧日打鼓骂座那一桩事。你若是乔做那等小心畏惧，藏过了那狠恶的模样，手下就与他一百铁鞭，再从头做起。

（曹众扮介）判翁大人，你一向谦厚，必不肯坐观，就不成了一场戏耍。当日骂座，原有宾客在座，今日就权屈大人为曹瞒之宾，坐以观之，方成一个体面。

（判）这也见教得是。

（揖云）先生告罪，却斗胆了也。（判左曹右举酒坐，祢以常衣进前将鼓）

（曹喝云）野生，你为鼓史，自有本等服色，怎么不穿？快换！

（校喝云）还不快换！（祢脱旧衣，裸体向曹立）

（校喝云）禽兽，丞相跟前可是你裸体赤身的所在？却不道驴臁子朝东，马臁子朝西[4]？

（祢）你那颓丞相臁子朝南，我的臁子朝北。

（校喝云）还不换上衣服，买什么咀！（祢换锦巾、绣服、扁绦介）（唱）

【点绛唇】俺本是避乱辞家，遨游许下。登楼罢[5]，回首天涯。不想道屈身躯扒出他们胯。

【混江龙】他那里开筵下榻，教俺操槌按板把鼓来挝[6]。正好俺借槌来打落，又合着鸣鼓攻他。俺这骂一句句锋碰飞剑戟，俺这鼓一声声霹雳卷风沙。曹操，这皮是你身儿上躯壳，这槌是你肘儿下肋巴，这钉孔儿是你心窝里毛窍，

这板杖儿是你嘴儿上獠牙。两头蒙总打得你泼皮穿,一时间也酬不尽你亏心大。且从头数起,洗耳听咱。(鼓一通)

(曹)狂生,我教你打鼓,你怎么指东话西,将人比畜?我这里铜槌铁刃,好不厉害!你仔细你那舌头和那牙齿!

(判)这生果是无礼。(祢唱)

【油葫芦】第一来逼献帝迁都又将伏后杀,使郗虑去拿。唉,可怜那九重天子救不得一浑家!帝道:"后,少不得你先行,咱也只在目下。"更有那两个儿,又不是别树上花,都总是姓刘的亲骨血,在宫中长大,却怎生把龙雏凤种,做一瓮鲊鱼虾[7]。(鼓一通)

(曹)说着我那一桩事了?(祢唱)

【天下乐】有一个董贵人,是汉天子第二位美娇娃,他该什么刑罚,你差也不差。他肚子里又怀着两三月小娃娃,既杀了他的娘,又连着胞一搭,把娘儿们两口砍做血蛤蟆。(鼓一通)

(曹)狂生,自古道风来树动,人害虎,虎也要伤人。伏后与董承等阴谋害俺,我故有此举。终不然是俺先怀歹意害他?

(判)丞相说得是。

(祢)你也想着他们要害你,为着什么来?你把汉天子逼迁来许昌,禁得就是这里的鬼一般,要穿没有,要吃没有,要使用的没有;要传三指大一块纸条儿,鬼也没得理他。你又先杀了董贵人,他们急了,不谋你待几时!你且说,就是天子无故要杀一个臣下,那臣下可好就去当面一把手采将他妈妈过来,一刀就砍做两段?世上可有这等事么?(判)这又是狂生说得有理,且请一杯解嘲。(祢唱)

【那吒令】他若讨吃么,你与他几块歪剌[8]。他若讨穿么,你与他一匹粲麻[9]。他有时传旨么,教鬼来与拿。是石人也动心,总痴人也害怕,羊也咬人家。(鼓一通)

(判)丞相,这却说他不过。

(曹)说得他过,我倒不到这田地了。(祢唱)

【鹊踏枝】袁公那两家,不留他片甲。刘琮那一答,又逼他来献纳。那孙权呵,几遍几乎[10]。玄德呵,两遍价抢他妈妈。是处儿城空战马,递年来尸满啼鸦。(鼓一通)

(曹)大人,那时节乱纷纷,非只我曹操一人如此。

(判)这个俺阴司各衙门也都有案卷。(祢唱)

356

【寄生草】仗威风只自假，进官爵不由他。一个女孩儿竟坐中宫驾，骑中郎直做了侯王爵，铜雀台直把那云烟架，僭车旗直按例朝廷胯[11]。在当时险夺了玉皇尊，到如今还使得阎罗怕。（鼓一通）

（判低声吩咐小鬼，令扮女乐鼓吹介）

（判）丞相，女儿嫁做皇后，造房子大了些，这还较不妨。打鼓的，且停了鼓，俺闻得丞相有好女乐，请出来劳一劳。

（曹）这是往事，如今那里讨？

（判）你莫管，叫就有。只要你好生纵放着使用他。

（曹）领台命。分付手下叫我那女乐出来。（二女持乌悲词乐器上[12]）

（曹）你两人今日却要自造一个小令，好生弹唱着，劝俺们三杯酒。（祢对曹蹋地坐介）

（女唱）那里一个大鹈鹕，呀一个低都，呀一个低都。变一个花猪打低都，打低都，唱鹧鸪。呀一个低都，呀一个低都，唱得好时犹自可，呀一个低都，呀一个低都。不好之时低打都，打低都，唤王屠。呀一个低都。呀一个低都。

（曹）怎说唤王屠？

（女）王屠杀猪。（进判酒）

（又一女唱）丞相做事心太软，呀一个跷蹊，呀一个跷蹊。引惹得旁人跷打蹊，打跷蹊，说是非。呀一个跷蹊，呀一个跷蹊。雪隐鹭鸶飞始见，呀一个跷蹊，呀一个跷蹊。柳藏鹦鹉跷打蹊，打跷蹊，语方知。呀一个跷蹊，呀一个跷蹊。

（曹）这两句是旧话。

（女）虽是旧话却贴题。

（曹）这妮子朝外叫。

（女）也是道其实，我先首免罪。（进曹酒）

（一女又唱）抹粉搽脂只一会儿红，呀一个冬烘，呀一个冬烘。

（又一女唱）报恩结怨烘打冬，打冬烘，落花的风。呀一个冬烘，呀一个冬烘。

（二女合唱）万事不由人计较，呀一个冬烘，呀一个冬烘。算来都是烘打冬，打冬烘，一场空。呀一个冬烘，呀一个冬烘。

（二女各进酒）

（判）这一曲才妙，合着咱们天机。

（曹）女乐且退，我倦了。

（判笑介，祢起立云）你倦了，我的鼓儿骂儿可还不了。（唱）

【六幺序】哄他人口似蜜，害贤良只当耍。把一个杨德祖立断在辕门下，砑可可血唬零刺[13]。孔先生是丹鼎灵砂，月邸金蟆，仙观琼花。《易》奇而法，《诗》正而葩。他两人嫌隙于你只有针尖大，不过是口唠噪有甚争差。一个为忒聪明参透了"鸡肋"语，一个则是一言不洽，都双双命掩黄沙。

（判）丞相，这一桩却去不得。

（曹）俺醉了，要睡了。（打盹介）

（判）手下采将下去，与他一百铁鞭，再从头做起。

（曹慌介，云）我醒我醒。

（判）你才省得哩。（祢唱）

【幺】哎，我的根芽也没大兜搭[14]，都则为文字儿奇拔，气概儿豪达，拜帖儿常拿，没处儿投纳。绣斧金挝，东阁西华[15]，世不曾挂齿沾牙。唉，那孔北海没来由也。说有些缘法，送在他家。井底虾蟆，也一言不洽，怒气相加。早难道投机少话，因此上暗藏刀，把我送与黄江夏。又逢着鹦鹉撩咱，彩毫端满纸高声价。竟躬身持觥劝酒，俺掷笔还未了杯茶。（鼓一通）

（判）这祸从这上头起，咳，仔细《鹦鹉赋》害事！（祢唱）

【青哥儿】日影移窗棂，窗棂一罅[16]，赋草掷金声[17]，金声一下。黄祖的心肠太狠毒，陡起鳞甲[18]，放出槎枒。香怕风刮，粉怪娟搽，士忌才华，女妒娇娃，昨日菩萨，顷刻罗刹[19]。哎，可怜俺祢衡的头呵！似秋尽壶瓜，断藤无计再生发，霜檐挂。（鼓一通）

（判）这贼原来这么巧弄了这生。

（曹）大人，这也听他不得。俺前日也是屈招的。

（判）这般说，这生的头也是自家掉下来的。

（曹）祢的爷，饶了吧么！

（判）还要这等虚小心，手下铁鞭在那里！

（曹慌作怒介）狂生，俺也有好处来。俺下令求贤，让还三州县，也埋没了俺。（祢唱）

【寄生草】你狠求贤为自家，让三州值什么。大缸中去几粒芝麻吧，馋猫哭一会慈悲诈，饥鹰饶半截肝肠挂，凶屠放片刻猪羊假。你如今还要哄谁人，就还魂改不过精油滑。（鼓一通）

（判）痛快，痛快，大杯来一杯，先生尽着说。（祢唱）

【葫芦草混】你害生灵呵，有百万来的还添上七八。杀公卿呵，那里查，借廒仓的大斗来斛芝麻[20]。恶心肝生就在刀枪上挂，狠规模描不出丹青的画，狡机关我也拈不尽仓猝里骂。曹操，你怎生不再来牵犬上东门[21]，闲听唳鹤华

亭[22]？却出乖弄丑，带锁披枷。（鼓一通）

（判）老瞒，就教你自家处此，也饶自家不过了。先生尽着说。（祢唱）

【赚煞】你造铜雀要锁二乔，谁想道梦巫峡羞杀，靠赤壁那火烧一把。你临死时和那些歪剌们话离别[23]，又卖履分香待怎么？亏你不害羞，初一十五教望着西陵月月的哭他。不想这些歪剌们呵，带衣麻就搂别家。曹操，你自说么，且休提你一世的贤达，只临了这一桩呵，也该几管笔题跋。咳，俺且饶你吧，争奈我《渔阳三弄》的鼓槌儿乏。

（末扮阎罗，鬼使上）手下，快把曹操等收监。

（鬼）禀上老爹，玉帝差人召祢先生，殿主爷说刻限甚急，教老爹这里径自厚赏远饯，记在殿主爷的支应簿上。爷呵会勘事忙，不得亲送，教老爹爹上复先生，他日朝天，自当谢过。

（判）知道了，你自去回话。（鬼应下）

（判）叫掌簿的，快备第一号的金帛，与钱送果酒伺候。（内应介）

（小生扮童，旦扮女，捧书节上云）汉阳江草摇春日，天帝亲闻鹦鹉笔。可知昨夜玉楼成，不用陕西李长吉。咱两人奉玉帝符命，到此召请祢衡，不免径入宣旨。那一个是第五殿判官？（判跪介）

（二使）有旨召祢衡先生，你请他过来，待俺好宣旨。

（祢同判跪，二使付书介）祢先生，上帝有旨召见，你可受了这符册自看，临到却要拜还。就此起行，不得有违时刻。（童唱）

【耍孩儿】文章自古真无价，动天廷玉帝亲迓。飞凫降鹤踏红霞，请先生即便登遐[24]。修葺了旧衔螭首黄金阁，准办着新鲊麟羔白玉叉，倒琼浆三奏钧天罢。校书郎侍玉京香案，支机女倚银汉仙槎。（内作细乐）（女唱）

【三煞】祢先生，你挟鸿名懒去投，赋鹦哥点不加，文光直透俺三台下。奇禽瑞兽虽嘉兆，倚马雕龙却祸芽。祢先生，谁似你这般前凶后吉？这好花样谁能揭，待枣儿甜口，已橄榄酸牙。（祢唱）

【二煞】向天门渐不遥，辞地主痛愈加，几时再得陪清话？叹风波满狱君为主，以后呵，倘裘马朝天我即家。小生有一句说话。

（判）愿闻。（祢）大包容饶了曹瞒吧。

（判）这个可凭下官不得。

（祢）我想眼前业景[25]，尽雨后春花。（判唱）

【一煞】谅先生本泰山[26]，如电目一似瞎。俺此后呵，扫清斋图一幅尊容挂。你那里飞仙作队游春圃，俺这里押鬼成群闹晚衙。怎再得邀文驾，又一件，倘三彭诬枉[27]，望一笔涂抹。这里已到阴阳交界之处，下官不敢越境再送。

（祢）就请回。

（判）俺殿主有薄赆[28]，令下官奉上，伏望俯纳。下官自有一个小果酒，也要仰屈三杯，表一向侍教的薄意。

（祢）小生叨向天廷[29]，要赆物何用？仰烦带回。多多拜上殿主，携榼该领[30]，却不敢稽留天使。

（判）这等就此拜别了。（各磕头共唱）

【尾】自古道胜读十年书，与君一席话，提醒人多因指驴说马。方信道曼情诙谐不是耍[31]。（祢下）

（判白）看了这祢正平渔阳三弄，

笑得我察判官眼睛一缝，

若没有狠阎罗刑法千条，

都只道曹丞相神仙八洞。（下）

【注释】

[1] 对讦：对质，对证。

[2] 踢弄乾坤，提大傀儡：意谓如同玩木偶一般随意摆弄。

[3] 鞫问：审问犯人。

[4] 驴臁子朝东，马臁子朝西：浙东民谚，表示各人要守本分，下面祢衡答语，表示要与曹操对抗。

[5] 登楼罢：意为避乱与怀才不遇，暗用王粲登楼的典故。

[6] 挝：敲打。

[7] 鲊：腌鱼。

[8] 歪剌：不能吃的臭东西。

[9] 綮麻：一种粗麻布。

[10] 几乎：这里是几乎遭毒手之意。

[11] 胯：革带上的饰品，依品级不同而有别。

[12] 乌悲词：即火不思，一种类似琵琶的乐器。

[13] 碃可可：实在在。

[14] 兜搭：难对付，纠缠。

[15] 绣斧金挝，东阁西华：代指达官权要。

[16] 白影二句：写自己作赋敏捷，时间很短。

[17] 赋草掷金声：指祢衡称自己所作的《鹦鹉赋》极为精美。

[18] 鳞甲：鱼下句中的"槎枒"都指恶狠心肠。

[19] 罗刹：恶鬼。

[20] 廒仓：国家粮库。

[21] 牵犬上东门：《史记·李斯传》记载，李斯临刑实对儿子说"吾与若复牵黄犬，

出上蔡东门逐狡兔，岂可乎?"

[22] 唳鹤华亭：《晋书·陆机传》记载，陆机遇害前，感叹"唳鹤华亭，岂可复闻乎?"

[23] 歪剌：不正经的女人。

[24] 登遐：上天，成仙。

[25] 业景：指恶业，善业随身如影，为佛教用语。

[26] 谅先生本泰山：称赞祢衡宽宏大量。

[27] 三彭：即三尸，道家谓人体内作祟的神。

[28] 赆：临别时赠送的礼物。

[29] 叨向天廷：意指无足够的本事而被擢升。

[30] 榼：盛酒的器皿。

[31] 曼倩：东方朔，字曼倩，汉武帝时人，性诙谐。

李开先杂剧　宝剑记

第三十七出　夜奔

【解题】　本出戏通过悲壮沉郁的词曲，情景交融的手法，刻画林冲上梁山时的那种紧张、悲愤、痛苦、矛盾的心情，异常动人。

【点绛唇】数尽更筹[1]，听残银漏[2]。逃秦寇[3]，好教我有国难投，那搭儿相求救[4]？

（白）欲送登高千里目，愁云低锁衡阳路[5]。鱼书不至雁无凭[6]，几番欲作悲秋赋[7]。回首西山日又斜，天涯孤客真难度。丈夫有泪不轻弹，只因未到伤心处。念我一时忿怒，杀死奸细[8]，幸得深夜无人知觉，密投柴大官人庄上隐藏。昨闻故人公孙胜使人报知：今遣指挥徐宁领兵沧州地界捉拿。亏承柴大官人怜我孤穷，写书荐达，径往梁山逃命。日里不敢前行，今夜路经济州地界[9]，恰才天明月朗，霎时雾暗云迷，况山路崎岖，高低不辨，教我怎生行蓦[10]！那前边黑洞洞的，想是村店，只得紧行几步。呀，原来是一座禅林[11]。夜深无人，我向伽蓝殿前暂憩片时[12]。（生作睡介）

（净扮神上，白）生前能护国，没世号伽蓝[13]，眼观十万里，日赴九千坛。吾乃本庙护法之神。今有上界武曲星受难[14]，官兵追急，恐伤他性命。兀那林冲，休推睡梦，今有官兵过了黄河，咫尺赶上，急急起来逃命去罢！吾神去也。凡人心不昧，处处有灵神。但愿人行早，神天不负人。（生醒白）唬死我也！刚才合眼，忽见神像指着道："林冲急急起来，官兵到了！"想是伽蓝神圣指引迷途。我林冲若得一步之地[15]，重修宝殿，再塑金身。撒开脚步去也！

（唱）

【双调新水令】按龙泉血泪洒征袍[16]，恨天涯一身流落。专心投水浒，回首望天朝[17]。急走忙逃，顾不的忠和孝。

【驻马听】良夜迢迢，投宿休将门户敲。遥瞻残月，暗度重关，急步荒郊。身轻不惮路迢遥，心忙只恐人惊觉。魄散魂消，魄散魂消，红尘误了武陵年少[18]。

【水仙子】一朝谏诤触权豪，百战勋名做草茅，半生勤苦无功效。名不将青史标，为家国总是徒劳。再不得倒金樽杯盘欢笑，再不得歌金缕筝琵络索[19]，再不得谒金门环佩逍遥[20]！

【折桂令】封侯万里班超，生逼做叛国的红巾，背主的黄巢。恰便似脱扣苍鹰，离笼狡兔，摘网腾蛟。救急难谁诛正卯[21]掌刑罚难得皋陶[22]！鬓发萧骚[23]，行李萧条。这一去，博得个斗转天回，须教他海沸山摇[24]。

【雁儿落】望家乡去路遥，想妻母将谁靠我这里吉凶未可知，他那里生死应难料。

【得胜令】呀！唬的我汗浸浸身上似汤浇，急煎煎心内类油调。幼室今何在老尊堂恐丧了！劬劳[25]，父母恩难报，悲嚎，英雄气怎消。

【沽美酒】怀揣着雪刃刀，行一步哭号啕。拽长裾急急蓦羊肠路，且喜这灿灿明星下照。忽然间昏惨惨云迷雾罩，疏喇喇风吹叶落，振山林声声虎啸，溪涧哀哀猿叫。吓的我魂飘，胆消，百忙里走不出山前古庙。

【收江南】呀！又只见乌鸦阵阵起松梢，数声残角断渔樵[26]。忙投村店伴寂寥。想亲帏梦杳，空随风雨度良宵[27]！

故国徒劳梦，思归未得归。

此身无所托，空有泪沾衣。

【注释】

[1] 更筹：古代夜间报时的竹签。一夜分为五更，每更约两小时。

[2] 银漏：古代一种计时的工具，以银壶盛水，水慢慢滴漏，壶中标记便显示出时刻。

[3] 秦寇：本指秦兵，这里借指高俅奸党。

[4] 那搭儿：何处，哪里。

[5] 衡阳路：湖南衡阳有回雁峰，传说北雁南飞到此即止，这里指与家乡间传递信息之路。

[6] 鱼书：古代传说鱼可传书。乐府古辞《饮马长城窟行》："客从远方来，遗我双鲤鱼。呼儿烹鲤鱼，中有尺素书。"雁无凭：也是指没有得到书信。古代有雁足传书的故事。

[7] 悲秋赋：宋玉《九辩》："悲哉，秋之为气也。"后因以悲秋赋泛指秋日抒写愁怀的文字。

[8] 奸细：指高俅的爪牙陆谦和傅安。

[9] 济州：今山东济宁市。

[10] 蓦：大步跨越，快行。

[11] 禅林：寺庙。

[12] 伽（qié）蓝：佛教中的护法神。

[13] 没世：死后。

[14] 武曲星：旧时迷信，认为世上的杰出人物都是天上的星宿下凡，武曲星代表英勇刚强有武功的人物，这里指林冲。

[15] 得一步之地：指走运，有了出头发迹之日。

[16] 龙泉：古宝剑名，这里泛指宝剑。

[17] 天朝：京都，这里指朝廷。

[18] 红尘：这里指争名夺利的尘世。武陵年少：即五陵年少。五陵是汉初高帝，惠帝，景帝，武帝，昭帝的陵墓，地近长安，为贵族豪门聚居之地。

[19] "再不得歌今缕"句：再不能过那种歌舞欢乐的生活了。金缕：曲调名，这里泛指乐曲。筝琶：都是弦乐器。络索：乐器上的饰物。

[20] "再不得谒金门"句：意思是再不能进宫朝见皇帝，即向皇帝尽忠了。金门：汉代宫门名，这里代指皇宫。环佩：古代显贵人物衣服上的玉饰。

[21] 正卯：少正卯，春秋时鲁国的大夫，史载他"心逆而险，行僻而坚，言伪而辩，记丑而情，顺非而泽。"后为任鲁国司寇的孔子所诛。这里代指高俅等权奸。

[22] 皋陶（yáo）：传说中虞舜公正无私的法官。

[23] 萧骚：稀疏，凌乱的样子。

[24] 斗转天回：比喻天翻地覆的巨大变化。

[25] 劬（qú）劳：指父母养育子女的劳苦。《诗经·蓼莪》："哀哀父母，生我劬劳。"

[26] 断渔樵：是说天晚了打渔和打柴的人都已收工回家。

[27] "想亲"句：意思是因为思念亲人，即使在帏帐中也难以入睡。

无名氏

鸣凤记
第十四出　写本

【解题】 本剧以明代反抗严嵩奸党的政治斗争为主要内容，表现了八位谏臣前赴后继、弘扬正义的感人事迹。本出为杨继盛的个人专传，独白和对白富有表现力。本剧不止是明代第一部全景式展示当代政治斗争的纪实剧，而且结构上也打破传统的生旦离合模式，代之以一种板块式组合的独特结构，很富于创新。

【瑞山月】（生上）天步[1]有乘除，仕路如反掌；豺狼盈帝里，笔剑须诛攘[2]！

【诉衷情】 三年宦兴落风尘，事业晓云轻。昨将旧冠重整，义气满乾坤。悲栖楚[3]，羡温生[4]，笑杨城[5]，万言时事，千古高风，一片丹心。我杨继盛，向为谏阻马市，谪贬万里边城。今因仇贼奸谋败露[6]，钦升孤臣为兵部武选司员外郎之职。窃喜不死逆鸾之手，以为万幸，而又转迁如此之速，则自今以往之年，皆圣上再生之身。自今以往之官，皆圣上特赐之恩也。既以感激天恩，敢不舍身图报。目今蜥蜴虽除，虎狼人室，严嵩父子秉政弄权，妒贤嫉能，诛戮上下，首相卖官鬻爵，取利下尽锱铢，以刑余为腹心[7]、招群奸为子弟，若不早除贼党，必至大害忠良。向日王宗茂[8]，徐学诗，沈炼等虽尝劾奏，不过止言其贪污而已，若其大逆无道，圣明尚在未知。下官目睹其奸，岂容坐视！今晚就此灯下草成奏章，明早上渎天，倘蒙见准，朝野肃清在此一本也。叫直书房的，取文房四宝过来！（末持纸笔砚上）太平无以报，愿上万言书。老爷，四宝在此。（生）点明了灯，你自去罢，不须在此伺候。（生执笔看本介）这贼臣僭窃多端[9]，正所谓："罄南山之竹，书罪无穷；决东海之波，流恶难尽。"这一幅有限奏章，教我如何写得尽！（写介）

【解三醒】恨权臣协谋助党，专朝政颠覆乾纲[10]。我写不出他滔天的深罪样，我写不出他欺罔的暗中肠！他罪恶显著的，那个不晓得，我只写他一门六贵同生乱，更兼他四海交通货利场[11]。还思想，毕竟是衷情剀切[12]，面诉君王。（停笔看指介）我这手指，前日已被拶折[13]，终不免有些伤损；才写得数行，就疼痛起来。

莫说疼痛，就死也何辞。

【前腔】叹孤臣沟渠誓丧，只为那元恶猖狂。（又写介）我杨继盛虽非谏官，我若不言，更无人言矣！（叹介）怪当朝无肯攀庭槛[14]，又谁个敢牵裳[15]。又写得两行，这手指就流血了。也由他！我只只一心要展擎天手，管不得十指淋漓血未干。还思想，只须这泪痕血迹，感动君王。

（副净扮小鬼上，隐灯下作叫介。生听介）四面绝无人迹，敢是个鬼儿。

【太师引】细推详，这是谁作响我晓得了，是我祖宗的亡灵，恐有祸临，教我不要上这本了。心中自忖量，敢是我亡亲垂念。咳！我那祖宗，你只愿子孙做得个忠臣义士，须教你万古称扬。大抵覆宗绝嗣，也是一个大数，何虑着宗支沦丧[16]！（鬼又叫介，生）你不要叫了，纵然恁哀鸣千状，我此心断易不转，怎能阻我笔底锋芒。我就拼得一死，也强如李斯夷族赵高亡[17]。

（灯下鬼现形介，生）呀！不惟闻其声，抑且见其形[18]。

【前腔】这是幽冥谁劣像，你在此现形呵，似教我封章勿上。你虽然如此，怎当我戆言方壮[19]！（鬼作悲状介，生）你自去罢，休得要在此牺惶。我理会得了，你也不是甚么鬼，想是我忠魂游荡，到死时也做个厉鬼颠狂。人生在世，左右一死，生如寄死谁曰难，须知安金藏[20]剖腹屠肠。

（鬼灭灯下，生）可恶，那鬼儿竟把这灯儿打灭了。此际已将三更时分，小厮们俱已睡去。

（叫介）小丫鬟点灯来！（旦秉灯上，唱）

【生查子】良人素秉忠，封事频频上[21]；清夜谩劳神，幽阃添悲怆[22]。

（生）呀！缘何夫人自家秉灯（旦）此际已将夜分[23]，丫鬟辈都睡去，妾闻相公在此喧嚷，故特秉烛而来。（点灯在台介，生）夫人，有这等奇事，下官方在此写本，只听幽冥之中渐作鬼声。少顷，忽见灯下现出一鬼，披发赤身，满面流血，似有悲切之状，竟把灯儿打灭去了。（旦）此事奇怪，恐非吉兆。请问相公写何奏章（生）此乃国家大事，非夫人辈所宜知，你问他怎么（旦）妾闻皋，夔，稷，契，优游无事，谓之良臣。龙逢，比干，因谏而亡，谓之忠臣。妾愿相公为良臣，不愿相公为忠臣。（生）夫人，忠良本无二理，顾臣之遇与不遇耳。皋，夔，稷，契，遭逢尧，舜，故得吁咈一堂[24]。设使当龙逢，比干之遇，敢不竭忠尽谏！（旦）妾闻君子见几[25]，达人知命。陈平不为土陵之戆，卒至安刘。仁杰不为遂良之直，终能祚唐。王章杀身，忤王风。邺侯寄馆，避元载也。况相公职非谏官，事在得已，纵然要做忠臣，养其身以有待如何（生）夫人！食人之禄，当分人之忧，苟利社稷，死生以之。吕奉先为国而杀董卓，郑虎臣为民而诛似道。匹夫尚然有志，直臣岂容无为！我自草茅韦布之时，常恨不能见用。今见用矣，犹曰彼非我职而不言，是终无可言之时也。况今言路诸臣[26]，不过杜钦，谷永者流，撮拾浮词以塞责耳，若我坐视，元奸大恶，岂能除去！（旦）察言观色，洞见其中[27]。相公此本，想是要劲严老了。但投鼠必忌其器[28]，毁椟恐伤其珠[29]。严嵩宠固君心，贿通内监，夏太师且受其殃，曾御史又遭其毒。今上既信他大诈若忠，必罪你居下讪上，倘触犯天颜，恐祸有不测。鬼形悲泣，未必无为，相公请自思省！（生）你还不知我平生心迹，贪生害义，即非烈丈夫；杀身成仁，才是奇男子。况为臣死忠，乃我之分。今日之本，我非侥幸不死，沽名干誉。多将颈血溅地，感悟君心，倘能剪除逆贼，得与夏，曾二公报仇，我杨继盛就丧九泉，亦瞑目矣！夫人何必苦苦相劝。（旦）相公坚执如此，夫妇死无葬身之地矣！（旦悲介，唱）

【啄木儿】听哀告，说审详。自古道从容就死难，念曾公忠义遭伤，痛夏老元宰受殃。看满朝密张罗雉网，前车已覆须明鉴，相公，你休得要无益轻生绝大纲！（生）

【前腔】夫人！你何须泣，不用伤。论臣道须扶纲植常。骂贼舌不愧常山[30]，

杀贼鬼何怯睢阳。事君致身当死难，你休将儿女情萦绊。我大丈夫在世呵，也须是烈烈轰轰做一场。（旦）

【三段子】相公！你此心何壮，矻睁睁铜肝铁肠[31]。我这苦怎当，哭哀哀儿啼女伤。（生）夫人，你譬如杞梁战死沙场上，其妻哀泣长城断，却不道千载贤愚，总堆黄壤。（旦）

【归朝欢】儿夫的，儿夫的节重义坚，顿忘了终身依仰。今朝后，今朝后未卜存亡。是伊家自诒灾祸，倩谁祈禳！（生）

　　【尾声】我明朝碎首君前抗。我那妻儿，我死之后，你将我尸骸暴露休埋葬。（旦）却为何（生）古人自以不能进贤，退不肖，既死，犹以尸谏[32]。下官亦是此意。须再把义骨忠魂溷上苍！

（生）赤心为国进忠言，（旦）休触天威犯御颜。

（合）此去好凭三寸舌，再来不值半文钱。

【注释】

[1] 天步，天之行步，指国运，时运。乘除，指人事的消长盛衰。

[2] 诛攘：讨伐。

[3] 栖楚：凄楚。

[4] 温生：晋人温峤，以忠著称，曾奏王敦之逆谋，并率兵与王敦战斗。

[5] 杨城：即阳城。唐德宗时为谏议大夫

[6] 仇贼：指仇鸾。总兵甘肃，以贪虐革职，复贿赂严嵩父子得重用。

[7] 刑余：指宦官。

[8] 王宗茂：因上疏弹劾严嵩被谪平阳县丞。徐学诗：上疏言严嵩之罪，被下诏狱，削籍。沈炼：因上疏弹劾严嵩，谪佃保安，终被杀。

[9] 僭：超越本分。

[10] 乾纲：即朝纲。

[11] 四海交通货利场：神通广大，到处交游，靠贿赂办事。

[12] 剀切：切实。

[13] 拶：旧时的一种酷刑，用绳穿五根小木棍，套入手指用力夹。

[14] 肯攀庭槛：汉成帝时，朱云因上谏不纳而被推出问斩，在被带离时，朱云攀折殿上的栏杆，并大呼："臣得下从龙逢，比于游于地下足矣，未知圣朝何如耳，后成帝赦免了朱云，且命保留折坏的殿槛，以旌直臣。

[15] 牵裳：魏文帝曹丕欲从冀州迁十万户到河南，辛毗进言，文帝不答而欲入内，辛毗拉住他的衣襟，继续进言。最后皇帝决定徙五万户。

[16] 宗支：子孙后辈。

[17] 李斯夷族赵高亡：秦始皇统一六国后，李斯为丞相。秦二世继位，赵高用事，以谋反罪治李斯及其子，李斯被腰，夷三族。李斯死，赵高为相，杀秦二世，立子婴。子婴复杀赵高，夷三族。

　　[18] 抑且：而且。

　　[19] 戆言：刚直之言

　　[20] 安金藏：唐长安人。为太常工人时，有人告皇嗣睿宗有异谋，安金藏大呼："公不信金藏之言，请剖心以明皇嗣不反"。遂引佩刀自剖其胸，武则天闻之令人救治，睿宗亦因以免难。

　　[21] 封事：封章，密封的章奏。

　　[22] 闺：妇女居住的内室。

　　[23] 夜分：夜半。

　　[24] 吁砩：表示君臣和洽。

　　[25] 见几：事前洞察事物细微的动向。

　　[26] 言路诸臣：指担任谏官的臣子。

　　[27] 洞见其中：明察事情的根底。

　　[28] 投鼠必忌其器：暗指想除害而有所顾忌。

　　[29] 毁椟恐伤其珠：打破盒子担心伤及盒里的宝珠。

　　[30] 骂贼舌不愧常山：常山，即唐代颜杲卿。他为常山太守时，安禄山反攻陷常山，颜杲卿被执骂声不绝，断其舌，含恨而死。

　　[31] 矻睁睁：形容刚强坚决。

　　[32] 尸谏：陈尸以谏，后泛指以死谏君。

清代部分

一、诗　歌

顾炎武诗

京口即事

【解题】　1644年，清兵占领北京后，南明弘光政权在南京建立，力主抗清的兵部尚书史可法出镇江扬州，是年春，顾炎武膺荐至镇江，盘桓约二月。他见军政废弛，作《军伍议》。《京口即事》二首即作于此时。

其　一

白羽出扬州[1]，黄旗下不头[2]。六双归雁落，千里射蚊浮。河上三军合，神京一战收。祖生多意气[3]，击楫正中流。

【注释】

[1] 白羽句：之史可法督师扬州。

[2] 黄旗句：指弘光帝即位于南京。

[3] 祖生：指东晋名将祖逖。

其　二

大将临江日，匈奴出塞时。两河通诏旨[1]，三辅急王师[2]。转战收铜马[3]，还兵饮月支[4]。从军无限乐，早赋仲宣诗[5]。

【注释】

[1] 两河：河南、河北。

[2] 三辅：京都及附近地区。

[3] 铜马：指李自成等领导的农民起义军。

[4] 月支：指清统治者。

［5］仲宣：汉末文学家王粲，字仲宣。

屈大均诗

鲁连台[1]

【解题】　屈大均身处明清之际，积极投身抗清斗争，对鲁仲连的为人品格有着不同一般的深刻体会。全诗叙事写景与抒情融会无间，语言素朴而笔带豪气。

　　一笑无秦帝，飘然向海东。谁能排大难，不屑计奇功。古戍三秋雁，高台万木风。从来天下士，只在布衣中。

【注释】

　　［1］鲁连台：在今山东聊城东；鲁连：即鲁仲连，他以天下事为己任，替人排难解纷，功成不受赏。

钱谦益诗

后秋兴（其二）

【解题】　《后秋兴》是钱谦益晚年的一组抒情诗，仿照杜甫七律组诗《秋兴八首》，每组八首，共十三组，此组简称《后秋兴》。这些诗的内容多与抗清斗争有联系，寄托了作者的故国之思。

　　海角崖山一线斜，从今也不属中华。更无鱼腹捐躯地，况有龙涎泛海槎[1]？望断关河非汉帜，吹残日月是胡笳[2]。嫦娥老大无归处，独俺银轮哭桂花[3]。

【注释】

　　［1］龙涎：香名。槎：竹木编成的筏。
　　［2］胡笳：比喻清朝统治者。
　　［3］桂花：暗指永历朝帝朱由榔，他原被封为桂王。

吴伟业诗

圆圆曲[1]

【解题】　《圆圆曲》师吴伟业七言歌行的代表作，写吴三贵为了爱妾陈圆圆叛明降清，侧面反映了清兵入关前后的历史。

　　鼎湖当日弃人间[2]，破敌收京下玉关[3]。恸哭六军皆缟素，冲冠一怒为红颜。红颜流落非吾恋，逆贼天亡自荒宴。电扫黄巾定黑山[4]，哭罢君亲再相见。相见初经田窦家，侯门歌舞出如花。许将戚里箜篌[5]技，等取将军油壁车[6]。家本姑苏浣花里，圆圆小字娇罗绮。梦向夫差苑里游，宫娥拥入君王起。前身合是采莲人[7]，门前一片横塘水。横塘双桨去如飞，何处豪家强载归。此际岂知非薄命，此时只有泪沾衣。熏天意气连宫掖，明眸皓齿无人惜。夺归永巷闭良家，教就新声倾座客[8]。座客飞觞红日暮，一曲哀弦向谁诉。白皙通侯最少年，拣取花枝屡回顾。早携娇鸟出樊笼，待得银河几时渡。恨杀军书抵死催，苦留后约将人误。相约恩深相见难，一朝蚁贼满长安。可怜思妇楼头柳，认作天边粉絮看。遍索绿珠围内第，强呼绛树出雕栏[9]。若非壮士全师胜，争得娥眉匹马还。娥眉马上传呼进，云鬟不整惊魂定。蜡炬迎来在战场，啼妆满面残红印。专征萧鼓向秦川[10]，金牛道上车千乘[11]。斜谷云深起画楼，散关月落开妆镜[12]。传来消息满江乡，乌桕红经十度霜[13]。教曲妓师怜尚在，浣纱女伴忆同行。旧巢共是衔泥燕，飞上枝头变凤凰。长向尊前悲老大，有人夫婿擅侯王。当时只受声名累，贵戚名豪竞延致。一斛明珠万斛愁，关山漂泊腰肢细。错怨狂风扬落花，无边春色来天地。尝闻倾国与倾城，翻使周郎受重名。妻子岂应关大计，英雄无奈是多情。全家白骨成灰土，一代红妆照汗青。君不见馆娃初起鸳鸯宿，越女如花看不足[14]。香径尘生鸟自啼，屧廊人去苔空绿[15]。换羽移宫万里愁[16]，珠歌翠舞古梁州。为君别唱吴宫曲，汉水江南日夜流！

【注释】

[1] 圆圆：陈圆圆，明末苏州名妓，后被明辽东总兵吴三贵纳为妾。

[2] 指明思宗朱由检在李自成起义军攻占北京时自缢而亡。

[3] 玉关：玉门关，借指山海关。

[4] 电扫：形容进击神速，疾如闪电；黄巾、黑山：东汉末农民起义军，张角领导的黄巾军和张燕领导的黑山军，借指李自成起义军。

[5] 箜篌：古弦乐器。

[6] 油壁车：古代妇女乘坐的用油涂饰车壁的车子。

[7] 采莲人：指西施。

[8] 新声：时下流行的歌曲。

[9] 绛树：汉末著名舞妓，借指陈圆圆。

[10] 秦川：指陕西、甘肃秦岭以北平原地区。

[11] 金牛道：古栈道名，在今陕西省眉县至褒城之间。

[12] 散关：大散关，在今陕西省宝鸡县。

[13] 乌桕：树名，深秋时树叶变红。

[14] 越女：指西施。

[15] 屧：古代的一种木底鞋，底是空的。

[16] 羽、宫：古代五声音阶的两个音阶。

王士祯诗

江　　上（其二）

【解题】　顺治十七年（1660）八月，作者任江南乡试同考官，由扬州渡江到南京。此诗即作于此时。

吴头楚尾路如何[1]？烟雨秋深暗白波。晚趁寒潮渡江去[2]，满林黄叶雁声多。

【注释】

[1] 吴头楚尾：江北淮南古为楚国辖地，而淮南邗沟流域属于吴国，故称吴头楚尾。

[2] 趁：乘着，就着。

再过露筋祠[1]

【解题】　此诗在景物描写中有所寄托，诗风空灵清丽，可以视为他的神韵说的实践。

翠羽明珰尚俨然[2]，湖云祠树碧于烟。行人系缆月初堕，门外野风开白莲。

【注释】

[1] 露筋祠：在江苏高邮境内。

[2] 翠羽、明珰：饰品。

郑燮诗

潍县署中画竹呈年伯包大中丞括[1]

【解题】　在这首题画诗里，诗人缀丰富的联想、确切的比喻，写出了作为一个正直的地方官的爱民之情。

衙斋卧听萧萧竹[2]，疑是民间疾苦声；些小吾曹州县吏[3]。一枝一叶总关情。

【注释】

[1] 包大中丞括：包括，当时在山东任布政使，署理巡抚。

[2] 衙斋：官衙中的书房。

[3] 些小：低贱轻微；吾曹：我辈。

竹　　石

【解题】　这是一首寓意深刻的题画诗。作者在赞美竹石的这种坚定顽强精神中，隐寓了自己风骨的强劲。

咬定青山不放松[1]，立根原在破岩中。千磨万击还坚劲[2]，任尔东西南北风[3]。

【注释】

[1] 咬定：比喻根扎得结实，像咬着不松口一样。

[2] 磨：折磨。坚劲：坚定强劲。

[3] 尔：那。

赵翼诗

论　　诗（其二）

【解题】　这首诗反对因袭模拟，主张创新推陈，有很高明大胆的艺术见解。

李杜诗篇万口传，至今已觉不新鲜。江山代有才人出，各领风骚数百年[1]。

【注释】

[1] 风骚：《诗经》和《楚辞》的合称。

二、散　文

侯方域散文

马伶传[1]

【解题】　此篇散文写伶人刻苦学艺故事，情节曲折，精神感人。

马伶者，金陵梨园部也[2]。金陵为明之留都[3]，社稷百官皆在[4]；而又当太平盛时，人易为乐，其士女之问桃叶渡[5]、游雨花台者，趾相错也[6]。梨园以技鸣者，无论数十辈[7]，而其最著者二：曰兴化部，曰华林部。

一日，新安贾合两部为大会[8]，遍征金陵之贵客文人[9]，与夫妖姬静女[10]，莫不毕集[11]。列兴化于东肆[12]，华林于西肆，两肆皆奏《鸣凤》所谓椒山先生者[13]。迨半奏[14]，引商刻羽[15]，抗坠疾徐[16]，并称善也。当两相国论河套[17]，而西肆之为严嵩相国者曰李伶，东肆则马伶。坐客乃西顾而叹[18]，或大呼命酒，或移座更近之，首不复东[19]。未几更进[20]，则东肆不复能终曲。询其故，盖马伶耻出李伶下，已易衣遁矣[21]。

马伶者，金陵之善歌者也。既去[22]，而兴化部又不肯辄以易之[23]，乃竟辍其技不奏[24]，而华林部独著。去后且三年[25]，而马伶归，遍告其故侣[26]，请于新安贾曰："今日幸为开宴[27]，招前日宾客，愿与华林部更奏《鸣凤》[28]，奉一日欢。"既奏，已而论河套[29]，马伶复为严嵩相国以出，李伶忽失声，匍匐前称弟子[30]。兴化部是日遂凌出华林部远甚[31]。其夜，华林部过马伶曰[32]："子[33]，天下之善技也，然无以易李伶[34]。李伶之为严相国至矣[35]，子又安从授之而掩其上哉[36]？"马伶曰："固然[37]，天下无以易李伶；李伶即又不肯授我。我闻今相国昆山顾秉谦者[38]，严相国俦也[39]。我走京师，求为其门卒三年，日侍昆山相国于朝房，察其举止，聆其语言[40]，久乃得之。此吾之所为师也。"华林部相与罗拜而去[41]。

马伶名锦，字云将，其先西域人[42]，当时犹称马回回云。

侯方域曰：异哉！马伶之自得师也。夫其以李伶为绝技，无所于求[43]，乃走事昆山[44]，见昆山犹之见分宜也；以分宜教分宜[45]，安得不工哉！呜乎！耻其技之不若[46]，而去数千里为卒三年，倘三年犹不得，即犹不归尔[47]。其志如此，技之工又须问耶[48]？

【注释】

[1] 马伶：姓马的戏剧演员伶：旧时对曲剧演员的称呼。

[2] 金陵：南京市旧名。梨园部：戏班。

[3] 明之留都：明代开国时建都金陵

[4] 社稷：古代帝王、诸侯所祭的土神和谷神。

[5] 问：探访。

[6] 趾相错：脚印相交错，形容游人之多。

[7] 无论：大概，约计。

[8] 新安：今安徽歙（shè 射）县。

[9] 征：召集。

[10] 妖姬：艳丽女人。静女：指少女。

[11] 毕集：都来了。

[12] 肆：指戏场。

[13] 《鸣凤》：指明传奇《鸣凤记》。

[14] 迨（dià 代）：等到。半奏：演到中间。

[15] 商、羽：，古五音名。

[16] 抗坠疾徐：声音高低快慢。

[17] 河套：地名，黄河流经今内蒙古自治区西南部，形曲如套子，中间一带称作河套。

[18] 西顾：往西看，指为华林部李伶的演出所吸引。

[19] 首不复东：意为不愿看兴化部马伶演出。

[20] 更进：继续演出。

[21] 易衣，指卸装。

[22] 既去：已离开。

[23] 辄，犹"即"。

[24] 辍（chuò 辍）：停止。

[25] 且：将近。

[26] 故侣：旧日伴侣，指同班艺人。

[27] 幸：冀也，希望。

[28] 更奏：再次献演。

[29] 已而：不久。

[30] 匍匐：伏在地上。

[31] 凌出：高出，凌驾于对方之上。

[32] 过：拜访。

[33] 子：你。

[34] 易：轻视。

[35] 至矣：象极、妙极。

[36] 安：哪里。

[37] 固然：确实。

[38] 昆山：县名，在江苏省。

[39] 侪：同类人。

[40] 聆，听。

[41] 罗拜：数人环列行礼。

[42] 西域：古代地理名称，指今新疆维吾尔自治区及中亚一部分地方。

[43] 无所于求：没有办法得到。

[44] 昆山，古人习惯以籍贯指代人，这里即指顾秉谦。

[45] 分宜：即指严嵩，严嵩为分宜（今江西分宜县）人。

[46] 不若，不如。

[47] 尔：同"耳"。

[48] 工：精。

袁枚散文

祭妹文

【解题】 本文是作者在亡妹逝世八年后安葬时写的一篇祭文，采用第二人称的叙事角度，似与亡妹对坐倾诉，手足情深，哀感动人。是祭文中脍炙人口的名篇，也是从肺腑中流出的独抒性灵之文。

乾隆丁亥冬[1]，葬三妹素文于上元之羊山[2]，而奠以文曰：

呜呼！汝生于浙而葬于斯，离吾乡七百里矣，当时虽觭梦幻想[3]，宁知此为归骨所耶？

汝以一念之贞，遇人仳离[4]，致孤危托落[5]。虽命之所存，天实为之；然而累汝至此者，未尝非予之过也。予幼从先生授经，汝差肩而坐[6]，爱听古人节义事；一旦长成，遽躬蹈之[7]。呜呼！使汝不识诗书，或未必艰贞若是。

余捉蟋蟀，汝奋臂出其间；岁寒虫僵，同临其穴。今予殓汝葬汝，而当日之情形憬然赴目[8]。予九岁，憩书斋，汝梳双髻，披单缣来[9]，温《缁衣》一章。适先生戺户[10]入，闻两童子音琅琅然，不觉莞尔，连呼则则。此七月望日事也[11]，汝在九原，当分明记之。予弱冠粤行，汝掎裳悲恸[12]。逾三年，予披宫锦还家[13]，汝从东厢扶案出，一家瞠视而笑，不记语从何起，大概说长安登科，函使报信迟早云尔。凡此琐琐，虽为陈迹，然我一日未死，则一日不能忘。旧事填膺，思之凄梗[14]，如影历历，逼取便逝。悔当时不将婴婉情状[15]，罗缕纪存。然而汝已不在人间，则虽年光倒流，儿时可再，而亦无与为证印者矣。

汝之义绝高氏而归也，堂上阿奶仗汝扶持，家中文墨眣汝办治。尝谓女流中最少明经义谙雅故者，汝嫂非不婉嫕[16]，而于此微缺然。故自汝归后，虽为汝悲，实为予喜。予又长汝四岁，或人间长者先亡，可将身后托汝，而不谓汝之先予以去也！前年予病，汝终宵刺探，减一分则喜，增一分则忧。后虽小差[17]，犹尚殗殜[18]，无所娱遣。汝来床前，为说稗官野史可喜可愕之事，聊资一欢。呜呼！今而后吾将再病，教从何处呼汝耶！

汝之疾也，予信医言无害，远吊扬州。汝又虑戚吾心，阻人走报。及至绵惙已极[19]，阿奶问望兄归否，强应曰"诺"。已予先一日梦汝来诀，心知不祥，飞舟渡江。果予以未时还家[20]，而汝以辰时气绝[21]。四支犹温，一目未瞑，盖犹忍死待予也。呜呼痛哉！早知诀汝，则予岂肯远游，即游亦尚有几许心中言要汝知闻，共汝筹画也。而今已矣！除吾死外，当无见期。吾又不知何日死，可以见汝，而死后之有知无知，与得见不得见，又卒难明也。然则抱此无涯之憾，天乎，人乎，而竟已乎！

汝之诗，吾已付梓[22]；汝之女，吾已代嫁；汝之生平，吾已作传；惟汝之窀穸尚未谋耳[23]。先茔在杭，江广河深，势难归葬，故请母命而宁汝于斯，便祭扫也。其旁葬汝女阿印[24]。其下两冢，一为阿爷侍者朱氏，一为阿兄侍者陶氏。羊山旷渺，南望原隰[25]，西望栖霞，风雨晨昏，羁魂有伴，当不孤寂。所怜者，吾自戊寅年读汝哭侄诗后[26]，至今无男，两女牙牙，生汝死后，才周睟耳[27]。予虽亲在未敢言老，而齿危发秃，暗里自知，知在人间尚复几日！阿品远官河南[28]，亦无子女，九族无可继者。汝死我葬，我死谁埋？汝倘有灵，可能告我？

呜呼！身前既不可想，身后又不可知，哭汝既不闻汝言，奠汝又不见汝食。纸灰飞扬，朔风野大，阿兄归矣，犹屡屡回头望汝也。呜呼哀哉！呜呼哀哉！

【注释】

[1] 乾隆丁亥：即乾隆三十二年（1767）。

[2] 素文：名机，字素文，袁枚的三妹。

[3] 觭（jī）梦：做梦，梦中所得。

[4] 仳（pǐ）离：女子被遗弃而去，这里指不合。

[5] 孤危：孤独忧伤。

[6] 差肩：并肩。

[7] 遽：竟然。

[8] 憬然赴目：清楚地呈现在眼前。

[9] 缣：细密地绢。

[10] 奓（zhà）户：开门。

[11] 望日：每月十五。

[12] 掎（jǐ）裳：拉着衣裳。

[13] 披宫锦：中进士。

[14] 凄梗：悲伤得心头堵塞。

[15] 婴婗（yīní）：婴儿，这里指幼小时。

[16] 婉嫕（yì）：柔顺娴静。

[17] 小差：病情稍有好转。

[18] 殗殜（yèdié）：半卧半起，微病的样子。

[19] 绵惙：病情危急，气息微弱。

[20] 未时：下午一点到三点。

[21] 辰时：上午七点到九点。

[22] 付梓：付印。

[23] 窀穸：坟墓。

[24] 阿印：素文女，早死。

[25] 原隰：平原低洼之地。

[26] 哭侄诗：袁枚丧子，素文曾作诗悼之。

[27] 周睟（zuì）：周岁。

[28] 阿品：袁枚的堂弟袁树。

洪亮吉散文

治平篇

【解题】 生活在二百多年前的"盛世"之中，作者以学者的敏锐，发现了人口过快的繁衍速度与经济发展速度之间的矛盾，有深刻社会意义。文章立论鲜明，布局严谨，论述缜密。是我国最早阐述人口问题的文章。

人未有不乐为治平之民者也，人未有不乐为治平既久之民者也。治平至百余年，可谓久矣。然言其户口，则视三十年以前增五倍焉，视六十年以前增十倍焉，视百年、百数十年以前不啻增二十倍焉[1]。

试以一家计之：高、曾之时[2]，有屋十间，有田一顷，身一人，娶妇后不过二人。以二人居屋十间，食田一顷，宽然有余矣。以一人生三计之，至子之世而父子四人，各娶妇即有八人，八人即不能无拥作之助，是不下十人矣。以十人而居屋十间，食田一顷，吾知其居仅仅足，食亦仅仅足也。子又生孙，孙又娶妇，其间衰老者或有代谢，然已不下二十余人。以二十余人而居屋十间，食田一顷，即量腹而食，度足而居，吾以知其必不敷矣。又自此而曾焉[3]，自此而元焉[4]，视高、曾时口已不下五六十倍，是高、曾时为一户者，至曾、元时不分至十户不止。其间有户口消落之家，即有丁男繁衍之族，势亦足以相敌。

或者曰："高、曾之时，隙地未尽辟，闲廛未尽居也[5]。"然亦不过增一倍而止矣，或增三倍五倍而止矣，而户口则增至十倍二十倍，是田与屋之数常处其不足，而户与口之数常处其有余也。又况有兼并之家，一人据百人之屋，一户占百户之田，何怪乎遭风雨霜露饥寒颠踣而死者之比比乎[6]？

曰：天地有法乎？曰：水旱疾疫，即天地调剂之法也。然民之遭水旱疾疫而不幸者，不过十之一二矣。曰：君、相有法乎？曰：使野无闲田，民无剩力，疆土之新辟者，移种民以居之[7]，赋税之繁重者，酌今昔而减之，禁其浮靡，抑其兼并，遇有水旱疾疫，则开仓廪，悉府库以赈之，如是而已，是亦君、相调剂之法也。

要之，治平之久，天地不能不生人，而天地之所以养人者，原不过此数也；治平之久，君、相亦不能使人不生，而君、相之所以为民计者，亦不过前此数法也。然一家之中有子弟十人，其不率教者常有一二[8]，又况天下之广，其游惰不事者何能一一遵上之约束乎？一人之居以供十人已不足，何况供百人乎？一人之食以供十人已不足，何况供百人乎？此吾所以为治平之民虑也。

【注释】

[1] 不啻（chì）：不止。

[2] 高、曾：高祖、曾祖。

[3] 曾：指曾孙。

[4] 元：指玄孙。清代因避康熙帝玄烨的讳，改"玄"为"元"。

[5] 闲廛（chán）：空闲的房屋。廛，一家所居的房地。

[6] 颠踣：跌倒。比比：频频，连接不断。

[7] 种民：耕种的人。

[8] 不率教：不听从教诲。

全祖望散文

梅花岭记[1]

【解题】　全祖望不是明亡遗民，却心存故国之情。本篇以生动简练的文字，塑造了民族英雄史可法的不朽形象，并且用正面描写与侧面衬托的手法，突出了主题。

顺治二年乙酉四月[2]，江都围急[3]。督相史忠烈公[4]知势不可为，集诸将而语之曰："吾誓与城为殉，然仓皇中不可落于敌人之手以死，谁为我临朝成此大节者？"副将军史德威慨然任之。忠烈喜曰："吾尚未有子，汝当以同姓为吾后，吾上书太夫人，谱汝诸孙中。"

二十五日，城陷，忠烈拔刀自裁，诸将果争前抱持之，忠烈大呼"德威"，德威流涕不能执刃，遂为诸将所拥而行，至小东门，大兵如林而至，马副使鸣騄、任太守民育及诸将刘都督肇基等皆死。忠烈乃瞠目曰："我史阁部也。"被执至南门，和硕豫亲王以"先生"呼之，劝之降。忠烈大骂而死。初，忠烈遗言："我死，当葬梅花岭上。"至是，德威求公之骨不可得，乃以衣冠葬之。

或曰："城之破也，有亲见忠烈青衣乌帽，乘白马出天宁门投江死者，未尝殒于城中也。"自有是言，大江南北，遂谓忠烈未死。已而英霍山师大起，皆托忠烈之名，仿佛陈涉之称项燕。吴中孙公兆奎以起兵不克，执至白下[5]，经略洪承畴与之有旧，问曰："先生在兵间，审知故扬州阁部史公果死耶？抑未死耶？"孙公答曰："经略从北来，审知故松山殉难督师洪公果死耶？抑未死耶？"承畴大恚，急呼麾下驱出斩之。呜呼，神仙诡诞之说，谓颜太师以兵解，文少保亦以悟大光明法蝉脱[6]，实未尝死；不知忠义者，圣贤家法，其气浩然，长留天地之间。何必出世入世之面目，神仙之说，所谓为蛇画足。即如忠烈遗骸，不可问矣！百年而后，予登岭上，与客述忠烈遗言，无不泪下如雨，想见当日围城光景，此即忠烈之面目，宛然可遇，是不必问其果解脱否也，而况冒其未死之名者哉？

墓旁有丹徒钱烈女之冢，亦以乙酉在扬，凡五死而得绝，时告其父母火之，无留骨秽地[7]，扬人葬之于此。江右王猷定、关中黄遵岩、粤东屈大均为作传铭哀词。顾尚有未尽表章者：予闻忠烈兄弟自翰林可程下，尚有数人，其后皆来江都省墓。适英霍山师败，捕得冒称忠烈者，大将发至江都，令史氏男女来认之，忠烈之第八弟已亡，其夫人年少有色，守节，亦出视之，大将艳其色，欲强娶之，夫人自裁而死。时以其出于大将之所逼也，莫敢为之表章者。呜呼，忠烈尝恨可程在此，当易姓之间[8]，不能仗节，出疏纠之，岂知身后乃有弟妇以女子而踵兄公之余烈乎？梅花如雪，芳香不染，异日有作忠烈祠者，副使诸公谅在从祀之列[9]，当另为别室以祀夫人，附以烈女一辈也。

【注释】

[1] 梅花岭：在扬州广储门外，因山上遍植梅树而得名。

[2] 顺治二年乙酉：公元 1645 年。

[3] 江都：扬州。

[4] 史忠烈公：史可法，謚号忠烈公。

[5] 白下：指南京。

[6] 文少保：文天祥。

[7] 秽地：指清兵占领的地方。

[8] 易姓：改朝换代。

[9] 从祀：陪祭。

三、词

纳兰性德词

蝶恋花·辛苦最怜天上月

【解题】　这是一首悼亡词，尽情表露了作者对亡妻的悲悼之情，缠绵凄切，感人至深。

辛苦最怜天上月，一昔如环[1]，夕夕都成玦[2]。若似月轮终皎洁，不辞冰雪为卿热[3]。无那尘缘容易绝，燕子依然，软踏帘钩说，唱罢秋坟愁未歇，春丛认取双栖蝶[4]。

【注释】

[1] 一昔：一夜，环：环形玉璧，指月圆。

[2] 玦：一种环形而有缺口的玉佩，指月缺。

[3] 冰雪：意为月轮中很冷。

[4] 双栖蝶：梁山伯与祝英台的传说。

如梦令·万帐穹庐人醉

【解题】　这首词表达了一种深沉的思乡情绪，塑造了一个孤寂无聊的旅人形象。用语自然，含义深远。

万帐穹庐人醉[1]，星影摇摇欲坠。归梦隔狼河[2]，又被河声搅碎。还睡、还睡，解道醒来无味。

【注释】

[1] 穹庐：圆形的毡帐。

[2] 狼河：即大凌河，发源于辽宁。

朱彝尊词

卖花声·雨花台[1]

【解题】　这首词写登雨花台所见的衰败景象，抒发了作者强烈的故国之思。即景抒情，融情入景，语言凝练。

衰柳白门湾[2]，潮打城还。小长干接大长干，歌板酒旗零落尽，剩有渔竿。秋草六朝寒[3]，花雨空坛。更无人处一凭栏。燕子斜阳来又去，如此江山。

【注释】

[1] 雨花台：在江苏南京市。

[2] 白门：南京的别称。

[3] 六朝：指吴、东晋、宋、齐、梁、陈，他们都建都在南京。

曹贞吉词

留客住·鹧鸪[1]

【解题】　康熙十二年（1673）冬，吴三桂于云南起兵反清，贵州提督响应，时作者胞弟曹申吉为贵州巡抚，行踪不明，被举报为附逆。作者对胞弟之遭难，生死未卜，忧心如焚，焦虑万端遂作此词。

瘴云苦[2]！遍五溪、沙明水碧[3]。声声不断，只劝行人休去[4]。行人今古如织，正复何事关卿[5]？频寄语。空祠废驿，便征衫湿尽，马蹄难驻[6]。风更雨。一发中原，杳无望处[7]。万里炎荒，遮莫摧残毛羽[8]。记否越王春殿，宫女如花，只今惟剩汝[9]？子规声续[10]，想江深月黑，低头臣甫。

【注释】

[1] 此词是与李良年倡酬之作。

[2] 瘴云：瘴气。此代指瘴气较多的云贵地方。

[3] 五溪：今湖南西部、贵州东部。古为偏远之地。

[4] "声声"二句：指鹧鸪语。因鹧鸪鸣声类人语"行不得也哥哥"，故云。

[5] 卿，你，指鹧鸪。

[6] 马蹄难驻：指无可居停之处。

[7] "一发"二句：化用苏轼诗"杳杳天低鹘没处，青山一发是中原"。

[8] 遮莫：任凭。

[9] "记否"三句：化用李白诗，哀念曹申吉尚在黔中受苦。

[10] 子规：杜鹃别名，传为蜀望帝所化，其鸣声类人语"不如归去"。

厉鹗词

百字令·秋光今夜

【解题】 这是一首纪游词，作者紧扣"月夜过七里滩"六字，着力描绘了富春江一带的山川之美，清俊幽奇，情景交融。

月夜过七里滩[1]，光景奇绝，歌此调，几令众山皆响。

秋光今夜，向桐江[2]，为写当年高躅[3]。风露皆非人世有，自坐船头吹竹。万籁生山，一星在水，鹤梦疑重续。桹音遥去[4]，西卢渔父初宿。

心忆汐社沉埋，清狂不见，使我形容独。寂寂冷萤三四点，穿过前湾茅屋。林净藏烟，峰危限月，帆影摇空绿。随风飘荡，白云还卧深谷。

【注释】

[1] 七里滩：在浙江桐庐县严陵山西，连及七里，两山夹峙，风浪险恶。

[2] 桐江：即富春江。

[3] 高躅：高人足迹。

[4] 桹音：船浆拨水声。

四、戏　剧

李玉戏剧

清忠谱
第十一折　闹　诏

【解题】　这出戏写逮捕周顺昌的诏书下达后，苏州市民群情激愤，大闹督察院的情形。作者在"闹"字上展开了轰轰烈烈的群众斗争场面，冲突尖锐，场面阔大，气氛悲壮。

〔贴，青衣、小帽上〕苦差合县有，惟我独充当。自家吴县青带[1]便是。北京校尉来捉周乡宦，该应吴县承值。校尉坐在西察院，本县老爷要拨人去听差，这些大阿哥[2]，都呆嘱了书房里，不开名字进去。竟拿我新着役、苦恼子公人，点去承值，关在西察院内。那些校尉动不动叫差人。叫差人要长要短，偶然迟了，轻则靴尖乱踢，重则皮鞭乱打。一个钱也没处去赚，倒受了无数的打骂！方才攮了一肚子烧酒[3]，如今在里边（口么）（口么）喝喝，又走出来了。不免躲在厢房，听他说些什么。〔暗下〕〔付扮差官，丑、小生扮二校，喝上〕

【梨花儿】〔付〕驾上差来天也塌，推托穷官没钱刮，恼得咱家心性发，嗏！拿到京中活打杀。他老爷呢？〔小生〕李老爷睡在那里。〔付〕快请出来。〔校向内介〕张老爷请李老爷。〔净内应介〕来了！〔净扮差官上〕

【前腔】〔净〕久惯拿人手段滑，这番差使差了瞎。自家干儿不设法，嗏！一把松香便决撒[4]。

〔付〕李老爷，咱们奉了驾贴，差千差万，到处拿人，不知赚了多少银子。如今差到苏州，又拿一个吏部。自古道：上说天堂，下说苏、杭。岂不晓得苏州是个富饶的所在？况且吏部是个美官，值不得拿万把银子，送与咱们？开口说是个穷官，一个钱也没有，你道恼也不恼！难道咱们三千七百里路来到这里，白白回去了不成？〔净〕可笑那毛一鹭，做了咱家的官儿，咱们到来，他也该竭力设法，怎么丢咱们住在冷层里边，自己来也不来？哥呵！菲是周顺昌弄不出，咱们定要倒毛一鹭的包哩！〔付〕你老爷说的是！差人那里？〔连叫介〕〔丑〕差人！差人！〔贴走出跪介〕老爷有何分付？〔付〕差你在这里伺候，脸面子也不见，不知躲在那里？〔净〕连连叫唤，才走出来，要你这里做什么！

[付] 李老爷不要与他说，只是打便了。[净] 拿皮鞭来！[贴嗑头介] 小的在这里伺候，求老爷饶打。[付] 你快去与毛一鹭说：俺老爷们，奉了皇爷的圣旨，厂爷的钧旨[5]，到此拿人，你做那一家的官儿，不值得在犯官身上弄万把银子送俺们！若有银子，快快抬来，若没有银子，咱们也不要周顺昌了。咱们自上去，教他自己送周顺昌到京便了。快去说！就来回复。[贴] 小的是个县差，怎敢去见都老爷？怎敢把许多言语去禀？[净、付大怒介] 哇！你这狗头不走么？[贴拜介] 小的委实不敢说。[付] 要你这狗头何用？[将皮鞭乱打介][净乱踢介][贴在地乱滚，叫痛哀求介][付] 这样狗攮的，不中用。[贴爬下][付向丑介] 你照方才的言语，快去与毛一鹭说！俺们立等回话。[内众声喧喊介][丑望介] 呀！门外人山人海，想是来看开读的。这般挨挤，如何走得！[付又与小生说介] 你把皮鞭打开了路，送他出去便了。[向净介] 咱家到里边喝杯凉酒。少不得毛一鹭定然自来回复。[净] 有理。[付] 只等飞廉传信去[6]，[净] 管教贯索就擒来[7]。[同下][小生] 咄！百姓们闪开，闪开！呼家奉旨来拿犯官，什么好看！什么好看！[丑] 闪开，闪开！让咱走路！[将皮鞭乱打下][旦、贴扮二皂喝上][外，黑三髯、冠带，扮寇太守上]

【西地锦】[外] 民愤雷呼辕下，泪飞血洒尘沙。[内众乱喊介] 周吏部第一清廉乡宦，地方仰赖，众百姓专候大老爷做主，鼎言求援哩！[大哭介][末，短胡髯，冠带，扮陈知县急上][向内摇手介] 众百姓休得啼哭！休得啼哭！上司自有公平话。且从容，莫用喧哗。

[内众又喊介] 陈老爷是周乡宦第一门生，益发坐视不得的呢！爷爷嗄！[又哭介][末见个介] 老大人，众百姓执香号泣者，塞巷填街，哀声震地，这却怎么处？[外] 足见周先生平日深得人心，所以至此。贵县且去分付士民中一二老成的上前讲话。[末] 是！[向内介] 众面姓听着！寇老爷分付，士民中老成的，止唤一二人上前讲话。[小生、老旦，扮生员上][作仓惶状介][小生] 生……生……生员王节。[老旦] 生……生员刘羽仪。[小生、老旦] 老……老……老公祖，老……老……老父母在上。周……周……周铨部居官侃侃[8]，居乡表表。如此品行，卓然千古。荼罹奇冤，实实万姓怨恫。老公祖，老父母，在地方亲炙高风，若无一言主持公道，何以安慰民心？[净急上跪介] 青天爷爷阿！周乡宦若果得罪朝廷，小的们情愿入京代死。[丑喊上] 不是这样讲，不是这样讲！让我来说。青天爷爷呵今日若是真正圣旨来拿周乡宦，就冤枉了周乡宦，小的们也不敢说了。今日是魏太监假传圣旨，杀害忠良，众百姓其实不服。就杀尽了满城百姓，再不放周乡宦去的。[大哭介][内齐声号哭介]

［外］众百姓听着！这桩事，非府县所能主张。少刻都老爷到了，你百姓齐声叩求，本府与吴县自然极力周旋。［内齐声应介］太爷是真正青天了。［内敲锣、喝道声介］［净、丑］都老爷来了！列位，大家上前号哭去！［喊介］［小生、老旦］全赖老公祖、老父母鼎力挽回。［外、末］自然，自然！［小生、老旦下］［外、末在场角伺候，打躬迎接介］［内喊介］［付，胡髯、冠带，扮毛抚台，歪戴纱帽，脱带撒袍，众百姓乱拥上］［众喊介］求宪天爷爷做主，出疏保留周乡宦呢！［外、末喝退众下介］［付作大怒，乱喘乱喘大叫介］反了，反了！有这等事！皇上拿人，百姓抗拒，地方大变了，大变了！罢了，罢了！做官不成了！［外、末跪介］老大人请息怒。周宦深得民心，也是平日正气所感。或者有一线可生之路，还望老大人挽回。［付大怒介］咳！逆党聚众，抗提钦犯，叛逆显然了。有什么挽回？有什么挽回？［作怒状，冷笑介］

【风入松】呼群鼓噪闹官衙，圣旨公然不怕。你府县地方干系，可晓得官旗是那一家差来的？天家缇骑魂惊唬[9]，［作手势介］若抗拒，一齐搭哆[10]。［外、末拱介］是！［付低说介］且住了！逆了朝廷，还好弥缝。今日逆了厂公，［皱眉介］咦，比着抗圣旨，题目倍加。头颅上，怎好戴乌纱！［内众又乱喊介］宪天爷爷，若不题疏力救周乡宦，众百姓情愿一个个死在宪法天台下。［外、末又跪介］老大人，卑职不敢多言。民情汹汹如此，还求老大人一言抚慰才是。［付］抚慰什么来？抚慰什么来？拿几个进来打罢了！［外、末又跪介］老大人息怒。众百姓呵，

【前腔】［外、末］哭声震地惨嗟呀！卑职呵，不敢施威喝打。倘一言激变难禁架，定弄出祸来天大。［末又跪介］老大人若封锁一言抚慰，就是周宦在外，卑职也不敢解进辕门。［付］为何？［末］人儿拥，纷如乱麻，就有几皂隶，也难拿。

［付沉思介］嗄！也罢！既如此，快去传谕百姓且散。若要保留周宦，且具一公呈进来，或者另有商量。［外、末起介］是！领命！［即下］［付］哈哈哈！好个呆官儿。苦苦要本院保留，这本儿怎么样写？怎么样写？且待犯官进来，再作道理。［向内叫介］张爷那里？李爷那里？［叫下］［小生扮校尉上，扯住付立定介］毛老爷，不要乱叫。我们的心事，怎么样了？到京去，还要咱们在厂爷面前讲些好话的哩！［付］知道了！知道了！自然从厚。［携手下］［生青衣、小帽，旦、贴扮皂押上］［生］平生尽忠孝，今日任风波。［净、丑、末拥上］周老爷且慢。我们众百姓已禀过都爷，出疏保留了。［生拱谢介］列位素昧平生，多蒙过爱。我周顺昌自矢无他，料到京师，决不殒命。列位请回。

［净、丑、末］当今魏太监弄权，有天无日，决不放周爷去的。［哭，唱］

【前腔】［净、丑］权珰势焰把人挝[11]，到口便成肉鲊。周老爷呵，死生交界应非要，怎容向鬼门占卦？［老旦、小生急上］周老先生，好了！好了！晚生辈三学朋友，已具公呈保留，台驾且回尊府。晚生辈静侯抚公批允便了。［生］多谢诸兄盛情。咳！诸兄，小弟与兄俱读驿书，君命召，驾且不俟。今日奉旨来提，敢不真切赴。顺昌此去，有日还苏，再与诸兄相聚，万分有幸了。［小生、老旦］老先生说出此言，晚生辈愈觉心痛了。［大哭介］［净、丑、末，各抱生哭介］［小生、老旦］老先生，你看被逮诸君，那一个保全的？还是不去的是。投坑阱都成浪花，见那个得还家。［生］列位休得悲哀。我周顺昌呵，

【前腔】［生］打成草稿在唇牙，指佞庭前拼骂[12]。叠成满腹东林话，苦挣着正人声价。诸兄日后将我周顺昌呵，姑苏志休教谬夸。我只是完臣世,死非差。

［外扮中军上］都老爷分付开读且缓，传请周老爷快进商议。［净、丑、小生、老旦、末］有何商量？［外］列位且具公呈，自然要议妥出本的。［众］出本保留，是士民公事，何消周老爷自议？不要听他！［生］列位还是放学生进去的是。［众］不妨，料没后门走了。［外扶生入介］［内付掩门介］［众］奇怪！为何掩门起来？列位，大家守定大门，听着里边声息便了。［作互相窥听介］［内念诏介］跪听开读。［众惊介］列位，不是了！为何开读起来？［又听介］［内高声喊介］犯官上刑具。［众怒介］益发不是了！列位，拼着性命，大家打进去！［打门介］［付扮差官执械上］咄！砍头的，皇帝也不怕；敢来抢犯人么？叫手下拿几个来，一并解京去砍头！

【前腔】［付］妖民结党起波查[13]，倡乱苏城独霸。抢咱钦犯思逆驾，擒将去千刀万剐。［众］咳！你传假旨，思量吓咱！［拍胸介］我众好汉，怎饶他！［付］嘎！你这般狗头，这等放肆，都拿来砍！都拿来砍！［作拔刀介］［净］你这狗头，不知死活！可晓得苏州第一个好汉颜佩韦么？［末］可晓得真正杨家将杨念如么？［丑、旦、贴］可晓得十三太保周老男、马杰、沈扬么？［付］真正是一班强盗！杀！杀！杀！［将刀砍介］［净］众兄弟，大家动手！［打倒付介］［付奔进介］［众赶入打介］天花板上还有一个。［众打进打出三次介］［二旦扛一个死尸上］打得好快活！这样不经打的，把尸骸抛在城脚下喂狗便了。［下］［外扮寇太守扶生上］［生］老公祖，此番大闹，我周顺昌倒无生路了。怎么处？怎么处？［外］老先生休虑。且到本府衙内，再有商量。［扶生下］［末扮陈知县扶付上］［付］这等放肆。快走！快走！各执事不知那里了，怎么处？［末］执事都在前面。只得步行前去。知县护送老大人。［付］走，

走，走！［同末下］［净、丑、旦、贴内大喊。众复上］还有几个狗头，再去打！再去打！［作赶入介］［即出介］一个人也不见了，官府也去了，连周乡宦也不知那里去了。怎么处？快寻，快寻。［各奔介］

【前腔】［合］凶徒打得尽成柤[14]，倒地翻天无那。遁逃没影真奇诧，空察院止堪养马。周乡宦，深藏那家？细详察，觅根芽。［共奔下］

【注释】

[1] 青带：下等衙役。

[2] 大阿哥：上等衙役。

[3] 攮：拼命吃。

[4] 一把松香句：舞台上烧松香以取得烟火效果，比喻很快暴露。

[5] 厂爷：指魏忠贤。

[6] 飞廉：殷人，善跑，比喻差役。

[7] 贯索：原为星名，这里指犯人周顺昌。

[8] 铨部：对吏部官员的尊称。

[9] 缇骑：对逮捕犯人的禁卫吏役的称呼。

[10] 搿咤：象声词，指砍头。

[11] 珰：宦官的代称。

[12] 指佞：草名，这里是周顺昌自喻。

[13] 波查：波折，风波。

[14] 柤：果名，这里用来形容校尉被打后的狼狈相。

洪升戏剧

长生殿
第二十五出 埋 玉

【解题】 本出以李、杨生死离别的悲剧构成了整剧的一个冲突。由于作者对人物的处理视角比较新颖，李、杨的情感描写细腻生动，从而使杨玉环的悲剧形象更加突出。

【南吕过曲·金钱花】（末扮陈元礼引军士上）拥旄仗钺前驱，前驱；羽林拥卫銮舆，銮舆。匆匆避贼就征途。人跋涉，路崎岖。知何日，到成都。

下官右龙武将军陈元礼是也。因禄山造反，破了潼关。圣上避兵幸蜀，命俺统领禁军扈驾。行了一程，早到马嵬驿了。（内鼓噪介）（末）众军为何呐喊？（内）禄山造反，圣驾播迁，都是杨国忠弄权，激成变乱。若不斩此贼臣，我等死不扈驾。（末）众军不必鼓噪，暂且安营。待我奏过圣上，自有定夺。（内应介）（末引军重唱"人跋涉"四句下）（生同旦骑马，引老旦、贴、丑行上）

【中吕过曲·粉孩儿】匆匆的弃宫闱珠泪洒，叹清清冷冷半张銮驾，望成都直在天一涯。渐行来渐远京华，五六搭剩水残山，两三间空舍崩瓦。

（丑）来此已是马嵬驿了，请万岁爷暂住銮驾。（生、旦下马，作进坐介）（生）寡人不道，误宠逆臣，致此播迁，悔之无及。妃子，只是累你劳顿，如之奈何！（旦）臣妾自应随驾，焉敢辞劳。只愿早早破贼，大驾还都便好。（内又喊介）杨国忠专权误国，今又交通吐蕃，我等誓不与此贼俱生。要杀杨国忠的，快随我等前去。（杂扮四军提刀赶副净上，绕场奔介）（军作杀副净，呐喊下）（生惊介）高力士，外面为何喧嚷？快宣陈元礼进来。（丑）领旨。（宣介）（末上见介）臣陈元礼见驾。（生）众军为何呐喊？（末）臣启陛下：杨国忠专权召乱，又与吐蕃私通。激怒六军，竟将国忠杀死了。（生作惊介）呀，有这等事。（旦作背掩泪介）（生沉吟介）这也罢了，传旨起驾。（末出传旨介）圣旨道来，赦汝等擅杀之罪。作速起行。（内又喊介）国忠虽诛，贵妃尚在。不杀贵妃，誓不扈驾。（末见生介）众军道，国忠虽诛，贵妃尚在，不肯起行。望陛下割恩正法。（生作大惊介）哎呀，这话如何说起！（旦慌牵生衣介）（生）将军，

【红芍药】国忠纵有罪当加，现如今已被劫杀。妃子在深宫自随驾，有何干六军疑讶。（末）圣谕极明，只是军心已变，如之奈何！（生）卿家，作速晓谕他，怎狂言没些高下。（内又喊介）（末）陛下呵，听军中怎地喧哗，教微臣怎生弹压！（旦哭介）陛下啊，

【耍孩儿】事出非常堪惊诧。已痛兄遭戮，奈臣妾又受波查[1]。是前生事已定，薄命应折罚。望吾皇急切抛奴罢，只一句伤心话……（生）妃子且自消停[2]。（内又喊介）不杀贵妃，死不扈驾。（末）臣启陛下：贵妃虽则无罪，国忠实其亲兄，今在陛下左右，军心不安。若军心安，则陛下安矣。愿乞三思。（生沉吟介）

【会河阳】无语沉吟，意如乱麻。（旦牵生衣哭介）痛生生怎地舍官家！（合）可怜一对鸳鸯，风吹浪打，直恁的遭强霸！（内又喊介）（旦哭介）众军逼得我心惊唬，（生作呆想，忽抱旦哭介）贵妃，好教我难禁架[3]！

（众军呐喊上，绕场、围驿下）（丑）万岁爷，外厢军士已把驿亭围了。若再迟延，恐有他变，怎么处？（生）陈元礼，你快去安抚三军，朕自有道理！（末）领旨。（下）（生、旦抱哭介）（旦）

【缕缕金】魂飞颤，泪交加。（生）堂堂天子贵，不及莫愁家。（合哭介）难道把恩和义，霎时抛下！（旦跪介）臣妾受皇上深恩，杀身难报。今事势危急，望赐自尽，以定军心。陛下得安稳至蜀，妾虽死犹生也。算将来无计解军哗，

残生愿甘罢，残生愿甘罢！

（哭倒生怀介）（生）妃子说那里话！你若捐生，朕虽有九重之尊，四海之富，要他则甚！宁可国破家亡，决不肯抛舍你也！

【摊破地锦花】任灌哗，我一谜妆聋哑，总是朕差。现放着一朵娇花，怎忍见风雨摧残，断送天涯。若是再禁加[4]，拼代你陨黄沙。

（旦）陛下虽则恩深，但事已至此，无路求生。若再留恋，倘玉石俱焚，益增妾罪。望陛下舍妾之身，以保宗社。（丑作掩泪，跪介）娘娘既慷慨捐生，望万岁爷以社稷为重，勉强割恩罢。（内又喊介）（生顿足哭介）罢罢，妃子既执意如此，朕也做不得主了。高力士，只得但、但凭娘娘罢！（作硬咽、掩面哭下）（旦朝上拜介）万岁！（作哭倒介）（丑向内介）众军听着，万岁爷已有旨，赐杨娘娘自尽了。（众内呼介）万岁，万岁，万万岁！（丑扶旦起介）娘娘，请到后边去。（扶旦行介）（旦哭介）

【哭相思】百年离别在须臾，一代红颜为君尽！

（转作到介）（丑）这里有座佛堂在此。（旦作进介）且住，待我礼拜佛爷。（拜介）佛爷，佛爷！念杨玉环啊，

【越恁好】罪孽深重，罪孽深重，望我佛度脱咱。（丑拜介）愿娘娘好处生天。（旦起哭介）（丑跪哭介）娘娘，有甚话儿，分付奴婢几句。（旦）高力士，圣上春秋已高，我死之后，只有你是旧人，能体圣意，须索小心奉侍。再为我转奏圣上，今后休要念我了。（丑哭应介）奴婢晓得。（旦）高力士，我还有一言。（作除钗、出盒介）这金钗一对，钿盒一枚，是圣上定情所赐。你可将来与我殉葬，万万不可遗忘。（丑接钗盒介）奴婢晓得。（旦哭介）断肠痛杀，说不尽恨如麻。（末领军拥上）杨妃既奉旨赐死，何得停留，稽迟圣驾。（军呐喊介）（丑向前拦介）众军士不得近前，杨娘娘即刻归天了。（旦）唉，陈元礼，陈元礼，你兵威不向逆寇加，逼奴自杀。（军又喊介）（丑）不好了，军士每拥进来了。（旦看介）唉，罢、罢，这一株梨树，是我杨玉环结果之处了。（作腰间解出白练，拜介）臣妾杨玉环，叩谢圣恩。从今再不得相见了。（丑泣介）（旦作哭缢介）我那圣上啊，我一命儿便死在黄泉下，一灵儿只傍着黄旗下[5]。（做缢死下）（末）杨妃已死，众军速退。（众应同下）（丑哭介）我那娘娘啊！

（下）（生上）六军不发无奈何，宛转蛾眉马前死。（丑持白练上，见生介）启万岁爷，杨娘娘归天了。（生作呆不应介）（丑又启介）杨娘娘归天了。自缢的白练在此。（生看大哭介）哎哟，妃子，妃子，兀的不痛杀寡人也！（倒介）（丑扶介）（生哭介）

【红绣鞋】当年貌比桃花，桃花；（丑）今朝命绝梨花，梨花。（出钗盒介）这金钗、钿盒，是娘娘分付殉葬的。（生看钗盒哭介）这钗和盒，是祸根芽。长生殿，怎欢洽；马嵬驿，怎收煞！

（丑）仓卒之间，怎生整备棺椁？（生）也罢，权将锦褥包裹。须要埋好记明，以待日后改葬。这钗盒就系娘娘衣上罢。（丑）领旨。（下）（生哭介）

【尾声】温香艳玉须臾化，今世今生怎见他！（末上跪介）请陛下起驾。（生顿足恨介）咳，我便不去西川也值什么！（内呐喊、掌号，众军上）

【仙吕入双调过曲·朝元令】（丑暗上，引生上马行介）（合）长空雾粘，旌旆寒风刮。长征路淹，队仗黄尘染。谁料君臣，共尝危险。恨贼寇横兴逆焰，烽火相兼，何时得将豺虎歼。遥望蜀山尖，回将凤阙瞻，浮云数点，咫尺把长安遮掩，长安遮掩。

> 翠华西拂蜀云飞，章褐
>
> 天地尘昏九鼎危。吴融
>
> 蝉鬓不随銮驾起，高骈
>
> 空惊鸳鸯忽相随。钱起

【注释】

[1] 波查：波折。

[2] 消停：安心。

[3] 禁架：支持。

[4] 禁加：支持。

[5] 一灵儿句：谓灵魂只追随着皇帝。

孔尚任戏剧

桃花扇
第二十四出　骂　筵

【解题】　本出戏中李香君冒着生命危险面责马士英、阮大铖的罪恶，为我们展示了一个正直高节、刚毅勇敢的女性形象。

【缕缕金】（副净扮阮大铖吉服上）风流代，又遭逢，六朝金粉样，我偏通。管领烟花[1]，衔名供奉[2]。簇新新帽乌衬袍红，皂皮靴绿缝，皂皮靴绿缝。

（笑介）我阮大铖，亏了贵阳相公破格提挈，又取在内庭供奉；今日到任回来，好不荣耀。且喜今上性喜文墨，把王铎补了内阁大学士，钱谦益补了礼部尚书。区区不才，同在文学侍从之班；天颜日近，知无不言。前日进了四种传奇，圣心大悦；立刻传旨，命礼部采选宫人，要将《燕子笺》被之声歌，为中兴一代之乐。我想这本传奇，精深奥妙，倘被俗手教坏，岂不损我文名。因而乘机启奏："生口不如熟口，清客强似教手。[3]"圣上从谏如流，就命广搜旧院[4]，大罗秦淮，拿了清客妓女数十余人，交与礼部拣选。前日验他色艺，都只平常；还有几个有名的，都是杨龙友旧交，求情免选，下官只得勾去。昨见贵阳相公说道："教演新戏是圣上心事，难道不选好的，倒选坏的不成。"只得又去传他，尚未到来。今乃乙酉新年人日佳节，下官约同龙友，移樽赏心亭；邀俺贵阳师相，饮酒看雪。早已吩咐把新选的妓女，带到席前验看。正是：花柳笙歌隋事业，谈谐裙屐晋风流。（下）

【黄莺儿】（老旦扮卞玉京道妆背包急上）家住蕊珠宫，恨无端业海风，把人轻向烟花送。喉尖唱肿，裙腰舞松，一生魂在巫山洞。俺卞玉京，今日为何这般打扮，只因朝廷搜拿歌妓，逼俺断了尘心。昨夜别过姊妹，换上道妆，飘然出院，但不知那里好去投师。望城东云山满眼，仙界路无穷。

（飘飘下）（副净、外、净扮丁继之、沈公宪、张燕筑三清客上）

【皂罗袍】（副净）正把秦淮箫弄，看名花好月，乱上帘栊。凤纸[5]签名唤乐工，南朝天子春心动。我丁继之年过六旬，歌板久抛；前日托过杨老爷，免我前往，怎的今日又传起来了。（外、净）俺两个也都是免过的，不知又传，有何话说。（副净拱介）两位老弟，大家商量，我们一班清客，感动皇爷，召去教歌，也不是容易的。（外、净）正是。（副净）二位青年上进，该去走走，我老汉多病年衰，也不望甚么际遇了。今日我要躲过，求二位遮盖一二。（外）这有何妨，太公钓鱼，愿者上钩。（净）是是！难道你犯了王法，定要拿去审问不成。（副净）既然如此，我老汉就回去了。（回行介）急忙回首，青青远峰；逍遥寻路，森森乱松。（顿足介）若不离了尘埃，怎能免得牵绊。（袖出道巾、黄绦换介）（转头呼介）二位看俺打扮罢，道人醒了扬州梦。

（摇摆下）（外）咦！他竟出家去了，好狠心也。（净）我们且坐廊下晒暖，待他姊妹到来，同去礼部过堂。（坐地介）（小旦扮寇白门，丑扮郑妥娘，杂扮差役跟上）（小旦）桃片随风不结子。（丑）柳绵浮水又成萍。（望介）你看老沈老张不约俺一声儿，先到廊下向暖，我们走去，打他个耳刮子。（相见，诨介）（外问杂介）又传我们到那里去？（杂）传你们到礼部过堂，送入内庭教戏。（外）前日免过俺们了。（杂）内阁大老爷不依，定要借重你们几个老清客哩。（净）是那几个？（杂）待我瞧瞧票子。（取票看介）丁继之、沈公宪、张燕筑。（问介）那姓丁的如何不见？（外）他出家去了。（杂）既出了家，没处寻他，待我回官罢！（向净、外介）你们到了的，竟往礼部过堂去。（净）等他姊妹们到齐着。（杂）今日老爷们秦淮赏雪，吩咐带着女客，席上验看哩。（外、净）既是这等，我们先去了。正是：传歌留乐府，攧笛傍宫墙[6]。（下）（杂看票问小旦介）你是寇白门么？（小旦）是。（杂问丑介）你是卞玉京么？（丑）不是，我是老妥。（杂）是郑妥娘了。（问介）那卞玉京呢？（丑）他出家去了。（杂）咦！怎么出家的都配成对儿。（问介）后边还有一个脚小走不上来的，想是李贞丽了？（小旦）不是，李贞丽从良去了！（杂）我方才拉他下楼，他说是李贞丽，怎的又不是？（丑）想是他女儿顶名替来的。（杂）母子总是一般，只少不了数儿就好了。（望介）他早赶上来也。

【忒忒令】（旦）下红楼残腊雪浓，过紫陌早春泥冻[7]；不惯行走，脚儿十分痛。传凤诏，选蛾眉，把丝鞭，骑骄马；催花使乱拥。

奴家香君，被捉下楼，叫去学歌，是俺烟花本等，只有这点志气，就死不磨。（杂喊介）快些走动！（旦到介）（小旦）你也下楼了，屈尊，屈尊。（丑）我们造化，就得服侍皇帝了。（旦）情愿奉让罢。（同行介）（杂）前面是赏心亭了，内阁马老爷，光禄阮老爷，兵部杨老爷，少刻即到。你们各人整理伺候。（杂同小旦、丑下）（旦私语介）难得他们凑来一处，正好吐俺胸中之气。

【前腔】赵文华陪着严嵩，抹粉脸席前趋奉；丑腔恶态，演出真鸣凤。俺做个女祢衡，挝渔阳，声声骂；看他懂不懂。

（净扮马士英，副净扮阮大铖，末扮杨文骢，外、小生扮从人喝道上）（旦避下）（副净）琼瑶楼阁朱微抹。（末）金碧峰峦粉细勾。（净）好一派雪景也。（副净）这座赏心亭，原是看雪之所。（净）怎么原是看雪之所？（副净）宋真宗曾出周昉雪图，赐与丁谓。说道："卿到金陵，可选一绝景处张之。"因建此亭。（净看壁介）这壁上单条，想是周昉雪图了。（末）非也。这是画友蓝瑛新来见赠的。（净）妙妙！你看雪压锺山，正对图画，赏心胜地，无过此亭矣。（末吩咐介）就把炉、榼、游具，摆设起来。（外、小生设席坐介）（副净向净介）荒亭草具，恃爱高攀，着实得罪了。（净）说那里话。可笑一班小人，奉承权贵，费千金盛设，十分丑态，一无所取，徒传笑柄。（副净）晚生今日帚雪烹茶，清谈攀教，显得老师相高怀雅量，晚生辈也免了几笔粉抹。（净）呵呀！那戏场粉笔，最是利害，一抹上脸，再洗不掉；虽有孝子慈孙，都不肯认做祖父的。（末）虽然利害，却也公道，原以儆戒无忌惮之小人，非为我辈而设。（净）据学生看来，都吃了奉承的亏。（末）为何？（净）你看前辈分宜相公严嵩，何尝不是一个文人，现今《鸣凤记》里抹了花脸，着实丑看。岂非赵文华辈奉承坏了。（副净打恭介）是是！老师相是不喜奉承的，晚生惟有心悦诚服而已。（末）请酒！（同举杯介）（副净问外介）选的妓女，可曾叫到了么？（外禀介）叫到了。（杂领众妓叩头介）（净细看介）（吩咐介）今日雅集，用不着他们，叫他礼部过堂去罢。（副净）特令到此伺候酒席的。（净）留下那个年小的罢。（众下）（净问介）他唤什么名字？（杂禀介）李贞丽。（净笑介）丽而未必贞也。（笑向副净介）我们扮过陶学士了，再扮一折党太尉何如？（副净）妙妙！（唤介）贞丽过来斟酒唱曲。（旦摇头介）（净）为何摇头？（旦）不会。（净）呵呀！样样不会，怎称名妓。（旦）原非名妓。（掩泪介）（净）你有甚心事，容你说来。

【江儿水】（旦）妾的心中事，乱似蓬，几番要向君王控。拆散夫妻惊魂迸，割开母子鲜血涌，比那流贼还猛。做哑装聋，骂着不知惶恐。

（净）原来有这些心事。（副净）这个女子却也苦了。（末）今日老爷们在此行乐，不必只是诉冤了。（旦）杨老爷知道的，奴家冤苦，也值当不的一诉。

【五供养】堂堂列公，半边南朝，望你峥嵘[8]。出身希贵宠，创业选声容，后庭花又添几种。把俺胡撮弄，对寒风雪海冰山，苦陪觞咏。

（净怒介）哎！这妮子胡言乱道，该打嘴了。（副净）闻得李贞丽，原是张天如、夏彝仲辈品题之妓，自然是放肆的。该打该打！（末）看他年纪甚小，未必是那个李贞丽。（旦恨介）便是他待怎的！

【玉交枝】东林伯仲，俺青楼皆知敬重。乾儿义子从新用，绝不了魏家种。（副净）好大胆，骂的是那个，快快采去丢在雪中。（外采旦推倒介）（旦）冰肌雪肠原自同，铁心石腹何愁冻。（副净）这奴才，当着内阁大老爷，这般放肆，叫我们都开罪了。可恨可恨！（下席踢旦介）（末起拉介）（净）罢罢！这样奴才，何难处死，只怕妨了俺宰相之度。（末）是是！丞相之尊，娼女之贱，天地悬绝，何足介意。（副净）也罢！启过老师相，送入内庭，拣着极苦的脚色，叫他去当。（净）这也该的。（末）着人拉去罢！（杂拉旦介）（旦）奴家已拚一死。吐不尽鹃血满胸，吐不尽鹃血满胸。

（拉旦下）（净）好好一个雅集，被这奴才搅乱坏了。可笑，可笑！（副净、末连三揖介）得罪，得罪！望乞海涵，另日竭诚罢。（净）兴尽宜回春雪棹。（副净）客羞应斩美人头。（净、副净从人喝道下）（末吊场介）可笑香君才下楼来，偏撞两个冤对，这场是非免不了的；若无下官遮盖，香君性命也有些不妥哩。罢罢！选入内庭，倒也省了几日悬挂；只是媚香楼无人看守，如何是好？（想介）有了，画友蓝瑛托俺寻寓，就接他暂住楼上；待香君出来，再作商量。

赏心亭上雪初融，煮鹤烧琴宴钜公[9]，

恼杀秦淮歌舞伴，不同西子入吴宫。

【注释】

[1] 烟花：指艺妓。

[2] 供奉：指以文学、技艺供奉内庭的官。

[3] 清客：本指在达官贵人门下寄食的文人，这里指教妓女吹弹唱歌的艺人。

[4] 旧院：南京地名，是秦淮河畔歌妓聚居之处。

[5] 凤纸：内庭的诏书。

[6] 撇（yè）笛指进入内庭教戏。

[7] 紫陌：旧指帝都的道路。

[8] 峥嵘：强盛、振作。

[9] 煮鹤烧琴：比喻糟蹋美好事物。

五、小　说

蒲松龄小说

聊斋志异

婴　宁

【解题】　《婴宁》是情节淡化的小说，婴宁其人才是小说最具魅力之处。作者着意塑造了一个天真烂漫、敢说敢笑的人物形象，从不同角度和不同情态来描绘她的"笑"，具有很强的艺术感染力。

王子服，莒之罗店人[1]，早孤，绝慧，十四入泮[2]。母最爱之，寻常不令游郊野。聘萧氏，未嫁而夭，故求凰未就也。

会上元[3]，有舅氏子吴生邀同眺瞩[4]，方至村外，舅家有仆来招吴去。生见游女如云，乘兴独游。有女郎携婢，拈梅花一枝，容华绝代，笑容可掬。生注目不移，竟忘顾忌。女过去数武[5]，顾婢子笑曰："个儿郎目灼灼似贼[6]！"遗花地上，笑语自去。生拾花怅然，神魂丧失，怏怏遂返。至家，藏花枕底，垂头而睡，不语亦不食。母忧之，醮禳益剧[7]，肌革锐减。医师诊视，投剂发表，忽忽若迷。母抚问所由，默然不答。适吴生来，嘱秘诘之。吴至榻前，生见之泪下，吴就榻慰解，渐致研诘，生具吐其实，且求谋画。吴笑曰："君意亦痴！此愿有何难遂？当代访之。徒步于野，必非世家，如其未字[8]，事固谐矣，不然，拚以重赂，计必允遂。但得痊瘳[9]，成事在我。"生闻之不觉解颐[10]。吴出告母，物色女子居里。而探访既穷，并无踪迹。母大忧，无所为计。然自吴去后，颜顿开，食亦略进。数日吴复来，生问所谋。吴绐之曰[11]："已得之矣。我以为谁何人，乃我姑之女，即君姨妹，今尚待聘。虽内戚有婚姻之嫌，实告之无不谐者。"生喜溢眉宇，问："居何里？"吴诡曰："西南山中，去此可三十余里。"生又嘱再四，吴锐身自任而去[12]。

生由是饮食渐加，日就平复。探视枕底，花虽枯，未便雕落，凝思把玩，如见其人。怪吴不至，折柬招之，吴支托不肯赴招。生忿怒，悒悒不欢。母虑其复病，急为议姻，略与商榷，辄摇首不愿，惟日盼吴。吴迄无耗[13]，益怨恨之。转思三十里非遥，何必仰息[14]他人？怀梅袖中，负气自往，而家人不知也。伶仃独步，无可问程，但望南山行去。约三十余里，乱山合沓，空翠爽肌、寂无人行，止有鸟道。遥望谷底丛花乱树中，隐隐有小里落。下山入村，见舍宇无多，皆茅屋，而意甚修雅。北向一家，门前皆丝柳，墙内桃杏尤繁，间以修竹，野鸟格磔其中[15]。意其园亭，不敢遽入。回顾对户，有巨石滑洁，因坐少憩。俄闻墙内有女子长呼："小荣！"其声娇细。方伫听间，一女郎由东而西，执杏花一朵，俯首自簪；举头见生，遂不复簪，含笑拈花而入。审视之，即上元途中所遇也。心骤喜，但念无以阶进。欲呼姨氏，顾从无还往，惧有讹误。门内无人可问，坐卧徘徊，自朝至于日昃[16]，盈盈望断[17]，并忘饥渴。时见女子露半面来窥，似讶其不去者。忽一老媪扶杖出，顾生曰："何处郎君，闻自辰刻来，以至于今。意将何为？得勿饥也？"生急起揖之，答云："将以探亲。"媪聋聩不闻。又大言之。乃问："贵戚何姓？"生不能答。媪笑曰："奇哉！姓名尚自不知，何亲可探？我视郎君亦书痴耳。不如从我来，啖以粗粝[18]，家有短榻可卧。待明朝归，询知姓氏，再来探访。"生方腹馁思啖，又从此渐近丽人，大喜。从媪入，见门内白石砌路，夹道红花片片坠阶上，曲折而西，又启一关，豆棚花架满庭中。肃客入舍[19]，粉壁光如明镜，窗外海棠枝朵，探入室中，裀藉几榻[20]，罔不洁泽。甫坐，即有人自窗外隐约相窥。媪唤："小荣！可速作黍。"外有婢子嘤声而应[21]。坐次[22]，具展宗阀。媪曰："郎君外祖，莫姓吴否？"曰："然。"媪惊曰："是吾甥也！尊堂[23]，我妹子。年来以家屡贫，又无三尺之男，遂至音问梗塞。甥长成如许，尚不相识。"生曰："此来即为姨也，匆遽遂忘姓氏。"媪曰："老身秦姓，并无诞育，弱息[24]亦为庶产[25]。渠母改醮[26]，遗我鞠养[27]。颇亦不钝，但少教训，嬉不知愁。少顷，使来拜识。"未几婢子具饭，雏尾盈握[28]。媪劝餐已，婢来敛具。媪曰："唤宁姑来。"婢应去。良久，闻户外隐有笑声。媪又唤曰：

"婴宁，汝姨兄在此。"户外嗤嗤笑不已。婢推之以入，犹掩其口，笑不可遏。媪逋目曰："有客在，咤咤叱叱[29]，是何景象？"女忍笑而立，生揖之。媪曰："此王郎，汝姨子。一家尚不相识，可笑人也。"生问："妹子年几何矣？"媪未能解；生又言之。女复笑，不可仰视。媪谓生曰："我言少教诲，此可见矣。年已十六，呆痴如婴儿。"生曰："小于甥一岁。"曰："阿甥已十七矣，得非庚午属马者耶？"生首应之。又问："甥妇阿谁？"答曰："无之。"曰："如甥才貌，何十七岁犹未聘？婴宁亦无姑家，极相匹敌。惜有内亲之嫌。"生无语，目注婴宁，不遑他瞬。婢向女小语云："目灼灼贼腔未改！"女又大笑，顾婢曰："视碧桃开未？"遽起，以袖掩口，细碎连步而出。至门外，笑声始纵。媪亦起，唤婢襆被[30]，为生安置。曰："阿甥来不易，宜留三五日，迟迟送汝归。如嫌幽闷，舍后有小园，可供消遣；有书可读。"

次日至舍后，果有园半亩，细草铺毡，杨花糁径[31]。有草舍三楹[32]，花木四合其所。穿花小步，闻树头苏苏有声，仰视，则婴宁在上，见生来，狂笑欲堕。生曰："勿尔，堕矣！"女且下且笑，不能自止。方将及地，失手而堕，笑乃止。生扶之，阴揾其腕[33]。女笑又作，倚树不能行，良久乃罢。生俟其笑歇，乃出袖中花示之。女接之，曰："枯矣！何留之？"曰："此上元妹子所遗，故存之。"问："存之何益？"曰："以示相爱不忘。自上元相遇，凝思成病，自分化为异物；不图得见颜色，幸垂怜悯。"女曰："此大细事[34]，至戚何所靳惜？待郎行时，园中花，当唤老奴来，折一巨捆负送之。"生曰："妹子痴耶？"女曰："何便是痴？"生曰："我非爱花，爱拈花之人耳。"女曰："葭莩之情，爱何待言。"生曰："我所为爱，非瓜葛之爱，乃夫妻之爱。"女曰："有以异乎？"曰："夜共枕席耳。"女俯首思良久，曰："我不惯与生人睡。"语未已，婢潜至，生惶恐遁去。少时会母所，母问："何往？"女答以园中共话。媪曰："饭熟已久，有何长言，周遮乃尔[35]。"女曰："大哥欲我共寝。"言未已，生大窘，急目瞪之。女微笑而止。幸媪不闻，犹絮絮究诘。生急以他词掩之，因小语责女。女曰："适此语不应说耶？"生曰："此背人语。"女曰："背他人，岂得背老母？且寝处亦常事，何讳之？"生恨其痴，无术可悟之。

食方竟，家人捉双卫来寻生[36]。先是，母待生久不归，始疑。村中搜觅已遍，竟无踪兆，因往寻吴。吴忆曩言，因教于西南山村寻觅。凡历数村，始至于此。生出门，适相值，便入告媪，且请偕女同归。媪喜曰："我有志，匪伊朝夕。但残躯不能远涉，得甥携妹子去，识认阿姨，大好！"呼婴宁，宁笑至。媪曰："大哥欲同汝去，可装束。"又饷家人酒食[37]，始送之出，曰："姨家田产丰裕，能养冗人。到彼且勿归，小学诗礼，亦好事翁姑。即烦阿姨择一良匹与汝。"二人遂发。至山坳回顾，犹依稀见媪倚门北望也。

抵家，母睹妹丽，惊问为谁。生以姨妹对。母曰："前吴郎与儿言者，诈也。我未有姊，何以得甥？"问女，女曰："我非母出。父为秦氏，没时儿在襁中，不能记忆。"母曰："我一姊适秦氏良确[38]。然殂谢已久[39]，那得复存？"因审诘面庞、志赘[40]，一一符合。又疑曰："是矣！然亡已多年，何得复存？"疑虑间，吴生至，女避入室。吴询得故，惘然久之，忽曰："此女名婴宁耶？"生然之。吴极称怪事。问所自知，吴曰："秦家姑去世后，姑丈鳏居，祟于狐，病瘵死。狐生女名婴宁，绷卧床上，家人皆见之。姑丈没，狐犹时来。后求天师符粘壁上，狐遂携女去。将勿此耶？"彼此疑参，但闻室中嗤嗤，皆婴宁笑声。母曰："此女亦太憨。"吴生请面之。母入室，女犹浓笑不顾。母促令出，始极力忍笑，又面壁移时方出。才一展拜。翻然遽入，放声大笑。满室妇女，为之粲然[41]。

吴请往觇其异，就便执柯[42]。寻至村所，庐舍全无，山花零落而已。吴忆葬处仿佛不远，然坟垅湮没，莫可辨识，诧叹而返。母疑其为鬼，入告吴言，女略无骇意。又吊其无家，亦殊无悲意，孜孜憨笑而已。众莫之测，母令与少女同寝止，昧爽即来省问，操女红糖巧绝伦。但善笑，禁之亦不可止。然笑处嫣然，狂而不损其媚，人皆乐之。邻女少妇，争承迎之。母择吉为之合卺，而终恐为鬼物，窃于日中窥之，形影殊无少异。

至日，使华装行新妇礼，女笑极不能俯仰，遂罢。生以憨痴，恐泄漏房中隐事，而女殊密秘，不肯道一语。每值母忧怒，女至一笑即解。奴婢小过，恐遭鞭楚，辄求诣母共话，罪婢投见恒得免。而爱花成癖，物色遍戚党；窃典金钗，购佳种，数月，阶砌藩溷无非花者[43]。庭后有木香一架，故邻西家，女每攀登其上，摘供簪玩。母时遇见辄诃之，女卒不改。一日西人子[44]见之，凝注倾倒。女不避而笑。西人子谓女意属己，心益荡。女指墙底笑而下，西人子谓示约处，大悦。及昏而往，女果在焉，就而淫之，则阴如锥刺，痛彻于心，大号而踣。细视非女，则一枯木卧墙边，所接乃水淋窍也。邻父闻声，急奔研问，呻而不言；妻来，始以实告。爇火烛窥，见中有巨蝎如小蟹然，翁碎木，捉杀之。负子至家，半夜寻卒。邻人讼生，讦发婴宁妖异。邑宰素仰生才，稔知其笃行士，谓邻翁讼诬，将杖责之，生为乞免，遂释而出。母谓女曰："憨狂尔尔，早知过喜而伏忧也。邑令神明，幸不牵累。设鹘突官宰，必逮妇女质公堂，我儿何颜见戚里？"女正色，矢不复笑。母曰："人罔不笑，但须有时。"而女由是竟不复笑，虽故逗之亦终不笑，然竟日未尝有戚容。

一夕，对生零涕。异之。女哽咽曰："曩以相从日浅，言之恐致骇怪。今日察姑及郎，皆过爱无有异心，直告或无妨乎？妾本狐产。母临去，以妾托鬼母，相依十余年，始有今日。妾又无兄弟，所恃者惟君。老母岑寂山阿[45]，无人怜而合厝之[46]，九泉辄为悼恨。君倘不惜烦费，使地下人消此怨恫，庶养女者不忍溺弃。"生诺之，然虑坟冢迷于荒草。女言无虑。刻日夫妇舆榇而往[47]。女于荒烟错楚中[48]，指示墓处，果得媪尸，肤革犹存。女抚哭哀痛。舁归，寻秦氏墓合葬焉。是夜生梦媪来称谢，寤而述之。女曰："妾夜见之，嘱勿惊郎君耳。"生恨不邀留。女曰："彼鬼也。生人多，阳气胜，何能久居？"生问小荣，曰："是亦狐，最黠。狐母留以视妾，每摄饵相哺[49]，故德之常不去心；昨问母，云已嫁之。"由是岁值寒食[50]，夫妇登秦墓，拜扫无缺。女逾年生一子，在怀抱中，不畏生人，见人辄笑，亦大有母风云。

异史氏曰："观其孜孜憨笑，似全无心肝者。而墙下恶作剧，其黠孰甚焉！至凄恋鬼母，反笑为哭，我婴宁殆隐于笑者矣。窃闻山中有草，名'笑矣乎'，嗅之则笑不可止。房中植此一种，则合欢、忘忧，并无颜色矣。若解语花，正嫌其作态耳。"

【注释】

[1] 莒（jǔ）：县名，今属山东。

[2] 泮：泛指地方官办的学校。

[3] 上元：正月十五。

[4] 眺瞩：居高望远。

[5] 数武：几步，半步为武。

[6] 个儿郎：这个小子。

[7] 醮禳（jiàoráng）：请和尚道士设坛祈祷以消除灾祸的迷信活动。

[8] 字：女子许婚。

[9] 痊瘳：痊愈。

[10] 解颐：开颜欢笑。

[11] 绐：哄骗。

[12] 锐身自任：自己主动承担此事。

[13] 耗：消息。

[14] 仰息：依赖他人。

[15] 格磔：鸟鸣声。

[16] 日昃：太阳偏西。

[17] 盈盈望断：形容盼望得非常殷切。

[18] 粗粝：糙米饭。

［19］肃：引进。

［20］衽藉：垫褥，坐席。

［21］嗷声：高声。

［22］坐次：对坐之际。

［23］尊堂：旧时对别人母亲得敬称。

［24］弱息：对自己子女得谦称。

［25］庶产：妾生子女。

［26］改醮：改嫁。

［27］鞠养：抚养。

［28］雏尾盈握：雏，指小鸡，盈握，言其肥。

［29］咤咤叱叱：吵吵闹闹。

［30］襆被：包着被子。

［31］杨花糁径：柳絮象米粒一样洒在小径上。

［32］三楹：三间。

［33］揿：捏，按。

［34］大细事：极小的事。

［35］周遮：罗嗦。

［36］捉：牵引，卫：驴。

［37］饷：用酒食款待人。

［38］适：古代指女子出嫁。

［39］殂谢：死亡。

［40］志赘：皮肤上的色斑和突起的小疙瘩。

［41］粲然：笑的样子，粲：清丽明亮。

［42］执柯：做媒。

［43］藩溷：厕所。

［44］西人子：西边隔壁家的儿子。

［45］山阿：山中曲坳之处。

［46］合厝：合葬。

［47］舆榇：用车载着棺材。

［48］错楚：杂乱的树丛。

［49］摄饵：拿来食物。

［50］寒食：清明节的前一天。

叶　生

【解题】　本篇小说作者以饱含辛酸的文字，通过叶生的经历，深刻揭露了科举制度扼杀人才的罪恶。

淮阳叶生者[1]，失其名字。文章词赋，冠绝当时[2]，而所遇不偶，困于名场[3]。会关东丁乘鹤来令是邑[4]，见其文，奇之，召与语，大悦。使即官署受灯火[5]，时赐钱谷恤其家。值科试，公游扬于学使，遂领冠军。公期望綦切[6]，闱后索文读之[7]，击节称叹。不意时数限人[8]，文章憎命，及放榜时，依然铩羽[9]。生嗒丧而归[10]，愧负知己，形销骨立，痴若木偶。公闻，召之来而慰之；生零涕不已。公怜之，相期考满入都，携与俱北。生甚感佩。辞而归，杜门不出。无何寝疾[11]。公遗问不绝，而服药百裹[12]，殊罔所效。

公适以忤上官免，将解任去。函致之，其略云："仆东归有日，所以迟迟者，待足下耳。足下朝至，则仆夕发矣。"传之卧榻。生持书啜泣，寄语来使："疾革难遽瘥，请先发。"使人返白。公不忍去，徐待之。

逾数日，门者忽通叶生至。公喜，迎而问之。生曰："以犬马病，劳夫子久待，万虑不宁。今幸可从杖履。"公乃束装戒旦。抵里，命子师事生，夙夜与俱。公子名再昌，时年十六，尚不能文。然绝慧，凡文艺三两过，辄无遗忘。居之期岁[13]，便能落笔成文。益之公力，遂入邑痒[14]。生以生平所拟举业悉录授读，闱中七题，并无脱漏，中亚魁[15]。公一日谓生曰："君出余绪，遂使孺子成名。然黄钟长弃若何！"生曰："是殆有命！借福泽为文章吐气，使天下人知半生沦落，非战之罪也，愿亦足矣。且士得一人知己可无憾，何必抛却白纻[16]，乃谓之利市哉！"公以其久客，恐误岁试，劝令归省。生惨然不乐，公不忍强，嘱公子至都为之纳粟[17]。公子又捷南宫[18]，授部中主政，携生赴监[19]，与共晨夕。逾岁，生入北闱，竟领乡荐[20]。会公子差南河典务，因谓生曰："此去离贵乡不远。先生奋迹云霄，锦还为快。"生亦喜。择吉就道，抵淮阳界，命仆马送生归。

见门户萧条，意甚悲恻。逡巡至庭中，妻携簸具以出，见生，掷具骇走。生凄然曰："今我贵矣！三四年不觌[21]，何遂顿不相识？"妻遥谓曰："君死已久，何复言贵？所以久淹君枢者[22]，以家贫子幼耳。今阿大亦已成立，将卜窀穸[23]，勿作怪异吓生人。"生闻之，怃然惆怅[24]。逡巡入室，见灵枢俨然，扑地而灭。妻惊视之，衣冠履舄如蜕委焉。大恸，抱衣悲哭。子自塾中归，见结驷于门，审所自来，骇奔告母。母挥涕告诉。又细询从者，始得颠末。从者返，公子闻之，涕堕垂膺。即命驾哭诸其室；出橐为营丧[25]，葬以孝廉礼[26]。又厚遗其子，为延师教读。言于学使，逾年游泮。

异史氏曰："魂从知己竟忘死耶？闻者疑之，余深信焉。同心倩女，至离枕上之魂；千里良朋，犹识梦中之路。而况茧丝蝇迹，吐学士之心肝；流水高山，通我曹之性命者哉！嗟乎！遇合难期，遭逢不偶。行踪落落，对影长愁；傲骨嶙嶙，搔头自爱。叹面目之酸涩，来鬼物之揶揄[27]。频居康了之中[28]，则须发之条条可丑；一落孙山之外，则文章之处处皆疵。古今痛哭之人，卞和惟尔；颠倒逸群之物，伯乐伊谁？抱刺于怀，三年灭字，侧身以望，四海无家。人生世上，只须合眼放步，以听造物之低昂而已。天下之昂藏沦落如叶生者^[29]，亦复不少，顾安得令威复来而生死从之也哉？噫!"

【注释】

[1] 淮阳：县名在今河南省东部。

[2] 冠绝：无人能及。

[3] 名场：科场。

[4] 关东：旧称辽宁、吉林、黑龙江为关东。

[5] 灯火：求学的费用。

[6] 綦切：极、甚。

[7] 闱：此指乡试。

[8] 时数：命运。

[9] 铩羽：失意，受挫。

[10] 嗒丧：丧气、失落。

[11] 寝疾：卧病。

[12] 百裹：百包，百剂。

[13] 期岁：一年。

[14] 入邑庠：进入县学。

[15] 亚魁：第二名。

[16] 白纻：白色粗布衣服，古代平民所穿的衣服。

[17] 纳粟：捐钱取得监生的资格。

[18] 捷南宫：考取了进士。

[19] 监：官署。

[20] 乡荐：中了举人。

[21] 不觌：不见。

[22] 淹：停留久留。

[23] 窀穸：墓穴。

[24] 怃然：怅然若失的样子。

[25] 出橐：出钱。

[26] 孝廉：明清时对举人的别称。

[27] 揶揄：嘲讽，戏弄。

[28] 康了：旧时考试落地的隐语。

[29] 昂藏：器宇不凡的样子。

吴敬梓小说

儒林外史
第一回　说楔子敷陈大义　借名流隐括全文

【解题】　《儒林外史》开篇即把王冕作为正面人物来"敷陈大义","隐括全文",作为理想的楷模和臧否人物的标准,与书中描写的那些追名逐利、道德沦丧的人物形成鲜明的对比,具有一定的批判意义。

"人生南北多歧路,将相神仙,也要凡人做。百代兴亡朝复暮,江风吹倒前朝树。功名富贵无凭据,费尽心情,总把流光误。浊酒三杯沈醉去,水流花谢知何处?"

这一首词,也是个老生长谈。不过说:人生富贵功名,是身外之物;但世人一见了功名,便舍著性命去求他。及至到手之后,味同嚼蜡。自古及今,那一个是看得破的?

虽然如此说,元朝末年,也曾出了一个嶔崎磊落的人。人姓王名冕,在诸暨县乡村居住;七岁时死了父亲,他母亲做些针黹,供给他到村学堂里去读书。看看三个年头,王冕已是十岁了。母亲唤他到面前来,说道:"儿啊! 不是我有心要耽误你,只因你父亲亡后,我一个寡妇人家,只有出去的,没有进来的;年岁不好,柴米又贵,这几件旧衣服和些旧家伙,当的当了,卖的卖了;只靠著我替人家做些针黹生活赚来的钱,如何供得你读书? 如今没奈何,把你雇在隔壁人家放牛,每月可以得他几钱银子,你又有现成饭吃,只在明日就要去了。"王冕道:"娘说的是。我在学堂里坐著,心里也闷;不如往他家放牛,倒快活些。假如我要读书,依旧可以带几本去读。"当夜商议定了。

第二日,母亲同他到隔壁秦老家,秦老留著他母子两个吃了早饭,牵出一条水牛来交给王冕。指著门外道:"就在我这大门过去两箭之地[1],便是七柳湖,湖边一带绿草,各家的牛都在那里打睡[2]。又有几十棵合抱的垂杨树,十分阴凉;牛要渴了,就在湖边上饮水。小哥,你只在这一带玩耍。我老汉每日两餐小菜饭是不少的;每日早上,还折两个与你买点心吃。只是百事勤谨些,休嫌怠慢。"他母亲谢了扰要回家去,王冕送出门来,母亲替他理理衣。说道:"你在此须要小心,休惹人说不是;早出晚归,免我悬望。"王冕应诺,母亲含著两眼眼泪去了。

王冕自此在秦家放牛,每到黄昏,回家跟著母亲歇宿。或遇秦家煮些腌鱼腊肉给他吃，他便拿块荷叶包了回家，递与母亲。每日点心钱，他也不买了吃；聚到一两个月，便偷个空，走到村学堂里，见那闯学堂的书客[3]，就买几本旧书。逐日把牛栓了，坐在柳荫树下看。

弹指又过了三四年。王冕看书，心下也著实明白了。那日，正是黄梅时候，天气烦躁。王冕放牛倦了，在绿草地上坐著。须臾，浓云密布，一阵大雨过了。那黑云边上，镶著白云，渐渐散去，透出一派日光来，照耀得满湖通红。湖边山上，青一块，紫一块。树枝上都像水洗过一番的，尤其绿得可爱。湖里有十来枝荷花，苞子上清水滴滴，荷叶上水珠滚来滚去。王冕看了一回，心里想道："古人说：'人在图画中'其实不错！可惜我这里没有一个画工，把这荷花画他几枝，也觉有趣！"又心里想道："天下那有个学不会的事？我何不自画他几枝？"

正存想间，只见远远的一个夯汉[4]，挑了一担食盒来；手里提著一瓶酒，食盒上挂著一条毡条，来到柳树下。将毡条铺了，食盒打开。那边走过三个人来，头带方巾，一个穿宝蓝夹纱直裰，两人穿元色直裰，都是四五十岁光景，手摇白纸扇，缓步而来。那穿宝蓝直裰的是个胖子，来到树下，尊那穿元色的一个胡子坐在上面，那一个瘦子坐在对席。他想是主人了，坐在下面把酒来斟。

吃了一回，那胖子开口道："危老先生回来了。新买了住宅，比京里钟楼街的房子还大些，值得二千两银子。因老先生要买，房主人让了几十两银卖了，图个名望体面。前月初十搬家，太尊[5]、县父母都亲自到门来贺，留著吃酒到二三更天。街上的人，那一个不敬！"那瘦子道："县尊是壬午举人，乃危老先生门生，这是该来贺的。"那胖子道："敝亲家也是危老先生门生，而今在河南做知县；前日小婿来家，带二斤乾鹿肉来赠予，这一盘就是了。这一回小婿再去，托敝亲家写一封字[6]来，去晋谒危老先生。他若肯下乡回拜，也免得这些乡户人家，放了驴和猪在你我田里吃粮食。"那瘦子道："危老先生要算一个学者了。"那胡子说道："听见前日出京时，皇上亲自送出城外，携著手走了十几步，危老先生再三打躬辞了，方才上轿回去。看这光景，莫不是就要做官？"三人你一句，我一句，说个不了。

王冕见天色晚了，牵了牛回去。自此，聚的钱，不买书了；托人向城里买些胭脂铅粉之类，学画荷花。初时画得不好，画到三个月之后，那荷花精神、颜色无一不像：只多著一张纸，就像是湖里长的；又像才从湖里摘下来贴在纸上的。乡间人见画得好，也有拿钱来买的。王冕得了钱，买些好东西孝敬母亲。一传两，两传三，诸暨一县都晓得是一个画没骨花卉的名笔[7]，争著来买。到了十七八岁，不在秦家了。每日画几笔画，读古人的诗文，渐渐不愁衣食，母亲心里欢喜。这王冕天性聪明，年纪不满二十岁，就把那天文地理，经史上的大学问，无一不贯通。但他性情不同：既不求官爵，又不交朋友，终日闭户读书。又在楚辞图上看见画的屈原衣冠，他便自造一顶极高的帽子，一件极阔的衣服，遇著花明柳媚的时节，乘一辆牛车载了母亲，戴了高帽，穿了阔衣，执著鞭子，口里唱著歌曲，在乡村镇上，以及湖边，到处玩耍。惹的乡下孩子们三五成群跟著他笑，他也不放在意下。只有隔壁秦老，虽然务农，却是个有意思的人；因自小看见他长大的如此不俗，所以敬他、爱他，时常和他亲热地邀在草堂里坐著说话儿。

一日，正和秦老坐著，只见外边走进一个人，头带瓦楞帽[8]，身穿青布衣服。秦老迎接，叙礼坐下。这人姓翟，是诸暨县一个头役[9]，又是买办[10]。因秦老的儿子秦大汉拜在他名下，叫他乾爷，所以时常下乡来看亲家。秦老慌忙叫儿子烹茶、杀鸡、煮肉款留他，并要王冕相陪。彼此道过姓名，那翟买办道："这位王相公，可就是会画没骨花的么？"秦老道："便是了。亲家，你怎得知道？"翟买办道："县里人那个不晓得？因前日本县吩咐要书二十四副花卉册页送上司，此事交在我身上。我闻有王相公的大名，故此一迳来寻亲家。今日有缘，遇著王相公，是必费心画一画。在下半个月后下乡来取。老爷少不得还有几两润笔的银子，一并送来。"秦老在旁，着实撺掇[11]。王冕屈不过秦老的情，只得应诺了。回家用心用意，画了二十四副花卉题了诗在上面。翟头役禀过了本官，那知县时仁，发出二十四两银子来。翟买办扣克了十二两，只拿十二两银子送与王冕，将册页取去。时知县又办了几样礼物，送与危素，作候问之礼。

危素受了礼物，只把这本册页看了又看，爱玩不忍释手；次日，备了一席酒，请时知县来家致谢。当下寒暄已毕，酒过数巡，危素道："前日承老父台所惠册页花卉，还是古人的呢，还是现在人画的？"时知县不敢隐瞒，便道："这就是门生治下一个乡卜农民，叫做王冕，年纪也不甚大。想是才学画几笔，难入老师的法眼。"危素叹道："我学生出门久了，故乡有如此贤士，竟然不知，可为惭愧！此兄不但才高，胸中见识，大是不同，将来名位不在你我之下，不知老父台可以约他来此相会一会么？"时知县道："这个何难！门生回去，即遣人相约；他听见老师相爱，自然喜出望外了。"说罢，辞了危素，回到衙门，差翟买办持个侍生帖子去约王冕。

翟买办飞奔下乡，到秦老家，邀王冕过来，一五一十向他说了。王冕笑道："却是起动头翁，上覆县主老爷，说王冕乃一介农夫，不敢求见；这尊帖也不敢领。"翟买办变了脸道："老爷将帖请人，谁敢不去！况这件事原是我照顾你的；不然，老爷如何得知你会画花？照理，见过老爷还该重重的谢我一谢才是！如何走到这里，茶也不见你一杯，却是推三阻四，不肯去见，是何道理！叫我如何去回覆老爷？难道老爷一县之主，叫不动一个百姓么？"王冕道："头翁，你有所不知。假如我为了事，老爷拿票子传我，我怎敢不去？如今将帖来请，原是不逼迫我的意思了，我不愿去，老爷也可以相谅。"翟买办道："你这说的都是甚么话！票子传著，倒要去；帖子请著，倒不去！这下是不识怡举了！"秦老劝道："王相公，也罢；老爷拿帖子请你，自然是好意，你同亲家去走一回罢。自古道：'灭门的知县。'你和他拗些什么？"王冕道："秦老爷，头翁不知，你是听见我说过的。不见那段干木、泄柳的故事么？我是不愿去的。"翟买办道："你这是难题目与我做，叫我拿甚么话去回老爷？"秦老道："这个果然也是两难。若要去时，王相公又不肯；若要不去，亲家又难回话。我如今倒有一法：亲家回县里，不要说王相公不肯；只说他抱病在家，不能就来。一两日间好了就到。"翟买办道："害病，就要取四邻的甘结[12]！"彼此争论一番，秦老整治晚饭与他吃了；又暗叫了王冕出去向母亲要了三钱二分银子，送与翟买办做差事，方才应诺去了，回覆知县。

知县心里想道："这小斯那里害什么病！想是翟家这奴才，走下乡，狐假虎威，著实恐吓了他一场；他从来不曾见过官府的人，害怕不敢来了。老师既把这个人托我，我若不把他就叫了来见老师，也惹得老师笑我做事疲软[13]；我不如竟自己下乡去拜他。他看见赏他脸面，断不是难为他的意思，自然大著胆见我。我就顺便带了他来见老师，却不是办事勤敏？"又想道："堂堂一个县令，屈尊去拜一个乡民，惹得衙役们笑话。···"又想到："老师前日口气，甚是敬他；老师敬他十分，我就该敬他一百分。况且屈尊敬贤，将来志书上少不得称赞一篇；这是万古千年不朽的勾当，有甚么做不得？"

当下定了主意，次早传齐轿夫，不用全副执事，只带八个红黑帽夜役军牢。翟买办扶著轿子，一直下乡来。乡里人听见锣声，一个个扶老携幼，挨挤了看。轿子来到王冕门首，只见七八间草屋，一扇白板门紧紧关著。翟买办抢上几步，忙去敲门。敲了一会，里面一个婆婆，拄著拐杖，出来说道："不在家了。从清早里牵牛出去饮水，尚未回来。"翟买办道："老爷亲自在这里传你家儿子说话，怎的慢条斯理，快快说在那里，我好去传！"那婆婆道："其实不在家了，不知在那里。"说毕，关著门进去了。说话之间，知县轿子已到；翟买办跪在轿前禀道："小的传王冕，不在家里；请老爷龙驾到公馆里略坐一坐，小的再去传。"扶著轿子，过王冕屋后来。

屋后横七竖八条田埂，远远的一面大塘，塘边都栽满了榆树、桑树。塘边那一望无际的几顷田地，又有一座山，虽不甚大，却青葱树木，堆满山上。约有一里多路，彼此叫呼，还听得见。知县正走著，远远的有个牧童，倒骑水牯牛，从山嘴边转了过来。翟买办赶将上去，问道："秦小二汉，你看见你隔壁的王老大牵了牛在那里饮水哩?"小二道："王大叔么？他在二十里路外王家集亲家那里吃酒去了。这牛就是他的，央及我替他赶了来家。"翟买办如此这般禀了知县。知县变著脸道："既然如此，不必进公馆了！即回衙门去罢："时知县此时心中十分恼怒，本要立即差人拿了王冕来责惩一番，又恐怕危老师说他暴躁，且忍口气回去，慢慢向老师说明此人不中抬举，再处治他也不迟。知县去了。

王冕并不曾远行，即时走了来家；秦老过来抱怨他道："你方才也太执意了。他是一县之主，你怎的怠慢他？"王冕道："老爹请坐，我告诉你。时知县倚著危素的势，要在这里酷虐小民，无所不为；这样的人，我为甚么要结交他[14]？但他这一番回去必定向危素说；危素老羞变怒，恐要和我计较起来。我如今辞别老爹，收拾行李，到别处去躲避几时。——只是母亲在家，放心不下。"母亲道："我儿！你历年卖诗卖画，我也积聚下三五十两银子，柴米不愁没有；我虽年老，又无疾病，你自放心出去，躲避些时不妨。你又不曾犯罪，难道官府来拿你的母亲去不成？"秦老道："这也说得有理。况你埋没在这乡村镇上，虽有才学，谁人是识得你的？此番到大邦去处，或者走出些机遇来也不可知，你尊堂家下大小事故，一切都在我老汉身上，替你扶持便了。"王冕拜谢了秦老。

秦老又走回家去取了些酒肴来，替王冕送行。吃了半夜酒回去。次日五更，王冕天明起来收拾行李，吃了早饭，恰好秦老也到。王冕拜辞了母亲，又拜了秦老两拜，母子洒泪分手。王冕穿上麻鞋，背上行李。秦老手提一个小白灯笼，直送出村口，洒泪而别。秦老手拿灯笼，站著看著他走，走得望不著了，方才回去。

王冕一路风餐露宿，九十里大站，七十里小站，一逐来到山东济南府地方。这山东虽是近北省分，这会城却也人物富庶，房舍稠密。王冕到了此处，盘费用尽了，只得租个小奄门面屋，卖卜测字，也画两张没骨的花卉贴在那里，卖与过往的人。每日问卜卖画，倒也挤个不开。

弹指间，过了半年光景。济南府里有几个俗财主，也爱王冕的画，时常要买；又自己不来，遣几个粗夯小斯，动不动大呼小叫，闹的王冕不得安稳。王冕不耐烦，就画了一条大牛贴在那里；又题几句诗在上，含著讥刺。也怕从此有口舌，正思量搬移一个地方。

那日清早，才坐在那里，只见许多男女，啼啼哭哭，在街上过，——也有挑著锅的，也有箩担内挑著孩子的，——一个个面黄饥瘦，衣裳褴褛。过去一阵，又是一阵，把街上都塞满了。也有坐在地上求化钱的。问其所以，都是黄河沿上的州县，被河水淹了。田庐房舍，尽行漂没。这是些逃荒的百姓，官府又不管，只得四散觅食。王冕见此光景，过意不去，叹了一口气道："河水北流，天下自此将大乱了。我还在这里做甚么！"将些散碎银子收拾好了，栓束行李，仍旧回家。入了浙江境，才打听得危素已还朝了。时知县也升任去了。因此放心回家，拜见母亲。看见母亲健康如常，心中欢喜。母亲又向他说秦老许多好处。他慌忙打开行李，取出一匹茧绸，一包耿饼[15]，拿过去谢了秦老。秦老又备酒与他洗尘。

自此，王冕依旧吟诗作画，奉养母亲。又过了六年，母亲老病卧床，王冕百方延医调治，总不见效。一日，母亲吩咐王冕道："我眼见不济事了。但这几年来，人都在我耳根前说你的学问有了，该劝你出去作官。作官怕不是荣宗耀祖的事？我看见那些作官的，都不得有甚好收场。况你的性情高傲，倘若弄出祸来，反为不美。我儿可听我的遗言，将来娶妻生子，守著我的坟墓，不要出去作官。我死了，口眼也闭！"王冕哭著应诺。他母亲奄奄一息，归天去了。王冕擗踊哀号，哭得那邻舍之人，无不落泪。又亏秦老一力帮衬，制备衣衾棺椁。王冕负土成坟，三年苦块[16]，不必细说。

到了服阕[17]之后，不过一年有余，天下就大乱了。方国珍据了浙江，张士诚据了苏州，陈友谅据了湖广，都是些草窃的英雄。只有太祖皇帝起兵滁阳，得了金陵，立为吴王，乃是王者之师；提兵破了方国珍，号令全浙，乡村都市，并无骚扰。

一日，日中时分，王冕正从母亲坟上拜扫回来，只见十几骑马竟投他村里来。为头一人，头戴武巾，身穿团花战袍，白净面皮，三绺髭须，真有龙凤之表。那人到门首下了马，向王冕施礼道："动问一声，那里是王冕先生家？"王冕道："小人王冕，这里便是寒舍。"那人喜道："如此甚妙，特来晋谒。"吩咐从人下马，屯在外边，把马都系在湖边柳树上；那人独和王冕携手进到屋里，分宾主施礼坐下。

王冕道："不敢！拜问尊官尊姓大名，因甚降临这乡僻所在？"那人道："我姓朱，先在江南起兵，号滁阳王，而今据有金陵，称为吴王的便是；因平方国珍到此，特来拜访先生。"王冕道："乡民肉眼不识，原来就是王爷。但乡民一介愚人，怎敢劳王爷贵步？"吴王道："孤是一个粗卤汉子，今得见先生儒者气象，不觉功利之见顿消。孤在江南，即慕大名，今来拜访，要先生指示：浙人久反之后，何以能服其心？"王冕道："大王是高明远见的，不消乡民多说。若以仁义服人，何人不服，岂但浙江？若以兵力服人，浙人虽弱，恐亦义不受辱。不见方国珍么？"吴王叹息，点头称善！两人促膝谈到日暮。那些从者都带有乾粮，王冕自到厨下，烙了一斤面饼，炒了一盘韭菜，自捧出来陪著。吴王吃了，称谢教诲，上马去了。这日，秦老进城回来，问及此事，王冕也不曾说就是吴王，只说是军中一个将官，向年在山东相识的，故此来看我一看。说著就罢了。

不数年间，吴王削平祸乱，定鼎应天，天下统一，建国号大明，年号洪武。乡村人个个安居乐业。到了洪武四年，秦致又进城里，回来向王冕道："危老爷已自首了罪，发在和州去了；我带了一本邸钞来给你看。"王冕接过来看，才晓得危素归降之后，妄自尊大；在太祖面前自称老臣。太祖大怒，发往和州守余阙墓去了。此一条之后，便是礼部议定取士之法：三年一科，用五经、四书、八股文。王冕指与秦老看道："这个法却定的不好。将来读书人既有此一条荣身之路，把那文行出处都看得轻了。"说著，天色晚了下来。

此时正是初夏，天时乍热。秦老在打麦场上放下一张桌子，两人小饮。须臾，东方月上，照耀得如同万顷玻璃一般。那些眠鸥宿鹭，阒然无声。王冕左手持杯，右手指著天上的星，向秦老道："你看贯索犯文昌[18]，一代文人有厄！"话犹未了，忽然起一阵怪风，刮得树木都飕飕的响；水面上的禽鸟，格格惊起了许多。王冕同秦老吓的将衣袖蒙了脸。少顷，风声略定，睁眼看时，只见天上纷纷有百十个小星，都坠向东南角上去了。王冕道："天可怜见，降下这一伙星君去维持文运，我们是不及见了！"当夜收拾家伙，各自歇息。

自此以后，时常有人传说：朝廷行文到浙江布政司，要征聘王冕出来作官。初时不在意里，后来渐渐说的多了，王冕并不通知秦老，私自收拾，连夜逃往会稽山中。

半年之后，朝廷果然遣一员官，捧著诏书，带领许多人，将著彩缎表里，来到秦老门首；见秦老八十多岁，须鬓皓然，手扶拄杖。那官与他施礼，秦老让到草堂坐下；那官问道："王冕先生就在这庄上么？而今皇恩授他咨议参军之职，下官特地捧诏而来。"秦老道："他虽是这里人，只是久已不知去向了。"秦老献过了茶，领那官员走到王冕家，推开了门，见蟏蛸满室[19]，蓬蒿蔽径，知是果然去得久了。那官咨嗟叹息了一回，仍旧捧诏回旨去了。

王冕隐居在会稽山中，并不自言姓名；后来得病去世，山邻敛些钱财，葬于会稽山下。是年，秦老亦寿终于家。可笑近来文人学士，说著王冕，都称他做王参军，究竟王冕何曾做过一日官？所以表白一番。

这不过是个"楔子"，下面还有正文。

【注释】

[1] 两箭之地：约指二三百步远的地方。

[2] 打睡：小睡。

[3] 书客：上学堂兜卖书籍、笔纸的小贩。

[4] 夯汉：卖气力干粗活的人。

[5] 太尊：对知府的尊称。

[6] 字：信函的代称。

[7] 没骨花卉：画花卉的一种技法，直接用彩笔按本色描出，略似现在的水彩画。

[8] 瓦楞帽：明朝普通人戴的一种帽子，帽顶像瓦楞。

[9] 头役：衙门里的高级差人。

[10] 买办：衙门里管采购、办杂务的差人。

[11] 撺掇：怂恿。

[12] 甘结：向官府承认或保证某事属实，否则甘愿受罚的文书。

[13] 疲软：不上进、软弱无能。

[14] 相与：结交，要好。

[15] 耿饼：柿饼。

[16] 三年苦块：指儿子在服丧的三年内遵守礼制。

[17] 服阕：为父母服丧三年已经期满。

[18] 贯索犯文昌：古代迷信说法，象征牢狱的贯索星侵犯了主持文运的文昌星，对下界文人不利。

[19] 蟏蛸：蜘蛛。

第三回　周道学校士拔真才　胡屠户行凶闹捷报

【解题】　本回通过周进、范进中举前后的悲喜剧，揭露了科举制度对读书人心灵的摧残和毒害，把封建末世的世态人心穷形尽相地表现出来。

话说周进在省城要看贡院[1]，金有余见他真切，只得用几个小钱同他去看。不想才到天字号，就撞死在地下。众人都慌了，只道一时中了邪。行主人道："想是这贡院里久没有人到，阴气重了。笔此周客人中了邪。"金有余道：

"贤东！我扶著他，你且到做工的那里借口开水灌他一灌。"行主人应诺，取了水来，三四个客人一齐扶著，灌了下去。喉咙里咯咯的响了一声，吐出一口稠涎来。众人道："好了。"扶著立了起来。周进看看号板，又是一头撞了去；这回不死了，放声大哭起来。众人劝也劝不祝金有余道："你看，这不是疯了么？好好到贡院来耍，你家又不曾死了人，为甚么号淘痛哭？"周进也不听见，只管伏著号板，哭个不住；一号哭过，又哭到二号、三号，满地打滚，哭了又哭，滚的众人心里都凄惨起来。金有余见不是事，同行主人一左一右，架著他的膀子。他那里肯起来，哭了一阵，又是一阵，直哭到口里吐出鲜血来。众人七手八脚，将他扛抬了出来，在贡院前一个茶棚子里坐下，劝他吃了一碗茶；犹自索鼻涕，弹眼泪，伤心不止。

内中一个客人道："周客人有甚心事，为甚到了这里这等大哭起来？"金有余道："列位老客有所不知，我这舍舅，本来原不是生意人。因他苦读了几十年的书，秀才也不曾做得一个，今日看见贡院，就不觉伤心起来。"只因这一句话道著周进的真心事，于是不顾众人，又放声大哭起来。又一个客人道："论这事，只该怪我们金老客；周相父既是斯文人，为甚带他出来做这样的事？"金有余道："也只为赤贫之士，又无馆做，没奈何上了这一条路。"又一个客人道："看令舅这个光景，毕竟胸中才学是好的；因没有人识得他，所以受屈到此田地。"金有余道："他才学是有的，怎奈时运不济！"

那客人道："监生也可以进常周相公既有才学，何不捐他一个监？进场中了，也不枉了今日这番心事。"金有余道："我也是这般想，只是那里有一笔钱子？"此时周进哭的住了。那客人道："这也不难，现放著我这几个兄弟在此，每人拿出几十两银子，借与周相公纳监进场；若中了官，那在我们这几两银子？就是周相公不还，我们走江湖的人，那里不破掉了几两银子？何况这是好事，你众位意下如何？"众人一齐道："'君子成人之美'。"又道："'见义不为，是为无勇。'俺们有甚么不肯？只不知周相公可肯俯就？"周进道："若得如此，便是重生父母，我周进变驴变马，也要报效！"爬到地下，就磕了几个头；众人还下礼去。金有余也称谢了众人，又吃了几碗茶。周进不再哭了，同众人说说笑笑，回到行里。

次日，四位客人果然备了二百两银子，交与金有余；一切多的使费，都是金有余包办。周进又谢了众人和金有余，行主人替周进准备一席酒，请了众位。金有余将著银子[2]，上了藩库[3]，讨出库收来。正值宗师来省录遗[4]，周进就录了个贡监首卷。到了八月初八日进头场，见了自己哭的所在，不觉喜出望外。

自古道："人逢喜事精神爽。"那七篇文字，做的花团锦簇一般；出了场，仍旧住在行里。金有余同那几个客人，还不曾买完了货。直到放榜那日，巍然中了。众人个个喜欢，一齐回到汶上县拜县父母、学师，典史拿晚生帖子上门来贺[5]。汶上县的人，不是亲的，也来认亲；不认识的，也来相认。忙了个把月，申祥甫听见这事，在薛家集聚了分子，买了四只鸡、五十个蛋，和些炒米欢团之类[6]，亲自上门来贺喜。周进留他吃了酒饭去。荀老爷贺礼是不消说了。看看上京会试，盘费衣服，都是金有余替他设处。到京会试，又中了进士，殿试三甲[7]，授了部属[8]。

荏苒三年，升了御史，钦点广东学道。这周学道虽也请了几个看文章的相公，却自己心里想道："我在这里面吃苦久了，如今自己当权，须要把卷子都细细看过，不可听著幕客[9]，屈了真才。"主意定了，到广州上了任。

次日，行香挂牌，先考了两场生员。第三场是南海、番禺两县童生。周学道坐在堂上，见那些童生纷纷进来，也有小的，也有老的，仪表端正的，獐头鼠目的，衣冠齐楚的，褴褛破烂的。最后点进一个童生来，面黄肌瘦，花白胡须，头上戴一顶破毡帽。便东虽是气候温暖，这时已是十二月上旬；那童生还穿著麻布直裰，冻得乞乞缩缩，接了卷子，下去归号。

周学道看在心里，封门进去。出来放头牌的时节[10]，坐在上面，只见那穿麻布的童生上来交卷，那衣服因是朽烂了，在号里又扯破了几块。周学道看看自己身上，绯袍锦带，何等辉煌？因翻一翻点名册，问那童生道："你就是范进？"范进跪下道："童生就是"。学道道："你今年多少年纪了？"范进道："童生册上写的是三十岁，童生实年五十四岁。"学道道："你考过多少回了？"范进道："童生二十岁应考，到今考过二十余次。"学道道："如何总不进学？"范进道："总因童生文字荒谬，所以各位大老爷不曾赏鉴"周学道道："这也未必尽然。你且出去，卷子待本道细看。"范进磕头下去了。

那时天色尚早，并无童生交卷，周学道将范进卷子用心用意看了一遍。心里不喜道："这样的文字，都说的是些甚么话！敝不得不进学。"丢过一边不看了。又坐了一会，还不见一个人来交卷，心里想道："何不把范进的卷子再看一遍？倘有一线之明，也可怜他苦志。"从头至尾，又看了一遍，觉得有些意思；正要再看看，却有一个童生来交卷。

那童生跪下道："求大老爷面试。"学道和颜道："你的文字已在这里了，又面试些甚么？"那童生道："童生诗、词、歌、赋都会，求大老爷出题面试。"

学道变了脸道："当今天子重文章，足下何须讲汉唐？像你做童生的人，只该用心做文章；那些杂览，学他做甚么？况且本道奉旨到此衡文，难道是来此同你谈杂学的么？看你这样务名而不务实，那正务自然荒废，都是些粗心浮气的话，看不得了！左右的！跌了出去！"一声吩咐过了，两旁走过几个如狼似虎的公人，把那童生叉著膊子，一路跟头，又到大门外。周学道虽然赶他出去，却也把卷子取来看看。那童生叫做魏好古，文字也还清通。学道道："把他低低的进了学罢。"因取饼笔来，在卷子尾上点了一点，做个记认。又取饼范进卷子来看，看罢，不觉叹息道："这样文字，连我看一两遍也不能解，直到三遍之后，才晓得是天地间之至文，真乃一字一珠！可见世上糊涂试官，不知屈煞了多少英才！"忙取笔细细圈点，卷面上加了三圈，即填了第一名；又把魏好古的卷子取饼来，填了第二十名。将各卷汇齐，带了进去。发山案来，范进是第一。谒见那日，著实赞扬了一回。点到二十名，魏好古上去，又勉励了几句'用心举业，休学杂览'的话，鼓吹送了出去。

次日起马，范进独自送在三十里之外，轿前打恭。周学道又叫到跟前，说道："'龙头属老成[11]。'本道看你的文字，火候到了；即在此科，一定发达。我复命之后，在京专候。"范进又磕头谢了，起来立著。学道轿子，一拥而去。范进立著，直望见门枪影子[12]抹过前山，看不见了，方才回到下处，谢了房主人。他家离城还有四十五里路，连夜回来，拜见母亲。

家里住著一间草屋，一扇披子。门外是个茅草棚。正屋是母亲住著，妻子住在披房里。他妻子乃是集上胡屠户的女儿。范进进学回家，母亲妻子，俱各欢喜；正待烧锅做饭，只见他丈人胡屠户，手里拿著一副大肠和一瓶酒，走了进来。范进向他作揖，坐下。胡屠户道："我自倒运，把个女儿嫁与你这现世宝穷鬼，历年以来，不知累了我多少；如今不知因我积了甚么德，使你中了个相公，所以带瓶酒来贺你。"范进唯唯连声，叫太太把肠子煮了，烫起酒来，在茅棚下坐著。母亲和媳妇在厨下做饭。胡屠户又吩咐女婿道："你如今既中了相公，凡事要立起个体统来。比如我这行事里[13]，都是些正经有脸面的人，又是你的长亲，你怎敢在我们面前装大？若是家门口这些种田的、扒粪的，不过是平头百姓，你若同他拱手作揖，平起平坐，这就是坏了学校规矩，连我脸上都无光了。你是个烂忠厚没用的人，所以这些话我不得不教导你，免得惹人笑话。"范进道："岳父见教的是。"胡屠户又道："亲家母也来这里坐著吃饭。老人家每日小菜饭想也难过。我女儿也吃些；自从进了你家门，这几十年，不知猪油可曾吃过两三回哩？可怜！可怜！"说罢，婆媳两个，都来坐著吃了饭。

吃到日西时分，胡屠户吃的醉醺醺的，这里母子两个，千恩万谢。屠户横披了衣服，挺著肚子去了。

次日，范进少不得拜访拜访乡邻。魏好古又约了一个同案的朋友，彼此来往。因是乡试年，做了几个文会[14]。不觉到了六月尽头，这些同案的人约范进去乡试。范进因没有盘费，走去同丈人商议，被胡屠户一口啐在脸上，骂了一个狗血喷头："不要得意忘形了！你自己只觉得中了一个相公，就'癞虾蟆想吃起天鹅屁/我听见人说，就是中相公时，也不是你的文章，还是宗师看见你老，过意不去，舍给你的，如今疑心就想起老爷来！这些中老爷的，都是天上的文曲星；你不看见城里张府上那些老爷，都有万贯家私，一个个方面大耳。像你这尖嘴猴腮，也该撒泡尿自己照照；不三不四，就想天鹅屁吃！趁早收了这心，明年在我们行事里，替你寻一个馆，每年赚几两银子，养活你那老不死的娘和你老婆才是正经！你问我借盘缠，我一天杀一个猪，还赚不到钱把银子，都给你去丢在水里，叫我一家老小喝西北风？"一顿夹七夹八，骂得范进摸门不著。

辞了丈人回来，自己心里想："宗师说我火候已到。自古无场外的举人，如不进去考他一考，如何甘心？"因向几个同案商议，瞒著丈人，到城里乡试。出了场，即刻回家。家里已是饿了两三天；被胡屠户知道，又骂了一顿。

到出榜那日，家里没有早饭米，母亲吩咐范进道道："我有一只生蛋的母鸡，你快拿到集上卖了，买几升米来煮餐粥吃。我已是饿的两眼都看不见了！"范进慌忙抱了鸡，走出门去。才去了不到两个时候[15]，只听得一片声的锣响，三匹马闯了来；那三个人下了马，把马拴在茅草棚上，一片声叫道："快请范老爷出来，恭喜高中了！"母亲不知是甚么事，吓得躲在屋里；听见中了，方敢伸出头来说道："诸位请坐，小儿方才出去了。"那些报录人道："原来是老太太。"大家簇拥著要喜钱。正在吵闹，又是几匹马，二报、三报到了，挤了一屋的人，茅草棚地下都坐满了。邻居都来挤著看。老太太没奈何，只得请一个邻居去找他儿子。那邻居飞奔到集上，到处找不到；直寻到集东头，见范进抱著鸡，手里插个草标，一步一踱的，东张西望，在那里寻人买。邻居道："范相公快些回去！抱喜你中了举人，报喜人挤了一屋哩。"范进道是哄他，只装不听见，低著头往前走。邻居见他不理，走上来就要夺他手里的鸡。范进道："你夺我的鸡怎的？你又不买。"邻居道："你中了举人，叫你回家去打报子哩。"范进道："高邻，你晓得我今日没有米，要卖这只鸡去救命，为甚么拿这话来哄我？我又不同你玩，你自己回去罢，莫误了我卖鸡。"邻居见他不信，劈手把鸡夺了，掼在地下，一把拉了回来。报录人见了道："好了，新贵人回来了！"正要拥著他说话，范进三两步进屋里来，见中间报帖已经升挂起来，上写道："捷报贵府老爷范讳进，高中广东乡试第七名'亚元'，京报连登黄甲[16]。"范进不看便罢，看了一遍，又念一遍，自己把两手拍了一下，笑了一声道："噫！好了！我中了！"说著，往后一跤跌倒，牙关咬紧，不醒人事。

老太太慌了，忙将几口开水灌了过去；他爬将起来，又怕著手大笑道："噫！好了！我中了！"笑著，不由分说，就往门外飞跑，把报录人和邻居都吓了一跳。走出大门不多路，一脚端在池塘里，爬起来，头发都跌散了，两手黄泥，淋淋漓漓一身的水，众人拉他不祝拍著笑著，一直走到集上去了。

众人大眼望小眼，一齐道："原来新贵人欢喜得疯了。"老太太哭道："怎生这样苦命的事！中了一个甚么'举人'就得了这个拙病！这一疯了，几时才得好！"娘子胡氏道："早上好好出去，怎的就得了这样的病，却是如何是好？"众邻居劝道："老太太不要心慌，而今我们且派两个人跟定了范老爷。这里众人家里拿些鸡蛋、酒、米，且款待了报子上的老爷们，再为商酌。"当下众邻居，有拿鸡蛋来的，有拿白酒来的，也有背了斗米来的，也有捉两只鸡来的。娘子哭哭啼啼，在厨下收拾齐了，拿在草棚下。邻居又搬些桌凳，请报录的坐著吃酒，商议："他这疯了，如何是好？"报录的内中有一个人道："在下倒有一个主意，不知可以行得行不得？"众人问："如何主意？"那人道："范老爷平日可有最怕的人？只因他欢喜得很，痰涌上来，迷了心窍；如今只消他怕的这个人来打他一个嘴巴，说：'这报录的话都是哄你，你并不曾中。'他吃了这一惊，把痰吐了出来，就明白了。"众人都拍手道："这个主意好得紧！妙得紧！范老爷怕的，莫过于肉案上胡老爹。好了！快寻胡老爹来！他想是还不知道，在集上卖肉哩。"又一个人道："在集上卖肉，他倒好知道了。他从五更鼓就往东头集上迎猪，还不曾回来，快些迎著去寻他！"

一个人飞奔去迎，走到半路，遇著胡屠户来；后面跟著一个烧汤的二汉[17]，提著七八斤肉，四五千钱，正来贺喜。进门见了老太太，老太太哭著告诉了一番；胡屠户诧异道："难道这等没福！"外边人一片声："请胡老爹说话。"胡屠户把肉和钱交与女儿，走了出来，众人如此这般，同他商议。胡屠户作难道："虽然是我女婿，如今却做了老爷，就是天上的星宿；天上的星宿是打不得的。我听得斋工们说[18]：'打了天上的星宿，阎王就要捉去打一百铁棍，发在十八层地狱，永不得翻身。'我不敢做这样的事。"邻居内一个尖酸人说道："罢了！胡老爹！你每日杀猪的营生，白刀子进去，红刀子出来，阎王也不知叫判官在簿子上记了你几千条铁棍，就是添上这一百棍，又打什么要紧？只恐把铁棍子打完了，也算不到这笔帐上来！或者你救好了女婿的病，阎王叙功，从地狱里把你提上第十七层来，也不可知！"

报录的人道："不要只管讲笑话。胡老爹这个事必须这般样，你没法子权变一权变？"屠户被众人拗不过，只得连斟两碗酒喝了，壮一壮胆，把方才这些小心收起，将平日的凶恶样子拿出来，卷一卷那油晃晃的衣袖，走上集去，众邻居五六个都跟著走。老太太赶出来叫道："亲家，你只可吓他一吓，却不要把他打伤了！"众邻居道："这个自然，何消吩咐？"说著，一直去了。

来到集上，见范进正在一个庙门口站著，散著头发，满脸污泥，鞋都跑掉了一只，兀自拍著掌，口里叫道："中了！中了！"胡屠户凶神般走到跟前，说道："该死的畜生！你中了甚么？"一个嘴巴打过去，众人和邻居见这模样，忍不住的笑。不想胡屠户虽然大著胆子打了一下，心里到底还是怕的，那手早颤起来，不敢打第二下。范进因这一个嘴巴，却也打晕了，昏倒于地，众邻居齐上前，替他抹胸口，捶背心。

弄了半日，渐渐喘息过来，眼睛明亮，不疯了。众人扶起，借庙门口一个外科郎中姚驼子的板凳上坐著，胡屠户站在一边，不觉那只手隐隐的疼了起来。自己看时，把个巴掌仰著，再也弯不过来；自己心里懊恼道："果然天上文曲星是打不得的，而今菩萨计较起来了！"想一想，更疼得狠了，连忙问郎中讨了个膏药贴著。

范进看了众人，说道："我怎么坐在这里？"又道："我这半日昏昏沉沉，如在梦里一般。"众邻居道："老爷，恭喜高中了！适才欢喜的有些引动了痰，方才吐出几口痰来，好了。快请回家去打发报录人。"众邻居道："是了。我也记得是中的第七名。"范进一面自绾了头发，一面问郎中借了一盆水洗洗脸。一个邻居早把那一只鞋寻了来，替他穿上。见丈人在跟前，恐怕又要来骂。胡屠户上前道："贤婿老爷！方才不是我敢大胆，是你老太太的主意，央我来劝你的。"邻居一个人道："胡老爷方才这个嘴巴打的亲切，少顷范老爷洗脸，还要洗下半盆猪油来！"又一个道："老爹，你这手，明日杀不得猪了。"胡屠户道："我那里还杀猪！有我这贤婿老爷，还怕后半世靠不著么？我时常说：我的这个贤婿才学又高，品貌又好；就是城里头那张府这些老爷，也没有我女婿这样一个体面的相貌。你们不知道，我小这一双眼睛，却是认得人的！想著先年我小女在家里，长到三十多岁，多少有钱的富户要和我结亲，我自己觉得女儿像有些福气的，毕竟要嫁与个老爷。今日果然不错！"说罢，哈哈大笑。众人都笑起来，看看范进洗了脸，郎中又拿茶来吃了，一同回家。范举人先走，胡屠户和邻居跟在后面；屠户见女婿衣裳后襟滚皱了许多，一路低著头替他扯了几十回。到了家门，屠户高声叫道："老爷回府了！"老太太迎著出来，见儿子不疯，喜从天降。众人问报录的，已是家里把屠户送来的几千钱，打发他们去了。

范进见了母亲，复拜谢丈人。胡屠户再三不安道："些须几个钱，还不够让你赏人哩！"范进又谢了邻居，正待坐下，早看见一个体面的管家，手里拿著一个大红全帖[19]，飞跑了进来道："张老爷来拜新中的范老爷。"说毕，轿子已是到了门口。胡屠户忙躲进女儿房里，不敢出来，邻居各自散了。

范进迎了出去，只见那张乡绅下了轿进来，头戴纱帽，身穿葵花色圆领，金带皂靴。他是举人出生，做过一任知县的，别号静斋。同范进让了进来，到堂屋内平磕了头，分宾主坐下。张乡绅先攀谈道："世先生同在桑梓，一向有失亲近。"范进道："晚生久仰老先生，只是无缘，不曾拜会。"张乡绅道："适才看见题名录[20]，贵房师高要县汤公，就是先祖的门生；我和你是亲切的世兄弟。"范进道："晚生侥幸，实是有愧；却幸得出老先生门下，可为欣喜。"

张乡绅将眼睛四面望了一望，说道："世先生果是清贫。"接著，在家人手里拿过一封银子来，说道："小弟却无以为敬，谨具贺仪五十两，世先生权且收看。这华居，其实住不得，将来当事拜往，俱不甚方便；弟有空房一所，就在东门大街上，三进三间，虽不轩敞，也还还净，就送与世先生，搬到那里去住，早晚也好请教些。"范进再三推辞，张乡绅急了道："你我年谊世好，就如至亲骨肉一般；若要如此，就是见外了！"范进方才把银子收下，作揖谢了。又说了一会，打躬作别。

胡屠尸直等他上了轿，才敢走出堂屋来。范进即将银子交给太太打开看，一封一封雪白的细丝银子；顺便包了两锭，叫胡屠户进来，递给他道："方才费老爷的心，拿了五千钱来，这六两多银子，老爷拿了去。"屠户把银子置在手里，紧紧的把拳头伸过来道："这个，你且收著；我原是贺你的，怎好又拿了回去？"范进道："眼见得我这里还有这几两银子；若用完了，再来问老爷讨来用。"屠户连忙把拳头缩了回去，往腰里揣。口里说道："也罢，你如今结交了这个张老爷，何愁没有银子用？他家里的银子，比皇帝家还多哩！他家就是我卖肉的主顾，一年就是无事，肉也要用四五千斤，银子何足为奇！"又转回头来望著女儿说道："我早上拿了钱来，你那该死的兄弟还不肯。我说：'姑老爷今非昔比，少不得有人把银子送上门去给他用，只怕姑老爷还不希罕哩。今日果不然！如今拿了银子家去，骂这死砍头短命的奴才！"说了一会，千恩万谢，低著头笑眯眯的去了。

自此以后，果然有许多人来奉承他；有送田产的，有人送店房的，还有那些破落户，两口子来投身为仆，图荫庇的。到两三个月，范进家奴仆丫鬟都有了，钱米是不消说了。张乡绅家又来催著搬家。搬到新房子里，唱戏、摆酒、请客，一连三日。

到第四日上，老太太起来吃过点心，走到第三进房子内，见范进的娘子胡氏，家常戴著银丝鬏髻[21]；此时是十月中旬，天气尚暖，穿著天青缎套，官绿的缎裙；督率著家人、媳妇、丫鬟，洗碗盏杯箸。老太太看了，说道："你们嫂嫂姑娘们要仔细些，这都是别人家的东西，不要弄坏了。"家人媳妇道："老太太，那里是别人的，都是你老人家的。"老太太笑道："我家怎的有这些东西？"丫鬟和媳妇一齐都说道："怎么不是？岂但这个东西是，连我们这些人和这房子都是你老太太家的！"老太太听了，把细磁碗盏和银镶的杯箸，逐件看了一遍，哈哈大笑道："这都是我的了！"大笑一声，往后便跌倒；忽然痰涌上来，不省一事。只因这一番，有分教："会试举人，变作秋风之客[22]；多事贡生，长为兴讼之人。"

不知老太太性命如何？且听下回分解。

【注释】

[1] 贡院：明清时考生乡试、会试的场所。

[2] 将著：拿着，带着。

[3] 藩库：明清时期各省布政使衙门收付银钱的库房。

[4] 录遗：各地科举考试完毕后集中在省城举行一次补考。

[5] 典史：知县的辅佐官。

[6] 欢团：也叫欢喜团，用炒熟的糯米和糖搓成球形的一种食物。

[7] 殿在三甲：殿试取在三甲。

[8] 部属：在六部里各司署任职的官员。

[9] 幕客：受地方官私人聘请，帮助办理公事的人。

[10] 放头排：考场中每过几个时辰，把已交卷的考生做一批放出来，放出第一批叫"放头牌"。

[11] 龙头属老成：大器晚成。

[12] 门枪：高级官员出行仪仗的一种。

[13] 行事：行业。

[14] 文会：秀才们为了准备乡试而自由组合的研习文章的组织。

[15] 时候：时辰。

[16] 黄甲：殿试等第分三甲，榜是用黄纸写的，所以叫黄甲，一般也称黄榜。

　　[17] 二汉：佣工。

　　[18] 斋工：在家吃长斋、念经、会做简单佛事的佛教徒。

　　[19] 全帖：拜客或互通礼意用的红纸名谏，单幅的为"单帖"，横阔十倍于单帖而折为十面的为"全帖"。

　　[20] 题名录：指同届中举的举人名册。

　　[21] 鬏髻：假发髻。

　　[22] 秋风：一作"抽风"，意同分肥，利用某种身份或关系和人交际联络以取得赠与，俗称"打秋风"。

曹雪芹小说

红楼梦
第三回　贾雨村夤缘复旧职　林黛玉抛父进京都

【解题】　本回主要叙述了宝黛相会的缘由与林黛玉眼中的贾府，并写了贾雨村依靠贾府权势复职的过程。文中试着以林黛玉的眼睛为镜头，采取跟拍手法，使人们看到了这个钟鸣鼎食之家的豪华气派和诗礼簪缨之族森严的礼法。同时，作品的叙事视角又不断转换，呈现出多人多事的网状张力。

　　却说雨村忙回头看时，不是别人，乃是当日同僚一案参革的号张如圭者。他本系此地人，革后家居，今打听得都中奏准起复旧员之信，他便四下里寻情找门路，忽遇见雨村，故忙道喜。二人见了礼，张如圭便将此信告诉雨村，雨村自是欢喜，忙忙的叙了两句，遂作别各自回家。冷子兴听得此言，便忙献计，令雨村央烦林如海，转向都中去央烦贾政。雨村领其意，作别回至馆中，忙寻邸报看真确了[1]。

　　次日，面谋之如海。如海道："天缘凑巧，因贱荆去世[2]，都中家岳母念及小女无人依傍教育，前已遣了男女船只来接，因小女未曾大痊，故未及行。此刻正思向蒙训教之恩未经酬报，遇此机会，岂有不尽心图报之理。但请放心。弟已预为筹画至此，已修下荐书一封，转托内兄务为周全协佐，方可稍尽弟之鄙诚，即有所费用之例，弟于内兄信中已注明白，亦不劳尊兄多虑矣。"雨村一面打恭，谢不释口，一面又问："不知令亲大人现居何职？只怕晚生草率，不敢骤然入都干渎[3]。"如海笑道："若论舍亲，与尊兄犹系同谱，乃荣公之孙：大内兄现袭一等将军，名赦，字恩侯；二内兄名政，字存周，现任工部员外郎，其为人谦恭厚道，大有祖父遗风，非膏粱轻薄仕宦之流，故弟方致书烦托。否则不但有污尊兄之清操，即弟亦不屑为矣。"雨村听了，心下方信了昨日子兴之言，于是又谢了林如海。如海乃说："已择了出月初二日小女入都，尊兄即同路而往，岂不两便?"雨村唯唯听命，心中十分得意。如海遂打点礼物并饯行之事，雨村一一领了。

那女学生黛玉，身体方愈，原不忍弃父而往；无奈他外祖母致意务去，且兼如海说："汝父年将半百，再无续室之意；且汝多病，年又极小，上无亲母教养，下无姊妹兄弟扶持，今依傍外祖母及舅氏姊妹去，正好减我顾盼之忧，何反云不往?"黛玉听了，方洒泪拜别，随了奶娘及荣府几个老妇人登舟而去。雨村另有一只船，带两个小童，依附黛玉而行。

有日到了都中，进入神京[4]，雨村先整了衣冠，带了小童，拿着宗侄的名帖，至荣府的门前投了。彼时贾政已看了妹丈之书，即忙请入相会。见雨村相貌魁伟，言语不俗，且这贾政最喜读书人，礼贤下士，济弱扶危，大有祖风；况又系妹丈致意，因此优待雨村，更又不同，便竭力内中协助，题奏之日，轻轻谋了一个复职候缺，不上两个月，金陵应天府缺出，便谋补了此缺，拜辞了贾政，择日上任去了。不在话下。

且说黛玉自那日弃舟登岸时，便有荣国府打发了轿子并拉行李的车辆久候了。这林黛玉常听得母亲说过，他外祖母家与别家不同。他近日所见的这几个三等仆妇，吃穿用度，已是不凡了，何况今至其家。因此步步留心，时时在意，不肯轻易多说一句话，多行一步路，惟恐被人耻笑了他去。自上了轿，进入城中，从纱窗向外瞧了一瞧，其街市之繁华，人烟之阜盛，自与别处不同。又行了半日，忽见街北蹲着两个大石狮子，三间兽头大门，门前列坐着十来个华冠丽服之人。正门却不开，只有东西两角门有人出入。正门之上有一匾，匾上大书"敕造宁国府"五个大字[5]。黛玉想道：这必是外祖之长房。想着，又往西行，不多远，照样也是三间大门，方是荣国府了。却不进正门，只进了西边角门。那轿夫抬进去，走了一射之地，将转弯时，便歇下退出去了。后面的婆子们已都下了轿，赶上前来。另换了三四个衣帽周全十七八岁的小厮上来，复抬起轿子。众婆子步下围随至一垂花门前落下。众小厮退出，众婆子上来打起轿帘，扶黛玉下轿。林黛玉扶着婆子的手，进了垂花门，两边是抄手游廊[6]，当中是穿堂，当地放着一个紫檀架子大理石的大插屏[7]。转过插屏，小小的三间厅，厅后就是后面的正房大院。正面五间上房，皆雕梁画栋，两边穿山游廊厢房，挂着各色鹦鹉、画眉等鸟雀。台矶之上，坐着几个穿红着绿的丫头，一见他们来了，便忙都笑迎上来，说："刚才老太太还念呢，可巧就来了。"于是三四人争着打起帘笼，一面听得人回话："林姑娘到了。"

黛玉方进入房时，只见两个人搀着一位鬓发如银的老母迎上来，黛玉便知是他外祖母。方欲拜见时，早被他外祖母一把搂入怀中，心肝儿肉叫着大哭起来。当下地下侍立之人，无不掩面涕泣，黛玉也哭个不住。一时众人慢慢解劝住了，黛玉方拜见了外祖母。——此即冷子兴所云之史氏太君，贾赦贾政之母也。当下贾母一一指与黛玉："这是你大舅母；这是你二舅母；这是你先珠大哥的媳妇珠大嫂子。"黛玉一一拜见过。贾母又说："请姑娘们来。今日远客才来，可以不必上学去了。"众人答应了一声，便去了两个。

不一时，只见三个奶嬷嬷并五六个丫鬟，簇拥着三个姊妹来了。第一个肌肤微丰，合中身材，腮凝新荔，鼻腻鹅脂，温柔沉默，观之可亲。第二个削肩细腰，长挑身材，鸭蛋脸面，俊眼修眉，顾盼神飞，文彩精华，见之忘俗。第三个身量未足，形容尚小。其钗环裙袄，三人皆是一样的妆饰。黛玉忙起身迎上来见礼，互相厮认过，大家归了坐。丫鬟们斟上茶来。不过说些黛玉之母如何得病，如何请医服药，如何送死发丧。不免贾母又伤感起来，因说："我这些儿女，所疼者独有你母，今日一旦先舍我而去，连面也不能一见，今见了你，我怎不伤心！"说着，搂了黛玉在怀，又呜咽起来。众人忙都宽慰解释，方略略止住。

众人见黛玉年貌虽小，其举止言谈不俗，身体面庞虽怯弱不胜，却有一段自然的风流态度，便知他有不足之症。因问："常服何药，如何不急为疗治？"黛玉道："我自来是如此，从会吃饮食时便吃药，到今日未断，请了多少名医修方配药，皆不见效。那一年我三岁时，听得说来了一个癞头和尚，说要化我去出家，我父母固是不从。他又说：'既舍不得他，只怕他的病一生也不能好的了。若要好时，除非从此以后总不许见哭声；除父母之外，凡有外姓亲友之人，一概不见，方可平安了此一世。'疯疯癫癫，说了这些不经之谈，也没人理他。如今还是吃人参养荣丸。"贾母道："正好，我这里正配丸药呢。叫他们多配一料就是了。"

一语未了，只听后院中有人笑声，说："我来迟了，不曾迎接远客！"黛玉纳罕道："这些人个个皆敛声屏气，恭肃严整如此，这来者系谁，这样放诞无礼？"心下想时，只见一群媳妇丫鬟围拥着一个人从后房门进来。这个人打扮与众姑娘不同，彩绣辉煌，恍若神妃仙子：头上戴着金丝八宝攒珠髻，绾着朝阳五凤挂珠钗；项上带着赤金盘螭璎珞圈；裙边系着豆绿宫绦，双衡比目玫瑰佩；身上穿着缕金百蝶穿花大红洋缎窄褙袄[8]，外罩五彩刻丝石青银鼠褂；下着翡翠撒花洋绉裙。一双丹凤三角眼，两弯柳叶吊梢眉，身量苗条，体格风骚，粉面含春威不露，丹唇未起笑先闻。黛玉连忙起身接见。贾母笑道，"你不认得他，他是我们这里有名的一个泼皮破落户儿，南省俗谓作'辣子'，你只叫他'凤辣子'就是了。"黛玉正不知以何称呼，只见众姊妹都忙告诉他道："这是琏嫂子。"黛玉虽不识，也曾听见母亲说过，大舅贾赦之子贾琏，娶的就是二舅母王氏之内侄女，自幼假充男儿教养的，学名王熙凤。黛玉忙陪笑见礼，以"嫂"呼之。这熙凤携着黛玉的手，上下细细打谅了一回，仍送至贾母身边坐下，因笑道："天下真有这样标致的人物，我今儿才算见了！况且这通身的气派，竟不象老祖宗的外孙女儿，竟是个嫡亲的孙女，怨不得老祖宗天天口头心头一时不忘。只可怜我这妹妹这样命苦，怎么姑妈偏就去世了！"说着，便用帕拭泪。贾母笑道："我才好了，你倒来招我。你妹妹远路才来，身子又弱，也才劝住了，快再休提前话。"这熙凤听了，忙转悲为喜道："正是呢！我一见了妹妹，一心都在他身上了，又是喜欢，又是伤心，竟忘记了老祖宗。该打，该打！"又忙携黛玉之手，问："妹妹几岁了？可也上过学？现吃什么药？在这里不要想家，想要什么吃的、什么玩的，只管告诉我；丫头老婆们不好了，也只管告诉我。"一面又问婆子们："林姑娘的行李东西可搬进来了？带了几个人来？你们赶早打扫两间下房，让他们去歇歇。"

说话时，已摆了茶果上来。熙凤亲为捧茶捧果。又见二舅母问他："月钱放过了不曾？"熙凤道："月钱已放完了。才刚带着人到后楼上找缎子，找了这半日，也并没有见昨日太太说的那样的，想是太太记错了？"王夫人道："有没有，什么要紧。"因又说道："该随手拿出两个来给你这妹妹去裁衣裳的，等晚上想着叫人再去拿罢，可别忘了。"熙凤道："这倒是我先料着了，知道妹妹不过这两日到的，我已预备下了，等太太回去过了目好送来。"王夫人一笑，点头不语。

当下茶果已撤，贾母命两个老嬷嬷带了黛玉去见两个母舅。时贾赦之妻邢氏忙亦起身，笑回道："我带了外甥女过去，倒也便宜。"贾母笑道："正是呢，你也去罢，不必过来了。"邢夫人答应了一声"是"字，遂带了黛玉与王夫人作辞，大家送至穿堂前。出了垂花门，早有众小厮们拉过一辆翠幄青紬车[9]，邢夫人携了黛玉，坐在上面，众婆子们放下车帘，方命小厮们抬起，拉至宽处，方驾上驯骡，亦出了西角门，往东过荣府正门，便入一黑油大门中，至仪门前方下来[10]。众小厮退出，方打起车帘，邢夫人搀着黛玉的手，进入院中。黛玉度其房屋院宇，必是荣府中花园隔断过来的。进入三层仪门，果见正房厢庑游廊，悉皆小巧别致，不似方才那边轩峻壮丽；且院中随处之树木山石皆在。一时进入正室，早有许多盛妆丽服之姬妾丫鬟迎着，邢夫人让黛玉坐了，一面命人到外面书房去请贾赦。一时人来回话说："老爷说了：'连日身上不好，见了姑娘彼此倒伤心，暂且不忍相见。劝姑娘不要伤心想家，跟着老太太和舅母，即同家里一样。姊妹们虽拙，大家一处伴着，亦可以解些烦闷。或有委屈之处，只管说得，不要外道才是。'"黛玉忙站起来，一一听了。再坐一刻，便告辞。邢夫人苦留吃过晚饭去，黛玉笑回道："舅母爱惜赐饭，原不应辞，只是还要过去拜见二舅舅，恐领了赐去不恭，异日再领，未为不可。望舅母容谅。"邢夫人听说，笑道："这倒是了。"遂令两三个嬷嬷用方才的车好生送了姑娘过去。于是黛玉告辞。邢夫人送至仪门前，又嘱咐了众人几句，眼看着车去了方回来。

一时黛玉进了荣府，下了车。众嬷嬷引着，便往东转弯，穿过一个东西的穿堂，向南大厅之后，仪门内大院落，上面五间大正房，两边厢房鹿顶耳房钻山[11]，四通八达，轩昂壮丽，比贾母处不同。黛玉便知这方是正经正内室，一条大甬路，直接出大门的。进入堂屋中，抬头迎面先看见一个赤金九龙青地大匾，匾上写着斗大的三个大字，是"荣禧堂"，后有一行小字："某年月日，书赐荣国公贾源"，又有"万几宸翰之宝"。大紫檀雕螭案上，设着三尺来高青绿古铜鼎，悬着待漏随朝墨龙大画[12]，一边是金蜼彝[13]，一边是玻璃㿜[14]。地下两溜十六张楠木交椅，又有一副对联，乃乌木联牌，镶着錾银的字迹[15]，道是：

座上珠玑昭日月，堂前黼黻焕烟霞[16]。

下面一行小字，道是："同乡世教弟勋袭东安郡王穆莳拜手书"。

原来王夫人时常居坐宴息，亦不在这正室，只在这正室东边的三间耳房内。于是老嬷嬷引黛玉进东房门来。临窗大炕上铺着猩红洋罽[17]，正面设着大红金钱蟒靠背，石青金钱蟒引枕，秋香色金钱蟒大条褥。两边设一对梅花式洋漆小几。左边几上文王鼎匙箸香盒；右边几上汝窑美人觚——觚内插着时鲜花卉，并茗碗痰盒等物。地下面西一溜四张椅上，都搭着银红撒花椅搭，底下四副脚踏。椅之两边，也有一对高几，几上茗碗瓶花俱备。其余陈设，自不必细说。老嬷嬷们让黛玉炕上坐，炕沿上却有两个锦褥对设，黛玉度其位次，便不上炕，只向东边椅子上坐了。本房内的丫鬟忙捧上茶来。黛玉一面吃茶，一面打谅这些丫鬟们，妆饰衣裙，举止行动，果亦与别家不同。

茶未吃了，只见一个穿红绫袄青缎掐牙背心的丫鬟走来笑说道："太太说，请林姑娘到那边坐罢。"老嬷嬷听了，于是又引黛玉出来，到了东廊三间小正房内。正房炕上横设一张炕桌，桌上磊着书籍茶具，靠东壁面西设着半旧的青缎靠背引枕。王夫人却坐在西边下首，亦是半旧的青缎靠背坐褥。见黛玉来了，便往东让。黛玉心中料定这是贾政之位。因见挨炕一溜三张椅子上，也搭着半旧的弹墨椅袱[18]，黛玉便向椅上坐了。王夫人再四携他上炕，他方挨王夫人坐了。王夫人因说："你舅舅今日斋戒去了，再见罢。只是有一句话嘱咐你：你三个姊妹倒都极好，以后一处念书认字学针线，或是偶一顽笑，都有尽让的。但我不放心的最是一件：我有一个孽根祸胎，是家里的'混世魔王'，今日因庙里还愿去了，尚未回来，晚间你看见便知了。你只以后不要睬他，你这些姊妹都不敢沾惹他的。"

黛玉亦常听得母亲说过，二舅母生的有个表兄，乃衔玉而诞，顽劣异常，极恶读书，最喜在内帏厮混；外祖母又极溺爱，无人敢管。今见王夫人如此说，便知说的是这表兄了。因陪笑道："舅母说的，可是衔玉所生的这位哥哥？在家时亦曾听见母亲常说，这位哥哥比我大一岁，小名就唤宝玉，虽极憨顽，说在姊妹情中极好的。况我来了，自然只和姊妹同处，兄弟们自是别院另室的，岂得去沾惹之理？"王夫人笑道："你不知道原故：他与别人不同，自幼因老太太疼爱，原系同姊妹们一处娇养惯了的。若姊妹们有日不理他，他倒还安静些，纵然他没趣，不过出了二门，背地里拿着他两个小幺儿出气，咕唧一会子就完了。若这一日姊妹们和他多说一句话，他心里一乐，便生出多少事来。所以嘱咐你别睬他。他嘴里一时甜言蜜语，一时有天无日，一时又疯疯傻傻，只休信他。"

黛玉一一的都答应着。只见一个丫鬟来回："老太太那里传晚饭了。"王夫人忙携黛玉从后房门由后廊往西，出了角门，是一条南北宽夹道。南边是倒座三间小小的抱厦厅[19]，北边立着一个粉油大影壁，后有一半大门，小小一所房室。王夫人笑指向黛玉道："这是你凤姐姐的屋子，回来你好往这里找他来，少什么东西，你只管和他说就是了。"这院门上也有四五个才总角[20]的小厮，都垂手侍立。王夫人遂携黛玉穿过一个东西穿堂，便是贾母的后院了。于是，进入后房门，已有多人在此伺候，见王夫人来了，方安设桌椅。贾珠之妻李氏捧饭，熙凤安箸，王夫人进羹。贾母正面榻上独坐，两边四张空椅，熙凤忙拉了黛玉在左边第一张椅上坐了，黛玉十分推让。贾母笑道："你舅母你嫂子们不在这里吃饭。你是客，原应如此坐的。"黛玉方告了座，坐了。贾母命王夫人坐了。迎春姊妹三个告了座方上来。迎春便坐右手第一，探春左第二，惜春右第二。旁边丫鬟执着拂尘、漱盂、巾帕。李、凤二人立于案旁布让[21]。外间伺候之媳妇丫鬟虽多，却连一声咳嗽不闻。寂然饭毕，各有丫鬟用小茶盘捧上茶来。当日林如海教女以惜福养身,云饭后务待饭粒咽尽,过一时再吃茶,方不伤脾胃。今黛玉见了这里许多事情不合家中之式,不得不随的,少不得一一改过来,因而接了茶。早见人又捧过漱盂来,黛玉也照样漱了口。盥手毕,又捧上茶来,这方是吃的茶。贾母便说:"你们去罢,让我们自在说话儿。"王夫人听了,忙起身,又说了两句闲话,方引凤、李二人去了。贾母因问黛玉念何书。黛玉道:"只刚念了《四书》。"黛玉又问姊妹们读何书。贾母道:"读的是什么书,不过是认得两个字,不是睁眼的瞎子罢了!"

　　一语未了,只听外面一阵脚步响,丫鬟进来笑道:"宝玉来了!"黛玉心中正疑惑着:"这个宝玉,不知是怎生个惫懒[22]人物,懵懂顽童?"——倒不见那蠢物也罢了。心中想着,忽见丫鬟话未报完,已进来了一位年轻的公子:头上戴着束发嵌宝紫金冠,齐眉勒着二龙抢珠金抹额;穿一件二色金百蝶穿花大红箭袖,束着五彩丝攒花结长穗宫绦,外罩石青起花八团倭缎排穗褂;登着青缎粉底小朝靴。面若中秋之月,色如春晓之花,鬓若刀裁,眉如墨画,面如桃瓣,目若秋波。虽怒时而若笑,即瞋视而有情。项上金螭璎珞,又有一根五色丝绦,系着一块美玉。黛玉一见,便吃一大惊,心下想道:"好生奇怪,倒象在那里见过一般,何等眼熟到如此!"只见这宝玉向贾母请了安,贾母便命:"去见你娘来。"宝玉即转身去了。一时回来,再看,已换了冠带:头上周围一转的短发,都结成小辫,红丝结束,共攒至顶中胎发,总编一根大辫,黑亮如漆,从顶至梢,一串四颗大珠,用金八宝坠角;身上穿着银红撒花半旧大袄,仍旧带着项圈、宝玉、寄名锁[23]、护身符等物;下面半露松花撒花绫裤腿,锦边弹墨袜,厚底大红鞋。越显得面如敷粉,唇若施脂;转盼多情,语言常笑。天然一段风骚,全在眉梢;平生万种情思,悉堆眼角。看其外貌最是极好,却难知其底细。后人有《西江月》二词,批宝玉极恰,其词曰:

　　　　　无故寻愁觅恨,有时似傻如狂。

　　　　　纵然生得好皮囊,腹内原来草莽。

　　　　　潦倒不通世务,愚顽怕读文章。

　　　　　行为偏僻性乖张,那管世人诽谤!

　　　　　富贵不知乐业,贫穷难耐凄凉。

　　　　　可怜辜负好韶光,于国于家无望。

　　　　　天下无能第一,古今不肖无双。

　　　　　寄言纨袴与膏粱:莫效此儿形状!

　　贾母因笑道："外客未见，就脱了衣裳，还不去见你妹妹！"宝玉早已看见多了一个姊妹，便料定是林姑妈之女，忙来作揖。厮见毕归坐，细看形容，与众各别：两弯似蹙非蹙胃烟眉[24]，一双似喜非喜含情目。态生两靥之愁，娇袭一身之病。泪光点点，娇喘微微。闲静时如姣花照水，行动处似弱柳扶风。心较比干多一窍，病如西子胜三分。宝玉看罢，因笑道："这个妹妹我曾见过的。"贾母笑道："可又是胡说，你又何曾见过他？"宝玉笑道："虽然未曾见过他，然我看着面善，心里就算是旧相识，今日只作远别重逢，亦未为不可。"贾母笑道："更好，更好，若如此，更相和睦了。"宝玉便走近黛玉身边坐下，又细细打量一番，因问："妹妹可曾读书？"黛玉道："不曾读，只上了一年学，些须认得几个字。"宝玉又道："妹妹尊名是那两个字？"黛玉便说了名。宝玉又问表字。黛玉道："无字。"宝玉笑道："我送妹妹一妙字，莫若'颦颦'二字极妙。"探春便问何出。宝玉道："《古今人物通考》上说：'西方有石名黛，可代画眉之墨。'况这林妹妹眉尖若蹙，用取这两个字，岂不两妙！"探春笑道："只恐又是你的杜撰。"宝玉笑道："除《四书》外，杜撰的太多，偏只我是杜撰不成？"又问黛玉："可也有玉没有？"众人不解其语，黛玉便忖度着因他有玉，故问我有也无，因答道："我没有那个。想来那玉是一件罕物，岂能人人有的。"宝玉听了，登时发作起痴狂病来，摘下那玉，就狠命摔去，骂道："什么罕物，连人之高低不择，还说'通灵'不'通灵'呢！我也不要这劳什子了！"吓的众人一拥争去拾玉。贾母急的搂了宝玉道："孽障！你生气，要打骂人容易，何苦摔那命根子！"宝玉满面泪痕泣道："家里姐姐妹妹都没有，单我有，我说没趣；如今来了这们一个神仙似的妹妹也没有，可知这不是个好东西。"贾母忙哄他道："你这妹妹原有这个来的，因你姑妈去世时，舍不得你妹妹，无法处，遂将他的玉带了去了：一则全殉葬之礼，尽你妹妹之孝心；二则你姑妈之灵，亦可权作见了女儿之意。因此他只说没有这个，不便自己夸张之意。你如今怎比得他？还不好生慎重带上，仔细你娘知道了。"说着，便向丫鬟手中接来，亲与他带上。宝玉听如此说，想一想大有情理，也就不生别论了。

　　当下，奶娘来请问黛玉之房舍。贾母说："今将宝玉挪出来，同我在套间暖阁儿里[25]，把你林姑娘暂安置碧纱橱里[26]。等过了残冬，春天再与他们收拾房屋，另作一番安置罢。"宝玉道："好祖宗，我就在碧纱橱外的床上很妥当，何必又出来闹的老祖宗不得安静。"贾母想了一想说："也罢了。"每人一个奶娘并一个丫头照管，余者在外间上夜听唤。一面早有熙凤命人送了一顶藕合色花帐，并几件锦被缎褥之类。

黛玉只带了两个人来：一个是自幼奶娘王嬷嬷，一个是十岁的小丫头，亦是自幼随身的，名唤作雪雁。贾母见雪雁甚小，一团孩气，王嬷嬷又极老，料黛玉皆不遂心省力的，便将自己身边的一个二等丫头，名唤鹦哥者与了黛玉。外亦如迎春等例，每人除自幼乳母外，另有四个教引嬷嬷，除贴身掌管钗钏盥沐两个丫鬟外，另有五六个洒扫房屋来往使役的小丫鬟。当下，王嬷嬷与鹦哥陪侍黛玉在碧纱橱内。宝玉之乳母李嬷嬷，并大丫鬟名唤袭人者，陪侍在外面大床上。

原来这袭人亦是贾母之婢，本名珍珠。贾母因溺爱宝玉，生恐宝玉之婢无竭力尽忠之人，素喜袭人心地纯良，克尽职任，遂与了宝玉。宝玉因知他本姓花，又曾见旧人诗句上有"花气袭人"之句，遂回明贾母，更名袭人。这袭人亦有些痴处：伏侍贾母时，心中眼中只有一个贾母；如今服侍宝玉，心中眼中又只有一个宝玉。只因宝玉性情乖僻，每每规谏宝玉，心中着实忧郁。

是晚，宝玉李嬷嬷已睡了，他见里面黛玉和鹦哥犹未安息，他自卸了妆，悄悄进来，笑问："姑娘怎么还不安息？"黛玉忙让："姐姐请坐。"袭人在床沿上坐了。鹦哥笑道："林姑娘正在这里伤心，自己淌眼抹泪的说：'今儿才来，就惹出你家哥儿的狂病，倘或摔坏了那玉，岂不是因我之过！'因此便伤心，我好容易劝好了。"袭人道："姑娘快休如此，将来只怕比这个更奇怪的笑话儿还有呢！若为他这种行止，你多心伤感，只怕你伤感不了呢。快别多心！"黛玉道："姐姐们说的，我记着就是了。究竟那玉不知是怎么个来历？上面还有字迹？"袭人道："连一家子也不知来历，上头还有现成的眼儿，听得说，落草时是从他口里掏出来的。等我拿来你看便知。"黛玉忙止道："罢了，此刻夜深，明日再看也不迟。"大家又叙了一回，方才安歇。

次日起来，省过贾母，因往王夫人处来，正值王夫人与熙凤在一处拆金陵来的书信看，又有王夫人之兄嫂处遣了两个媳妇来说话的。黛玉虽不知原委，探春等却都晓得是议论金陵城中所居的薛家姨母之子姨表兄薛蟠，倚财仗势，打死人命，现在应天府案下审理。如今母舅王子腾得了信息，故遣他家内的人来告诉这边，意欲唤取进京之意。

【注释】

[1] 邸报：古代报纸的通称，主要登载皇帝谕旨、臣僚奏章和朝廷动态等方面内容。

[2] 贱荆：旧时对妻子的谦称。

[3] 干渎：冒犯。

〔4〕神京：京城。

〔5〕敕造：奉皇帝之命修造。

〔6〕抄手游廊：院门内两侧环抱的走廊。

〔7〕大插屏：大屏风。

〔8〕裓：上衣前后两幅在腋下合缝部分。

〔9〕青紬车：用青色绸子做的车帘。

〔10〕仪门：明清两代称官署大门之内的门为仪门。

〔11〕钻山：山墙上开门或开洞与相邻的房子或游廊相接。

〔12〕待漏随朝墨龙大画：画中隐喻朝见君王的意思。贵族中挂此画以示身份地位的显赫。

〔13〕彝：古代青铜器中礼器的统称。

〔14〕彝：酒器。

〔15〕錾银：银雕工艺。

〔16〕黼黻（fǔfú）：古代官僚贵族礼服上绣的花纹。

〔17〕罽（jì）：毛毯。

〔18〕椅袱：用棉、缎等做成的椅套。

〔19〕抱厦厅：回绕堂屋后面的侧室。

〔20〕总角：代指儿童时代。

〔21〕布让：宴席间向客人敬菜、劝餐。

〔22〕忩懒：涎皮赖脸的意思。

〔23〕寄名锁：旧时父母怕小儿夭折，给寺院或道观一定财物，让幼儿当寄名弟子，并在幼儿脖上系一小锁，叫寄名锁。

〔24〕胃烟眉：形容眉毛像一抹轻烟。

〔25〕暖阁：设炉取暖的小阁。

〔26〕碧纱橱里：指以碧纱橱格开的里间。

第二十七回　滴翠亭杨妃戏彩蝶　埋香冢飞燕泣残红

【解题】　这一回是塑造林黛玉性格的重要关目，"葬花"是林黛玉性格中最富有表现力的行为，才情飞扬，性情高节，心事幽怨，同时也是她的命运的写照。充分显示了她对所处生存环境的愤怒和对爱情期待的焦虑。这种感伤、嗫叹，令人读之"凄楚感慨"而"身世两忘"。

话说黛玉正自悲泣，忽听院门响处，只见宝钗出来了，宝玉、袭人一群人都送出来。待要上去问着宝玉，又恐当着众人问羞了宝玉不便，因而闪过一旁，让宝钗去了，宝玉等进去关了门，方转过来，尚望着门洒了几点泪。自觉无味，转身回来，无精打彩的卸了残妆。紫鹃、雪雁素日知道黛玉的情性，无事闷坐，不是愁眉，便是长叹，且好端端的不知为着什么，常常的便自泪不干的。先时还有人解劝，或怕他思父母，想家乡，受委屈，用话来宽慰。谁知后来一年一月的，竟是常常如此，把这个样儿看惯了，也都不理论了。所以也没人去理他，由他闷坐，只管外间自便去了。那黛玉倚着床栏杆，两手抱着膝，眼睛含着泪，好似木雕泥塑的一般，直坐到二更多天方才睡了。一宿无话。

　　至次日，乃是四月二十六日，原来这日未时交芒种节。尚古风俗：凡交芒种节的这日，都要设摆各色礼物，祭饯花神，言芒种一过，便是夏日了，众花皆卸，花神退位，须要饯行。闺中更兴这件风俗，所以大观园中之人都早起来了。那些女孩子们，或用花瓣柳枝编成轿马的，或用绫锦纱罗叠成千旄旌幢的[1]，都用彩线系了，每一棵树头每一枝花上，都系了这些物事。满园里绣带飘摇，花枝招展，更兼这些人打扮的桃羞杏让，燕妒莺惭，一时也道不尽。

　　且说宝钗、迎春、探春、惜春、李纨、凤姐等并大姐儿、香菱与众丫环们，都在园里玩耍，独不见黛玉，迎春因说道："林妹妹怎么不见？好个懒丫头，这会子难道还睡觉不成？"宝钗道："你们等着，等我去闹了他来。"说着，便撂下众人，一直往潇湘馆来。正走着，只见文官等十二个女孩子也来了，上来问了好，说了一回闲话儿，才走开。宝钗回身指道："他们都在那里呢，你们找他们去，我找林姑娘去就来。"说着，逶迤往潇湘馆来。忽然抬头见宝玉进去了，宝钗便站住，低头想了一想："宝玉和黛玉是从小儿一处长大的，他兄妹间多有不避嫌疑之处，嘲笑不忌，喜怒无常！况且黛玉素多猜忌，好弄小性儿，此刻自己也跟进去，一则宝玉不便，二则黛玉嫌疑，倒是回来的妙。"想毕，抽身回来，刚要寻别的妹妹去。忽见面前一双玉色蝴蝶，大如团扇，一上一下，迎风翩翩，十分有趣。宝钗意欲扑了来玩耍，遂向袖中取出扇子来，向草地下来扑。只见那一双蝴蝶忽起忽落，来来往往，将欲过河去了。引的宝钗蹑手蹑脚的，一直跟到池边滴翠亭上，香汗淋漓，娇喘细细。宝钗也无心扑了，刚欲回来，只听那亭里嘁嘁喳喳有人说话。原来这亭子四面俱是游廊曲栏，盖在池中水上，四面雕镂槅子，糊着纸。宝钗在亭外听见说话，便煞住脚往里细听。只听说道："你瞧这绢子果然是你丢的那一块，你就拿着；要不是，就还芸二爷去。"又有一个说："可不是我那块！拿来给我罢。"又听道："你拿什么谢我呢？难道白找了来不成？"又答道："我已经许了谢你，自然是不哄你的。"又听说道："我找了来给你，自然谢我；但只是那拣的人，你就不谢他么？"那一个又说道："你别胡说。他是个爷们家，拣了我们的东西，自然该还的。叫我拿什么谢他呢？"又听说道："你不谢他，我怎么回他呢？况且他再三再四的和我说了，若没谢的，不许我给你呢。"半晌，又听说道："也罢，拿我这个给他，算谢他的罢。你要告诉别人呢？须得起个誓。"又听说道："我告诉人，嘴上就长一个疔，日后不得好死！"又听说道："嗳哟！咱们只顾说，看仔细有人来悄悄的在外头听见。不如把这隔子都推开了，就是人见咱们在这里，他们只当我们说玩话儿呢。走到跟前，咱们也看的见，就别说了。"

宝钗外面听见这话，心中吃惊，想道："怪道从古至今那些奸淫狗盗的人，心机都不错，这一开了，见我在这里，他们岂不躁了？况且说话的语音，大似宝玉房里的小红。他素昔眼空心大，是个头等刁钻古怪的丫头，今儿我听了他的短儿，'人急造反，狗急跳墙'，不但生事，而且我还没趣。如今便赶着躲了料也躲不及，少不得要使个'金蝉脱壳'的法子。[2]"犹未想完，只听"咯吱"一声，宝钗便故意放重了脚步，笑着叫道："颦儿，我看你往那里藏！"一面说一面故意往前赶。那亭内的小红坠儿刚一推窗，只听宝钗如此说着往前赶，两个人都唬怔了。宝钗反向他二人笑道："你们把林姑娘藏在那里了？"坠儿道："何曾见林姑娘了？"宝钗道："我才在河那边看着林姑娘在这里蹲着弄水儿呢。我要悄悄的唬他一跳，还没有走到跟前，他倒看见我了，朝东一绕，就不见了。别是藏在里头了？"一面说，一面故意进去，寻了一寻，抽身就走，一内说道："一定又钻在山子洞里去了。遇见蛇，咬一口也罢了。"一面说，一面走，心中又好笑："这件事算遮过去了。不知他二人怎么样？"

谁知小红听了宝钗的话，便信以为真，让宝钗去远，便拉坠儿道："了不得了，林姑娘蹲在这里，一定听了话去了！"坠儿听了，也半日不言语。小红又道："这可怎么样呢？"坠儿道："听见了，管谁筋疼！各人干各人的就完了。"小红道："要是宝姑娘听见还罢了。那林姑娘嘴里又爱克薄人，心里又细，他一听见了，倘或走露了，怎么样呢？"二人正说着，只见香菱、臻儿、司棋、侍书等上亭子来了。二人只得掩住这话，且和他们玩笑。只见凤姐站在山坡上招手儿，小红便连忙弃了众人，跑至凤姐前，堆着笑问："奶奶使唤做什么事？"凤姐打量了一回，见他生的干净俏丽，说话知趣，因笑道："我的丫头们今儿没跟进我来。我这会子想起一件事来，要使唤个人出去，不知你能干不能干？说的齐全不齐全？"小红笑道："奶奶有什么话，只管吩咐我说去，要说的不齐全，误了奶奶的事，任凭奶奶责罚就是了。"凤姐笑道："你是那位姑娘屋里的？我使你出去，他回来找你，我好替你说。"小红道："我是宝二爷屋里的。"凤姐听了笑道："嗳哟！你原来是宝玉屋里的，怪道呢。也罢了，等他问，我替你说。你到我们家告诉你平姐姐，外头屋里桌子上汝窑盘子架儿底下放着一卷银子，那是一百二十两，给绣匠的工价。等张材家的来，当面秤给他瞧了，再给他拿去。还有一件事，里头床头儿上有个小荷包儿，拿了来。"小红听说，答应着，撤身去了。

不多时回来，不见凤姐在山坡上了，因见司棋从山洞里出来，站着系带子，便起来问道："姐姐，不知道二奶奶往那里去了？"司棋道："没理论。"小红听了，回身又往四下里一看，只见那边探春、宝钗在池边看鱼，小红上来陪笑道："姑娘们可知道二奶奶刚才那里去了？"探春道："往你大奶奶院里找去。"小红听了，再往稻香村来，顶头见晴雯、绮霞、碧痕、秋纹、麝月、侍书、入画、莺儿等一群人来了。晴雯一见小红，便说道："你只是疯罢！院子里花儿也不浇雀儿也不喂，茶炉子也不爦[3]，就在外头逛！"小红道："昨儿二爷说了，今儿不用浇花儿，过一日浇一回。我喂雀儿的时候儿，你还睡觉呢。"碧痕道："茶炉子呢？"小红道："今儿不该我的班儿，有茶没茶，别问我。"绮霞道："你听听他的嘴！你们别说了，让他逛罢。"小红道："你们再问问，我逛了没逛。二奶奶才使唤我说话取东西去。"说着，将荷包举给他们看，方没言语了，大家走开。晴雯冷笑道："怪道呢！原来爬上高枝儿去了，就不服我们说了。不知说了一句话半句话，名儿姓儿知道了没有，就把他兴头的这个样儿。这一遭半遭儿的也算不得什么，过了后儿，还得听呵。有本事从今儿出了这园子，长长远远的在高枝儿上才算好的呢！"一面说着去了。

这里小红听了，不便分证，只得忍气来找凤姐。到了李氏房中，果见凤姐在这里和李氏说话儿呢。小红上来问道："平姐姐说：奶奶刚出来了，他就把银子收起来了！才张材家的来取，当面秤了给他拿了去了。"说着，将荷包递上去。又道："平姐姐叫我来回奶奶，才旺儿进来讨奶奶的示下，好往那家子去，平姐姐就把那话按着奶奶的主意打发他去了。"凤姐笑道："他怎么按着我的主意打发去了呢？"小红道："平姐姐说：'我们奶奶问这里奶奶好。我们二爷没在家。虽然迟了两天，只管请奶奶放心。等五奶奶好些，我们奶奶还会了五奶奶来瞧奶奶呢。五奶奶前儿打发了人来说，舅奶奶带了信来了，问奶奶好，还要和这里的姑奶奶寻几丸延年神验万金丹，若有了，奶奶打发人来，只管送在我们奶奶这里。明儿有人去，就顺路给那边舅奶奶带了去。'"小红还未说完，李氏笑道："嗳哟！这话我就不懂了，什么'奶奶''爷爷'的一大堆。"凤姐笑道："怨不得你不懂，这是四五门子的话呢。"说着，又向小红笑道："好孩子，难为你说的齐全，不象他们扭扭捏捏蚊子似的。嫂子不知道，如今除了我随手使的这几个丫头老婆之外，我就怕和别人说话，他们必定把一句话拉长了，作两三截儿，咬文嚼字，拿着腔儿，哼哼唧唧的，急的我冒火，他们那里知道？我们平儿先也是这么着，我就问着他，难道必定装蚊子哼哼就算美

429

人儿了？说了几遭儿才好些儿了。"李执笑道："都象你泼辣货才好。"凤姐道："这个丫头就好。刚才这两遭说话虽不多，口角儿就很剪断。"说着，又向小红笑道："明儿你伏侍我罢，我认你做干女孩儿。我一调理，你就出息了。"

小红听了，"扑哧"一笑。凤姐道："你怎么笑？你说我年轻，比你能大几岁，就做你的妈了？你做春梦呢！你打听打听，这些人比你大的赶着我叫妈，我还不理呢，今儿抬举了你了。"小红笑道："我不是笑这个，我笑奶奶认错了辈数儿了。我妈是奶奶的干女孩儿，这会子又认我做干女孩儿！"凤姐道："谁是你妈？"李纨笑道："你原来不认的他，他是林之孝的女孩儿。"凤姐听了十分诧异，因说道："哦，是他的丫头啊。"又笑道："林之孝两口子，都是锥子扎不出一声儿来的。我成日家说，他们倒是配就了的一对儿：一个'天聋'，一个'地哑'。那里承望养出这么个伶俐丫头来！你十几了？"小红道："十七岁了。"又问名字。小红道："原叫'红玉'，因为重了宝二爷，如今只叫小红了。"凤姐听说，将眉一皱，把头一回，说道："讨人嫌的很！得了'玉'的便宜似的，你也'玉'我也'玉'。"因说："嫂子不知道，我和他妈说：'赖大家的如今事多，也不知这府里谁是谁，你替我好好儿的挑两个丫头找使。'他只管答应着，他饶不挑，倒把他的女孩儿送给别处去，难道跟我必定不好？"李纨笑道："你可是又多心了。进来在先，你说在后，怎么怨的他妈？"凤姐也笑道："既这么着，明儿我和宝玉说，叫他再要人，叫这丫头跟我去。可不知本人愿意不愿意？"小红笑道："愿意不愿意，我们也不敢说。只是跟着奶奶，我们学些眉眼高低，出入上下，大小的事儿，也得见识见识。"刚说着，只见王夫人的丫头来请，凤姐便辞了李纨去了。小红自回怡红院去，不在话下。

如今且说黛玉，因夜间失寝，次日起来迟了，闻得众姐妹都在园中做饯花会，恐人笑他痴懒，连忙梳洗了出来。刚到了院中，只见宝玉进门，来了便笑道："好妹妹，你昨儿告了我没有？叫我悬了一夜的心。"黛玉便回头叫紫鹃："把屋子收拾了，下一扇纱屉子，看那大燕子回来，把帘子放下来，拿狮子[4]倚住。烧了香，就把炉罩上。"一面说，一面又往外走。宝玉见他这样，还认作是昨日晌午的事，那知晚间的这件公案？还打恭作揖的。黛玉正眼儿也不看，各自出了院门，一直找别的姐妹去了。宝玉心中纳闷，自己猜疑："看起这样光景来，不象是为昨儿的事。但只昨日我回来的晚了，又没有见他，再没有冲撞他的去处儿了。"一面想，一面由不得随后跟了来。

只见宝钗、探春正在那边看鹤舞，见黛玉来了，三个一同站着说话儿。又见宝玉来了，探春便笑道："宝哥哥身上好？我整整的三天没见你了。"宝玉笑道："妹妹身上好？我前儿还在大嫂子跟前问你呢。"探春道："宝哥哥，你往这里来，我和你说话。"宝玉听说，便跟了他，离了钗、玉两个，到了一棵石榴树下。探春因说道："这几天，老爷没叫你吗？"宝玉笑道："没有叫。"探春道："昨儿我恍惚听见说，老爷叫你出去来着。"宝玉笑道："那想是别人听错了，并没叫我。"探春又笑道："这几个月，我又攒下有十来吊钱了。你还拿了去，明儿出门逛去的时候，或是好字画，或轻巧玩意儿，替我带些来。"宝玉道："我这么逛去，城里城外大廊大庙的逛，也没见个新奇精致东西，总不过是那些金、玉、铜、磁器，没处撂的古董儿，再么就是绸缎、吃食、衣服了。"探春道："谁要那些作什么！象你上回买的那柳枝儿编的小篮子儿，竹子根儿挖的香盒儿，胶泥垛的风炉子儿就好了，我喜欢的了不的。谁知他们都爱上了，都当宝贝儿似的抢了去了。"宝玉笑道："原来要这个。这不值什么，拿几吊钱出去给小子们，管拉两车来。"探春道："小厮们知道什么？你拣那有意思儿又不俗气的东西，你多替我带几件来，我还象上回的鞋做一双你穿，比那双还加工夫，如何呢？"

宝玉笑道："你提起鞋来，我想起故事来了。一回穿着，可巧遇见了老爷，老爷就不受用，问：'是谁做的？'我那里敢提三妹妹，我就回说是前儿我的生日舅母给的。老爷听了是舅母给的，才不好说什么了。半日还说：'何苦来！虚耗人力，作践绫罗，做这样的东西。'我回来告诉了袭人，袭人说：'这还罢了，赵姨娘气的抱怨的了不得：正经亲兄弟，鞋塌拉袜塌拉的没人看见，且做这些东西！'"探春听说，登时沉下脸来，道："你说，这话糊涂到什么田地！怎么，我是该做鞋的人么？环儿难道没有分例的？衣裳是衣裳，鞋袜是鞋袜，丫头老婆一屋子，怎么抱怨这些话？给谁听呢！我不过闲着没事作一双半双，爱给那个哥哥兄弟，随我的心，谁敢管我不成！这也是他瞎气。"宝玉听了，点头笑道："你不知道，他心里自然又有个想头了。"

"探春听说，一发动了气，将头一扭，说道："连你也糊涂了！他那想头，自然是有的。不过是那阴微下贱的见识。他只管这么想。我只管认得老爷太太两个人，别人我一概不管。就是姐妹弟兄跟前，谁和我好，我就和谁好，什么偏的庶的，我也不知道。论理我不该说他，但他忒昏愦的不象了！还有笑话儿呢，就是上回我给你那钱，替我买那些玩的东西，过了两天，他见了我，就说是怎么没钱，怎么难过。我也不理。谁知后来丫头们出去了，他就抱怨起我来，说我攒的钱为什么给你使，倒不给环儿使！我听见这话，又好笑又好气。我就出来往太太跟前去了。"正说着，只见宝钗那边笑道："说完了来罢，显见的是哥哥妹妹了，撂下别人，且说体己去。我们听一句儿就使不得了？"说着，探春宝玉二人方笑着来了。

宝玉见不见了黛玉，便知是他躲了别处去了。想了一想："索性迟两日，等他的气息一息再去也罢了。"因低头看见许多凤仙石榴等各色落花，锦重重的落了一地，因叹道："这是他心里生了气，也不收拾这花儿来了。等我送了去，明儿再问着他。"说着，只见宝钗约着他们往后头去。宝玉道："我就来。"等他二人去远，把那花儿兜起来，登山渡水，过树穿花，一直奔了那日和黛玉葬桃花的去处。

将已到了花冢，犹未转过山坡，只听那边有呜咽之声，一面数落着，哭的好不伤心。宝玉心下想道："这不知是那屋里的丫头，受了委屈，跑到这个地方来哭？"一面想，一面煞住脚步，听他哭道是：

花谢花飞飞满天，红消香断有谁怜？游丝软系飘春榭，落絮轻沾扑绣帘。闺中女儿惜春暮，愁绪满怀无着处。手把花锄出绣帘，忍踏落花来复去？柳丝榆荚自芳菲，不管桃飘与李飞。桃李明年能再发，明年闺中知有谁？三月香巢初垒成，梁间燕子太无情。明年花发虽可啄，却不道，人去梁空巢已倾。一年三百六十日，风刀霜剑严相逼。明媚鲜妍能几时，一朝飘泊难寻觅。花开易见落难寻，阶前愁杀葬花人。独把花锄偷洒泪，洒上空枝见血痕。杜鹃无语正黄昏，荷锄归去掩重门。青灯照壁人初睡，冷雨敲窗被未温。怪侬底事倍伤神[5]？半为怜春半恼春。怜春忽至恼忽去，至又无言去不闻。昨宵庭外悲歌发，知是花魂与鸟魂？花魂鸟魂总难留，鸟自无言花自羞。愿侬此日生双翼，随花飞到天尽头。天尽头，何处有香丘？未若锦囊收艳骨，一抔净土掩风流。质本洁来还洁去，不教污淖陷渠沟。尔今死去侬收葬，未卜侬身何日丧？侬今葬花人笑痴，他年葬侬知是谁？试看春残花渐落，便是红颜老死时。一朝春尽红颜老，花落人亡两不知！

正是一面低吟，一面哽咽。那边哭的自己伤心，却不道这边听的早已痴倒了。要知端详，下回分解。

【注释】

[1] 干：盾牌。旄：缀牦牛尾于竿头下，有五彩折羽，用于指挥或开道。幢：作为仪仗用的一种旗帜，形状像伞。

[2] 金蝉脱壳：用计脱身。

[3] 爞：烧火。

[4] 狮子：这里是一种压帘用的带座的石狮子。

[5] 底事：什么事。

近代部分

一、诗 歌

郑珍诗

经死哀

【解题】 这首诗写于咸丰十一年（1861）。诗通过官府逼捐的悲剧场面，反映出在清王朝苛捐杂税、横征暴敛威逼下广大劳动人民的悲惨命运。

虎卒未去虎隶来[1]，催纳捐欠声如雷。雷声不住哭声起，走报其翁已经死[2]。长官切齿目怒嗔[3]："吾不要命只要银！若图作鬼即宽减，恐此一县无生人！"促呼捉子来[4]，且与杖一百[5]："陷父不义罪何极[6]，欲解父悬速足陌[7]！"呜呼，北城卖屋虫出户[8]，南城又报缢三五！

【注释】

[1] 虎卒、虎隶：都是指凶暴的差役和衙役。卒，泛指差役；隶，特指衙役。

[2] 走：急趋，跑。翁：这里指父亲。经死：吊死。

[3] 怒嗔（chēn 抻）：怒目而视。嗔，瞪着眼睛。

[4] 促呼：急喊。

[5] 杖：古代的一种刑罚，用大荆条、大竹板或棍打人的臀部、腿或背。

[6] 陷父不义：使父亲陷于不义，指让父亲担上未能完税的罪名。此句写官府催捐，逼死人命，反将罪名加在受害者身上。

[7] 足陌（mò 末）：古代以一百钱为"陌"，不足一百钱为"短陌"，实足一百钱谓"足陌"。这里指凑足所欠的钱数。陌，通"百"，亦作"佰"。

[8] 虫出户：人死无钱葬殓，尸体腐烂，虫都爬出户外。《管子·小称》云：齐桓公死，多日未葬，"虫出于户"。

谭嗣同诗

潼关[1]

【解题】 此诗是谭嗣同的力作和代表作，充分表现了他的豪迈不羁、锐意改革的气质、性格、抱负和理想。

终古高云簇此城，秋风吹散马蹄声。河流大野犹嫌束，山入潼关不解平。

【注释】

[1] 潼关，在陕西省潼关县北，雄踞秦、晋、豫三省要冲，背依秦岭，下临黄河，谷深崖绝中通羊肠小道，仅容一车一骑，是我国西北的锁钥，乃古来兵家必争之地。

狱中题壁

【解题】 戊戌变法失败后，谭嗣同被捕，这是他题于监狱墙上的绝命之作。此诗充分表达了作者对变法维新的坚定信念和愿为实现理想英勇献身的英雄气概以及视死如归的乐观主义精神。

望门投止思张俭[1]，忍死须臾待杜根[2]。我自横刀向天笑，去留肝胆两昆仑[3]。

【注释】

[1] 止：宿。思：思慕。张俭：东汉末年高平人。《后汉书·张俭传》载：他做东部督邮时，因弹劾残害百姓的宦官侯览，反被诬为结党营私，他"困迫遁走，望门投止"（意谓困窘中，见门即去投宿）。百姓看重他的名声、德行，冒险接待他。这里是作者在狱中思念因变法失败而逃亡的维新人士，希望他们会象张俭那样得到人们的保护。

[2] 忍死：装死。须臾：不长的时间。杜根：东汉安帝时做郎中，因上书要求临朝摄政的邓太后归政给皇帝，触怒太后，被命装入袋中，摔死殿上。幸而执法人敬慕杜根，手下留情，运出宫殿，待其苏醒。太后派人检查时，他装死三日，直至目生蛆，待太后信其已死，不再探视，方逃亡，隐身酒店当酒保。邓氏被诛后，杜根复官为侍御史。这里以杜根借指遭迫害的维新人士，期待他们能再返朝廷，推行新政。

[3] 横刀：指横放在脖子上的刀。向天笑：表示从容就义的英雄气概。去：出奔。指戊戌政变发生时，潜逃出京的康有为。留：留下。指政变发生时留下的王五。梁启超《饮冰室诗话》："所谓两昆仑者，其一指南海（康有为），其一乃侠客大刀王五"。昆仑：昆仑山，这里以此借喻去留二者都肝胆相照，同昆仑山一样巍峨高大。

秋瑾诗

杞人忧

【解题】 此诗作于1900年，表现了对国家、民族命运的深深关切与不能为国分忧的苦闷。

　　幽燕烽火几时收[1]，闻道中洋战未休[2]。膝室空怀忧国恨，谁将巾帼易兜鍪[3]。

【注释】

　　[1] 幽燕：古地名，在今天河北省北部与辽宁省南部一带。
　　[2] 中洋战：1900 年八国联军攻入北京。
　　[3] 兜鍪：古代士兵的头盔。

二、小　说

刘鹗小说

老残游记
第二回　历山山下古帝遗踪　明湖湖边美人绝调

　　【解题】　本回写老残在济南大明湖见到的如画的风景和欣赏说书艺人王小玉的绝妙技艺，赞扬了广大市民喜闻乐见的说书艺术。

　　话说老残在渔船上被众人砸得沉下海去，自知万无生理，只好闭着眼睛，听他怎样。觉得身体如落叶一般，飘飘荡荡，顷刻工夫沉了底了。只听耳边有人叫道："先生，起来罢！先生，起来罢！天已黑了，饭厅上饭已摆好多时了。"老残慌忙睁开眼睛，楞了一楞道："呀！原来是一梦！"

　　自从那日起，又过了几天，老残向管事的道："现在天气渐寒，贵居停的病也不会再发，明年如有委用之处，再来效劳。目下鄙人要往济南府去看看大明湖的风景。"管事的再三挽留不住，只好当晚设酒饯行；封了一千两银子奉给老残，算是医生的酬劳。老残略道一声"谢谢"，也就收入箱笼，告辞动身上车去了。

　　一路秋山红叶，老圃黄花，颇不寂寞。到了济南府，进得城来，家家泉水，户户垂杨，比那江南风景，觉得更为有趣。到了小布政司街，觅了一家客店，名叫高升店，将行李卸下，开发了车价酒钱，胡乱吃点晚饭，也就睡

　　次日清晨起来，吃点儿点心，便摇着串铃满街蜇了一趟[1]，虚应一应故事。午后便步行至鹊华桥边，雇了一只小船，荡起双桨，朝北不远，便到历下亭前。止船进去，入了大门，便是一个亭子，油漆已大半剥蚀。亭子上悬了一副对联，写的是"历下此亭古，济南名士多"，上写着"杜工部句"，下写着

"道州何绍基书"。亭子旁边虽有几间房屋，也没有甚么意思。复行下船，向西荡去，不甚远，又到了铁公祠畔。你道铁公是谁？就是明初与燕王为难的那个铁铉。后人敬他的忠义，所以至今春秋时节，土人尚不断的来此进香。

到了铁公祠前，朝南一望，只见对面千佛山上，梵宇僧楼[2]，与那苍松翠柏，高下相间，红的火红，白的雪白，青的靛青，绿的碧绿，更有那一株半株的丹枫夹在里面，仿佛宋人赵千里的一幅大画，做了一架数十里长的屏风。正在叹赏不绝，忽听一声渔唱，低头看去，谁知那明湖业已澄净的同镜子一般。那千佛山的倒影映在湖里，显得明明白白，那楼台树木，格外光彩，觉得比上头的一个千沸山还要好看，还要清楚。这湖的南岸，上去便是街市，却有一层芦苇，密密遮住。现在正是开花的时候，一片白花映着带水气的斜阳，好似一条粉红绒毯，做了上下两个山的垫子，实在奇绝。

老残心里想道："如此佳景，为何没有甚么游人？"看了一会儿，回转身来，看那大门里面楹柱上有副对联[3]，写的是"四面荷花三面柳，一城山色半城湖"，暗暗点头道："真正不错！"进了大门，正面便是铁公享堂，朝东便是一个荷池。绕着曲折的回廊，到了荷池东面，就是个圆门。圆门东边有三间旧房，有个破匾，上题"古水仙祠"四个字。祠前一副破旧对联，写的是"一盏寒泉荐秋菊，三更画船穿藕花"。过了水仙祠，仍旧上了船，荡到历下亭的后面。两边荷叶荷花将船夹住，那荷叶初枯，擦的船嗤嗤价响；那水鸟被人惊起，格格价飞；那已老的莲蓬，不断的绷到船窗里面来。老残随手摘了几个莲蓬，一面吃着，一面船已到了鹊华桥畔了。

到了鹊华桥，才觉得人烟稠密，也有挑担子的，也有推小车子的，也有坐二人抬小蓝呢轿子的。轿子后面，一个跟班的戴个红缨帽子，胳子底下夹个护书[4]，拼命价奔，一面用手中擦汗，一面低着头跑。街上五六岁的孩子不知避人，被那轿夫无意踢倒一个，他便哇哇的哭起。他的母亲赶忙跑来问："谁碰倒你的？谁碰倒你的？"那个孩子只是哇哇的哭，并不说话。问了半天，才带哭说了一句道："抬矫子的！"他母亲抬头看时，轿子早已跑的有二里多远了。那妇人牵了孩子，嘴里不住咭咭咕咕的骂着，就回去了。

老残从鹊华桥往南，缓缓向小布政司街走去。一抬头，见那墙上贴了一张黄纸，有一尺长，七八寸宽的光景。居中写着"说鼓书"三个大字；旁边一行小字是"二十四日明湖居"。那纸还未十分干，心知是方才贴的，只不知道这是甚么事情，别处也没有见过这样招子。一路走着，一路盘算，只听得耳边有两个挑担子的说道："明儿白妞说书，我们可以不必做生意，来听书罢。"又走到街上、听铺子里柜台上有人说道："前次白妞说书是你告假的，明儿的书，应该我告假了。"一路行未，街谈巷议，大半都是这话，心里诧异道："白妞是何许人？说的是何等样书，为甚一纸招贴，侵举国若狂如此？"信步走来，不知不觉已到高升店口。

进得店去，茶房便来回道："客人，用什么夜膳？"老残一一说过，就顺便问道："你们此他说鼓书是个甚么顽意儿，何以惊动这么许多的人？"茶房说："客人，你不知道。这说鼓书本是山东乡下的土调，同一面鼓，两片梨花简，名叫'梨花大鼓'，演说些前人的故事，本也没甚稀奇。自从王家出了这个白妞、黑妞妹妹两个，这白妞名字叫做王小玉，此人是天生的怪物！他十二三岁时就学会了这说书的本事。他却嫌这乡下的调儿没甚么出奇，他就常到戏园里看戏，所有甚么西皮、二簧、梆子腔等唱，一听就会；甚么余三胜、程长庚、张二奎等人的调子，他一听也就会唱。仗着他的喉咙，要多高有多高；他的中气，要多长有多长。他又把那南方的甚么昆腔、小曲，种种的腔调，他都拿来装在这大鼓书的调儿里面。不过二三年工夫，创出这个调儿，竟至无论南北高下的人，听了他唱书，无不神魂颠倒。现在已有招子，明儿就唱。你不信，去听一听就知道了。只是要听还要早去，他虽是一点钟开唱，若到十点钟去，便没有坐位的。"老残听了，也不甚相信。

次日六点钟起，先到南门内看了舜井。又出南门，到历山脚下，看看相传大舜昔日耕田的地方。及至回店，已有九点钟的光景，赶忙吃了饭，走到明湖居，才不过十点钟时候。那明湖居本是个大戏园子，戏台前有一百多张桌子。那知进了园门，园子里面已经坐的满满的了，只有中间七八张桌子还无人坐，桌子却都贴着"抚院定""学院定"等类红纸条儿。老残看了半天，无处落脚，只好袖子里送了看坐儿的二百个钱，才弄了一张短板凳，在人缝里坐下。看那戏台上，只摆了一张半桌，桌子上放了一面板鼓，鼓上放了两个铁片儿，心里知道这就是所谓梨花简了，旁边放了一个三弦子，半桌后面放了两张椅子，并无一个人在台上。偌大的个戏台，空空洞洞，别无他物，看了不觉有些好笑。园子里面，顶着篮子卖烧饼油条的有一二十个，都是为那不吃饭来的人买了充饥的。

到了十一点钟，只见门口轿子渐渐拥挤，许多官员都着了便衣，带着家人，陆续进来。不到十二点钟，前面几张空桌俱已满了，不断还有人来，看坐儿的也只是搬张短凳，在夹缝中安插。这一群人来了，彼此招呼，有打千儿的[5]，有作揖的，大半打千儿的多。寓谈阔论，说笑自如。这十几张桌子外，看来都是做生意的人；又有些像是本地读书人的样子：大家都喊喊喳喳的在那里说闲话。因为人大多了，所以说的甚么话都听不清楚，也不去管他。

到了十二点半钟，看那台上，从后台帘子里面，出来一个男人：穿了一件蓝布长衫，长长的脸儿，一脸疙瘩，仿佛风干福橘皮似的，甚为丑陋，但觉得那人气味到还沉静。出得台来，并无一语，就往半桌后面左手一张椅子上坐下。慢慢的将三弦子取来，随便和了和弦，弹了一两个小调，人也不甚留神去听。后来弹了一枝大调，也不知道叫什么牌子。只是到后来，全用轮指，那抑扬顿挫，入耳动心，恍若有几十根弦，几百个指头，在那里弹似的。这时台下叫好的声音不绝于耳，却也压不下那弦子去，这曲弹罢，就歇了手，旁边有人送上茶来。

停了数分钟时，帘子里面出来一个姑娘，约有十六七岁，长长鸭蛋脸儿，梳了一个抓髻，戴了一副银耳环，穿了一件蓝布外褂儿，一条蓝布裤子，都是黑布镶滚的。虽是粗布衣裳，到十分洁净。来到半桌后面右手椅子上坐下。那弹弦子的便取了弦子，铮铮鏦鏦弹起。这姑娘便立起身来，左手取了梨花简，夹在指头缝里，便丁了当当的敲，与那弦子声音相应；右手持了鼓捶子，凝神听那弦子的节奏。忽羯鼓一声[6]，歌喉遽发，字字清脆，声声宛转，如新莺出谷，乳燕归巢，每句七字，每段数十句，或缓或急，忽高忽低；其中转腔换调之处，百变不穷，觉一切歌曲腔调俱出其下，以为观止矣。

旁坐有两人，其一人低声问那人道："此想必是白妞了罢？"其一人道："不是。这人叫黑妞，是白妞的妹子。他的调门儿都是白妞教的，若比白妞，还不晓得差多远呢！他的好处人说得出，白妞的好处人说不出；他的好处人学的到，白妞的好处人学不到。你想，这几年来，好顽耍的谁不学他们的调儿呢？就是窑子里的姑娘，也人人都学，只是顶多有一两句到黑妞的地步。若白妞的好处，从没有一个人能及他十分里的一分的。"说着的时候，黑妞早唱完，后面去了。这时满园子里的人，谈心的谈心，说笑的说笑。卖瓜子、落花生、山里红、核桃仁的，高声喊叫着卖，满园子里听来都是人声。

正在热闹哄哄的时节，只见那后台里，又出来了一位姑娘，年纪约十八九岁，装束与前一个毫无分别，瓜子脸儿，白净面皮，相貌不过中人以上之姿，只觉得秀而不媚，清而不寒，半低着头出来，立在半桌后面，把梨花简了当了几声，煞是奇怪：只是两片顽铁，到他手里，便有了五音十二律以的。又将鼓捶子轻轻的点了两下，方抬起头来，向台下一盼。那双眼睛，如秋水，如寒星，如宝珠，如白水银里头养着两丸黑水银，左右一顾一看，连那坐在远远墙角子里的人，都觉得王小玉看见我了；那坐得近的，更不必说。就这一眼，满园子里便鸦雀无声，比皇帝出来还要静悄得多呢，连一根针跌在地下都听得见响！

王小玉便启朱唇，发皓齿，唱了几句书儿。声音初不甚大，只觉入耳有说不出来的妙境：五脏六腑里，像熨斗熨过，无一处不伏贴；三万六千个毛孔，像吃了人参果，无一个毛孔不畅快。唱了十数句之后，渐渐的越唱越高，忽然拔了一个尖儿，像一线钢丝抛入天际，不禁暗暗叫绝。那知他于那极高的地方，尚能回环转折。几啭之后，又高一层，接连有三四叠，节节高起。恍如由傲来峰西面攀登泰山的景象：初看傲来峰削壁千仞，以为上与天通；及至翻到傲来峰顶，才见扇子崖更在傲来峰上；及至翻到扇子崖，又见南天门更在扇子崖上：愈翻愈险，愈险愈奇。那王小玉唱到极高的三四叠后，陡然一落，又极力骋其千回百折的精神，如一条飞蛇在黄山三十六峰半中腰里盘旋穿插。顷刻之间，周匝数遍。从此以后，愈唱愈低，愈低愈细，那声音渐渐的就听不见了。满园子的人都屏气凝神，不敢少动。约有两三分钟之久，仿佛有一点声音从地底下发出。这一出之后，忽又扬起，像放那东洋烟火，一个弹子上天，随化作千百道五色火光，纵横散乱。这一声飞起，即有无限声音俱来并发。那弹弦子的亦全用轮指，忽大忽小，同他那声音相和相合，有如花坞春晓，好鸟乱鸣。耳朵忙不过来，不晓得听那一声的为是。正在撩乱之际，忽听霍然一声，人弦俱寂。这时台下叫好之声，轰然雷动。

停了一会，闹声稍定，只听那台下正座上，有一个少年人，不到三十岁光景，是湖南口音，说道："当年读书，见古人形容歌声的好处，有那'余音绕梁，三日不绝'的话，我总不懂。空中设想，余音怎样会得绕梁呢？又怎会三日不绝呢？及至听了小玉先生说书，才知古人措辞之妙。每次听他说书之后，总有好几天耳朵里无非都是他的书，无论做什么事，总不入神，反觉得'三日不绝'，这'三日'二字下得太少，还是孔子'三月不知肉味'，'三月'二字形容得透彻些！"旁边人都说道："梦湘先生论得透辟极了！'于我心有戚戚焉'！"

说着，那黑妞又上来说了一段，底下便又是白妞上场。这一段，闻旁边人说，叫做"黑驴段"。听了去，不过是一个士子见一惊人，骑了一个黑驴走过去的故事。将形容那美人，先形容那黑驴怎样怎样好法，待铺叙到美人的好处，不过数语，这段书也就完了。其音节全是快板，越说越快。白香山诗云："大珠小珠落玉盘。"可以尽之。其妙处，在说得极快的时候，听的人仿佛都赶不上听,他却字字清楚,无一字不送到人耳轮深处。这是他的独到,然比着前一段却未免逊了一筹了。

这时不过五点钟光景,算计王小玉应该还有一段。不知那一段又是怎样好法,究竟如何,且听下回分解。

【注释】

[1] 趸:来回走。

[2] 梵宇:佛寺。

[3] 楹柱:堂屋前部的柱子。

[4] 护书:类似现在的公文包。

[5] 打千儿:旧时满族男子向人请安时所通行的礼节。

[6] 羯鼓:我国古代的一种鼓,两面蒙皮,腰部细,据说来源于羯族。

吴沃尧小说

二十年目睹之怪现状
第八十八回　历堕节翁姑齐屈膝　谐好事媒妁得甜头

【解题】　本回重点描写了苟才为了当官谋差,竟无耻到逼迫守寡的儿媳去做制台的姨太太,甚至跪在地上哀求儿媳妇,同时也揭露了巡捕解芬臣敲诈勒索的丑恶行径及票号中人的势力。为我们展示了一幅官僚阶层行止龌龊的群丑图。

当下苟才一面叫船上人剪好烟灯,通好烟枪,和芬臣两个对躺下来,先说些别样闲话。苟才的谈锋,本来没有一定。碰了他心事不宁的时候,就是和他相对终日,他也只默默无言;若是遇了他高兴头上,那就滔滔汩汩,词源不竭的了。他盘算了一天一夜,得了一个妙计,以为非但得差,就是得缺升官,也就是在此一举的了。今天邀了芬臣来,就是要商量一个行这妙法的线索。大凡一个人心里想到得意之处,虽是未曾成事,他那心中一定打算这件事情一成之后,便当如何布置,如何享用,如何酬恩,如何报怨,越想越远,就忘了这件事未曾成功,好象已经成了功的一般。世上痴人,每每如此,也不必细细表他。

单表苟才原是痴人一流,他的心中,此时已经无限得意,因此对着芬臣,东拉西扯,无话不谈。芬臣见他说了半天,仍然不曾说到正题上去,忍耐不住,因问道:"大人今天约到此地,想是有甚正事赐教?"苟才道:"正是。我是有一件事要和阁下商量,务乞助我一臂之力,将来一定重重的酬谢!"芬臣道:"大人委办的事,倘是卑职办得到的,无有不尽力报效。此刻事情还没办,又何必先说酬谢呢。先请示是一件甚么事情?"苟才便附到他耳边去,如此这般的说了一遍。芬臣听了，心中暗暗佩服他的法子想得到。这件事如果办成了功，不到两三年，说不定也陈枭开藩的了[1]。因说道："事情是一件好事，不知大人可曾预备了人？"苟才道："不预备了，怎好冒昧奉托。"又附着耳，悄悄的说了几句。又道："咱们是骨肉至亲，所以直说了，千万不要告诉外人！"芬臣道："卑职自当效力。但恐怕卑职一个人办不过来，不免还要走内线。"苟才道："只求事情成功，但凭大才调度就是了。"芬臣见他不省，只得直说道："走了内线，恐怕不免要多少点缀些。虽然用不着也说不定，但卑职不能不声明在前。"苟才道："这个自然是不可少的，从来说欲成大事者，不惜小费啊。"两个谈完了这一段正事，苟才便叫把酒菜拿上来，两个人一面对酌，一面谈天，倒是一个静局。等饮到兴尽，已是四点多钟，两个又叫船户，仍放到问柳登岸。苟才再三叮嘱，务乞鼎力，一有好消息，望即刻给我个信。芬臣一一答应。方才各自上轿分路而别。

　　苟才回到公馆，心中上下打算。一会儿又想发作，一会儿又想到万一芬臣办不到，我这里冒冒失失的发作了，将来难以为情，不如且忍耐一两天再说。从这天起，他便如油锅上蚂蚁一般，行坐不安。一连两天，不见芬臣消息，便以上辕为由，去找芬臣探问。芬臣让他到巡捕处坐下，悄悄说道："卑职再三想过，我们倒底说不上去；无奈去找了小跟班祁福，祁福是天天在身边的，说起来希冀容易点。谁知那小子不受抬举，他说是包可以成功，但是他要三千银子，方才肯说。"苟才听了，不觉一楞[2]。慢慢的说道："少点呢，未尝不可以答应他；太多了，我如何拿得出！就是七拼八凑给了他，我的日子又怎生过呢！不如就费老哥的心，简直的说上去罢。"芬臣道："大人的事，卑职那有个不尽心之理。并且事成之后，大人步步高升，扶摇直上，还望大人栽培呢。但是我们说上去，得成功最好。万一碰了，连弯都没得转，岂不是弄僵了么。还是他们帮忙容易点，就是一下子碰了，他们意有所图，不消大人吩咐，他们自会想法子再说上去。卑职这两天所以不给大人回信的缘故，就因和那小子商量少点，无奈他丝毫不肯退让。到底怎样办法？请大人的示。在卑职愚见，是不可惜这个小费，恐怕反误了大事。"苟才听了，默默寻思了一会道："既如此，就答应了他罢。但必要事情成了，赏收了，才能给他呢。"芬臣道："这个自然。"苟才便辞了回去。

　　又等了两天，接到芬臣一封密信，说"事情已妥，帅座已经首肯。惟事不宜迟，因帅意急欲得人，以慰岑寂也"云云。苟才得信大喜，便匆匆回了个信，略谓"此等事亦当择一黄道吉日。况置办妆具等，亦略须时日，当于十天之内办妥"云云。打发去后，便到上房来，径到卧室里去，招呼苟太太也到屋子里，悄悄的说道："外头是弄妥了，此刻赶紧要说破了。但是一层：必要依我的办法，方才妥当，万万不能用强的。你可千万牢记了我的说话，不要又动起火来，那就僵了。"苟太太道："这个我知道。"便叫小丫头去请少奶奶来。一会儿，少奶奶来了，照常请安侍立。苟太太无中生有的找些闲话来说两句，一面支使开小丫头。再说不到几句话，自己也走出房外去了。房中只剩了翁媳二人，苟才忽然间立起来，对着少奶奶双膝跪下。这一下子，把个少奶奶吓的昏了！不知是何事故，自己跪下也不是，站着又不是，走开又不是，当了面又不是，背转身又不是，又说不出一句话来。苟才更磕下头去道："贤媳，求你救我一命！"少奶奶见此情形，猛然想起莫非他不怀好意，要学那新台故事[3]。想到这里，心中十分着急。要想走出去，怎奈他跪在当路，在他身边走过时，万一被他缠住，岂不是更不成事体。急到无可如何，便颤声叫了一声婆婆。苟太太本在门外，并未远去，听得叫，便一步跨了进去。大少奶奶正要说话，谁知他进得门来，翻身把门关上，走到苟才身边，也对着少奶奶扑咚一声双膝跪下。少奶奶又是一惊，这才忙忙对跪下来道："公公婆婆有甚么事，快请起来说。"苟太太道："没有甚么话，只求贤媳救我两个的命！"少奶奶道："公公婆婆有甚差事，只管吩咐。快请起来！这总不成个样子！"苟才道："求贤媳先答应了，肯救我一家性命，我两个才敢起来。"少奶奶道："公公婆婆的命令，媳妇怎敢不遵！"苟才夫妇两个，方才站了起来。苟太太一面搀起了少奶奶，捺他坐下，苟才也凑近一步坐下，倒弄得少奶奶踧踖不安起来。苟才道："自从你男人得病之后，迁延了半年，医药之费，化了几千。得他好了倒也罢了，无奈又死了。唉！难为贤媳青年守寡！但得我差使好呢，倒也不必说他了，无端的又把差使弄掉了。我有差使的时候，已是寅支卯粮的了；此刻没了差使才得几个月，已经弄得百孔千疮，背了一身亏累。家中亲丁虽然不多，然而穷苦亲戚弄了一大窝子，这是贤媳知道的。你说再没差使，叫我以后的日子怎生得过！所以求贤媳救我一救！"少奶奶当是一件甚么事，苟才说话时，便拉长了耳朵去听。听他说头一段自己丈夫病死的话，不觉扑簌簌的泪落不止。听他说到诉穷一段，觉得莫名其妙，自己一家人，何以忽然诉起穷来！听到末后一段，心里觉得奇怪，莫不是要我代他谋差使！这件事我如何会办呢。听完了便道："媳妇一个弱女子，能办得了甚事！就是办得到的，也要公公说出个办法来，媳妇才可以照办。"

苟才向婆子丢个眼色，苟太太会意，走近少奶奶身边，猝然把少奶奶搀住，苟才正对了少奶奶，又跪下去。吓得少奶奶要起身时，却早被苟太太捺住了。况且苟太太也顺势跪下，两只手抱住了少奶奶双膝。苟才却摘下帽子，放在地下，然后謦的謦的，碰了三个响头。原来本朝制度，见了皇帝，是要免冠叩首的，所以在旗的仕宦人家，遇了元旦祭祖，也免冠叩首，以表敬意。除此之外，随便对了甚么人，也没有行这个大礼的。所以当下奶奶一见如此，自己又动弹不得，便颤声道："公公这是甚么事？可不要折死儿媳啊！"苟才道："我此刻明告诉了媳妇，望媳妇大发慈悲，救我一救！这件事除了媳妇，没有第二可做的。"少奶奶急道："你两位老人家怎样啊？那怕要媳妇死，媳妇也去死，媳妇就遵命去死就是了！总得要起来好好的说啊。"苟才仍是跪着不动道："这里的大帅，前个月没了个姨太太，心中十分不乐，常对人说，怎生再得一个佳人，方才快活。我想媳妇生就的沈鱼落雁之容，闭月羞花之貌，大帅见了，一定欢喜的，所以我前两天托人对大帅说定，将媳妇送去给他做了姨太太，大帅已经答应下来。务乞媳妇屈节顺从，这便是救我一家性命了。"少奶奶听了这几句话，犹如天雷击顶一般，头上轰的响了一声，两眼顿时漆黑，身子冷了半截，四肢登时麻木起来；歇了半晌方定，不觉抽抽咽咽的哭起来。苟才还只在地下磕头。少奶奶起先见两老对他下跪，心中着实惊慌不安，及至听了这话，倒不以为意了。苟才只管磕头，少奶奶只管哭，犹如没有看见一般。苟太太扶着少奶奶的双膝劝道："媳妇不要伤心。求你看我死儿子的脸，委屈点救我们一家，便是我那死儿子，在地底下也感激你的大恩啊！"少奶奶听到这里，索性放声大哭起来。一面哭，一面说："天啊，我的命好苦啊！爸爸啊，你撺得我好苦啊！"苟才听了，在地下又謦的謦的碰起头来，双眼垂泪道："媳妇啊！这件事办的原是我的不是；但是此刻已经说了上去，万难挽回的了，无论怎样，总求媳妇委屈点，将就下去。"

　　此时少奶奶哭诉之声，早被门外的丫头老妈子听见，推了推房门，是关着的，只得都伏在窗外偷听。有个寻着窗缝往里张的，看见少奶奶坐着，老爷、太太都跪着，不觉好笑，暗暗招手，叫别个来看。内中有个有年纪的老妈子，恐怕是闹了甚么事，便到后头去请姨妈出来解劝。姨妈听说，也莫名其妙，只得跟到前面来，叩了叩门道："妹妹开门！甚么事啊？"苟太太听得是姨妈声音，便起来开门。苟才也只得站了起来。少奶奶兀自哭个不止。姨妈跨进来便问道："你们这是唱的甚么戏啊？"苟太太一面仍关上门，一面请姨妈坐下，一面如此这般，这般如此的告诉了一遍。又道："这都是天杀的在外头干下来的事，我一点也不晓得；我要是早点知道，哪里肯由得他去干！此刻事已如此，只有委屈我的媳妇就是了。"姨妈沉吟道："这件事怕不是我们做官人家所做的罢。"苟才道："我岂不知道！但是一时糊涂，已经做了出去，如果媳妇一定不答应，那就不好说了。大人先生的事情，岂可以和他取笑！答应了他，送不出人来，万一他动了气，说我拿他开心，做上司的要抓我们的错处容易得很，不难栽上一个罪名，拿来参了，那才糟糕到底呢！"说着，叹了一口气。姨妈看见房门关着，便道："你们真干的好事！大白天的把个房门关上，好看呢！"苟太太听说，便开了房门。当下四个人相对，默默无言。丫头们便进来伺候，装烟啗茶。少奶奶看见开了门，站起来只向姨妈告辞了一声，便扬长的去了。

苟太太对苟才道："干他不下来，这便怎样？"苟才道："还得请姨妈去劝劝他，他向来听姨妈说话的。"说罢，向姨妈请了一个安道："诸事拜托了。"姨妈道："你们干得好事，却要我去劝！这是各人的志向，如果他立志不肯，又怎样呢？我可不耽这个干系。"苟才道："这件事，他如果一定不肯，认真于我功名有碍的。还得姨妈费心。我此刻出去，还有别的事呢。"说罢，便叫预备轿子，一面又央及了姨妈几句。姨妈只得答应了。苟才便出来上轿，吩咐到票号里去。

且说这票号生意，专代人家汇划银钱及寄顿银钱的。凡是这些票号，都是西帮所开。这里头的人最是势利，只要你有二钱银子存在他那里，他见了你时，便老爷喇、大人喇，叫得应天响；你若是欠上他一厘银子，他向你讨起来，你没得还他，看他那副面目，就是你反叫他老爷、大人，他也不理你呢。当时苟才虽说是撤了差穷了，然而还有几百两银子存在一家票号里。这天前去，本是要和他别有商量的。票号里的当手姓多，叫多祝三，见苟才到了，便亲自迎了出来，让到客座里请坐。一面招呼烟茶，一面说："大人好几天没请过来了，公事忙？"苟才道："差也撤了，还忙甚么！穷忙罢喇。"多祝三道："这是那里的话！看你老人家的气色，红光满面，还怕不马上就有差使，不定还放缺呢。小号这里总得求大人照应照应。"苟才道："咱们不说闲话。我今日来要和你商量，借一万两银子；利息呢，一分也罢，八厘也罢，左右我半年之内，就要还的。"多祝三道："小号的钱，大人要用，只管拿去好了，还甚么利不利；但是上前天才把今年派着的外国赔款，垫解到上海，今天又承解了一笔京款，藩台那边的存款，又提了好些去，一时之间，恐怕调动不转呢。"苟才道："你是知道我的，向来不肯乱花钱。头回存在宝号的几万，不是为这个功名，甚么查办不查办，我也不至于尽情提了去，只剩得几百零头，今天也不必和你商量了。因为我的一个丫头，要送给大帅做姨太太，由文巡厅解芬臣解大老爷做的媒人，一切都说妥了。你想给大帅的，与给别人的又自不同，咱们老实的话，我也望他进去之后，和我做一个内线，所以这一分妆奁，是万不能不从丰的。我打算赔个二万，无奈自己只有一万，才来和你商量。宝号既然不便，我到别处张罗就是了。"苟才说这番话时，祝三已拉长了耳朵去听。听完了，忙道："不，因为这两天，东家派了一个伙计来查帐。大人的明见，做晚的虽然在这里当手，然而他是东家特派来的人，既在这里，做晚的凡事不能不和他商量商量。他此刻出去了，等他回来，做晚的和他说一声，先尽了我的道理，想来总可以办得到的；办到了，给大人送来。"苟才道："那么，行不行你给我一个回信，好待我到别处去张罗。"祝三一连答应了无数的"是"字，苟才自上轿回去。

那多祝三送过苟才之后，也坐了轿子，飞忙到解芬臣公馆里来。原来那解芬臣自受了苟才所托之后，不过没有机会进言，何尝托甚么小跟班。不过遇了他来讨回信，顺口把这句话搪塞他，也就顺便诈他几文用用罢了。在芬臣当日，不过诈得着最好，诈不着也就罢了。谁知苟才那厮，心急如焚，一诈就着。芬臣越发上紧，因为办成了，可以捞他三千；又是小跟班扛的名气，自己又还送了交情，所以日夕在那里体察动静。那天他正到签押房里要回公事，才揭起门帘，只见大帅拿一张纸片往桌子上一丢，重重的叹了一口气。芬臣回公事时，便偷眼去瞧那纸片，原来不是别的，正是那死了的五姨太太的照片儿。芬臣心中暗喜。回过了公事，仍旧垂手站立。大帅道："还有甚么事？"芬臣道："苟道苟某人，他听说五姨太太过了，很代大帅伤心。因为大帅不叫外人知道，所以不敢说起。"大帅拿眼睛看了芬臣一眼，道："那也值得一回。"芬臣道："苟道还说已经替大帅物色着一个人，因为未曾请示，不敢冒昧送进来。"大帅道："这倒费他的心。但不知生得怎样？"芬臣道："倘不是绝色的，苟道未必在心。"这位大帅，本是个色中饿鬼，上房里的大丫头，凡是稍为生得干净点的，他总有点不干不净的事干下去，此刻听得是个绝色，如何不欢喜？便道："那么你和他说，叫他送进来就是了。"芬臣应了两个"是"字，退了出去，便给信与苟才。此时正在盘算那三千头，可以稳到手了。正在出神之际，忽然家人报说票号里的多老办来了[4]，芬臣便出去会他。先说了几句照例的套话，祝三便说道："听说解老爷代大帅做了个好媒人。这媒人做得好，将来姨太太对了大帅的劲儿，媒人也要有好处的呢。我看谢媒的礼，少不了一个缺。应得先给解老爷道个喜。"说罢，连连作揖。芬臣听了，吃了一惊。一面还礼不迭，一面暗想，这件事除了我和大帅及苟观察之外，再没有第四个人知

445

道。我回这话时，并且旁边的家人也没有一个，他却从何得知呢。因问道："你在那里听来的？好快的消息！"祝三道："姨太太还是苟大人那边的人呢，如何瞒得了我！"芬臣是个极机警的人，一闻此语，早已了然胸中。因说道："我是媒人，尚且可望得缺，苟大人应该怎样呢？你和苟大人道了喜没有？"祝三道："没有呢。因为解老爷这边顺路，所以先到这边来。"芬臣正色道："苟大人这回只怕官运通了，前回的参案参他不动，此刻又遇了这么个机会。那女子长得实在好，大帅一定得意的。"祝三听了，敷衍了几句，辞了出来，坐上轿子，飞也似的回到号里，打了一张一万两的票子，亲自送给苟才。正是：奸刁市侩眼一孔，势利人情纸半张。未知祝三送了银票与苟才之后，还有何事，且待下回再记。

【注释】

[1] 陈臬开藩：做陈臬和做藩台。

[2] 一棱：一愣，一惊。

[3] 新台故事：春秋时卫宣公为儿子娶齐女为妻，听说齐女长得很美就在河边筑一新台等齐女来时占为己有。

[4] 老办：老板。

李伯元小说

官场现形记
第五十三回　洋务能员但求形式　外交老手别具肺肠

【解题】　本回作者运用漫画化手法，进行夸张对比描写：他对藩台、知府等威风凛凛、粗暴蛮横，对洋人则闻之色变，见之胆战心惊，其奴颜婢膝令人作呕，从侧面反映出官场的昏聩。

话说老和尚把徐大军机送出大门登车之后，他便踱到西书房来。原来洋人已走，只剩得尹子崇郎舅两个。他小舅爷正在那里高谈阔论，夸说自己的好主意，神不知，鬼不觉，就把安徽全省矿产轻轻卖掉。外国人签字不过是写个名字，如今这卖矿的合同，连老头子亦都签了名字在上头，还怕他本省巡抚说什么话吗？就是洋人一面，当面瞧见老头子签字，自然更无话说了。

原来，这事当初是尹子崇弄得一无法想，求叫到他的小舅爷。小舅爷勾通了洋人的翻译，方有这篇文章。所有朝中大老的小照，那翻译都预先弄得出来给洋人看熟，所以刚才一见面，他就认得是徐大军机，并无丝毫疑意。合同例须两分，都是预先写好的。明欺徐大军机不认得洋字，所以当面请他自己写名字；因系两分，所以叫他写了又写。至于和尚一面，前回书内早已交代，无庸多叙。当时他们几个人同到了西书房，翻译便叫洋人把那两分合同取了出来，叫他自己亦签了字，交代给尹子崇一分，约明付银子日期，方才握手告别。尹子崇见大事告成，少不得把弄来的昧心钱除酬谢和尚、通事二人外，一定又须分赠各位舅爷若干，好堵住他们的嘴。

闲文少叙。且说尹子崇自从做了这一番偷天换日的大事业，等到银子到手，便把原有的股东一齐写信去招呼，就是公司生意不好，吃本太重，再弄下去，实实有点撑不住了。不得已，方才由敝岳作主，将此矿产卖给洋人，共得价银若干。"除垫还他经手若干外，所剩无几，一齐打三折归还人家的本钱，以作了事。股东当中有几个素来仰仗徐大军机的，自然听了无甚说得，就是明晓得吃亏，亦所甘愿。有两个稍些强硬点的，听了外头的说话，自然也不肯干休。

常言说得好："若要人不知，除非己莫为。"尹子崇既做了这种事情，所有同乡京官里面，有些正派的，因为事关大局，自然都派尹子崇的不是；有些小意见的，还说他一个人得了如许钱财，别人一点光没有沾着，他要一个人安稳享用，有点气他不过，便亦撺掇了大众出来同他说话。专为此事，同乡当中特地开了一回会馆，尹子崇却吓得没敢到场。后来又听听外头风声不好，不是同乡要递公呈到都察院里去告他，就是都老爷要参他。他一想不妙，京城里有点站不住脚，便去催逼洋人，等把银子收清，立刻卷卷行李，叩别丈人，一溜烟逃到上海。恰巧他到上海，京城的事也发作了，竟有四位御史一连四个摺子参他，奉旨交安徽巡抚查办。信息传到上海，有两家报馆里统通把他的事情写在报上，拿他骂了个狗血喷头。他一想，上海也存不得身，而且出门已久，亦很动归家之念，不得已，掩旗息鼓，径回本籍。他自己一人忖道："这番赚来的钱也尽够我下半世过活的。既然人家同我不对，我亦乐得与世无争，回家享用。"

于是在家一过过了两个多月，居然无人找他。他自己又自宽自慰，说道："我到底有'泰山'之靠，他们就是要拿我怎样，总不能不顾老丈的面子。况且合同上还有老丈的名字，就是有起事情来，自然先找到老丈，我还退后一层，真正可以无须虑得。"一个人正在那里盘算，忽然管家传进一张名片，说是县里来拜。他听了这话，不禁心上一怔，说道："我自从回家，一直还没有拜过客，他是怎么晓得的？"既然来的，只得请见。这里执帖的管家还没出去，门上又有人来说："县里大老爷已经下轿，坐在厅上，专候老爷出去说话。"尹子崇听了，分外生疑。想要不出去见他，他已经坐在那里等候，不见是不成功的，转念一想道："横竖我有靠山，他敢拿我怎样！"于是硬硬头皮，出来相见。谁料走到大厅，尚未同知县相见，只见门外廊下以及天井里站了无数若干的差人。尹子崇这一吓非同小可！

此时知县大老爷早已望见了他了，提着嗓子，叫子一声"尹子翁，兄弟在这儿。"尹子崇只得过来同他见面。知县是个老猾吏，笑嘻嘻的，一面作揖，一面竭力寒暄道："兄弟直到今日才晓得子翁回府，一直没有过来请安，抱歉之至！"尹子崇虽然也同他周旋，毕竟是贼人胆虚，终不免失魂落魄，张皇无措。作揖之后，理应让客人炕上上首坐的，不料一个不留心，竟自己坐了上面。后来管家上来递茶给他。叫他送茶，方才觉得。脸上急得红了一阵，只得换座过来，越发不得主意了。

知县见此样子，心上好笑，便亦不肯多耽时刻，说道："兄弟现在奉到上头一件公事，所以不得不亲自过来一趟。"说罢，便在靴筒子当中抽出一角公文来。尹子崇接在手中一看，乃是南洋通商大臣的札子，心上又是一呆，及至抽出细瞧，不为别件，正为他卖矿一事，果然被四位都老爷联名参了四本，奉旨交本省巡抚查办。本省巡抚本不以为然的，自然是不肯帮他说话。不料事为两江总督所知，以案关交涉，正是通商大臣的责任，顿时又电奏一本，说他擅卖矿产，胆大妄为，请旨拿交刑部治罪。上头准奏。电谕一到，两江总督便饬[1]藩司遴选委员前往提人。谁知这藩司正受过徐大军机栽培的，便把他私人、候补知县毛维新保举了上去。这毛维新同尹府上也有点渊源，为的派了他去，一路可以照料尹子崇的意思。等到到了那里，知县接着。毛维新因为自己同尹子崇是熟人，所以让知县一个人去的。及至尹子崇拿制台的公事看得一大半，已有将他拿办的说话，早已吓呆在那里，两只手拿着札子放不下来。

后来知县等得长久了，便说道："派来的毛委员现在兄弟衙门里。好在子翁同他是熟人，一路上倒有照应。轿子兄弟已经替子翁预备好了，就请同过去罢。"几句话说完，直把个尹子崇急得满身大汗，两只眼睛睁得如铜铃一般，吱吱了半天，才挣得一句道："这件事乃是家岳签的字，与兄弟并不相干。有什么事，只要问家岳就是了。"知县道："这里头的委曲，兄弟并不知道。兄弟不过是奉了上头的公事，叫兄弟如此做，所以兄弟不能不来。如果子翁有什么冤枉，到了南京，见了制台尽可公辩的，再不然，还有京里。况且里头有了令岳大人照应，谅来子翁虽然暂时受点委曲，不久就可明白的。现在时候已经不早了，毛某人明天一早就要动身的，我们一块去罢。"

尹子崇气的无话可说，只得支吾道："兄弟须得到家母跟前禀告一声，还有些家事须得料理料理。准今天晚上一准过去。"知县道："太太跟前，等兄弟派人进去替你说到了就是了。至于府上的事，好在上头还有老太太，况且子翁不久就要回来的，也可以不必费心了。"尹子崇还要说别的，知县已经仰着头，眼睛望着天，不理他；又拖着嗓子叫："来啊！"跟来的管家齐齐答应一声"者"。知县道："轿夫可伺候好了？我同尹大人此刻就回衙门去。"底下又一齐答应一声，回称："轿夫早已伺候好。"知县立刻起身，让尹子崇前头，他自己在后头，陪着他一块儿上轿。这一走，他自己还好，早听得屏门背后他一班家眷，本已得到他不好的消息，如今看他被县里拉了出去，赛如绑赴菜市口一般，早已哭成一片了。尹子崇听着也是伤心，无奈知县毫不容情，只得硬硬心肠跟了就走。

霎时到得县里，与毛委员相见。知县仍旧让他厅上坐，无非多派几个家丁、勇役轮流拿他看守。至于茶饭一切相传，自然与毛委员一样。毕竟他是徐大军机的女婿，地方官总有三分情面，加以毛委员受了江宁藩台的嘱托，公义私情，二者兼尽：所以这尹子崇甚是自在。当天在县衙一宵，仍是自己家里派了管家前来伺候。第二天跟着一同由水路起身。在路晓行夜宿，非止一日，已到南京。毛委员上去请示，奉饬交江宁府经厅看管，另行委员押解进京。搁下不表。

且说毛维新在南京候补，一直是在洋务局当差，本要算得洋务中出色能员。当他未曾奉差之前，他自己常常对人说道："现在吃洋务饭的，有几个能够把一部各国通商条约肚皮里记得滚瓜烂熟呢？但是我们于这种时候出来做官，少不得把本省的事情温习温习，省得办起事情来一无依傍。"于是单检了道光二十二年"江宁条约"抄了一遍，总共不过四五张书，就此埋头用起功来，一念念了好几天，居然可以背诵得出。他就到处向人夸口，说他念熟这个，将来办交涉是不怕的了。后来有位在行朋友拿他考了一考，晓得他能耐不过如此，便驳他道："道光二十二年定的条约是老条约了，单念会了这个是不中用的。"他说："我们在江宁做官，正应该晓得江宁的条约。至于什么'天津条约'、'烟台条约'，且等我兄弟将来改省到那里，或是咨调过去，再去留心不迟。"那位在行朋友晓得他是误会，虽然有心要想告诉他，无奈见他拘墟不化，说了亦未必明白，不如让他糊涂一辈子罢。因此一笑而散。

却不料这毛维新反于此大享其名，竟有两位道台在制台前很替他吹嘘说："毛令不但熟悉洋务，连着各国通商条约都背得出的，实为牧令[2]中不可多得之员。"制台道："我办交涉也办得多了，洋务人员在我手里提拔出来的也不计其数，办起事情来，一齐都是现查书。不但他们做官的是如此，连着我们老夫子也是如此。所以我气起来，总朝着他们说：'我老头子记性差了，是不中用的了。你们年轻人很应该拿这些要紧的书念两部在肚子里。'一天念熟一页，一年便是三百六十页，化上三年功夫，那里还有他的对手。无奈我嘴虽说破，他们总是不肯听。宁可空了打麻雀，逛窑子，等到有起事情来，仍然要现翻书起来，真正气人！今天你二位所说的毛令既然肯在这上头用功，很好，就叫他明天来见我。"

原来，此时做江南制台的，姓文，名明，虽是在旗，却是个酷慕维新的。只是一样：可惜少年少读了几句书，胸中一点学问没有。这遭总算毛维新官运享通，第二天上去，制台问了几句话，亏他东扯西拉，尽然没有露出马脚，就此委了洋务局的差使。

这番派他到安徽去提人，禀辞的时候，他便回道："现在安徽那边，听说风气亦很开通了。卑职此番前去，经过的地方，一齐都要留心考察考察。"制台听了，甚以为然。等到回来，把公事交代明白，上院禀见。制台问他考察的如何，他说："现在安徽官场上很晓得维新了。"制台道："何以见得？"他说："听说省城里开了一爿大菜馆，三大宪都在那里请过客。"制台道："但是吃吃大菜，也算不得开通。"毛维新面孔一板，道："回大人的话，卑职听他们安徽官场上谈起那边中丞的意思说，凡百事情总是上行下效，将来总要做到叫这安徽全省的百姓，无论大家小户，统通都为吃了大菜才好。"制台道："吃顿大菜，你晓得要几个钱？还要什么香槟酒、啤酒去配他。还有些酒的名字，我亦说不上来。贫民小户可吃得起吗？"

制台的话说到这里，齐巧有个初到省的知县，同毛维新一块进来的，只因初到省，不大懂得官场规矩，因见制台只同毛维新说话，不理他，他坐在一旁难过，便插嘴道："卑职这回出京，路过天津、上海，很吃过几顿大菜，光吃菜不吃酒亦可以的。"他这话原是帮毛维新的。制台听了，心上老大不高兴，眼睛往上一楞，说："我问到你再说。上海洋务局、省里洋务局，我请洋人吃饭也请过不止一次了，那回不是好几千块钱！你晓得！"回头又对毛维新说道："我兄弟虽亦是富贵出身，然而并非纨绔一流，所谓稼穑之艰难，尚还略知一二。"毛维新连忙恭维道："这正是大帅关心民瘼[3]，才能想得如此周到。"

文制台道："你所考察的，还有别的没有？"毛维新又问道："那边安庆府知府饶守的儿子同着那里抚标参将的儿子，一齐都剪了辫子到外洋去游学。恰巧卑职赶到那里，正是他们剃辫子的那一天。首府饶守晓得卑职是洋务人员，所以特地下帖邀了卑职去同观盛典。这天官场绅士一共请了三百多位客。预先叫阴阳生挑选吉时。阴阳生开了一张单子，挑的是未时剃辫大吉。所请的客，一齐都是午前穿了吉服去的，朝主人道过喜，先开席坐席。等到席散，已经到了吉时了。只见饶守穿着蟒袍补褂，带领着这位游学的儿子，亦穿着靴帽袍套，望空设了祖先的牌位，点了香烛，他父子二人前后拜过，禀告祖先。然后叫家人拿着红毡，领着少爷到客人面前，一一行礼，有的磕头，有的作揖。等到一齐让过了，这才由两个家人在大厅正中摆一把圈身椅，让饶守坐了，再领少爷过来，跪在他父亲面前，听他父亲教训。大帅不晓得：这饶守原本只有这一个儿子；因为上头提倡游学，所以他自告奋勇，情愿自备资斧，叫儿子出洋。所以这天抚宪同藩、臬两司以及首道，一齐委了委员前来贺喜。只可怜他这个儿子今年只有十八岁，上年腊月才做亲，至今未及半年，就送他到外洋去。莫说他小夫妇两口子拆不开，就是饶守自己想想，已经望六之人了，膝下只有一个儿子，怎么舍得他出洋呢。所以一见儿子跪下请训，老头子止不住两泪交流，要想教训两句，也说不出话了。后来众亲友齐说：'吉时已到，不可错过，世兄改装也是时候了。'只见两个管家上来，把少爷的官衣脱去，除去大帽，只穿着一身便衣，又端过一张椅子，请少爷坐了。方传剃头的上来，拿盆热水，摁住了头，洗了半天，然后举起刀子来剃。谁知这一剃，剃出笑话来了。只见剃头的拿起刀来，磨了几磨，哗擦擦两声响，从辫子后头一刀下去，早已一大片雪白露出来了。幸亏卑职看得清切，立刻摆手，叫他不要再往下剃，赶上前去同他说：'再照你这样剃法，不成了个和尚头吗？外国人虽然是没有辫子，何尝是个和尚头呢？'当时在场的众亲朋友以及他父亲听卑职这一说，都明白过来，一齐骂剃头的，说他不在行，不会剃，剃头的跪在地下，索索的抖，说：'小的自小吃的这碗饭，实在没有瞧见过剃辫子是应该怎么样剃的。小的总以为既然不要辫子，自然连着头发一块儿不要，所以才敢下手的。现在既然错了，求求大老爷的示，该怎么样，指教指教小的。'卑职此时早已走到饶守的儿子跟前，拿手撩起他的辫了来一看，幸亏剃去的是前刘海，还不打紧，便叫他们拿过一把剪刀来，由卑职亲自动手，先把他辫子拆开，分作几股，一股一股的替他剪了去，底下还替他留了约摸一寸多光景，再拿鑞花水前后刷光，居然也同外国人一样了。大帅请想：他们内地真正可怜，连着出洋游学想要去掉辫子这些小事情，都没有一个在行的。幸亏卑职到那里教给他们，以后只好用剪刀剪，不好用刀子剃，这才大家明白过来，说卑职的法子不错。

当天把个安庆省城都传遍。听说参将的儿子就是照着卑职的话用剪刀的。第二天卑职上院见了那边中丞，很蒙奖励，说：'到底你们江南无辫子游学的人多，这都是制宪的提倡，我们这里还差着远哩。'"

文制台听了别人说他提倡学务，心上非凡高兴。当时只因谈的时候长久了，制台要紧吃饭，便道："过天空了我们再谈罢。"说完，端茶送客，毛维新只得退出，赶着又上别的司、道衙门，一处处去卖弄他的本领。不在话下。

且说这位制台本是个有脾气的，无论见了什么人，只要官比他小一级，是他管得到的，不论你是实缺藩台，他见了面，一言不合，就拿顶子给人碰，也不管人家脸上过得去过不去。藩台尚且如此，道、府是不消说了，州、县以下更不用说了，至于在他手下当差的人甚多巡捕、戈什，喝了去，骂了来，轻则脚踢，重则马棒，越发不必问的了。

且说有天为了一件甚么公事，藩台开了一个手折拿上来给他看。他接过手折，顺手往桌上一撩，说道："我兄弟一个人管了这三省事情，那里还有工夫看这些东西呢！你有什么事情，直截痛快的说两句罢。"藩台无法，只得捺定性子，按照手折上的情节约略择要陈说一遍。无如头绪太多，断非几句话所能了事，制台听到一半，又听得不耐烦了，发狠说道："你这人真正麻烦！兄弟虽然是三省之主，大小事情都照你这样子要我兄弟管起来，我就是三头六臂也来不及！"说着，掉过头去同别位道台说话，藩台再要分辩两句他也不听了。藩台下来，气的要告病，幸亏被朋友们劝住的。

后来不多两日，又有淮安府知府上省禀见。这位淮安府乃是翰林出身，放过一任学台，后来又考取御史，补授御史，京察一等放出来的。到任还不到一年，齐巧地方上出了两件交涉案件，特地上省见制台请示。恐怕说的不能详细，亦就写了两个节略，预备面递。等到见了面，同制台谈过两句，便将开的手折恭恭敬敬递了上去。制台一看是手折，上面写的都是黄豆大的小字，便觉心上几个不高兴，又明欺他的官不过是个四品职分，比起藩台差远了，索性把手折往地下一摔，说道："你们晓得我年纪大，眼睛花，故意写了这小字来蒙我！"那淮安府知府受了他这个瘪子，一声也不响。等他把话说完，不慌不忙，从从容容的从地下把那个手折拾了起来。一头拾，一头嘴里说："卑府自从殿试、朝考以及考差、考御史，一直是恪遵功令，写的小字，皇上取的亦就是这个小字。如今做了外官，倒不晓得大帅是同皇上相反，一个个是要看大字的，这个只好等卑府慢慢学起来。但是今时这两件事情都是刻不可缓的，所以卑府才赶到省里来面回大帅，若等卑府把大字学好了，那可来不及了。"制台一听这话，便问："是两件什么公事！你先说个大概。"淮安府回道："一件为了地方上的坏人卖了块地基给洋人，开什么玻璃公司。一桩是一个包讨债的洋人到乡下去恐吓百姓，现在闹出人命来了。"

制台一听，大惊失色道："这两桩都是个关系洋人的，你为什么不早说呢？快把节略拿来我看！"淮安府只得又把手折呈上。制台把老花眼镜带上，看了一遍。淮安府又说道："卑职因为其中头绪繁多，恐怕说不清楚，所以写好了节略来的。况且洋人在内地开设行栈，有背约章；就是包讨帐，亦是不应该的，况且还有人命在里头。所以卑府特地上来请大帅的示，总得禁阻他来才好。"

制台不等他说完，便把手折一放，说："老哥，你还不晓得外国人的事情是不好弄的么？地方上百姓不拿地卖给他，请问他的公司到那里去开呢？就是包讨帐，他要的钱，并非要的是命。他自己寻死，与洋人何干呢？你老兄做知府，既然晓得地方有些坏人，就该预先禁止他们，拿地不准卖给外国人才是。至于那个欠帐的，他那张借纸怎么会到外国人手里？其中必定有个缘故。外国人顶讲情理，决不会凭空诈人的。而且欠钱还债本是分内之事，难道不是外国人来讨，他就赖着不还不成？既然如此，也不是什么好百姓了。现在凡百事情，总是我们自己的官同百姓都不好，所以才会被人家欺负，等到事情闹糟了，然后往我身上一推，你们算没有事了。好主意！"

原来这制台的意思是："洋人开公司，等他来开；洋人来讨帐，随他来讨。总之：在我手里，决计不肯为了这些小事同他失和的。你们既做我的属员，说不得都要就我范围，断断乎不准多事。"所以他看了淮安府的手折，一直只怪地方官同百姓不好，决不肯批评洋人一个字的。淮安府见他如此，就是再要分辨两句，也气得开不出口了。制台把手折看完，仍旧摔还给他。淮安府拾了，禀辞出去，一肚皮没好气。

正走出来，忽见巡捕拿了一张大字的片子，远望上去，还疑心是位新科的翰林。只听那巡捕嘴里叽哩咕噜的说道："我的爷！早不来，晚不来，偏偏这时候他老人家吃着饭他来了。到底上去回的好，还是不上去回的好？"旁边一个号房道："淮安府才见了下来，只怕还在签押房里换衣服，没有进去也论不定。你要回，赶紧上去还来得及。别的客你好叫他在外头等等，这个客是怠慢不得的！"那巡捕听了，拿了片子，飞跑的进去了。这时淮安府自回公馆不题。

且说那巡捕赶到签押房，跟班的说："大人没有换衣服就往上房去了。"巡捕连连跺脚道："糟了！糟了！"立刻拿了片子又赶到上房。才走到廊下，只见打杂的正端了饭菜上来。屋里正是文制台一迭连声骂人，问为什么不开饭。巡捕一听这个声口，只得在廊檐底下站住。心上想回，因为文制台一到任，就有过吩咐的，凡是吃饭的时候，无论什么客人来拜，或是下属禀见，统通不准巡捕上来回，总要等到吃过饭，擦过脸再说：无奈这位客人既非过路官员，亦非本省属员，平时制台见了他还要让他三分，如今叫他在外面老等起来，决计不是道理。但是违了制台的号令，倘若老头子一翻脸，又不是玩的，因此拿了名帖，只在廊下盘旋，要进又不敢进，要退又不敢退。

正在为难的时候，文制台早已瞧见了，忙问一声："什么事？"巡捕见问，立刻趋前一步，说了声"回大帅的话，有客来拜。"话言未了，只见拍的一声响，那巡捕脸上早被大帅打了一个耳刮子。接着听制台骂道："混帐王八蛋！我当初怎么吩咐的！凡是我吃着饭，无论什么客来，不准上来回。你没有耳朵，没有听见！"说着，举起腿来又是一脚。

那巡捕挨了这顿打骂，索性泼出胆子来，说道："因为这个客是要紧的，与别的客不同。"制台道："他要紧，我不要紧！你说他与别的客不同，随你是谁，总不能盖过我！"巡捕道："回大帅：来的不是别人，是洋人。"那制台一听"洋人"二字，不知为何，顿时气焰矮了大半截，怔在那里半天。后首想了一想，蓦地起来，拍挞一声响，举起手来又打了巡捕一个耳刮子；接着骂道："混帐王八蛋！我当是谁！原来是洋人！洋人来了，为什么不早回，叫他在外头等了这半天？"巡捕道："原本赶着上来回的，因见大帅吃饭，所以在廊下等了一回。"制台听了，举起腿来又是一脚，说道："别的客不准回，洋人来，是有外国公事的，怎么好叫他在外头老等？糊涂混帐！还不快请进来！"

那巡捕得了这句话，立刻三步并做二步，急忙跑了出来。走到外头，拿帽子探了下来，往桌子上一摔，道："回又不好，不回又不好！不说人头，谁亦没有他大，只要听见'洋人'两个字，一样吓的六神无主了！但是我们何苦来呢？掉过去，一个巴掌！翻过来，又是一个巴掌！东边一条腿，西边一条腿！老老实实不干了！"正说着，忽然里头又有人赶出来一迭连声叫唤，说："怎么还不请进来！……"那巡捕至此方才回醒过来，不由的仍旧拿大帽子合在头上，拿了片子，把洋人引进大厅。此时制台早已穿好衣帽，站在滴水檐前预备迎接了

原来来拜的洋人非是别人，乃是那一国的领事。你道这领事来拜制台为的什么事？原来制台新近正法了一名亲兵小队。制台杀名兵丁，本不算得大不了的事情，况且那亲兵亦必有可杀之道，所以制台才拿他如此的严办。谁知这一

杀，杀的地方不对：既不是在校场上杀的，亦不是在辕门外杀的，偏偏走到这位领事公馆旁边就拿他宰了。所以领事大不答应，前来问罪。

当下见了面，领事气愤愤的把前言述了一遍，问制台为什么在他公馆旁边杀人，是个什么缘故。幸亏制台年纪虽老，阅历却很深，颇有随机应变的本领。当下想了一想，说道："贵领事不是来问我兄弟杀的那个亲兵？他本不是个好人，他原是'拳匪'[4]一党。那年北京'拳匪'闹乱子，同贵国及各国为难，他都有分的。兄弟如今拿他查实了，所以才拿他正法的。"领事道："他既然通'拳匪'，拿他正法亦不冤枉。但是何必一定要杀在我的公馆旁边呢？"制台想了一想，道："有个原故，不如此，不足以震服人心。贵领事不晓得这'拳匪'乃是扶清灭洋的，将来闹出点子事情来，一定先同各国人及贵国人为难，就是于贵领事亦有所不利。所以兄弟特地想出一条计来，拿这人杀在贵衙署旁边，好教他们同党瞧着或者有些怕惧。俗语说得好，叫做'杀鸡骇猴'，拿鸡子宰了，那猴儿自然害怕。兄弟虽然只杀得一名亲兵，然而所有的'拳匪'见了这个榜样，一定解散，将来自不敢再与贵领及贵国人为难了。"领事听他如此一番说话，不由得哈哈大笑，奖他有经济，办得好，随又闲谈了几句，告辞而去。

制台送客回来，连要了几把手巾，把脸上、身上擦了好几把，说道："我可被他骇得我一身大汗了！"坐定之后，又把巡捕、号房统通叫上来，吩咐道："我吃着饭，不准你们来打岔，原说的是中国人。至于外国人，无论什么时候，就是半夜里我睡了觉，亦得喊醒了我，我决计不怪你们的。你们没瞧见刚才领事进来的神气，赛如马上就要同我翻脸的，若不是我这老手三言两语拿他降伏住，还不晓得闹点什么事情出来哩。还搁得住你们再替我得罪人吗！以后凡是洋人来拜，随到随请！记着！"巡捕、号房统通应了一声"是"。

制台正要进去，只见淮安府又拿着手本来禀见，说有要紧公事面回，并有刚刚接到淮安来的电报，须得当面呈看。制台想了想，肚皮里说道："一定仍旧是那两件事。但不知这个电报来，又出了点什么岔子？"本来是懒怠见他的，不过因内中牵涉了洋了，实在委决不下，只得吩咐说"请"。

霎时淮安府进来，制台气吁吁的问道："你老哥又来见我做什么？你说有什么电报，一定是那班不肖地方官又闹了点什么乱子，可是不是？"淮安府道："回大帅的话：这个电报却是个喜信？"制台一听"喜信"二字，立刻气色舒展许多，忙问道："什么喜信？"淮安府道："卑府刚才蒙大人教训，卑府下去回到寓处，原想照着大人的吩咐，马上打个电报给清河县黄令，谁知他倒先有一个电报给卑府，说玻璃公司一事，外国人虽有此议，但是一时股分不齐，不会成功。现在那洋人接到外洋的电报，想先回本国一走，等到回来再议。"制台道："很好！他这一去，至少一年半载。我们现在的事情，过一天是一天，但愿他一直耽误下去，不要在我手里他出难题目给我做，我就感激他了。那一桩呢？"

淮安府道："那一桩原是洋人的不是，不合到内地来包讨帐。"制台一听他说："洋人不是"，口虽不言，心下却老大不以为然，说："你有多大能耐，就敢排揎[5]起洋人来！"于是又听他往下讲道："地方上百姓动了公愤，一哄而起，究竟洋人势孤，……"制台听到这里，急的把桌子一拍道："糟了！一定是把外国人打死了！中国人死了一百个也不要紧；如今打死了外国人，这个处分谁耽得起！前年为了'拳匪'杀了多少官，你们还不害怕吗？"

淮安府道："回大帅的话；卑府的话还未说完。"制台道："你快说！"淮安府道："百姓虽然起了一个哄，并没有动手，那洋人自己就软下来了。"制台皱着眉头，又把头摇了两摇说道："你们欺负他单身人，他怕吃眼前亏，暂时服软，回去告诉了领事，或者进京告诉了公使，将来仍旧要找咱们倒蛋的。不妥！不妥！"淮安府道："实实在在是他自己晓得自己的错处，所以才肯服软的。"制台道："何以见得？"淮安府道："因为本地有两个出过洋的学生，是他俩听了不服，哄动了许多人，同洋人讲理，洋人说他不过，所以才服软的。"

制台又摇头道："更不妥！这些出洋回来的学生真不安分！于他毫不相干，就出来多事。地方官是昏蛋！难道就随他们吗？"淮安府道："他俩不过找着洋人讲理，并没有滋事。虽然哄动了许多人跟着去看，并非他二人招来的。"制台道："你老哥真不愧为民之父母！你总帮好了百姓，把自己百姓竟看得没有一个不好的，都是他们洋人不好。我生平最恨的就是这班刁民！动不动聚众滋事，挟制官长！如今同洋人也是这样。若不趁早整顿整顿，将来有得缠不清楚哩！你且说那洋人服软之后怎么样？"淮安府道："洋人被那两个学生一顿批驳，说他不该包讨帐，于条约大有违背。如今又逼死了人命，我们一定要到贵国领事那里去告的。"

制台听了，点了点头道："驳虽驳得有理，难道洋人怕他们告吗？就是告了，外国领事岂有不帮自己人的道理。"淮安府道："谁知就此三言两语，那洋人竟其顿口无言，反倒托他通事同那苦主讲说，欠的帐也不要了，还肯拿出几百银子来抚恤死者的家属，叫他们不要告罢。"制台道："咦！这也奇！我只晓得中国人出钱给外国人是出惯的，那里见过外国人出钱给中国人。这话恐怕不确罢?"淮安府道:"卑府不但接着电报是如此说,并有详信亦是刚才到的。"制台道:"奇怪!奇怪!他们肯服软认错,已经是难得了;如今还肯抚恤银子,尤其难得。真正意想不到之事!我看很应该就此同他了结。你马上打个电报回去,叫他们赶紧收篷,千万不可再同他争论别的。所谓'得风便转'。他们既肯陪话,又肯化钱,已是莫大的面子。我办交涉也办老了,从没有办到这个样子。如今虽然被他们争回这个脸来,然而我心上倒反害起怕来。我总恐怕地方上的百姓不知进退,再有什么话说,弄恼了那洋人,那可万万使不得!俗语说得好,叫做'得意不可再往'。这个事可得责成你老哥身上。你老哥省里也不必耽搁了,赶紧连夜回去,第一弹压住百姓,还有那什么出洋回来的学生,千万不可再生事端。二则洋人走的时候,仍是好好的护送他出境。他一时为理所屈,不能拿我们怎样,终究是记恨在心的。拿他周旋好了,或者可以解释解释。我说的乃是金玉之言,外交秘诀。老哥,你千万不要当做耳旁风!你可晓得你们在那里得意,我正在这里提心吊胆呢!"淮安府只得连连答应了几声"是"。然后端茶送客,要知后事如何,且听下回分解。

【注释】

[1] 饬:命令。
[2] 牧令:指地方长官。
[3] 民瘼:百姓疾苦。
[4] 拳匪:对义和团的蔑称。
[5] 排揎:埋怨,斥责。

后　记

　　如前言所述，本书是我们在朱东润《中国历代文学作品选》基础上，根据教学需要和学生课外阅读的要求，搜集资料，多方推敲印证，最终定稿成书的。我们补选时，注意作品题材、风格的多样性，又注意具体作家的独特性，每篇前有解题，后有注释，解题力求精准，注释务使简明，读者既可精确理解作品主题，又可在注释之外，有驰骋想象之所。

　　此外，此书编著中，亦吸纳了前贤成果，由于是教材，故不便一一作注，在此表示诚挚的谢意！限于选注水平，此书可能有诸多不足，恳请专家和读者给予批评与指正。

　　参加本书编写工作的情况如下：

　　赵彩娟：编撰先秦、汉魏晋南北朝、唐五代及宋金的全部内容，大约 16 万字。

　　郁慧娟：编撰元、明全部内容及清代的诗歌部分与散文部分，大约 16 万字。

　　温斌：编撰清代的词、戏剧、小说部分及近代的全部内容，大约 8 万字。

赵彩娟于包头师范学院

2013 年 6 月